PHILIPPA CARR

SARABANDE

Roman

WILHELM HEYNE VERLAG
MÜNCHEN

HEYNE ALLGEMEINE REIHE
Nr. 01/6288

Titel der englischen Originalausgabe
SARABAND FOR TWO SISTERS
Deutsche Übersetzung von Erika Remberg

9. Auflage

Genehmigte, ungekürzte Taschenbuchausgabe

Lizenzausgabe mit Genehmigung des Schneekluth Verlages
Printed in Germany 1991
Umschlagfoto: Volker Kimstädt, München
Umschlaggestaltung: Atelier Ingrid Schütz, München
Satz: Mohndruck Graphische Betriebe GmbH, Gütersloh
Druck und Bindung: Elsnerdruck, Berlin

ISBN 3-453-01833-8

Angelet

Besuch aus der Vergangenheit

Gestern, am 12. Tag des Monats Juni im Jahre 1639, war unser Geburtstag - meiner und der von Bersaba. Es trifft sich gut, daß wir im Juni geboren sind, unter dem Zeichen der Zwillinge, wir sind nämlich auch Zwillinge. In unserer Familie werden Geburtstage immer fröhlich gefeiert, dafür ist unsere Mutter verantwortlich. Es gibt Frauen, die dazu geboren sind, Mütter zu sein, und sie ist eine davon. Ich glaube, ich bin das nicht, und Bersaba schon gar nicht. Aber vielleicht irre ich mich auch, vielleicht ist das eine Qualität, die man erst im Stadium der Mutterschaft entdeckt. Eines habe ich gelernt: Man irrt sich oft! Eine der weniger erfreulichen Erkenntnisse während des Heranwachsens. Einmal habe ich Bersaba gesagt, daß unsere Mutter Gott an jedem Geburtstag dankt, daß er uns ihr geschenkt hat, und Bersaba antwortete, daß sie das täglich tue. Meine Mutter, Tamsyn Landor, war schon fünf Jahre verheiratet, bevor unser Bruder Fennimore auf die Welt kam, und dann vergingen noch einmal sieben Jahre, ehe sie uns - ihren Zwillingen - das Leben schenkte. Ich glaube, sie hatte sich immer eine große Familie gewünscht, aber jetzt sagt sie, sie hätte genau das bekommen, was sie sich gewünscht hatte. Sie ist nämlich eine Frau, die imstande ist, die Realität ihren Träumen anzupassen, und das ist - ich bin alt genug, das zu verstehen - eine seltene Gabe.

Unser Geburtstag wurde wie üblich gefeiert. Juni ist ein wunderschöner Monat für Feste, weil man bereits im Freien feiern kann. Es wurde zur Gewohnheit, daß wir an unserem Geburtstag, wenn das Wetter schön war, hinaus auf die Wiesen ritten und ein Picknick veranstalteten. Es bestand aus kaltem Geflügel und sogenannten West Country Tarts, Törtchen, gefüllt mit Früchten der Saison - in unserem Fall waren es Erdbeeren -, darüber eine Eiercreme oder Schlagsahne, eine ganz besondere Delikatesse. Natürlich hat es auch verregnete Geburtstage gegeben, an denen wir mit Freunden und Nachbarn, die uns besuchen kamen, im Haus bleiben mußten. Dann spielten wir Spiele wie Blindekuh und Verstecken, verkleideten uns, führten Charaden auf oder Stücke, die die Komödianten zur Weihnachtszeit gespielt hatten. Wie immer auch das Wetter war, Geburtstage waren Tage, auf die wir uns freuten, und jedes Jahr wieder sagte ich zu Bersaba, daß wir zwei nur einen Geburtstag hätten, und der müsse besonders schön gefeiert werden.

An unserem letzten Geburtstag hatten wir schönes Wetter gehabt, und wir spielten draußen auf der Wiese mit den jungen Leuten von Kroll Manor und Trent Park: Ballspiele und Kayles, ein Spiel, bei dem man mit einem Stock oder einem Ball Kegel umwerfen muß, und danach Verstecken. Plötzlich konnten wir Bersaba nicht mehr finden, was große Aufregung verursachte. Besonders Mutter hat immer Angst, uns könnte etwas Schreckliches zustoßen. Eine ganze Stunde lang suchten wir Bersaba, dann kam sie von selbst aus ihrem Versteck. Als sie sah, daß meine Mutter sich so große Sorgen um sie gemacht hatte, spielte sie die Reuevolle, aber ich kannte sie besser: Sie liebte es, wenn man sich Sorgen um sie machte. Bersaba ließ oft durchblikken, wie wichtig es für sie sei, unsere Zuneigung zu spüren.

Danach gingen wir alle zusammen zurück nach Trystan Priory, wo wir zu Hause waren, und spielten und feierten weiter. Als es dunkel wurde, kamen Bedienstete aus Kroll Manor und Trent Park, um unsere Freunde heimzubegleiten. Das war wieder einmal das Ende eines Geburtstages, dachten wir, aber wir hatten uns geirrt.

Mutter kam in unser Zimmer. Wir hatten immer eins zusammen, aber manchmal dachte ich, jetzt, da wir größer werden, sollte jede von uns ein eigenes Appartement haben. Ich wartete darauf, daß Bersaba diesen Vorschlag machte, und vielleicht wartete sie darauf, daß ich es tat. Aber nachdem keiner von uns etwas unternahm, wohnten wir eben weiter in ein und demselben Zimmer.

Unsere Mutter wirkte ziemlich feierlich.

Sie setzte sich in den großen Sessel, um den Bersaba und ich uns früher immer gestritten hatten. Es war ein wunderschöner Sessel, mit geschnitzten Fabeltieren an den Armlehnen. Ich hatte stets ein herrliches Gefühl von Überlegenheit,

Familien-Stammbaum

William Farland ⚭ Dulce

Damask ⚭ Bruno

Catherine ⚭ 1) Felipe Gonzales

Roberto

⚭ 2) Jake Pennlyon

Linnet

Damask

⚭ Colum Casvellyn

Connel

Tamsyn ⚭ Fennimore Landor

Fennimore

Die Zwillinge

Berseba ⚭ 1)Luke Longridge

Lucas

Angelet ⚭ Richard Tolworthy

Richard

⚭ 2) Richard Tolworthy

Arabella

Richard

Angelique

Fennimore

⚭ 1) Edwin Eversleigh

Edwin ⚭ Jane Merriden

Carl

⚭ 2) Carleton Eversleigh

Priscilla

Carl

⚭ Leigh Main

Carlotta (Vater: Jocelyn Finton)

Clarissa (Vater: John Field) ⚭ Lance Clavering

Zipporah ⚭ Jean Louis Ransome

Charlotte (Lottie), Vater: Gerard d'Aubigné

⚭ Charles de Tourville

Charlot

Claudine

Damaris ⚭ Jeremy Granthon

Sabrina ⚭ Richard Frenshaw

Richard (Dickon) ⚭ Isabel

Jonathan

David

Von Victoria Holt sind unter dem Pseudonym Philippa Carr
als Heyne-Taschenbücher erschienen

Das Schloß im Moor · Band 01/5006
Geheimnis im Kloster · Band 01/5927
Der springende Löwe · Band 01/5958
Sturmnacht · Band 01/6055
Sarabande · Band 01/6288
Die Dame und der Dandy · Band 01/6557
Die Erbin und der Lord · Band 01/6623
Die venezianische Tochter · Band 01/6683
Im Sturmwind · Band 01/6803
Die Halbschwestern · Band 01/6851
Im Schatten des Zweifels · Band 01/7628

Von Victoria Holt
sind als Heyne-Taschenbücher erschienen

Die geheime Frau · Band 01/5213
Die Rache der Pharaonen · Band 01/5317
Das Haus der tausend Laternen · Band 01/5404
Die siebente Jungfrau · Band 01/5478
Der Fluch der Opale · Band 01/5644
Die Braut von Pendorric · Band 01/5729
Das Zimmer des roten Traums · Band 01/6461

wenn ich darin saß, aber nachdem Bersaba genauso empfand, hielten wir oft Wettrennen ab, wer zuerst dort war. Nun saß unsere Mutter da und sah uns mit zärtlicher Liebe an, die ich damals noch für selbstverständlich hielt und an die ich mich später mit Wehmut erinnern sollte.

»Siebzehn Jahre«, sagte sie. »Das ist ein Wendepunkt. Jetzt seid ihr keine Kinder mehr. Ist euch das eigentlich bewußt?«

Bersaba saß ruhig da, die Hände im Schoß gefaltet. Sie war überhaupt sehr ruhig, was man von mir nicht behaupten konnte. Ich habe mich oft gewundert, warum die Leute uns nicht auseinanderhalten konnten. Obwohl wir uns völlig gleichsahen, waren wir so verschieden, daß man uns an unseren unterschiedlichen Charakteren hätte erkennen müssen.

»Nächstes Jahr seid ihr achtzehn«, fuhr meine Mutter fort. »Die nächste Geburtstagsparty wird anders sein. Ihr werdet erwachsen sein und keine Spiele mehr spielen wie heute.«

»Werden wir dann einen Ball geben?« fragte ich, und meine Stimme überschlug sich fast vor Aufregung, denn ich liebte es, zu tanzen, und tanzte auch sehr gut.

»Ja, und es werden mehr Leute kommen. Ich habe letztes Mal, als euer Vater zu Hause war, mit ihm darüber gesprochen, und er war einverstanden.«

Ob sie jemals verschiedener Ansicht waren? Darüber nachzudenken war müßig. Ich glaube nicht.

»Aber bis dahin haben wir noch ein ganzes Jahr Zeit«, sagte sie, als ob sie froh darüber wäre. »Noch etwas: In unserer Familie ist es Tradition, daß alle weiblichen Familienmitglieder ihr Tagebuch schreiben. Dieser seltsame Brauch geht lückenlos zurück bis zu eurer Ururgroßmutter, Damask Farland, die damit begonnen hat. Ihr könnt unsere Familiengeschichte an Hand dieser Tagebücher verfolgen. Jetzt, da ihr langsam erwachsen werdet, könnt ihr ihres und das eurer Urgroßmutter Catherine lesen. Ich könnte mir vorstellen, daß sie für euch von größtem Interesse sind.«

»Und das von Großmutter Linnet und deines?« fragte Bersaba.

»Das ist noch zu früh.«

»O wie schade!« rief ich aus, aber Bersaba machte ein nachdenkliches Gesicht und sagte ernst: »Wenn die Leute wüßten, daß andere das lesen, was sie schreiben, würden sie nicht die Wahrheit schreiben . . . oder zumindest nicht die ganze Wahrheit.«

Unsere Mutter nickte Bersaba leise lächelnd zu. Bersaba besaß eine gewisse Weisheit, die mir fehlte. Ich sprach immer aus, was mir in den Kopf kam, ohne groß darüber nachzudenken. Bersaba dachte immer erst gründlich nach, bevor sie den Mund aufmachte.

»Warum nicht?« fragte ich. »Wo ist der Witz an einem Tagebuch, wenn man nicht die Wahrheit sagt?«

»Manche Menschen sehen die Wahrheit so, wie sie sie haben möchten«, antwortete Bersaba.

»Wie kann es dann die Wahrheit sein?«

»Für sie ist es die Wahrheit, weil es das ist, was sie glauben oder empfinden. Und wenn sie für Leute schreiben, die dabei waren, worüber sie gerade berichten, erzählen sie eben ihre Version von dem Erlebten.«

»Auch darin liegt eine gewisse Wahrheit«, sagte meine Mutter. »Euer Tagebuch ist euer Geheimnis. Das muß so sein. Erst viele Jahre später wird es ein Teil des Familienbesitzes sein.«

»Wenn wir tot sind«, sagte ich, und mir lief eine Gänsehaut über den Rücken, denn ich dachte an all die Generationen, die über mein Leben lesen würden. Ich hoffte nur, es würde der Mühe wert sein, gelesen zu werden.

»Jetzt, da ihr langsam erwachsen werdet, schlage ich vor, ihr beginnt euer Tagebuch«, fuhr Mutter fort. »Morgen werde ich jeder von euch ein Tagebuch und einen Schreibtisch geben, in dem ihr es einschließen könnt, nachdem ihr eure Eintragungen gemacht habt. Sie sollen euer ureigenster Besitz sein.«

»Schreibst du auch immer noch an deinem Tagebuch, Mutter?« fragte Bersaba.

Sie lächelte freundlich. »Ja, manchmal. Früher habe ich ziemlich viel geschrieben. Das war, bevor ich euren Vater geheiratet habe. Damals hatte ich eine Menge zu schreiben.« Ihre Miene wurde ernst, ich wußte, sie dachte an den schrecklichen und geheimnisvollen Tod ihrer Mutter. »Jetzt schreibe ich nur noch selten. Es gibt nichts Dramatisches zu berichten. Das Leben ist in den letzten Jahren glücklich und friedlich gewesen, aber Glück und Frieden haben einen Nachteil - man kann nicht viel darüber schreiben. Ich hoffe, ihr werdet nur glückliche Dinge in euren Tagebüchern zu berichten wissen. Aber schreibt trotzdem, schreibt über die glücklichen, alltäglichen Begebenheiten eures Lebens.«

»Ich kann es kaum mehr erwarten, damit anzufangen«, rief ich. »Schon morgen beginne ich, ich werde alles von heute erzählen - unserem siebzehnten Geburtstag.«

»Und was ist mit dir, Bersaba?« fragte meine Mutter.

»Ich werde zu schreiben anfangen, wenn ich etwas Interessantes erlebt habe«, antwortete meine Schwester.

Meine Mutter nickte. »Ach, übrigens, es wird Zeit, daß wir euren Großvater wieder einmal besuchen. Wir werden nächste Woche reisen, ihr habt also noch genügend Zeit, euch darauf vorzubereiten.«

Sie gab uns einen Kuß und ließ uns allein.

Am nächsten Tag erhielten wir unsere Schreibtische und Tagebücher - und ich begann mit obenstehendem Bericht.

Es war nichts Ungewöhnliches daran, daß wir unseren Großvater in Schloß Paling besuchten. Das taten wir mehrmals im Jahr. Das Schloß liegt nicht weit von uns entfernt, nur ein paar Meilen weiter an der Küste. Wenn wir dahin aufbrachen, war ich immer aufgeregt. Schloß Paling war eigentlich ein Spukschloß; schreckliche Dinge hatten sich dort vor nicht allzulanger Zeit zugetragen. Meine Mutter hatte so etwas angedeutet, und sie mußte es wissen, sie hatte ihre Kindheit dort verbracht. Ihre Mutter - unsere Großmutter Linnet Casvellyn - war dort auf mysteriöse Art und Weise ums Leben gekommen. Ich glaube, sie ist ermordet worden, obwohl das nie jemand zugegeben hat. Unser Großvater lebt noch. Ein seltsamer Einsiedler, in seinem aufs Meer blickenden Turm, seinen Mitmenschen und besonders sich selbst eine ständige Prüfung. Onkel Connell und Tante Melanie lebten mit ihren vier Kindern in einem anderen Flügel des Schlosses. Sie wären eine ganz normale Familie gewesen, hätten nicht die extremen Kontraste zwischen der Gelassenheit meiner Tante Melanie und der Leidenschaftlichkeit meines Großvaters eine geradezu bedrohliche Atmosphäre geschaffen.

Da Schloß Paling nur fünf Meilen vom Meer entfernt liegt, ist die Nähe des Meeres eine der Attraktionen des Schlosses.

Selbst innerhalb seiner dicken Mauern kann man das Rauschen der Wellen hören, besonders wenn die See stürmisch ist. Damit verglichen, schien unser Haus unendlich friedlich. Und für ein siebzehnjähriges, abenteuerlustiges Mädchen kann Friede gleichbedeutend sein mit Langeweile.
Unser Haus war ein schönes Haus, obwohl ich das erst bemerkte, als ich wegging. Die alte Propstei wurde zerstört, als die Klöster aufgelöst wurden, und unser Haus ist an derselben Stelle, mit den alten Steinen, wieder aufgebaut worden. Da es zu Zeiten von Königin Elizabeth erbaut worden ist, hatte man es - als Kompliment für die Königin und weil es zur Bauweise der damaligen Zeit gehörte - in der Form eines großen E errichtet. Es war voller geheimnisvoller Nischen und Gänge, mit Speise- und Geschirrkammern und einer schönen alten Küche. Besonders das Grundstück war herrlich. Es gab einen Rosengarten, einen großen Park mit einem Weiher, einen Küchen- und einen Kräutergarten. Meine Mutter kümmerte sich hauptsächlich darum, wie sie sich eigentlich um alles im Hause kümmerte, weil es das Heim ihrer heißgeliebten Familie war. Das merkte man besonders nach einem Besuch auf Schloß Paling, wo einen trotz Melanie - die ganz anders war als meine Mutter - das Gefühl von lauernder Gefahr nie verließ.
Bersaba spürte das genauso wie ich, aber es hatte unterschiedlichen Einfluß auf uns, was für unsere Charaktere bezeichnend war.
Am Tag nach unserem siebzehnten Geburtstag fragte ich Bersaba, ob sie sich freue, daß wir in der darauffolgenden Woche nach Schloß Paling reisen würden. Wir befanden uns gerade im Schulzimmer, wo uns unsere Gouvernante allein gelassen hatte, damit wir unsere Hausaufgaben machen konnten.
Sie zuckte mit den Schultern, senkte ihren Blick und biß sich mit den Vorderzähnen auf die Unterlippe. Ich kannte sie und ihre Angewohnheiten so gut, daß ich sofort wußte, sie war irgendwie beunruhigt. Vielleicht waren es aber auch nur gemischte Gefühle, denn es gab eine Menge Dinge, die sie an Schloß Paling haßte. Aber eines liebte sie: unseren Cousin Bastian.
»Ich möchte wissen, wie lange wir bleiben werden.«

»Höchstens eine Woche«, antwortete sie. »Du weißt ganz genau, Mutter haßt es, zu lange von zu Hause weg zu sein, aus Angst, Vater könnte in ihrer Abwesenheit zurückkommen, und sie wäre nicht da, ihn zu begrüßen.«
Unser Vater war oft fort, manchmal sogar monatelang. Er hatte eine Menge mit der East India Company zu tun, ein zu Beginn blühendes Unternehmen, das sein Vater unter anderem mit gegründet hatte. Jetzt, im Jahre 1639, war die Gesellschaft nicht mehr ganz so erfolgreich, aber für einen Mann wie meinen Vater war dies eine Herausforderung. Viele Leute, die etwas mit der Company zu tun hatten, besuchten uns in Trystan Priory. Immer gab es Anlaß, darüber zu diskutieren. Im Augenblick wurde viel von der neuen Niederlassung geredet, die die Gesellschaft am Ufer des Hooghly Rivers in Indien gründen wollte.
»Fennimore wird uns benachrichtigen, sobald das Schiff in Sicht ist«, erinnerte ich sie.
»Ja, schon, aber sie ist lieber hier.«
»Ich nehme meinen neuen Muff mit«, verkündete ich stolz.
»Einen Muff, im Sommer - du bist verrückt!« sagte Bersaba.
Ich war niedergeschlagen. Der Muff war ein Geburtstagsgeschenk gewesen. Ich hatte ihn mir gewünscht, weil ich gehört hatte, daß die Damen an König Charles' Hof jetzt Muff trugen, was bedeutete, daß es große Mode war.
»Abgesehen davon, wo würdest du auf Schloß Paling schon einen Muff tragen? Ich nehme lieber meinen Zeichenblock mit«, sagte Bersaba.
Bersaba zog sich ein Blatt Papier heran und begann zu zeichnen. Das konnte sie sehr gut; mit wenigen Strichen gab sie ihre Eindrücke wieder. Zum Beispiel das Meer mit den Teufelszähnen, diesen düsteren, gefährlichen Felsen. Man hatte beinahe das Gefühl, auf Schloß Paling zu sein und aus einem der Turmfenster zu schauen.
Jetzt fing sie an, Großvater Casvellyn zu zeichnen. Was für ein furchterregender Mann er doch gewesen sein mußte, als er noch gehen konnte. Später wirkte er etwas pathetisch, weil er immer so grimmig dreinschaute. Dabei war er gelähmt und lag meistens auf der Couch oder saß in seinem Rollstuhl. Seit zwölf Jahren schon war er gelähmt, und uns schien, als hätte er schon immer in seinem Rollstuhl geses-

sen. Wie der Fliegende Holländer! Aber statt über das Meer zu segeln, war er dazu verdammt, seine schrecklichen Sünden in seinem Stuhl sitzend abzubüßen.

»Ich freue mich schon, unsere Vettern wiederzusehen«, sagte ich hinterhältig.

Bersaba zeichnete weiter, aber ich wußte, sie dachte an Bastian. Er war dreiundzwanzig Jahre alt und sah Tante Melanie erstaunlich ähnlich, war nett und freundlich und hatte nie diese gönnerhafte Haltung angenommen, die ältere Leute jüngeren gegenüber oft an den Tag legen. Unser Bruder Fennimore übrigens auch nicht. Mutter hätte das in unserem Haus auch nicht gestattet, aber Schloß Paling war anders. Ich glaube, Bastian mußte Bersaba bei irgendeiner Gelegenheit einmal vorgezogen haben, womit er ihre Zuneigung gewonnen hatte; denn sie reagierte spontan auf jede Art von Anerkennung.

Wir hatten drei Cousinen, Melder, die älteste, war schon sechsundzwanzig und einer Heirat abgeneigt. Sie liebte alles, was mit dem Haushalt zu tun hatte, und war die einzige, die gut mit Großvater auskam. Vor allem, weil sie ruhig blieb, wenn er sie und alles um sich herum verfluchte, und in aller Ruhe fortfuhr, das zu tun, womit sie gerade beschäftigt war. Danach kam Rozen, sie war neunzehn, und Gwenifer, siebzehn Jahre alt.

Nachdem die Schwester meines Vaters, Tante Melanie, den Bruder meiner Mutter, Onkel Connell, geheiratet hatte, bestand zwischen uns eine doppelte Verbindung. Aber vielleicht war das auch Tante Melanies Verdienst, die eine sehr häusliche, familienbewußte Frau war - genau wie meine Mutter. Beide waren der Ansicht, daß Familien zusammenhalten müssen.

Bersaba fing jetzt an, Bastian zu zeichnen.

»So hübsch ist er gar nicht«, protestierte ich.

Sie wurde rot und zerriß das Papier in zwei Hälften.

Sie liebt Bastian wirklich, dachte ich im stillen, aber im nächsten Moment hatte ich es wieder vergessen.

Eine Woche später machten wir uns auf den Weg nach Schloß Paling; meine Mutter, Bersaba und ich, drei Reitknechte und zwei Dienstmädchen. Eigentlich brauchten wir keine Dienstboten, denn auf Paling gab es genügend, aber die Straßen waren nicht sicher, und die Diener beschützten uns. Mein Vater hatte deshalb meiner Mutter das Versprechen abgenommen, niemals ohne Begleitung auszureiten. Obwohl wir die Straße zwischen Trystan Priory und Schloß Paling sehr gut kannten, fügte sie sich seinen Wünschen.

Bersaba sah hübsch aus an jenem Morgen. Der Juni ist ein wunderschöner Monat. Die Hecken waren voller wilder Rosen, und üppig blühender Ginster leuchtete in den Niederungen. Auf den Feldern kam schon der rote Sauerampfer zum Vorschein. Bersaba trug ihren dunkelroten Rock, den wir immer zum Reiten anzogen, und ich hatte einen blauen an. Auch wenn wir uns gleich anzogen, trugen wir doch nicht immer dieselben Farben. Das machte uns manchmal Spaß, weil wir gerne Leute an der Nase herumführten. Ich konnte Bersaba sehr gut nachmachen, und sie mich. Wir übten es regelrecht, und eine der großen Freuden unserer Kindheit war, Leute auf diese Weise hinters Licht zu führen. Wir konnten uns bis zur Hysterie amüsieren, wenn jemand zu ihr sagte: »Also wirklich, Miß Angelet, es hat keinen Zweck, so zu tun, als wärt Ihr Miß Bersaba. Ich erkenne Euch doch.« »Das verleiht uns eine gewisse Macht«, sagte ich damals zu Bersaba. Manchmal, in gewissen Situationen, hat uns das schon sehr geholfen. Also an jenem Tag trug sie ihren roten Rock und ich meinen blauen. Wir hatten dazu passende Umhänge und weiche braune Stiefel. Auf dieser Reise bestand also keine Gefahr, uns zu verwechseln, aber in Paling würden wir ab und zu gleiche Kleider anziehen und uns darüber freuen, die Leute hereinzulegen.

Wir ritten links und rechts von unserer Mutter. Sie war ein wenig nachdenklich. Wahrscheinlich dachte sie an unseren Vater und wo er sich in diesem Moment wohl aufhielt. Sie war immer ängstlich. So viele Gefahren drohten auf hoher See, und wir waren nie sicher, ob er wiederkehren würde.

Als ich dies ihr gegenüber einmal aussprach, sagte sie, wenn sie nicht so viele Ängste auszustehen hätte, würde sie sich nicht so freuen, wenn mein Vater endlich wieder nach Hause käme. Wir sollten immer daran denken, daß das Leben aus Licht- und Schattenseiten bestehe, und je dunkler der Schatten, um so heller das Licht. Meine Mutter war eine Philosophin und versuchte uns begreiflich zu machen, daß wir das Leben so nehmen müßten, wie es war. Sie glaubte, eine derartige Haltung wirke im Falle eines Unglücks wie ein Kissen.

Wären mein Vater und mein Bruder mit uns nach Schloß Paling geritten, wäre Mutter vollkommen glücklich gewesen. Ich dachte zärtlich an sie und fing an zu singen und Gott zu danken, daß er sie mir geschenkt hatte:

›Nimm unser Leben
mit Hey und mit Ho,
einem Hey nonny-no,
der Frühling krönt die Liebe . . .‹

Meine Mutter lächelte mich an, als wüßte sie, was ich dachte, fiel in den Gesang mit ein und forderte die Diener auf, es ihr gleichzutun. Abwechselnd sangen wir die erste Zeile eines Liedes unserer Wahl, und die anderen stimmten ein. Als die Reihe an Bersaba kam, sang sie, ganz allein, Ophelias Lied:

›Wie soll ich dein Feinsliebchen
von einem anderen erkennen?
An seinem Hut, seinem Stock,
an seinen Wanderschuhen.

Er ist tot und dahin, Lady,
tot und dahin;
Zu seinem Haupte ein grüner Rasen,
zu seinen Füßen ein Stein.‹

Bersaba hatte eine seltsam eindringliche Stimme, und als sie diese Worte sang, stellte ich mir vor, wie sie ertrunken im Fluß lag, ihr langes Haar auf dem Wasser treibend, ihr Gesicht weiß und tot. Bersaba hatte schon immer etwas Seltsames an sich, etwas, das ich nicht verstand, auch wenn die Leute noch so oft sagten, sie sei ein Teil von mir. Sie hatte eine Art, sich niemals einzumischen, und trotzdem konnte sie die Stimmung aller verändern.

Sie hatte es fertiggebracht, daß wir den Junimorgen vergaßen, die Sonne, die Blumen, die Lebensfreude, weil sie uns an den Tod erinnerte. Wir hörten auf zu singen und ritten schweigend weiter, bis das Schloß in unser Blickfeld rückte.

Der Granit glitzerte in der Sonne wie tausend Diamanten. Es war ein beeindruckender Anblick, der nie seine Wirkung

auf mich verfehlte. Herausfordernd, kühn und arrogant, erschien mir das Schloß immer wie etwas Lebendiges, und jedesmal war ich stolz darauf. Unser Haus machte einen viel freundlicheren Eindruck, obwohl die Steine, aus denen es erbaut worden war, genauso alt waren wie die des Schlosses - oder fast so alt. Trystan Priory schien freundlich und anheimelnd, verglichen mit Schloß Paling. Seine vier Türme zeugten von der ehemaligen Festung, die sechs Jahrhunderte uneinnehmbar geblieben war. Erbaut zur Zeit von Wilhelm dem Eroberer, waren im Laufe der Jahrhunderte immer neue Trakte dazugekommen. Jedesmal, wenn ich es wiedersah, wurde meine Phantasie angeregt, und ich sah die Verteidiger des Schlosses, wie sie Öl und Pfeile auf ihre Feinde hinunterprasseln ließen, die es stürmen wollten. Auf einer schweren eisenbeschlagenen Eichentür am Pförtnerhaus waren heute noch Spuren zu sehen, die von Mauerbrechern stammten.
Wir näherten uns dem Schloß von Westen, deshalb konnten wir zwei der vier Türme nicht sehen - Ysellas Turm, in dem es spuken sollte, und den, der über das Meer blickte, in dem Großvater Casvellyn sein Unwesen trieb.
Ich warf meiner Mutter einen Blick zu. Sie war ernst geworden, und ich fragte mich, was sie wohl beim Anblick des Schlosses dachte. Eines Tages würde ich in diesem Schloß über ihr Leben lesen, das früher unglücklich und voller Abenteuer gewesen war. Das mußte auch der Grund dafür sein, daß sie jetzt so zufrieden war.
Auch Bersabas Miene hatte sich verändert. Sie hatte ein klargeschnittenes Profil, hohe Backenknochen und mandelförmige Augen mit goldenen Wimpern. Ich sah sie oft an und dachte, wenn ich sie beschreibe, beschreibe ich auch mich, denn ich sehe genauso aus. Nur durch den Ausdruck vermochte man unsere Gesichter zu unterscheiden. Unsere Mutter hatte einmal gesagt: »Wenn ihr älter werdet, werdet ihr euch weniger ähnlich sehen. Erfahrungen verändern ein Gesicht, und es ist kaum zu erwarten, daß ihr die gleichen macht.«
Vielleicht sehen wir uns schon jetzt nicht mehr ähnlich, dachte ich; denn Bersaba hatte sich verändert, seit wir auf Schloß Paling waren. Sie entfernte sich von uns, und ich hatte das Gefühl, dort gelang ihr, was sie immer versuchte -

sie löste sich von mir. Es hat Zeiten gegeben, da wußte ich immer, was sie dachte, aber jetzt schloß sie mich aus. Ich habe mich oft gefragt, warum das ausgerechnet auf Schloß Paling so war.

Als wir über die Falltür in den Hof ritten, hörte ich Rozens Stimme rufen: »Sie sind da!«

Und dann kamen Tante Melanie, Melder und Gwenifer aus einer Seitentür des Schlosses gelaufen, und es folgte das übliche Durcheinander der Begrüßung, während unsere Pferde von den Reitknechten weggeführt wurden und die Dienstboten sich des Gepäcks annahmen.

Dann schritten wir durch die ehemalige Wachstube in die große Halle, an deren Steinmauern Hellebarden und Lanzen über Kreuz hingen sowie etliche Eisenrüstungen von unseren Vorfahren.

»Kommt erst ins Wohnzimmer«, sagte Tante Melanie, »und nehmt eine kleine Erfrischung. Dann könnt ihr auf eure Zimmer gehen. Schön, euch alle wiederzusehen! Die Zwillinge sehen gut aus.« Sie lächelte uns an, und ich sah ganz genau, daß sie nicht wußte, welche von uns wer war.

Wein und Kuchen standen in dem Zimmer bereit, das Tante Melanie ähnlich wie die in Trystan Priory eingerichtet hatte. Wenn ich die beiden zusammen sah, beschäftigte mich immer der Gedanke, daß Tante Melanies jetziges Zuhause früher das meiner Mutter war, und umgekehrt.

Wir schienen alle gleichzeitig zu sprechen, wie bei jedem Wiedersehen.

Anschließend begaben wir uns in unsere Zimmer. Bersaba und ich teilten uns eins, und Rozen und Gwenifer kamen und halfen uns beim Auspacken. Gwenifer erzählte viel von den Bällen, auf denen sie in der letzten Saison war. Obwohl sie noch nicht ganz achtzehn war, durfte sie, zusammen mit ihrer älteren Schwester, bereits ausgehen. Rozen glaubte, daß George Kroll um sie anhalten würde, und obwohl dies keine glänzende Partie war, wäre es doch immerhin eine, über die nachzudenken sich lohnte.

»Es gibt hier so wenig Menschen«, schmollte sie. »Ich wünschte, wir wären bei Hof!«

Bei Hof! Das Wort allein versetzte uns in Träume. Bälle, Bankette, glanzvolle Staatsempfänge, elegante Kleider und kostbare Pelze.

Rozen trug eine lockige Ponyfrisur, die wir alle bewunderten, und sie erzählte uns, sie hätte gehört, Königin Henrietta Maria hätte diese Frisur zur neuesten Mode gekürt. Rozen war fröhlich und mochte George Kroll eigentlich sehr gerne, obwohl er nicht ganz dem Galan entsprach, den sie sich erträumt hatte.
»Eine Menge Schwierigkeiten brauen sich in Hofkreisen zusammen«, sagte Bersaba.
Alle sahen sie erstaunt an. Das war typisch Bersaba, mit etwas Ernstem herauszuplatzen, wenn wir uns nur amüsieren wollten.
»Vater macht sich wegen der Schiffssteuern Sorgen«, fuhr sie fort.
»Schiffssteuern!« rief Rozen bestürzt. »Wir reden über die neueste Mode.«
»Meine liebe Cousine«, sagte Bersaba in überlegenem Ton, »wenn es Schwierigkeiten gibt zwischen dem König und seinem Parlament, gibt es auch keine neueste Mode mehr.«
»Wer von euch beiden bist du denn?« fragte Rozen ärgerlich. »Sicherlich Bersaba.«
»Natürlich«, antwortete ich an ihrer Stelle.
»Bitte, Angelet, mach, daß sie den Mund hält.«
Ich verschränkte meine Arme und lächelte meine Zwillingsschwester an. »Ich habe keine Macht über sie.«
»Es ist dumm, den Tatsachen nicht ins Auge zu schauen«, sagte Bersaba beleidigt. »Angelet, du weißt ganz genau, daß alle Leute, die Vater besuchen kommen, beunruhigt sind.«
»Sie sind immer beunruhigt«, sagte Gwenifer. »Die Leute von der East India Company beklagen sich ständig über irgendwas.«
»Sie leisten hervorragende Arbeit für unser Land«, unterstützte ich meine Zwillingsschwester.
»Ach, ihr zwei und eure Eltern mit dem Heiligenschein!« sagte Gwenifer. »Laßt uns über etwas Interessantes reden.«
»George Kroll wird also um Rozen anhalten?« fragte ich.
»Das ist schon so gut wie sicher«, erwiderte Rozen. »Und Vater wird ja sagen, denn die Krolls sind eine gute Familie. Mutter wird zustimmen, weil sie glaubt, George wird ein guter Ehemann.«
»Damit haben wir einen weniger auf der Liste«, bemerkte Bersaba lakonisch.

»Wie kann man darüber nur so reden!« rief ich aus.
»Es stimmt doch«, beharrte Bersaba. »Wir kommen auch bald an die Reihe.«
»Ich werde mir meinen Mann schon alleine aussuchen«, sagte ich bestimmt.
»Ich auch«, antwortete Bersaba.
Wir sprachen also über Bälle, und unsere Kusinen schauten sich unsere Kleider an. Die Konversation bewegte sich weiter auf heiterer Ebene, was mir Spaß machte, aber Bersaba fand es ziemlich öde. Sie zog sich in ihr Schweigen zurück, was uns besonders rasend machen konnte, weil es so aussah, als verachte sie uns.
Wir dinierten alle zusammen in der großen Halle, eine große Gesellschaft von neun Personen. Auch Bastian und Onkel Connell, die draußen die Felder besichtigt hatten, waren am späten Nachmittag heimgekommen.
Als wir uns umzogen, schlug ich Bersaba vor: »Laß uns heute abend unsere blauen Kleider anziehen.«
Sie zögerte, dann glitt ein Lächeln über ihr Gesicht. »Wie du willst.«
»Wir könnten eine Menge Spaß haben«, sagte ich. »Du tust so, als wärst du ich - und umgekehrt.«
»Ein paar von ihnen kennen den Unterschied.«
»Wer?«
»Mutter, zum Beispiel.«
»Mutter kennt uns natürlich auseinander.«
Wir zogen also unsere blauen Kleider an, mit den mit Korsettstangen versehenen Leibchen, den blauen Schärpen und den geschlitzten Röcken, unter denen man unsere Satinunterröcke sehen konnte. Wir hatten sie letztes Jahr bekommen, und obwohl sie bereits damals nicht mehr der neuesten Mode entsprachen, standen sie uns doch sehr gut.
»Wir stecken uns die Haare hoch«, schlug Bersaba vor.
»Alle sagen, man trägt sie nicht mehr so.«
»Aber es sieht gut aus zu unseren hohen Stirnen«, gab sie zu bedenken, und damit hatte sie recht.
Wir standen Seite an Seite und lachten über unser Spiegelbild. Obwohl wir an unsere Ähnlichkeit gewöhnt waren, amüsierte sie uns doch von Zeit zu Zeit.
Unten in der Halle küßte uns Onkel Connell herzlich. Er gehörte zu den Männern, die Frauen immer mögen, ob alt

oder jung, dick oder dünn. Er war groß und stark, ein bißchen wie Großvater Casvellyn. Man bekam eine Vorstellung, wie Großvater in seiner Jugend gewesen sein mußte. Trotzdem hatte man manchmal das Gefühl, daß sogar er vor Großvater Angst hatte. Und das war der Unterschied zwischen den beiden, denn Großvater hatte vor niemandem Angst. Connell hielt uns eng umschlungen und herzte und küßte uns. Er legte eine Hand unter mein Kinn und fragte: »Welche bist jetzt du?«

»Ich bin Angel«, antwortete ich.

»Na, ein Engel scheinst du nicht gerade zu sein.«

Alle lachten.

»Und du bist Bersaba, eh? Komm, gib deinem Onkel einen Kuß.«

Bersaba zögerte, deshalb gab Onkel Connell ihr zwei Küsse, als ob diese Wiederholung es ihr schmackhafter machen würde!

Ich hatte gehört, daß Connell ein richtiger Casvellyn war, der mehrere Mätressen auf dem Land hatte, und daß mehr als einer der Bastarde im Dienstbotenquartier von ihm gezeugt worden waren.

Oft überlegte ich mir, was Tante Melanie wohl dazu sagte. Sie ließ niemals durchblicken, ob es ihr etwas ausmachte. Auch mit Bersaba hatte ich darüber gesprochen, und sie meinte, sie nähme es als etwas Unabwendbares im Leben. Solange es nicht ihren Haushalt und ihre Familie beeinflußte, würde sie eben ein Auge zudrücken.

»Ich würde schon den Mund aufmachen, wenn ich an ihrer Stelle wäre«, erklärte ich. »Du nicht?«

»Ich würde etwas dagegen unternehmen«, antwortete sie.

Da erschien Bastian. Ich fand ihn genauso hübsch, wie Bersaba ihn gezeichnet hatte. Er war groß wie sein Vater, und die Tatsache, daß er das Aussehen seines Vaters und den Charakter seiner Mutter geerbt hatte, machte ihn irgendwie interessant.

Er blickte von Bersaba zu mir und wieder zurück.

Bersaba mußte lachen und sagte: »Ich bin Bersaba.« Da küßte er sie als erste und dann mich.

Onkel Connell bat zu Tisch, und wir setzten uns. Er nahm am Kopfende der langen Tafel Platz, und meine Mutter und Melder setzten sich ihm zur Seite. Bersaba und ich ließen

uns rechts und links von Tante Melanie nieder und Bastian neben Bersaba.
Hauptsächlich wurde über Landwirtschaft und Geschäfte gesprochen und alles, was es auf einem Gut so zu tun gab. Meine Mutter erwähnte die wachsenden Schwierigkeiten, mit denen die East India Company konfrontiert wurde, und die, wie sie hoffte, gemeistert würden, sobald die Niederlassung in Indien errichtet sein würde.
Bastian sagte: »Überall gibt es Schwierigkeiten. Die Leute scheinen sie bloß nicht zu bemerken. Sie schließen einfach die Augen. Aber eines Tages werden uns die Probleme über den Kopf wachsen.«
»Bastian ist ein richtiger Jeremias«, sagte Rozen.
»Es gibt nichts Dümmeres, als seine Augen vor Tatsachen zu verschließen, nur weil sie unangenehm sind«, gab ihm Bersaba recht und stellte sich damit auf Bastians Seite. Er lächelte sie vielsagend an, und sie errötete vor Freude.
»Der König und seine Minister liegen sich in den Haaren«, fing Bastian an.
»Mein lieber Sohn«, fiel sein Vater ihm ins Wort, »solange es Könige und Minister gibt, liegen sie sich in den Haaren.«
»Welcher andere König noch hat sein Parlament verabschiedet und regiert ohne einen einzigen Minister? Und das schon seit zehn Jahren!«
»Wir haben den Unterschied gar nicht bemerkt«, lachte Onkel Connell.
»Das wird schon noch kommen«, erwiderte Bastian. »Der König glaubt, er sei Regent von Gottes Gnaden. Es gibt Menschen, die da nicht mit ihm übereinstimmen.«
»Könige . . . Parlamente«, sagte Onkel Connell, »sie haben alle nur ein Interesse, nämlich Steuern und nochmals Steuern zu kassieren, um ihre Tollheiten bezahlen zu können.«
»Als Buckingham ermordet wurde, habe ich gedacht, das würde die Lage ändern«, sagte meine Mutter.
»Nein«, antwortete Bastian, »der König muß sich ändern.«
»Und wird er das?« fragte Bersaba.
»Er muß . . . oder er wird gestürzt«, antwortete Bastian. »Kein König kann lange ohne das Wohlwollen seiner Untertanen regieren.«
»Armer Mann«, meinte meine Mutter, »wie traurig sein Leben sein muß.«

Onkel Connell lachte. »Meine liebe Tamsyn, der König schert sich wenig um den Beifall seines Volkes. Er schert sich nicht einmal um die Meinungen seiner Minister. Er ist vollkommen davon überzeugt, im Recht und von Gott gelenkt zu sein. Wer weiß, vielleicht ist er es auch.«
»Wenigstens scheint sein Familienleben jetzt glücklicher zu sein«, sagte Tante Melanie. »Ich glaube, am Anfang war er alles andere als glücklich. Er ist ein guter Mensch und ein guter Vater, was immer er als König sein mag.«
»Es sollte ihm wichtiger sein, ein guter König zu sein«, murmelte Bastian.
»Man sagt, die Königin sei vergnügungssüchtig. Sie liebt Tanz und elegante Kleider«, bemerkte Rozen.
»Und sich in fremde Dinge zu mischen«, fügte Bastian hinzu.
»Immerhin ist sie die Königin«, sagte ich.
»Armes Kind«, sagte meine Mutter, »es muß schlimm sein, mit sechzehn aus dem Haus geschickt zu werden. Jünger als ihr Zwillinge seid.« Sie lächelte uns an. »Stellt euch das nur einmal vor: In ein fremdes Land, zu einem fremden Ehemann . . . Und sie ist Katholikin, während der König aus einem protestantischen Land stammt. Kein Wunder, daß es Zwietracht und Mißverständnisse zwischen ihnen gegeben hat. Wenn sie sich jetzt endlich verstehen, sollten wir Gott für ihr Glück danken.«
»Das tue ich von ganzem Herzen«, wurde sie von Melanie unterstützt.
»Sie werden nie ihr Glück finden, solange der König nicht auf seine Minister hört und wir wieder ein Parlament haben, das unsere Gesetze macht«, sagte Bastian.
»Wir sind so weit vom Hof entfernt«, sagte Melanie, »was immer dort geschieht, uns berührt es kaum. Wir erfahren es doch erst Monate später.«
»Es ist wie das Kräuseln der Wellen«, erinnerte uns Bastian. »Irgendwann erreichen sie das Ufer doch.«
»Wie geht es Großvater Casvellyn?« wechselte meine Mutter das Thema.
»Wie gewöhnlich«, sagte Melanie. »Er weiß, daß ihr da seid. Ich schlage vor, wenn ihr fertiggegessen habt, geht ihr zu ihm. Sonst beschwert er sich wieder, daß ihr euch nicht um ihn kümmert.«

Meine Mutter nickte und lächelte.
»Melder wird mit euch hinaufgehen und darauf achten, daß ihr nicht zu lange bleibt.«
»Er hat heute seinen zänkischen Tag«, sagte Melder.
»Hat er den nicht immer?« fragte Connell.
»Heute ist er besonders schlimm«, antwortete Melder. »Aber er wird sich freuen, euch zu sehen.«
Ich lächelte vor mich hin, Bersaba auch. Keine von uns konnte sich erinnern, daß Großvater jemals Freude über unsere Anwesenheit gezeigt hätte.
Bersaba, Mutter und ich gingen mit Melder hinaus. Als wir durch den engen Gang zu Nonnas Turm am Meer schritten, fühlte ich, daß jemand meine Hand nahm. Bastian ging neben mir. Der Druck seiner Finger schien etwas zu bedeuten.
Großvater Casvellyn blickte uns finster entgegen. Obwohl ich auf ihn vorbereitet war und wußte, wie er aussah, verspürte ich immer einen kleinen Schock, wenn ich ihm gegenübertrat. Seine Beine waren unter einer Decke versteckt. Verkrüppelt, wie sie waren, wären sie sicherlich kein schöner Anblick gewesen. Seine Schultern waren breit; von der Taille aufwärts sah er stark und kräftig aus. Oft habe ich mir gedacht, wenn er klein wäre, wäre das alles gar nicht so schlimm. Er hatte einen durchdringenden Blick, und seine Augen schienen aus dem Kopf zu treten, als ob er uns verschlingen wollte. Nie werde ich die Nacht vergessen, als er in einem Boot hinausgerudert war - einem starken und schönen Boot - und sich in den Teufelszähnen verfing, die aus ihm den Mann machten, der er heute war.
Er vollführte mit seinem Rollstuhl eine Kehrtwendung und fuhr auf uns zu.
»Da seid ihr ja«, sagte er und sah meine Mutter an.
»Ja, Vater.« Sie schien sich nicht ein bißchen vor ihm zu fürchten, was mich bei der sanftmütigen und friedliebenden Frau immer wieder verblüffte. Mir schoß ein Gedanke durch den Kopf: Vielleicht weiß sie etwas . . . etwas, wovon ihm lieber wäre, daß sie es nicht wüßte, und das ihr Macht über ihn gab. Wie ich unsere Mutter kannte, würde sie diese Macht nur soweit ausnützen, daß sie keine Angst vor ihm hatte.
»Und das sind deine Mädels. Wo ist dein Sohn?«

»Er hat zu Hause zu tun. Sein Vater kann jeden Tag zurückkehren. Jemand muß da sein, um ihn zu begrüßen.«
Ein höhnisches Lächeln erschien auf seinen Lippen: »Wieder nach Ostindien unterwegs, was?«
»Aber natürlich«, sagte meine Mutter gelassen.
»Und das sind die beiden Mädchen . . . gleich zwei auf einmal . . . wie ein Paar Stiefel unter dem Bett. Das sieht dir ähnlich, zwei Mädchen in die Welt zu setzen. Wir brauchen Söhne! Und dein Bruder hier hat auch nur Mädchen und einen einzigen Sohn. Nach so vielen Ehejahren!«
»Es scheint in der Familie zu liegen. Auch du hattest nur einen Sohn, Vater, du kannst dich also nicht über Connell beschweren.«
»Weil unsere Frauen uns im Stich lassen.«
»Du hast keinen Grund, unzufrieden zu sein: Melanie ist dir eine gute Tochter, und Melder versorgt dich ausgezeichnet.«
»Ja, natürlich, ich muß mich in meinem eigenen Haus für eure Gnade bedanken. Ich muß dankbar sein, daß ich unter meinem eigenen Dach leben darf. Warum stehen diese Mädchen wie Strohpuppen herum? Kommt her und laßt euch anschauen!«
Mutter zog uns vorwärts.
»Müssen sie deine Hand halten, wenn sie sich in die Höhle des Löwen wagen?« brüllte Großvater. »Kommt mir nicht zu nahe, Kinder, ich könnte euch fressen!«
Dabei waren wir ihm schon erschreckend nahe. Seine Augenbrauen waren dicht und buschig und die Augen darunter stechend. Er streckte eine Hand aus und erwischte mich am Arm.
»Welche bist du?«
»Angelet«, antwortete ich schüchtern.
»Und die da?«
»Bersaba.«
»Ausländische Namen!«
»Schöne alte Namen aus Cornwall«, sagte meine Mutter.
»Eine ist nach den Engeln benannt und die andere nach einer Weibsperson, die kein Engel war. Bathseba heißt das Original.« Er war sehr interessiert an alten Namen und ihrem Ursprung und alten Bräuchen. Linnet, seine Frau, stammte aus Devon, und er war stolz auf sein Cornwall-

Blut. Er starrte Bersaba von oben bis unten an, als würde er ihre Qualitäten abschätzen. Furchtlos erwiderte diese seinen Blick. Dann versetzte er ihr einen kleinen Schubs und sagte: »Schon bald erwachsen, was? Heirate gut und krieg Söhne!«
»Ich werde mein Bestes tun«, antwortete Bersaba.
Er mochte sie, das konnte man sehen. Sie interessierte ihn mehr als ich. Was mich verwunderte - er bemerkte einen Unterschied zwischen uns, den andere nicht sahen.
»Und laß dir nicht zu viel Zeit. Ich möchte meine Urenkel noch sehen, bevor ich sterbe.«
»Die Zwillinge sind erst siebzehn, Vater«, wendete meine Mutter ein.
Er fing vergnügt an zu lachen und gab Bersaba noch einen Schubs. »Die sind reif genug.«
Bersaba wurde über und über rot.
»Wir bleiben ein paar Tage hier, Vater. Wir kommen dich noch einmal besuchen.«
»Das ist eine der Strafen, wenn man hierherkommt«, sagte mein Großvater. »Man erwartet von euch nicht nur, daß ihr euch mit der Familie amüsiert, nein, ihr müßt euch auch um den alten Menschenfresser kümmern.«
»Einer der Gründe, warum wir überhaupt kommen, ist, um dich zu sehen«, protestierte meine Mutter.
»Eure Mutter hat immer die Konventionen eingehalten«, sagte mein Großvater, »aber ich glaube nicht, daß ihr in ihre Fußstapfen steigt.« Dabei sah er Bersaba an.
Melder sagte: »Also gut, dann gehen wir jetzt hinunter.«
»Ja, natürlich«, schrie mein Großvater, »der Wachhund findet es an der Zeit, daß ihr geht, bevor ich meine Zähne blecke. Eure Kusine Melder ist das schrecklichste Frauenzimmer, das ich kenne. Und widerspenstig! Dieses Weib lehnt sich gegen jeden Mann auf! Sie hat etwas gegen uns, weil sie kein Mann zur Frau begehrt.«
»Also bitte, Vater!« protestierte meine Mutter. »Ich bin überzeugt . . .«
»Du bist überzeugt? Was dich anbelangt, bin ich nur von einem überzeugt: Du sagst, was du für richtig hältst, ganz egal, ob das der Wahrheit entspricht oder nicht. Diese Kreatur ist ein Witz! Frauen sind auf der Welt, um Männern zu gefallen und fruchtbar zu sein!«

Kein Anzeichen verriet, daß Melder von dieser Tirade verletzt gewesen wäre, er sah sie auch gar nicht an. Sein Blick ruhte auf uns, hauptsächlich auf Bersaba.
Plötzlich fing er an, lauthals zu lachen. Sein Lachen war so furchterregend wie sein Ärger.
Melder hielt die Türe auf.
»Morgen besuchen wir dich wieder«, sagte Mutter, als wäre dies ein durchaus angenehmes Wiedersehen gewesen.
Die Tür schloß sich hinter uns, und Großvater lachte noch immer.
»Mal wieder schlechter Laune«, war der Kommentar meiner Mutter.
»Die hat er jeden Tag«, bemerkte Melder sachlich. »Der Anblick von jungen Mädchen veranlaßt ihn immer zu derartigen Ausbrüchen. Es scheint ein Ausgleich dafür zu sein, daß er sie nicht beschimpfen kann. Es bedeutet nichts . . . es erleichtert ihn nur.«
»Du mußt morgen nicht mitkommen«, sagte meine Mutter.
Innerlich mußte ich lachen. Ich wußte, sein Gerede vor uns über die weiblichen Körperfunktionen störte meine Mutter.
Sie wollte uns, solange sie konnte, vor der Welt beschützen, aber wir waren, wie die meisten Kinder, viel aufgeklärter, als unsere Mutter ahnte. Wie wäre dies auch zu vermeiden gewesen! Wir hörten die Dienstboten darüber reden, wir haben sie zusammen in den Wald gehen sehen, wir wußten, daß Bessie Camus schwanger geworden war und daß Mutter sie mit einem Stallburschen verheiratet hatte. Wir wußten, daß Babys nicht unter dem Wacholderbusch wuchsen und auch nicht vom Klapperstorch gebracht wurden.
Unser eigenes Zuhause, in dem das Leben ruhig verlief und vollkommene Harmonie zwischen unseren Eltern herrschte, war ganz anders als Schloß Paling. Unsere Kusinen wußten noch viel mehr über die Beziehungen zwischen den Geschlechtern als wir. Rozen hat einmal gesagt: »Vater ist seine ganze Ehe hindurch unserer Mutter untreu gewesen. Wenn ein neues Dienstmädchen ins Haus kommt, nimmt er sie sofort unter die Lupe. Er glaubt, als Schloßherr hat er ein Recht auf sie. Wenn er der erste war, sucht er dem Mädchen einen Mann und gibt ihnen eine Hütte; sozusa-

gen als Aussteuer. Darum sind auch so viele Kinder hier unsere Halbbrüder beziehungsweise Halbschwestern.«
Es war schwer für uns, uns mit dieser Lebensart anzufreunden, aber wir wußten, daß diese Dinge eben passierten.
Als wir abends im Bett lagen, versuchte ich mit Bersaba über all dies zu sprechen.
»›Die sind reif genug‹«, äffte ich den Großvater nach.
»Großvater sieht in jeder Frau nur eine mögliche Bettgespielin für den Mann.«
»Glaubst du, er ist bereits jenseits von Gut und Böse?«
»Menschen wie er sind das wahrscheinlich nie.«
»Er hat dich die ganze Zeit angestarrt«, erinnerte ich sie.
»Unsinn!«
»Doch, das hat er. Als wäre ich überhaupt nicht vorhanden.«
»Ich will jetzt schlafen«, sagte Bersaba.
»Ich möchte nur wissen, warum er dich so angesehen hat.«
»Hat er gar nicht. Gute Nacht!«
Obwohl ich mich gerne weiter mit ihr unterhalten hätte, gab sie vor zu schlafen.

Zwei Tage gingen ins Land. Wir ritten mit unseren Kusinen aus, manchmal machten wir auch Streifzüge durch das Schloß. Ich ging hinunter ans Meer und suchte am Strand nach Muscheln und Halbedelsteinen. Wir hatten eine beachtliche Kollektion an Rohamethysten, Topasen und interessanten Quarzsteinen, die wir im Laufe der Zeit gefunden hatten.
Ich liebte es, am Strand zu stehen, wenn sich die Wellen tosend brachen und ihre Gischt über mich sprühten. Und ich schrie vor Vergnügen, wenn es mir gerade noch gelang, zurückzuspringen, bevor ich vollkommen durchnäßt wurde.
Ich liebte es auch, mich an die Schloßmauern zu lehnen und ihre Stärke zu bewundern. Die Mauern und das Meer waren für mich wie zwei Gegner: das Werk der Natur und das Werk von Menschenhand. Natürlich war das Meer gewaltiger; es wäre ihm ein leichtes, dieses mächtige Gebäude wegzuschwemmen; aber selbst dann könnte es das Schloß nicht vollkommen zerstören. Großvater Casvellyn hatte das Meer herausgefordert, und das Meer hatte den Kampf gewonnen - aber nicht vollständig; denn er lebte immer

noch in dem dem Meer zugewandten Turm und drohte mit den Fäusten.
Auch Bersaba hatte früher Steine am Strand gesammelt, aber jetzt hatte sie das Interesse daran verloren und fand es nur noch kindisch. Pferde waren ihr lieber - mir auch. Am ersten Tag ritten wir mit unseren Kusinen aus, und es dauerte nicht lange, da bemerkten wir, daß Bersaba nicht mehr bei uns war. Sie liebte es, zu verschwinden. Rozen, Gwenifer sowie zwei Reitknechte waren mit uns gekommen.
Ich sagte: »Entweder sie findet uns wieder, oder sie reitet zurück zum Schloß. Manchmal ist sie lieber alleine.«
Wir machten uns nicht viel Sorgen um sie.
Natürlich hatte ich recht: Sie kam zurück zum Schloß und sagte, sie hätte uns verloren, aber keine Lust gehabt, ihren Ausritt abzubrechen. Sie kannte die Gegend sehr gut und hatte keine Angst vor Räubern, weil sie davon überzeugt war, schneller zu reiten als sie.
»Du weißt, Mutter mag es nicht, wenn wir alleine reiten.«
»Meine liebe Angel, wir werden langsam erwachsen. Vielleicht werden wir bald noch mehr Dinge tun, die Mutter nicht gefallen.«
Sie entglitt mir. Das unsichtbare Band, das uns zusammenhielt, war dem Zerreißen nah. Sie war mir eine Fremde, ein Geheimnis geworden. Eines Tages, dachte ich, werden wir nur noch ganz gewöhnliche Geschwister sein.
Am nächsten Tag, als wir wieder ausreiten wollten, erwischte ich irrtümlich ihr Reitkleid und entdeckte Farnkraut und Schlammspuren daran.
»Wahrscheinlich ist sie gestürzt«, dachte ich.
Als sie mich sah, starrte sie ihren Rock an.
»Schau her!« rief ich. »Was ist passiert? Bist du gestürzt?«
»Unsinn!« sagte sie und riß mir den Rock aus der Hand. »Natürlich bin ich nicht gestürzt.«
»Schwester, dieser Rock hatte Bodenkontakt. Das ist so klar wie Wasser.«
Für den Bruchteil einer Sekunde schien sie nachzudenken. »O ja, ich weiß. Das stammt von meinem Ausritt gestern. Da war ein wunderschöner Teich, und es war still und friedlich, so daß ich Lust hatte abzusteigen und mich eine Weile hinzusetzen.«

»Das hättest du nicht tun sollen . . . schon gar nicht allein. Stell dir vor, jemand wäre gekommen . . . ein Mann . . .« Sie lachte mich aus und drehte sich um.
»Eines Tages müssen wir erwachsen werden, Angelet«, sagte sie und bürstete ihren Rock aus. »Das war's«, meinte sie und hängte den Rock in den Schrank. »Und warum schnüffelst du in meinen Sachen herum?«
»Ich habe nicht herumgeschnüffelt. Ich habe gedacht, es ist mein Rock.« Verwirrt ließ sie mich zurück.
Am nächsten Tag geschah etwas Seltsames. Es war Mittag, und wir saßen in der großen Halle bei Tisch. Tante Melanie meinte, da wir so viele seien, wäre es besser, in der Halle als im Eßzimmer zu essen, das nur für kleinere Gesellschaften geeignet war.
Auf Schloß Paling hatte es immer eine große Tafel gegeben. Großvater Casvellyn liebte es, herzhaft zu essen, ebenso Connell. In der Familie meines Vaters dagegen gab es nur mäßige Esser, obwohl unsere Speisekammern wohlgefüllt waren. Auch wenn unerwarteter Besuch kam, haben wir nie so riesige Mahlzeiten verschlungen, wie es auf Schloß Paling der Brauch war. Tante Melanie war sehr stolz auf ihre Speisekammern, und Melder half ihr beim Kochen. Unentwegt zwang sie uns, irgendwelche Delikatessen zu versuchen, die sie und Melder sich ausgedacht hatten.
Meine Mutter und Tante Melanie sprachen über ihre Gewürzbeete, die sie mit so viel Sorgfalt bepflanzt hatten, und Tante Melanie erzählte, daß der Saft der Butterblumen Rozen so zum Niesen gebracht hätte, daß ihr Stirnhöhlenkatarrh dadurch geheilt worden sei.
Da plötzlich klopfte es draußen.
»Besuch«, sagte Onkel Connell und sah zu Tante Melanie.
»Ich möchte nur wissen, wer«, antwortete sie.
Tante Melanie stand auf und eilte aus der Halle; Onkel Connell hinter ihr her.
Bei Tisch hörten wir erstaunte Ausrufe von draußen, und gleich darauf kamen die beiden mit zwei Damen zurück - zwei sehr ungewöhnlichen Erscheinungen. Oft, wenn ich daran zurückdenke, glaube ich, das Leben wollte uns auf das Kommende vorbereiten, uns warnen.
Als ich damals bei Tisch saß und die beiden Neuankömmlinge musterte - eine der Damen war im Alter meiner Mut-

ter, die andere etwa so alt wie ich -, hatte ich keine Ahnung, daß ihre Ankunft eines der wichtigsten Ereignisse in unserem Leben sein sollte.
Tante Melanie rief: »Tamsyn! Weißt du, wer das ist? Senara!«
Meine Mutter erhob sich, wurde erst weiß, dann rot. Die beiden älteren Damen starrten sich ein paar Minuten an und stürzten sich gegenseitig in die Arme.
Sie lachten, und meine Mutter war den Tränen nahe. Sie umklammerte die Schultern der Fremden und sah ihr forschend in die Augen.
»Senara!« rief meine Mutter. »Was ist geschehen?«
»Zu viel, um dir jetzt alles zu erzählen«, antwortete die fremde Dame. »Schön, dich wiederzusehen . . .« Sie zog ihre Kapuze zurück und schüttelte ihr prächtiges schwarzes Haar. »Nichts hat sich verändert . . . nicht ein bißchen. Und du, du bist immer noch die alte Tamsyn.«
»Und das . . .?«
»Das ist meine Tochter. Carlotta, komm und begrüß Tamsyn.« Das Mädchen mit dem Namen Carlotta trat zu meiner Mutter, aber als diese sie umarmen wollte, wich das Mädchen zurück und machte einen tiefen Knicks. Schon damals bemerkte ich ihre unendliche Anmut! Sie sah sehr fremdländisch aus, hatte dunkles Haar wie ihre Mutter, große mandelförmige Augen und so dichte Wimpern, daß sie mir im ersten Augenblick aufgefallen waren. Ihr Gesicht war sehr weiß, bis auf die leuchtendroten Lippen und die kohlschwarzen Augen.
»Das also ist deine Tochter . . . liebe Senara, das ist wundervoll! Du mußt uns so viel erzählen!« Sie blickte sich nach uns um. »Meine Töchter sind auch hier.«
»Du hast Fennimore also doch geheiratet?«
»Ja, ich habe Fennimore geheiratet.«
»Und sie lebten glücklich bis an ihr Lebensende?«
»Ja, ich bin sehr glücklich. Angelet, Bersaba . . .«
Wir erhoben uns und traten zu unserer Mutter.
»Zwillinge!« staunte Senara. Ein fröhliches Lachen schien in ihrer Stimme mitzuschwingen, auch das hatte ich von Anfang an bemerkt. »Oh, Tamsyn, du und Zwillinge!«
»Ich habe auch einen Sohn. Er ist sieben Jahre älter als die Zwillinge.«

Senara ergriff meine rechte Hand und Bersabas linke und musterte uns aufmerksam.
»Eure Mutter und ich waren wie Schwestern ... während unserer ganzen Kindheit, bis wir getrennt wurden. Carlotta, komm und begrüße diese beiden Mädchen, die ich ihrer Mutter wegen bereits ins Herz geschlossen habe.«
Carlotta sah uns abschätzend an und nickte uns anmutig zu.
»Bist du weit geritten?« fragte Melanie.
»Ja, wir kommen aus Plymouth. Gestern nacht haben wir in einem sehr mittelmäßigen Gasthaus übernachtet. Die Betten waren hart, das Schweinefleisch versalzen, aber ich habe es kaum bemerkt, so ungeduldig war ich, nach Schloß Paling zu kommen.«
»Was für ein Glück, daß du uns hier angetroffen hast. Wir sind nur zu Besuch hier.«
»Natürlich, du bist ja in Trystan Priory zu Hause. Wie geht es dem guten Fennimore?«
»Zur Zeit ist er auf See. Wir erwarten ihn aber bald zurück.«
»Wie ich mich freue, euch alle wiederzusehen!«
»Erzähl uns alles, was geschehen ist!«
Melanie lächelte. »Ich weiß, was du empfindest, uns nach all den Jahren wiederzusehen, aber du mußt müde sein. Ich werde dir und deiner Tochter ein Zimmer herrichten lassen. Du bist doch sicherlich hungrig.«
»Ach, Melanie, du bist immer so lieb gewesen, so praktisch ... Und Connell, ich hätte dich und die lieben Kinder fast vergessen ... Ja, ich bin hungrig und meine Tochter auch. Wenn wir uns die Spuren der Reise von Gesicht und Händen waschen und etwas von diesen köstlichen Speisen versuchen dürfen ... hinterher dann sprechen wir von alten Zeiten und der Vergangenheit.«
Connell stellte sich neben seine Frau und sagte: »Ruf die Dienstboten, sie sollen alles für unsere Gäste herrichten.«
Melder, als gute Hausfrau, die sie war, war bereits unterwegs, um die entsprechenden Anweisungen zu erteilen.
»Wir werden das Essen warm stellen«, sagte Melanie. »In der Zwischenzeit könnt ihr in mein Zimmer kommen und euch etwas erfrischen. Eure Zimmer sind noch nicht fertig.«

Sie und meine Mutter gingen mit den Neuankömmlingen hinaus, und Stille breitete sich an der Tafel aus.
»Wer sind diese Leute?« fragte Rozen. »Mutter und Tante Tamsyn scheinen sie ja gut zu kennen.«
»Die ältere ist hier auf Schloß Paling geboren«, erwiderte Onkel Connell. »Ihre Mutter ist das Opfer eines Schiffsunglücks gewesen und ist hier an der Küste an Land gespült worden. Senara kam ungefähr drei Monate später zur Welt. Sie hat ihre ganze Kindheit hier verlebt, und als unsere Mutter gestorben ist, hat unser Vater Senaras Mutter geheiratet.«
»Dann war sie also hier zu Hause?«
»Ja, sie war hier zu Hause.«
»Und sie ist weggegangen und hat nie mehr etwas von sich hören lassen?«
»Das ist eine lange Geschichte«, sagte Connell. »Sie ging fort, weil sie einen Puritaner heiraten wollte. Hinterher ist sie nach Holland gegangen. Wir werden es schon noch erfahren.«
»Und nach all den Jahren kommt sie jetzt erst zurück? Wie lange ist es her, daß sie weggegangen ist?«
Connell dachte nach. »Es muß an die dreißig Jahre her sein.«
»Sie muß sehr alt sein . . . diese Senara.«
»Sie war höchstens siebzehn, als sie ging.«
»Dann ist sie ja siebenundvierzig. Das ist doch nicht möglich.«
»Wahrscheinlich kennt sie Mittel und Wege, sich jung zu halten.«
»Wie denn, Vater?« fragte Rozen.
»Senara war schon immer schlau. Die Dienstboten dachten damals, sie sei eine Hexe.«
»Wie aufregend!« rief Gwenifer aus.
»Damals wurde eine Menge über Hexen geredet«, sagte Connell. »Manchmal kommen sie in Mode. Der letzte König war ein Fanatiker, was Hexen betraf. Die Leute hier dachten alle, Senaras Mutter sei eine Hexe, und das kann gefährlich sein. Also ist sie fortgegangen.«
»Was ist aus ihr geworden?«
»Das haben wir nie erfahren. Aber nachdem sie weg war, kamen die Leute ins Schloß und wollten Senara holen. Ihre

Mutter ist an Allerheiligen an den Strand gespült worden, und an Allerheiligen ist sie auch verschwunden. Alles schien darauf hinzudeuten, daß sie eine Hexe war, und die Leute kamen und suchten sie. Als sie herausfanden, daß sie nicht mehr da war, wollten sie Senara an ihrer Stelle mitnehmen, und da ist sie geflohen. Seitdem haben wir nichts mehr von ihr gehört - bis jetzt.«
»Und du und Mutter habt ihr geholfen?«
»Natürlich, wir haben ihr alle geholfen. Sie war uns wie eine Schwester.«
»Und jetzt ist sie zurückgekommen«, flüsterte Bersaba.
Wir schwiegen eine Weile. Ich sah alles deutlich vor mir. Wie Senaras Mutter an Land gespült und als Hexe gebrandmarkt wurde, wie dieser furchterregende Mann da oben im Turm sie geheiratet hatte, nachdem Linnet gestorben war, und wie sie ihm dann davonlief, was mich überhaupt nicht erstaunte. Und der Mob, der Senara holen wollte . . . die damals noch ganz jung war und Augen hatte wie ihre Tochter Carlotta. Und wer war Carlottas Vater? Wir würden es schon noch erfahren, davon war ich überzeugt.

Begleitet von meiner Mutter und Tante Melanie, kamen Senara und Carlotta zurück in die Halle. Die Wangen meiner Mutter waren gerötet, sie schien der neuen Gäste wegen glücklich und aufgeregt zu sein.
Ich konnte meinen Blick nicht von Carlotta wenden. Sie war das interessanteste Geschöpf, das ich je gesehen hatte. Ihr Haar schimmerte bläulich im Schein der Kerze, und ihre großen mandelförmigen Augen blickten geheimnisvoll. Ihre Haut hatte einen zarten, seidigen Glanz, und ihre Nase war schmal und wunderschön geschnitten. Sie hatte etwas Feines, Zerbrechliches an sich, was sie besonders attraktiv machte. Meine Kusinen konnten ihren Blick genausowenig von ihr losreißen wie Bersaba und ich. Ihre Mutter war immer noch eine schöne Frau, aber auch wenn sie den Jahren getrotzt hatte, war die Zeit nicht ohne Spuren an ihr vorbeigegangen. Als sie so jung war wie Carlotta, mußte sie ebenso schön gewesen sein.
»Senara, setz dich zu mir«, rief meine Mutter. »Wie schön, dich hier zu haben! Fast könnte ich glauben, wir wären wieder jung. Du mußt uns alles erzählen.«

»Aber laß sie erst einmal essen«, bat Melanie lächelnd.
Eine dampfende Suppenterrine wurde hereingebracht. Senara erklärte, die Suppe sei wunderbar und sie könnte sich noch daran erinnern, daß Melanie genauso eine gekocht hatte, bevor sie fliehen mußte.
»Von Zeit zu Zeit tue ich andere Kräuter hinein. Wir versuchen immer, sie zu verbessern.«
»Sie war schon immer so gut, sie braucht gar nicht verbessert zu werden«, erklärte Senara. »Schau doch, wie ungeduldig Tamsyn ist! Gleich wird sie uns auszanken, daß wir über Suppen sprechen, wenn es doch so viel zu erzählen gibt.«
Meine Mutter sagte: »Iß, Senara, du mußt halb verhungert sein. Wir haben alle Zeit der Welt, hinterher zu erzählen.«
Sie aßen herzhaft von der Suppe, danach gab es Lammpastete und als Nachtisch Erdbeeren mit Schlagsahne.
»Ich habe tatsächlich das Gefühl, nach Hause gekommen zu sein«, strahlte Senara. »Ist es nicht genauso, wie ich es dir prophezeit habe, Carlotta?«
»Madre, du hast von nichts anderem gesprochen als von Schloß Paling und deiner Schwester Tamsyn, seitdem du dich entschlossen hattest herzukommen.«
Wir konnten es kaum abwarten, bis die letzte Erdbeere verspeist war, und als die Dienstboten die Teller abgeräumt hatten, sagte Senara: »Ihr seid ungeduldig, ihr wollt hören, was geschehen ist. Ich werde euch einen kurzen Überblick geben. Ich kann euch nicht auf einmal von allen kleinen Einzelheiten berichten, die ein Leben ausmachen. Aber nach und nach werdet ihr alles erfahren. Ihr jungen Leute habt vielleicht von mir gehört. Als ich noch hier war, ist eine Menge über uns geredet worden . . . aber aus den Augen, aus dem Sinn. Mit meiner Mutter war es etwas anders. Sie ist auf höchst mysteriöse Art und Weise hier aufgetaucht, sie ist an Land gespült worden. Sie war eine noble Dame, die Frau eines Grafen, und sie trug sein Kind im Leib . . . mich. Ich bin hier geboren im Roten Zimmer. Existiert das Rote Zimmer noch?«
»Das ist doch das Spukzimmer!« rief Rozen.
»Stimmt«, fuhr Senara fort, »das Spukzimmer. Aber darin spukte es bereits, bevor meine Mutter auftauchte. Colum Casvellyns Frau ist darin gestorben, nachdem sie ein totes

Kind zur Welt gebracht hatte. Das war, bevor er Tamsyns Mutter heiratete. Ja, schon damals spukte es in dem Zimmer, meine Mutter hat lediglich einen weiteren Geist hinzugefügt.«

»Nach Einbruch der Dunkelheit sind die Dienstboten nicht mehr dazu zu bewegen, es zu betreten«, warf Gwenifer aufgeregt dazwischen.

»Alles Unsinn«, erwiderte Melanie. »In dem Zimmer spukt es gar nicht. Irgendwann werde ich alle alten Möbel rausschmeißen und neue hineinstellen.«

»Schon andere hatten diese Idee«, sagte Senara. »Ist es nicht seltsam, daß niemand es wirklich getan hat?«

»Bitte, erzähl weiter«, bat Bersaba.

»Meine Mutter brachte mich auf die Welt und ging fort. Und ich wuchs zusammen mit Tamsyn auf. Als ihre Mutter starb, kam meine Mutter zurück und heiratete Colum Casvellyn. Wir waren immer zusammen, nicht wahr, Tamsyn? Wie oft habe ich dich schockiert, aber du hast mich immer als deine Schwester betrachtet.«

»Ja, immer«, gab ihr meine Mutter recht.

»Dann kam der Tag, da meine Mutter wieder wegging und Colum Casvellyn seinen Unfall hatte, der ihn an den Rollstuhl fesselte. Die Hexenjäger kamen und wollten meine Mutter holen, und als sie sie nicht vorfanden, wollten sie mich an ihrer Stelle mitnehmen. Aber Tamsyn und Connell schafften mich aus dem Schloß. Ich ging zu meinem alten Musiklehrer, einem guten Freund, der Puritaner geworden war und in Leyden Hall lebte. Ihr kennt den Ort natürlich.«

»Jetzt leben die Lamptons dort«, antwortete Rozen. »Wir kennen sie sehr gut.«

»Sie haben Leyden Hall gekauft, nachdem die Deemsters weggezogen waren«, antwortete Melanie.

»Dorthin bin ich geflohen, und die Deemsters haben mich aufgenommen. Nach einfachem puritanischen Brauch wurde ich mit Richard Gravel getraut. Zusammen mit Dikkon, meinem alten Musiklehrer, gingen wir anschließend nach Holland. Amsterdam war damals das Refugium für alle, die einen anderen Gott anbeteten, zumindest glaubten wir das damals. Aber bald mußten wir entdecken, daß man nur glauben durfte, was den Puritanern gefiel. Ich war nicht aus Überzeugung Puritanerin, ich hatte nur Dickon zuliebe meinen Glauben gewechselt. So, zum Beispiel, besaß ich ein paar Schmuckstücke, aber Schmuck zu tragen wurde in unserer Sekte als Sünde angesehen. Zuerst trug ich ihn heimlich, und Dickon war so verliebt in mich, daß er nicht wagte, es mir zu verbieten; er wollte mich nicht kränken.«

»Ich hätte nicht gedacht, daß du eine Puritanerin werden könntest«, sagte meine Mutter mit einem liebevollen Lächeln.

»Du hast mich richtig gekannt. Wir verließen Amsterdam und kamen nach Leyden, einer Stadt, nach der die Deemsters ihr Haus benannt hatten, und dort verbrachten wir elf Jahre und schmiedeten Pläne, nach Amerika zu gehen. Elf Jahre - wie habe ich das nur ausgehalten!«

»Du hast Dickon geliebt.«

Senara lachte. »Meine liebe Tamsyn, du glaubst, wir sind alle wie du . . . gute, treue und fügsame Ehefrauen. Weit davon entfernt! Es dauerte gar nicht lange, da habe ich Dickon nicht mehr geliebt, ebensowenig seine Religion. Ich hatte nie viel Heiliges an mir. Das einzige, an das ich in all diesen Jahren gedacht hatte, war, daß ich Sehnsucht nach Paling hatte. Ich wollte wieder jung sein. Ich hatte Dickon nur haben wollen, weil er mir verboten war. Aber ich wußte, daß es der größte Fehler meines Lebens war, einen Puritaner zu heiraten . . . Nicht, daß er ausschließlich Puritaner war, manchmal konnte er seine Religion auch vergessen.«

»Sie haben dir zur Flucht verholfen, als du in Gefahr warst«, erinnerte sie meine Mutter.

»Das stimmt«, gab Senara ihr recht. »Ich wußte nicht, wohin ich gehen sollte, als ich in Gefahr war; es wäre mein Ende gewesen.« Sie machte eine Grimasse. »Wenn ich bedenke, damals hätte ich beinahe als Leiche am Baum in der Henkergasse gebaumelt. Erinnerst du dich, Tamsyn?«

Meine Mutter fühlte sich unbehaglich.

»Da werden immer noch Hexen aufgehängt«, sagte Rozen.

»Sind sie immer noch so verrückt hinter Hexen her wie früher, als ich fliehen mußte?«

»Hin und wieder blüht der Hexenfanatismus wieder auf«, sagte meine Mutter. »Dem Himmel sei Dank, daß wir in den letzten Jahren nichts mehr davon gehört haben. Ich dulde es nicht, daß die Dienstboten über Hexen reden. Das belebt nur das Interesse und ist schlecht. Ein armes altes Weib muß nur plötzlich gebückt gehen, eine Warze auf der Backe bekommen oder irgendeinen Leberfleck haben, von dem man sagen könnte, er wäre ein Zeichen des Teufels, und schon schleifen sie sie in die Henkergasse und knüpfen sie auf. Vielen unschuldigen Frauen ist das schon passiert, und ich möchte, daß das aufhört.«

»Es wird immer Hexen geben«, sagte Onkel Connell. »Und ich finde es ganz in Ordnung, daß sie zu ihrem Meister befördert werden.«

»Ich werde alles tun, was ich kann, um Unschuldige zu retten«, sagte meine Mutter grimmig. Sie reagierte immer ungestüm, wenn es darum ging, jemanden zu beschützen, der es brauchte. »Und«, fügte sie hinzu, »ich möchte gerne mehr über Hexen wissen und warum sie ihre Seele dem Teufel verschreiben.«

»Beschmutz dir deine Hände nicht mit Hexerei«, warnte Onkel Connell.

»Meine Hände beschmutzen?« rief Mutter. »Ich möchte nur gerne mehr darüber wissen!«

»Das sagen viele: Sie wollen es nur wissen!«

»Tamsyn, du bist immer noch die alte«, rief Senara. »Immer mußtest du dich um jemanden kümmern, wenn du dachtest, er braucht deine Hilfe.«

»Bitte erzähl, was geschah, nachdem du nach Holland gekommen warst«, bettelte Bersaba.

»Also elf Jahre habe ich als Puritanerin gelebt. Ich wohnte ihren Zusammenkünften bei und hörte mir ihre Pläne an. Sie wollten zurück nach England und von dort aus nach Amerika segeln. Sie haben ein Schiff gekauft, die *›Speedwell‹*, das in Delfshaven lag. Es sollte über Southampton nach Amerika segeln. Aber ich konnte keinen Gefallen an der langen Seereise finden. Monatelang auf hoher See ... nichts als Gebete ... endlose Gebete. Meine Knie sind ohnehin schon rauh gewesen. Auch haßte ich die schmucklosen grauen Gewänder, die ich tragen mußte, und erkannte sehr schnell, daß ich nicht zur Puritanerin bestimmt war.«

»Hattest du keine Kinder mit Dickon?«

»Doch, ich hatte einen Sohn, und ich nannte ihn Richard, nach seinem Vater. Er war ein richtiger kleiner Puritaner. Schon mit fünf Jahren hielt er mich dazu an, meine

Eitelkeit abzulegen. Ich bin an seiner Tugendhaftigkeit fast erstickt - ich konnte es nicht mehr ertragen. Manchmal dachte ich, auch Dickon könnte es nicht. Ich hielt alles für Schwindel, aber er war tiefer in seinem Glauben verstrickt, als ich ahnte. Vielleicht hätte der Junge früher alldem noch entkommen können . . . aber es war zu spät. Als sie dann nach England aufbrachen, bin ich nicht mitgegangen.«

»Du hast deinen Sohn ziehen lassen?« Meine Mutter war außer sich.

»Er war in erster Linie Dickons Sohn. Puritanisch erzogen, brannte er vor Begeisterung für das neue Leben in Amerika.«

»Dann bist du allein gewesen?«

»Später habe ich erfahren, daß Dickon gestorben ist, noch bevor sie Segel gesetzt hatten. Er ist in einer Taverne mit Matrosen in ein Streitgespräch über Religion geraten. Dabei hat er die Puritaner in Schutz genommen und ist erstochen worden.«

»Was für eine entsetzliche Geschichte«, rief Melanie.

»Ja, ich wünschte, ich wäre bei ihm geblieben. Wenn ich gewußt hätte, es würde nur noch wenige Wochen dauern . . . Ich mochte Dickon. Nur sein fanatischer Glaube hat zwischen uns gestanden. Den Jungen hatten sie mir entfremdet, nachdem sein Vater gestorben war, und ich war allein.«

»Allein in Holland!« rief meine Mutter aus. »Du hättest heimkommen sollen.«

»Ich hatte Freunde. Einer davon war ein Spanier. Er nahm mich mit nach Madrid, und dort habe ich ein paar Jahre in großem Stil gelebt. Als ich ihn verlor, machte ich mich auf, meine Mutter zu suchen. Ich wußte, sie war in Madrid. Und ich habe sie gefunden. Sie war mit einem Mann aus dem Hochadel verheiratet, einem Freund von König Philipp . . . Du wirst dich an ihn erinnern, er wurde dir als Lord Cartonel vorgestellt, und du dachtest, er mache mir den Hof.«

»Ich erinnere mich sehr wohl an ihn«, sagte meine Mutter ernüchtert.

»Meine Mutter ist nie sehr mütterlich gewesen. Sie hat mich nie gewollt. Ich war nur ein Hindernis oder besser, ich war von Anfang an eine Belastung für sie. Ich hätte nie auf die Welt kommen dürfen. Es war ein Wunder, daß es trotzdem geglückt ist, und daran ist deine Mutter schuld, Tamsyn. Sie hat sie halbtot am Strand gefunden und uns beide, zu ihrem eigenen Nachteil, ins Schloß gebracht.«

»Das ist schon so lange her«, sagte meine Mutter, »und du bist als meine Schwester hier aufgewachsen, Senara. Zwischen uns gibt es unzerreißbare Bande, und ich bin froh, daß du zu uns zurückgekommen bist.«

»Erzähl uns, was weiter geschah«, bat Rozen.

»Ich ging an den Hof und heiratete einen Edelmann von Rang und Namen. Wir bekamen ein Kind, Carlotta. Ich habe euch immer wiedersehen wollen, aber in letzter Zeit ist die Sehnsucht unerträglich geworden. Ich mußte zu euch und nach Schloß Paling, bevor ich zu alt werde, um zu reisen. Mein Mann stimmte mit mir überein, daß ich einen Besuch machen sollte, aber er konnte uns nicht begleiten. Er hat eine Stellung bei Hof. Wir sind in London angekommen . . . und mit der Postkutsche weitergereist. Das ist alles. Und jetzt sind wir hier und freuen uns schrecklich, euch zu sehen.«

»Du wirst lange bei uns bleiben, hoffe ich«, sagte meine Mutter.

»Ich habe keine Eile, hier wegzugehen. Irgendwann muß ich natürlich wieder zurück nach Spanien, aber für mich ist Schloß Paling mein Zuhause.«

Meine Mutter war tief gerührt und Tante Melanie auch. Onkel Connell schlug vor, auf die Wiederkehr von Senara und ihrer Tochter anzustoßen und darauf, daß sie Schloß Paling als ihr Zuhause betrachten sollten, solange sie wollten, worauf meine Mutter mit einiger Heftigkeit erwiderte:

»Senara ist meine Schwester. Sie ist auch in Trystan Priory zu Hause, wann immer sie es möchte.«

Senara streckte meiner Mutter und Tante Melanie beide Hände entgegen.

»Gott soll euch beide segnen!« rief sie aus. »Ich bin so glücklich, bei euch zu sein. Ich habe mich so nach dem Schloß gesehnt. Solange ich hier gelebt habe, war Tamsyn meine Schwester. Wir haben sogar eine Zeitlang ein und dasselbe Zimmer geteilt. Erinnerst du dich, Tamsyn?«

»Bis du ins Rote Zimmer gekommen bist.«

Senara schloß ihre Augen und lachte. Ich wußte, sie und Mutter tauschten Erinnerungen aus.
»Du bist meine Schwester, und ich bin hergekommen um wieder mit dir zusammen zu sein. Aber das Schloß war mein Zuhause . . . all die Zeit, die ich hier gelebt habe. Ich werde für eine Weile mit dir gehen und dann zurück nach Schloß Paling kommen. Wie findet ihr das? Es könnte natürlich sein, daß ihr mich hier nicht haben wollt . . .«
»Dich nicht haben wollen!« rief Melanie aus. »Du bist hier zu Hause.«
»Wir haben uns verändert. Wie viele Jahre ist es her, Tamsyn? Fast dreißig! Was hat die Zeit doch mit uns angestellt. Du siehst jünger aus, als du sein kannst. Du lebst in diesen entzückenden Zwillingen wieder auf.«
»Und du in deiner Carlotta. Frauen bleiben jung, wenn sie jung denken, jung fühlen und jung handeln, hat meine Mutter immer gesagt.«
Senara strich sich über ihr dichtes Haar, in dem nicht eine einzige weiße Strähne zu sehen war. »Ich habe immer auf mein Aussehen geachtet - wie meine Mutter. Sie hatte viele Geheimnisse.«
»Lebt deine Mutter noch?«
»Ja, in Madrid. In besten Verhältnissen. So, wie sie immer leben wollte. Sie war nicht gerne hier.«
»Und sie ist immer noch jung und schön?«
»Jung nicht - nicht einmal sie konnte das bewerkstelligen. Aber sie ist immer noch schön. Sie führt ihr Haus wie eine Königin, und man sagt, sie sei königlicher als unsere Königin selbst.«
»Ja, das kann ich mir vorstellen. Was sagte sie zu deiner Englandreise?«
»Sie hat kaum darüber nachgedacht. Vielleicht hielt sie mich für verrückt. Sie weiß, daß deine Mutter großen Einfluß auf mich gehabt hatte. Ihr habt mich sentimental gemacht und herzlich . . . so, wie ihr selbst seid. Deshalb habe ich auch so seltsame Ansichten.«
Onkel Connell warf dazwischen: »Ich habe einen ausgezeichneten Schnaps aus schwarzen Kirschen. Ich werde ihn aus dem Weinkeller holen lassen. Damit feiern wir alle deine Heimkehr.«
»Du bist so lieb zu mir, Connell«, sagte Senara. »Nie werde

ich vergessen, wie du mir geholfen hast, aus diesem Haus zu fliehen.«

»Glaubst du, ich hätte dem Pöbel gestattet, Hand an dich zu legen?«

»In dieser Nacht bist du wirklich Schloßherr geworden, und alle haben begriffen, daß der alte Herr verkrüppelt in seinem Rollstuhl sitzt und ein neuer seinen Platz eingenommen hat.«

Ich war fasziniert. Sie redeten, und ich versuchte die Geschichte Stückchen für Stückchen zusammenzureimen. Eines Tages werde ich alles im Tagebuch meiner Mutter nachlesen können. Und in dem von meiner Großmutter Linnet, die die Hexe aus dem Meer gerettet hatte, die Hexe, die Senaras Mutter war.

Wir saßen um den Eßtisch, und keiner hatte Lust aufzustehen. Sie unterhielten sich, und wir jüngeren hörten begierig zu. Während sie redeten, erhob sich ein Sturm. Der Himmel wurde schwarz, und wir hörten, wie der Wind die Wellen peitschte.

Melanie bat, mehr Kerzen anzuzünden, und die Dienstboten schlichen auf Zehenspitzen von einem Kandelaber zum nächsten. Der Sturm draußen wurde immer stärker.

Aber noch blieben wir sitzen. Niemand schien sich vom Tisch erheben zu wollen. Tante Melanie, meine Mutter, Senara und Onkel Connell sprachen von den alten Tagen, und das Bild ihres Lebens nahm immer mehr Gestalt an.

Plötzlich flog die Türe auf, und wir hörten ein Gebrüll, das auszustoßen nur einer in der Lage war: Großvater Casvellyn.

Rasend vor Wut kam er in die Halle gerollt und blieb vor Senara stehen.

Melanie war aufgesprungen.

»Vater . . . was ist mit dir? Wie bist du aus dem Turm gekommen?«

Er blickte sie durchdringend an. »Das ist jetzt uninteressant«, brüllte er. »Ich bin gekommen. Man hat mich heruntergebracht. Getragen und hierhergebracht. Ich habe darauf bestanden. Wenn ich in einen anderen Teil meines Schlosses will, dann tue ich das auch. Man hat mir gesagt, daß sie hier ist. Sie ist wiedergekommen . . . wie das Hexenmädchen vor vielen Jahren.«

»Vater«, sagte Connell, »das ist Senara. Die Tochter deiner Frau.«
»Ich weiß ganz genau, wer das ist. Man hat es mir bereits gesagt. Hier wagt niemand, mich anzulügen. Was willst du hier?« fragte er Senara und starrte sie finster an.
Sie erhob sich, ging auf ihn zu und lächelte ihn auf eine Art und Weise an, die ich nicht zu deuten vermochte. Sie kniete sich vor ihn hin und hob ihm ihr Gesicht entgegen. Im Kerzenlicht sah sie jung und wunderschön aus.
»Ich bin in mein altes Zuhause zurückgekehrt«, sagte sie. »Ich bin gekommen, um euch alle wiederzusehen.«
»Geh zurück, woher du gekommen bist. Du und deinesgleichen haben diesem Haus noch nie etwas Gutes gebracht.«
»Vater, wie kannst du nur?« rief Melanie.
»Nenn mich nicht Vater! Dazu hast du kein Recht. Nur weil mein Sohn dich geheiratet hat. Sie bringt uns Unglück. Sie ist wie ihre Mutter.«
»Das bin ich nicht«, rief Senara, »ich bin nicht wie meine Mutter.«
»Schickt sie weg. Ich will sie hier nicht sehen. Sie bringt nur Unglück. Ich will nicht an ihre Mutter erinnert werden.«
»Vater, du bist grausam«, sagte meine Mutter. »Senara ist sehr weit gereist, um uns zu sehen, aber wenn du sie hier nicht haben willst, soll sie wenigstens wissen, daß sie bei uns immer ein Zuhause hat.«
»Närrin!« schrie mein Großvater. »Du warst immer eine Närrin!«
»Ja, war ich das? Wenn ich eine Närrin bin, ist mir Klugheit fremd«, konterte meine Mutter geistesgegenwärtig. »Trotzdem habe ich in meinem Mann und meinen Kindern mein Glück gefunden, was klugen Männern wie dir - du hältst dich doch für einen klugen Mann - nicht gelungen ist.«
Er starrte sie böse an, aber ich sah in seinen Augen auch die Bewunderung, die er für sie hegte. Er war stolz auf sie, und das nicht zum erstenmal.
»Du solltest mehr Verstand haben.« Er zeigte auf Senara. »Die da kommt aus einem bösen Schoß. Ihre Mutter ist hergekommen und hat uns alle verhext. Wäre sie nur nie geboren worden! Ich warne dich, Tochter, sei gescheit, höre auf mich! Ich weiß es. Ich habe das alles erlebt.« Plötzlich schien seine Stimme zu brechen; trotzdem schrie er: »Bei Gott,

glaubt mir doch, ich erlebe das alles immer und immer wieder, oben in meinem Turm, wenn ich auf die Teufelszähne da draußen im Meer blicke. Und ich sage mir immer wieder, alles wäre anders gekommen, hätte das Meer nicht Maria, die Hexe, an diesen Strand gespült. Deine Mutter war genauso eine Närrin wie du. Sie hat die Hexe ins Haus gebracht, die ihr Leben zerstörte. Siehst du das denn nicht? Der Teufel hat sie geschickt, um dir dein Glück zu nehmen.«

»Vater«, sagte meine Mutter, »du hast so viel gelitten, du bist krank.«

»Jawohl, ein Narr, ein alter Mann, das wolltest du doch sagen! Bei Gott, ich würde dir eine mit der Peitsche überziehen, wäre ich nicht an diesen Stuhl gefesselt. Ich habe zwar die Herrschaft über meine Beine verloren, aber meinen Verstand beherrsche ich noch immer. Ich sage dir nur eines: Wenn du dieses Weib mit in dein Haus nimmst, wirst du den heutigen Tag noch verfluchen. Du wirst dich an diesen Moment erinnern, an dem ich es dir prophezeit habe.« Er fing an zu lachen, ein ungutes Lachen. »Schön, ich werde sie nicht hinauswerfen. Aber ich passe auf. Ich weiß, meine Worte werden sich bewahrheiten. Ich werde euch von meinem Turm aus beobachten, meine Worte werden sich erfüllen. Bringt mir nur die Tochter der Hexe ... bringt sie in mein Schloß! Ich werde euch schon zeigen, daß ich recht habe.«

Dann drehte er sich um und rief: »Binder! Binder!« Der zu Tode erschrockene Diener kam und schob den Rollstuhl aus der Halle.

Dann herrschte Stille.

Es war Carlotta, die als erste sprach: »Was für ein schrecklicher alter Mann«, sagte sie.

»Er war mit deiner Großmutter verheiratet«, sagte Senara. »Es war deine Großmutter, über die er mit soviel Haß gesprochen hat.«

»Er muß sie wirklich gehaßt haben.«

»Er war von ihr bezaubert.«

»Er ist verrückt, nicht wahr?«

»Wer würde da nicht verrückt werden? Ein Mann wie er, an einen Rollstuhl gefesselt!« sagte Senara.

»Ihr kommt mit uns nach Trystan Priory, wenn wir wieder

abreisen«, sagte meine Mutter. »Du würdest jetzt doch nicht mehr hierbleiben wollen?«
Senara lachte. »Ich werde ihm nicht gestatten, meine Pläne über den Haufen zu werfen. Connell ist jetzt der Schloßherr. Wenn er möchte, daß ich bleibe, und Melanie auch, dann kümmere ich mich nicht um das Geschwätz dieses Verrückten. Ich werde nach Trystan Priory kommen, weil ich mit dir zusammensein möchte, verlaß dich darauf! Aber erst möchte ich eine Weile auf dem Schloß bleiben.« Melanie erhob sich. Sie war von der Szene, die mein Großvater gemacht hatte, sichtlich erschüttert.
»Es scheint, der Sturm wird sich nicht so schnell legen«, sagte sie. »Aber es gibt keinen Grund, warum wir weiter bei Tisch sitzen und darauf warten sollen. Ich bringe euch jetzt in eure Zimmer, die inzwischen bereit sein müßten. Ihr wollt euch sicher ein wenig ausruhen.«
»Ich könnte reden und reden«, sagte Senara. »Tamsyn, komm mit mir. Laß uns so tun, als wäre alles wie damals und wir wären wieder jung.«
Meine Mutter ging auf Senara zu, und sie umarmten sich herzlich. Alle redeten wieder, als wäre nichts geschehen. Schließlich und endlich waren wir an Großvaters Ausbrüche gewöhnt. Aber ich konnte den wilden Blick und seine Worte nicht vergessen, die mir immer noch in den Ohren klangen.

Neuigkeiten vom Schloß

Die Veränderung machte sich schon am ersten Tag bemerkbar. Dieser Besuch war wie kein anderer zuvor. Früher hatten wir selten Pläne für den Tag gemacht. Wir kamen zum Frühstück, das aus einem Krug Bier, Brot und kaltem Speck bestand, und bedienten uns selbst. Dann ging jeder seiner Wege. Es hatte immer eine freie und ungezwungene Atmosphäre auf dem Schloß geherrscht. Manchmal ritt ich mit meiner Schwester aus oder mit einem der Mädchen, falls mich eines begleiten wollte, oder ich ging an den Strand, um meine Kollektion an Muscheln und Halbedelsteinen zu vergrößern. Hin und wieder machte ich auch einfach einen

Streifzug durch das Schloß. Es gab soviel zu tun. Als wir klein waren, durften wir alle möglichen Spiele spielen, in allen Teilen des Schlosses, solange wir nicht Großvaters Turm betraten. Für uns war das Schloß immer ein verzauberter Ort gewesen.

Das war es zwar immer noch, aber anders.

Senara, meine Tante Melanie und meine Mutter schienen die ganze Zeit über nur von alten Zeiten reden zu wollen. Senara ging durch das Schloß und rief immer wieder: »Daran kann ich mich noch gut erinnern!« oder: »Schau dir das an! Daß das immer noch da ist!« Und Carlotta blieb uns überlassen.

Wir waren auf der Hut voreinander - besonders Bersaba. Carlotta sprach mit fremdländischem Akzent, der sehr reizvoll klang. Auch ihre Kleider wirkten fremd. Alles an ihr, ihre Stimme, ihre Manieren, ihre unvergleichliche Schönheit, stach von uns ab. Wenn sie sich dessen nicht so bewußt gewesen wäre, wäre vielleicht alles anders gekommen. Bersaba und ich nahmen sie mit Rozen und Gwenifer zu einer Schloßbesichtigung mit.

»Kommt es dir viel anders vor, als deine Mutter dir erzählt hat?« fragte ich.

»Ganz anders.«

»Sind wir auch anders?« fragte ich.

Sie lachte und schüttelte den Kopf. »Von euch habe ich ja gar nichts gewußt, deshalb habe ich mir euch auch nicht vorstellen können. Ihr seid anders als die Leute, die ich kenne.«

»Anders als die spanischen Mädchen?«

»Ja, in Spanien ist alles anders. Mädchen laufen nicht wie die Wilden herum, so wie hier. Sie üben sich in Anstand und Schicklichkeit, und sie haben eine Duenna.«

»Und wo ist deine?«

»Im Augenblick habe ich keine. Hier soll ich so leben wie alle.«

»Gefällt dir das besser?« fragte Bersaba.

Carlotta zuckte mit den Schultern. »Das kann ich nicht sagen. Es ist nicht so kultiviert, wie ihr lebt, aber ihr habt mehr Freiheit, und das finde ich gut.«

»Noch mehr Freiheit wäre uns lieber«, sagte Gwenifer. »Wir dürfen nie ohne Reitknecht ausreiten.«

»Weil wir uns manchmal verirren«, sagte Bersaba.
Carlotta heftete ihren dunklen Blick auf meine Schwester. »Aus einem bestimmten Grund?«
Meine Schwester zuckte die Achseln, und Gwenifer sagte: »Bersaba, kürzlich bist du mit Bastian zurückgekommen.«
»Ja, das stimmt. Ich hatte euch verloren und Bastian auch. Wir haben uns dann zufällig wiedergetroffen.«
Das erschien mir eine lange und unnötige Erklärung. Ich wußte ganz genau, daß Bersaba sich vorsätzlich verirrt hatte. Ich hätte nur gerne gewußt, ob auch Bastian absichtlich verschwunden war.
»Ach so, Bastian, der Bruder«, sagte Carlotta. »Er ist ein sehr angenehmer junger Mann. Obwohl ich Spanien und das gepflegte Leben dort vermissen werde, glaube ich, daß es mir hier gefällt . . . zumindest für eine Weile.«
»Wirst du nach Spanien zurückgehen?« fragte Rozen.
»Selbstverständlich.«
»Bist du schon verlobt?«
»Nein.« Carlotta schüttelte den Kopf. »Ich könnte es schon sein, aber der Mann gefiel mir nicht. Er war alt. Ein Edelmann von hohem Rang, mit großen Gütern. Aber ich habe nein gesagt. Für so eine Verbindung bin ich noch zu jung. Es muß doch jemanden geben, der mir gefällt.«
Wir sahen sie alle voll Bewunderung an.
Als wir zum Turm am Meer kamen, fragte sie: »Warum gehen wir nicht da hinein?«
»Den betreten wir selten«, sagte Rozen. »Da lebt unser Großvater mit seinen Dienern. Man muß einen ganz besonderen Grund haben. Zum Beispiel, wenn meine Tante mit ihren Zwillingen zu Besuch kommt. Sie muß am ersten Tag ihrer Ankunft einen Besuch machen und dann warten, bis sie wieder aufgefordert wird.«
»Dieser verrückte alte Mann!« rief Carlotta aus. »Was für eine Szene er gemacht hat! Er haßt meine Mutter. Er will uns nicht hierhaben.«
»Er kann sehr wütend werden. Vielleicht, weil er schon seit so vielen Jahren gelähmt ist. Zuerst hat man gedacht, er würde sich das Leben nehmen, aber das hat er nicht getan. Und jetzt macht er jedem das Leben zur Hölle. Aber die Diener, die ihn versorgen, bewundern ihn trotzdem. Ich kann mir zwar nicht vorstellen, warum.«

»Höchste Zeit, daß er stirbt«, meinte Carlotta und verzog den Mund, als wollte sie etwas fortblasen.
Wir waren alle etwas schockiert. Auch wenn Großvater Casvellyn sich selbst und anderen Leuten eine Last war, solange er noch Leben in seinen Knochen hatte, war dieses heilig. Das hatten wir von unseren Eltern gelernt.
Carlotta spürte, was wir dachten. Sie hatte etwas Unheimliches an sich. Vielleicht war sie wirklich eine Hexe oder hatte bereits so viel Lebenserfahrung, daß sie wußte, wie kleine Mädchen aus der Provinz reagierten, denn sie rief: »Ach, sprecht doch nicht von solchen Sachen! Ihr tut doch alle nur so, als würdet ihr ihn lieben, weil er euer Großvater ist. Wie kann jemand einen so schrecklichen alten Mann mögen. Er wollte uns hinauswerfen. Hat meine Großmutter ihn tatsächlich geheiratet? Sie ist so schön ... die schönste Frau, die ich je gesehen habe! Sie soll ihn geheiratet haben?«
»Damals hat er zweifellos sehr gut ausgesehen.«
Sie dachte nach. »Groß, stark und mächtig ... ein Schloßherr ... ja, vielleicht. Aber jetzt wird es langsam Zeit, daß er stirbt. Was ich denke, sage ich auch.«
»Laß das niemanden hören«, sagte ich.
»Es ist mir ganz egal, wer es hört, kleiner Zwilling! Welche bist du denn? Wie können die Leute dich von deiner Schwester unterscheiden? Ihr müßt eine Menge Spaß haben deshalb.«
»Ja«, sagte Bersaba, »das haben wir auch.«
»Ich glaube nicht, daß ich gerne jemanden hätte, der mir so ähnlich sieht«, sagte Carlotta. »Ich bin gern anders ... niemand soll so aussehen wie ich. Ich will ganz allein so sein ... einzigartig.«
»Es gibt auch zwischen uns Unterschiede«, sagte ich. »Unsere Charaktere.«
»Eine ist wohl die Heilige und die andere die Sünderin«, lachte Carlotta.
»Das kann schon stimmen.«
»Und welche ist welche?«
»Unsere Mutter sagt immer, kein Mensch ist nur schlecht und keiner nur gut. So sauber kann man uns also gar nicht trennen«, gab ich zur Antwort.
»Ach, du zitierst deine Mutter!« sagte sie verächtlich. »Ihr

müßt noch lernen, eure eigene Meinung im Leben zu bilden. Glaubt ihr, der alte Herr beobachtet uns jetzt?«
»Kann schon sein«, antwortete Bersaba. »Ich habe ihn schon oft auf Beobachtungsposten an seinem Fenster gesehen.«
Carlotta drehte sich um und blickte hoch zum Turm. Sie ballte eine Faust und schüttelte sie, was uns einen gehörigen Schreck einjagte. Sie aber lachte nur.
»Laßt uns reiten«, schlug sie vor, »ich möchte gerne die Gegend kennenlernen.«
»Wir dürfen nicht allein reiten«, sagte Rozen.
»Wir sind ja nicht allein, wir sind zu fünft.«
»Wir sind aber nur Mädchen. Wir müssen ein paar Reitknechte mitnehmen.«
»Was kann uns schon passieren?«
»Wir können von Räubern überfallen werden.«
»Die unser Geld rauben wollen«, sagte Gwenifer.
»Oder Schlimmeres«, fügte Rozen hinzu.
»Vergewaltigung?« fragte Carlotta mit dem komischen Lachen in ihrer Stimme.
»Ich nehme an, das ist es, was sie fürchten.«
»Kommt, wir verschwinden einfach ohne Reitknechte«, sagte Carlotta.
»Aber wenn wir überfallen werden, oder . . .«, begann Rozen.
»Dann sind wir eben um eine Erfahrung reicher«, antwortete Carlotta. »Kommt, wir ziehen unsere Reitkostüme an.«
»Hast du eines dabei?«
»Meine liebe Kusine, die Packpferde haben eine Unmenge Kleider für uns mitgebracht. Meine Mutter sagte zwar, auf Schloß Paling würden wir nicht die letzte Mode antreffen und die englischen Kleider ließen sich sowieso nicht mit unseren vergleichen, aber . . .«
»Die Toiletten bei Hof sind sicher phantastisch!« warf Rozen dazwischen.
»Prunkvoll, jedenfalls«, erwiderte Carlotta. »Wir wollen uns umziehen, dann könnt ihr mir die Umgebung zeigen.«
Während wir uns in unsere Zimmer begaben, um uns umzuziehen, sagte Bersaba zu mir: »Angelet, ich mag sie nicht. Ich wünschte, sie wären nicht gekommen.«
»Du kennst sie nicht.«
»Ich kenne sie zur Genüge.«

»Wie könntest du, in so kurzer Zeit? Du denkst an Großvater und das, was er gesagt hat.«
»Er hat ganz recht. Sie werden Schwierigkeiten machen ... alle beide.«
Als wir uns im Stall trafen, schaute uns Carlotta spöttisch an. Ich nehme an, unsere Reitkostüme mit den weiten Röcken waren ihr nicht attraktiv genug. Ihr Kostüm war wunderhübsch geschnitten und betonte ihre schlanke biegsame Figur; auch der schwarze Hut stand ihr ausgezeichnet.
Sie bestieg das Pferd, mit dem sie zu uns gekommen war, und ich muß zugeben, sie stach uns alle aus. Als wir gerade aus dem Stall reiten wollten, kam Bastian mit seinem Pferd herein.
Er lächelte, und sein Blick blieb auf Carlotta haften.
»Wollt ihr ausreiten? Nehmt zwei Stallburschen mit.«
»Wir nehmen keine Stallburschen mit«, gab Carlotta zurück.
»Oh, aber ...«
»Wir sind zu fünft.«
»Aber ihr solltet doch ...«
Sie schüttelte den Kopf und lächelte ihn an. Bastian konnte den Blick nicht von ihr wenden.
»Dann komme ich mit euch«, sagte er.
»Wie du willst«, antwortete sie.

So ritten wir alle zusammen los.
Bersaba lenkte ihr Pferd neben das von Bastian, so daß er zwischen ihr und Carlotta ritt.
Carlotta fragte Bastian über die Umgebung aus, und er erzählte von den alten Bräuchen der Menschen in dieser Gegend.
Ich hatte nicht den Eindruck, daß sie sehr interessiert daran war, ihr Interesse galt Bastian. Und er schien von ihr fasziniert zu sein, er wich den ganzen Morgen nicht von ihrer Seite.
Er hatte gesagt, wir müßten zusammenbleiben, und das taten wir auch. Ich war erstaunt, daß Carlotta gehorchte, ich hätte gedacht, allein die Tatsache, daß man sie bat, sich nicht zu entfernen, hätte das Gegenteil zur Folge. Aber sie schien zufrieden neben Bastian zu reiten.
Auch Bersaba wich nicht von seiner Seite, aber Bastians

Aufmerksamkeit war ausschließlich auf Carlotta fixiert, was mir ganz natürlich erschien, da sie neu für ihn war. Als wir zum Schloß zurückkamen, herrschte große Aufregung. Unsere Mutter kam uns durch die Halle entgegengelaufen.
»Das Schiff eures Vaters ist gesichtet worden! Fennimore hat einen Boten geschickt. Er ist, so schnell er konnte, von Trystan Priory herübergeritten. Wir müssen packen und sofort zurückreiten.«
»Wann wollen wir aufbrechen?« fragte ich.
»In einer Stunde. Tante Melanie weiß schon Bescheid und hilft uns beim Packen. Sobald euer Vater wieder weg muß, kommen wir zurück. Aber jetzt beeilt euch!«
Das war ein kurzer Besuch, dachte ich, aber sehr ereignisreich.

Als wir die Küste entlangritten, sahen wir ein Schiff auf den Wellen schaukeln und erkannten es sofort als das meines Vaters. Die Augen meiner Mutter strahlten vor Freude bei seinem Anblick. Das Schiff hieß ›*Tamsyn*‹, es war nach ihr benannt. Mein Vater hatte es vor fünf Jahren bauen lassen. Ich habe oft gehört, wie mein Vater es in den Himmel hob. Er sagte, es sei nach einer wunderbaren Frau benannt, also müsse es auch ein wundervolles Schiff sein; das schönste, das je die Meere besegelt hat. Von der Hecklaterne bis zum Kopf der Galionsfigur maß es zweihundertzwanzig Fuß und war vierzig Fuß breit. Es war mit Kanonen bestückt, falls es auf hoher See auf Piraten stoßen sollte oder Rivalen, die sich als solche ausgaben. Daß die Schiffe auf dem Rückweg mit kostbaren Seiden, Elfenbein und Gewürzen beladen waren, war immer ein Grund der Beunruhigung für meine Mutter. Die Galionsfigur der ›*Tamsyn*‹, eine wunderschöne Schnitzerei, stellte meine Mutter dar. Mein Vater sagte immer, so hätte er stets das Gefühl, sie wäre bei ihm. Er war sehr sentimental, aber sie führten eine selten glückliche Ehe.
Wir verließen die Küste und schlugen den Weg nach Trystan Priory ein. Unsere Pferde konnten uns nicht schnell genug vorwärts tragen. Mein Vater stand im Hof, als wir ankamen; er hatte uns bereits von einem der Türme aus erspäht. Er wußte ganz genau, daß meine Mutter, sobald sie die

Nachricht von seiner Ankunft erhielt, keine Zeit verlieren würde, zurückzukehren.
Zuerst sah er nur sie. Er hob sie vom Pferd, und sie umarmten und küßten sich. Die Dienstboten beobachteten sie mit staunender Bewunderung. Für uns alle hatte die Liebe zwischen meinen Eltern etwas Heiliges. Bersaba fühlte es auch, wir hatten einmal darüber gesprochen und erklärt, wir würden nie heiraten; denn wo auf der Welt würden wir einen so wunderbaren Ehemann finden wie ihn? Plötzlich tauchten Carlottas große geheimnisvolle Augen vor mir auf. Ich fragte mich, was sie wohl dazu sagen würde, wäre sie hier. Ich war froh, daß sie es nicht war. Ich könnte ihren zynischen Kommentar oder ihre spöttischen Blicke, die ihre Gedanken über meine Eltern verraten würden, nicht ertragen. Ich war froh, daß sie auf Schloß Paling geblieben war. Aber eines Tages würde sie doch kommen. Dann würde irgend etwas geschehen und alles verändern, und das wollte ich nicht.
Jetzt wandte sich mein Vater an uns. »Meine Mädchen«, sagte er und fing uns beide in seinen Armen auf. »Ihr seid gewachsen«, warf er uns vor. »Ihr seid gar nicht mehr meine kleinen Mädchen.«
Unser Bruder Fennimore grinste wie ein Schaf, war aber genauso glücklich wie wir alle.
»Natürlich mußtest du ausgerechnet dann zurückkommen, wenn ich weg bin«, sagte meine Mutter. »O Fenn, ich wünschte, ich hätte es gewußt! Wir waren nur einen Tag dort . . . wenn ich es nur gewußt hätte!«
»Jetzt bist du ja hier, meine Liebe.«
»Ich muß in die Küche und nach den Dienstboten sehen. Fenn, wann bist du angekommen?«
»Vergiß die Küche! Bleib bei mir und laß uns reden!«
Wir gingen ins Haus, und für eine kurze Weile vergaßen wir Carlotta und ihre Mutter.
Wir speisten in dem intimen kleinen Speisezimmer - nur die Familie -, und Vater erzählte uns von seinen Abenteuern.
Der Handel blühte. Unsere großen Konkurrenten waren die Holländer. Sie waren tüchtige Kaufleute und suchten Absatzmärkte jenseits der Meere. Außerdem waren sie ausgezeichnete Segler - man mußte sich vor ihnen genauso in

acht nehmen wie vor einigen Jahren vor den Spaniern. Sie waren auf ihre Art genauso gefährlich. Während die Spanier ihr Ziel, den Katholizismus über die ganze Welt zu verbreiten, nie aus den Augen verloren, strebten die Holländer die Oberherrschaft auf den Meeren an, was sie zu den größten und reichsten Kaufleuten der Welt machen würde. Und da die Engländer dieselben Ambitionen hatten, besonders die East India Company, war die Rivalität groß und erbittert.

»Sie wollen uns vom Meer vertreiben«, sagte unser Vater. »Wir lassen uns aber nicht verjagen. Warum die Menschen nicht in Frieden Handel treiben können, war mir immer schon ein Rätsel. Es gibt genügend Reichtümer auf der Welt, für alle.«

Meine Mutter war ganz seiner Meinung, und ich dachte, wenn alle Menschen so wären wie meine Eltern, wäre die Welt glücklicher.

Mein Vater erzählte uns Geschichten von Abenteuern in fremden Ländern. Er ließ vor unseren Augen palmengesäumte Inseln erstehen, deren Einwohner ein paradiesisches Leben führten und die kaum einen weißen Mann zu Gesicht bekommen hatten. Wie verschüchtert sie sein konnten bei dem Anblick eines großen Handelsschiffes, und wie feindselig manchmal! Aber er betonte immer, daß es keine wirklichen Gefahren gäbe und daß er immer heil von seinen Abenteuern zurückkommen würde. Ich hatte ihn in Verdacht, daß er seine Geschichten frisierte, denn das letzte, was er wollte, war, Mutters Befürchtungen zu bestärken. Wir sonnten uns in dieser Atmosphäre von Zufriedenheit, und weder Bersaba noch ich dachten über die Gegenwart hinaus. Wir verschlossen unsere Augen vor der Tatsache, daß Vater eines Tages wieder in See stechen würde. Während er zu Hause war, sollte alles harmonisch sein.

Keiner fragte an diesem Tag des Wiedersehens, wann er wieder segeln würde, auch Senaras Rückkehr erwähnten wir erst am nächsten Morgen.

Ein paar Falten erschienen auf seiner Stirn, und ich dachte bedrückt, daß auch er Senara nicht mochte.

»Hast du sie gut gekannt, Vater?« fragte ich.

»Nein, nicht sehr gut«, antwortete er. »Ich kannte sie lediglich. Sie ging fort, bevor eure Mutter und ich verheiratet waren. Ich habe sie einmal bei einem Besuch auf dem Schloß kennengelernt.«

Meine Mutter sagte: »Sie wird hierherkommen und eine Weile mit mir verbringen. Aber ich glaube, das Schloß übt eine besondere Faszination auf sie aus, denn nach ihrem Besuch bei uns will sie wieder dorthin zurückgehen. Es war ihr Zuhause. Sie ist dort geboren, wie ich auch.«

»Sie wird also hierherkommen?« fragte mein Vater gedehnt.

»Willst du etwa, daß ich sie nicht empfange?« fragte meine Mutter, und kleine Lichter des Entsetzens erschienen in ihren Augen. Sollte dies die erste Meinungsverschiedenheit sein?

»Meine Liebe, wenn du sie hierhaben möchtest, dann mußt du sie natürlich einladen.«

»Mein lieber Fenn, sie ist mir wie eine Schwester.«

»Sie war nicht immer gut zu dir . . . zu uns . . .«

»Aber sie hat ein gutes Herz. Damals war sie ein wildes Kind. Sie hat Dinge getan, ohne darüber nachzudenken.«

Mein Vater nickte, aber ich spürte, daß er sich nicht wohl fühlte bei dem Gedanken, und ich fragte mich, warum er wohl gesagt hatte, Senara sei nicht immer gut zu ihnen gewesen.

Bersaba hat meine Mutter später danach gefragt. Sie hätte geantwortet: »Senara hat versucht, Vater davon abzuhalten, mich zu heiraten. Sie war eifersüchtig, das war alles. Sie wollte nicht, daß ich sie verlasse. Sie hat mich sehr liebgehabt. Das hat sie gestanden, und danach war alles wieder in Ordnung. Aber euer Vater hat das nie vergessen.«

Mein Bruder Fennimore hatte den Wunsch, mit meinem Vater zur See zu fahren, aber mein Vater wollte, daß er zu Hause blieb und sich um die Ländereien und besonders um meine Mutter kümmerte.

Meine Eltern redeten oft darüber. Ich sah sie, Arm in Arm im Garten, in ernste Gespräche vertieft, und konnte mir denken, worüber sie redeten. Mein Bruder Fennimore wollte genau wie sie das Beste für die Familie, aber es ist nicht leicht, wenn einem das, was man sich am meisten im Leben wünscht, verweigert wird.

Meine Mutter wußte das und versuchte meinen Vater zu überreden, ihn ziehen zu lassen. Sie fühle sich vollkommen sicher, erklärte sie; sie hätte gute Dienstboten, und Fennimores Herz hing an der Company genauso wie das seines Vaters.
Wenn mein Vater zu Hause war, kamen uns viele Leute besuchen. Manche Männer der East India Company gingen nie zur See, sondern waren in verschiedenen Kontoren, die über ganz England verstreut waren, mit der Verwaltung betraut. Einige kamen aus London. Es waren besonders aufregende Tage. Das ganze Personal war in der Küche beschäftigt, buk eifrig Pasteten nach allen möglichen Rezepten, und unsere Gäste waren jedesmal begeistert und verblüfft, denn von Taddage Pies, die mit ungeborenem Ferkel gefüllt waren, und von Mugget, das mit den Innereien von Schaf und Kalb zubereitet wird, hatten sie nie gehört. Meine Mutter machte sich manchmal Sorgen, ob diese Speisen den feinen Leuten aus London auch schmecken würden, aber sie schienen alles mit Begeisterung zu verspeisen und bekamen erst hinterher zu hören, woraus die Füllungen der Pasteten bestanden. Außer den traditionellen Speisen aus Cornwall gab es noch Rindfleisch, Hammel und Eberkopf oder aber Ente, Schnepfe, Rebhuhn und Taube. Fische, wie Neunauge, Stör und Hecht, wurden aufgetischt, und zum Nachtisch Früchte - Maulbeeren, Aprikosen, Mispeln und grüne Feigen. Meine Mutter war eine begeisterte Hausfrau und überwachte selbst die Herstellung der meisten Speisen, eifrig bemüht, Vaters Geschäftsfreunden den Aufenthalt möglichst angenehm zu machen.

Der Tag kam, an dem Vater nachgab; unser Bruder Fennimore durfte das nächste Mal mit auf See. Fennimore war kaum mehr ansprechbar vor Freude. Er war unserem Vater so ähnlich, er sagte auch nicht viel, aber wir sahen alle, wie glücklich er war.
Eine Woche war seit unserer Rückkehr verstrichen - eine Woche der großen Mahlzeiten in der großen Halle, denn es gab immer Gäste, und wir wußten nie, wann noch mehr eintreffen würden. Die meisten Zimmer in Trystan Priory waren besetzt, aber Bersaba und ich erinnerten uns, daß es immer so war, wenn Vater zu Hause war.

»Ich möchte gerne wissen, was Carlotta auf Schloß Paling tut«, bemerkte ich eines Tages.
»Sie werden erst kommen, wenn Vater wieder weg ist«, antwortete Bersaba. »Mutter hat sie bitten lassen, nicht früher zu kommen. Alle Zimmer seien von Vaters Geschäftsfreunden besetzt.«
Bersaba war immer gut informiert. Einmal habe ich ihr vorgeworfen, sie würde lauschen, und sie hat es nicht einmal abgestritten. Aber ich muß gestehen, ich war stets dankbar für ihre Informationen.
Bei Tisch wurde viel gesprochen, und wir erfuhren, daß sich diese Herren aus London große Sorgen machten über verschiedene Einflüsse, die sich im Lande bemerkbar machten. Die Popularität des Königs war am Erblassen. Er hatte einfach nicht die Gabe, sich zum Liebling des Publikums zu machen. Er war ein guter, treuer Ehemann - was man selten bei Königen findet -, aber er konnte nicht regieren, und seine Frau Henrietta Maria war, wenn auch katholisch, so doch sehr leichtfertig, was sie beim Volk auch nicht beliebter machte.
Daß der König das Parlament aufgelöst hatte und allein regierte, bestätigte nur seine Entschlossenheit, als ein von Gott auserwählter Herrscher anerkannt zu werden. Er ließ durchblicken, daß er kein Parlament brauche, daß er selbst in der Lage sei, Gesetze zu verabschieden. Bis jetzt hatte das Volk noch alles hingenommen, aber langsam wurde es ungeduldig. Lange würden sich die Leute das nicht mehr mit ansehen.
Nicht nur durch seine Religion entfremdete er sich seinem Volk, sondern auch durch unverantwortliche Besteuerungen, die eine direkte Bedrohung des Eigentums darstellten.
Das Hauptthema waren die Schiffsgelder, von denen wir schon so viel gehört hatten. Aus Angst vor einem Krieg mit den Spaniern oder den Holländern - oder mit beiden - hatte Charles befohlen, daß die großen Häfen Schiffe zur Verteidigung Englands stellen sollten, und um diese Schiffe zu bauen, mußten hohe Steuern beziehungsweise Schiffsgelder entrichtet werden.
Ein donnernder Protest erschütterte das ganze Land. Puritaner, Protestanten und Katholiken, alle fühlten sich verfolgt und opponierten gegen den König. Charles hatte sich

Schottland zum Feind gemacht, als er sich in Edinburgh von fünf Bischöfen hatte krönen lassen, eine Zeremonie mit viel Pomp, die die einfachen Schotten beleidigte und ihm ihre Sympathie entzog.

Ich kann mich noch gut an den Abend erinnern, als während des Abendessens über die Ausschweifungen der Königin und des Königs wachsender Liebe zu ihr gesprochen wurde.

Meine Mutter meinte, dies zeuge nur von der Güte des Königs, außerdem sei das glückliche Familienleben eines Monarchen immer ein gutes Beispiel für das ganze Land.

Mein Vater lächelte sie zärtlich an und antwortete: »Meine Liebe, es hat auch glückliche Familien gegeben, bevor dieser König den Thron bestiegen hat. Den idealen Partner zu finden, das wahre Geheimnis des Lebens zu entdecken, nämlich Glück zu geben und Glück zu empfangen, das ist etwas, das wir alle erlernen können, wenn wir es nur wollen.«

»Aber es ist so leicht, diese Gelegenheit zu versäumen. Was wäre, wenn ich dich verloren hätte?«

Plötzlich lag ein Schatten zwischen ihnen, und ich wußte ganz genau, daß Seranas Rückkehr ihnen in Erinnerung gebracht hatte, daß ihr Glück vielleicht nicht von Dauer sein würde.

Einer der Herren aus London sagte: »Wenn der König weniger unter dem Einfluß seiner Gemahlin stünde, wäre es besser für das Land. Ihr größter Fehler war, sich mit William Prynne einzulassen.«

»Was ist aus William Prynne geworden?« fragte Bersaba.

»Ich vergesse immer wieder, wie abgeschnitten Ihr hier lebt und daß Euch all diese Dinge entgehen«, erwiderte der Edelmann. »Prynne hat ein Buch gegen Theaterstücke geschrieben.«

»Was hat er denn gegen Theaterstücke?« fragte meine Mutter erstaunt. »Was können Theaterstücke denn für einen Schaden anrichten?«

»Prynnes Meinung nach verstoßen Theaterstücke gegen das Gesetz, weil sie unmoralisch und von der Heiligen Schrift verdammt worden sind.«

»Stimmt das?« fragte meine Mutter.

»Prynne hat Beweise erbracht.«

»Er ist ein Spielverderber«, sagte meine Mutter. »Selbst

elend und traurig, möchte er, daß es allen anderen ebenso ergeht.«

»Das kann schon sein«, warf mein Vater dazwischen. »Aber jeder Mensch sollte die Möglichkeit haben, seine eigene Meinung zu äußern.«

»So denken viele«, meldete sich unser Gast wieder zu Wort. »Ein Mann kann im Recht sein oder im Unrecht, aber er muß die Freiheit haben, seine Meinung kundzutun. Die, die anderer Ansicht sind, können ihn ruhig verhöhnen, der Rest soll ihm applaudieren. Leute, die Partei ergreifen, wird es immer geben.«

»Und warum hat man ihn vor Gericht gestellt?« fragte meine Mutter.

»Der König ist verrückt in seiner Liebe zur Königin«, war die Antwort. »Prynne hat die Frauen attackiert, die auf der Bühne stehen. Er glaubt, Theaterstücke seien schon schlimm, die größte Sünde aber sei es, wenn eine Frau auf der Bühne auftrete. Die Königin aber liebt das Theater als Zuschauerin und Aktrice. Sie und ihre Damen haben vor kurzem William Montagues *›Shepherd's Paradise‹* aufgeführt. Der Angriff schien also auf sie persönlich gerichtet zu sein und gegen den König, denn ihm hat die Aufführung sehr gefallen, und er hat applaudiert. Deshalb hat man Prynne ins Gefängnis gesteckt, nachdem man ihm zuvor am Schandpfahl beide Ohren abgeschnitten hatte.«

»Die Ohren abgeschnitten?!« rief meine Mutter erschrokken.

»Madam«, sagte einer der Gäste. »Ihr lebt an diesem friedlichen Ort - betet zu Gott, daß Ihr immer hier bleiben könnt; denn in dieser Zeit vergiften fremde Einflüsse das Land, die das Volk nicht hinnehmen wird.«

Ich versuchte mir vorzustellen, wie ein Mann ohne Ohren aussah, und plötzlich überfluteten mich Angst und Schmerz, wie ich sie nie zuvor empfunden hatte.

Wenn ich ausritt, bemerkte ich jetzt, daß die Menschen nachdenklich aussahen, als wehe ein kalter Wind von Whitehall über das Land, den wir auch hier in Trystan Priory spürten.

Wir waren schon zwei Wochen zurück. Mein Vater wurde nach Plymouth gerufen, um Besprechungen über seine nächste Seereise zu führen. Meine Mutter wollte mit ihm gehen, und so blieb mein Bruder Fennimore mit der Verantwortung für das Haus zurück.

»Wir bleiben nicht lange weg«, versicherte uns Mutter, und als sie wegritten, dachte ich, sie sieht aus wie eine Braut, die mit ihrem jungen Ehemann zur ersten Reise startet. Ohne sie schien das Haus leer zu sein. An die häufige Abwesenheit unseres Vaters hatten wir uns gewöhnt, die machte uns nicht mehr so viel aus, aber ohne Mutter schien das Haus verwaist.

Nachdem wir uns im Hof von ihnen verabschiedet hatten, stiegen Bersaba und ich auf einen der Türme und sahen ihnen nach, bis sie aus unserem Blickfeld verschwunden waren.

»Wenn ich einmal verheiratet bin, werde ich genauso wie Mutter sein«, erklärte ich Bersaba.

»Das wirst du nicht«, antwortete meine Schwester, »du bist nämlich nicht wie sie.«

»Ich meine, ich werde einen Mann haben, der nach dreißig Ehejahren immer noch glaubt, ich sei genauso jung und schön wie am Hochzeitstag.«

»Du wirst doch nicht einen Blinden heiraten!«

»Du weißt ganz genau, was ich meine. Genau das ist es, was Vater über unsere Mutter denkt.«

»Es gibt nicht viele Männer wie ihn.«

»Das wäre auch langweilig. Meine Ehe soll anders sein. Ihre Ehe ist überhaupt nicht aufregend.«

»Ich glaube, niemand kennt aufregendere Augenblicke als Mutter, wenn sie erfährt, daß Vaters Schiff in Sicht ist.«

»Es kommt natürlich darauf an, was du unter Aufregung verstehst«, wies mich Bersaba zurecht.

»Ach, du kannst die Dinge nie akzeptieren, wie sie wirklich sind. Du mußt immer alles heruntermachen und verderben.«

»Ich möchte gerne die Wahrheit wissen: Zum Beispiel, was auf Schloß Paling los ist.«

»Komisch, daß wir nichts gehört haben.«

»Glaubst du, Mutter wird Senara einladen?«

»Nicht, bevor Vater wieder weg ist. Er kann Senara offensichtlich nicht leiden. Sie hat versucht, ihn davon abzuhalten, Mutter zu heiraten. Sie war eifersüchtig . . . sie wollte

nicht, daß irgend jemand zwischen sie und Mutter kam. Sie liebte sie zu sehr.«
»Ich würde sagen, sie wollte diejenige sein, die zuerst heiratet.«
»Es muß aufregend gewesen sein, damals. Ich wünschte, wir könnten jetzt schon Mutters Tagebuch lesen. Darin steht sicher alles über Senara und ihre Mutter und über Großvater, als er noch jung war. Hast du schon angefangen, dein Tagebuch zu schreiben?«
»Nein«, antwortete Bersaba kurz.
»Wirst du es bald tun?«
»Wenn ich etwas weiß, das interessant genug ist, aufgeschrieben zu werden.«
»Findest du Senaras Rückkehr mit Carlotta nicht aufregend?«
»Das werden wir erst sehen.« Sie zögerte, dann sagte sie: »Ich werde dir etwas sagen: Ich schwöre, es dauert nicht mehr lange, und es kommt jemand aus Paling.«
»Wer sollte aus Paling kommen?«
Sie lächelte geheimnisvoll. »Vielleicht Bastian.«

Es war nicht Bastian, der kam, sondern Senara und ihre Tochter. Ob sie wohl wußten, daß meine Eltern abwesend waren?
Enttäuscht rief Senara aus: »Was, eure Mutter ist nicht da?«
Wir sagten ihr, daß sie mit Vater nach Plymouth geritten sei.
»Aber wer trägt denn hier solange die Verantwortung?« fragte Senara.
»Mein Bruder Fennimore«, antwortete ich. »Und Bersaba und ich sind die Gastgeberinnen.«
»Es ist lieb von euch, uns willkommen zu heißen«, sagte Carlotta und lächelte hinterhältig, um uns daran zu erinnern, daß wir nichts dergleichen getan hatten.
Bersaba erzählte ihnen, daß Fennimore draußen auf den Feldern sei, und wir verständigten die Stallknechte, damit sie sich um die Pferde kümmerten, und geleiteten unsere Gäste in die Halle.
»Was für ein hübsches altes Haus«, sagte Senara. »Ich habe es schon immer gemocht. Das Schloß ist viel finsterer.«
»Aber größer«, fügte Carlotta hinzu.

»Mutter wird es bedauern, nicht hier zu sein«, sagte Bersaba.

Ich konnte mir allerdings nicht vorstellen, daß Mutter irgend etwas bedauern würde, solange sie mit Vater zusammen sein konnte.

»Wir lassen gleich ein Zimmer für euch herrichten«, sagte ich und ging, um entsprechende Anweisungen zu erteilen.

Als ich zurückkam, führte Bersaba unsere Gäste gerade in das kleine Eßzimmer, und eines der Mädchen brachte Wein und Kuchen, womit wir Reisende immer zu erfrischen pflegten.

»Ich war erstaunt, daß eure Mutter nicht darauf bestanden hat, wir sollten früher kommen.«

»Unser Vater ist zur Zeit zu Hause«, erklärte Bersaba, »und sie haben so viel miteinander zu reden, weil er doch so lange weg war. Sie müssen einfach zusammen sein. Das ist immer so gewesen.«

»Eure Mutter hat sich schon in ihn verliebt, als sie noch ein kleines Mädchen war . . . Sie war jünger als ihr jetzt seid«, erinnerte sich Senara.

»Und sie liebt ihn noch«, verteidigte ich sie, als ob eine Notwendigkeit dazu bestanden hätte.

»Es war uns nicht allen beschieden, so viel Glück in der Ehe zu finden. Leider!« seufzte Senara. Sie lächelte Carlotta zu und fuhr fort: »Wir sollten den Zwillingen unsere Neuigkeiten berichten. Oder wäre es vielleicht besser, zu warten, bis eure Mutter zurückkommt? Sie sollte es eigentlich als erste erfahren. Aber ich sehe schon, ihr könnt es vor Neugierde kaum aushalten.«

»Was sind das für Neuigkeiten?« fragte Bersaba.

»Carlotta hat einen Heiratsantrag bekommen.«

»Schon? Von wem denn?« In Gedanken zählte ich die jungen Leute auf, die ich kannte: die Krolls, die Trents, die Lamptons . . . Sicherlich würde Carlotta keinen von ihnen für gut genug erachten, nachdem sie sich solche Mühe gegeben hatte, uns von der verschmähten Verbindung zum Hof zu berichten.

»Sie muß noch darüber nachdenken, nicht wahr, Carlotta? Es ist keine Partie, wie sie sie erwartet hätte, wäre sie in Spanien geblieben, aber es wird die Familie noch enger miteinander verbinden, und ich habe mein ganzes Leben lang nicht die Tage vergessen, die ich hier verbracht habe.«

»Wer ist es?« fragte Bersaba in strengem Ton.

»Dein Vetter Bastian. Er hat um Carlottas Hand angehalten.«

Weil ich Bersaba so nahe stand, konnte ich den Schreck förmlich spüren, der sie durchfuhr. Ich verstummte wie sie und wußte, wie tief sie getroffen war.

Ich fing schnell an zu sprechen, um ihr diese Notwendigkeit zu ersparen, und sagte: »So schnell? Wie kannst du dir schon sicher sein? Wie kann Bastian seiner sicher sein? Was sagen Tante Melanie und Großvater dazu?«

»Sie sagen, das hat Bastian selbst zu entscheiden. Alt genug ist er ja. Er ist sein eigener Herr, und es besteht kein Zweifel daran, daß er wahnsinnig verliebt ist in Carlotta. Stimmt das nicht, Carlotta?«

»Er hat es sich in den Kopf gesetzt, mich zu heiraten.«

»Und du, willst du ihn auch heiraten?« fragte ich atemlos.

Ein Lächeln huschte über ihr Gesicht. »Ich bin mir noch nicht ganz sicher. Er muß auf meine Antwort warten.«

»Wir haben Paling verlassen, um Carlotta Gelegenheit zu geben, in Ruhe darüber nachzudenken«, erklärte Senara.

»Auch wollte ich wissen, wie ihr darüber denkt«, sagte Carlotta. »Würdet ihr mich gerne in der Familie haben?« Sie sah Bersaba an, die regungslos, mit niedergeschlagenen Augen dastand und kein Wort sagte. »Natürlich hat es keine Bedeutung, was ihr mir zu sagen habt. Ich werde selbst entscheiden, ob ich Bastian heiraten will oder nicht.« Wieder dieser komische Blick. »Ich glaube sowieso, daß ich es tun werde.«

Die Atmosphäre war ungeheuer gespannt. Mir ging es sehr nahe, wegen Bersaba. Ich sah Großvater vor mir und hörte seine anklagenden Worte: »Schickt sie weg. Sie bringt nur Unglück.«

Erfüllte sich diese Prophezeiung bereits?

Bersaba

Die Kröte

Ich bin verzweifelt, deshalb greife ich zur Feder. Ich habe gesagt, ich würde nur schreiben, wenn ich etwas Interessantes wüßte, aber ich hatte nicht angenommen, es würde mein gebrochenes Herz sein. Ich bin tief verletzt und gedemütigt, vor allem aber bin ich wütend. Und meine Wut ist, nur weil ich sie vor der Welt verstecken muß, nicht weniger heftig. Sie schwelt wie ein Feuer in meiner Brust, und ich glaube, ich bin imstande, das Weib umzubringen, das schuld ist an meiner Verfassung.

Ich rang die Hände; ich wünschte, ich hätte ihren Hals zwischen meinen Fingern. Meine Hände sind sehr stark. Ich war immer in der Lage, Dinge mit ihnen zu tun, zu denen Angelet nie fähig gewesen wäre.

Im Augenblick glaube ich es noch nicht wirklich. Ich sage mir, es kann nicht wahr sein. Aber tief in meinem Herzen weiß ich, daß es so ist. Großvater war ein Prophet, als er uns sagte, sie würde Unglück über uns bringen. Er hat an mich gedacht, das weiß ich, denn Großvater hat eine besondere Vorliebe für mich. Zwischen uns gibt es ein stilles Einverständnis, und ich glaube, ich weiß, was es ist: ein Bedürfnis, ein Verlangen, das von ihm auf mich übergegangen ist. Äußerlich erscheine ich ganz ruhig - ruhiger als Angelet -, aber innerlich bin ich es ganz und gar nicht.

Wäre ich nicht so, wie ich bin, wäre mir so etwas nie passiert. Ich wäre nicht mit Bastian im Wald gelegen und hätte nicht in jauchzendem Jubel geschwelgt, dem Bastian genausowenig widerstehen konnte wie ich. Wenn wir entdeckt worden wären, hätte man ihm die Schuld gegeben. Man hätte gesagt, er hätte mich verführt, er sei älter als ich und ich doch noch beinahe ein Kind. Aber das entspräche nicht der Wahrheit. Ich habe ihn in Versuchung geführt. Auch wenn er mich manchmal umarmt hat, ist er immer erschrocken, wenn ich seine Küsse erwiderte. Ich habe ihn gestreichelt, um sein Begehren zu wecken. Er dachte, es sei Naivität, die mich diese Dinge tun ließ. Er hatte nicht verstanden, daß ich, obwohl ich eine Jungfrau war, von dem wilden Wunsch erfüllt war, genommen zu werden.

Als ich vierzehn Jahre alt war, wußte ich schon, daß ich Bastian zum Liebhaber wollte. Er hatte mich zu seiner Favoritin auserkoren, dafür liebte ich ihn. Denn trotz der Ähnlichkeit mit meiner Schwester fühlen sich die Leute in Angelets Gesellschaft wohler. Nicht daß sie hübscher wäre als ich . . . wie sollte sie auch, wo nur wenige uns unterscheiden können. Es liegt an ihrer Art. Wenn ich so tue, als wäre ich sie, nehme ich ihren Charakter an: offen und gedankenlos. Sie redet, ohne zu denken, ist fröhlich, glaubt immer nur an das Gute im Menschen und ist deshalb leicht zu täuschen. Ich muß nur an diese Eigenschaften denken, schon bin ich sie. Ihr ist es nie wirklich gelungen, so zu sein wie ich; denn selbst wenn sie hundert Jahre alt würde, würde sie nie diese tiefe Sinnlichkeit empfinden, die die treibende Kraft meiner Persönlichkeit ist und derentwegen Bastian mein Geliebter wurde, als ich fünfzehn und er zweiundzwanzig Jahre alt war.

Zum erstenmal ist es passiert, als wir in der Nähe von Schloß Paling - wo ich mit meiner Mutter und Schwester zu Besuch weilte - durch die Wälder ritten. Wir kamen zu einem Dickicht, und ich sagte, die Pferde seien müde, wir wollten sie rasten lassen.

Bastian meinte: »Unsinn, wir sind kaum vom Schloß entfernt.« Aber ich stieg ab und band mein Pferd an einen Baum, und er tat das gleiche. Ich legte mich ins Gras und schaute zu ihm hoch. Plötzlich lag er neben mir. Ich nahm seine Hand und legte sie auf meine Brust. Ich weiß noch wie heute, wie sein Körper zitterte und sein Herz schlug und wie aufgeregt ich war. Er lag neben mir und sagte: »Wir müssen gehen, Bersaba. Liebe kleine Bersaba, wir müssen zurück.«

Aber ich hatte nicht die geringste Lust, zurückzugehen, legte meine Arme um seinen Hals und sagte ihm, daß ich ihn liebe, weil er mich Angelet vorzöge. Und alles, was er darauf sagen konnte, war:

»Nein, Bersaba, wir müssen gehen. Das verstehst du noch nicht.«

Ich verstand es sehr wohl - er war derjenige, der nichts verstand. Es gibt Menschen, die einen sechsten Sinn haben - ich bin einer davon. Wir hatten damals ein Dienstmädchen - wir nannten sie Ginny -, auch sie gehörte zu ihnen.
Ich hatte gehört, wie sich die Dienstboten erzählten, Ginny hätte, seit sie elf Jahre alt war, Liebhaber. Vielleicht war ich doch anders, ich wollte keine Liebhaber, ich wollte meinen Vetter Bastian.
Hinterher hatte Bastian Angst. Als wir neben unseren Pferden standen, nahm er mein Gesicht in seine Hände und küßte mich.
Und er sagte: »Das dürfen wir nie wieder tun, Bersaba! Aber wenn du alt genug bist, werde ich dich heiraten, und wenn es sein muß, auch schon früher.«
Ich war glücklich damals, aber Bastian war es nicht. Ich hatte Angst, man würde ihm ansehen, was zwischen uns passiert war, weil er einen so traurigen Eindruck machte. Eine Weile vermied er es, mit mir allein zu sein. Ich sah ihn mit verletzten, hungrigen Augen an, und eines Tages passierte es wieder. Und abermals schwor er: »Das darf nie wieder geschehen, nicht bevor wir verheiratet sind.«
Alles war vergebens, es wurde zur Gewohnheit. Hinterher hat er immer gesagt, daß er mich heiraten würde.
Den ganzen Tag mußte ich an Bastian denken. Mein Zeichenbuch war voller Skizzen von ihm. Ich konnte nicht mehr warten, bis ich alt genug sein würde, ihn zu heiraten.
Er sagte: »Wir werden an deinem nächsten Geburtstag heiraten und unsere Absicht sechs Monate vorher verkünden.«
Für mich stand immer fest, ich würde vor Angelet heiraten. Ein weiteres Charakteristikum von mir; fast so stark wie meine Sinnlichkeit ist mein Bedürfnis, alles besser zu machen als Angelet. Sie ist meine Zwillingsschwester, sie ist mir so ähnlich, daß uns viele nicht voneinander unterscheiden können, und ich brauche sie. Manchmal habe ich das Gefühl, sie ist ein Teil von mir. Ich liebe sie, weil ich sie brauche. Ich würde es nicht ertragen, wenn sie eines Tages wegginge, und trotzdem habe ich immer den verrückten Wunsch, sie zu übertrumpfen. Die Menschen müssen mich ihr vorziehen oder ich werde von Eifersucht verzehrt. Aber nachdem sie ein offenes, aufrichtiges und sonniges Gemüt

hat und ich ein finsteres, abwegiges, kann es geschehen, daß sie sich ihr zuwenden.

Einmal, als wir noch sehr klein waren, kaufte uns Mutter Schleifen für unsere Kleider. Meine war rot und die von Angelet blau. »Jetzt werden wir euch endlich auseinanderhalten können«, sagte sie im Spaß. Und als ich Angelet mit ihrer blauen Schleife sah und zusehen mußte, wie die Leute sich zuerst an sie wandten und mehr mit ihr sprachen als mit mir, wurde die blaue Schleife zu einer fixen Idee für mich. Mir schien, als besäße sie Zauberkraft. Ich nahm ihre blaue Schleife und gab ihr meine rote, aber sie wollte sie nicht haben, die blaue gehöre ihr. Eines Tages ging ich zu der Schublade, in der die Schleifen aufbewahrt wurden, und schnitt die blaue in kleine Stückchen.

Unsere Mutter war fassungslos. Sie sprach lange auf mich ein, fragte mich, warum ich das getan hätte, aber ich konnte meine Gedanken noch nicht in Worte fassen.

Dann sagte sie zu mir: »Du hast gedacht, blau sei besser, weil es Angelet gehört; du warst eifersüchtig auf ihre blaue Schleife. Siehst du, was du jetzt angerichtet hast? Es gibt sieben Todsünden, Bersaba!« Und sie zählte sie alle auf. »Die schlimmste ist der Neid. Bekämpfe deinen Neid, mein liebes Kind, denn er schmerzt die, die ihn hegen, weit mehr als die, denen er gilt. Gib zu, du bist viel unglücklicher über die blaue Schleife als deine Schwester.«

Und das stimmte. Angelet hatte die Schleife am nächsten Tag schon vergessen, während sie in meiner Erinnerung noch lange herumgeisterte. Aber der Zwischenfall half nicht, meinen Neid zu zügeln. Er wuchs und wuchs. Er ist wie ein Parasit, der um einen Baum wächst, und der Baum ist meine Liebe zu meiner Schwester und mein Verlangen nach ihr - denn ich liebe sie wirklich, sie ist ein Teil von mir. Ich glaube, die Natur hat gewisse Qualitäten unter uns verteilt - sie gab mir ein paar und ihr ein paar andere. In so vieler Hinsicht sind wir grundverschieden, es ist nur meine geheimnisvolle Art, die das nicht an den Tag kommen läßt. Ich bin davon überzeugt, kein Mensch hat eine Ahnung von den dunklen Gedanken, die mir durch den Kopf gehen.

Nachdem Carlotta und ihre Mutter angekommen waren, kam Angelet in mein Zimmer herauf. Sie fühlte sich gar nicht wohl in ihrer Haut, denn obwohl sie keine Ahnung von der Art unseres Verhältnisses hatte, wußte sie doch, daß ich Bastian anbetete und immer seine Gesellschaft suchte und er die meine.

Sie sah mich ängstlich an. Was für ein Glück, daß ich nicht zu den Mädchen gehöre, die bei der kleinsten Herausforderung Tränen vergießen. Manchmal heule ich aus Wut, aber nie kommen mir die heißen sentimentalen Tränen, denen Angelet immer freien Lauf läßt. Wenn sie eine traurige Geschichte hört, steigt ihr das Wasser in die Augen. Aber schon nach kürzester Zeit hat sie vergessen, was sie zum Weinen gebracht hat.

»Was sagst du dazu?!« rief sie aus. »Carlotta und Bastian!«

Ich zuckte mit den Schultern, aber nicht einmal Angelet ließ sich davon täuschen.

»Natürlich«, fuhr sie fort und gab sich Mühe, mich nicht anzusehen, »er wird langsam alt, und es wird höchste Zeit, daß er heiratet. Früher oder später mußte er ja doch heiraten. Aber wieso Carlotta! Sie ist doch kaum eine Woche hier. Was hältst du von ihr, Bersaba?«

»Nun, sie ist attraktiv«, erwiderte ich ruhig.

»Ja, aber auf eine ganz eigene Art. Sie hat etwas Sonderbares an sich . . . ihre Mutter übrigens auch. Ich möchte nur wissen, ob es stimmt, daß ihre Großmutter eine Hexe war.«

Schreckliche Bilder tauchten vor mir auf; ich sprach nicht darüber, aber sie trösteten mich.

Eines Tages, als ich ungefähr zwölf Jahre alt war, bin ich mit meiner Mutter und ein paar Stallknechten ausgeritten, als wir auf lärmenden Pöbel trafen. In ihrer Mitte hatten sie eine Frau, die noch gar nicht alt war. Die Kleider waren ihr vom Körper gerissen worden - sie war halb nackt -, und der Ausdruck namenlosen Entsetzens stand in ihren Augen. Ich werde das nie vergessen können. Der Mob grölte: »Hängt die Hexe, hängt die Hexe!« Ich glaube, daß ich noch nie so viel Angst in einem Gesicht gesehen habe, weder davor noch danach.

»Wir gehen lieber«, hatte meine Mutter gesagt, und wir wendeten unsere Pferde und ritten in gestrecktem Galopp in entgegengesetzter Richtung davon. »Diese Dinge geschehen immer wieder, aber das wird nicht ewig so sein. Die Menschen werden langsam vernünftiger.«

Ich wollte ihr ein paar Fragen stellen, aber sie sagte: »Wir wollen nicht mehr darüber sprechen, Bersaba. Wir wollen es vergessen. Mit der Zeit werden die Menschen gescheiter werden. Wir können nichts daran ändern, wenn wir darüber reden oder darüber nachdenken.«

So war die Haltung bei uns zu Hause. Wenn es etwas Unangenehmes gab, dachte man einfach nicht darüber nach. Wenn Mutter einen Fehler hatte, dann war es der, daß sie so tat, als wäre in Wirklichkeit alles nicht so schlimm. Jedesmal, wenn mein Vater in See stach, sagte sie sich, daß er heil und gesund wiederkommen würde. Auf ihre Art war sie weise, aber mir hat es nie gelegen, mir selbst oder anderen etwas vorzuspielen. Ich schaue mir direkt in die Seele und frage mich, warum ich das oder jenes wohl getan habe. Ich glaube, ich kenne diese Seite meines Wesens, die nach Wahrheit verlangt - wie unangenehm oder von Nachteil sie für mich auch sein mag. Ich kenne mich selbst besser, als Mutter und Angelet sich jemals kennen werden.

Später bin ich an diesen Platz zurückgegangen und habe die Frau an einem Baum hängen sehen. Es war ein scheußlicher Anblick. Sie wurde bereits von Krähen attackiert. Ihr Haar war lang, und es war immer noch zu erkennen, daß sie eine schöne Frau gewesen sein mußte. Es war bestialisch und niederträchtig und verfolgte mich lange Zeit. Das war die Wirklichkeit!

Und jetzt sah ich Carlotta in den Händen des Pöbels, der sie zum Baum zerrte. Ihre Großmutter war eine Hexe . . . vielleicht war sie auch eine. Vielleicht war das der Grund, daß es ihr gelungen war, mir Bastian wegzunehmen: Sie hatte ihn verhext. Eine altbekannte Erregung bemächtigte sich meiner, und ich fühlte mich besser.

»Ist Hexenkunst etwas, das sich von der Großmutter auf die Mutter und immer weiter vererbt? Was meinst du?« fragte ich. Angelet lächelte beglückt. In ihrer oberflächlichen Art, in allen Dingen nur das Angenehmste zu sehen, war sie zu der Überzeugung gekommen, daß meine kindliche Liebe zu Bastian doch nicht so tief saß, als sie befürchtet hatte. Eine der liebenswürdigsten Eigenschaften Angelets war, daß meine Sorgen auch ihre waren. Aber jetzt war ich voller Verachtung für sie - was wiederum nur eine andere Form von Neid war. Es mußte wunderbar sein, ohne derartige intensive Gefühle, wie sie Menschen wie mich bedrängen, le-

ben zu können. Angelet antwortete: »Ja, vielleicht. Ich möchte nur allzugerne wissen, ob Carlotta eine Hexe ist.«
»Das herauszufinden, wäre allerdings nicht uninteressant.«
»Aber wie?«
»Wir werden darüber nachdenken«, schlug ich vor.
»Es gibt gute und böse Hexen«, sagte Angelet. Sie konnte einfach nicht umhin, in dem Mädchen, das mir meinen Liebsten gestohlen hatte, etwas Gutes zu sehen. »Die guten Hexen heilen Warzen und Gerstenkörner und brauen Liebestränke, mit denen man sich einen Liebsten unterjochen kann. Wenn ein Unglück geschieht, kann eine gute Hexe helfen, denjenigen zu finden, der dir Unglück wünscht. Ich habe letzthin mit Ginny darüber gesprochen, sie weiß eine Menge über Hexen. Sie glaubt immer, daß ihr jemand etwas Böses wünscht.«
»Wir werden mit Ginny reden«, beschloß ich. Alle möglichen Gedanken wirbelten in meinem Kopf herum. Aber es waren tröstliche Gedanken.
»Ich möchte wissen, ob Bastian überhaupt etwas davon weiß«, giggelte Angelet. »Vielleicht fragst du ihn lieber.«
»Warum nicht du?«
»Ach, er hat immer dich vorgezogen.«
»Hat er das gezeigt?«
»Das weißt du doch. Hat er sich nicht immer mit dir im Wald verirrt?«
Sie wußte es also. Ihre Worte schnitten mir in die Seele. Bastian und ich waren durch den Wald geritten . . . wir lagen zusammen im Gras, inmitten von Farnkraut . . . und seine Stimme: »Wir sind verrückt. Was, wenn wir gesehen werden?« Und mir war alles egal. Es war so wichtig für uns beide.
Und jetzt . . . Carlotta!
»Ich werde schon herausfinden, ob sie eine Hexe ist«, stieß ich leidenschaftlich hervor. Sie wird nicht mehr so vergnügt sein, wenn man sie zu einem Baum zerrt, ihr die Kleider vom Leib reißt und sie aufhängt.

Es war nicht einfach, zu verbergen, wie geschockt ich war. Carlotta wußte, daß ich Bastian sehr gerne hatte, aber wußte sie auch, wie weit diese Sympathie gegangen war? Je länger ich darüber nachdachte, um so wütender wurde ich.

Diese Beleidigung! Diese Erniedrigung! Ich, Bersaba Landor, beiseite geschoben! Noch dazu vom eigenen Cousin! Er muß vollkommen verhext sein.
Carlotta spielte mit mir wie eine Katze mit der Maus; tatzelte nach mir, ließ mich ein Stückchen laufen und holte mich wieder zurück, mit ihren Krallen. Ich tröstete mich mit dem Gedanken, daß sie wenigstens nicht wußte, wie verletzt ich war. Sie dachte, ich hätte nur wie ein kleines Mädchen für Bastian geschwärmt und wäre ein bißchen beleidigt, weil er sich nicht mehr so um mich kümmerte wie früher.
Beim Abendessen saß Fennimore am Kopfende der Tafel, und Carlotta warf ihm einen ihrer trägen Blicke zu. Fennimore war wie sein Vater, und da Carlotta mit Bastian so gut wie verlobt war, käme es ihm nicht in den Sinn, ihrer Faszination zu erliegen. Genau wie meine Eltern verbreitete Fennimore ein Gefühl der Sicherheit und brachte es sogar fertig, mich davon zu überzeugen, daß - was immer auch geschehen würde - dies mein Zuhause bleiben würde.
Carlotta sprach über ihre bevorstehende Hochzeit und was sie für sie bedeuten würde.
»Ich zögere noch«, sagte sie, »ich bin mir nicht so sicher, ob ich auf dem Land leben möchte.«
»Du wirst dich schon daran gewöhnen«, sagte Fennimore leichthin. »Bastian muß sich um die Ländereien kümmern, das ist eine zeitraubende Aufgabe, das kann ich dir versichern.«
»In Madrid waren wir oft bei Hof. Ich fange bereits an, es hier ein wenig langweilig zu finden.«
»Dann solltest du Bastian nicht heiraten«, gab Fennimore zu bedenken. »Es sei denn, du hast noch andere Interessen.«
Angelet warf mir einen schlauen Blick zu, und ich dachte: Nein, Schwester, jetzt nicht mehr.
»Was gibt es schon Interessantes auf dem Lande?«
»Reiten, zum Beispiel. Auf dem Land kannst du weitaus besser reiten als in der Stadt. Es gibt auch noch andere aufregende Dinge . . . wie die Lustbarkeiten im Mai und zu Weihnachten, wenn wir das Haus mit Stechpalmen und Efeu schmücken. Manchmal veranstalten wir auch Bälle.«
»Und wennschon, ein Ball bei Hof ist etwas anderes, verlaß dich drauf!« antwortete Carlotta von oben herab.

»Trotzdem gibt es aufregende Dinge«, beteuerte Angelet. »Zum Beispiel, die Hexe im Wald aufzusuchen.«
»Wer soll denn das sein?«
»Man hat sie vor einiger Zeit aufgehängt«, sagte Angelet nüchtern. »Aber es gibt noch andere Hexen. Es wird immer Hexen geben.«
»Erzählt! Was wißt ihr darüber?« Carlotta war ganz Feuer und Flamme.
»Sie tun viel aufregende Dinge, nicht wahr, Bersaba?«
»Sie verkaufen dem Teufel ihre Seele - für spezielle Kräfte, die sie in die Lage versetzen, alles, was sie wollen, zu erreichen.«
»Seltsam, daß Hexen dann trotzdem immer alt und häßlich sind«, sagte Fennimore. »Wenn sie alles haben können, was sie wollen, könnte man doch annehmen, sie seien hübsch.«
»Vielleicht gibt es auch hübsche Hexen«, überlegte Carlotta.
Triumphierend dachte ich, daß sie eine ist. Ich war ganz sicher!
»Man hat behauptet, meine Großmutter sei eine Hexe gewesen, und ich habe nie eine schönere Frau gesehen«, fuhr Carlotta fort.
»Ich möchte nur wissen«, sagte ich langsam, »ob Hexenkunst vererbbar ist?«
Carlotta sah mich fest an. »Das ist sehr gut möglich«, antwortete sie, und ich wußte, sie wollte, daß ich glaube, sie hätte spezielle Kräfte, Kräfte, mit denen sie alles erreichte, was sie wollte. Menschen in ihren Bann zu ziehen, zum Beispiel, sie denen wegzunehmen, die sie liebten, indem sie sich selbst unwiderstehlich machte.
Fennimore - wie typisch für ihn - hielt dieses Thema offensichtlich für seine jüngeren Geschwister nicht für passend und änderte es entschlossen.
Ich hörte dem Gespräch nicht mehr zu. Ich war erregt und fühlte mich besser, seit ich die Neuigkeit erhalten hatte.

Zwei Tage nachdem Carlotta und Senara in Trystan Priory eingetroffen waren, kam Bastian herübergeritten. Ich sah ihn von einem der Fenster aus und wußte nicht, was ich tun sollte. Einesteils wollte ich in mein Zimmer rennen und mich einsperren, aber es war auch Angelets Zimmer,

andererseits wollte ich zu ihm hinuntergehen, um ihn zu beschimpfen und ihm zu sagen, daß ich ihn haßte.
Ich konnte natürlich keines von beidem tun. Ich habe nämlich noch eine Eigenschaft, von der ich nicht weiß, soll ich dankbar dafür sein oder sie verfluchen. Wenn etwas Angenehmes oder Unangenehmes passiert, stehe ich daneben und beobachte. Und was immer mein Gefühl ist, ich habe es unter Kontrolle und kann überlegen, was ich tun muß. Was bringt mir den größeren Vorteil? Angelet denkt nie nach, sie tut einfach, was ihr in den Sinn kommt. Wenn sie böse wird, geht ihr Ärger mit ihr durch. Dasselbe geschieht, wenn sie sich freut. Manchmal denke ich, ich hätte es viel einfacher, wenn ich so wäre wie sie. Dann hätte alle Welt gewußt, was ich empfinde. Aber ich bin ich, und deshalb muß ich - auch in meinem tiefsten Elend, auch in meinen Haßgefühlen, die so viel intensiver sind, als Angelet sie je empfinden könnte - äußerlich ruhig bleiben und mich fragen, was für mich das beste ist.
Ich überlegte hin und her und entschloß mich, das Haus zu verlassen, damit er mich nicht fände, wenn er mich suchte. Das würde ihm zu denken geben.
Ich zog mir rasch mein Reitkostüm an, ging hinunter in den Stall, sattelte mein Pferd und ritt aus. Der Wind strich über mein Gesicht und verfing sich in meinem Haar. Ich konnte die Feuchtigkeit der Erde riechen; denn es hatte in der Nacht geregnet. Ich spürte, wie mir die Tränen in die Augen stiegen, und wußte, würde ich weinen, würde ich erleichtert sein, aber ich weinte nicht. Statt dessen schürte ich meine Wut. Ich dachte daran, wie er meinen Stolz verletzt hatte, daß ich ihn geliebt habe, weil er mich meiner Schwester vorgezogen hatte, daß es mein Stolz gewesen war, der mich veranlaßt hatte, mich in ihn zu verlieben. Jetzt hatte er meinen Stolz getroffen, hatte meiner Liebe den Grund entzogen, jetzt haßte ich ihn. Ich wollte ihn verletzen, wie er mich verletzt hatte.
Ich hörte eine Stimme in mir, die sagte, ich hätte Bastian niemals geliebt, ich hätte nur mich selbst geliebt.
Und ich wußte, daß war die Wahrheit, und wünschte, ich wäre wie Angelet, die sich niemals nach ihren geheimen Gedanken befragte.
Ich ritt den alten Reitpfad entlang, an dem die Schwarzbee-

ren blühten, die wir im Herbst pflückten, damit sie eingekocht unsere Speisekammer füllen sollten. Ich galoppierte vorbei an grünen Weizenfeldern und kam in den Wald, in dem ich mit Bastian gelegen hatte, wenn er auf Besuch nach Trystan Priory gekommen war. Der Fingerhut blühte. Angelet und ich pflückten einmal einen Strauß davon und brachten ihn nach Hause. Da sagte die alte Sarah, die in der Küche arbeitete, das wären giftige Blumen und Hexen wüßten, wie man daraus einen Trank braut, der einen in ewigen Schlaf versetze.
Ich würde Carlotta gern in ewigen Schlaf versetzen!
Es war falsch von mir, in den Wald zu kommen, wo es so viele Erinnerungen gab. Ich dachte an das letztemal, da wir hier zusammen gewesen waren. Das war vor sechs Monaten - im Januar -, die Bäume waren kahl und streckten ihre nackten Äste gegen den Himmel. Trotzdem, wie schön sie waren! Schöner als im Sommer, hatte ich zu Bastian gesagt.
»Mir sind sie mit Blättern lieber«, hatte er geantwortet. »Jetzt ist es gefährlich hier.«
»Unsinn, wer kommt schon im Winter in den Wald?«
»Wir, zum Beispiel.«
Es war kalt gewesen, ich erinnere mich noch. Der Wind war eisig, aber ich sagte zu ihm: »Was macht es, solange uns die Liebe wärmt.«
Und wir lachten und waren glücklich, und Bastian sagte: »Im Winter in einem Jahr werden wir unsere Verlobung verkünden.« Es war ein bezaubernder Nachmittag.
Als wir zurückritten, zeigte ich ihm die Knospen am Jasmin, der über das Dach einer Hütte ragte, an der wir vorbeiritten.
»Vorboten des Frühlings«, hatte Bastian gesagt. Das schien uns bedeutungsvoll. Die Zukunft schien überhaupt voller Versprechungen für uns.
Warum wollte ich nur hierherkommen und Erinnerungen auffrischen? Es wäre besser gewesen, ich wäre zu Hause geblieben.
Plötzlich sah ich einen Mann auf mich zureiten und erschrak, tat ich doch etwas Verbotenes - ich war allein ausgeritten. Ich gab meinem Pferd die Sporen, bog vom Weg ab und galoppierte über die Wiesen. Mein Schreck wurde noch

größer, als auch der Mann vom Weg abbog und über die Wiese direkt auf mich zukam.

Du brauchst keine Angst zu haben, suchte ich mich selbst zu beruhigen. Warum sollte er nicht in diese Richtung reiten?

Mir war, als hörte ich meiner Mutter Stimme. »Ich möchte, daß ihr Mädchen nie alleine ausreitet. Es ist in Ordnung, wenn Fennimore oder Bastian bei euch sind oder zwei Reitknechte.«

Der Reiter war an mir vorbeigaloppiert und brachte sein Pferd zum Stehen. Seltsamerweise hatte ich überhaupt keine Angst mehr, aber eine sonderbare Erregung hatte mich ergriffen. Der Mann sah alles andere als schurkig aus. Er war außerordentlich elegant gekleidet und mußte ein Fremder sein, denn solche Herren kriegten wir auf dem Land nicht oft zu sehen.

Als erstes bemerkte ich seinen Hut; denn er zog ihn, drehte sich zu mir um und verbeugte sich. Der Hut war aus schwarzem Filz, hatte einen breiten Rand und war mit einer wunderhübschen weißen Feder geschmückt, die über die Krempe hinauswippte. Sein Haar - hellbraun, fast golden und leicht gelockt - fiel ihm bis auf die Schultern. Hier auf dem Land trug man das Haar nicht so. Ich habe allerdings gehört, daß dies die neueste Mode sei. Fennimore hatte darüber gelacht und gesagt, er würde sein Haar nie wie ein Mädchen tragen. Aber ich mußte zugeben, es wirkte überhaupt nicht feminin. Sein Wams war schwarz und hatte weite Ärmel mit Spitzen am Handgelenk, und seine Breeches aus schwarzem Tuch glänzten wie Satin. Er trug eckig geschnittene Stiefel, die ihm bis unters Knie reichten. Ich nehme an, seine Erscheinung prägte sich mir deshalb so deutlich ein, weil ich noch nie zuvor jemanden wie ihn gesehen hatte.

»Verzeiht, mein Fräulein«, sagte er, »könnt Ihr mir helfen? Lebt Ihr in dieser Gegend und kennt Euch hier aus?«

»Ja, das tue ich.«

»Ich bin auf der Suche nach Trystan Priory, das hier in der Nähe liegen muß.«

»Ihr habt Glück, mich getroffen zu haben. Ich lebe dort und bin gerade auf dem Weg zurück.«

»Tatsächlich? Dann ist dies ein glücklicher Zufall.«

»Wenn Ihr mit mir reiten wollt, bringe ich Euch hin.«
»Das ist sehr gütig von Euch.«
Unsere Pferde trabten Seite an Seite. Wir überquerten die Wiesen und ritten zurück zur Landstraße.
»Wahrscheinlich wollt Ihr meinen Vater sehen.«
»Ich habe geschäftlich mit Captain Fennimore Landor zu tun«, antwortete er.
»Er ist im Augenblick nicht in Trystan Priory.«
»Aber ich habe gehört, er wäre von seiner Reise zurückgekehrt.«
»Ja, das stimmt. Er ist nur nach Plymouth geritten und wird in ein paar Tagen zurück erwartet.«
»Das klingt schon besser. Dann werde ich nicht zu lange aufgehalten.«
»Habe ich recht in der Annahme, es handelt sich um Geschäfte mit der East India Company?«
»Ja, das ist richtig.«
»Es kommt oft Besuch. Kommt Ihr von weit her?«
»Ich komme aus London. Meine Diener habe ich in einem Gasthof zurückgelassen, samt meinem Gepäck, und bin losgeritten, um zu sehen, ob ich Trystan Priory finde. Ihr habt es mir sehr erleichtert.«
»Das freut mich! Mein Bruder wird sich mit Euch unterhalten. Er weiß Bescheid.«
»Wie interessant! Übrigens - darf ich mich vorstellen, mein Name ist Gervaise Pondersby.«
»Ich bin Bersaba Landor. Ich habe eine Zwillingsschwester, Angelet. Sie und mein Bruder werden sich sehr freuen, Euch kennenzulernen.«
Ich konnte mir Angelets Erstaunen gut vorstellen, wenn ich mit diesem eleganten Fremden in den Hof geritten kam. Ich war ihm sehr dankbar, denn er hatte mir geholfen, zumindest zeitweise den Schmerz zu vergessen, den Bastian mir zugefügt hatte.
Trystan Priory kam in Sicht.
»Was für ein bezauberndes Haus!« sagte Gervaise Pondersby. »Das ist also das Heim der Landors. Wie weit ist es zum Meer?«
»Fünf Meilen.«
»Ich dachte, es wäre näher.«
»Fünf Meilen sind nicht viel«, antwortete ich. Als wir die

leichte Steigung hinauf und in den Hof ritten, erzählte ich ihm, daß das Haus mit den Steinen der Klosterruinen erbaut worden war.
Wir waren gesehen worden, und ich konnte mir die Bestürzung vorstellen, die wir verursacht hatten: Bersaba kommt mit einem Gentleman aus London nach Hause!
Ich rief einem Stallburschen zu, sich unserer Pferde anzunehmen, und als wir in die Halle traten, waren Fennimore und Bastian bereits da, uns zu begrüßen. Ich vermied es, Bastian anzusehen, und sprach nur mit Fennimore.
»Ich habe diesen Herrn auf der Landstraße getroffen. Er war auf dem Weg nach Trystan Priory, um Vater in einer geschäftlichen Angelegenheit zu sprechen.«
Der Fremde verbeugte sich gewandt und sagte: »Gervaise Pondersby, zu Euren Diensten.«
»Ach, Sir Gervaise!« rief Fennimore aus. »Mein Vater hat mir oft von Euch erzählt. Willkommen in Trystan Priory. Leider ist mein Vater im Augenblick nicht hier.«
»Eure Schwester hat es mir bereits erzählt. Zum Glück ist er nicht lange unterwegs.«
»Er muß in ein paar Tagen zurück sein. Darf ich Euch meinen Vetter vorstellen - Bastian Casvellyn.«
Bastian verbeugte sich. Neben diesem Mann wirkt er direkt unbeholfen, dachte ich und frohlockte innerlich ob dieser Tatsache.
»Darf ich Euch in das Arbeitszimmer meines Vaters bitten? Ich lasse gleich eine Erfrischung holen.«
»Ich nehme gerne einen Schluck Wein, während Ihr mir sagt, wann Euer Vater zurück erwartet wird.«
»Ich kann einen Boten nach Plymouth schicken und ihm ausrichten lassen, daß Ihr da seid«, sagte Fennimore. Ich war ziemlich stolz auf meinen Bruder, weil er überhaupt nicht beeindruckt schien von dem Fremden.
Als Fennimore ihn aus der Halle begleitete, lief ich die Treppe hinauf und Bastian hinter mir her. Aber ich war schneller.
»Bersaba«, flüsterte er.
»Ich habe dir nichts zu sagen«, zischte ich über meine Schulter.
»Ich muß dir etwas erklären.«
Ich rannte weiter, aber in der Galerie holte er mich ein.

»Du mußt mir nichts erklären, ich habe dir zu gratulieren.«
»Versteh mich doch, Bersaba!«
»Ich verstehe alles. Du hast Carlotta um ihre Hand gebeten, da gibt es doch gar nichts zu verstehen.«
»Ich weiß gar nicht, wie das passieren konnte. Ich liebe dich, Bersaba.«
»Du liebst mich so sehr, daß du Carlotta heiraten wirst. Das ist doch ganz einfach.«
»Es geschah in einem Moment der Verwirrung. Ich weiß nicht, was über mich gekommen war . . . ich war wie verhext. Das ist wahr, Bersaba, du mußt mich verstehen! Wenn sie da ist . . .«
Jedes Wort war wie ein Stich in mein Herz. Ich fragte mich, wie ein einfacher Mensch wie Bastian so viel Schmerz verursachen konnte.
Ich stieß ihn von mir. »Dann geh doch zu ihr! Geh zu deiner Hexe! Ich kann dir nur eines sagen, es wird dir leid tun . . . unheimlich leid!«
Dann drehte ich mich um und rannte, bis ich meine Schlafzimmertüre erreicht hatte. Ich war froh, daß Angelet nicht da war. Ich sperrte ab. Bastian stand draußen, klopfte und flüsterte meinen Namen.
»Laß es mich doch erklären, Bersaba!«
Erklären . . . Was gab es da schon zu erklären? Daß sie unwiderstehlich war? Daß er sie haben wollte? Daß er bereit war, mich wegen ihr zu vergessen?
»Geh doch zu ihr zurück!« zischte ich giftig. »Geh zu deiner Hexe!«

Fennimore schickte sofort einen Boten nach Plymouth, der meinen Vater von Sir Gervaise' Ankunft unterrichten sollte. Und während sie Wein tranken, versuchte mein Bruder Gervaise zu überzeugen, daß er in Trystan Priory bequemer untergebracht wäre als im Gasthof, und bat ihn, mit seinen Dienern und seinem Gepäck hierherzukommen. In der Zwischenzeit wurden die Zimmer bereitgemacht.
Sir Gervaise nahm die Einladung dankbar an; aber erst, wenn mein Vater zurück sei.
Während des Abendessens sprachen alle über Sir Gervaise. Ich erklärte, wie ich ihn getroffen hatte, und wurde sofort

gescholten, weil ich allein ausgeritten war. »Du weißt ganz genau, daß Mutter befohlen hat, immer einen Reitknecht mitzunehmen«, sagte Fennimore. »Es war leichtsinnig von dir, so zu handeln.«
»Ich bin kein Kind mehr«, antwortete ich spitz.
Ich merkte, Bastian schaute mich an und errötete, weil er sicher an unsere wenig kindlichen Spiele dachte. Er saß neben Carlotta, und selbst ich spürte den Bann, mit dem sie ihn belegt hatte. Er war verletzt und verwirrt von allem, was ihm widerfahren war, was bewies, daß er verhext war. Aber er konnte den Blick nicht von ihr lassen. Ich sah, wie er die Hand nach ihr ausstreckte, um sie zu berühren. Wie ich sie haßte, die beiden! Und ich mußte dasitzen und so tun, als wäre alles in Ordnung.
Carlotta sagte: »Mir schien er ein wohlerzogener junger Mann. Ich habe ihn allerdings nur vom Fenster aus gesehen, als er wegritt.«
»Er kommt zurück, wenn meine Eltern wieder da sind«, sagte Fennimore, »und dann wird er wahrscheinlich ein paar Tage bleiben.«
Wie ich diese Mahlzeit überstanden habe, weiß ich nicht. Wenn Bastian nicht bald heimging, würde ich zusammenbrechen. Ich konnte es nicht ertragen, ihn und Carlotta zusammen zu sehen. Das war einfach zuviel verlangt.
Nach dem Essen machten die Spielleute auf der Galerie gedämpfte Musik, und Thomas Jenson, unser Musiklehrer, sang Madrigale mit uns. Natürlich war auch die unvermeidliche Weise vom ungetreuen Geliebten darunter.
Sobald ich konnte, sagte ich, daß ich müde sei, und zog mich in mein Zimmer zurück. Aber meine Schwester mußte natürlich mit mir kommen und mir sagen, daß ich bleich und elend aussähe und daß es falsch von mir war, heute nachmittag alleine auszureiten. Diese zärtliche Schelte war mehr, als ich ertragen konnte, und ich flehte sie an, mich alleine zu lassen, damit ich meine Augen zumachen und versuchen konnte, einzuschlafen.
Schlafen ... als ob ich schlafen könnte! Ich lag ungefähr eine halbe Stunde wach, da klopfte es an die Tür. Ich schloß meine Augen, denn ich dachte, Angelet käme zurück. Aber es war nicht Angelet, es war Ginny, die mir Milch brachte. Angelet hatte sie heraufgeschickt.

Ich sah Ginny an. Sie war einundzwanzig und sehr schlau. Sie hatte ein Kind, als sie vierzehn war. Es lebte mit ihr in einer der Dachkammern, denn meine Mutter stand auf dem Standpunkt, man dürfe eine Mutter nicht von ihrem Kind trennen. Seitdem hatte sie viele Liebhaber gehabt, aber kein Kind mehr. »Verrücktes Ding!« pflegte meine Mutter zu sagen. »Eines Tages wird sie wieder in Schwierigkeiten geraten.« Aber ich konnte Ginny verstehen. Sie war gar nicht so verrückt.

»Mistress Angelet hat gesagt, Ihr sollt das trinken, dann könntet Ihr gut schlafen.«

»Vielen Dank, Ginny.«

Sie reichte mir die Milch, die heiß war und wohltat.

»Bleib noch einen Augenblick, bis ich ausgetrunken habe.«

»Ja, Mistress.«

»Hast du schon einmal mit einer Hexe gesprochen, Ginny?«

»Oh, ja, ich bin zu einer Hexe gegangen, als ich in Schwierigkeiten war, aber sie hat nichts mehr für mich tun können.«

»Das war Jenny Keys, nicht wahr? Sie ist in der Henkergasse aufgehängt worden.«

»Ja, Mistress, das stimmt. Aber es war nichts Unrechtes an Jenny. Sie hat vielen Mädchen geholfen, die in Schwierigkeiten waren, und es war fabelhaft, wie sie Warzen wegzaubern konnte. Sie hat viel Gutes getan, o ja! Meine Großmutter hat immer gesagt: ›Es gibt gute und böse Hexen, Ginny, und Jenny Keys ist eine gute.‹«

»Nicht alle haben so gedacht.«

»Nein. Hier gibt es schlimme Menschen. Jenny Keys konnte einen bösen Zauber abwenden, wenn ich's Euch sage! Als mein Bruder Keuchhusten hatte, hat sie ihn geheilt, indem sie ihm einen Beutel mit Spinnen um den Hals hängte. Ich glaube nicht, daß Jenny je einen Menschen verzaubert hat. Manche Hexen tun das aber. Deshalb wird es immer Leute geben, die gegen Hexen sind. Egal, ob es eine gute oder eine böse ist.«

»Was ist mit Jenny Keys geschehen?«

»Es hat Leute gegeben, die haben sie gehaßt. Die haben angefangen, über sie zu reden - Stimmung gegen sie zu machen. Eine Kuh starb beim Kalben . . . auch das Kalb, und der Viehhirt, er war so böse, er hat gesagt, er hätte Jenny dabei erwischt, wie sie die Kuh verwünscht hat. Andere behaupten, sie wären um ein Heilmittel zu ihr gegangen und hätten sie in ihrer Hütte, mit ihrem schwarzen Kater zu Füßen, gesehen, wie sie gerade ein mit Stecknadeln gespicktes Ochsenherz briet und dabei sagte:

Nicht dieses Herz hier sollte brennen,
Jack Perran gelten meine Flammen.
Gönn ihm weder Rast noch Ruh,
Tod und Teufel schlagen zu.

Und als Jack Perran ganz plötzlich im Schlaf gestorben ist, fingen die Leute an zu flüstern. Sie fingen auch an, über andere Hexen zu reden, und wie zu Zeiten König James' veranstalteten sie regelrechte Hexenjagden. Man hatte angenommen, viele Hexen hätten sich damals unter die Erde verkrochen, aber nun würden sie sich wieder herauswagen, und man sollte ein Exempel statuieren. Es wurde geredet . . . Erinnerungen wurden ausgegraben . . . Und sie begannen Jenny Keys nachzuspionieren. Eines Tages haben sie sie dann abgeholt und in der Henkergasse aufgehängt.«

»Wenn sie wirklich eine Hexe war, war es vielleicht richtig.«

»Vielleicht, Mistress, aber man sagt, sie war eine gute Hexe.«

»Einmal hat es auch auf Schloß Paling eine Hexe gegeben. Hast du je von ihr gehört?«

Ginny erschrak und schaute heimlich über die Schulter.

»Aber natürlich, Herrin. Alle haben miterlebt, wie sie aus dem Meer gekommen ist. Meine Großmutter hat es mir erzählt. Es ist nie vergessen worden - sie kam und ist wieder zum Teufel gegangen. Später dann ist sie noch mal aufgetaucht und abermals verschwunden. Und niemand hat je wieder etwas von ihr gehört.«

Mir lief eine Gänsehaut über den Rücken.

»Friert Ihr, Mistress?«

»Jemand geht über mein Grab, Ginny, wie man so schön sagt. Kennst du die Damen hier?«

Ginny war irgendwie beunruhigt.

»Ja, Mistress.«

Ich gehe zu weit und bin unvorsichtig, dachte ich. Trotzdem machte ich weiter.

»Glaubst du, daß Hexenkunst vererbbar ist? Ich meine die dunklen Kräfte?«

Ginny, mit ihrer rauhen Stimme, war der geborene Verschwörer.
»Man behauptet das; ich habe es jedenfalls schon gehört.«
»Ich weiß nicht . . . Hier, nimm den Becher. Die Milch war gut und hat mich erwärmt. Ich glaube, ich kann jetzt schlafen.«
Jetzt brauchte ich nur noch abzuwarten, daß die Saat aufgehen würde.

Ich fühlte mich viel besser, seit ich einen Plan hatte. Er verfolgte mich direkt. Nachts wachte ich manchmal auf und war von einer wilden Erregung besessen. Das besänftigte meinen Haß und meine Bitterkeit. Ich verstand jetzt, was Homer gesagt hat: »Rache ist süßer als Honig.«
Ich träumte davon, wie der Mob Carlotta in die Henkergasse zerrte, und von all den Erniedrigungen, die sie dabei würde erdulden müssen. Ich stellte mir ihren halbnackten Körper vor und geile Männer, die sie anstierten, und Bastian, der hinterher vorbeikam und sie dort hängen sah.
Wie schlecht ich doch war! Aber der Schmerz saß tief, ich mußte ihn irgendwie betäuben. Tief im Herzen wußte ich doch, dies war nur Phantasie, nur ein Tagtraum, in dem man sich vorgaukelte, man besitze etwas, das nicht zu haben ist.
Carlotta verursachte viel Aufsehen in einem Haus wie dem unseren. Sie war so anders, mit ihren Allüren und ihren Reizen, sie war exotisch, und alles was fremd war, erregte Verdacht in den einfachen Menschen. Mit steigendem Interesse beobachtete ich das Benehmen der Dienstboten ihr gegenüber. Sie waren teilweise fasziniert, teilweise ängstlich, und ich tat alles, was ich konnte, diese Angst in ihnen zu schüren. Ich glaube, Ginny hat geredet und das Gesinde an die alte Geschichte von der Hexe, die aus dem Meer kam, erinnert.
Einmal, als wir zusammen ausritten, sah ich eine Frau davonlaufen, den Blick von Carlotta abgewandt, und ich frohlockte, denn die Saat, die ich gesät hatte, schien aufgegangen.
Bastian verließ uns am nächsten Tag wieder. Ich glaube, er konnte es nicht ertragen, mit Carlotta und mir unter einem

Dach zu leben. Als er ging, habe ich mich nicht von ihm verabschiedet, sondern bin ihm ausgewichen. Aber ich habe ihm nachgesehen, als er wegritt. Von einem der Turmfenster sah ich, daß er sich immer wieder umschaute. Um noch einen allerletzten Blick auf Carlotta werfen zu können, dachte ich grimmig.

Manchmal, wenn ich allein in meinem Zimmer war, fürchtete ich mich vor mir selbst und vor dem, was ich im Begriff war zu tun. Ich wollte Carlotta töten, aber nicht auf dem direkten Weg, andere sollten es für mich tun. Es war ein feiner Plan.

Wenn ich mit ihr zusammen war, sagte ich mir, daß es sie nicht anders verdient habe. Sie hatte etwas Gottloses an sich ... etwas Verruchtes. Ich war vollkommen davon überzeugt, daß sie eine Hexe war, denn nur einer Hexe konnte es gelingen, mir Bastian wegzunehmen. Und wenn sie eine war, war es besser, sie wurde beseitigt.

Niemand konnte ihr ihre Schönheit absprechen, aber nicht Schönheit allein ist es, die anzusehen Freude bereitet, sondern der Ausdruck von Güte. Ich habe immer meine Mutter in diesem Sinne schön gefunden. Carlottas Schönheit war des Teufels und zur Zerstörung ihrer Umgebung bestimmt. Zumindest redete ich mir das ein.

Senara, ihre Mutter, war stolz auf sie, aber ich glaube nicht, daß sie sie liebte, und Carlotta liebte niemanden außer sich selbst. Manchmal dachte ich wirklich, daß allein die Tatsache, mit ihr verheiratet zu sein, schon Strafe genug dafür wäre, mich so behandelt zu haben.

Die Diener mochten Carlotta nicht. Dazu behandelte sie sie viel zu arrogant. Sie ließ keinen Zweifel aufkommen, daß es unter ihrer Würde war, sie zu beachten, außer wenn sie etwas von ihnen wollte. Sie und ihre Mutter wurden von einem spanischen Mädchen bedient, das sie mitgebracht hatten. Anna war eine Frau Mitte Dreißig, hatte dunkles Haar, ein leichtes dunkles Oberlippenbärtchen und tiefliegende Augen. Sie war sehr still, ich habe sie nie sprechen hören, aber ich konnte mir vorstellen, daß sie eine fleißige und ausgezeichnete Kammerzofe war. Allein die Art, wie sie Carlottas Haar frisierte, war schon ein Wunder für sich. Sie war leise, man bemerkte sie kaum. Sie schlief in einer kleinen Kammer vor Carlottas Schlafzimmer.

Als meine Eltern zurückkamen und Sir Gervaise mit seinem Butler und seinen beiden Reitknechten eingezogen war, änderte sich unser Leben. Wir begannen in größerem Stil zu leben, denn einen Herrn wie Sir Gervaise im Haus zu haben, machte dies zu einer Notwendigkeit. Seine Geschäfte würden ihn eine ganze Woche in Anspruch nehmen, sagte er zu meinem Vater, und wenn Landor ihm solange Gastfreundschaft gewähren würde, wäre er dankbar.

Natürlich hießen wir ihn willkommen, und mein Vater war entzückt. Sir Gervaise war mit dem gleichen Anteil wie mein Vater an der Gesellschaft beteiligt.

Sie ritten zusammen aus und hielten Unterredungen ab, gingen hinunter ans Meer und inspizierten Vaters Schiff. Sie sprachen über die Waren, die Vater von der Reise zurückgebracht hatte, und waren unentwegt zusammen.

Die Mahlzeiten waren zu zeremoniellen Ereignissen geworden. Wir hatten ja nicht nur Sir Gervaise zu Gast, sondern auch Senara und Carlotta. Zweifellos war unser Leben seit ihrer Ankunft großartiger und ereignisreicher geworden.

Es wurde viel über den Hof gesprochen, und darin hatten unsere Gäste viel Gemeinsames miteinander, da sie alle drei gewohnt waren, sich in diesen Kreisen zu bewegen. Und obwohl Sir Gervaise mit Whitehall verknüpft und Senara mit Spanien, gab es doch eine Verbindung zwischen den beiden Höfen, da der König - damals war er noch ein Prinz - Spanien besucht hatte, um eine Heirat zwischen sich und der Schwester des spanischen Königs zu arrangieren.

Sir Gervaise erzählte, daß er, als er achtzehn Jahre alt gewesen war, eine kleine Stellung in der unmittelbaren Umgebung des Königs innegehabt hatte. Wahrscheinlich hatten er und Senara seinerzeit ähnliche Funktionen. Senara war König Charles einmal begegnet. Sie sagte, das sei vor dem Tod seines Vaters gewesen, als er noch Prinz und Thronerbe war. Sie hielt ihn für einen sehr gut aussehenden Mann, allerdings sei er zu klein für einen König. Er hätte großen Charme und fabelhafte Manieren gehabt, und wenn man jung und hübsch sei, machte man sowieso immer einen guten Eindruck.

Er sei allerdings weniger an einer Heirat mit der Infantin interessiert gewesen, als vielmehr an Hilfe für seine Schwester Elizabeth und ihren Gatten Frederick, die ihr Land verloren hatten.

»Der König hat seine jetzige Gemahlin in Paris kennengelernt«, erzählte Sir Gervaise. »Aber sie war damals noch ein Kind, und er hat sie nicht beachtet.«

»Ist es nicht seltsam«, meinte meine Mutter, »daß das Schicksal uns kein Zeichen gibt, wenn wir plötzlich einer Situation oder einem Menschen gegenüberstehen, die unser Leben verändern.«

»Du verlangst zuviel, meine Liebe«, sagte mein Vater.

»Es gibt Leute, die behaupten, sie hätten Vorahnungen«, warf Senara dazwischen und gestand: »Das habe ich manchmal auch.«

Daraufhin herrschte Stille rund um den Tisch, und meine Mutter legte ihre Stirn in Falten.

»Weil deine Mutter eine Hexe ist?« fragte ich.

»Aber, Bersaba, das ist doch alles Unsinn!« protestierte sie. »Ich kann mir nicht vorstellen, wo du so einen Unsinn hörst.«

»Aber es stimmt doch, nicht wahr?«

»Man hat es gesagt«, bestätigte Senara. »Damals, als sie hier war. Als ich sie später in Spanien wiedergefunden habe, ist nie mehr etwas Derartiges behauptet worden.«

»Manchmal geht die Phantasie mit den Leuten durch«, sagte meine Mutter. »Ich bin froh, daß heutzutage über derartige Dinge nicht mehr gesprochen wird. Das ist gefährlich.«

Ich bemerkte, daß die Dienstboten, die uns bei Tisch bedienten, große Ohren bekamen. In der Küche würden sie wiederholen, was sie bei Tisch gehört hatten. Sie würden sich an die Hexe erinnern, die unter so mysteriösen Umständen nach Schloß Paling gekommen und wieder verschwunden war. Daß sie jetzt in Spanien lebte, würde sie in ihren Augen nicht weniger zur Hexe machen.

Ich beobachtete Carlotta. Wie schön sie doch war! Angelet sah neben ihr farblos aus, und das bedeutete, ich auch. Ich hatte schon bemerkt, daß Sir Gervaise sie nicht aus den Augen ließ - sie ihn übrigens auch nicht. Sie schien ihre Fäden zu spinnen, um ihn in ihrem Netz zu fangen, genau wie Bastian. Es war nicht zu überhören, wie oft er das Wort an sie richtete.

Nach dem Essen entfernten sich mein Vater und Sir Gervaise zusammen. Sie hatten Geschäftliches miteinander zu besprechen, und meine Mutter hat mir erzählt, daß es etwas mit der Niederlassung am Hooghly River zu tun hatte. »Sie machen sich natürlich Sorgen«, sagte sie, »weil es so viele Konflikte zwischen König und Volk gibt. Daß er ohne Parlament regiert, begreife ich sowieso nicht. Sir Gervaise sagt, so kann es nicht weitergehen, das wird sich so lange steigern, bis irgend etwas Schreckliches passiert, und wer weiß, was dann kommt.«

»Glaubst du, wir werden das hier auch merken?« fragte ich.

»Mein liebes Kind, dem werden wir nicht entkommen. Diese Schiffsgelder machen den Leuten in Plymouth echte Sorgen, und des Königs Überzeugung, daß er durch göttliche Fügung an der Regierung sei, macht das, was er tut, nicht besser.«

»Was glaubt Vater, was passieren wird?« fragte ich.

»Daß es früher oder später zu einer Verständigung kommen muß. Der König wird seinen Standpunkt fallenlassen müssen. Er behandelt die Puritaner zu hart; man sagt, das ist der Einfluß seiner katholischen Frau. Mir gefällt es gar nicht, wie sich die Dinge zur Zeit entwickeln, aber laß uns hoffen, daß rechtzeitig eine Lösung gefunden wird. Übrigens, Bersaba, ich möchte mit dir sprechen. Beim Abendessen ist über Hexen geredet worden.«

»Ja, Mutter?«

»Ich mag dieses Thema nicht, und ich glaube, du hast es aufgebracht.«

»Ich, wieso?« fragte ich scheinheilig.

»Ja, ich glaube schon, mein Schatz. Ich habe nie gerne darüber gesprochen. Nie werde ich den Tag vergessen, als sie meine Stiefmutter holen kamen.«

»Was ist damals geschehen, Mutter? War es sehr schlimm?«

»Ja, das war es. Ich hasse es, daran erinnert zu werden, noch lange danach habe ich davon geträumt . . . eigentlich bis ich Vater geheiratet habe. Diese Prozession hat mich bis in meine Träume verfolgt: Fackeln, singende Stimmen und diese gefühllosen, grausamen Gesichter der Menschen, die da auf das Schloß marschiert kamen. Nie mehr möchte ich so etwas erleben.«

»Glaubst du, die Leute schauen wieder nach Hexen aus?«

»Sag so etwas nie wieder! Hat Senara mit dir darüber gesprochen?«
»Nein, Mutter.«
»Ich kann mich noch erinnern: Als sie jung war, hat sie unentwegt von Hexen gesprochen und die Leute daran erinnert, daß ihre Mutter verdächtigt wird, eine zu sein. Sie wußte damals nicht, wie gefährlich das war. Und das könnte es immer noch sein.«
»Ich habe nicht viel darüber reden hören, Mutter.«
»Die Angst ist immer noch da . . . versteckt vielleicht . . . kann aber jeden Tag wieder aufbrechen. Die Leute glauben immer noch daran, obwohl wir sie nie ermutigt haben. Ich möchte nicht, daß die Leute anfangen, über Hexen zu reden, bloß weil Senara zurückgekommen ist. Also, Bersaba, sollte jemand dieses Thema anschneiden, übergehe es, bitte. Ich möchte keine Wiederholung erleben.«
»Natürlich, Mutter.«
»Weißt du, Hysterie kann so leicht entfacht werden. Ignoranten setzen sich zusammen und schüren das Feuer, du verstehst, was ich meine.«
»Ja, ich verstehe. Sie könnten nach Trystan Priory marschieren, genau wie damals nach Schloß Paling. Noch immer werden Hexen gehängt und verbrannt, noch immer werden sie an Händen und Füßen gefesselt ins Meer geworfen oder in den Fluß.«
»Wir wollen nicht mehr darüber nachdenken, auch nicht mehr darüber sprechen. Wenn die Dienstboten dieses Thema anschneiden, sag ihnen, sie sollen aufhören. Es ist sehr gut möglich, daß sie sich an Carlottas Großmutter erinnern, aber das will ich nicht, Bersaba!«
»Ich werde daran denken, Mutter«, sagte ich zweideutig und hoffte, daß sie meine Erregung nicht bemerkt hatte.
Als ich in mein Zimmer hinaufging, traf ich eines der Dienstmädchen auf der Treppe. Sie hielt ein Taschentuch in der Hand. »Lady Carlotta hat das verloren«, sagte sie.
»Warum bringst du es nicht auf ihr Zimmer?«
Das Mädchen schaute mich verstohlen an. »Ich habe Angst, Mistress.«
»Warum?«
Das Mädchen senkte den Blick.
»Wovor hast du Angst?« verlangte ich zu wissen.

Sie konnte es mir nicht sagen. Da nahm ich ihr das Taschentuch ab. »Hast du Angst, sie könnte eine Hexe sein und dich verwünschen?«

»Oh, das habe ich nicht gesagt, Mistress Bersaba.«

Der Argwohn verbreitet sich rasch, dachte ich frohlockend und sagte: »Ich bringe es ihr aufs Zimmer, vorher aber werde ich mich bekreuzigen, wenn ich über die Schwelle trete. Das ist es doch, was man tun muß, nicht wahr?«

»Ich glaube, ja, Mistress, aber ich trau mich trotzdem nicht.«

»Schon gut, mach dir keine Gedanken! Ich bring es ihr.«

Ich nahm das Taschentuch und ging zu dem Zimmer, das meines Wissens nach Carlottas war. Ich klopfte an, und als ich keine Antwort erhielt, machte ich die Türe vorsichtig auf und trat ein. Auf dem Bett lag ihr Nachthemd, es war aus Seide, mit tausend Rüschen. Wie schön sie darin aussehen mußte, mit ihrem langen schwarzen Haar. Ein feiner Parfumgeruch hing in der Luft. Die Tatsache, daß es vorübergehend Carlottas Zimmer war, hatte es ganz verändert.

Auf Zehenspitzen schlich ich zum Bett, nahm Carlottas Nachthemd, hielt es mir an und stellte mir vor, Bastian käme herein und ich wäre seine Braut. Dann aber sah ich Carlotta an meiner Stelle, und tiefes Elend erfaßte mich.

Plötzlich hatte ich das Gefühl, beobachtet zu werden. Ich drehte mich um. Die Tür zum Vorzimmer stand offen, und Anna stand da und sah mich an.

Ob ich etwas wollte, fragte sie in gebrochenem Englisch.

»Ich habe das Taschentuch deiner Herrin gebracht; sie hat es verloren. Es liegt dort auf dem Tisch.«

Anna senkte den Blick, und ich fand es idiotisch, so mit dem Nachthemd dazustehen, also sagte ich: »Das ist ein wunderschönes Nachthemd!«

»Ich habe es gemacht«, sagte Anna.

»Ich gratuliere, du mußt ja eine Zauberin mit der Nadel sein!«

Die dunklen Augen schienen meine Gedanken erforschen zu wollen. Ich fühlte mich ertappt, als ob diese Frau meine Gedanken lesen könnte, meinen Haß und mein Sinnen nach Rache.

Sie ist mir unheimlich, dachte ich. Als ob sie wüßte, was in meinem Kopf vorgeht. Sie ist wie ein Wachhund.

Am nächsten Tag vergaß ich abermals das Verbot und ritt alleine aus. Ich wollte niemanden um mich haben, ich wollte nachdenken. Rache! Das füllte all meine Gedanken aus, und ich fand mich ungeheuer klug, weil ich einen Plan ausgeheckt hatte, der mich gegen jede Anschuldigung erhaben machen würde und meine Feindin vernichten mußte. Meine ganze Liebe und Sehnsucht nach Bastian war von diesem neuen Gefühl aufgesogen.
Ich war noch nicht sehr weit geritten, als ich bemerkte, daß meine Stute lahmte. Ich stieg ab und entdeckte, daß sie einen Huf verloren hatte. Zum Glück war es nicht weiter als eine Meile bis zur Schmiede, also entschied ich, sie unverzüglich dorthin zu bringen.
Auf dem Weg sprach ich beruhigend auf das Pferd ein, und bald waren wir angekommen. Weder Angelet noch ich gingen gern zur Schmiede, denn der Schmied war kein sehr angenehmer Mensch. Er war groß und feist, und wir sagten immer, wenn er über seinen Schmelzofen gebeugt dastand und guckte, als ob er alle Sünder aus seiner Nachbarschaft gerne zu ewigen Folterqualen hineinstoßen wollte, der Teufel müßte so ähnlich aussehen wie er.
Thomas Gast war ein leidenschaftlicher Mann. Er predigte jeden Sonntag in einer Scheune unweit der Schmiede, und eine ganze Anzahl Dorfbewohner ging hin, um ihm zuzuhören. Nicht so sehr, weil sie seiner Auffassung beipflichteten, sondern um sich die Gänsehaut bei seinen wilden Reden über den Rücken laufen zu lassen. Denn Thomas Gast war ein Puritaner. Er war davon überzeugt, Vergnügen sei immer Sünde. Ich habe einmal zu Angelet gesagt: »Thomas Gast kann sich über einen Sünder, der zu ewigem Höllenfeuer verdammt ist, mehr freuen als über tausend, die geläutert worden sind.«
Meine Eltern machten sich wegen seiner wilden Predigten Sorgen, weil sie fürchteten, er könnte damit Unheil in der Nachbarschaft stiften. Sie glaubten zwar, jeder Mensch hätte das Recht auf seine eigene Meinung, was die Religion anbelangte, aber sie fanden es weiser, diese für sich zu behalten.
Thomas Gast war nicht so. Er war ein Mann, der felsenfest daran glaubte, er sei im Recht, und jeder, der seiner Meinung widersprach, war im Unrecht. Darüber hinaus ge-

nügte es ihm nicht, die Menschen ihrer Ahnungslosigkeit zu überlassen. Er züchtigte sie mit Worten, und wenn sich die Gelegenheit bot - bei seiner Familie zum Beispiel -, auch mit der Peitsche.

Er hatte zehn Kinder. Sie und seine arme kleine Frau lebten in ständiger Angst vor seinem Zorn, ein schlechtgewähltes Wort auszusprechen oder etwas zu tun, was er als sündhaft empfinden könnte.

Er war ein äußerst ungemütlicher Mensch, aber wie mein Vater sagte, der beste Schmied, den er kannte.

Als ich ihm meine Stute brachte, sah er mich mißbilligend an. Vermutlich, weil ich meinen Hut zu keck aufgesetzt hatte, oder aber meine Rachegedanken standen mir im Gesicht geschrieben.

Ich erzählte ihm, was geschehen war. Vorsichtig untersuchte er das Pferd und nickte grimmig.

»Wenn Ihr es gleich beschlagen könnt, wäre ich Euch sehr dankbar!« sagte ich.

Er nickte wieder und sah mich mit seinen glänzend schwarzen Augen an. Ich konnte das Weiße um seine Pupillen sehen, was ihm ein starrendes Aussehen verlieh - etwas Fanatisches wie bei Großvater Casvellyn. Wenn Leute von ihrem Fanatismus zu weit getrieben werden, so wie er, kommt es dem Wahnsinn gleich.

»Ein wunderschöner Morgen, Thomas«, sagte ich. »An einem Tag wie heute hat man so richtig das Gefühl, lebendig zu sein.«

Mir war gar nicht wohl zumute, dazu war Bastians Verrat noch zu neu. Trotzdem saß mir der Schalk im Nacken. Ich wußte, wenn jemand ein Vergnügen empfand, und sei es bloß an Gottes eigener Natur, hatte das bei Thomas eine Predigt zur Folge.

»Ihr solltet lieber an die Sünden der Welt denken«, knurrte er bereits.

»Wieso an Sünden? Die Sonne scheint, die Blumen blühen, und Ihr solltet die Herbstrosen und Sonnenblumen in den Bauerngärten sehen und die fleißigen Bienen im Lavendel.«

»Ihr seid eine unbedachte junge Person. Wenn Ihr nicht die Sünde um Euch herum erkennt, werdet Ihr in der Hölle braten.«

»Ach, Mr. Gast«, sagte ich boshaft, »so viele von uns werden das. Ihr scheint der einzige Mensch zu sein, der nie sündigt. Ihr werdet Euch sehr einsam fühlen, wenn Ihr in den Himmel kommt.«

»Ihr solltet nicht über heilige Dinge spotten«, erwiderte er verbohrt. »Ihr werdet genau beobachtet, und alle Eure Sünden werden aufgeschrieben, vergeßt das nie! Eines Tages müßt Ihr Euch dafür verantworten.«

Ich dachte daran, wie ich mit Bastian im Wald gelegen hatte. Thomas Gast würde das für eine Todsünde halten, die ewige Verdammnis verdiente, und einen Augenblick lang war ich beunruhigt. Er war ein Mensch, der einen - solange man in seiner Gesellschaft war - glauben machen konnte, an seinen Doktrinen sei etwas dran.

Ich beobachtete ihn, sein vorsichtiger Umgang mit dem Pferd - sanft war er nur zu Pferden -, da begann er plötzlich zu deklamieren, wie vor seinem Publikum in der Scheune. Der Tag der Vergeltung würde kommen! Dann würden die, die sich heute brüsteten, ewiger Verzweiflung anheimfallen. Die Qualen der Hölle gingen über jede menschliche Vorstellungskraft, usw. . . .

Ich glaube, er sah sich selber als Henker Gottes - eine Rolle, die ihm ausgezeichnet gefallen mußte, entschied ich.

Mir ging seine Kritisiererei langsam auf die Nerven, deshalb unterbrach ich ihn und sagte, ich würde einen Spaziergang machen und das Pferd abholen, wenn es fertig beschlagen sei.

Ich ließ den Schmied also stehen und schaute mir die Siedlung an. Die Häuser waren alle aus dem grauen Cornwallstein erbaut, der charakteristisch ist für diese Landschaft. Vor den Häusern waren schmale Gärten, dahinter kleine Beete, in denen die meisten Gemüse anpflanzten beziehungsweise ein Schwein oder eine Ziege hielten. Aber die Vorgärten waren voller Blumen, mit Ausnahme des Gartens vom Schmied. Er zog Gemüse in seinem Vorgarten, und hinter dem Haus hatte er Schweine. Ich war einmal bei ihm gewesen, als der jüngste Gast geboren worden war, und meine Mutter Angelet und mich mit einem Korb guter Sachen hergeschickt hatte. Alles im Haus war rein zum Gebrauch bestimmt, nichts zur Dekoration. Die Mädchen, es waren vier, trugen immer schwarze Gewänder mit eng am Hals abschließenden Krägen. Ihre Mutter trug dasselbe. Ihr

Haar war unter Mützen versteckt, so daß es gar nicht so einfach war, sie auseinanderzuhalten. Angelet und mir haben die Gastkinder immer leid getan.
Als ich zu ihrem Haus kam, sah ich eine der Töchter im Garten. Sie jätete Unkraut. Ich habe gehört, jedes Kind habe seine Aufgabe, und wenn es diese nicht zur Zufriedenheit des Vaters erledigte, wurde es schwer verprügelt.
Im Näherkommen wünschte ich ihr einen guten Morgen. Sie richtete sich auf und schaute mir entgegen. Ich sah sie mir genau an und kam zu dem Schluß, sie mußte die Älteste sein. Sie war ungefähr siebzehn, also in meinem Alter. Ich bemerkte, wie sie mein Reitkostüm, das auf sie wahrscheinlich genauso elegant wirkte wie Carlottas auf mich, mit den Augen verschlang.
»Guten Tag, Mistress«, sagte sie.
Ich war sehr neugierig, wie das Leben im Hause des Schmieds vor sich gehen würde, obwohl ich es mir ungefähr vorstellen konnte. Wenn ich seine Tochter gewesen wäre, hätte ich ihm Trotz geboten, davon war ich überzeugt.
»Du arbeitest sehr schwer«, sagte ich. »Wer bist du denn?«
»Ich bin Phoebe, Mistress, die Älteste.« Ihre Augen füllten sich mit Tränen, und ich fragte: »Bist du unglücklich?«
Sie nickte, und ich fuhr fort: »Was ist los?«
»Bitte fragt mich nicht, Mistress!«
»Vielleicht können wir dir helfen?«
»Ihr könnt mir nicht helfen, Mistress. Es ist geschehen, da kann man nichts mehr machen.«
»Was ist geschehen, Phoebe?«
»Ich trau mich nicht, es zu sagen.«
Etwas Gemeinsames war zwischen uns, und ich dachte mir, daß es nur ein Mann sein könne.
Und wieder mußte ich an Bastian denken, und all meine Bitternis kam zurück. In diesem Moment spürten wir ein starkes Gefühl der Zusammengehörigkeit.
»Natürlich, dein Vater sieht nur Sünde, wo andere Menschen Freude empfinden.«
»Es ist aber Sünde!«
»Was ist Sünde? Wenn man andere Menschen verletzt . . . das ist Sünde, finde ich.« Und ich dachte daran, daß ich dabei war, Carlotta zu einem frühzeitigen Tod zu verhelfen.

»Aber wenn man niemanden verletzt ... ist es auch keine Sünde.«
Sie hörte mir gar nicht zu, so gefangen war sie in ihrer Verzweiflung.
»Phoebe«, sagte ich leise, »bist du in ... Schwierigkeiten?«
Jammervolle Augen richteten sich auf mich, aber sie antwortete nicht. Die Angst in ihrem Gesicht erinnerte mich an Jenny Keys.
»Ich helfe dir, wenn ich kann«, sagte ich voreilig.
»Ich danke Euch«, antwortete sie und jätete weiter.
Es gab nichts mehr, was ich ihr hätte sagen können. Wenn es stimmte, was ich dachte, dann war Phoebe wirklich in Schwierigkeiten. Ich habe in ihrem Gesicht entdeckt, was Großvater Casvellyn mir angesehen hatte. Ändert sich bei jungen Mädchen der Ausdruck, wenn sie sich einen Liebhaber nehmen? Sieht man ihnen den Verlust der Jungfernschaft an den Augen an? Ich war absolut davon überzeugt, Phoebe hatte einen Liebhaber und stand jetzt vor den Konsequenzen.
Ein Kind! Der Gedanke, dies hätte auch mir passieren können, betäubte mich beinahe. »Ich werde dich heiraten, wenn du alt genug bist, und wenn es sein muß, auch schon früher«, hatte Bastian gesagt.
Wir waren so rücksichtslos in unserem Liebesspiel gewesen, wir hatten die möglichen Folgen nicht ernsthaft überlegt. Ich wußte, so schockiert sie auch gewesen wären, meine Eltern hätten mir Liebe und Verständnis entgegengebracht. Auch Tante Melanie und Onkel Connell hätten gelacht und gesagt, Bastian wäre eben ein echter Casvellyn.
Wie anders aber war das für die arme Phoebe. Eine Schleife zu tragen, einen Knopf zu öffnen an einem heißen Sommertag, einen Gürtel zu tragen, der diesen formlosen schwarzen Sack ein wenig taillierte, das alles war schon Sünde. Aber mit einem Mann in den Feldern oder im Wald zu liegen ...
Ich ging zurück in die Schmiede. Die Stute wartete bereits. Thomas Gast sah mehr denn je wie ein Jünger Satans aus, und ich mußte unentwegt an die arme Phoebe denken.

Gestern hörte ich, wie zwei Dienstboten sich miteinander unterhielten. Ich war gerade aus dem Stall gekommen, und

sie wischten Staub in einem der Räume, die zur Halle führten. Mich konnten sie nicht sehen, also setzte ich mich hin und lauschte, weil mich ihr Gespräch interessierte. Die eine war Ginny, die andere Mab, ein Mädchen um die fünfzehn, der nachgesagt wurde, sie wäre reif für ein Abenteuer und mache den Männern schöne Augen.
Sobald der Name Jenny Keys fiel, horchte ich auf.
»... das war sie wirklich«, sagte Ginny, »sie war eine gute Hexe. Aber Gutes kann sich in Böses verwandeln ... und vielleicht ist genau das mit Jenny geschehen.«
»Was hat sie denn getan, Ginny?«
»Sie hat viel Gutes getan. Wenn ich früher zu ihr gegangen wäre, wäre mir meine Schande erspart geblieben.«
»Aber jetzt würdest du den kleinen Jeff doch für nichts auf der Welt hergeben?«
»Jetzt nicht, aber damals schon.«
»Wie ist es überhaupt herausgekommen?«
»Du meinst, wie es bekanntgeworden ist, daß sie eine Hexe war? Ich werde es dir erzählen. Eines Tages sind zwei Mädchen von Trystan Priory zu ihr gegangen. Alles, was sie wollten, war ein Liebeselixier. Da war dieser Stallbursche, der die eine überhaupt nicht beachtete, sie aber wollte ihn haben. Und was sahen sie? Mitten auf Jennys Schoß saß eine Kröte, eine häßliche, schleimige Kröte. Aber es war keine gewöhnliche Kröte, haben sie gesagt. Ihren Augen war anzusehen, daß der Teufel in ihr war. Beide zitterten wie Espenlaub, machten kehrt, gaben Fersengeld und rannten um ihr Leben. Es hat nicht lange gedauert, da wurde die eine krank. Sie schwor, die Kröte sei daran schuld. Man sagte, die Kröte sei Jennys ständiger Begleiter gewesen, und das bewies, daß sie eine Hexe war.«
»Woher weißt du, daß sie die Kröte im Haus hielt? Es gibt jede Menge Kröten bei den Teichen. Ich habe sie nachts quaken gehört, im Frühling, wenn sie ein Weibchen suchen. Und dann hüpfen sie an den Teich und legen dort ihre Eier.«
»Das sind gewöhnliche Kröten - die leben nicht im Haus.«
»Kröten sind scheußlich. Wahrscheinlich, weil es Nachttiere sind.«
»So ist es. Aber man sollte sie nicht verwechseln. Es gibt ganz normale Tiere. Nur wenn eine Hexe eine Kröte mit in

ihr Bett nimmt, kann es sein, daß der Teufel in sie fährt und ihre Gestalt annimmt.«
»Wie bei der Kröte, die bei Jenny gesehen worden ist?«
»Vielleicht. Und als bekannt wurde, daß Jenny Keys eine Kröte im Haus hatte, die sie sogar in die Hand nahm, fing es an. Man sagte, sie trüge sie an ihrem Busen und ließe sie über ihren Körper krabbeln - und daß sie ihre Vertraute sei.« Mab fing an zu kichern, und Ginny schalt sie.
»Jetzt lachst du, aber du würdest nicht mehr lachen, wenn du wüßtest, daß dich die Hexen hören können.«
»Jenny Keys ist doch tot.«
»Aber Jenny ist nicht die einzige Hexe, erinnerst du dich nicht?«
»Wer sonst?«
»Du mußt nicht weit suchen.«
Ehrfürchtige Stille trat ein.
»Du meinst . . . sie . . .?«
»Warum nicht? Ihre Großmutter war eine. Und Zauberkräfte werden weitervererbt, nehme ich an.«
»Wir sollten unsere Augen offenhalten.«
Ich stand auf und lief leise die Treppe hinauf in mein Zimmer.

Angelet spürte, daß ich allein sein wollte. Sie hatte natürlich erraten, daß dies mit Bastian zu tun hatte, und ich habe gesehen, wie sie Carlotta fast mit Verachtung ansah, denn sie war mir treu ergeben.
Wenn wir nachts im Bett lagen, war es unsere Gewohnheit, über die Tagesereignisse zu sprechen. Und obwohl ich seit Bastians Treulosigkeit keine Lust hatte, mich mit ihr zu unterhalten, konnte ich doch nicht so plötzlich mit dieser Gewohnheit brechen.
Eines Abends, nachdem das Gespräch beim Essen besonders lebhaft gewesen war und Senara und Carlotta und Gervaise die Unterschiede zwischen dem englischen und dem spanischen Hof diskutiert hatten - was es uns ziemlich schwierig machte, daran teilzunehmen, sagte sie: »Ist dir aufgefallen, daß Sir Gervaise und Carlotta sich angefreundet haben?«
»Ich glaube, es liegt in Carlottas Natur, immer den männlichen Mitgliedern der Gesellschaft ihre Aufmerksamkeit zu schenken.«

»Da hast du recht. Natürlich ist sie wunderschön, das muß man ihr zugestehen, und daß sie bei Hof war, hat wahrscheinlich auch etwas damit zu tun. Ich möchte wissen, ob wir je an den Hof kommen werden?«
»Möchtest du denn?« fragte ich.
»Stell ich mir amüsant vor. Übrigens, irgendwann werden wir ja doch heiraten. Vielleicht hat Mutter das gemeint, als sie sagte, unsere nächste Geburtstagsparty würde anders ausfallen.«
Ich gähnte. »Bis dahin ist noch lange Zeit.«
»Es gibt die Trentjungs, die Krolls und die Lamptons. Einer von denen, nehme ich an. Ist es nicht langweilig, auf dem Land zu leben? Mir wäre lieber, ich würde meinen zukünftigen Mann nie vorher sehen, und plötzlich stünde er vor mir. Empfindest du auch so?«
Ich fühlte nur Wut in mir aufsteigen. Nein, ich hatte erwartet, Bastian zu heiraten, und den kannte ich schon mein ganzes Leben ... ohne ihn wirklich gekannt zu haben. Ich hatte immer gedacht, er sei still und treu, und habe ihn damit aufgezogen. Dann fand ich heraus, daß dem gar nicht so war. Er mußte nur einen Blick auf Carlotta werfen, und schon waren alle Schwüre mir gegenüber vergessen. Wie wenig wir doch die Menschen kennen, von denen wir glauben, daß wir uns gut mit ihnen verstehen.
»Sag doch«, drängte Angelet, »du schläfst doch noch nicht.«
»Was ist los?« fuhr ich hoch und gab vor, bereits geschlafen zu haben.
»Ach, schlaf weiter!« sagte sie. »In letzter Zeit willst du überhaupt nicht mehr mit mir reden.«
Es war besser, allein zu sein; denn wenn ich mit Angelet zusammen war, konnten mich meine Gefühle verraten ... Ich hatte Angst, irgendeinen Kommentar abzugeben, der mich, wenn die Zeit gekommen war, verraten würde.
Also ritt ich alleine aus, den Schwarzbeerpfad entlang, an der Schmiede vorbei. Ich schaute in Richtung der Häuser, dachte an die arme Phoebe und hätte gerne gewußt, wie sie sich fühlte. Ich konnte mir ihr Elend gut vorstellen und fragte mich, was Thomas Gast wohl tun würde, wenn meine Vermutungen richtig waren. Es war ein nebliger Abend, dunkler als gewöhnlich, als ich meine Stute zurück in den Stall brachte. Ich spazierte durch den Garten bis zum

Teich, in dem die Wasserrosen blühten. Plötzlich hörte ich eine Kröte quaken und entdeckte sie auch, als ich näher kam.
Spontan nahm ich ein großes Taschentuch, beugte mich hinunter, wickelte die Kröte hinein und trug sie ins Haus. Ich ging geradewegs in mein Zimmer. Zu meiner Erleichterung war Angelet nicht da.
Ich war ziemlich aufgeregt. Ich wußte ganz genau, was ich mit der Kröte anfangen wollte, sie gehörte zu meinem Plan, und als ich sie dann vor mir sitzen sah, war ich auch gezwungen, sofort zu handeln.
Warum eigentlich nicht? Es gab keinen Grund, länger zu warten.

Am Abend gingen die Mädchen in die Zimmer, um die Betten für die Nacht zu richten und, wenn es kalt war, heiße, in Flanell gewickelte Ziegelsteine hineinzulegen.
Anna deckte Carlottas und Senaras Betten genausowenig auf, wie sie ihre Zimmer aufräumte. Das war Arbeit der Hausmädchen, und Anna würde dies als Kammerzofe für unter ihrer Würde halten. Bettenmachen war Mabs Arbeit, was mich besondes amüsierte, weil sie es war, die ich mit Ginny belauscht hatte. Mir schien, als hätte das Schicksal seine Hand im Spiel, wußte ich doch, was sie finden würde, wenn sie Carlottas Bett aufdeckte. Im Korridor vor dem Zimmer stand ein Wäscheschrank, und als ich Mab heraufkommen hörte, folgte ich ihr in sicherer Entfernung und versteckte mich hinter dem Schrank.
Alles geschah so, wie ich es mir vorgestellt hatte. Es dauerte nicht lange, da hörte ich einen gellenden Schrei, und Mab kam aus dem Zimmer gestürzt, ihr Gesicht so weiß wie ein Lilienblatt. Sie sah mich nicht, denn sie hatte nur einen Gedanken, so schnell wie möglich das Weite zu suchen.
Ich schlüpfte aus meinem Versteck, ging in Carlottas Zimmer, und da, auf dem Kopfkissen, saß meine Kröte und sah mich mit unheilverkündenden Augen an. Schnell steckte ich sie wieder in das Taschentuch und wollte hinaus, als mir das Blut in den Adern gerann. Mein Herz begann so wild zu klopfen, als wäre es eine Trommel, die gegen mein Leibchen schlägt. Während ich noch am Bett stand, hatte ich plötzlich wieder das Gefühl, beobachtet zu werden. Ich

drehte mich um und sah, daß die Tür zum angrenzenden Zimmer einen Spaltbreit offenstand. Aber sehen konnte ich niemanden.
Warum diese plötzliche Angst? Es schien doch alles so einfach. Alles, was ich zu tun hatte, war, die Kröte ins Bett zu setzen, damit Mab sie fand. Sobald sie hinausrannte, um die anderen herbeizurufen, würde die Kröte wieder verschwunden sein. Meiner Ansicht nach würde dieses Tier sich so verhalten.
Als ich noch im Zimmer stand und die Kröte im Taschentuch fühlte, hätte ich sie am liebsten fallen lassen und wäre davongerannt. Aber dann sagte ich mir, Carlotta ist eine Hexe. Sie hat Bastian verhext. Vielleicht ist diese Kröte tatsächlich eine Vertraute von ihr oder aber der Teufel in Krötengestalt! Nur, ich hatte sie doch selbst gefunden. Eine ganz harmlose Kröte . . . vom Teich im Garten. Ich war es, die sie ins Bett gesetzt hatte!
Ich hatte das Gefühl, daß mich ein Paar Augen beobachteten. Warum? Rasch ging ich zu der Tür zwischen den beiden Zimmern und schaute hinein, aber es war niemand da. Erst dann lief ich aus dem Zimmer, hinaus auf den Korridor. Schon konnte ich Mabs Stimme hören, die aufgeregt erklärte, was sie gesehen hatte.
Daraufhin vernahm ich Ginny: »Du irrst dich bestimmt. Du hast geträumt. Das ist nur, weil wir uns über Kröten unterhalten haben.«
Und Mab: »Ich kann da nicht mehr reingehen. Lieber sterbe ich.«
Ich versteckte mich, bis die beiden in Carlottas Zimmer verschwunden waren, lief dann rasch die Galerie entlang, die Treppe hinunter und betete, niemandem zu begegnen. Ich stahl mich durch die Seitentür, über den Hof in den Garten.
Ich rannte zum Teich und legte das Taschentuch ins Gras. Einige Sekunden lang rührte sich die Kröte nicht. Ängstlich beobachtete ich sie und erwartete fast, sie würde sich jeden Moment in etwas Gräßliches verwandeln. Aber als sie merkte, daß sie frei war und sich auf heimischem Territorium befand, hüpfte sie vorsichtig an den Rand des Teichs und versteckte sich unter einem großen Stein.
Ich hob das Taschentuch auf und ging zurück ins Haus.

Auf dem Weg begegneten mir ein paar Dienstmädchen, die sich aufgeregt miteinander unterhielten.
»Was ist denn los?« fragte ich.
»Es war Mab, Mistress Bersaba, sie ist ganz hysterisch.«
»Warum denn?«
»Weil sie etwas in Lady Carlottas Bett gefunden hat.«
»Im Bett?«
»Vielleicht hat sie sich's auch nur eingebildet«, sagte Ginny. »Als ich rauf kam, war da gar keine Kröte.«
Die Mädchen schwiegen, ihre Augen waren gebannt auf mich gerichtet.
»Warum sollte Mab sich so etwas einbilden?«
»Es ist nur Gerede, Miß Bersaba«, sagte Ginny.
»Ich habe sie gesehen!« Mab bestand darauf. »Sie war da ... auf ihrem Kopfkissen. Und wie sie mich angeschaut hat ... es war furchtbar!«
»Und wo ist sie jetzt?« fragte ich mit einer Spur von Ungeduld.
»Sie ist einfach verschwunden«, antwortete Ginny.
»Schön, das nenn ich Glück!« antwortete ich beiläufig und ging weiter.
Ich wußte, an dem Abend würde es unter den Dienstboten kein anderes Gesprächsthema geben als die Kröte, die Mab angeblich in Carlottas Bett gesehen hatte. Ich wußte auch, daß diese Geschichte nicht in Trystan Priory bleiben würde, sie würde die Runde durch das ganze Dorf machen. Ich fragte mich, was Thomas Gast wohl sagen würde, wenn er sie hörte.
In dieser Nacht träumte ich von Thomas Gast, wie er über dem Feuer seines Schmelzofens stand, und seine Augen schienen teuflisch zu lachen.

Ritt durch den Regen

Es war später Nachmittag, und ich lag in unserem Obstgarten, unter meinem liebsten Apfelbaum, dachte an Bastian und was er wohl um diese Zeit tun würde. Er hatte so unglücklich ausgesehen, als er uns verließ, und obwohl ich so getan hatte, als nähme ich ihn nicht zur Kenntnis, dachte ich nur an ihn. Ich hoffte, er würde unglücklich sein. Sollte er nur! Mich hatte er betrogen, und jetzt war er auch noch von Carlotta getrennt. Sie konnte sich nicht entschließen, ob sie ihn heiraten sollte oder nicht. Und wenn man ihre wachsende Freundschaft mit Sir Gervaise beobachtete, dem wohlhabenden Höfling, schien es nicht mehr wahrscheinlich, daß sie Bastian, den Landedelmann, nehmen würde. Ich haßte sie jetzt aus zwei Gründen: Erstens, weil sie mir den Geliebten genommen hatte, und zweitens, weil sie ihn nicht für würdig genug befand. Wann immer ich daran dachte, freute ich mich hämisch über die Krötengeschichte. Die Dienstboten sprachen kaum noch von etwas anderem, ich lauschte nämlich, wo ich nur konnte. Wie oft ertappte ich sie in meinem Zimmer, auf der Treppe oder im Garten, wie sie die Köpfe zusammensteckten und miteinander wisperten. Wenn ich mich näherte, stoben sie auseinander. Aber worüber sie sprachen, habe ich noch immer mitgekriegt.

Manchmal wurde ich ungeduldig. Was, wenn Carlotta sich doch entschloß, nach Schloß Paling zurückzukehren? Dann war sie fort ... bei Bastian ... und wenn die Leute sie nicht mehr sahen, würden sie auch ihren Argwohn vergessen.

Während ich vor mich hin brütete, kam Ginny in den Obstgarten.

»Ich habe Euch herauskommen sehen, Miß Bersaba«, sagte sie. »Da ist jemand, der möchte gerne mit Euch sprechen ... unter vier Augen.«

Ginny sprach erregt und leise wie ein Verschwörer. Meine Schuldgefühle wurden immer drückender. Wenn jemand mich ansprach, fuhr ich zusammen. Ich fürchtete, jemand könnte beobachtet haben, wie ich die Kröte ins Bett gesetzt und wieder herausgenommen habe, und wüßte über alles Bescheid, so daß die Leute erfahren würden, welche Rolle ich in diesem Drama gespielt hatte.

Ginnys Worte bekräftigten meine Befürchtungen ebenso wie sie mich verblüfften. »Es ist Phoebe Gast«, sagte sie.

»Was will sie denn?«

»Sie möchte Euch sehen, Miß Bersaba. Sie ist in der Scheune und hat mich gebeten, Euch zu fragen, ob Ihr vielleicht mit ihr reden würdet.«

Die Scheune war ein Gebäude aus Stein, in dem das Korn

gespeichert wurde. Sie stand etwas abseits, und man mußte ein kleines Feld hinter dem Garten überqueren, um sie zu erreichen.
»Weiß jemand, daß sie da ist?«
»O nein, Mistress. Sie fürchtet sich zu Tode. Sie hat im Hohlweg auf mich gewartet, weil sie weiß, daß ich da entlang komme. Plötzlich kam sie auf mich zugestürzt und sagte: ›Richte Miß Bersaba aus, daß ich sie unbedingt sprechen muß.‹ Und dann sagte sie noch, sie gehe in die Scheune.«
»Ich werde sehen, was los ist«, sagte ich, aber ich wußte es schon und freute mich, daß sie ausgerechnet zu mir gekommen war.
Bei der Scheune angekommen, stieß ich das Tor auf, und wir schauten hinein. Das Knarren der schweren Tür brachte Phoebe auf die Beine. Aber als sie mich sah, schien sie erleichtert.
Ich fühlte mich der Lage gewachsen, was Angelet in meiner Situation nie gewesen wäre.
Ich sagte: »Ginny, geh zurück zum Haus. Sag niemandem, daß Phoebe hier ist. Wir sprechen uns später.«
Ginny rannte davon und schloß das Scheunentor hinter sich.
»O Mistress«, weinte Phoebe, »ich wußte nicht, zu wem ich gehen sollte. Da habe ich an Euch gedacht. Ihr wart so nett zu mir.«
»Ich habe doch gar nichts getan, Phoebe.«
»Aber wie Ihr mich angesehen habt, als ob Ihr alles verstehen würdet.«
»Komm, Phoebe, du warst mit einem Mann zusammen und bekommst jetzt ein Kind. Das ist es doch, oder nicht?«
»Ja, Mistress. Wieso wißt Ihr das?«
»Ich wußte es halt, ich kann Gedanken lesen.« Wahrscheinlich dachte sie, ich hätte geheime Kräfte. Das arme Ding war so verzweifelt, daß sie zu mir aufsah wie zu einer Göttin, die ihr aus ihren Schwierigkeiten helfen könnte. Es erfüllte mich mit großer Freude, daß sie so großes Vertrauen in mich setzte. Sonderbar, gerade erst hatte ich erwogen, einem Mädchen Unglück, womöglich sogar den Tod zu bringen, und jetzt freute ich mich, einem anderen helfen zu können. Vielleicht war das eine Art Sühne. Darüber hinaus

empfand ich ein Machtgefühl, das außerordentlich beglükkend war und wie Balsam wirkte auf der Wunde, die Bastian mir geschlagen hatte.

Ich setzte mich neben Phoebe. »Wie ist es passiert?« fragte ich.

»Er hat gesagt, ich sei hübsch, und er schaue mich gerne an, er könne seine Augen nicht von mir wenden. Nie habe ich gedacht, jemand könnte mich hübsch finden. Das hat mich wohl weichgemacht.«

»Arme Phoebe! Es muß schwer sein, mit deinem Vater unter einem Dach zu leben.«

Als ich ihren Vater erwähnte, fing sie an zu zittern.

»Ich habe Angst vor ihm, Mistress Bersaba.« Sie knöpfte ihr formloses schwarzes Kleid auf und zeigte mir Peitschenstriemen auf ihrer Schulter. »Das hat er mir verabreicht, weil ich am Sabbat ein Frühlingslied gesungen habe. Was er jetzt mit mir anfangen wird, darüber darf ich gar nicht nachdenken. Wahrscheinlich bringt er mich um. Vielleicht verdiene ich es sogar. Ich war so schlecht!«

»Warum hast du das getan, Phoebe?«

»Ich mußte, es hat mich einfach überkommen, Mistress.«

»Laß uns genau überlegen«, sagte ich. »Weiß er es?«

»So wahr mir Gott helfe, nein! Meine Mutter weiß es; möglicherweise prügelt er es aus ihr heraus. Er wird sie verantwortlich machen für meine Sünden. Er wird sagen, sie hätte von meiner Liederlichkeit gewußt und mich nicht dafür bestraft. Was soll ich nur tun, Mistress Bersaba?«

»Ich werde darüber nachdenken.«

»Ihr seid so freundlich zu mir. Nie ist jemand so freundlich zu mir gewesen.«

Irgendwie war ich beschämt. Nie hätte ich gedacht, daß mir das passieren könnte. Ich sah mich plötzlich selbst. Wie leicht hätte es mir genauso ergehen können. Auch ich hatte das Bedürfnis verspürt, und ich sah mich als Gasts Tochter. Aus diesem Grund auch war ich in der Lage, sie zu trösten; deshalb verstand ich sie so gut. Aber selbst in diesem Moment ging mir durch den Kopf, daß Angelet das nicht verstehen würde.

»Wird dich der Mann heiraten?«

Sie schüttelte den Kopf. »Er ist verheiratet, und ich hab es gewußt. Ich weiß nicht, was über mich gekommen ist.«

»Im wievielten Monat bist du?«
»Im sechsten - fast. Bald werde ich es nicht mehr verbergen können . . . ich kann es schon jetzt kaum noch.«
»Du bist also davongelaufen?«
»Ja, meine Mutter weiß es. Sie weiß es seit ein oder zwei Tagen. Sie ist außer sich. Immer sagt sie: ›Gast wird dich umbringen.‹ Er ist ein strenger Mann . . . aber ein guter Mensch. Er kann Sünde nicht ertragen, und dies ist eine der schlimmsten, die es gibt. Sie hat Angst um mich, da bin ich weggelaufen. Ich habe es für das beste gehalten.«
Sie sah mich flehentlich an, und ich sagte: »Hab keine Angst, Phoebe, mir wird schon etwas einfallen! Du darfst dich nicht zu sehr aufregen, das ist schlecht für das Baby.«
»Ich wünschte, das Baby wäre tot, Mistress. Ich wünschte es wirklich. Ich habe sogar daran gedacht, mich selbst umzubringen . . . aber ich konnte es nicht.«
»So darfst du nicht reden. Das erst ist Sünde. Hör zu, du bleibst heute nacht hier. Niemand weiß, daß du da bist, außer Ginny, und die wird es nicht wagen, etwas zu sagen, weil sie weiß, ich werde sonst sehr böse. Ich werde dir einen Wollmantel bringen, in den du dich einwickeln kannst, und etwas zu essen. Am Scheunentor ist ein Riegel. Wenn ich weg bin, schiebe ihn vor und mach niemandem auf außer mir. Morgen in der Früh sage ich dir, was wir tun werden.«
Sie fing an zu weinen. »O Mistress Bersaba, Ihr seid so gut zu mir! Ihr seid wie ein Engel; das werde ich Euch nie vergessen!«
»Schon gut! Du bleibst hier und wartest. Ich komme wieder.«
Ich schlüpfte aus der Scheune und hörte, wie sie den Riegel vorschob, genau wie ich ihr befohlen hatte. Ich frohlockte und fühlte mich stark, als ich ins Haus eilte.

Am nächsten Morgen war mir klar, daß ich Phoebe nicht endlos in der Scheune warten lassen konnte. Eigentlich hätte ich mich meiner Mutter anvertrauen müssen. Das hätte ich schon am Abend zuvor tun sollen. Ich wußte genau, wie sie reagieren würde. Niemals würde sie ein Mädchen in Phoebes Lage hinauswerfen. Zugegeben, ich hatte nur aus Lust an der Macht so gehandelt. Ich wollte den

Ruhm, Phoebe gerettet zu haben, für mich allein, niemand sollte ihn mit mir teilen. Deshalb habe ich ihr auch selbst Decke und Nahrung hinuntergebracht und ihr Geheimnis eine Nacht lang für mich behalten.

Aber jetzt mußte ich es meiner Mutter erzählen, bevor Phoebe entdeckt wurde. Ich fand Mutter mit einer Dienstmagd in der Speisekammer, und als sie mich sah, freute sie sich. Sie hatte es gerne, wenn wir in die Speisekammer kamen, sie fand es gut für uns, die Geheimnisse des Konservierens - sowie die Kochkunst im allgemeinen - zu erlernen.

»Mutter, ich möchte mit dir sprechen.«

Ich muß sehr ernst ausgesehen haben, denn sie sagte sofort zu dem Mädchen: »Du machst weiter, Annie.« Und zu mir: »Komm mit mir in mein Schlafzimmer, Bersaba.«

Als wir oben waren, erzählte ich ihr, daß Phoebe ein Kind erwartete, daß sie von zu Hause weggelaufen war und daß ich sie über Nacht in der Scheune versteckt hatte.

»Das arme, arme Kind! Was soll nur aus ihr werden? Thomas Gast ist ein grausamer Mann. Warum bist du denn nicht schon gestern abend zu mir gekommen?«

»Sie war so verzweifelt, und ich habe nicht gewußt, was du sagen würdest. Ich mußte sie wenigstens für eine Nacht beschützen. Ich habe ihr gesagt, ich täte, was ich kann. Wir müssen ihr helfen.«

»Natürlich müssen wir das. Zu dem Vater kann sie nicht mehr zurück.«

»Könnte sie nicht hierbleiben?«

»Das muß sie wohl. Wohin sollte sie sonst gehen? Aber was wird aus dem Kind?«

»Ginnys Kind lebt doch auch hier.«

»Ich weiß, aber Ginny war unser Dienstmädchen. Die Leute dürfen nicht glauben, sie können so viele Kinder bekommen, wie sie wollen, und Trystan Priory ist eine Art Heim für gefallene Mädchen.«

Ich wußte, daß sie überlegte, während sie redete. Abweisen würde sie sie niemals, sie würde auch das Kind hier behalten, weil sie der Auffassung war, ein Kind kann man nicht von der Mutter trennen. Ich sah das Entsetzen in ihren Augen, was bedeutete, sie stellte sich gerade Thomas Gast vor, sollte das Mädchen ihm in die Hände fallen.

»Mutter, sie ist halbtot vor Angst. Wenn du zu ihr gehst, mußt du sie trösten!«
»Mein liebes Kind, natürlich werden wir ihr helfen. Sie wird hierbleiben müssen, zumindest bis das Kind geboren ist, dann werden wir weitersehen.«
»Oh, ich danke dir, Mutter!«
Sie sah mich an, und ihre Augen waren voller Liebe und Anerkennung. »Ich bin sehr glücklich, Bersaba, daß du so mitfühlend bist.«
»Es war also nicht falsch, ihr Hoffnung gemacht zu haben?«
»Nicht anders hättest du handeln dürfen. Geh in die Scheune und bring sie ins Haus.«
Frohlockend lief ich hinunter.
Phoebe zog den Riegel zurück, als ich mich zu erkennen gab. Tiefe Schatten lagen um ihre Augen; sie waren immer noch voller Angst.
»Alles ist gut«, sagte ich, »du kannst hierbleiben. Ich habe mit meiner Mutter gesprochen. Sie sagt, du sollst dir keine Sorgen machen. Das Baby wird hier zur Welt kommen, und dann werden wir weitersehen.«
Phoebe fiel auf die Knie, nahm meine Hand und küßte sie.
Ich fühlte mich wunderbar und glücklich. Seit ich von Bastians Betrug gehört habe, habe ich mich nicht mehr so wohl gefühlt.

Es war natürlich unmöglich, Phoebes Gegenwart in Trystan Priory geheimzuhalten. Nicht, daß wir das versucht hätten, denn meine Eltern sagten, Thomas Gast muß es früher oder später doch erfahren, und je früher, um so besser. Man würde ihm das Verschwinden seiner Tochter erklären müssen. Es konnte sich nur um Stunden handeln, bis einer der Dienstboten mit jemandem im Dorf darüber sprechen würde, und Neuigkeiten wie die verbreiteten sich wie eine Feuersbrunst.
Es war deshalb überhaupt nicht erstaunlich, daß am nächsten Tag Thomas Gast bei uns erschien.
Phoebe hatte ihn kommen sehen. Zu meiner Freude kam sie direkt zu mir, als wäre ich diejenige, die sie am besten beschützen könnte.
Sie, Angelet und ich schlichen uns zu einem der Spione im Solarium, durch den wir hinunter in die Halle sehen konn-

ten, ohne entdeckt zu werden, und wo wir auch hören konnten, was passierte. Angelet und ich hatten diese Spione während unserer Kindheit oft mißbraucht, um zu beobachten, wenn unsere Eltern Gäste in der großen Halle bewirteten. Meine Schwester hatte sich gleich für Phoebes Fall begeistert. Nichts anderes hatte ich von ihr erwartet, sie war genauso entschlossen wie ich, Phoebe nicht mehr zu diesem feuerspuckenden Mann zurückgehen zu lassen. Mit dem für sie charakteristischen Enthusiasmus hatte sie abgelegte Kleidungsstücke gesucht, die sich Phoebe für ihren immer größer werdenden Umfang ändern konnte, und Stoffreste für Babykleidung.

In unserer Halle sah der Schmied weniger wild aus als in seiner eigenen Schmiede. Ich vermißte den Schein des Feuers auf seinem Gesicht und das Dröhnen des Ambosses, das bei ihm so teuflisch klang. Ich glaube, er war von der Großartigkeit unseres Hauses ein wenig eingeschüchtert. Gleichzeitig aber erregten unsere irdischen Schätze sein Mißfallen.

Mutter kam in die Halle herunter. Neben diesem kraftstrotzenden Mann sah sie fast zerbrechlich aus, aber sie strahlte so viel Würde aus, daß er davon beeindruckt zu sein schien.

»M'am, es ist mir zu Ohren gekommen, daß Ihr meine Tochter hier habt. Ich bin gekommen, sie abzuholen.«

»Aus welchem Grund?« fragte Mutter.

»Damit sie bekommt, was sie verdient, M'am.«

Phoebe zitterte wie Espenlaub. »Hab keine Angst!« flüsterte ich. »Du bleibst bei uns. Hör lieber zu.«

»Genau aus diesem Grund haben wir beschlossen, daß sie hierbleiben soll, zumindest so lange, bis das Kind geboren ist. Ein Mädchen in ihrem Zustand sollte nicht hart angefaßt werden, und wenn es nur wegen des ungeborenen Kindes ist.«

Thomas Gast war sichtlich verblüfft. Meine Mutter sprach, als ob es sich um ein zu respektierendes Wesen handelte, das da auf die Welt kommen würde. Aber plötzlich brach es aus ihm heraus: »M'am, ich kann Euch nicht folgen. Ihr wißt wahrscheinlich nicht . . .«

Meine Mutter nutzte die Gelegenheit und unterbrach ihn. »Ich weiß ganz genau, was passiert ist. Die arme Phoebe ist von einem Mann verführt worden, der sie nicht heiraten kann. Sie ist noch jung, fast noch ein Kind. Wir müssen barmherzig sein. Da ist ein neues Leben, an das wir denken müssen. Ich bin davon überzeugt, daß sie ihren Fehler einsieht.«

Jetzt wurde der Schmied wütend. »M'am, sie ist meine Tochter! Ich wünschte, sie hätte sich an ihrer Nabelschnur erdrosselt, statt diese Schande über mich und die Meinen zu bringen. Ich will das Mädchen haben. Ich werde sie verprügeln, bis sie um Gnade wimmert. Das ist der einzige Weg, ihr die Sünden auszutreiben. Nicht, daß ihr je verziehen würde. Sie wird schon sehen, was sie getan hat, wenn sie in die Hölle kommt ... aber zuerst muß sie auf Erden einen Vorgeschmack davon bekommen.«

»Das hat sie längst bekommen«, sagte meine Mutter schroff. »Thomas Gast, deine puritanische Pietät hat deiner ganzen Familie nur Unglück gebracht. Wir werden dir Phoebe nicht ausliefern. Sie bleibt hier. Wir haben sie im Haushalt angestellt, und dabei bleibt es.«

Der Schmied benahm sich wie ein Löwe, dem man die Beute abgeluchst hat. »M'am, darf ich Euch daran erinnern, daß sie meine Tochter ist!«

»Das gibt dir noch lange nicht das Recht, sie schlecht zu behandeln.«

»Bitte um Verzeihung, M'am, aber Sie irren sich. Übergebt sie mir, damit ich ihr helfen kann, sich zu bessern, und vielleicht ihre Seele vor der Verdammnis rette.«

»Thomas Gast, wenn wir dir Phoebe zurückgeben und ihr oder dem Kind durch deine Bestrafung etwas zustößt, ist das Mord.«

»Ihr wollt mich nur verwirren, M'am, gebt mir meine Tochter zurück!«

Da trat mein Vater in die Halle. Er stellte sich neben meine Mutter und sagte ganz ruhig: »Thomas Gast, du wirst jetzt gehen. Deine Tochter bleibt hier, bis das Kind geboren ist. Ich verbiete dir, ihr etwas anzutun. Im übrigen begehst du Hausfriedensbruch, ich habe dir nicht erlaubt, diesen Boden zu betreten.«

»Ihr habt meine Tochter, Herr.«

»Deine Tochter ist hier und bleibt hier. Geh jetzt und denk daran: Die Schmiede gehört mir, und wenn du hier Schmied bleiben willst, mußt du dich meinen Wünschen

fügen. Sollte deiner Tochter irgend etwas zustoßen, werde ich dich wegen Mordes vor Gericht stellen. Und das dürfte nicht besonders angenehm für dich werden.«
»Ich bin ein gottesfürchtiger Mensch, Herr, der nur den einen Wunsch hat, seinem Gott zu dienen und seine Pflicht gegenüber seiner Familie zu erfüllen.«
»Eine grausame Pflicht, Thomas Gast!«
»Das sind meine Kinder, ich bin Gott für sie verantwortlich.«
»Du bist Gott nur Rechenschaft schuldig für das, was du selbst tust«, erwiderte mein Vater.
». . . was ich tue? Herr, weit und breit gibt es keinen gottesfürchtigeren Mann als mich. Ich verbringe jeden Tag vier Stunden auf meinen Knien und meine Familie auch, dafür sorge ich. Diese Tochter hat Schande über uns alle gebracht, und Gott schreit nach Vergeltung.«
»Gib acht, daß du durch deine Grausamkeit gegenüber deiner Familie keine Schande über dich bringst!«
Das erbitterte Thomas Gast so sehr, daß er in diesem Augenblick bereit gewesen wäre, aus Wut auf seine Schmiede zu verzichten.
»Es ist traurig, daß jemand wie ich von Leuten beschimpft wird, die Huren und Hexen unter ihrem Dach beherbergen.«
Damit drehte er sich um und stürzte hinaus.
Ich sah das Entsetzen in den Gesichtern meiner Eltern, wußte ich doch, daß ich dafür verantwortlich war. Zumindest für die Hexen.
Der Heiligenschein, der mich umgab, seit ich Phoebe in der Scheune untergebracht hatte, schien zu verblassen. Mein Vater hakte meine Mutter unter, und zusammen verließen sie die Halle. Es war offensichtlich, daß er sie zu beruhigen versuchte.

Die nächsten beiden Tage wagte sich Phoebe nicht aus dem Haus. Angelet und ich kümmerten uns um sie. Wir erinnerten unsere Mutter daran, daß sie einmal gesagt hatte, wenn wir achtzehn wären, bekämen wir ein eigenes Mädchen - jemanden, der sich um unsere Kleider kümmern, für uns nähen, uns frisieren und unsere Botschaften befördern würde. Wir waren zwar noch nicht achtzehn, aber bald.

Unsere Mutter war hocherfreut über die Sympathie, die wir Phoebe entgegenbrachten, und gab gern ihre Einwilligung. Zuerst fürchtete ich, Angelet mit ihrer gefälligeren Art könnte mir Phoebe abspenstig machen. Aber das geschah nicht. Phoebe wußte, was ich für sie getan hatte. Ich glaube, sie wird nie vergessen, daß ich sie gerettet habe.
»Ich werde Eure Sklavin sein, solange ich lebe, Mistress Bersaba.«
»Aber Phoebe, heutzutage gibt es keine Sklaven mehr«, sagte ich. »Es genügt, wenn du meine Zofe bist.«
»Es gibt nichts, was ich nicht für Euch tun würde«, gab sie mir zur Antwort. »Ihr habt mein Leben verändert. Ihr habt es sogar fertiggebracht, daß ich mich auf mein Baby freue.«
Das alles machte mich glücklich.
Ginny berichtete mir, daß Thomas Gast jeden Tag auf dem Dorfanger das Höllenfeuer prophezeite.
»Viele Leute gehen hin und hören ihm zu, Mistress. Früher hat es nur wenige gegeben, die wie er jeglichem Vergnügen Einhalt gebieten wollten und den ganzen Tag lang nichts als Kirche und Beten im Sinn hatten.«
Ich beobachtete Carlotta mit Sir Gervaise. Oft ritten sie zusammen aus. Sie freundeten sich immer mehr an, was Senara zu gefallen schien. Ich hörte einmal, wie sie zu meiner Mutter sagte: »Er wäre eine gute Partie. Carlotta würde sich in der Einöde doch nie wohl fühlen.«
»Du warst einmal sehr glücklich hier . . . ehe du weg mußtest.«
»Ich liebe das Abenteuer. Aber du hast recht, ich habe mich oft zurückgesehnt. Carlotta ist anders. Ich bin hier aufgewachsen. Der Ort, an dem man seine Kindheit verbringt, behält immer eine große Bedeutung.«
Eines Tages, als ich an meinem Schlafzimmerfenster stand und den Mond betrachtete, der beinahe voll war, kam Phoebe herein und stand schweigend hinter mir.
Ich drehte mich um und lächelte sie an. Ihre Ergebenheit mir gegenüber machte mir große Freude. Nur war ich erstaunt, daß mich das mehr tröstete als meine Rachepläne.
»Schau dir den Mond an, Phoebe, ist er nicht wunderschön?«
»Bald ist Vollmond, Mistress Bersaba.«
Als ich ihr kummervolles Gesicht sah, fragte ich:

»Was ist los, Phoebe? Es geht doch alles gut, oder?«
»Ich glaube, ich muß Euch etwas erzählen, Mistress. Etwas über den Mond.«
»Über den Mond? Was um Himmels willen meinst du?«
»Ich weiß, Ihr mögt sie nicht, deshalb habe ich auch bis jetzt nichts gesagt. Ihr müßt entscheiden, was geschehen soll.«
»Wovon sprichst du, Phoebe?«
»Seitdem ich hier bin, haßt mein Vater dieses Haus. Bei all seiner Tugend, dieser Mann ist voller Haß. Nie lacht oder singt er, weil er sagt, das ist Sünde. Er haßt die Sünde, und er tobt, weil Ihr mir Unterschlupf gewährt habt und er mich nicht bestrafen kann. Und er haßt Hexen. Er sagt, am liebsten würde er an jedem Baum eine Hexe baumeln sehen. Dann wären wir vielleicht von ihnen befreit.«
»In letzter Zeit ist zuviel über Hexen geredet worden.«
»O ja, Mistress. Seit die Damen gekommen sind und man sich an damals erinnert hat. Zuerst die eine, die sie vor langer Zeit von Schloß Paling holen wollten, und die dann geflohen ist. Und jetzt sind sie hinter der Tochter her. Sie hat den Blick des Teufels; sie hat den feinen Gentleman aus London verhext. Immer wird er mit ihr zusammen gesehen. Zuerst haben nicht viele auf meinen Vater gehört, weil sie aus Trystan Priory ist, und Hexen leben in Hütten. Manche wollten nicht glauben, daß die Dame eine Hexe ist . . . nicht, bis die Kröte auf ihrem Kissen gefunden worden ist.«
»Oje!« Es verschlug mir den Atem. »Und jetzt . . .?«
»Jetzt haben sie den Beweis, Mistress. Sie werden sie bei der nächsten Gelegenheit holen. Wenn Vollmond ist, wollen sie sie an den nächsten Baum knüpfen. Man will ihr unterwegs auflauern, um keine Schwierigkeiten mit Eurer Familie zu bekommen.«
Mein erster Gedanke war, daß alles funktioniert und ich es geschafft habe. Ich habe die Leute gegen sie aufgebracht, und niemand wird je erfahren, daß ich es war. Sie werden sie töten . . . auf die schrecklichste Art und Weise, und ich bin gerächt.
Dann sah ich sie vor mir, wie sie zum Weiher geschleift wurde. Wird man ihren rechten Arm mit ihrem linken Bein und ihren linken Arm mit ihrem rechten Bein zusammenbinden und sie ins Wasser werfen? Wenn sie sinkt, ist sie

unschuldig, aber tot, und wenn sie schwimmt, ist sie schuldig und wird umgebracht.
Das war die perfekte Rache. Ein häßlicher Tod. Eine Erniedrigung. Carlotta, die würdevolle Lady, so einer Behandlung ausgeliefert!
Warum eigentlich nicht? Sie hat mir Bastian weggenommen und ihn dann wegen Gervaise sitzenlassen. Zumindest sah es so aus. Sie verdient es. Mir wird sie nicht leid tun.
Phoebe sah mich an. »Mistress Bersaba, Ihr seid gut, Ihr werdet es nicht geschehen lassen.«
Ich preßte ihre Hand und ging zu meiner Mutter.
»Ich muß sofort mit dir sprechen«, sagte ich. »Bitte, schnell, wir haben keine Zeit zu verlieren!«
Und wieder nahm sie mich mit in ihr Schlafzimmer.
»Sie wollen Carlotta holen«, sagte ich. »Wenn sie sie nicht schon vorher erwischen, holen sie sie in der nächsten Vollmondnacht. Sie wollen sie umbringen ... an einem Baum aufhängen oder sie ertränken ... Vielleicht ...«
»Kind«, rief meine Mutter und drückte mich an sich. »Das habe ich befürchtet. Dieser Mann ist gefährlich. Er will Rache, und er glaubt, das sei Gottes Wille. Er hat nichts anderes im Sinn, als alle Welt der Folter auszusetzen. Es ist nicht das Reich Gottes, das er predigt, sondern das der Hölle.«
»Was sollen wir tun, Mutter?«
»Dank Gott, daß du das rechtzeitig herausgefunden hast. In zwei Tagen ist Vollmond. Sie müssen heute nacht noch fort. Dein Vater und ich werden alles arrangieren.«

In derselben Nacht noch verließen Senara und Carlotta unser Haus, ebenso Sir Gervaise. Er hatte die Geschäfte mit meinem Vater abgeschlossen und begleitete die Damen.
Fassungslos lag ich in meinem Bett. Ich konnte nicht einschlafen. Was hatte ich getan? So sorgfältig hatte ich alles geplant, und als meine Pläne Früchte trugen, habe ich alles verdorben.
Ich verstand mich selbst nicht mehr. Was war nur in mich gefahren? Ich haßte Carlotta, und doch habe ich sie gerettet.
Meine Mutter kam ins Zimmer und stand an meinem Bett.
»Sie sind in Sicherheit«, sagte sie. »Bald sind sie auf Schloß Paling.«

Ich gab keine Antwort. Meine Mutter beugte sich über mich und gab mir einen Kuß.
»Du hast sie gerettet, ich bin stolz auf dich, mein Schatz!«
Als sie weg war, sagte Angelet zu mir: »Du bist bald eine Heilige. Mutter ist stolz auf dich, und Phoebe betet dich an.«
Angelet redete weiter über Hexen, aber ich tat so, als ob ich schliefe.
»Ich glaube, sie ist wirklich eine Hexe«, war Angelets Urteil. »Schließlich ist die Kröte in ihrem Bett gefunden worden. Wie sollte sonst eine Kröte in ihr Bett kommen? Und dann ist sie plötzlich verschwunden.«
Ich blieb still und fragte mich, was zum Teufel in mich gefahren war, so etwas zu tun. Aber ich wußte es nicht.
Die Vollmondnacht verlief ohne Zwischenfälle. Es dauerte nicht lange, da war allgemein bekannt, daß Carlotta mit ihrer Mutter und dem feinen Gentleman aus London abgereist war. Das schien ein weiterer Beweis zu sein. Trotzdem hatte sich die fieberhafte Erregung gelegt. Es würde kein Hexenopfer geben, und die schwangere Tochter des Schmieds war Zofe in Trystan Priory, wo sie ihr Kind auf die Welt bringen würde. Es war nicht das erstemal, daß dieses Haus einem Mädchen in anderen Umständen Unterschlupf bot, aber im Laufe der Zeit würde auch das vergessen werden.
Das Leben auf Trystan Priory ging wieder seinen gewohnten Gang. Wir aßen nicht mehr in der Halle, sondern nahmen unsere Mahlzeiten wieder im kleinen Eßzimmer ein. Mein Vater und Fennimore sprachen über ihre Geschäfte und die Ländereien und machten Pläne, wie das Gut verwaltet werden sollte, wenn sie beide auf hoher See wären. Ein ausgezeichneter Verwalter war bereits eingestellt worden, der immer mehr von Fennimores Pflichten übernahm. Alles würde zur vollsten Zufriedenheit laufen, und Fennimore konnte seinen Jugendtraum verwirklichen.
Meiner Mutter behagte der Gedanke gar nicht, zwei Männer auf See zu wissen, aber wie üblich unterdrückte sie ihre Befürchtungen und hoffte auf das Beste.
Ungefähr eine Woche nachdem Senara, Carlotta und Sir Gervaise uns verlassen hatten, bekamen wir Nachricht aus Schloß Paling. Carlotta hatte sich mit Sir Gervaise verlobt. Sie mußten bald zurück nach London, da er nicht zu lange

aus der Stadt wegbleiben konnte, um seine Stellung bei Hofe nicht zu gefährden. Carlotta und er wollten gleich nach ihrer Ankunft in London heiraten, und Senara sollte sie begleiten und eine Weile bei ihnen bleiben, bevor sie nach Spanien zurückkehrte.

Ich dachte an Bastian und gab zu, sein Mißgeschick machte mir Spaß. Ich war überzeugt, er war unglücklich, nachdem Carlotta ihn derartig beschämend behandelt hatte.

Es dauerte auch keine zwei Tage, da kam Bastian nach Trystan Priory geritten.

Ich war gewarnt, denn ich hatte seine Stimme gehört und mich rechtzeitig in mein Zimmer zurückgezogen, um mich zu sammeln. Kurze Zeit später kam Angelet hereingestürmt.

»Wer, glaubst du, ist da? Bastian! Komm herunter und begrüße ihn.«

Ich wußte nicht, was ich tun sollte. Nicht hinunterzugehen, hätte so ausgelegt werden können, daß ich zu aufgeregt und durcheinander sei. Das wollte ich nicht. Mein Stolz war leidenschaftlich und groß, ich hatte nur Angst, daß ich, wenn ich Bastian sähe, wieder die alte Beziehung mit ihm eingehen würde. Und das wollte ich erst recht nicht. Wenn ich ihm verzieh, könnte ich nie mehr sicher sein, daß er mir nicht wieder den Rücken kehren würde, wenn eine Attraktivere auftauchte.

Nein, ich konnte sein Verhalten nicht entschuldigen.

Ich ging in die Halle hinunter, und da war er . . . Bastian, der immer soviel Glück in mir erweckt hatte. Als er mich sah, glänzten seine Augen - vor Freude - wie früher, und ich war entzückt, daß es mich kaum berührte. Ich sah ihn immer nur mit Carlotta vor mir.

»Guten Tag, Bastian.«

Er ergriff meine Hände und hielt sie fest. Ich reagierte nicht darauf. »Bersaba, ich bin so froh, dich zu sehen.«

Angelet stand da und strahlte mich liebevoll an. Natürlich dachte sie, jetzt sei alles wieder gut. Carlotta ist aus dem Weg, und er ist wieder frei für Bersaba.

Nichts hätte mich wütender machen können. Bildete er sich ein, er könnte mich nach eigenem Gutdünken nehmen und fallenlassen? Meine Gefühle für Bastian hatten sich geändert. Mir wurde klar, daß es nicht so sehr Bastian war, den ich geliebt hatte, sondern seine Bewunderung. Und die Tatsache, daß er mich auserwählt hatte, mir vor Angelet den Vorzug gegeben hatte. Alle meine Gefühle drehten sich scheinbar um meine Schwester, weil sie aus dem übergroßen Verlangen kamen, genauso gut beziehungsweise besser als sie zu sein.

Sie, die arme einfältige Angelet, spürte nichts dergleichen. Sie war unkompliziert und berechenbar. Vielleicht auch war es das, was sie so viel liebenswerter machte als mich.

»Angenehm, dich wiederzusehen, Bastian.«

»Ich habe dir so viel zu sagen.«

»Du wirst uns allen von deiner geplatzten Verlobung erzählen wollen.«

»Ach, das habe ich nie wirklich ernst genommen.«

»Sie war immerhin ernsthaft genug, um auseinandergehen zu können.« Ich wandte mich an Angelet. »Ich werde Mutter sagen, daß Bastian hier ist.«

»Ich gehe schon«, antwortete Angelet.

»Nein, du bleibst hier und unterhältst dich mit Bastian.« Ich war schon halb auf der Treppe, ehe sie protestieren konnte. Ich ging und sagte es meiner Mutter. Sie begab sich in die Halle, aber ich begleitete sie nicht. Hinterher fragte ich mich, ob das nicht etwas übertrieben gewesen war. Was ich verdeutlichen wollte, war nur, daß mich Bastian nicht mehr interessierte.

Wir saßen beim Abendessen, und wir hatten uns immer noch nicht unter vier Augen gesehen. Ganz im Gegenteil, wann immer ich mit ihm zusammen war, achtete ich darauf, daß wir nicht alleine waren. Er sah mich flehend an, und ich genoß die Situation. Das war meine Rache. Sie war weitaus wirksamer als die, die ich an Carlotta zu nehmen geplant hatte. Schließlich und endlich war Bastian der schuldige Teil.

Es war unausweichlich, irgendwann mußte er mich einmal erwischen. Es geschah am nächsten Morgen. Ich war gerade in den Garten hinuntergegangen, um Blumen zu schneiden. Wenn ich ehrlich bin, hatte ich es absichtlich so arrangiert. Ich wollte, daß es bei Tageslicht und in der Nähe des Hauses geschah. Meiner Liebe zu Bastian war ich nicht mehr sicher, eigentlich basierte sie ja nur darauf, daß er mir

den Vorzug gegeben hatte. Es war also nicht wirkliche Liebe, sondern nur das, was Phoebe mit ›Verlangen‹ bezeichnete. Und das war immer noch da. Ich stellte mir vor, mit ihm im kühlen Gras zu liegen, und der Gedanke war mir nicht unangenehm - im Gegenteil.
Aber mein Stolz mußte die Oberhand behalten. Also führte ich die Zusammenkunft im Garten herbei, bei der nichts anderes als ein Wortaustausch möglich sein würde.
»Bersaba«, rief er, »ich muß mit dir sprechen.«
Ich gab vor, nur an der Rose interessiert zu sein, die ich gerade abschnitt.
»Hör zu! Ich bin gekommen, um dich zu bitten, meine Frau zu werden.«
Ich hob meine Augenbrauen. Wie habe ich mich noch vor kurzem nach diesen Worten gesehnt! Ich war zwar noch nicht achtzehn, aber an meinem Geburtstag wollten wir heiraten. Jetzt war alles anders. Ich hatte Sir Gervaise aus London kennengelernt, und obwohl er mir lange nicht so gut gefiel wie Bastian, war ich von seiner eleganten Art zu sprechen und der Selbstverständlichkeit, mit der er seine Kleider trug, beeindruckt. Er hatte mir die Augen geöffnet, daß es außerhalb von Trystan Priory, wo wir bis jetzt unser Leben verbracht hatten, noch etwas anderes gab. All diese Gespräche über das Leben am Hof, die er und Carlotta so oft geführt hatten, haben mich fasziniert. Ich bin noch zu jung für die Ehe, dachte ich. Wenn ich Bastian jetzt heirate, bleibe ich mein Leben lang hier. Möchte ich das? Möchte ich nicht in die Welt hinaus? Ich würde gerne nach London gehen und den König und die Königin sehen und die Leute, deren Namen bei Tisch gefallen waren. Die Ankunft Carlottas hatte wirklich alles verändert, auch mich. Eine Ehe bedeutete mehr als nur in Federbetten herumzuliegen - anstatt auf harter Erde -, war aber auch bindender. Sie bedeutete auch, erwachsen zu werden, sich zu ändern und das Leben von hundert verschiedenen Seiten zu betrachten. Ja, die Ereignisse der letzten Wochen hatten mir gezeigt, daß ich noch sehr jung und unerfahren war.
Nachdem ich das erkannt hatte, wußte ich auch, wie ich Bastian eins auswischen konnte.
»Danke, Bastian«, antwortete ich. »Ich fühle mich wirklich geehrt. Es ist sehr lieb von dir, an mich zu denken, jetzt,

nachdem Carlotta dich verschmäht hat. Außerdem, ich bin noch zu jung, um zu heiraten.«
»Bersaba, benimm dich nicht so albern! Außerdem sprichst du wie Gervaise Pondersby.«
»Wie interessant! Sie jedenfalls zog seine Sprache deiner vor.«
»Du bist eifersüchtig, Bersaba. Das mußt du nicht sein! Ich weiß nicht, was über mich gekommen ist. Ich war wie verhext. Ich konnte nichts dagegen tun.«
»Du hast vergessen, daß du auch mir die Ehe versprochen hast.«
»Ich habe nie etwas anderes gewollt, Bersaba ... nach dem, was zwischen uns passiert ist.«
»Das können wir vergessen«, sagte ich scharf.
»Kannst du es vergessen?«
»Ja«, sagte ich kalt, »und was ich kann, solltest du auch können. Du hast es ja vorher auch vergessen.«
»Bersaba, meine liebste kleine Bersaba.«
»Ich bin nicht deine Liebste. Es gibt eine, die dir lieber ist. Du kommst nur zu mir, weil sie jemand anderem den Vorzug gegeben hat.«
»Ich bitte dich, mich zu heiraten. Hast du vergessen, was du mir geschenkt hast? Das sollte man nur seinem Ehemann schenken. Weißt du das nicht? Ich habe dich verführt, Bersaba. Was würden deine Eltern dazu sagen?«
»Nichts, weil sie es nicht erfahren werden. Aber nicht du hast mich verführt, Bastian, ich habe dich verführt. Ich wollte Erfahrungen sammeln. Das habe ich. Und was mich betrifft, ist diese Angelegenheit erledigt.«
»Du sprichst wie eine ... eine ...«
»Wie was denn?«
»Wie eine Kurtisane.«
»Vielleicht bin ich das auch. Du hast mich sowieso für nichts anderes gehalten. Sobald Carlotta auftauchte, hast du mich vergessen.«
»Ich habe dich nie vergessen, nicht ein einziges Mal. Und jetzt möchte ich mich mit dir versöhnen.«
»Versöhnen!« Ich wußte, meine Augen schossen Blitze. »Das brauchst du nicht, Bastian. Gott sei Dank gibt es keine Konsequenzen. Es ist vorbei, ich will dich nicht mehr. Ich brauche dich nicht mehr. Kannst du das endlich begreifen?«

»Du bist so anders, Bersaba. Ich kann kaum glauben, daß du dieselbe bist.«
»Ach, es fällt dir wohl schwer, zu glauben, daß ich nicht verrückt bin nach dir. Das ist es doch, nicht wahr? Ich bin erwachsen geworden, Bastian, du hast mir geholfen, erwachsen zu werden. Du bedeutest mir nichts mehr. Ich bin dankbar dafür. Inzwischen weiß ich etwas mehr vom Leben. Ich werde meinem Mann nicht mehr als verschreckte Jungfrau begegnen . . . das verdanke ich dir, Bastian.«
»Du warst nie verschreckt, Bersaba.«
»Doch, zum Beispiel jetzt, vor dir, Bastian. Ich muß dich bitten, mich nicht mehr zu belästigen.«
»Ich werde mit deinen Eltern sprechen«, sagte er verzweifelt.
»Sie würden mich nie zwingen, jemanden gegen meinen Willen zu heiraten.« Ich schaute auf meine Hände hinunter. »Diese Dornen sind spitz.« Ich lutschte an meinem Finger, ohne Bastian anzusehen, und schnitt dann weiter Rosen. Er stand mir hilflos gegenüber.

Meine Mutter bat mich in ihr Wohnzimmer; sie hätte mir etwas zu sagen.
»Bersaba«, sagte sie, als wir alleine waren, »Bastian hat um deine Hand angehalten.«
»Ich habe bereits nein gesagt, Mutter.«
»Ich weiß, wie du fühlst. Er war mit Carlotta verlobt, und sie hat ihn zurückgewiesen. Er ist ein bißchen ungestüm, er hätte warten sollen. Das müßte er sowieso, weil dein Vater und ich euch beide noch zu jung finden zum Heiraten.«
»Ihr müßt gar nicht darüber nachdenken, ich werde Bastian nicht heiraten.«
»Ihr wart doch immer ein Herz und eine Seele.«
»Er ist mein Vetter.«
»Das ist kein Grund.«
»Ich finde, Verwandte sollten nicht untereinander heiraten, es sei denn, sie lieben sich wirklich.«
»Ich habe immer gehofft, Bastian würde eine von euch heiraten.«
»Vielleicht tut dir Angelet den Gefallen.«
»Meine liebe Bersaba, das klingt ein wenig bitter. Nimm die Sache mit Carlotta nicht zu ernst. Sie ist ein faszinierendes

Geschöpf. Du hast ja gesehen, sogar ein nobler Herr wie Sir Gervaise ist so verzaubert von ihr, daß er sie heiratet. Bastian war vorübergehend verwirrt, aber er hat mir gesagt, er hat immer nur dich geliebt und nur dich heiraten wollen.«
»Bis er sich mit Carlotta verlobt hat.«
»Aha, du bist verletzt. Ich verstehe. Aber es ist vorbei.«
»Mutter, bitte versteh mich doch! Ich habe etwas daraus gelernt: Wenn ich einmal heiraten werde, wird es bestimmt nicht Bastian sein. Niemals! Ich habe Bastian sehr gerne gehabt, aber ich liebe ihn nicht. Bitte, verlange nicht von mir, daß ich ihn heirate, denn ich tue es nicht ... ich tue es nicht!«
»Du weißt ganz genau, daß weder dein Vater noch ich dich zu einer Ehe zwingen würden, die du nicht willst.«
»Dann ist das Thema erledigt.«
»Lassen wir es eine Weile ruhen, Bersaba. Denk darüber nach. Bastian wäre ein guter und lieber Ehemann. Er würde dir sehr liebevoll begreiflich machen, was eine Ehe überhaupt bedeutet.«
Innerlich mußte ich über die Unschuld meiner Mutter lachen. Ich hätte gerne gewußt, was sie sagen würde, wüßte sie von unseren heimlichen Zusammenkünften. Für Phoebes Dilemma hatte sie zwar Verständnis, aber was würde sie sagen, wenn sie herausfände, daß ihre eigene Tochter in derselben Lage wäre.
»Ich werde Bastian nie heiraten. Davon bin ich felsenfest überzeugt.«
Sie seufzte und gab mir einen Kuß. Sicher dachte sie, eines Tages würde ich meine Meinung ändern.
Aber Bastian hatte begriffen, daß ich das nie tun würde. Er hatte gedacht, es wäre nur wegen seiner kurzen Liebschaft mit Carlotta. Das stimmte auch teilweise, aber das war es nicht allein. Ich hatte etwas dazugelernt, und zwar, daß ich eigentlich noch gar nicht soviel wußte, wie ich gedacht hatte. Das Leben ist verwirrend und kompliziert. Ich hatte noch viel zu lernen, und ich konnte es gar nicht abwarten, damit anzufangen. Von Bastian hatte ich alles erfahren, was mich interessierte.
Einige Tage gingen ins Land. Ich war kühl und unnahbar. Da es mir nichts mehr ausmachte, mit ihm allein zu sein, und da ich ihn nun mit Sir Gervaise vergleichen konnte, er-

schien er mir nicht mehr als der Unvergleichliche, der er früher für mich war. Ich fühlte auch nicht mehr den Drang, ihn zu umarmen und zu küssen.
Für den Augenblick wenigstens war ich von meinen feurigen Wünschen befreit.
Er verstand es besser als meine Eltern, da sie keine Ahnung hatten, wie weit unsere Beziehung gegangen war.
Bevor uns Bastian wieder verließ, fragte er meinen Vater, ob er nicht mit ihm und Fennimore zur See fahren könne.
Seine Entscheidung wäre übereilt, meinte mein Vater. Er sollte nicht denken, nur weil ich ihn abgewiesen hätte, daß sein Leben jetzt zu Ende wäre.
Bastian flehte ihn an, darüber nachzudenken, und schließlich sagte mein Vater, daß er das tun wolle.
So standen die Dinge, als Bastian uns verließ. Etwas später hörten wir, daß Carlotta Lady Pondersby geworden war und ein Leben in Saus und Braus führte auf einem Landsitz in der Nähe von London. Senara war noch bei ihr.
Mein Vater fand eine Aufgabe für Bastian, und im September, als Vater und Fennimore in See stachen, begleitete er die beiden.

Kurz bevor ihr Schiff auslief, kam ein Bote aus London mit Briefen von Sir Gervaise an meinen Vater. Darunter war auch einer von Senara an meine Mutter und einer an Angelet und mich von Carlotta.
Wir nahmen ihn aufgeregt mit hinauf in unser Zimmer und lasen ihn.

»Meine lieben Zwillinge,

ich wünschte, Ihr hättet zu meiner Hochzeit kommen können. Es hätte Euch sicher sehr interessiert, zu sehen, wie diese Dinge hier gehandhabt werden. Ich denke viel an Euch da draußen auf dem Lande und wie lustig es wäre, wenn Ihr uns besuchen kommen könntet. Ihr wolltet doch schon immer London kennenlernen. Nun, hier ist Eure Chance.
Senara wird Eurer Mutter auch schreiben und ihr sagen, daß das eine ernstgemeinte Einladung ist. Ich hoffe, sie kann Euch entbehren.

Die Reise nach London war sehr anstrengend, aber es war der Mühe wert. Meine Mutter und ich haben die Tage auf dem Land sehr genossen.
Ich hoffe, Euch beide bald zu sehen, und wenn Ihr nicht beide kommen könnt, dann wenigstens eine von Euch. Laßt mich bitte bald wissen, wann ich mit Eurem Besuch rechnen darf. Carlotta«

Angelet und ich sahen uns mit leuchtenden Augen an.
»Nach London!« schrien wir vor Begeisterung.
Angelet warf sich in meine Arme, und ich sagte: »Wir reisen natürlich beide. Das geht nicht, daß eine zu Hause bleibt. Ich würde dich nicht allein gehen lassen.«
»Ich dich auch nicht.«
»Wir brauchen neue Kleider.«
»Wir nehmen Phoebe mit. Eine Zofe brauchen wir sicher.«
»Es wird wundervoll in London! Glaubst du, wir werden auch den König und die Königin sehen?«
»Carlotta hat uns nach London eingeladen, nicht an den Hof.«
»Ja, aber Carlotta verkehrt doch bei Hofe, oder nicht? Vielleicht nimmt sie uns einmal mit.«
Angelet riß alle ihre Kleider aus dem Schrank und probierte sie an. Sie war ganz aufgeregt.
Als Mutter eintrat, bemerkten wir, daß sie von der Idee gar nicht so begeistert war.
»Jetzt könnt ihr auf keinen Fall reisen«, sagte sie. »Noch nicht. Vater fährt weg und Fennimore auch.« Sie sah so jammervoll aus, daß Angelet ausrief: »Natürlich bleiben wir da, Mutter. Das habe ich ja vergessen: Du wärst ja ganz alleine.« Aber schon lächelte sie wieder. »Warum kommst du denn nicht einfach mit?«
»Ich muß doch hiersein, wenn dein Vater zurückkommt.«
»Aber er ist ja noch gar nicht weg, und dann dauert es Monate, bis er wiederkommt.«
»Wir werden ja sehen«, sagte sie, aber ich ahnte schon, sie wollte nicht, daß wir nach London gehen.
Als mein Vater wieder auf See war, machten wir einen Besuch auf Schloß Paling. Mutter und Tante Melanie sprachen ausführlich über Senaras Vorschlag. Meine Mutter sagte, sie fürchte die Beschwerlichkeiten der Reise und

ließe ihre Töchter nicht gern allein reiten. Wenn sie mit könnte, wäre das natürlich etwas anderes, aber sie wüßte ja nie, wann mein Vater zurückkäme. Er sei zwar gerade erst losgesegelt, aber manchmal gäbe es Gründe, sofort wieder umzukehren. Sie hätte nie die Ruhe gehabt, Trystan Priory zu verlassen, solange Fenn weg war. Und wenn er da war, müßte sie sowieso bei ihm sein.

Ich weiß, daß es meiner Mutter wahnsinnig leid tat. Erstens, weil sie gewußt hat, wie gerne wir gegangen wären, und zweitens, weil sie es nicht über das Herz brachte, uns alleine gehen zu lassen.

Wir machten unseren Anstandsbesuch bei Großvater Casvellyn, der uns wie immer streng taxierte. Dann schrie er uns an, weil wir den Mund nicht aufmachten, aber wenn wir es täten, sollten wir etwas Vernünftiges sagen.

Sein Blick ruhte auf mir. Er bevorzugte mich, und ich war überzeugt, er wußte genau, wer ich war.

»Komm her«, sagte er zu mir und zog mich an sich, bis ich die Decke berührte, die seine gelähmten Beine bedeckte. Dann nahm er mein Kinn zwischen seine knochigen Finger und zwang mich, ihn anzusehen. »Was hast du gemacht?«

»Ich habe Tante Melanie Blumen pflücken geholfen.«

Er lachte. »Das habe ich nicht gemeint. Du bist mir eine ganz Schlaue.«

Und er gab mir einen kleinen Stups.

Meine Mutter sah uns zu und lächelte; sie schien entzückt, daß ihrem Vater ihr Kind gefiel. Sie ist eine ahnungslose Frau, meine Mutter, weil sie immer von allen nur das Beste denkt. Großvater Casvellyn war in seiner Jugend ein Schwerenöter. Es existierten finstere Geschichten über ihn und seine Heldentaten. Darin spielten auch Frauen eine Rolle. Ich war überzeugt, er versuchte mir zu sagen, daß er sich in mir wiedersah.

Vielleicht hatte er sogar recht.

Deswegen fühlte ich mich auch nicht recht wohl in meiner Haut. Ich hatte Angst, er könnte mich mit Bastian gesehen haben und erraten, was zwischen uns geschehen war.

Gwenifer und Rozen diskutierten auch unentwegt über die Einladung. Sie waren neidisch, weil sie keine bekommen hatten.

»Ich nehme an, sie will Bersaba damit danken, daß sie sie gerettet hat«, meinte Angelet. »Es hat doch ein Komplott gegen sie gegeben, man wollte sie entführen. Bersaba hat das erfahren und verhindert.«
Das interessierte die beiden sehr. Es ist erstaunlich, wie sehr es Menschen erregen kann, wenn von Hexen und Zauberkünsten die Rede ist.
Wir blieben eine Woche auf dem Schloß. Während der Heimfahrt regnete es den ganzen Tag, und wir kamen, bis auf die Haut durchnäßt, daheim an. Mutter bestand darauf, daß wir die Füße in Schüsseln mit heißem Wasser stellten, in denen Kräuter schwammen, die Erkältungen verhindern sollten.
Trotzdem wurde ich krank.
Phoebes Zeit rückte immer näher, und das sah man auch. Das Baby sollte Mitte September auf die Welt kommen. Aber die Tage vergingen, und das Baby war immer noch nicht da.
Dieses Kind interessierte mich mächtig. Angelet auch, aber mich besonders. Ich wollte, daß Phoebe ein gesundes Kind bekam, damit sie ihm eines Tages die Geschichte erzählen konnte, daß ich es war, dem es seine Existenz verdankte.
Der September war fast vorüber. Jeden Morgen schaute ich besorgt nach Phoebe, die dicker und dicker wurde, ohne daß das Baby ein Zeichen gab.
Ginny meinte, Phoebe hätte sich einfach verkalkuliert. »Die Angst vor ihrem Vater hat ihr doch fast den Verstand geraubt.«
Am letzten Septembertag war das Baby immer noch nicht da. Es war ein dunkler Morgen. Schwerer Nebel lag in der Luft, und ich sagte zu Angelet: »Ich glaube, das Baby kommt heut auf die Welt.«
»Es muß! Es ist schon drei Wochen zu spät.«
Phoebe bekam es langsam mit der Angst zu tun.
»Ich habe das Gefühl, mir wird etwas Schlimmes passieren, Mistress Bersaba«, sagte sie. »Glaubt Ihr, der liebe Gott bestraft mich jetzt, weil ich so liederlich war?«
»Nein«, antwortete ich scharf. »Wenn er alle Menschen dafür bestrafte, dann hätte er sie nicht so erschaffen dürfen.«
Phoebe sah ganz verängstigt aus. Ich glaube, sie erwartete, der Himmel würde auf mich stürzen, um mich für diese

Blasphemie zu bestrafen. Was konnte man schon von ihr erwarten? War sie nicht in der Schmiede herangewachsen?
Am Nachmittag fing es an zu regnen, große schwere Tropfen fielen zur Erde. Gegen vier Uhr sah ich, daß Phoebe richtig krank aussah. Sie hatte Schmerzen, also ging ich hinunter in den Stall und befahl einem Reitknecht, ins Dorf zu reiten und der Hebamme zu sagen, sie solle unverzüglich kommen.
Phoebe sah in der Tat sehr schlecht aus. Ich war mir nicht sicher, waren es die Schmerzen oder die Angst, jetzt, da ihre Zeit endlich gekommen zu sein schien. Siebzehn Jahre hatte sie ihren Vater über die Rache Gottes predigen hören, kein Wunder, daß sie nur daran denken mußte.
Ich sagte ihr immer und immer wieder, sie hätte nichts zu befürchten. Eine ganze Menge Mädchen seien bereits in ihrer Lage gewesen und glücklich durchgekommen. Beinahe hätte ich ihr von meinen eigenen Erfahrungen berichtet, nur um sie zu beruhigen, aber ich konnte mich gerade noch zurückhalten.
Ich stand am Fenster, als ich das Geräusch von Pferdegetrampel im Stall hörte. Ich dachte, es sei der Stallknecht mit der Hebamme, und lief hinunter.
Es war der Stallbursche, aber ohne Hebamme.
»Wo ist Mother Gantry?« fragte ich ihn.
»Sie konnte nicht kommen, Mistress Bersaba.«
»Was soll das heißen, sie konnte nicht kommen? Du solltest sie doch mitbringen.«
»Ich habe an ihre Tür gehämmert, aber sie hat nicht geantwortet. Ich habe gerufen, daß sie in Trystan Priory gebraucht wird, daß eines der Dienstmädchen ein Kind bekommt.«
»Und was hat sie darauf geantwortet?«
»Sie ist nur ans Fenster gekommen und hat den Kopf geschüttelt. Dann hat sie die Läden geschlossen und gesagt: ›Geh weg, oder es wird dir noch leid tun.‹ Da bin ich zurückgeritten, Mistress, um es Euch zu sagen.«
»Du Narr!« schrie ich ihn an. »Wir brauchen eine Hebamme, warum, glaubst du, habe ich dich hingeschickt? Es ist doch nicht gleichgültig, ob sie kommt oder nicht. Sattle mein Pferd!«
»Mistress Bersaba . . .«

»Sattle mein Pferd!« Zitternd gehorchte er.
»Mistress Bersaba, ich komme mit . . .«
Ich sprang auf mein Pferd und preschte aus dem Stall. Es goß in Strömen, und ich hatte noch nicht einmal etwas auf dem Kopf. Meine Haare hingen mir bald in Strähnen über den Rücken.
Ich fühlte mich sehr wichtig bei dem, was ich tat. Ich hatte Phoebe vor der Rache ihres Vaters bewahrt und Carlotta vor dem Pöbel. Obwohl ich Carlotta selbst in diese Situation gebracht hatte, spielte ich noch immer meine heroische Rolle. Ich würde gerade noch rechtzeitig mit der Hebamme kommen, die dieser Narr nicht hatte bringen können. Nur weil sie zu müde oder zu faul war, sich wegen eines Dienstmädchens aus dem Hause zu bequemen.
Als ich an das Haus kam und an die Tür klopfte, hörte ich eine schwache Stimme, drückte die Klinke herunter und ging hinein.
»Miß Gantry . . .«
Sie saß auf einem Stuhl, und ich ging zu ihr und schüttelte sie. Da entdeckte ich erst, daß ihr Gesicht feuerrot war und sie ganz glasige Augen hatte.
»Geht weg!« rief sie. »Kommt mir nicht zu nahe! Ich warne Euch!«
»Miß Gantry, ein Baby kommt gleich auf die Welt.«
»Geht weg, Mistress, ich habe die Pocken.«
Jetzt verstand ich, warum sie dem Burschen nicht geöffnet hatte und daß ich selbst in Gefahr war.
Ich rannte aus dem Haus und bestieg mein Pferd.
Es schien mir eine Ewigkeit, ehe ich Trystan Priory erreichte. Naß und zerzaust, wie ich war, eilte ich hinauf in Phoebes Zimmer.
Meine Mutter war an der Tür.
»Bersaba, wo um alles in der Welt bist du gewesen?«
»Ich war bei Mother Gantry. Sie kann nicht kommen, sie ist krank. Sie sagt, sie hat die Pocken.«
»Hast du sie gesehen?«
»Ja. Ich bin ins Haus gegangen, um sie zu Phoebe zu bringen.«
»O Gott, Kind, du mußt dich ausziehen!«
»Und Phoebes Baby?«
»Ist tot.«

Ungläubig starrte ich sie an. Warum galt ihre ganze Sorge mir?
»Und Phoebe?«
»Sie ist sehr krank, aber sie hat eine Chance durchzukommen. Ich möchte, daß du diese nassen Kleider ausziehst. Komm mit mir.«
Ich fühlte mich schwach, ausgepumpt und zu Tode erschöpft.

Angelet

St. Paul's Walk

Ich war traurig, als ich so dahinritt, denn dies war das erste Mal in meinem Leben, daß ich von Bersaba getrennt war. Mein Herz war voller Angst. Instinktiv wußte ich, daß es ein Wendepunkt in unserem Leben war. Danach würde nichts mehr so sein wie früher.

Wie oft hatte ich mich danach gesehnt, nach London zu gehen. Wie oft hatte ich mir diese Reise vorgestellt! Ich hatte das ungute Gefühl, daß gerade meine Sehnsucht an allem schuld war. Irgendwann einmal ist eine weise Frau - ich glaube, sie war eine gute Hexe - nach Schloß Paling gekommen, mit ihrem Mann, der ein fahrender Hausierer war. Tante Melanie bot ihnen Unterkunft für die Nacht an, und die Frau weissagte uns dafür die Zukunft, was uns Jüngeren ungeheueren Spaß gemacht hat. Ich werde nie vergessen, was sie mir prophezeite. Es klang so ähnlich wie: »Wenn Ihr Euch etwas sehr wünscht, müßt Ihr daran glauben, daß es in Erfüllung geht. Denkt immer daran! Wenn Ihr das tut, werdet Ihr erlangen, wonach Euer Herz sich sehnt. Aber vielleicht müßt Ihr dafür bezahlen.«

Daran mußte ich jetzt denken, auf dem Weg nach London, wegen Bersaba, die so krank war. Ich habe die Furcht in den Augen meiner Mutter gesehen. Sie wollte mich in Sicherheit wissen; denn als Phoebes Baby auf die Welt kommen sollte, hatte sich Bersaba bei der Hebamme angesteckt, sie hatte die Pocken. Natürlich wußten wir das nicht von Anfang an. Bersaba war losgeritten, um im strömenden Regen die Hebamme zu holen, ist ins Haus gegangen und hat die alte Frau geschüttelt, bevor sie auf ihrem Gesicht die entsetzlichen Spuren der Krankheit entdeckt hatte. Sie hat sie also berührt.

Als sie nach Hause kam und uns erzählte, was ihr zugestoßen war, hat meine Mutter sie selbst ins Bett gesteckt, und da mußte sie bleiben. Am nächsten Tag erfuhren wir, daß

die Hebamme gestorben war und daß noch mehr Leute im Dorf die Pocken hatten.
Meine Mutter, die sonst so sanftmütig war, wurde zum Feldwebel. Sie versammelte ihre Truppen um sich und ging zum Angriff über, wild entschlossen, den Feind zu vernichten - in diesem Fall eine tödliche Krankheit.
Sie ließ mich holen, und ich merkte sofort, was sie wollte.
»Du darfst nicht mehr in Bersabas Zimmer schlafen, deine Sachen werden in ein anderes Zimmer im Ostflügel geräumt.«
Das war das Zimmer, das am weitesten von dem, das ich mit Bersaba teilte, entfernt war.
»Ich möchte nicht, daß du zu deiner Schwester gehst, ehe ich es dir ausdrücklich erlaube.«
Ich war zu Tode erschrocken. Bersaba nicht sehen? Ich, die ich fast jede Stunde meines Lebens mit ihr verbracht hatte. Ich hatte das Gefühl, als würde ein Stück von mir getrennt.
»Wir müssen vernünftig sein«, sagte meine Mutter am nächsten Tag. Sie war sehr ruhig, trotz der Ängste, die sie durchstand. »Tatsache ist: Bersaba ist mit einer Frau, die die Pocken hatte, in Berührung gekommen. Gleichzeitig hat sie sich erkältet, also ist sie besonders gefährdet. In einer Woche ungefähr werden wir wissen, ob sie sich angesteckt hat. Wenn ja, möchte ich, daß du weggehst.«
»Weggehen von Bersaba? Wenn sie schwer krank ist?«
»Mein liebes Kind, hier handelt es sich um eine gefährliche Krankheit, an der man sterben kann. Wir müssen tapfer sein! Und man ist nicht tapfer, wenn man seine Augen vor der Wahrheit verschließt. Ich werde dich nach London schicken . . . wenn sie sich angesteckt hat.«
»Nach London . . . ohne Bersaba?«
»Ich möchte dich weit weg wissen. Es wird sehr schmerzlich werden, und wenn sie sich wirklich angesteckt hat, werden wir unsere ganze Kraft und Geschicklichkeit brauchen, sie gesund zu pflegen.«
»Dann sollte ich doch lieber hierbleiben und euch helfen.«
»Nein, das Risiko ist zu groß.«
»Aber was ist mit dir, Mutter?«
»Ich bin die Mutter. Du glaubst doch nicht, daß ich sonst jemandem gestatten werde, sie zu pflegen.«
»Und wenn du dich auch ansteckst?«

Meine Augen waren rund vor Entsetzen.
»Das werde ich nicht«, sagte sie vertrauensvoll. »Das darf ich nicht, weil Bersaba mich braucht. Aber im Augenblick wissen wir doch noch gar nichts. Ich möchte nur, daß du dich von ihr fernhältst. Darum habe ich dich auch in ein anderes Zimmer bringen lassen. Versprich mir, daß du nicht zu ihr reingehst.«
»Aber was wird sie von mir denken?«
»Bersaba ist vernünftig, sie weiß, was passiert ist, und versteht die Gefahr; deshalb wird sie es auch einsehen.«
»Aber Mutter, wie kann ich denn nach London gehen, wenn sie schwerkrank ist.«
»Du kannst, weil ich es dir sage. Ihr seid euch so nahe, ihr seid so daran gewöhnt, zusammen zu sein, ich hätte Angst, euch nicht voneinander fernhalten zu können.«
»Aber nach London ... ohne Bersaba!«
»Ich habe die ganze Nacht wachgelegen und habe darüber nachgedacht, was wohl am besten wäre, und ich bin zu folgendem Entschluß gekommen: Auf Schloß Paling bist du mir zu nahe, und ein Tapetenwechsel könnte dir auch nicht schaden. In London ist alles neu für dich, da wirst du dich nicht so grämen.«
»Mutter, glaubst du, Bersaba könnte sterben?«
»Sie wird nicht sterben, aber wir müssen den Tatsachen ins Auge sehen. Sie schien mir nervlich ziemlich angespannt in den letzten Wochen ... und dann diese Erkältung! Aber ich kriege sie schon durch. Ich habe Senara eine Botschaft geschickt, daß du dich wahrscheinlich in einer Woche auf die Reise machst, falls sie nichts Gegenteiliges hören läßt. Bereite dich also darauf vor. Ich fürchte, du wirst nur mitnehmen können, was du hast. Für neue Kleider ist wohl nicht mehr genügend Zeit. Kopf hoch, Angelet, vielleicht kommt es gar nicht soweit.«
Ich war fassungslos. Ich habe mich so danach gesehnt, nach London gehen zu dürfen, aber doch nicht ohne Bersaba. Ein Leben, das sie nicht teilt, konnte ich mir einfach nicht vorstellen.
Irgendwie ist diese Woche vorübergegangen. Jeden Tag sah ich meiner Mutter in die Augen, um darin zu lesen, was zu fragen ich nicht wagte. Das ganze Haus versank in Melancholie. Bersaba blieb in ihrem Zimmer, und nur meine

Mutter durfte zu ihr. Sie erzählte mir, Bersaba verstünde, daß es so sein müsse.
Dann kam der Morgen, an dem ich die schreckliche Wahrheit in den Augen meiner Mutter las. Die ersten gefürchteten Anzeichen waren aufgetreten.
Und darum war ich auch an jenem Septembermorgen unterwegs nach London. Mab war bei mir, sie sollte mich als Zofe begleiten, und sechs Reitknechte, zu meinem Schutz und zur Überwachung des Gepäcks. Ich ritt vor mich hin und dachte an meine Schwester und ob ich sie wohl je wiedersehen würde.

An die Reise selbst kann ich mich nur wenig erinnern, weil ich in Gedanken unentwegt bei Bersaba war. Die erste Nacht verbrachten wir auf Schloß Paling. Das war eine traurige Gesellschaft; alle waren so schockiert über die Nachricht, was in Trystan Priory geschehen war.
Sie schienen sich keine großen Hoffnungen zu machen, was Bersabas Genesung betraf, und ihren Versicherungen - es handele sich sicherlich nur um einen schwachen Anfall, daß sie die beste Pflege hätte und man viel von der Krankheit heutzutage wußte und eine Menge Leute bereits geheilt worden waren - fehlte es an Überzeugungskraft.
Die Reise dauerte zwei Wochen. Mir schien es, als ritten wir von einem Gasthaus zum anderen. Sobald es hell wurde, ging es weiter, bis die Pferde mittags eine Rast brauchten. Und wieder ein Gasthof, wieder essen und wieder weiter.
Wir benutzten soviel wie möglich Seitenstraßen; der erste Reitknecht hielt sie für sicherer. Die Gefahr, daß da Räuber auftauchten, sei geringer. Das leuchtete mir ein. Obwohl wir genug Aufregungen hatten, bekam ich kaum etwas davon mit, weil ich mit meinen Gedanken nicht auf der Landstraße, sondern im Krankenzimmer meiner Schwester war. Wenn es regnete, bemerkte ich es kaum, und wenn die Straßen unpassierbar wurden und wir umkehren mußten, folgte ich wortlos.
»Ihr seid abwesend, Mistress«, sagte Mab. »Das ist es.«
»Ich bin bei meiner Schwester.«
Es war meine Schuld. Ich hatte mir diese Reise so gewünscht, und jetzt verwirklichte sie sich auf so tragische

Weise. Meine Mutter hätte uns sicherlich nicht nach London gehen lassen. Sie hätte sich alle Gefahren vorgestellt, denen ihre Kinder begegnen könnten, und nicht nur auf der Landstraße, sondern auch in der Londoner Gesellschaft. Aber eine größere Gefahr als die, von der im Augenblick meine Schwester bedroht wurde, gab es wohl kaum, und meine Mutter hätte weiß Gott allem zugestimmt, nur um mich aus dem Weg zu haben.

Wir kamen gut vorwärts, durchquerten bei Gunislake den Tamar, ritten durch Devon nach Tavistock und weiter nach Somerset und Wiltshire, wo ich das in einen Hügel gemeißelte weiße Pferd sah, das noch aus vorchristlicher Zeit stammte. Als wir nach Stonehenge kamen und die beeindruckenden und äußerst seltsamen Steine sahen, dachte ich an die Riten, die hier lange bevor die Romanen nach England kamen, vollzogen worden waren. Das erinnerte mich wieder an das sonderbare Gerede über Carlotta, und ich fragte mich, ob sie nicht doch eine Hexe war. Seltsam, daß man eine Kröte in ihrem Bett gefunden haben sollte. Meine Mutter, die Gerede über Hexen nicht ausstehen konnte, weil die Menschen ihrer Meinung nach unschuldigen alten Frauen gegenüber so grausam seien und sich durch ihre Einbildungskraft in Raserei steigern konnten, hatte so getan, als gäbe es so etwas nicht. »Das bilden sie sich nur ein«, sagte sie. Ihre Erklärung für die Kröte war, daß sie irgendwie ins Haus gekommen sein mußte, falls Mab überhaupt eine gesehen hatte. Sie konnte sich das alles auch nur eingebildet und geglaubt haben, weil sie es glauben wollte. Schließlich erlaubte Mutter mir, Senara und Carlotta zu besuchen.

Über Stonehenge ging es weiter nach Basingstoke bei Reading. Ich wurde mir trotzdem einer freudigen Erregung bewußt, schämte mich aber sofort und schickte meine Gedanken wieder zurück in das Krankenzimmer nach Trystan Priory. Durch die Bäume erspähte ich Windsor Castle. Es sah prachtvoll aus, mit seinen grauen Türmen, seinen Zinnen und dem großen Park, der es umgab. Ich mußte an die Geschichtsstunden in Trystan Priory denken, in denen ich neben Bersaba saß und von Edward III. hörte, der beim Tanz ein Strumpfband aufgelesen und den Spruch geprägt hatte: ›Honi soit qui mal y pense - Verachtet werde, wer Schlechtes dabei denkt‹ - eine Geschichte, der wir immer wieder gerne lauschten. Auch wie King John sich dort aufgehalten hatte, bevor er die Magna Charta unterzeichnete, und wo Henry VIII. auf die Jagd gegangen war. Dieses Schloß zu sehen, von dem ich so viel gehört hatte, erregte nicht nur mein Interesse, sondern auch eine gewisse Euphorie. Doch die Erinnerung an meine Schwester überschattete auch dies.

Immer wird Bersaba gegenwärtig sein, nie werde ich ihr entkommen. Seltsam, daß ich ›entkommen‹ dachte, das klang ja, als fühlte ich mich gefangen und versuchte, diesem Zustand zu entkommen.

London rückte immer näher, aber ich dachte nicht an das, was mich in London erwartete, sondern daran, wann eine Nachricht von Bersaba kommen würde.

Endlich erreichten wir Pondersby Hall, Sir Gervaise' Residenz, die in der Nähe des Dorfes Richmond lag. Auf dem nahegelegenen Fluß segelten Boote in allen Größen nach London und zurück.

Es war ein prachtvolles Haus. Aber aufgewachsen in Trystan Priory, dem Haus meines Vaters, und dem Schloß meines Großvaters, war ich an große Häuser gewöhnt. Es gibt nichts Aufregenderes als ein Schloß, mit seinen Zinnen und seiner Festung. Pondersby Hall aber sah anders aus als Trystan Priory oder unser Schloß. Es hatte etwas Anmaßendes, falls man so etwas von einem Haus überhaupt sagen kann, aber das war der Eindruck, den ich hatte. Gepflegt, ja; was man von den Häusern in Cornwall nicht sagen konnte. Ich nahm an, in dem sanfteren Klima im Südwesten von England waren die Menschen nicht so dem Sturm ausgesetzt wie wir, und das kalte und trockene Klima wirkte nicht so verheerend auf ihre Mauern. Pondersby Hall war nicht so alt wie die anderen Bauten, es mußte um 1560 herum erbaut worden sein, war also keine hundert Jahre alt und sah fast modern aus, was man von Schloß Paling nicht behaupten konnte.

Das Gras im Vorhof war kurz geschnitten, und die grauen Mauern waren so sauber, als ob sie frisch gestrichen wären - ein silbriges Grau im Gegensatz zu dem dunklen von Schloß Paling. Der prachtvolle Giebel, der auf maskenverzierten Kragsteinen ruhte, fiel mir sofort auf, ebenso das große Fenster mit der Butzenscheibe, die in vielen satten

Farben leuchtete. Und wieder dachte ich an Bersaba und wie sehr ihr all das gefallen würde.
Als wir in den Vorhof ritten, kam uns ein Diener in grünblauer Livree entgegen, was, wie ich erfahren sollte, die Farben von Pondersby waren. Er verbeugte sich und sagte: »Guten Tag, Ma'am. Wir haben Euch seit gestern erwartet. Ich habe den Befehl, Euch willkommen zu heißen und in Eure Gemächer zu bringen. Ich werde die Stallknechte rufen, die Euren Dienern zeigen werden, wo sie logieren.«
Ich bedankte mich und fragte ihn nach seinem Namen.
»James, Ma'am. Ich bin der Verwalter. Falls Ihr mich braucht, sagt mir Bescheid.«
Steif von dem langen Ritt, stieg ich ab, und sofort fühlte ich mich besser. Ich hatte so das Gefühl, der fehlerlose James fragte sich, wer da wohl angekommen war, seine wunderschöne Halle zu besudeln.
Mab stieg auch ab und ging, wie es ihr zukam, hinter mir her. Die Männer folgten einem Stallknecht zu den für sie bestimmten Stuben.
James führte uns mit all der Würde eines Mannes, der ein äußerst wichtiges Amt bekleidet, zwei Stufen hinauf zu einer Säulenhalle. Ich sollte bald merken, daß er alles so machte: Was immer es war, er mußte verdeutlichen, daß es der Aufmerksamkeit eines James nicht entging.
Wir folgten ihm in die Halle, in der das bunte Glas ein schmeichelhaftes Licht auf unsere müden Gesichter warf. Voller Bewunderung sah ich hoch zu dem Fenster und nahm gleichzeitig die schöne Stuckdecke und die Galerie für die Spielleute am anderen Ende der Halle wahr.
Eine Frau in blauem Gewand, über dem sie eine grüne Schürze trug, die gleichen Farben wie James' Uniform, erwartete uns bereits, und ich erkannte in ihr Anna wieder, die Carlotta nach Cornwall begleitet hatte.
»Unser Gast ist angekommen«, sagte James. »Bring sie und ihre Zofe in die Zimmer und versichere dich, daß Miß Landor alles hat, was sie braucht.«
Anna nickte. Sie schien von James' würdevollem Gebaren nicht ganz so beeindruckt zu sein wie wir.
»Wenn Ihr mir folgen wollt, Miß, bringe ich Euch auf Eure Zimmer«, sagte sie, »und wenn die Herrin zurückkommt, werde ich ihr Eure Ankunft melden.«

Wir folgten Anna die Treppe hinauf, auf eine Galerie, wo unsere Zimmer lagen. Ein großes für mich und ein kleineres daneben für Mab. Mein Fenster war so wie das in der Halle - nur viel kleiner, mit einem Fenstersitz, und die Glasscheiben waren nicht getönt. Das Bett hatte vier Säulen und einen Baldachin, und der weiche Teppich war von demselben Blau wie die Vorhänge an Fenstern und Bett.
»Ganz schön luxuriös, Mab, findest du nicht auch?«
»Das kann man wohl sagen«, antwortete Mab.
»Ich bringe Euch gleich heißes Wasser«, sagte Anna, was sie auch unverzüglich tat.
Ich wusch mich, und nach einer Weile brachten zwei Diener - in der üblichen Livree - mein Gepäck herauf.
Ich fragte Mab, was sie von alldem hielt.
»Es ist alles sehr großartig, Mistress Angelet.«
»Nicht viel anders als zu Hause auch«, erinnerte ich sie.
»Es ist sehr vornehm hier, Mistress.«
Das war es, vornehm. Ich blickte auf meine staubigen Stiefel, die ziemlich unangebracht waren in diesem Zimmer, und überhaupt.
Mab packte meine Kleider aus, die in dieser Umgebung plötzlich altmodisch wirkten.
Es war Spätnachmittag, als Carlotta heimkehrte. Sie war ausgeritten, und ich hörte ihre Stimme bereits, als sie über den Hof schritt.
Ich schaute zu ihr hinunter. Wie elegant sie war! Ihr Reitkostüm war perlgrau, und den Hut schmückte eine große Feder.
»Sie sind also da?« Sie lachte, als wäre das besonders amüsant.
Sie kam in mein Zimmer, blieb auf der Schwelle stehen und sah mich an. »Angelet!« rief sie, nahm meine Hände und zog mich an sich. Es war kein Kuß, den sie mir gab, sie drückte nur ihre Wange an meine.
»Wie schade, daß deine Schwester nicht mitkommen konnte!« Ihr Mund verzog sich etwas, und ich hatte den Eindruck, daß sie Bersaba gerne hier gehabt hätte. Ich mußte daran denken, wie sie sich Bastian geangelt und Bersaba damit ziemlich verärgert hatte - obwohl die sich nichts hatte anmerken lassen. Vielleicht hatte sie deswegen ein besonderes Interesse an meiner Schwester.

»Gibt es schon Neuigkeiten aus Trystan Priory?« fragte ich. Sie schüttelte den Kopf. »Das ist kaum möglich. Du selbst bist ja gerade erst angekommen.«
»Ich dachte, ein Bote wäre vielleicht schneller gewesen.« Wieder schüttelte sie den Kopf. »Wie ist es ihr gegangen, als du abgereist bist?«
»Sie war sehr krank.«
»Manche überleben es«, sagte sie. »Mach dir keine zu großen Sorgen! Wo sind deine Kleider?«
»Mab hat sie in den Schrank gehängt.«
Sie ging zum Schrank, guckte hinein und stöhnte.
»Gefallen sie dir nicht?«
»Sie sind ein bißchen altmodisch. Du wirst neue brauchen.«
»Das ist alles, was ich habe.«
»Das werden wir schon ändern. Ich habe das vorausgesehen, bin also darauf vorbereitet. Anna hat bereits angefangen, dir ein Kleid zu nähen. Sie wird es dir gleich anprobieren, dann ist es morgen fertig. Ich werde dich nach London mitnehmen und dir ein paar modische Accessoires kaufen. Einen Fächer, Schönheitspflästerchen, Puder, Rouge und so weiter.«
»Schönheitspflästerchen und Puder?«
»Ja, wir müssen deine gesunde Gesichtsfarbe verschwinden lassen. So siehst du aus wie eine Landpomeranze.«
»Aber das bin ich doch!«
»Natürlich bist du das. Deshalb werden wir uns auch alle Mühe geben müssen, das zu kaschieren.«
Sie setzte sich in einen Sessel und lachte mich an.
»Du wunderst dich? Du bist jetzt in London. Die Gesellschaft hier ist sehr elegant; es ist alles anders als in Cornwall, das kannst du mir glauben.«
»Davon bin ich überzeugt. Vielleicht . . .«
»Vielleicht was?«
»Vielleicht passe ich hier gar nicht her? Vielleicht sollte ich wieder zurückgehen?«
»Wir werden dich schon hinkriegen, das ist alles nur eine Frage der Zeit. Du kannst übrigens gar nicht zurück. Deine Schwester ist krank, darum bist du ja hier. Ich bezweifle, daß dich deine Mutter sonst der Gottlosigkeit der großen Welt überlassen hätte.«

Wieder lachte sie, und ich sagte kühl: »Du scheinst dich über mich zu amüsieren.«
»Das tue ich auch. Du wirst dich auch noch amüsieren. In einem Monat werde ich dich daran erinnern, wie du heute warst, und du wirst dich halb tot lachen.«
»Es tut mir leid, daß du nicht mit mir zufrieden bist.«
»Macht nichts. Du wirst hier bald erwachsen werden. Das ist der ganze Unterschied. Du bist sehr jung für dein Alter.«
»Ich werde erst achtzehn.«
»Aber achtzehn in Trystan Priory ist nicht achtzehn in der großen Welt. Du wirst schon sehen.«
»Wo ist deine Mutter?« fragte ich.
»Sie ist augenblicklich auf Besuch bei Freunden. Sie wird entzückt sein, daß du da bist. Schon immer wollte sie etwas für Tamsyns Töchter tun. Sie hat gesagt, es sei jammerschade, daß ihr zu diesem Leben auf dem Land verdammt seid.«
»Und dein Mann?«
»Gervaise ist bei Hof. Wir haben auch eine Residenz in der Stadt, in der Nähe von Whitehall. Ich bin ziemlich oft dort. Auch hier sind wir nicht weit von Whitehall entfernt; es ist also nicht so, daß wir auf dem Lande lebten.«
»Bist du glücklich in deiner Ehe?«
»Das Leben ist amüsant«, war ihre Antwort.
»Ist das dasselbe wie glücklich sein?«
»Glaub mir, Kleines, das ist die Voraussetzung für Zufriedenheit.«
Ich fühlte mich nicht besonders wohl in meiner Haut. Ich hatte es nicht gerne, wenn man sich über mich lustig machte. Bersaba hätte viel besser gewußt, wie man mit so einer Situation fertig wurde. O Gott, wie ich sie vermißte! Erst jetzt wurde mir klar, wie sehr ich in meiner Unbeholfenheit von ihr abhängig war.
Carlotta bemerkte mein Unbehagen natürlich und schien sich daran zu ergötzen.
»Du wirst dich bald an alles gewöhnen«, sagte sie, »und dich freuen, daß du dem langweiligen Leben entkommen bist. Aber jetzt müssen wir praktisch denken.«
Später zeigte sie mir das ganze Haus, stellte mir ein paar Dienstboten vor, unterzog meine Garderobe einer gründlichen Untersuchung und warf das meiste davon raus.

Sie sagte, ich wäre wohl müde nach der weiten Reise und sollte früh ins Bett gehen. Morgen könnte ich mein neues Leben beginnen.
Wir aßen in einem kleinen Raum neben der Halle, wie wir das zu Hause auch taten, wenn wir unter uns waren. Die ganze Zeit erzählte sie von ihrem Leben, wie aufregend es doch war und wie anders ich es finden würde, und tat die ganze Zeit so, als wäre sie meine Gönnerin.
Sobald wir fertiggegessen hatten, sagte sie, ich solle in mein Zimmer gehen und schlafen, weil ich doch sicherlich todmüde sei. Ich war froh, ihr zu entkommen.
Mab kam herein und half mir beim Auskleiden. Aber als ich im Bett lag, konnte ich nicht einschlafen. Ich mußte daran denken, wie Senara und Carlotta auf Schloß Paling angekommen waren und Großvater Casvellyn wie ein zorniger Prophet aussah und meinte, ihre Rückkehr würde nichts Gutes für uns bedeuten.
Jetzt war Bersaba krank, und ich würde sie vielleicht nie mehr in meinem Leben wiedersehen. Ich fühlte mich verwaist, waren wir doch immer ein Herz und eine Seele gewesen. Wie sollte ich ohne sie weiterleben?
Ich konnte nicht aufhören, an sie zu denken, wie sie in dem Zimmer lag, in dem wir so viele Jahre zusammen gewohnt hatten. Bersaba, die sich im Fieber hin und her warf, im Delirium ... nicht mehr meine ruhige, selbstsichere Schwester, von der ich geglaubt hatte, nie ohne sie sein zu müssen.

Einige Tage waren vergangen, an denen ich nichts unternommen hatte. Carlotta bestand darauf, daß ich nicht das Haus verließ, bevor ich anständig angezogen war und - wie sie sagte - meine Landmanieren etwas abgelegt hätte. Ich mußte lernen, mit mehr Würde zu schreiten, meinen Kopf hoch zu halten, mich graziös zu bewegen, mich zu verbeugen, einen Knicks zu machen und meinen Akzent abzulegen, der in der Londoner Gesellschaft nur belächelt würde.
Ich ließ mich belehren und fand sogar Spaß daran, hauptsächlich, weil es mich davon abhielt, darüber zu brüten, was wohl zu Hause vorging. Ich durfte nicht an Bersabas Gesicht auf dem Kopfkissen denken - fiebrig, mit geröteten Augen und den scheußlichen Merkmalen der Krankheit.

Ich sagte mir immer wieder, daß es keinen Sinn hätte, mir den Kopf darüber zu zerbrechen, also ließ ich mich geduldig wie ein Lamm in ein Stadtfräulein verwandeln.
Carlotta genoß diese Operation offensichtlich. Ich wußte nicht, daß sie uns aus einem ganz bestimmten Grund dem Stadtleben anpassen wollte. Obwohl ich von Bersaba getrennt war, dachte ich immer noch im Plural, und ich fragte mich, ob Carlotta sich Bastian nicht lediglich an Land gezogen hatte, weil sie wußte, wie gerne Bersaba ihn hatte. Dies schien mir ziemlich typisch für sie.
Am dritten Tag nach meiner Ankunft kam Senara zurück. Sie umarmte mich herzlich, schien wirklich erfreut, mich zu sehen, und stellte mir eine Menge Fragen über Bersaba. Ich hatte den Eindruck, sie mochte Mutter sehr.
»Arme Tamsyn«, sagte sie. »Ich kann mir ihren Kummer gut vorstellen. Sie war mir immer mehr eine Mutter als eine Schwester, obwohl sie nur ein Jahr älter ist als ich. Sie bemutterte jeden, sogar ihre eigene Mama. Ich weiß, wie sie sich quälen muß. Ich bin froh, daß wir dich bei uns haben. Ich werde ihr einen Brief schreiben und ihr das sagen.«
Sie war weitaus sympathischer und verständnisvoller als ihre Tochter. Mit ihr konnte ich reden, ihr konnte ich gestehen, daß ich Heimweh hatte, daß ich mir überlegte, nach Hause zurückzukehren, da Carlotta offensichtlich fand, daß ich nicht in die Londoner Gesellschaft paßte.
Sie schüttelte den Kopf. »Du hast einen gewissen Charme, Angelet, mit dem du bei vielen Leuten Anklang finden wirst. Diejenigen, die der oft dummen gesellschaftlichen Manieren müde sind, werden deine unbefangene Art erfrischend finden.«
»Carlotta möchte mich anders haben.«
»Wir müssen aufpassen, daß ihr das nicht zu gut gelingt.«
Senara war wirklich ein Trost, besonders wenn sie mit mir über ihre Kindheit sprach, als sie und meine Mutter wie Schwestern zusammen gewesen waren. »Ich weiß, wie du dich wegen Bersaba sorgst. Natürlich waren deine Mutter und ich keine Zwillinge, aber die Art und Weise, wie ich ins Schloß gekommen bin, bewirkte bei ihr das Gefühl, daß sie mich beschützen müßte, und die mütterliche Geborgenheit, mit der sie mich umgab, gefiel mir.«
Ich fühlte mich also viel besser, seit Senara zurück war, und

wenn ich mit ihr den Fluß entlangritt, vergaß ich sogar für den Moment alles andere und staunte nur. Je näher man der Stadt kam, um so mehr Boote tauchten auf dem Fluß auf.

Senara gefiel mein Staunen. Sie erzählte mir, daß ich mich im größten Hafen der Welt befände und daß die Schiffe aus allen Teilen der Welt hierher kämen. Ich war ganz aufgeregt, auch Schiffe meines Vaters von der East India Company zu entdecken. Es gab mir das Gefühl, doch nicht so weit von zu Hause weg zu sein. Wie wundervoll sie doch aussahen! Wie stabil gebaut! Sie würden den Stürmen auf hoher See und den Piraten Trotz bieten. Ich dachte, was Vater wohl jetzt machte und Fennimore und Bastian, und hatte plötzlich Angst, es könnte ihnen etwas Schlimmes widerfahren. Und wenn Bersaba sterben sollte . . .

Senara sah mich an, sah den Kummer in meinen Augen und sagte freundlich: »Es wird schon alles wieder gut, das verspreche ich dir.«

»Wie kannst du mir das versprechen?«

»Ich weiß so etwas«, sagte sie. Ich dachte, weil sie doch eine Hexe ist. Und ich wollte daran glauben, um mir einreden zu können, sie hätte recht.

Sie zeigte mir die Kais, an denen die Schiffsladungen gelöscht wurden - einige Schiffe der Company und andere aus Amsterdam, Deutschland, Italien und Frankreich. Ich war einfach begeistert. Danach vergaß ich meine Angst etwas. Senara hatte gesagt, alles würde wieder gut, was bedeutete, meiner Familie würde nichts zustoßen. Ich glaubte Senara. Als Hexe wußte sie von solchen Dingen.

Die Tage, die mir zuerst endlos erschienen waren - nach der ersten Woche verflogen sie. Ich hatte jetzt eine neue Garderobe, und mir gefielen die lose fallenden Kleider besser als die, die wir auf dem Lande trugen. Anna, die eine ausgezeichnete Schneiderin war, erzählte mir, daß die steife Mode zuvor aus Spanien gekommen war. Reifröcke wurden nicht mehr getragen und die Röcke nicht mehr gestärkt. Auch Halskrausen gehörten der Vergangenheit an, ebenso hohe und steife Krägen. Elegant und schmeichelnd war es, tief ausgeschnittene Kleider zu tragen. Arme und Handgelenke wurden gerne gezeigt, und manche Kleider hatten so-

gar nur Ärmel bis zum Ellenbogen. Dazu trug ich lange, sorgfältig ausgesuchte Handschuhe.
Anna frisierte mich auch. Sie legte mir Locken, die jeden Tag mit der Brennschere eingedreht werden mußten.
Auch Mab mußte sich einer Umschulung unterziehen. Ich glaube, es machte ihr Spaß, denn sie fing plötzlich an, sich zu brüsten, und sprach geringschätzig von den armen Dienstmädchen in Trystan Priory, die keine Ahnung hatten, was Mode war.
Langsam bekam ich das Gefühl, daß - wenn nicht die Sorgen wegen zu Hause gewesen wären und Bersaba hätte bei mir sein können - meine Reise nach London ein großes Abenteuer hätte sein können.
Auch Sir Gervaise tauchte ein paar Tage nach meiner Ankunft auf. Er war sehr freundlich und erkundigte sich mitfühlend nach meiner Familie. Er machte sich offensichtlich Sorgen, und ich dachte, er ist viel freundlicher als seine Frau, und fragte mich, ob er in seiner Ehe wohl glücklich war. Ich konnte mir vorstellen, daß Carlotta eine anspruchsvolle, aber nicht sehr liebevolle Ehefrau war. Natürlich bewunderte er ihre Schönheit, die man nicht übersehen konnte. Wenn ich mich im Spiegel betrachtete, mit meiner eleganten Lockenfrisur und meinen knochigen Handgelenken, dachte ich immer, was für ein Kontrast zu Carlottas eleganter Erscheinung. Auch sie schien es zu bemerken, denn sie betrachtete mich immer mit großer Genugtuung.
Ich fing also an, mich etwas glücklicher zu fühlen. Senaras Zuversicht, alles würde wieder gut, und Sir Gervaise' Freundlichkeit waren mir eine große Hilfe.
Jeden Tag hoffte ich auf eine Nachricht von zu Hause, aber Senara sagte: »Es ist noch zu früh. Deine Mutter wird dich erst benachrichtigen, wenn sie sicher ist, daß die Krise vorbei ist. Ich verspreche dir, daß es so sein wird. Und vergiß nicht, der Bote braucht auch seine Zeit.«
Sir Gervaise erzählte mir, er kenne einige Leute, die die Pokken überstanden hatten. Sorgfältige Pflege, falls die Krankheit rechtzeitig erkannt worden sei, sollen Wunder wirken.
Alle taten, was sie konnten, um mich aufzumuntern, und ich ergab mich in mein Schicksal und vertraute ihrer Überzeugung.

Ich träumte von Bersaba. Es war, als wäre sie bei mir und lachte über meine Aufmachung und meine Scheu Carlotta gegenüber. Es war, als injizierte sie mir ihre Kraft. Manchmal dachte ich, wir seien ein und dieselbe Person, und ich glaubte, daß auch sie in diesem Moment in ihrem Krankenbett an mich dachte. So, als ob ein Teil von mir in ihrem Krankenbett läge und ein Teil von ihr hier bei mir wäre und etwas über Mode und die Londoner Gesellschaft lernte.
Ich liebte es, Sir Gervaise zuzuhören. Und er wußte, daß ich interessiert war, und schien sich darüber zu freuen, wenn ich ihm aufmerksam zuhörte.
Er erzählte mir, daß er sich Sorgen um unser Land machte. Der König schien nicht zu bemerken, daß er immer unpopulärer wurde, und die Königin tat auch nichts, um dem abzuhelfen.
»Die Leute hier trauen ihr nicht, weil sie Katholikin ist, und sie tut, was sie kann, um den Katholizismus im Land zu verbreiten. Nicht, daß ihr das gelingen würde; die Leute lehnen den Katholizismus ab. Seit dem Regime der Bloody Mary sind wir dagegen.«
Ich fragte ihn über den König aus, und er erzählte: »Er ist ein Mann mit großem Charme, gut aussehend - obwohl er von kleiner Statur ist -, mit perfekten Manieren. Aber er wird nie populär werden bei seinen Leuten. Er ist dem Volk fremd. Sie verstehen ihn nicht, und er versteht sie nicht. Er ist stolz und außerdem überzeugt, daß Gott es ist, der Könige auf den Thron setzt, und daß sein Recht, ihn zu behalten, unantastbar ist. Ich fürchte, es wird Unannehmlichkeiten geben, für ihn und für unser Land.« Er sah mich an und lächelte: »Ich ermüde Euch, verzeiht mir!«
»Das tut Ihr nicht«, versicherte ich ihm. »Ich möchte gerne wissen, was bei Hof geschieht.«
Nach und nach begann ich zu verstehen, was er damit meinte. Mit meiner eigentlichen Erziehung wurde am nächsten Tag begonnen. Carlotta nahm mich mit nach London, um Spitzen und andere Kleinigkeiten, wie Bänder, Handschuhe und Fächer, zu kaufen. In großartiger Aufmachung fuhren wir also los in die Stadt. Sir Gervaise war ein reicher und einflußreicher Gentleman und besaß eine Kutsche. Und da Carlotta die Fähigkeit hatte, ihm alles aus der Nase zu ziehen, konnte sie ihn auch dazu überreden, sie uns zu

überlassen. Die Kutsche war gut gepolstert und geräumig und hatte hinten und vorne je zwei Sitze und ein Fenster mit Samtvorhängen, die man zuziehen konnte, wenn man keine Lust auf die Szenerie der Straße hatte. Auf der Tür war Sir Gervaise' Familienwappen angebracht. Vor das Kupee waren zwei edle weiße Pferde gespannt. Der Kutscher glänzte in der Pondersby-Livree, ebenso der Lakai, der hinten auf der Kutsche stand.

So stattlich machten wir uns auf den Weg, und als wir uns der Stadt näherten, wurde die Atmosphäre immer geschäftiger und aufgeregter. Es gab Leute zu Pferde und Leute zu Fuß. Alle benahmen sich so, als wären ihre Geschäfte von äußerster Dringlichkeit. Zum erstenmal sah ich eine dieser neuen Mietkutschen, die man für kurze Strecken mieten konnte. Ein Fuhrmann ratterte mit seinem Wagen an uns vorbei, wendete mit viel Geschrei und fuhr in den Hof eines Gasthofes. Auf dem Fluß gab es so viele Barken und andere Schiffe, daß man kaum das Wasser sehen konnte. Überall schienen Leute zu schreien, sich etwas zuzurufen, Witze zu erzählen, zu streiten oder zu handeln. Ich sah Herren und Damen in den ausgefallensten Kostümen. Die weitausgeschnittenen Kleider der Damen erschienen mir höchst unzüchtig. Zu Hause waren wir eben, was die Mode betraf, zwanzig Jahre zurück. Die Herren erstaunten mich noch mehr als die Damen. Sie trugen weiße Schärpen, und ihre Strumpfbänder hatten oberhalb des Knies große Schleifen an den Seiten. Auch auf ihren Schuhen prangten Schnallen und Rosetten.

Diese aufwendige Kleidung war allerdings nicht die Regel – es gab auch Bettler in Lumpen und einfache Bürger, die sich durch ihre schlichten, dunklen Gewänder sehr von der Pracht der zuvor Beschriebenen unterschieden. Männer in Stoffwämsen und dunklen Beinkleidern, mit schneeweißen Krägen und hohen Hüten ohne Schmuck. Die Frauen trugen einfache graue Gewänder, weiße Schürzen und weiße Kappen oder einfache hohe Hüte, ähnlich denen ihrer Männer. Sie gehörten einer ganz anderen Gesellschaftsschicht an, es waren Bürger, die schweigend ihrer Wege gingen und voller Verachtung für diejenigen, die in ihren auffälligen Gewändern an ihnen vorbeirauschten.

Ich fragte Carlotta, wer diese Leute seien.

»Ach, das sind Puritaner«, sagte sie. »Sie halten es für Sünde, das Leben zu genießen. Schau doch, sie schneiden sogar ihre Haare kurz.«
Das hatte ich schon gesehen. Was für ein Kontrast zu der Haarpracht der anderen!
»Langes Haar ist so viel schmeichelhafter.«
»Auf dem Land gibt es diesen krassen Unterschied nicht.«
»Das wird schon noch kommen. Die Mode erreicht euch auch noch, selbst in einem so abgelegenen Winkel wie Cornwall.«
Ich mochte diesen Ton nicht, wenn sie von meinem Zuhause sprach, sagte also nichts mehr und wandte meine Aufmerksamkeit wieder meiner Umgebung zu.
Solche Damen hatte ich noch nie gesehen! Ihre Gesichter waren ganz bunt, was nicht natürlich sein konnte, und viele von ihnen hatten schwarze Flecken beziehungsweise Schönheitspflästerchen im Gesicht. Zwei schienen sich zu streiten, denn plötzlich zog die eine die andere bei den Haaren, aber die Kutsche fuhr weiter, und ich konnte nicht mehr sehen, was aus der Affäre geworden ist.
Wenn wir anhielten, schauten Bettler zum Fenster herein und versprachen uns alles Heil auf Erden, falls wir ihnen ein bißchen Geld schenken würden, um wenigstens eine Brotrinde kaufen zu können. Carlotta warf ein paar Münzen hinaus, die über die Pflastersteine klapperten, und ein zerlumpter Junge, der höchstens fünf Jahre alt war, sprang vor und sammelte sie auf. Unter die Bettler kam Bewegung, aber die Kutsche fuhr schon wieder weiter.
Bei der St.-Paul's-Kathedrale stiegen wir aus, und Carlotta sagte dem Kutscher, er solle auf uns warten und gut auf die Kutsche aufpassen, während wir über St. Paul's Walk bummelten und einkauften.
Mit jeder Minute wuchs mein Erstaunen. Hier, auf der Hauptstraße, die zur Kathedrale führte, befand sich ein Markt, ein Treffpunkt für alle möglichen Leute.
Carlotta wollte, daß ich nahe bei ihr blieb, und ich begriff auch, warum. Wir wurden beobachtet, wenn wir vorbeigingen. Hie und da blieb eine der eleganten Damen bei Carlotta stehen und tauschte ein paar Worte mit ihr. Dabei stellte sie mich immer als ›Besuch vom Land‹ vor, worauf ich angelächelt und anschließend ignoriert wurde.

Es herrschte ein dichtes Gedränge, und neugierige Gesichter musterten uns. Alleine hätte ich Angst gehabt, aber die Promenade war hauptsächlich von Leuten wie wir bevölkert. Da es in den Läden Stoffe, Bänder und Schmuck der feinsten Qualität gab, waren die Kaufleute daran interessiert, eventuellen Kunden die Bettler vom Hals zu halten.
An den Säulen hingen Angebote für Arbeitsstellen aller Art. Darunter stand eine Frau mit gesenktem Blick und hielt ein Mädchen und einen Jungen an der Hand. Sie sahen alle erbarmungswürdig aus. Wahrscheinlich bot sie die Kinder als Diener für einen reichen Haushalt an. Und da war eine Frau mit einem bösen Gesicht, die auf einen jungen Dandy mit leuchtendrotem Umhang und goldenen Spitzen an seinen Beinkleidern einredete. Sie hatte ein sehr junges Mädchen bei sich, das ganz offensichtlich dem jungen Mann vorgeführt wurde. Selbst meine ländliche Unschuld konnte die Art dieses Handels erraten. Es war alles ziemlich erschreckend, aber aufregend. Der Ort schien sein eigenes Leben zu führen, wie ich es sonst noch nirgends erlebt hatte.
Carlotta verkündete plötzlich, sie könnte hier nicht finden, was sie sich vorgestellt hatte, wir würden jetzt zur New Exchange auf die Strand gehen. Wir bestiegen also wieder die Kutsche, aber es war nicht leicht, in dem Gedränge vorwärts zu kommen. Die Leute lachten über unser Fahrzeug, berührten es mit den Händen, schauten durch die Fenster und boten uns alle möglichen Waren an - von Silberketten bis zu seidenen Taschentüchern, von denen sicherlich etliche vor kurzem erst aus den Taschen unachtsamer Passanten geklaut worden waren.
Wir kamen zur New Exchange und stiegen an einer höher gelegenen Galerie aus, die von Läden gesäumt war, die Spitzen, Bänder, alle möglichen Stoffe, Puder, Rouge, Schönheitspflästerchen, Manschetten und Krägen, manche davon sehr fein mit Gold und Silber bestickt, zum Verkauf feilboten.
Carlotta machte ein paar Einkäufe, dann gingen wir zurück zur Kutsche.
Ich war fasziniert von der Strand und den großartigen Häusern dort, deren Gärten bis zum Fluß hinunter reichten, und war begeistert von den kleinen Gassen an den Kanälen.

Ich mußte zugeben, daß ich mir nie etwas Ähnliches erträumt hatte, und die Tatsache, daß hinter all der Großartigkeit etwas Bedrohliches lauerte, machte das Ganze nur attraktiver.
Wir hatten die Strand hinter uns gelassen und näherten uns Whitehall, als ich etwas Schreckliches entdeckte: Zwei Männer am Schandpfahl. Ich hatte das zwar schon öfter gesehen. Wir hatten auch einen Pranger im Dorf, an den Missetäter gefesselt wurden, um sie dem Spott der Passanten auszusetzen und damit sie ihre Fehler bereuten. Aber so etwas wie dies hier hatte ich noch nie gesehen.
Beide Männer trugen dunkle Gewänder, die sie als Puritaner auswiesen. Sie waren kaum noch zu erkennen. Ihre Gesichter waren voller Blut, das auch auf ihre Hände gespritzt war, die aus dem Schraubstock ragten.
Entsetzt starrte ich hin, und Carlotta folgte meinem Blick.
»Puritaner. Sie haben wohl Unruhe gestiftet.«
»Was für Unruhe?«
»Vielleicht haben sie gegen den König oder den Hof gehetzt. Sie versuchen immer wieder, jeden Sport und jedes Vergnügen zu vereiteln. Vielleicht haben sie sogar die Königin kritisiert und ihr vorgeworfen, sie würde heimlich den Katholizismus ins Land bringen.«
»Und dafür . . .?«
»Hat man ihnen die Ohren abgeschnitten.«
Wir hielten nicht an. Die Kutsche schaukelte uns über grüne Felder, durch freundliche Dörfer nach Kensington und Barnes, und schließlich erreichten wir Pondersby Hall. Für mich waren all die bunten Eindrücke überschattet von dem Anblick der Puritaner am Schandpfahl.
Langsam verstand ich, was Gervaise meinte, wenn er von dem allgemeinen Unbehagen sprach.

Carlotta war entzückt. In einem der noblen Häuser in der Nähe von Whitehall wurde ein Ball veranstaltet, und sie und Sir Gervaise hatten eine Einladung erhalten, die auch für Senara und den Gast vom Land galt.
»Man hat dich also nicht übersehen«, sagte Carlotta. »Wir sind in das Haus von Lord Mallard geladen, einem Vertrauten des Königs. Es ist anzunehmen, daß Seine Majestät auch anwesend sein wird.«

Wegen der Garderobe herrschte große Aufregung, und selbst Carlotta war weniger träge als sonst. Anna wurde mit Arbeit überhäuft. Im letzten Moment kamen wir darauf, daß die Spitze für Carlottas Kleid nicht reichte und daß wir noch Bänder für mein Kleid brauchten.
Wir mußten also noch mal mit der Kutsche nach London. Meine Gefühle waren etwas gemischt. Ich war nervös bei dem Gedanken an den Ball, Carlotta hatte mich wegen meines Mangels an gesellschaftlicher Gewandtheit ziemlich verunsichert. Außerdem hatte ich die beiden Puritaner am Pranger noch nicht vergessen. Den Gedanken allerdings, noch einmal in die Stadt fahren zu können, fand ich sehr aufregend.
Zeitig fuhren wir in der Pondersby-Kutsche los. Unten am Fluß war es noch neblig, und die Landschaft schien wie verzaubert. Auf den Bäumen lag ein leichter blauer Dunst, der mich in Verzückung versetzte. Ich war fröhlich gelaunt, solange ich die Ängste vergaß, die mich stets bedrückten.
Wir kamen zum St. Paul's Walk, und wieder war ich fasziniert von den Leuten dort. Ich lauschte einem Geldverleiher, von dem ein elegant gekleideter Galan sich etwas borgen wollte. Anschließend wurde meine Aufmerksamkeit auf einen Pferdehändler gelenkt, der einem Interessenten die Vorzüge seines Tieres erläuterte. Dann saß da noch ein Mann, der nach dem Diktat einer Frau mit verängstigten Augen einen Brief schrieb. Was für eine Tragödie sie wohl hierhergeführt hatte? Carlotta war mit dem Spitzenverkäufer beschäftigt und hatte sich innerhalb des Ladens etwas von mir entfernt. Als ich so alleine dastand, trat eine Frau auf mich zu, die einen verzweifelten Eindruck machte.
»Lady«, flüsterte sie heiser, »bitte, gebt mir was! Mein Mann ist tot, im Fluß ertrunken, als sein Boot kenterte. Ich habe sechs hungrige Kinder. Seit zwei Tagen ist kein einziger Bissen mehr über ihre Lippen gekommen. Ihr habt ein gütiges Gesicht. Ihr werdet mir etwas geben, das weiß ich.«
Ich wußte ganz genau, wenn ich mich abwandte, wie Carlotta es von mir verlangt hätte, würde ich nie im Leben dieses Gesicht vergessen können. Ich nahm also meinen Geldbeutel heraus, machte ihn auf - und in dem Moment schoß ein Junge auf mich los - er konnte keine zwölf Jahre alt gewesen sein - und entriß ihn mir.

Ich schrie, aber da war er bereits in der Menge verschwunden. Ich lief, ohne nachzudenken, hinter ihm her, sah ihn hin und wieder in der Menge auftauchen, rannte und rief ihm nach: »Komm zurück! Gib mir meine Geldbörse wieder!«
Die vielen Menschen behinderten den Dieb genauso wie mich, aber ich hatte ihn immer noch im Blickfeld, bis er plötzlich abbog und eine enge Gasse entlanglief.
Ohne darüber nachzudenken, rannte ich ihm nach. Er verschwand um eine Ecke, ich hinter ihm her, aber er war bereits um die nächste Ecke verschwunden, und ich konnte ihn nicht mehr sehen. Ratlos blieb ich stehen, als plötzlich zwei Männer auf mich zukamen. Ich erstarrte vor Entsetzen. Sie sahen wenig vertrauenswürdig aus. Das unfrisierte Haar fiel ihnen ins Gesicht, Fetzen hingen an ihnen herunter, und durch die Löcher konnte man die schmutzige Haut sehen. Ihr Lachen wirkte schauerlich.
Ich drehte mich um und wollte weglaufen, aber es war schon zu spät. Gleichzeitig wurde mir bewußt, daß ich keine Ahnung hatte, wo ich mich befand.
Die Kerle nahmen mich in die Mitte - ihre lüsternen Visagen ganz nah an meinem Gesicht. Der eine riß an der Kette, die ich um den Hals trug und die mir meine Mutter geschenkt hatte, und ich protestierte laut. Da hielten sie meine Arme fest, und ich begann lauthals zu schreien.
»Du bist gefangen, meine Hübsche«, sagte der eine. Ich roch seinen faulen Atem und sah seine häßlichen Zahnlücken.
»Laßt mich los! Laßt mich sofort los!« schrie ich wild.
»Noch nicht«, sagte der andere, und zusammen zerrten sie mich zur Tür eines Hauses, das ich zuvor nicht bemerkt hatte.
Ich begann zu beten. Nie im Leben hatte ich so viel Angst ausgestanden. Ich wußte, diese Männer würden mir Schlimmes antun, mich vielleicht sogar töten. Alles war so plötzlich geschehen. Vor einem Augenblick noch hatte ich nur an Spitzen und Bänder, Briefschreiber und Geldverleiher gedacht, und jetzt war ich gefangen. Selbst in diesem Augenblick mußte ich an meine Mutter denken und was sie sagen würde, wenn sie davon wüßte.
Plötzlich hörte ich laute Rufe von hinten: »Hände weg, ihr Schurken, oder ihr werdet es bereuen!«

Ein Mann kam die Gasse entlanggelaufen. Ich sah ihn nur flüchtig, aber ich schrie auf vor Erleichterung. Er hatte etwas Vertrauenswürdiges an sich, war elegant gekleidet, aber nicht stutzerhaft, und schwang ein Schwert in der Hand, dessen Schneide bedrohlich glänzte. Augenblicklich besannen sich die beiden Gauner eines Besseren, ließen mich los und rannten davon.
Ich zitterte am ganzen Körper, als ich stammelte: »O danke . . . ich danke Euch!«
»Ich habe alles gesehen«, sagte er, »wie der Junge Euch die Geldbörse entriß und Ihr versucht habt, ihn zu fangen.«
»Ich bin Euch unendlich dankbar!«
»Ihr seid wohl noch nicht lange in London. Erlaubt mir, Euch aus diesem Viertel hinauszubegleiten. Es ist nicht gut, sich hier aufzuhalten.«
Er steckte sein Schwert zurück in die Scheide, nahm meinen Arm und führte mich die Gasse, die ich gekommen war, zurück.
»Es war unklug, dem Jungen nachzulaufen.«
»Aber er hatte meine Geldbörse gestohlen.«
»Es war genauso unklug von Euch, Eure Geldbörse zu ziehen.«
»Aber die Frau hatte sechs hungrige Kinder.«
»Das bezweifle ich. Sie ist eine professionelle Betrügerin. Morgen wird sie einen sterbenden Mann oder eine sterbende Mutter haben. Sie erfinden immer neue Geschichten.«
»Jetzt verstehe ich, aber ich hatte ihr geglaubt.«
»Nächstes Mal werdet Ihr etwas vorsichtiger sein. Würdet Ihr mir Euren Namen nennen?«
Ich sagte ihm, wie ich hieß, und daß ich in Pondersby Hall wohnte.
»Ich habe vor einiger Zeit Sir Gervaise' Bekanntschaft gemacht«, erzählte er mir. »Ich bin Richard Tolworthy, Soldat in der Armee des Königs.«
»Ich möchte mich noch einmal bei Euch bedanken, Sir! Nie in meinem Leben habe ich so viel Angst ausgestanden.«
»Laßt es Euch eine Lektion sein!«
»Wenn Ihr nicht alles gesehen . . . wenn Ihr nicht gekommen wärt . . .«

»Ich war da, und es war eine Selbstverständlichkeit. Wohin möchtet Ihr?«
»Ich habe Lady Pondersby am Paul's Walk verlassen. Sie wollte dort Spitzen kaufen. Wir sind mit der Kutsche von Pondersby Hall in die Stadt gekommen.«
»Dann werde ich Euch zum Paul's Walk zurückbringen, und wir werden Lady Pondersby finden.«
Wir waren gleich da. Carlotta war immer noch mit ihren Einkäufen beschäftigt und sah sich gerade nach mir um. Da erblickte sie mich mit meinem Retter.
»Was ist los?« rief sie aus.
»Etwas Schreckliches ist passiert«, antwortete ich. »Ich habe meine Geldtasche verloren, ein Junge hat sie mir aus der Hand gerissen. Ich bin ihm natürlich nachgelaufen, und da waren zwei Männer . . . Dieser Herr kam mir zu Hilfe.«
Carlotta sah Richard Tolworthy groß an, und ich bemerkte eifersüchtig, daß er ihre Schönheit bewunderte.
Er verbeugte sich und sagte: »Richard Tolworthy, zu Euren Diensten, M'am.«
»Es sieht wirklich so aus, als hättet Ihr uns einen Dienst erwiesen«, lachte sie. »Mistress Landor ist erst vor kurzem vom Lande gekommen.«
»Das nahm ich an«, antwortete er.
Plötzlich fühlte ich mich ausgepumpt und traurig, Carlotta fuhr fort: »Nachdem Mistress Landor mich scheinbar nicht vorstellen will - ich bin Lady Pondersby, die Gattin von Sir Gervaise.«
»Ich hatte bereits das Vergnügen, seine Bekanntschaft zu machen. Darf ich Euch zu Eurer Kutsche begleiten?«
»Vielen Dank! Wie ich sehe, hat Miß Landor von dem Abenteuer einen Schock davongetragen.«
»Das fürchte ich auch«, sagte er und warf mir einen flüchtigen Blick zu. »Wenigstens weiß sie jetzt, wie man so ein Erlebnis vermeidet, sollte es sich - was Gott verhüte - wieder einmal zutragen.«
»Schrecklich, wenn Ihr nicht dagewesen wärt. Das hätte ich mir nie verziehen!« meinte Carlotta. »Hier ist die Kutsche. Kann ich Euch irgendwo absetzen?«
»Vielen Dank. Ich habe Geschäfte am Paul's Walk.«
Er half uns beiden in die Kutsche, trat zurück und verbeugte sich.

Als wir anfuhren, sagte Carlotta: »Na, du hast wohl ein kleines Abenteuer gehabt?«
»Ich war halb tot vor Entsetzen, ehe er auftauchte.«
»Das kann ich mir denken. Zwei Männer, hast du gesagt? Mit bösen Absichten? Raub und Vergewaltigung, nehme ich an. Heute morgen hast du etwas mehr über London gelernt. Behalte es gut in Erinnerung.«
Es war charakteristisch für Carlotta, daß sie den Zwischenfall als ein Resultat meiner Dummheit und nicht ihrer Nachlässigkeit abtat und dadurch das Gefühl dummer Unwissenheit in mir verstärkte.
Aber sie war offensichtlich an meinem Retter interessiert.
»Ich habe seinen Namen schon einmal gehört«, sagte sie. »Ich glaube, er ist einer der Generäle des Königs.«
»Er sagte, er sei Soldat.«
»Ja, einer mit einem hohen Dienstgrad. Das sah man. Immerhin war es sehr galant, einzugreifen, findest du nicht?«
»Ja, das war es.«
Sie lehnte sich in die Polster der Kutsche zurück.
»Was habe ich nur wieder über ihn gehört? Irgend etwas, das mir gefiel. Ich glaube, da ist eine geheimnisvolle Geschichte im Umlauf, die Tolworthy betrifft. Ich muß Gervaise fragen.«
Lächelnd schloß sie ihre Augen. Sie schien tatsächlich von Richard Tolworthy fasziniert.
Der entsetzliche Augenblick, in dem diese beiden Männer vor mir aufgetaucht waren und mir ihre scheußlichen Absichten klar wurden, ging mir nicht aus dem Sinn. Ich konnte mir nicht vorstellen, was mir alles passiert wäre, wäre Richard Tolworthy nicht auf der Bildfläche erschienen. Meine Phantasie reichte dazu nicht aus.
Aber er ist gekommen! Ich kann mich noch an gewisse Dinge erinnern. Er hatte ein hartes Gesicht, aber eindrucksvoll - fast kalt. Ich nehme an, er verachtete mich, weil ich so dumm in die Falle getappt war. Ich hatte meine Geldtasche verloren, aber zum Glück war sehr wenig darin gewesen. Ich würde in Zukunft aufpassen, daß so etwas nicht mehr vorkam. Vielleicht war das Erlebnis schon deshalb den Preis wert, den ich mit meiner Angst gezahlt hatte.
Tolworthy war groß, seine Haut gebräunt, und so nahm ich an, daß er für den König in fremden Ländern gekämpft

hatte. Ich fragte mich, ob ich ihn wohl je wiedersehen würde, und fühlte eine gewisse Erregung, da dies gar nicht so unwahrscheinlich schien. Wahrscheinlich bewegte auch er sich in Hofkreisen. Ob er mich wohl beachten würde? Carlotta hatte ihm deutlich gezeigt, für wie dumm sie mich hielt. Zuvor war er nett und verständnisvoll gewesen.
Als wir in Pondersby Hall ankamen, wurden alle Gedanken an diesen Mann und mein Erlebnis verdrängt, denn ich fand einen Brief meiner Mutter vor. Sofort rannte ich damit in mein Zimmer; ich hätte es nicht ertragen, ihn unter Carlottas prüfendem Blick zu lesen.
Meine Finger zitterten, als ich ihn öffnete. Die Angst vor dem, was ich eventuell lesen könnte, machte es mir im ersten Augenblick unmöglich, die Worte zu entziffern - sie tanzten vor meinen Augen.

»Meine liebste Angelet,
ich beeile mich, Dir die gute Nachricht zu übermitteln. Bersaba ist noch sehr schwach, aber . . .«

Der Brief entglitt mir, ich vergrub mein Gesicht in den Händen und begann zu weinen, wie ich noch nie geweint hatte. Tränen der Erleichterung, Tränen der Freude. Das Leben hatte wieder einen Sinn.

Senara kam und setzte sich zu mir. Auch sie weinte ein bißchen. Wir saßen nebeneinander und hielten uns an den Händen. In diesem Moment liebte ich sie, weil sie meiner Mutter wirklich zugetan war.
Immer wieder sagte sie: »Gott sei Dank! Gott sei Dank! Es hätte Tamsyn umgebracht. Das ist nur ihrer guten Pflege zu verdanken, darauf kannst du dich verlassen. Die Liebe der Mutter hat der fürchterlichen Krankheit getrotzt. Tamsyn ist eine der wenigen wirklich guten Frauen dieser Welt.«
Sie legte ihre Arme um mich und hielt mich fest.
»Hab' ich es dir nicht gesagt?«
»Ja, das hast du!« Aber ich dachte, sie ist doch eine Hexe.
Mab war überglücklich.
»Ich hatte nie daran geglaubt, daß Miß Bersaba sterben würde«, sagte sie. »Dafür ist sie viel zu schlau.«
Über diese Beobachtung mußte ich lachen. Ein Lachen, ge-

boren aus Erleichterung und Glück, weil die große schwarze Wolke endlich verschwunden und der Himmel wieder blau war.
»Jetzt kannst du aufhören, dich zu grämen, und anfangen, dich für alles zu interessieren«, sagte Carlotta. »Es war schlimm, zu sehen, wie du kaum etwas wahrnahmst von dem, was ich dir bieten wollte.«
Jetzt lachte ich auch über sie, und es war das gleiche glückliche Lachen.
Beim Abendessen erzählte Carlotta Sir Gervaise von meinem Abenteuer.
Er war zutiefst erschrocken.
»Meine liebe Angelet, das war das Dümmste, was Ihr tun konntet.«
»Das weiß ich jetzt auch, aber er hatte meine Geldbörse.«
»Ihr hättet weitaus mehr verlieren können!«
»Ein Glück, daß Richard Tolworthy aufgetaucht ist, Gervaise«, sagte Carlotta. »Du mußt ihn kennen. Was weißt du von ihm?«
»Er ist ein guter Soldat. Er hat in verschiedenen Feldzügen viel Erfolg gehabt.«
»Ich meine . . . persönlich«, sagte Carlotta mit einer Spur von Ungeduld.
Nachdenklich blickte er vor sich auf den Tisch. »Ja, da war noch etwas. Aber ich kann mich nicht mehr genau daran erinnern.«
»Bitte, versuch nachzudenken.«
»Ich weiß nicht. Ein etwas ungeselliger Bursche, wenn ich mich recht erinnere. Er geht nicht sehr viel in Gesellschaft. Seinem Beruf ergeben, natürlich, weil er ihn ausfüllt. Hat seine Frau verloren . . .«
»Er war verheiratet?« fragte ich.
»Ich glaube, ja.«
»Wie hätte er sonst seine Frau verlieren können«, bemerkte Carlotta leicht irritiert.
»Ich bin mir nicht ganz sicher. Vielleicht ist das auch anders. Immerhin, es war gut, daß er zur rechten Zeit zur Stelle war. Wer weiß, was Angelet sonst zugestoßen wäre.«
Nachts lag ich noch lange wach und dachte an die Freude, die zu Hause herrschen mußte. Bersaba war nicht länger in Lebensgefahr, aber noch sehr schwach. Das würde sie auch

noch lange sein, aber das war nicht schlimm. Meine Mutter würde sie schon wieder auf die Beine bringen, und wenn ich wieder nach Hause käme, würde sie dasein.
Endlich schlief ich ein und träumte davon, zu Hause zu sein: Bersaba und ich saßen in der Halle, und ein Mann kam herein. Er verbeugte sich, und ich sagte: »Das ist Bersaba, der meine Mutter das Leben gerettet hat, und das ist Richard Tolworthy, dem ich mein Leben verdanke.«
Er setzte sich zwischen uns, und wir waren sehr glücklich. Ich erwachte sehr ungern aus diesem Traum.

Die Verlobung

Ich vergaß das unangenehme Abenteuer und dachte nur an die aufregenden Dinge, die auf uns zukamen. Jetzt konnte ich mir - ohne die schreckliche Vorstellung, daß ich vielleicht nie mehr dazu in der Lage sein würde - sagen, das werde ich Bersaba erzählen. In anderen Worten, ich konnte endlich wieder sorglos glücklich sein und mich auf den Ball bei Mallards freuen. Ich bekam ein ganz besonders schönes Ballkleid, das Sir Gervaise mir schenkte. Es sollte mir helfen, allen Kummer der letzten Zeit endgültig zu vergessen. Er wollte, daß ich endlich glücklich sei.
»Gervaise möchte nicht, daß du bei dem Ball wie eine graue Feldmaus aussiehst«, sagte Carlotta und versuchte, wie üblich, meine Freude zu dämpfen. Geistesgegenwärtig antwortete ich, ich hätte den Eindruck, Sir Gervaise wolle nur nett zu mir sein.
Sie zuckte mit den Achseln. Das wichtigste waren die Ballroben. Meine sollte ein rosa Seidenleibchen bekommen und einen goldbestickten Rock über einem cremefarbenen Unterkleid. Selbstverständlich tief dekolletiert, um meinen langen Hals zu betonen, der - wie sogar Carlotta zugab - graziös und anmutig war. Aber mein unterentwickelter Busen mußte etwas kaschiert werden.
Anna, die die Kleider nähte, flüsterte mir zu, daß das, was Carlotta so geringschätzig abtat, nämlich meine jugendliche Unbefangenheit, auf viele einen großen Reiz haben würde. Ich sollte mir deswegen keine grauen Haare wachsen lassen.

»Viele ältere Damen werden Euch darum beneiden«, beruhigte sie mich.
Während die Kleider ihrer Vollendung entgegenschritten, merkte ich, daß Anna an mir interessiert war. Sie kniete neben mir und ermutigte mich zu sprechen, sie wollte alles über Bersaba wissen.
»Ihr seht Euch so ähnlich, und doch seid Ihr verschieden.«
»Die meisten können uns nicht auseinanderhalten.«
»Ich glaube, ich könnte es.«
Dann erzählte ich ihr, wie Bersaba zur Hebamme geritten war, weil sie sich Sorgen wegen einer Dienerin gemacht hatte, die ein Baby bekam, das überfällig war.
»Ich erinnere mich, sie hat uns gewarnt, daß im Dorf Gerüchte über meine Herrin im Umlauf waren ... und doch ...« Anna zögerte, und ich sah sie erwartungsvoll an. Sie sagte: »Ich hatte geglaubt, daß Miß Bersaba meine Herrin nicht mochte. Und doch hat sie sie gewarnt.«
»Natürlich hat sie sie gewarnt. Der Pöbel kann schrecklich sein! Ich habe einmal gesehen, wie sie eine Hexe aufgeknüpft haben. Das ist etwas Unheimliches! Ganz gewöhnliche Menschen werden plötzlich grausam, wenn sie sich zusammenrotten, und was sie als Gerechtigkeit bezeichnen, ist purer Wahnsinn.«
»Eure Schwester ist eine seltsame junge Dame.«
»Oh, ich kenne sie. Ich verstehe sie. Manchmal habe ich das Gefühl, wir sind ein und dieselbe Person; denn es sieht so aus, als hätte die Natur alle menschlichen Eigenschaften zwischen uns aufgeteilt und der einen nur die guten, der anderen nichts als die schlechten mitgegeben. Bersaba ist so viel klüger als ich. Ich wäre nicht auf die Idee gekommen, zur Hebamme zu laufen, obwohl ich auch gewußt habe, daß das Baby überfällig war. Wahrscheinlich bin ich gedankenlos und mache mir weniger Sorgen um meine Mitmenschen.«
»Ich glaube, Ihr habt sehr viel bekommen, Miß Angelet«, sagte Anna. »Es ist nicht wahr, daß Eure Schwester alle guten Eigenschaften hat. Es wäre falsch, so zu denken; denn wenn plötzlich etwas geschieht ...«
Ich sah sie scharf an, und sie fuhr fort: »Ich rede zuviel. Schaut Euch den Schnitt des Leibchens an.«

Ich war verwirrt. Von ihren Worten ebenso wie von ihrem Verhalten. Es war, als wolle sie mir eine Warnung zukommen lassen. Vor Bersaba? Was für ein Unsinn!
Aber sie schien mich gern zu haben und mich beschützen zu wollen. Langsam bekam ich das Gefühl, liebe Freunde um mich zu haben. Senara tat alles, um mich glücklich zu machen, meiner Mutter zuliebe. Aber bald würde sie nach Spanien zurückkehren. Sie sagte mir immer wieder, wie glücklich sie über die Genesung meiner Schwester sei, und wenn Bersaba gestorben wäre, wäre sie mit mir zurückgegangen, um meiner Mutter beizustehen. Jetzt war alles wieder gut, Bersaba mußte nur wieder zu Kräften kommen, und ich hatte den Eindruck, daß nun, da die Gefahr einer Infektion gebannt war, ich bald wieder zurückgehen durfte.
Die Ballnacht kam, und ich war entzückt, als ich mich in dem zauberhaftesten Kleid, das ich je besessen hatte, erblickte. Anna kam in mein Zimmer, um sich zu vergewissern, daß Mab alles richtig gemacht hatte. Sie flüsterte mir zu, daß sie gerne selbst meine Frisur gemacht hätte, aber ihre Herrin hätte sie voll in Anspruch genommen. Begeistert betrachtete sie mein Kleid und sagte, es stünde mir ausgezeichnet. Mit meinem Haar dagegen war sie nicht ganz einverstanden. Sie würde versuchen, Zeit zu finden, um es so zu frisieren, wie es sich gehörte. Sie kam auch und kämmte meine Stirnlocken anders und steckte mein langes dichtes Haar hoch.
Die Residenz der Mallards war ein großes Gebäude, mit einem Garten, der bis hinunter zum Fluß reichte. Unsere Gastgeber empfingen uns und warfen mir neugierige Blicke zu, bevor wir weitergereicht wurden. Viele Leute scharten sich um Sir Gervaise und Carlotta, die sehr bekannt zu sein schienen, und ich wurde einem jungen Mann vorgestellt, der äußerst sonderbar angezogen war. Er trug Beinkleider aus Satin, die aussahen wie der Blasebalg, den wir daheim benutzen, um das Feuer im Kamin anzufachen. Innerlich mußte ich über meinen Vergleich lachen. Was würde er nur dazu sagen? Seine Beinkleider aus blauem Satin waren am Knie von bunten Bändern zusammengehalten.
Er tanzte etwas ungelenk, und ich fürchtete, nicht im Schritt zu bleiben, was ihn zu erstaunen schien. Deshalb war ich erleichtert, als die Musik abrupt verstummte und

sich plötzlich Schweigen über den Ballsaal breitete. Dies kündigte die Ankunft des Königs und der Königin an. Die Gäste traten zur Seite und bildeten ein Spalier, durch das die königlichen Herrschaften schritten. Ich hatte das Privileg, aus nächster Nähe einen Blick auf die königlichen Hoheiten werfen zu können. Der König sah zweifellos gut aus, hatte feingeschnittene Züge, einen gestutzten Bart, und sein Haar fiel ihm in Locken auf die Schultern. Er sah freundlich aus, aber streng, und obwohl er nicht von imposanter Statur war, strahlte er so viel Würde aus, daß ich ihn in jeder Gesellschaft als den König erkannt hätte. Die Königin faszinierte vor allem durch ihre Vitalität, die sie mit ihren Bewegungen und ihrem Lächeln zum Ausdruck brachte. Sie war beileibe nicht hübsch zu nennen. Ihre Nase war zu lang, und ihre großen Zähne standen hervor. Aber ihre lebhaften Augen nahmen alle gefangen.

Ich war zutiefst beeindruckt, als sie an mir vorüberschritten und ich meinen Hofknicks machte, den Carlotta mir beigebracht hatte.

Mein langweiliger Galan hatte zweifellos die Gelegenheit ergriffen, sich eine intelligentere Partnerin zu suchen, und während ich ziemlich verloren herumstand und nach Senara und Sir Gervaise Ausschau hielt, hörte ich eine Stimme: »Wir treffen uns also wieder.« Und vor mir stand der Mann, der mich vor den Schurken gerettet hatte.

Mir stieg die Röte in die Wangen vor Freude, und ich verspürte eine prickelnde Erregung. »Ich hatte das Gefühl, daß wir uns bald wiedersehen würden«, fuhr er fort.

»Ich hoffe, ich habe mich hinreichend bei Euch bedankt.«

»O ja, das habt Ihr. Eure Dankbarkeit war nicht zu übersehen. Möchtet Ihr gerne tanzen?«

»Ich tanze gerne, aber ich habe nicht viel Erfahrung mit den Tänzen bei Hof.«

»Um die Wahrheit zu gestehen, ich auch nicht. Ich kann Euch nur mit Tänzen aus der Provinz dienen. Meiner Meinung nach beinhalten sie auch mehr Sinn. Mehr jedenfalls als die hier im Ballsaal. Was möchten Sie also tanzen: *Leap Candle, Salengers Round* oder *Barley Break* und *John Come Kiss Me.*«

Ich mußte lachen. »Die liebe ich! Die tanzen wir zu Weihnachten oder wenn wir die Ernte eingebracht haben. Und

dann bauen wir Kornmänner, damit die nächste Ernte gut ausfällt.«
»Ihr macht mich neidisch auf die Freuden des Landlebens. Ich sage Euch, was wir jetzt tun werden: Wir gehen in den Garten. Dort werden wir sicherlich eine Bank finden, auf der wir uns unterhalten können. Möchtet Ihr das?«
»Mit Vergnügen.«
»Dann kommt, wir verschwinden heimlich.«
Er bahnte uns einen Weg nach draußen. Die frische Luft war wunderbar; glücklicherweise war es ein milder Abend. Der Garten war wunderschön, und man hörte das Plätschern des Wassers gegen die Steinstufen am Ufer des Flusses.
Er fand eine Bank, in einer Art Laube, mit Blick auf den Fluß. Das Spalier bot uns Schutz vor dem Abendwind.
»Erzählt mir vom Land«, sagte er. Also erzählte ich ihm von daheim und wie ich, wegen Bersabas Krankheit, nach London gekommen war.
Er gab seiner Erleichterung über ihre Genesung Ausdruck und fragte, ob ich bald wieder zurück müßte.
»Das nehme ich an«, war meine Antwort.
Er überlegte, daß meine Schwester nach der schweren Krankheit eine lange Rekonvaleszenzzeit benötigen würde. Er war sogar davon überzeugt, weil er, wie er sagte, einen Freund hatte, der auch das große Glück gehabt hatte, von dieser Krankheit geheilt worden zu sein. »Glaubt mir, das ist großes Glück und kommt sehr selten vor. Mein Freund hatte schon geglaubt, mit einem Fuß im Grabe zu stehen, und betrachtet es als ein Wunder, daß er noch lebt.«
Ich erschauerte, und er fragte mich, ob ich friere.
»Nein, ich habe nur daran gedacht, wie ein Leben ohne meine Schwester wäre.«
»Ihr seid Zwillingsschwestern? Sagt mir, sieht sie Euch ähnlich?«
»So sehr, daß meine Mutter die einzige ist, die uns jederzeit auseinanderzuhalten vermag.«
»Eure Schwester sieht aus wie Ihr? Sie spricht wie Ihr? Denkt sie auch wie Ihr?«
»Nun, das ist der Unterschied, und der ist groß. Sie ist viel klüger als ich. Sie hat immer meine Rechenaufgaben gemacht und meine Aufsätze geschrieben. Ich allerdings habe

ihre Handarbeit gemacht. Das ist ungefähr das einzige, was ich besser kann als sie. Jetzt wißt Ihr alles über uns.«
»Nicht alles. Ich muß gestehen, ich bin sehr neugierig.«
Noch nie war ich so glücklich gewesen, seit ich von zu Hause weg war. Plötzlich hatte ich das Gefühl, die Welt sei neu und aufregend. Ein Wunder war geschehen. Bersaba war dem Tod von der Schippe gesprungen und würde bald wieder gesund und kräftig sein. Und ich saß hier in London, in einem bezaubernden Garten, und unterhielt mich mit einem königlichen General - einem bedeutenden Mann, der sich für mich zu interessieren schien und mich besser kennenlernen wollte.
Ohne mein schreckliches Erlebnis wäre ich ihm nie begegnet. Ohne Bersabas Krankheit und ihre glückliche Genesung wäre ich nie in solche Stimmung geraten. Es schien, daß jede noch so schlimme Erfahrung am Ende ihr Gutes hatte.
»Wir sprechen so viel über mich, warum erzählt Ihr mir nicht zur Abwechslung etwas über Euch?«
»Sagt, was Ihr zu wissen wünscht.«
»Ihr seid Soldat, Ihr müßt viel erlebt haben. Vielleicht sogar in fremden Ländern?«
»O ja, ich habe auch in Übersee Dienst getan. Nachdem ich meinen Abschluß in Cambridge gemacht hatte, bin ich in die Armee eingetreten. Das ist Tradition in unserer Familie. Mein Vater schickte mich in die Niederlande, um das Kriegshandwerk zu erlernen. Später habe ich dann in Frankreich und Spanien gekämpft.«
»Und im Augenblick ist Frieden für Euch?«
»Ein Soldat muß immer abrufbereit sein.«
»Geht Ihr bald wieder ins Ausland?«
»Nicht, solange es nicht nötig ist.«
»Jetzt bildet Ihr also Eure Männer aus und haltet Euch bereit. Lebt Ihr auf dem Lande?«
»Gleich außerhalb von London. Wir haben Besitzungen im Norden, die von meinem jüngeren Bruder verwaltet werden. Er ist kein Soldat. Ich wohne in Far Flamstead, westlich von Hampton. Aber ich habe natürlich auch eine Stadtwohnung.«
»Wie Sir Gervaise?«
»Ja, er ist auch am Hof, da braucht er das.«

»Euer Besitz ist ein altes Herrenhaus?«
»Nein, das kann man nicht sagen. Es ist erst im letzten Jahrhundert erbaut worden.«
»Und wenn Ihr Zeit habt, Euch des ländlichen Friedens zu erfreuen, geht Ihr dahin?«
Er schwieg plötzlich, und ich sah ihn aufmerksam an. Sein Gesicht schien auf einmal zu einer Maske erstarrt zu sein, und er sagte: »Ich habe nicht oft Gelegenheit dazu. Meine Pflichten fesseln mich an die Stadt.«
Mir fiel ein, daß Gervaise gesagt hatte, es gäbe irgendwelche Gerüchte um ihn, an die er sich im Augenblick nicht erinnerte und daß der General seine Frau verloren hätte.
Ich konnte ihm natürlich keine Fragen stellen. Die freudige Stimmung war verflogen, die Ungezwungenheit verschwunden. Er schien sich in ein Geheimnis zu hüllen.
Ich erzählte von zu Hause und von Schloß Paling, obwohl ich lieber etwas über ihn erfahren hätte, aber er ermutigte mich und zeigte großes Interesse an meiner Vergangenheit. Wahrscheinlich, weil er nicht über sich selbst sprechen wollte.
Plötzlich hörten wir Schritte, und ein Herr und eine Dame kamen vorbei, die ihn offensichtlich kannten, denn der Herr sprach ihn mit seinem Namen an.
Sie wurden mir als Luke Longridge und dessen Schwester Ella vorgestellt. Beide betrachteten mich mit unverhohlener Mißbilligung. Zum ersten Mal fragte ich mich, ob ich vielleicht die Etikette verletzt hatte, weil ich hier im Garten allein mit einem Mann war.
Die Longridges waren weit weniger elegant gekleidet als die meisten der Gesellschaft. Luke Longridge sagte, er würde sich gerne zu uns setzen; und das taten sie auch.
Eine Weile sprachen sie von Blumen und wie mild die Nacht war, und Luke Longridge meinte, der König hätte einen so heiteren Eindruck gemacht, als wäre er sich des Gewitters, das sich über ihm zusammenbraute, nicht bewußt.
»Man kann kaum erwarten, daß der König bei dieser Gelegenheit einen anderen Eindruck hinterläßt«, erwiderte der General.
»Die Königin ist leichtfertig wie immer«, fuhr Luke Longridge fort. »Ich sage Euch, sie hat nichts anderes im Kopf als seichte Vergnügungen. Abgesehen natürlich von ihrer ver-

haßten Religion, die sie unter dem Volk verbreiten möchte, was ihr nie gelingen wird.«

»Nein, das wird es nicht«, pflichtete ihm der General bei.

Ella Longridge antwortete heftig:

»Eine ganze Menge Leute werden das zu verhindern wissen!«

»Seine Majestät würde das nie gestatten. Er kennt die Wünsche seines Volkes«, antwortete der General.

»Seit Buckinghams Tod - Gott hab ihn selig - ist sie die erste Beraterin des Königs«, gab Luke Longridge zu bedenken.

»Das halte ich für übertrieben«, konterte der General.

»Er ist ihr fast kindlich ergeben. Nachdem er sie jahrelang ignoriert und die Ehe mit ihr gehaßt hatte, steht er jetzt unter ihrem Pantoffel und läßt sich an der Nase herumführen. Und wer hat ihm den Ring durch die Nase gezogen? Die frivole katholische Französin.«

»Der König ist glücklich in seiner Ehe, was ein gutes Beispiel ist«, meinte der General. »Ihr müßt zugeben, mein Freund, daß das sehr gut ist für unser Land. Es stimmt nicht, daß der König nur auf seine Frau hört. Seine Majestät hat großes Pflichtgefühl.«

»Haben wir deshalb so viele Unruhen im Land?« fragte Luke Longridge. »Die Leute werden sich das nicht bieten lassen, General. Gerüchte gehen um, das Land sei gespalten, und bei Gott, ich weiß, auf welcher Seite ich stehen werde . . . es wird nicht die des Königs sein.«

»Das ist Hochverrat, Longridge, nehmt Euch in acht!« warnte der General.

»Ich sage, was ich denke«, antwortete Longridge.

»Sei vorsichtig, Luke«, warnte jetzt auch seine Schwester.

Ich hätte den General am liebsten gebeten, auch vorsichtig zu sein, und sah ihn flehend an, aber er schien mich vergessen zu haben.

Luke Longridge brannte vor Leidenschaft. »Ich wünschte, ich könnte all dem ein Ende bereiten! Irgendwann wird es sowieso soweit kommen. Ein König, der ohne Parlament regiert!«

»Luke! Bitte!« flehte seine Schwester.

Plötzlich sah ich die beiden Männer am Schandpfahl vor mir. Eben noch hatte ich gedacht, dies wäre eine zauberhafte Nacht, und plötzlich war alles zu Ende. Ich hatte geträumt und war unsanft in die Wirklichkeit gerissen worden. Nichts war so, wie es mir erschien. Im Ballsaal huldigten die Untertanen ihrem heiteren König und seiner faszinierenden Frau, die nicht wußten, daß einige ihrer Leute, wie zum Beispiel Longridge, gegen sie hetzten. Oder wußten sie es doch? Was war mit den Männern am Pranger?

»Ihr habt den König beleidigt«, hörte ich General Tolworthy ausrufen, »und die königliche Armee! Dafür sollt Ihr mir Satisfaktion geben!«

»Ihr wißt ganz genau, daß ich nur die Wahrheit sage.«

»Ich weiß, daß Ihr den König und seine Armee beleidigt habt. Nennt mir einen Treffpunkt.«

»Ihr werdet von mir hören.« Luke Longridge verbeugte sich und schritt zurück zum Haus. Seine Schwester klammerte sich an seinen Arm.

»Es ist kühl geworden«, sagte der General. »Erlaubt mir, daß ich Euch zu Euren Freunden zurückbegleite.«

Eigensinnig blieb ich sitzen.

»Was soll das bedeuten? Ihr werdet Euch doch nicht schlagen wollen?«

»Er ließ mir keine Alternative.«

»Aber er hat doch nur seinen Standpunkt klargemacht.«

»Er hat die Krone beleidigt.«

»Aber das war doch nicht persönlich gemeint!«

»Meine liebe Miß Landor, ich bin General des Königs. Wer den König beleidigt, beleidigt auch mich.«

»Soll das heißen, es wird ein Duell geben?«

»Bitte, macht Euch keine Sorgen! Das ist eine ganz alltägliche Angelegenheit.«

»Die für einen tödlich enden wird.«

»Vielleicht. Vielleicht auch nicht.«

»Aber . . .«

»Kommt, es wird kühl.«

Er wollte nicht mehr darüber reden, und ich konnte nichts anderes tun, als ihm zu gestatten, mich ins Haus zu begleiten.

Er brachte mich zu Senara, die mit ein paar Leuten in ein Gespräch vertieft war, verbeugte sich und verschwand.

Ich war froh, als der Abend zu Ende ging, wir in der Kutsche saßen und niemand den Wunsch verspürte zu reden. Ich

mußte unentwegt an diesen dummen Streit denken, der für einen der beiden den Tod bedeuten konnte.
Wenn Richard Tolworthy getötet würde, würde ich das mein Leben lang nicht vergessen.

Ich verbrachte zwei entsetzliche Tage. Richard Tolworthy würde entweder selbst getötet werden oder den anderen töten, und ich sah keinerlei Genugtuung darin. Wie hatte er den anderen nur auf so sinnlose Art herausfordern können? Luke Longridge hatte den König beleidigt. Schön, dachte ich wütend, soll der König seine Schlachten doch selber schlagen.
Aber Richard war ein Soldat, ein Mann mit Idealen. Natürlich hatte er recht, redete ich mir ein und dachte an Luke Longridge, den ich zu hassen begann, weil er dieses Duell provoziert hatte.
Ich fragte Carlotta, was passieren könnte, wenn ein Mann im Duell verwundet würde.
»Er kann sterben. Es kommt darauf an, wie schwer seine Verwundung ist.«
»Und der andere?«
»Muß wahrscheinlich fliehen. Denn er ist trotzdem ein Mörder.«
»Ich verstehe.«
»Warum fragst du?«
»Ich wollte es nur wissen. Ich soll doch mit den Gepflogenheiten dieser Gesellschaft vertraut gemacht werden, oder?«
»Das ist eine recht makabre.«
»Ich habe festgestellt, daß viele Bräuche makaber sind.«
»Ach«, spottete sie, »du entwickelst Beobachtungsgabe!«
Ich versuchte die ganze Angelegenheit zu vergessen und mir einzureden, wie dumm es war, mich um einen Mann zu sorgen, den ich nur zweimal gesehen hatte, wenn auch bei zwei ungewöhnlichen Gelegenheiten. Zuerst, als er mich aus einem schrecklichen Schicksal errettete, und dann, als er einen Mann zum Duell forderte.
Ich wünschte mir so sehr, Bersaba wäre bei mir, um mit ihr über meine Gefühle sprechen zu können. Wann würde mich meine Mutter endlich zurückholen? Sie müßte mich doch bei der Pflege von Bersaba gebrauchen können, zumindest, um ihr Gesellschaft zu leisten. Sie hatte mir in ei-

nem Brief geschrieben, daß es lange dauern könnte, bis Bersaba wieder die alte sei, und angedeutet, daß die Krankheit immer noch im Dorfe wütete und sie mich nicht zurückhaben wollte, ehe die Gefahr ganz vorbei war.
Falls General Tolworthy den Tod fände oder ins Ausland flüchten mußte, wollte ich umgehend nach Hause zurück. Dann könnte ich das ganze Londoner Abenteuer vergessen und es höchstens als seltsame Begegnung in meiner Erinnerung behalten.
Eine Woche nach dem Ball stattete Richard Tolworthy uns einen Besuch ab.
Zum Glück war Senara zu Besuch bei Nachbarn, um sich von ihnen zu verabschieden. Sie wollte uns in der folgenden Woche verlassen. Carlotta hatte sie begleitet, und Gervaise war in Whitehall. Der General wollte Sir Gervaise einen Höflichkeitsbesuch abstatten, und als er erfuhr, daß er nicht zu Hause war, fragte er nach mir.
Langer Rede, kurzer Sinn, ich empfing ihn im Salon neben der Halle. Meine Freude war grenzenlos, als ich entdeckte, daß er weder verstümmelt aussah noch wie jemand auf der Flucht.
»Ich hatte gehofft, Euch sprechen zu können«, sagte er. »Ihr habt Euch auf dem Ball so große Sorgen gemacht.«
»Ja, das stimmt. Ich hatte nicht verstanden, was plötzlich passiert war und weshalb es plötzlich auf Leben und Tod ging.«
»Ich hatte keine andere Möglichkeit. Unter den gegebenen Umständen mußte ich ihn zum Duell fordern. Wie dem auch sei, es ist nicht ausgetragen worden. Longridge hat die Beleidigung zurückgenommen, das Treffen fand nicht statt.«
»Ich bin froh darüber. Das war sehr gescheit von ihm.«
»In seinem Herzen ist er ein Puritaner und hält nichts vom Blutvergießen.«
»Meine Hochachtung den Puritanern!«
Er lächelte mich an. »Ihr habt ja richtig Angst gehabt.«
»O ja. Ich hatte Angst, er könnte Euch töten oder Ihr würdet ihn töten und müßtet ins Exil.«
»Ich danke Euch für Euer Mitgefühl!«
»Ihr braucht mir nicht zu danken.«
Aber meine Erleichterung war mir wohl anzusehen, und ich glaube, es freute ihn.

Wir unterhielten uns eine Weile, und er stellte mir wieder Fragen über zu Hause. Er wollte wissen, wie lange ich noch in London bliebe. Als ich sagte, daß ich eventuell schon bald zurück müßte - es hinge nur von dem Gesundheitszustand meiner Schwester und dem Abklingen der Seuche im Dorf ab -, hörte er aufmerksam zu.
»Ich hoffe, Ihr bleibt noch lange! Oder habt Ihr schon Heimweh?«
»Anfangs hatte ich Heimweh. Jetzt bin ich mir gar nicht mehr so sicher. Es gibt so viele interessante Dinge hier.«
»Abenteuer mit Bettlern, Duelle . . .«, zog er mich auf.
»Ich treffe interessante Menschen.«
»Die trefft Ihr doch sicherlich auch zu Hause?«
»Ja«, gab ich zu, »aber andere.«
Ich habe nie jemanden wie dich kennengelernt, dachte ich im stillen.
Als er ging, nahm er meine Hand und küßte sie.
»Ich melde mich wieder«, sagte er zum Abschied.
Als er wegritt, sah ich ihm nach. Dann ging ich hinauf in mein Zimmer, weil ich allein sein und über ihn nachdenken wollte. Wenn ich jetzt sofort nach Cornwall zurück müßte, was würde ich empfinden? Wäre ich unglücklich, in mein geliebtes Heim zurückzukehren, meine Mutter und meine Schwester wiederzusehen? Was war nur mit mir geschehen?

Die Wochen vergingen wie im Fluge. Senara verließ uns, und es tat mir aufrichtig leid, mich von ihr verabschieden zu müssen. Ich hatte das Gefühl, eine Freundin zu verlieren. Wie versprochen, besuchte uns General Tolworthy wieder. Zuerst verstand das Sir Gervaise nicht. »General Tolworthy scheint plötzlich seine Sympathie für mich entdeckt zu haben«, war sein Kommentar.
Wir waren bei diesen Besuchen immer anwesend und nahmen an vielen Gesprächen teil. Carlotta dachte, er wäre in Leidenschaft für sie entbrannt. Sie machte viel Aufhebens von ihm und lud ihn immer wieder ein. Mich amüsierte das natürlich, denn in meinem Herzen wußte ich, daß nicht sie es war, für die er sich interessierte. Er war sehr verschlossen - fast geheimnisvoll, aber zwischen uns bestand ein stilles Einverständnis. Wir mußten nicht viel miteinander reden,

er zog mich im Gespräch nicht einmal sonderlich vor. Aber in meinem Herzen wußte ich, daß ich es war, die er zu sehen kam.
Ich hatte nur Angst, meine Mutter würde schreiben, ich müßte zurück, und stellte mir vor, wie ich aus seinem Leben verschwinden würde. Ob er das zulassen würde? Sosehr ich mich auch nach meiner Familie sehnte, der Gedanke, ihn zu verlassen, war unerträglich.

»Meine liebste Angelet!« schrieb sie.
»Zuerst laß Dir sagen, daß es Deiner Schwester sehr viel besser geht, obwohl sie noch viel Geduld brauchen wird. Jetzt kann ich Dir ja gestehen, daß sie dem Tode sehr nahe gewesen ist. Sie ist immer noch so schwach, daß sie das Bett hüten muß. Ich soll Dir ganz liebe Grüße ausrichten, mein Liebling. Sie ist zu schwach, um selbst eine Feder in die Hand zu nehmen, aber sei versichert, wenn sie wieder kräftiger ist, wird sie das ganz gewiß tun.
Mein Ziel ist, sie wieder ganz gesund und kräftig zu pflegen. Die Ärzte sagen, das kann noch Monate dauern, und es sei ein Wunder, daß sie noch bei uns ist. Ich möchte, daß Du diese lange Trennung so gut es geht überstehst, meine Tochter. Ich möchte Dich jetzt noch nicht hier haben, und wenn Du mir versichern kannst, daß es Dir gutgeht und Du glücklich bist, werde ich mich damit zufriedengeben, mich auf Dich zu freuen, wie wir es alle tun . . .«

Ich las den Brief immer und immer wieder, denn er erfüllte mich mit Freude. Ich erwies meiner Mutter einen Gefallen, wenn ich hierblieb. Und nichts, was ich mir mehr wünschte, als hierzubleiben, wo ich jeden Tag mit dem Gedanken erwachte, daß es vielleicht heute geschieht - ich meine, daß General Tolworthy um meine Hand anhält.
Der Winter kam ins Land gezogen. Nie zuvor hatte ich Weihnachten weit weg von zu Hause verbracht. Meine Mutter hat mir Seide für ein Kleid geschickt, mir geschrieben und mich gebeten, nicht allzu unglücklich zu sein, weil ich dieses Jahr nicht bei ihnen sein konnte. Die Festlichkeiten in Trystan Priory würden natürlich weniger umfang-

reich ausfallen wie gewöhnlich, weil Bersaba immer noch schnell ermüdete und täglich etliche Stunden im Bett verbringen mußte.
Die Spielleute würden allerdings kommen und die Choralsänger natürlich auch. Tante Melanie und Onkel Connell hatten sich bei ihnen angesagt, allerdings wären Vater, Fennimore und Bastian noch nicht zurück.
»Nächstes Weihnachten«, schrieb sie, »sind wir sicherlich wieder alle zusammen.«
Weihnachten feierte ich also in Pondersby Hall. Wir hatten zwar auch einen Weihnachtsmann, aber alles andere war viel aufwendiger als zu Hause. Zum Beispiel stellten wir ein Maskenspiel auf die Beine, ein spanisches Stück, das Carlotta inszenierte und in dem wir alle eine Rolle übernahmen. Wir probten zwei Wochen lang und spielten es am Weihnachtstag und am Dreikönigsabend. Carlotta hatte natürlich die Hauptrolle. Sie spielte mit Geschick und Charme, und viele junge Männer beneideten Sir Gervaise und bewunderten seine Frau. So war es nicht verwunderlich, daß Carlotta Richard Tolworthy zu ihren Verehrern zählte.
Tolworthy mußte gleich nach Weihnachten weg, und es vergingen Wochen, ehe ich ihn wiedersah. Ich hatte schon Angst, er hätte mich vergessen.
Januar kam und mit ihm der Schnee. In Cornwall schneite es so selten, daß ich mich nicht erinnern konnte, mehr als dreimal in meinem Leben Schnee gesehen zu haben. Was für eine Aufregung das jedesmal gewesen war! Wir haben uns mit Schneebällen beworfen, und ich weiß noch, daß es Bastian besonders auf Bersaba abgesehen hatte.
Hier war alles anders: Wir spielten nicht mit Schneebällen, wir liefen Schlittschuh auf den zugefrorenen Teichen. Das war auch lustig, aber ich dachte die ganze Zeit an Richard und ob ich ihn je wiedersehen würde.
Es war Anfang Februar, draußen war es schon dunkel, da kam er angeritten. Die Straßen, die unpassierbar gewesen waren, waren wieder offen. Alles, was vom Schnee übrigblieb, waren Schneehaufen auf den Feldern und an den Hekken am Straßenrand.
In der Halle brannte ein mächtiges Feuer, als Tolworthy hereinkam. Ich hörte, wie er einen Lakaien fragte, ob Sir

Gervaise zu Hause sei. Ich lief in die Halle, tat aber so, als ob ich zufällig herunterkäme.
Ich streckte ihm meine Hand entgegen und sagte, so ruhig ich konnte: »Wir haben Euch lange nicht mehr gesehen, General.«
Er erwiderte, er hätte beruflich im Norden zu tun gehabt. Da tauchte Sir Gervaise auf, und ich zog mich zurück, während er ihn in den Salon führte. Er bat, Carlotta von unserem Besucher zu unterrichten.
Ich ging in mein Zimmer, ich wollte nicht zusehen, wie Carlotta ihm ihre besondere Aufmerksamkeit widmete, die sie nur Männern entgegenbrachte. Ich war zu dem Schluß gekommen, ich hätte mir nur eingebildet, was mein Wunsch gewesen war, und daß Richard Tolworthy nicht mehr Interesse an mir hatte als an jedem anderen jungen Mädchen, das er aus den Händen von ein paar Bösewichten befreit und das sich Sorgen wegen eines Duells gemacht hatte.
Ich kämmte mein Haar und hoffte, er würde sich nach mir erkundigen, aber das tat er nicht.
Ein paar Tage später kam er wieder. Diesmal war ich allein im Haus, und er ließ fragen, ob ich ihn empfangen würde. Also bat ich ihn in den kleinen Salon.
»Ich muß Euch etwas gestehen: Ich habe in Erfahrung gebracht, daß Sir Gervaise und seine Frau heute nicht zu Hause sind, und da bin ich vorbeigekommen, in der Hoffnung, Euch alleine anzutreffen.«
»Ihr wolltet mich sehen?«
Ich war außer mir vor Freude - die ganze Welt schien mit einem Mal verändert.
»Ich wollte aus einem ganz bestimmten Grund mit Euch sprechen.«
»Bitte, reden Sie!« sagte ich atemlos.
»Wollen wir uns nicht setzen«, meinte er. Ich nahm auf der Fensterbank Platz und faltete meine Hände im Schoß. Ich wagte nicht, ihn anzuschauen, aus Angst, meine Gefühle zu verraten.
»Ich glaube, wir sind gute Freunde geworden«, fing er an. »Seid Ihr auch meiner Meinung?«
»Ja, der Ansicht bin ich auch.«
»Ihr übertreibt zwar. Was bei unserem ersten Zusammen-

treffen geschehen ist, war nicht mehr, als jeder andere Mann auch getan haben würde.«
»Ihr habt Euer Leben für mich aufs Spiel gesetzt, das werde ich Euch nie vergessen.«
»Ach, betrachtet die Dinge so, wie sie sind: Schufte wie jene sind immer Feiglinge. Sie überfallen nur Frauen und Kinder. Und dann war ich bewaffnet. Ich versichere Euch, es war kein Risiko. Trotzdem meine ich, wir sind Freunde geworden. Ich habe lange gezögert, vielleicht hätte ich gescheiter sein und noch länger warten sollen. Ihr seid sehr jung, Angelet. Ich darf Euch doch beim Vornamen nennen?«
»Bitte. Ich freue mich, wenn Ihr es tut.«
»Es ist ein bezaubernder Name, und er steht Euch.«
»Oh, bitte, Ihr dürft keine zu gute Meinung von mir haben. Dessen könnte ich mich nie würdig erweisen.«
Ich erschrak. Das klang ja so, als ob ich glaubte, wir könnten immer zusammen sein. Ich wurde feuerrot im Gesicht.
Er ignorierte meinen Schnitzer und fragte: »Wie alt seid Ihr, Angelet?«
»Ich werde im Juni achtzehn.«
Er seufzte. »Das ist tatsächlich sehr jung. Wißt Ihr, wie alt ich bin?«
»Ich habe nie darüber nachgedacht.«
»Wie charmant. Es ist auch gut so, da ich viel älter bin als Ihr. Ich werde im September vierunddreißig. Es besteht also ein großer Altersunterschied zwischen uns.«
»Spielt das eine Rolle . . . bei Freunden?«
»Genau diese Frage habe ich mir in den letzten Wochen auch gestellt. Vielleicht hätte ich noch nicht mit Euch sprechen dürfen.«
»Meiner Meinung nach ist es immer besser, zu sagen, was man im Sinn hat.«
»Ich habe mir vorgenommen, Euch zu fragen, ob Ihr mich heiraten möchtet.«
»Oh!« Mehr brachte ich nicht heraus. Ich zitterte am ganzen Körper vor Freude. Es war tatsächlich eingetreten, ich hatte mich nicht geirrt. Und im stillen erzählte ich Bersaba, daß ich heiraten werde. Ich werde einen königlichen General heiraten, den wunderbarsten, galantesten Mann der Welt.

Bersaba hatte einmal gesagt: »Ich möchte gerne wissen, wer von uns beiden zuerst heiratet.« Sie wollte natürlich die erste sein. Sie wollte immer die erste sein, in allem. Ich wollte das eigentlich auch, aber es schien ihr Privileg.
Jetzt war es anders. Mehr als alles auf der Welt wollte ich Richard Tolworthy heiraten.
»Ich sehe, Ihr seid verwirrt«, sagte er. »Ihr wundert Euch, daß ich, der ich so viel älter bin, Euch den Antrag zu machen wage. Das meint Ihr doch, nicht wahr?«
Ich lachte. Ein seltsames, fast hysterisches Lachen. Warum konnte ich nicht so klug sein wie Bersaba? Was würde sie in so einer Situation sagen? Aber was nützte das schon - ich war ich, nicht Bersaba, und ich habe noch nie etwas anderes sagen können als das, was mir gerade durch den Kopf ging.
»Nein, das meine ich nicht«, rief ich. »Ich meine, ich bin sehr glücklich, daß Ihr es getan habt. Ich hatte gehofft, Ihr wäret an mir interessiert, und habe davon geträumt, Ihr würdet mich heiraten wollen . . . ich hätte es nicht ertragen, wenn es nicht so gekommen wäre.«
Er kam auf mich zu, und ich stand auf. Ich nahm an, er würde mich in die Arme nehmen und festhalten. Aber das tat er nicht. Er nahm meine Hand und küßte sie, als ob wir uns gerade vorgestellt worden wären.
»Ihr seid reizend! Aber ein bißchen ungestüm. Meint Ihr das wirklich, was Ihr da sagt?«
»Aber ja!«
Er drängte mich freundlich auf den Fenstersitz und setzte sich etwas weiter weg von mir in einen Sessel.
»Ihr dürft keine übereilte Entscheidung treffen, meine Liebe.«
»Ich verstehe Euch nicht. Habt Ihr gehofft, ich würde nein sagen?«
Er lächelte mich an. »Ich habe Euch gefragt, weil ich hoffte, Ihr würdet ja sagen. Aber Ihr seid so jung.«
»Das«, sagte ich und benutzte eine etwas abgedroschene Redensart, »wird sich über kurz oder lang ändern.«
»Wenn Ihr älter werdet, werde auch ich älter, das heißt, wenn Ihr vierundzwanzig seid, bin ich vierzig. Denkt darüber nach!«
»Mit Zahlen könnt Ihr umgehen.« Vor Glück wurde ich immer vorlauter.

»Nein, laßt mich ernsthaft mit Euch sprechen! Habt Ihr je über die Ehe nachgedacht?«
»Nun, meine Schwester und ich haben manchmal darüber geredet. Wir machten uns Gedanken, wen wir heiraten würden und wer zuerst. Ihr müßt verstehen, weil wir Zwillinge sind, haben wir immer alles zusammen gemacht. Es gibt nicht viele heiratsfähige junge Männer bei uns, und wir nahmen an, wir würden beide jemanden aus der Nachbarschaft heiraten.«
»Und dann seid Ihr nach London gekommen und ausgerechnet mir begegnet.«
»Ich bin glücklich darüber! Über nichts war ich in meinem Leben glücklicher.«
»Ihr steht erst am Anfang des Lebens, meine Liebe, das wollen wir nicht vergessen! Ich möchte, daß Ihr genau wißt, wie Euer Leben sein wird, wenn Ihr mich heiratet. Ihr kennt dieses Haus, wart auf ein oder zwei Bällen und habt ein Maskenspiel mitgemacht. Kein Zweifel, daß Ihr das Leben aufregender findet als auf Eurem Landsitz. Das stimmt doch, oder?«
»Ja«, gab ich zu, »aber nicht wegen der Bälle und Maskenspiele.«
»Das freut mich zu hören, denn ich führe ein ruhigeres Leben.«
»Ich wäre glücklich, es mit Ihnen teilen zu dürfen.«
»Ihr seid sehr liebenswürdig. Ich glaube, Ihr könntet mich sehr glücklich machen . . . sollte diese Ehe zustande kommen.«
»Aber sie wird zustande kommen! Ihr habt mich gefragt, und ich habe ja gesagt, oder nicht?«
»Ja«, antwortete er ernst, »wenn wir beide es wollen und Eure Familie nichts dagegen hat.«
»Meine Eltern wollen nur mein Glück. Das haben sie immer getan.«
»Dann werde ich sie um ihre Einwilligung bitten. Ich werde mit Sir Gervaise sprechen, der Euer augenblicklicher Vormund ist, und ihn bitten, mich Euren Eltern zu empfehlen.«
Selig klatschte ich in die Hände.
»Aber zuerst«, fuhr er fort, »möchte ich, daß Ihr ganz genau wißt, was das für Euch bedeutet.«

»Ich möchte nur mit Euch zusammen sein«, sagte ich voller Leidenschaft. Meine Worte erfüllten mich selbst mit Erstaunen: Ich liebte diesen Mann wirklich.
»Ich habe Euch auf den Altersunterschied hingewiesen.«
»Ich habe ihn akzeptiert und bin froh darüber. Glaubt Ihr, ich wollte einen jungen Schnösel mit Beinkleidern wie ein Blasebalg und bunten Bändern am Knie?«
Er lächelte, und mir fiel auf, daß er das selten tat. Ein besonders ernster Mann, den ich da liebte, aber das würde sich schon ändern, ich würde ihn glücklich machen.
»Es gibt verschiedene Dinge, die Ihr über mich wissen müßt. Ich war schon einmal verheiratet.«
»Ist Eure Frau gestorben?«
»Ja, sie ist gestorben.«
»Das ist sehr traurig!«
»Ja, es war sehr traurig!«
»Wenn es Euch quält, sprecht bitte nicht davon!«
»Ich glaube, Ihr solltet Bescheid wissen.«
»Ist es schon lange her?«
»Zehn Jahre.«
»Das ist eine lange Zeit.«
»Ja, es war eine lange Zeit.«
»Habt Ihr nie wieder heiraten wollen? Bis jetzt?«
Erst schien er zu zögern, dann sagte er: »Einmal habe ich daran gedacht, aber mich dann nicht entscheiden können.«
»Habt Ihr sie nicht wirklich geliebt?«
»Ich hielt es für vernünftiger.«
Ich stand auf, stellte mich hinter ihn, legte meine Hände auf seine Schultern und mein Gesicht an seine Wange.
»Und jetzt haltet Ihr es für vernünftig?«
»Ihr könntet die Richtige für mich sein, aber ob ich der Richtige für Euch bin?«
»Das habe ich zu entscheiden«, stieß ich heftig hervor.
Er nahm meine Hände von seinen Schultern und preßte seine Lippen darauf.
»Wie Ihr seht, Angelet - ich bin kein sehr fröhlicher Mensch.«
»Ihr habt eine schwere Aufgabe. Ihr seid ein General des Königs, Ihr bekleidet einen hohen Rang in seiner Armee.«
»Der mich oft meinem Zuhause fernhält. Würde Euch das gefallen?«

»Es wird mir nicht gefallen, wenn wir getrennt sind, aber ich werde es akzeptieren.«

»Das Leben in Far Flamstead ist sehr ruhig, anders als hier. Ich gebe nicht viele Einladungen, das habe ich nie getan. Ich bin überhaupt kein sehr geselliger Mensch.«

»Ich fühle mich auf Bällen und Banketts auch nicht sehr wohl.«

»Manchmal werden wir die einen oder anderen Freunde besuchen, manchmal auch nach Whitehall müssen.«

»Dann werde ich die wenigen Gelegenheiten um so mehr genießen müssen.«

»Ihr seid davon überzeugt, daß Euch alles gefallen wird?«

»Ich glaube, das ist so, wenn man liebt.«

»O Angelet, das sollte ich Euch nicht antun! Ihr seid zu jung. Ihr habt nicht die geringste Lebenserfahrung.«

»Ich werde meine Erfahrungen durch Euch machen. Ist das nicht sowieso die Aufgabe eines Ehemannes?«

»Ich habe Angst«, sagte er.

»Bitte, habt keine Angst, daß ich nicht zu Euch passen könnte.«

»Ich habe Angst, Euch zu enttäuschen.«

»Dies ist der sonderbarste Heiratsantrag, der je einem Mädchen gemacht worden ist. Erst bittet Ihr mich, Euch zu heiraten, dann zählt Ihr lauter Gründe auf, warum ich es nicht tun soll.«

»Ich möchte doch nur, daß Ihr Euch sicher seid und nicht hinterher entdecken müßt, daß Ihr einen schrecklichen Fehler gemacht habt.«

»Ich bin mir meiner Sache ganz sicher«, rief ich aus.

Endlich stand er auf, nahm mich in die Arme und küßte mich. Ich war noch nie von einem Mann geküßt worden, ich hatte also keinen Vergleich und dachte, er sei sehr zärtlich und daß ich sehr glücklich werden würde.

Am nächsten Tag kam er wieder und verlangte, Sir Gervaise zu sprechen. Sie unterhielten sich lange Zeit miteinander, währenddessen ich in fiebriger Ungeduld wartete. Ich wußte, nichts konnte schiefgehen. Die Entscheidung lag bei meinen Eltern, und ich war davon überzeugt, wenn ich meiner Mutter schrieb, daß ich diesen Mann liebte und ohne ihn nicht glücklich werden könnte, würde sie ihren Segen geben. Ich überlegte, ob ich nicht auf meinen Vater warten

müßte, aber er hieß alles gut, wozu meine Mutter ihren Segen gab; und das wußte sie.
Gervaise ließ mich rufen. Als ich in den Salon kam, war Richard auch da.
Gervaise schien offensichtlich verwirrt. Ich habe ihn als einen Mann kennengelernt, der sich mir gegenüber verpflichtet fühlte und der diese Verpflichtung äußerst ernst nahm.
»Du weißt, meine Liebe, daß General Tolworthy um deine Hand angehalten hat. Ich glaube, du hast seinen Antrag angenommen.«
»Ja«, antwortete ich glücklich, »das habe ich.«
»Dann werde ich unverzüglich an deine Mutter schreiben. Du solltest das übrigens auch tun. Der General will seinen Brief noch heute auf den Weg bringen.«
»Ich höre, Angelets Vater befindet sich auf hoher See«, sagte Richard.
»Das ist er oft«, rief ich aus. »Und wir wissen nie, wann er zurückkommt. Meine Mutter wird für beide entscheiden.«
Richard warf Gervaise einen fragenden Blick zu, der darauf antwortete: »Ich glaube, das stimmt. Wir wollen die Briefe schreiben, damit sie unverzüglich weitergeleitet werden können.«
Ich ging in mein Zimmer, in meinem Kopf drehte sich alles vor Freude. Ich schrieb beiden, meiner Mutter und meiner Schwester, und hoffte, sie würden mein Glück zwischen den Zeilen lesen. Als ich versuchte, Tolworthy zu beschreiben, hatte ich Schwierigkeiten. Ich konnte nicht sagen, er sei wie dieser oder jener, weil es niemanden gab wie ihn. Er war anders als alle anderen Männer. Er war ein bedeutender Mann, ein General in der Armee des Königs. Er war ein Freund des Königs und der Königin, und er würde sie mit seinem Leben verteidigen. Er war seriös. Sie sollten nicht glauben, er sei ein Lebemann. Nein, er war ein verantwortungsbewußter, kluger Soldat, der nur eine große Sorge hatte, mich glücklich zu machen.
Ich wußte, meine Mutter würde mir ihren Segen geben, wenn sie diesen Brief las.

Carlotta war einigermaßen pikiert, als sie die Neuigkeit vernahm.
»Ich kann es einfach nicht glauben«, war ihr erster Kom-

mentar. Und später: »Ich habe Richard Tolworthy schon immer für sonderbar gehalten.«

»Es gab eine Zeit, da hast du ihn ziemlich attraktiv gefunden«, bemerkte ich und fügte boshaft hinzu: »Nämlich, als du dachtest, er mache dir den Hof.«

»Das ist doch Unsinn«, sagte sie. »Jedenfalls bist du zu jung für die Ehe.«

»Ich bin bald achtzehn.«

»Du bist nicht reif genug für dein Alter«, erklärte sie und stolzierte aus dem Zimmer.

Ja, sie war wütend.

Anna flüsterte mir zu: »Sie ist außer sich, sie kann es nicht ausstehen, wenn man jemand anderem den Vorzug gibt.«

Mab sagte das gleiche, und ich wußte, sie hatten recht.

Richard mußte dienstlich fort und sagte, er würde ungefähr eine Woche weg sein, aber uns besuchen, sobald er wieder frei sei.

In der Zwischenzeit warteten wir. Ich lebte wie in einem Traum. Nicht, daß ich in die Zukunft schaute, es fiel mir sogar schwer, sie mir auszumalen. Da gab es ein Haus, Far Flamstead, das ich noch nicht kannte und das Richard nicht genauer beschrieben hatte. Beschreibungen waren nicht seine starke Seite, dachte ich liebevoll. Ich wußte ungefähr, wo es lag, aber er hatte mich nie mitgenommen, was etwas sonderbar war. Ich glaubte, er wollte lieber auf die Einwilligung meiner Eltern warten, bevor er uns als verlobt betrachtete.

Es erschien mir eine Ewigkeit, bis die Antwort auf die Briefe kam.

»Liebste Angelet«, schrieb meine Mutter,

»ich war wie vor den Kopf geschlagen, als ich die Neuigkeit las, aber ich habe Dein Glück zwischen den Zeilen gelesen. Ich wünschte, wir könnten nach London reisen, aber das kommt leider nicht in Frage, Bersaba ist noch nicht kräftig genug. Mein liebes Kind, ich verstehe Deine Gefühle. Was Dir jetzt geschieht, ist etwas Wunderbares. Sir Gervaise hat mir geschrieben, und General Tolworthy auch. Er scheint ein seriöser Mann zu sein und fest entschlossen, für Dich zu sorgen. Und Du liebst ihn; Du könntest Deine Gefühle nicht vor mir verbergen.

Ich wünschte, Dein Vatert wäre hier, aber wir wissen ja nie, wann er zurückkommt, und Fennimore ist auch nicht hier. Ich nehme an, Du willst nicht länger warten. Als ich in Deinem Alter war, habe ich genau das gleiche erlebt. Ich schreibe also Gervaise und General Tolworthy, daß Du den Segen der Familie zu dieser Eheschließung hast.
Mein geliebtes Kind, wie anders habe ich mir doch alles vorgestellt! Ich hatte gehofft, Du würdest jemanden aus der Nachbarschaft heiraten und in meiner Nähe leben. Aber Du willst es offenbar anders. Ich weiß, wie schmerzlich es für Dich wäre, würde ich meine Einwilligung nicht geben.
Werde glücklich, meine Liebe! Du darfst Dich verloben. Vielleicht könntet Ihr hier heiraten. Ob das möglich wäre?
Bersaba will Dir auch schreiben. Es wird sicher nur ein kurzer Brief. Deine Schwester hat sich sehr verändert, aber langsam kommt sie wieder zu Kräften.
Ich hoffe, bald von Dir zu hören, mein Liebling.
All meine Liebe, wie immer Deine Mutter«

Ich küßte den Brief. Er war typisch für Mutter. Ruhig und vernünftig. Alles kam anders, als sie es erhofft hatte. Wer hätte schon gedacht, Bersaba würde erkranken und ich nach London gehen, um dort einen Mann zu finden? Aber sie akzeptierte es. Das war das Leben, und sie erinnerte sich an die Zeit, da sie selbst jung und in meinen Vater verliebt gewesen war.
Bersaba schrieb:

»Liebe Angelet,
Du willst also heiraten. Sieh mal an! Ich habe immer gedacht, wir würden zusammen heiraten. Ich hoffe, Du wirst glücklich.
Wenn wir uns wiedersehen, wirst Du bemerken, daß ich mich sehr verändert habe. Ich war sehr krank, wie Du weißt, aber Du kannst Dir nicht vorstellen, wie sehr ich mich verändert habe. Ich muß viel ruhen, während Du auf Bälle gehst und interessante Menschen triffst. Und jetzt heiratest Du sogar!

Ich möchte Dich so gerne sehen, Angelet. Ich habe Dir so viel zu sagen, aber ich kann nicht mehr schreiben, weil ich noch so müde bin, und sie warten auf den Brief. Komm nach Hause und bring Deinen zukünftigen Gatten mit. Ich habe Sehnsucht nach Euch beiden.

Deine Dich liebende Zwillingsschwester
Bersaba«

Es war der erste Brief, den ich von Bersaba erhielt.
Sosehr ich es versuchte, ich konnte sie mir nicht schwach und hilflos vorstellen, sie, die auf ihre Art immer so lebenslustig gewesen war.
Aber ich war viel zu aufgeregt, um viel über mein Zuhause nachzudenken. Meine Zukunft lag hier.
Richard kam nach Pondersby Hall und besprach sich mit Gervaise. Später kam er in den Salon, wo ich auf ihn wartete.
»Das sind gute Nachrichten«, sagte er. »Wir haben den Segen Eurer Mutter, und sie versichert, daß sie auch im Sinne Eures Vaters handelt. Es gibt keinen Grund mehr, die Verlobung hinauszuschieben.«
Er nahm meine linke Hand und steckte mir einen Ring an den dritten Finger. Es war ein seltsamer Ring - geflochtenes Gold, fein ziseliert, mit einem viereckig geschliffenen Smaragd.
Er paßte wie angegossen.
»Ein gutes Omen«, meinte er. »Es ist ein Familienring, den immer die Braut des ältesten Sohnes getragen hat.«
Ich bewunderte ihn, er war wirklich ungewöhnlich.
Dann nahm Richard mich in seine Arme.
Wir speisten zusammen, und er und Gervaise sprachen ausführlich über den Aufstand in Schottland und den Vertrag, den die Schotten gegen die Regierung geschlossen hatten.
»Das gibt noch Unannehmlichkeiten«, sagte Richard. »Darauf müssen wir vorbereitet sein.«
»Überall gibt es Unruhen«, pflichtete ihm Sir Gervaise bei. »Was glaubt Ihr, was dabei herauskommen wird?«
»Das kann ich nicht sagen, aber wenn das so weitergeht, müssen wir uns auf alles gefaßt machen.«
Sir Gervaise nickte ernst.

Carlotta fand dieses Gespräch langweilig und lenkte das Thema auf angenehmere Dinge. Zum Beispiel auf die Affären von Leuten, die sie kannte, und Geselligkeiten, die in nächster Zeit stattfinden würden, was Richard – wie ich erheitert feststellte – genauso anödete, wie seine Interessen sie langweilten. Ich fragte mich, wie um alles in der Welt sie gedacht haben konnte, daß er an ihr interessiert sei. Ich wollte, daß er wußte, wie sehr ich wegen der ernsten Lage unseres Landes besorgt war, und verfolgte genau das Gespräch der beiden Männer.
Nachdem Richard uns verlassen hatte, zog ich mich in mein Zimmer zurück. Es dauerte nicht lange, da klopfte es an meiner Türe, und Carlotta kam herein.
Sie warf sich der Länge nach auf mein Bett und sah mich fragend an.
»Wie langweilig!« rief sie aus. »Ich nehme an, du wirst kein besonders amüsantes Leben mit diesem tapferen General führen.«
»Es ist das Leben, das ich mir ausgesucht habe.«
»Mein liebes Kind, du kannst kaum von einer Wahl sprechen. Es gab keine andere.«
»Ich brauchte auch keine anderen.«
»Dein erster Heiratsantrag ... und du hast ihn angenommen! Wenn du wüßtest, wie viele ich bekommen habe, ehe ich Gervaise nahm.«
»Ich weiß nur von meinem Vetter Bastian.«
»Ach, das war doch nichts Ernstes.«
»Für ihn schon.«
»Ein Bursche vom Land! Er hat einfach nichts verstanden. Das war schließlich nicht mein Fehler.«
»Das würde ich schon behaupten.«
»Ach, meine Liebe, du plusterst dich auf. Das steht dir nicht, Angelet. Du hast dir deinen General durch dein Kleinmädchengetue geangelt ... du bist ein Kind, das er noch formen kann. Er wird dich wie einen Rekruten seiner Armee abrichten, der, wenn er den General sieht, in die Knie geht. Glaubst du nicht, du solltest noch etwas nachdenken und nicht so voreilig handeln?«
»Ich habe nachgedacht.«
»Jetzt, da meine Mutter weg ist, fühle ich mich für dich verantwortlich.«

»Du erstaunst mich.«
»Du bist schließlich Gast in meinem Haus.«
»Für mich ist Gervaise mein Gastgeber.«
»Du hast auch eine Gastgeberin, meine Liebe, und du kennst Gervaise erst seit seiner Stippvisite in Cornwall. Aber wir zwei sind eigentlich Kusinen, nicht wahr? Keine Blutsverwandten, aber meine Mutter und deine Mutter sind wie Geschwister aufgewachsen. Ich habe deshalb das Gefühl, ich kann mit dir besser reden als der arme Gervaise.«
»Ich habe volles Vertrauen zu dem armen Gervaise.«
»Du meinst, er ist arm, weil er mit mir verheiratet ist. Ich will dir einmal etwas sagen, meine liebe Angelet: Gervaise ist sehr zufrieden in seiner Ehe. Es gibt noch mehr, weißt du, als in der Gesellschaft anerkannt zu sein. Ich habe in anderer Hinsicht - aber davon weißt du natürlich wenig - eine Menge zu bieten.«
Ich hatte so eine Ahnung, wovon sie sprach. Die Ehe hatte noch andere Seiten, und es stimmte, die hatte ich nie kennengelernt, ich wußte nur, da war noch etwas. Ich hatte zu Hause Liebende miteinander gesehen, die sich an versteckten Plätzen trafen. Umarmungen . . . und so weiter.
Ich gebe zu, sie hat mir Angst eingejagt, denn ich hatte keine Vorstellung, was das alles bedeuten sollte. Sie gab mir nun zu verstehen, daß sie und Sir Gervaise sich in dieser Beziehung gut verstanden.
Sie merkte, daß sie mich verunsicherte, und das machte ihr Spaß.
»Laß mich den Ring anschauen«, sagte sie.
Ich hielt ihr meine Hand hin, und sie streifte mir den Ring vom Finger.
»Da ist ein großes T eingraviert, siehst du?«
»Er ist immer von der Braut des ältesten Sohnes getragen worden, seit Generationen schon.«
»Macht es dir nichts aus, einen Ring zu tragen, den schon so viele vor dir hatten?«
»Es ist Tradition.«
Sie schaute auf den Ring in ihrer Hand.
»Dann ist er auch von deiner Vorgängerin getragen worden«, sagte sie langsam. »Man hat ihn ihr, als sie tot war, vom Finger gezogen.«

Lächelnd gab sie mir den Ring zurück.
»Gute Nacht«, sagte sie und fügte noch hinzu: »Und viel Glück!« Was offenbar bedeutete, daß ich es vielleicht brauchen könnte.
Nachdem sie gegangen war, saß ich in meinem Stuhl und starrte auf den Ring in meiner Hand. Ich stellte mir die Frau in ihrem Sarg vor und Tolworthy, der sich über sie beugte, um ihr den Ring vom Finger zu ziehen.
Es war ein unerfreuliches Bild und ging mir nicht mehr aus dem Kopf. So, daß es mich bis in meine Träume verfolgte und ich mitten in der Nacht zitternd erwachte. Ich glaube, ich hatte mir vorgestellt, selbst in dem Sarg zu liegen und Richard zu hören, wie er sagte: ›Wir dürfen den Ring nicht vergessen. Den brauche ich noch.‹
Danach fiel es mir schwer, wieder einzuschlafen.

Die Verlobung hatte Anfang April stattgefunden, danach begannen die Vorbereitungen für die Hochzeit, die im Mai gefeiert werden sollte.
»Ungefähr einen Monat vor deinem achtzehnten Geburtstag«, sagte Richard.
Ich mußte immer wieder an meinen letzten Geburtstag denken, an dem wir draußen auf den Wiesen bei Trystan Priory gespielt hatten. Es war auch Bersabas Geburtstag gewesen, und unsere Mutter hatte gesagt: ›Der nächste Geburtstag wird anders. Wir werden eine große Party geben.‹ Und sie hatte uns unsere Tagebücher überreicht. Ich hatte gleich angefangen zu schreiben, während Bersaba erst damit beginnen wollte, wenn sie etwas Wichtiges zu berichten hatte. Arme liebe Bersaba! Jetzt hatte sie etwas zu schreiben. Wieviel war doch geschehen, in einem kurzen Jahr! Es gab kaum ein besseres Beispiel für die Licht- und Schattenseiten des Lebens: die Tragödie von Bersabas Krankheit und die Freude über meine Hochzeit.
Ich stickte ihr eine Tasche, die ich ihr zu ihrem Geburtstag schicken wollte. Sie war wunderhübsch, ich hatte mir auch große Mühe gegeben. Bersaba würde sie lieben, weil sie wußte, daß ich wegen meiner Hochzeit eine Unmenge zu tun hatte und mir trotzdem die Zeit für sie nahm.
Die plötzlichen Aprilschauer mit kurzem Sonnenschein machten haltbarerem Wetter Platz. Der Mai war dieses Jahr

wunderschön - schöner als sonst, davon war ich überzeugt. Ein Duft von Weißdorn hing schwer in der Luft. Ich fand ihn berauschend, aber vielleicht nur, weil ich so glücklich war. Anna arbeitete sich die Finger wund für mich, Carlotta hatte es ihr großzügig gestattet. Die arme Mab war nicht sehr geschickt. Sie zitterte vor Aufregung über die bevorstehende Hochzeit und konnte ihr Glück immer noch kaum fassen, daß ausgerechnet sie mich nach London hatte begleiten dürfen, wo so viele aufregende Dinge sich ereigneten.

Regelmäßig fuhren wir in die Stadt, um einzukaufen, was wir brauchten. Ich begann an diesen Ausflügen Gefallen zu finden und mein unangenehmes Abenteuer zu vergessen. Ich beging nicht mehr die Dummheit, mich von meiner Begleitperson zu trennen, und wenn ich einen Schandpfahl sah, schaute ich einfach weg.

In der Stadt war immer etwas los. Ich sah die Leute um den Maibaum tanzen und wie sie ihre Maikönigin krönten; ich sah die Liebenden an sonnigen Nachmittagen in den Feldern, ich hörte sie lachen; ich sah sie auf der Themse und Arm in Arm auf den Straßen. Ich hörte die Händler ihre Waren feilbieten und beobachtete die fahrenden Hausierer, die Krankheiten und schmerzende Füße zu heilen versprachen, oder Zahnbrecher bei der Arbeit und die feixenden Zuschauer. Es gab Zauberkünstler und Fiedler, und oft fand an irgendeiner Straßenecke ein Hahnenkampf statt, was mich mit Ekel erfüllte.

Und dann die Geschäfte, das Ziel unserer Ausflüge. So viele Stoffe mußte man begutachten, unter so vielen Bändern wählen. Anna und ich konnten Stunden mit dieser faszinierenden Beschäftigung verbringen. Sie sagte, das gehörte zu den Hochzeitsvorbereitungen. Vielleicht hätte ich mich auch in anderer Hinsicht vorbereiten sollen. Wenn nur Mutter oder Bersaba dagewesen wären, ich hätte mit ihnen reden können. Ich werde Schritt für Schritt alles lernen müssen, und Richard wird hoffentlich geduldig sein und meine Unerfahrenheit verstehen.

Wie sehr ich mich nach Bersaba sehnte!

Die Zeit verflog, bald nahte mein Hochzeitstag.

Von Richard hörte ich wenig; er war bei seiner Truppe. Die Unruhen in Schottland nahmen seine ganze Zeit in An-

spruch. Es könnte Schwierigkeiten geben mit den Anhängern des National Covenant.
Als er mir die Situation erklärte, erschien mir alles sehr plausibel. »Weißt du, der Covenant hat in der Geschichte Schottlands eine sehr wichtige Rolle gespielt. Es ist ein vor ungefähr hundert Jahren geschlossenes Bündnis, als die Schotten ein Wiederaufleben der Papisterei befürchteten. Und dieses Jahr wollte der König die englische Liturgie in Schottland einführen, deshalb haben sich die Covenanters widersetzt.«
»Warum gibt es ununterbrochen Streit wegen der Religion?«
»Das war schon immer so«, gab er zur Antwort. »Das bedeutet natürlich, daß wir die Grenzen beobachten müssen. Falls es Schwierigkeiten geben sollte, muß ich mich bereithalten.«
Das verstand ich, obwohl ich es bedauerte, daß er nicht an den aufregenden Vorbereitungen teilnehmen konnte.
Eines Abends kam Carlotta wieder einmal zu mir ins Zimmer. Ich wunderte mich schon, warum sie immer die Abende wählte, wenn ich mich gerade zu Bett legen wollte. Ich nahm an, ihre Absicht war es, mich zu beunruhigen, weil sie mir mein Glück nicht gönnte. Ich kam immer mehr zu der Überzeugung, daß sie sich Bastian geangelt hatte, weil sie wußte, daß er mit Bersaba befreundet war. Natürlich war das nur eine kindliche Freundschaft, aber deshalb war sie den beiden nicht weniger wichtig gewesen.
Carlotta hatte etwas Böses an sich - sie liebte es, Unheil zu stiften. Vielleicht war sie doch eine Hexe?
Sie kuschelte sich in einen Sessel und musterte mich.
»Unser Bräutigam läßt sich nicht sehr oft blicken«, sagte sie.
»Meinst du meinen?«
»Nennen wir ihn einfach den Bräutigam. Ich frage mich, ob du wirklich so sicher sein kannst, daß er dein Bräutigam ist.«
»Wie meinst du das?«
»Ich habe darüber nachgedacht, seit ich es gehört habe, und mich gefragt, ob ich dich nicht besser warnen sollte.«
»Mich warnen . . . wovor?«
»Ich habe die Geschichte gehört. Damals hat sie ziemlich viel Staub aufgewirbelt. Das war vor fünf Jahren.«

»Was für eine Geschichte?«
»Er wollte heiraten und hat es sich im letzten Moment wieder anders überlegt.«
Eisiger Schreck fuhr mir in die Glieder. »Was erzählst du mir da?«
»Unser lieber Richard hat sehr jung geheiratet - seine Frau ist gestorben.«
»Du willst doch nicht etwa behaupten ...«
»Was?«
»Daß sie ... daß er ...«
»Daß er sich ihrer entledigt hat? Nein, das habe ich nie gehört. Aber die Idee ist interessant. Irgend etwas stimmt nicht mit ihm. Er ist kalt wie ein Fisch. Ich habe kalte Männer noch nie ausstehen können.«
»Ich hatte das Gefühl, du warst eine Zeitlang ziemlich an ihm interessiert ... damals, als du noch glaubtest, er gäbe dir den Vorzug.«
»Damals glaubte ich auch, er wäre normal. Vielleicht ein bißchen zu ruhig. Aber was ich dir erzählen wollte, war, daß er seine Meinung schon einmal geändert hat. Die Verlobung hatte bereits stattgefunden, die Hochzeitsvorbereitungen waren in vollem Gang - genau wie jetzt -, und plötzlich, ein paar Wochen vor der Hochzeit, war es aus.
»Warum?«
»Das ist ja das Rätsel. Es gab keine Hochzeit. Ob sie ein dunkles Geheimnis entdeckt hat oder er sie sitzengelassen hat, das wissen wir nicht. Es war allen ein Rätsel. Aber ich finde, du solltest wenigstens darauf gefaßt sein.«
»Vielen Dank! Es ist sehr nett von dir, so rücksichtsvoll zu sein.«
»Na ja, es wäre ziemlich peinlich, wenn dies wieder geschehen sollte, findest du nicht?«
»Wir möchten eine stille Hochzeit«, versuchte ich abzulenken.
»Natürlich. Das finde ich auch sehr klug von euch ... unter diesen Umständen.« Sie erhob sich und schaute mich herablassend an. »Ich dachte nur, ich sollte dich warnen.«
»Das war sehr nett von dir«, flüsterte ich.
Und weg war sie. Ob es wohl stimmte, fragte ich mich. Nein, das war nicht möglich. Er will mich heiraten. Warum sollte er mich auch sonst um meine Hand gebeten haben?

Carlotta war nur pikiert, weil er die Ehe mit mir einem Flirt mit ihr vorzog. Sie konnte es einfach nicht ertragen, ignoriert zu werden, und jemand, der ihr so etwas antat, mußte angeschwärzt werden.
Aber ich war beunruhigt. Je näher die Hochzeit rückte, desto weniger benahm sich Richard wie ein Bräutigam.

Mab war eifersüchtig auf Anna. Sie bekrittelte ihre Näharbeiten, fand sie nicht gut genug und brummte, daß sie es selbst viel besser gekonnt hätte. Sie war enttäuscht, weil ich sie nicht zu meiner Vertrauten gemacht hatte. Ich kam darauf, daß Mab eigentlich ein ziemlich dummes Mädchen war. Unentwegt versuchte sie, das Gespräch auf Babys zu bringen.
»Mistress Angelet, ich kann es kaum erwarten, bis das erste Baby kommt«, pflegte sie mir zuzuflüstern. »Ich hoffe, Ihr müßt nicht so lange darauf warten wie Eure Mutter.«
Dann erzählte sie von ihrer Schwester Emily, die ein uneheliches Kind bekommen hatte.
»Emily war halt so. Sie konnte die Männer nicht in Ruhe lassen und umgekehrt. Das wurde ihr zum Verhängnis. Meine Mutter sagt immer, wenn sie nicht aufpaßt, wird sie bald ein zweites füttern müssen. Einmal habe ich sie gewarnt. ›Emily, sei doch nicht albern‹, habe ich gesagt, ›du wirst wieder hereinfallen. Es wird dich wieder erwischen.‹ Und da hat sie gemeint, sie könnte es nicht ändern, sie könnte einfach nicht nein sagen.«
Mab sah mich immer etwas abschätzend an, das machte mich wütend. Hauptsächlich natürlich, weil ich so unwissend war, was die Ehe betraf, vor der ich mich, um die Wahrheit zu gestehen, sogar fürchtete.
Richard kehrte zurück und kam sofort nach Pondersby Hall, um mich zu besuchen.
Ich empfing ihn im Salon. Er nahm meine Hände und küßte sie. Ich war wieder glücklich und meine Zweifel verschwunden. Mir wurde bewußt, wie sehr Carlotta mich mit ihren Andeutungen, er könnte die Hochzeit im letzten Moment noch abblasen, beunruhigt hatte.
»Willst du mich immer noch heiraten, Richard?«
Er sah mich erstaunt an. »Warum um Himmels willen fragst du das?«

Ich schmiegte meine Wange an seine Brust. »Ich weiß nicht, ich habe Angst, es ist zu schön, um wahr zu sein.«
Er hob mein Gesicht zu sich empor und sah mir fest in die Augen.
»Du bist ein liebes Kind, kein Wunder, daß ich dich liebe.«
»Wir werden glücklich sein, nicht wahr?«
»Wir müssen alles daransetzen«, sagte er.
»Das werde ich.«
»Zweifelst du an mir?«
»Nein, nein! Nicht, wenn du hier bist.«
»Das darfst du nie, besonders wenn ich nicht bei dir bin. Du verstehst doch, daß ich manchmal lange von zu Hause weg sein muß.«
»Ja, das verstehe ich. Damit muß meine Mutter auch fertig werden.«
»Dann bist du darauf vorbereitet, oder?«
»Ja. Vielleicht werden wir auch Kinder haben, dann bin ich nicht so allein.«
Es herrschte einen Augenblick Stille. Ich sah zu ihm auf und bemerkte einen seltsamen Ausdruck in seinem Gesicht, den ich mir nicht erklären konnte. Er nahm meine Hand und hielt sie ganz fest.
»Das wünsche ich mir auch. Ja, das wünsche ich mir von ganzem Herzen.«
»Ich hoffe . . . ich werde dich nicht enttäuschen.«
Plötzlich schob er mich von sich, ging zur Tür und riß sie auf.
Mab fiel ins Zimmer. Sie hatte offensichtlich gelauscht. Ich war sehr ärgerlich über sie.
»Was treibst du da, Mab?« herrschte ich sie an.
Unbeholfen kam sie auf die Beine und wußte nicht, was sie sagen sollte. Ihre Augen, die erst vor Schreck geweitet waren, schauten betrübt.
»Geh jetzt! Wir sprechen uns später«, fuhr ich sie an.
Sie lief hinaus und machte die Türe hinter sich zu. Bestürzt sah ich Richard an; auch er war wütend.
»Dieses Mädchen muß gehen«, sagte er. »Ich will sie nicht in Far Flamstead.«
»Gehen?« stammelte ich.
»Ja, schick sie zurück. Ich gestatte nicht, daß sie bei uns herumschnüffelt und durch Schlüssellöcher schaut.«

»Sie ist ein dummes Ding, ich werde ihr schon Anstand beibringen.«
»Nein, Angelet«, sagte er streng, »das genügt nicht. Ich will sie in Far Flamstead nicht haben. Du entläßt sie!«
»Das wird ihr das Herz brechen. Ich kenne sie. Sie ist seit ihrem elften Lebensjahr bei uns, und meine Mutter hielt sie für geeignet, mit mir zu kommen.«
»Sie ist nicht geeignet für Far Flamstead, und ich dulde sie nicht in meinem Haus.«
»Das war doch nur eine Dummheit. Sie ist ein einfältiges Mädchen - sie interessiert sich halt für uns.«
»Angelet, du entläßt dieses Mädchen! Wenn der nächste Bote mit Briefen kommt, soll er sie mit zurücknehmen.«
Er war unerbittlich. Es war ein Befehl, und obwohl ich empfand, daß er die arme kleine Mab zu streng behandelte, mußte ich mich fügen. Ich hatte Angst, ihm nicht zu Gefallen zu sein.
Also gab ich klein bei und sagte: »Gut, sie soll gehen, aber es wird ihr das Herz brechen, und ich habe mich an sie gewöhnt. Sie fängt langsam an, mich anständig zu frisieren.«
Er streichelte mich freundlich. »Wir werden dir eine bessere Zofe suchen. Sag ihr, daß sie sich darauf vorbereitet, bald abzureisen.«
Ich gab nach und versuchte, die Angelegenheit zu vergessen. Aber sie beunruhigte mich. Ich begriff nicht, warum er unbedingt darauf bestehen mußte.
Plötzlich schoß es mir durch den Kopf: An Türen lauschen . . . Spionieren . . . Es schien, als hätte er Angst, Mab könnte etwas entdecken.
Gab es in Far Flamstead etwas zu verbergen?

Der amen Mab brach tatsächlich das Herz. Sie weinte bitterlich, als ich ihr sagte, sie müsse zurück nach Trystan Priory. Zuerst sah sie mich fassungslos an.
»Aber Mistress Angelet, ich bin doch immer bei Euch gewesen - Ihr könnt mich doch jetzt nicht einfach wegschikken.«
»Du mußt eben wieder das tun, was du getan hast, bevor wir nach London gingen. Ich bin sicher, Mutter wird dir das gestatten.«

»Aber was habe ich denn getan, Mistress?«
Ich versuchte wütend zu werden wie Richard.
»Du bist am Schlüsselloch erwischt worden. Warum hast du auch so etwas Dummes und Häßliches getan?«
»Es war nicht so böse, ich wollte doch nur wissen, ob zwischen Ihnen alles in Ordnung ist. Er ist so . . . so . . .«
Ich schüttelte sie. »So was?« fragte ich.
»Er ist so kalt . . . gar nicht wie ein Bräutigam. Ich habe mir Sorgen um Euch gemacht und wollte sichergehen . . .«
»Keine Entschuldigungen, Mab. Wir haben dich erwischt, und jetzt wirst du für deine Dummheit büßen.«
Ich hätte ihr so gerne verziehen und ihr gesagt, daß sie es in Zukunft halt bleibenlassen solle. Meine Mutter hätte das auch getan.
Noch einmal versuchte ich, mit Richard darüber zu sprechen, aber sein Mund wurde hart, als ich Mabs Namen erwähnte, so daß ich kein weiteres Wort mehr zu sagen wagte.
Als die nächsten Briefe eintrafen, konnte ich es kaum erwarten, sie zu lesen. Die arme Mab mußte mit dem Boten zurück nach Cornwall.

Die kleine Torheit

Am zehnten Mai 1640 wurde ich Richard Tolworthys Frau. Unserem Wunsch entsprechend wurde es eine stille Hochzeit. Sir Gervaise übernahm die Rolle des Brautvaters, und Carlotta war meine Trauzeugin. Die Trauung fand in der kleinen Kirche von Pondersby statt, und nach der Zeremonie gingen wir zurück ins Herrenhaus zum Essen.
Es war kein pompöses Mahl. Richard hatte darauf bestanden, am frühen Nachmittag mit mir nach Far Flamstead aufzubrechen.
Ich fand es etwas seltsam, daß ich mein neues Heim noch nie gesehen hatte, besonders da es gar nicht so weit von Pondersby Hall entfernt lag. Ich hatte vorgeschlagen, es einmal zu besuchen, und Richard hatte auch zugestimmt. Aber immer war etwas dazwischengekommen, das diesen Besuch vereitelte.
Zuerst hatte er gesagt, er ließe einige Renovierungsarbeiten

vor meinem Einzug durchführen, und er wollte nicht, daß ich das Haus in halbfertigem Zustand sah. Und dann ist er plötzlich abberufen worden, und wir mußten es wieder verschieben.
»Mach dir nichts daraus«, hatte er gesagt, »wenn dir etwas nicht gefällt, kannst du es hinterher ändern.«
Mein Mann hatte die Gabe, das Ungewöhnliche als normal hinzustellen. Das lag in seinem Charakter. Durch diese Geschichte mit Mab hatte ich die Erfahrung gemacht, daß er gefühlsbetonte Szenen nicht leiden konnte.
Und ich wollte alles tun, die Frau zu sein, die er glaubte geheiratet zu haben. Ein guter Vorsatz für den Anfang einer Ehe.
Am frühen Nachmittag machten wir uns auf den Weg und nahmen zwei Stallburschen mit Packpferden mit. Der Rest meines Gepäcks - meine Garderobe, die ich mir zusammengestellt hatte und die meine Mitgift war - würde innerhalb der nächsten Tage nachkommen.
Richard sprach nicht viel, während wir nebeneinanderherritten. Trotzdem spürte ich eine Ruhe in ihm, als wären jetzt alle Probleme zu seiner Zufriedenheit gelöst. Ich verspürte eine große Zärtlichkeit ihm gegenüber und war glücklich, weil ich wußte - was immer mich auch in meinem neuen Heim erwartete -, ich liebte meinen Mann.
Als sich der Nachmittag dem Ende zuneigte und wir die vertraute Gegend hinter uns hatten, änderte sich die Szenerie. Vielleicht bildete ich mir das auch nur ein. Ich bemerkte wilde Heckenrosen, und der purpurrote Felberich, der an einem Fluß wuchs, erinnerte mich an die Zeit, als ich mit Bersaba ganze Arme voll davon pflückte.
Wir führten unsere Pferde am Zügel, denn die Landstraße war steinig und schlecht. Mein Mann sagte: »Du bist so still, Angelet. Das sieht dir gar nicht ähnlich.«
»Heute ist ein ernster Tag«, erinnerte ich ihn.
»Und ein glücklicher, hoffe ich!«
»Ich bin nie glücklicher gewesen.«
»So richtig glücklich?«
»Ach, ich würde gerne meine Mutter und meine Schwester wiedersehen. Ich möchte, daß du sie kennenlernst.«
»Das werde ich sicherlich.«
Wir kamen nach Hampton, einem Dorf, in dem wir in ei-

nem Gasthaus Rast machten, um uns zu erfrischen. Wir wurden sofort in ein Privatzimmer geführt, wo man uns Bier und Rebhuhnpastete servierte, die köstlich aussah. Aber ich war nicht hungrig, und ich glaubte, Richard auch nicht.

»Es ist nicht mehr weit«, sagte er, und ich begriff nicht ganz, warum wir dann noch Rast gemacht hatten. Plötzlich hatte ich das Gefühl, als habe Richard es gar nicht so eilig, nach Hause zu kommen.

Es war schon spät am Abend, als Far Flamstead in Sicht kam.

»Dort ist dein Zuhause, meine Liebe«, sagte Richard.

Ich konnte nur staunen. Das Gebäude war groß - größer als Pondersby Hall -, ein roter Ziegelbau, dessen Grundriß einem E gleichkam; mit einem Mittelbau, einem Ost- und einem Westflügel. Ich sah noch verschiedene Nebengebäude und rundherum grünen Rasen.

»Es ist wunderschön«, sagte ich.

Das freute ihn.

»Ich hoffe, du wirst es lieben. Mein Bruder lebt auf Flamstead Castle in Cumberland, dem Familiensitz. Dies hier ist erst später erbaut worden. Wir haben es Far Flamstead genannt, weil es so viele Meilen vom Hauptschloß entfernt ist.«

»Wie interessant! Dein jüngerer Bruder hat also das Schloß und du Far Flamstead übernommen.«

»Als Soldat brauchte ich ein Haus im Süden.«

Als wir näher kamen, sah ich, daß das Haus von einem Wassergraben umgeben war, über den eine Brücke führte. Der Mittelbau war imponierend. Oberhalb des Eingangstors befand sich ein achteckiges Fenster, von dem aus man beobachten konnte, wenn sich in der Ferne jemand näherte. Ich hätte gerne gewußt, ob wir bereits gesichtet worden waren. Auf beiden Seiten erhoben sich die ausladenden achteckigen Türme des Ost- und Westflügels.

Wir ritten durch das Eingangstor und kamen in einen Hof, der von drei Seiten von einer Ziegelmauer mit zwei Ecktürmchen eingeschlossen war.

Kaum waren wir in den Hof eingeritten, erschien ein Mann. Er verbeugte sich, und Richard stellte ihn mir vor: »Das ist Jesson. Jesson, deine Herrin.«

»Willkommen in Far Flamstead, My Lady«, sagte der Mann. Er hatte eine scharfe, schneidende Stimme und etwas, das mir verriet, daß er ein alter Soldat sein mußte.
»Ist alles bereit?« fragte Richard, stieg ab und half mir aus dem Sattel.
»Ja, Sir«, antwortete Jesson. »Wir haben Euch seit dem Spätnachmittag erwartet.«
Richard nahm meinen Arm, und wir schritten durch eine Tür in die Halle. Das erste, was ich sah, waren die Leute, sie standen in einer Reihe, bereit, uns zu empfangen und die neue Herrin des Hauses auf traditionelle Art und Weise zu begrüßen.
Es waren acht Bedienstete im ganzen - nicht viel für so ein großes Haus, fand ich -, drei Frauen und fünf Männer.
»Wir sind weit geritten und müde«, sagte Richard, »aber erst muß ich euch meiner Frau vorstellen.« Er fing bei Jesson an. »Jesson hast du schon kennengelernt. Das ist Mrs. Cherry!«
Eine plumpe Frau trat vor und machte einen Knicks. Ihr Name paßte zu ihr. Sie war ziemlich rundlich, und ihre Wangen hatten die Farbe von Kirschen.
»Mrs. Cherry ist die Haushälterin, und das ist Cherry, ihr Mann.« Ein Mann trat vor.
»Cherry hat früher mit mir gedient, bis er am Bein verwundert wurde. Jetzt ist er hier in Far Flamstead.«
Zwei Frauen, so um die Dreißig, hießen Meg und Grace Jesson und waren die Töchter des Mannes, den ich schon im Hof getroffen hatte.
Die anderen wurden mir auch vorgestellt, aber ich habe ihre Namen vergessen. Ich konnte mich des Gefühls nicht erwehren, eine Parade abzunehmen, was mich etwas amüsierte.
»Nun hast du sie alle kennengelernt«, sagte Richard, »laß uns jetzt hinaufgehen in unser Zimmer, dann werden wir essen. Du mußt hungrig sein.«
Ich spürte förmlich die acht Augenpaare, die mich von oben bis unten musterten, was eigentlich selbstverständlich war. Sie müssen sehr neugierig gewesen sein, zu erfahren, wen ihr Herr geheiratet hatte. Ich hatte den Eindruck, sie waren erleichtert, was zweifellos meiner Jugend zuzuschreiben war.
Die Halle war hoch und ungefähr fünfzig Fuß lang, die

Decke, ähnlich wie in Pondersby Hall, holzgetäfelt. Der Fußboden war aus Marmor, die Wände, an denen eine stattliche Anzahl von Fahnen und Trophäen hingen, waren leuchtend weiß. Auf beiden Seiten standen Ritterrüstungen und in der Mitte ein prachtvoller Refektoriumstisch mit den dazugehörigen Bänken aus geschnitztem Eichenholz. Der Tisch war mit Zinngeschirr gedeckt, und ich bemerkte sofort, wie gepflegt und sauber alles war.

Die Dienstboten waren zurückgeblieben, nur ihre Augen folgten mir, als Richard mich durch die Halle und das Treppenhaus zu unserem Schlafgemacht führte.

Ich zitterte vor Angst, als er mich in diesen Raum geleitete. Mein Blick fiel auf ein Himmelbett mit roten Samtvorhängen und einem Baldachin aus Satin im selben Rot.

Richard schloß die Türe, und wir waren allein.

Er nahm mein Cape ab und warf es auf das Bett.

»Was du für heute nacht brauchst, ist mit den Packpferden gekommen«, sagte er. »Morgen kommt das andere Gepäck.«

»Ja, ich habe alles, was ich brauche.«

Er nahm mich bei den Schultern und hob mein Gesicht zu sich empor.

»Du zitterst ja, hast du Angst?«

»Nein . . . nein, nicht wirklich. Ich hoffe nur, dich nicht zu enttäuschen.«

»Du bist süß!« sagte er.

»Ich muß aufhören, ein Kind zu sein, jetzt, da ich deine Frau bin.«

»Du sollst immer nur du selbst sein, mehr will ich nicht.«

»Das Haus ist ein bißchen . . .«

»Ein bißchen was . . .?« fiel er mir ins Wort.

»Wie soll ich sagen . . . überwältigend. So viele Diener!«

»Das kommt daher, weil ich Soldat bin. Sie haben alle irgendwann unter mir gedient. Das Vaterland ist nicht sehr gut zu Soldaten, die es nicht mehr gebrauchen kann.«

»Und du hast sie hierhergebracht?«

»Es sind alles Männer, denen ich vertrauen kann.«

»Dann werden wir nur vier Frauen in diesem Haushalt sein?«

»Möchtest du mehr? Du kannst dir entweder Meg oder Grace Jesson als Zofe nehmen. Laß dir ein oder zwei Tage Zeit, um dich zu entscheiden.«

»Was haben sie jetzt für Pflichten?«
»Das weiß ich nicht so genau. Mr. und Mrs. Cherry kümmern sich darum. Aber du brauchst ihnen nur zu sagen, was du willst.«
»Alles sieht so gepflegt aus.«
Er lächelte. »Das kommt vom Training in der Armee; darauf kann man sich verlassen. Jetzt möchtest du dir sicherlich die Hände waschen, dann werden wir essen. Du hattest einen außergewöhnlichen Tag.«
»Den einzigen Hochzeitstag meines Lebens«, sagte ich und wünschte sofort, ich hätte es nicht getan. Es könnte ihn daran erinnern, daß er zwei gehabt hat - und beinahe sogar einen dritten, falls Carlotta recht hatte.
Er ließ mich einen Augenblick allein, und ich sah mich im Schlafzimmer um. Es war ein großer Raum mit einer geschnitzten Kommode und einem prächtigen Schrank, etlichen Stühlen, einem Tisch, auf dem ein Spiegel und zwei schwere Zinnkerzenhalter standen.
Ich übersah das große Himmelbett, weil ich Angst vor dem hatte, was darin von mir erwartet wurde. Ich fühlte mich dumm und unwissend und dachte, alles was ich tun kann, ist, mich zu fügen. Plötzlich meinte ich, Bersabas spöttisches Gelächter zu hören. Wie seltsam! Ein Zimmer wie dieses konnte einen schon zum Phantasieren verleiten. Ich mußte an all die Frauen und Männer denken, die hier bereits geschlafen hatten. Auch er hatte dies Bett mit seiner ersten Frau geteilt.
Ich trat ans Erkerfenster, das ursprünglich eine Schießscharte gewesen sein mußte. Darunter befand sich eine Fensterbank mit bestickten Samtkissen. Die schweren verzierten Samtportieren paßten zu den Bettvorhängen. Ich kniete mich auf die Fensterbank und schaute hinaus. Vor mir lag ein grüner Rasen und ungefähr 100 Yards weiter die mit Schießscharten und Türmen versehene Mauer eines Miniaturschlosses.
Es klopfte an die Türe. Eine der Jessontöchter brachte heißes Wasser.
»Der Herr hat gesagt, ich soll Euch Wasser bringen, My Lady.«
»Vielen Dank! Bist du Grace?«
»Nein, ich bin Meg, My Lady.«

»Danke, Meg.«

Ich wusch mir die Hände, da kam Grace mit dem leichten Gepäck herein, das ich mitgebracht hatte, und ich konnte endlich mein Reitkostüm gegen ein Kleid austauschen. Kaum war ich damit fertig, erschien Richard, um mich zum Essen zu führen, das, wie er sagte, bereits auf uns wartete. Zusammen betraten wir das Eßzimmer.

»Ich werde mich hier sicher verirren.«

»Am Anfang vielleicht, aber es gibt genügend Leute, die dir den Weg weisen können.«

Auch das Speisezimmer war hoch und von einer schönen geschnitzten Decke gekrönt. Die Kerzen brannten bereits, obwohl es noch nicht ganz dunkel war. Zu beiden Seiten an den Wänden hingen Gobelins, die in kräftigen Farben gewirkt waren. Auf dem einen war der Krieg der Rosen, auf dem anderen die Schlacht von Bosworth Field dargestellt.

»Das wäre eine Handarbeit für dich, wenn ich weg bin«, fügte er hinzu.

»Du läßt mich doch noch nicht so schnell allein?« fragte ich ängstlich und versuchte mich in diesem großen Haus, umgeben von Fremden, vorzustellen.

»Ich glaube nicht. Aber ein Soldat muß immer bereit sein, wenn er gerufen wird.«

Das sollte wohl eine Warnung sein. Morgen, bei Tageslicht, würde alles anders aussehen, hoffte ich und mußte wieder einmal an Trystan Priory denken, wo alles so warm und vertraut war.

Das Abendessen wurde von Jesson und zwei anderen Dienern serviert, was mir seltsam vorkam, weil wir zu Hause immer nur Mädchen zum Servieren hatten, ebenso in Pondersby Hall. Aber alles geschah mit großer Genauigkeit und viel Geschick.

Es gab kalte Ente, Roastbeef, Hammel und Wild, zusammen mit Pasteten, die zu kosten ich nicht hungrig genug war. Richard überredete mich, ein wenig von dem Malvasier-Wein zu trinken, der in feinen venezianischen Gläsern serviert wurde. Nachdem ich getrunken hatte, legten sich meine Befürchtungen etwas, und während es immer dunkler wurde und ich meinem Mann über den Tisch zulächelte - sein Gesicht war ganz weich im Kerzenschein -, gewann ich die Überzeugung, hier glücklich zu werden. Alles ist fremd,

sagte ich mir, ich bin so jung und unerfahren, und Trystan Priory, meine Mutter und meine Schwester sind so weit weg, aber wir werden glücklich sein.
Nach dem Essen gingen wir zurück ins Schlafzimmer. Mein Nachthemd lag auf dem Bett. Ich zog mich aus und schaute aus dem Fenster.
Ein halber Mond stand am Himmel, und die Nacht war klar. Wieder sah ich auf die Türme des Miniaturschlosses. Es wirkte geisterhaft im Mondlicht. Hätte ich es nicht schon bei Tageslicht gesehen, hätte ich es für unwirklich gehalten.
Plötzlich spürte ich Hände auf meinen Schultern.
Erschrocken fuhr ich herum; Richard stand hinter mir.
»Habe ich dich erschreckt?« fragte er.
»Ein bißchen. Was ist das da draußen . . . ein Schloß?«
»Das ist Flamstead Folly.«
»Was bedeutet das?«
Er nahm meine Hand und stellte sich neben mich. »Das bedeutet, daß ein Vorfahre von mir - mein Urgroßvater - es gebaut hat.«
»Ein kleines Schloß?«
»Er dachte, es wäre amüsant. Ursprünglich sollte es größer werden, aber dann wurden die Baukosten zu hoch, und er begnügte sich mit einem kleinen. Er hatte geschworen, eines Tages sein eigenes Schloß zu haben. Alle nannten es Folly, die kleine Torheit. Das Ganze war auch ziemlich töricht.«
»Darf ich's mir anschauen?«
»Nein, bitte nicht. Wie du siehst, ist eine ziemlich hohe Mauer darum gebaut worden, weil es baufällig ist. Es ist nie sehr stabil gebaut gewesen. Eines Tages werde ich es abreißen lassen. Bitte geh nicht in die Nähe; auf gar keinen Fall! Versprich mir, daß du es nicht tun wirst!«
»Natürlich verspreche ich es. Das klingt so . . . ernst.«
»Ich möchte nicht, daß eine Tonne Ziegel auf dieses schutzlose Haupt stürzt.«
»Tut mir leid. Es sieht so aufregend aus.«
»Du darfst da nicht hin, ich bestehe darauf. Versprich es mir!«
»Das habe ich doch schon getan.«
»Denk daran, bitte!«

Sein Gesicht sah so streng aus. Wie damals, als er darauf bestand, daß ich Mab hinauswarf.
»Komm«, sagte er, »es ist kalt«, und zog mich zum Bett.

Als ich aufwachte, schien die Sonne, und ich erinnerte mich plötzlich, wo ich war. Ich streckte meine Hand aus und spürte, daß ich alleine war.
Die Vorhänge um das Bett waren halb aufgezogen. Ich war so dankbar, ich hatte die Nacht überstanden. Daran denken wollte ich allerdings nicht, und es gab niemanden, mit dem ich darüber reden konnte. Vielleicht hätte ich es mit Bersaba gekonnt. Ob ich wohl schon in anderen Umständen war? Es wäre schön, ein Kind zu haben. Das würde mir Spaß machen. Die Tatsache, daß ich meinen Gefühlen auf diese Art und Weise Ausdruck verlieh, war schon ein Eingeständnis, daß es eine andere gab, die mir keinen Spaß machte.
Ich zog an der Glockenschnur, dem Signal für Grace, mir heißes Wasser zu bringen, wusch mich, zog mein Reitkostüm an und ging hinunter.
Richard saß im Eßzimmer und frühstückte bereits. Es fiel mir schwer, ihn anzusehen, ich schämte mich so. Aber er erhob sich, legte seine Arme um mich und küßte mich.
»Guten Morgen, Liebste«, sagte er warm, und ich fühlte mich gleich wieder ein bißchen glücklicher.
Vielleicht war ich gar nicht so schlecht gewesen, dachte ich, und meine Stimmung hob sich.
»Wie ich sehe, bist du zum Reiten angezogen«, sagte er.
»Ich habe im Augenblick nur mein Reitkleid und das Kleid, das ich gestern abend getragen habe.«
»Deine Sachen kommen noch heute. Grace oder Meg kümmern sich darum. Nachher werde ich dir das Haus zeigen, damit du dich nicht verläufst. Vielleicht reiten wir auch noch ein bißchen durch die Gegend. Wäre dir das recht?«
Im Laufe des Tages dachte ich, ich hätte mir doch unnütze Sorgen gemacht. Die Nacht war noch weit, und Richard zeigte keine Anzeichen, daß sich seine Zuneigung zu mir verringert hätte. Zweifellos liebte er dieses Haus. Ich folgte ihm treppauf und treppab. Er machte mich auf die vierblättrigen Luken aufmerksam, durch die das Licht ins Treppenhaus fiel. Auch auf das Gewölbe, das sich wie eine fortlaufende Spirale nach oben zog. Eine ziemlich ungewöhnliche

Konstruktion, sagte er. Liebevoll strich er über das Steingeländer und erzählte mir, daß es mit der Architektur dieses Hauses etwas Besonderes auf sich hätte. Das Stammschloß in Cumberland war usprünglich ein Fort, das in den folgenden Jahrhunderten immer wieder angebaut worden war. Far Flamstead dagegen war für Menschen gebaut, die behaglich leben wollten.

Auf der Galerie befanden sich die Gemälde seiner Vorfahren. »Einige habe ich aus dem Schloß mitgebracht«, erzählte er mir. »Du siehst, es hat immer eine militärische Tradition in unserer Familie gegeben.«

Er zeigte mir die Kapelle mit den geschnitzten Kirchenstühlen und dem Tonnengewölbe und die Balken mit der Tudorrose. Plötzlich überlief es mich kalt, und während das Echo unserer Schritte auf den lasierten Kacheln widerhallte, überfiel mich eine böse Ahnung. Ich hätte losheulen können vor Sehnsucht nach Trystan Priory und meiner Familie.

Es war so schlimm, daß ich drauf und dran war, mich auf ein Pferd zu schwingen und Richtung Südwest davonzugaloppieren.

»Was ist los mit dir?« fragte Richard.

»Ich weiß nicht. Es ist kalt hier.«

»Ja, und zu dunkel.«

»Ich habe das Gefühl, als sei hier schon einiges geschehen.«

»Ein Priester ist dort oben am Altar ermordet worden. Eine meiner Ahnfrauen war Katholikin, unter Königin Elizabeth, und hatte hier einen Priester versteckt. Ihr Sohn hat ihn entdeckt und ihn ermordet.«

»Wie schrecklich! Glaubst du, er geistert noch durch die Kapelle . . . dieser Priester?«

»Er war auf der Stelle tot, und das war sein Ende.«

»Glaubst du nicht, daß Menschen als Geister zurückkommen und in einem Haus herumspuken, in dem sie eines gewaltsamen Todes gestorben sind?«

»Meiner Meinung nach ist das alles Unsinn. Überleg dir doch, wieviel Menschen eines gewaltsamen Todes sterben. Die Welt müßte voller Gespenster sein.«

»Vielleicht ist sie das auch.«

»Liebes, bilde dir doch nicht so etwas Dummes ein. Du magst die Kapelle nicht, und wir haben zur Zeit keinen ei-

genen Priester. Auch glaube ich nicht, daß der König ein Gesetz gegen die Katholiken erlassen kann, nachdem seine Frau eine so überzeugte Katholikin ist.«
»Aber Puritanern gegenüber ist er nicht sehr milde.«
»Ja, das ist etwas anderes.«
»Er ist intolerant.«
»Natürlich ist er das. Kümmern dich denn diese Angelegenheiten?«
»Nicht wirklich. Aber als ich noch in Cornwall war, hat es mehrmals großes Geschrei wegen Hexen gegeben.«
»Das gibt es nicht nur in Cornwall, das hat sich im ganzen Land über die Zeiten gehalten.«
»Wenn es wirklich Zauberkräfte gibt und die Menschen sie anwenden wollen, warum sollten sie es nicht tun?«
»Man sagt, sie beten den Teufel an, wünschen einem nur Böses und führen den Tod jener herbei, die sie beleidigen.«
»Ich glaube, es gibt auch gute Hexen. Sie verstehen sich auf die Heilkraft von Pflanzen und kurieren Kranke. Aber das nützt ihnen meist nichts.«
»Ungerechtigkeit wird es immer geben.«
»Aber Katholiken und Puritaner tun niemandem etwas zuleide.«
»Da hast du recht. Ich habe das Gefühl, all diese Sekten versuchen, den anderen ihren Glauben aufzuzwingen, und da beginnt der Konflikt.«
»Vielleicht gibt es eines Tages eine Welt, in der alle Menschen glauben dürfen, was sie wollen.«
»Ich sehe, du bist eine Idealistin. Und daß du genug hast von der Kapelle. Komm, ich zeige dir jetzt das Solarium, den wärmsten Raum im Haus. Ich kann mir vorstellen, wie du dort an sonnigen Nachmittagen mit deiner Handarbeit sitzt. Du wirst einen Wandteppich wirken, den wir aufhängen und der Hunderte von Jahren überdauern wird.«
»Das würde mir Spaß machen.«
»Du mußt dir ein Thema wählen. Was zum Beispiel?«
»Auf keinen Fall Krieg«, sagte ich mit Bestimmtheit. »Es gibt zu viele Kriege. Ich hasse Krieg.«
»Und hast einen Soldaten geheiratet?«
»Ich hoffe, du bist ein Soldat, der für das Recht kämpft.«
»Und ich hoffe, du wirst eine treue, liebevolle Ehefrau sein.«

»Ich werde mir Mühe geben, aber du mußt Geduld mit mir haben, denn ich habe noch viel über . . . hm . . . die Ehe zu lernen.«
»Liebste, wir haben beide noch eine Menge zu lernen.«
Im Solarium hob sich meine Stimmung wieder. Der Raum ging nach Süden, und die Sonne strömte durch die großen halbrunden Fenster. Die Vorhänge waren dunkelblau, mit goldenen Quasten versehen, ebenso die Kissen auf den Fensterbänken. Die Decke war besonders schön und reich verziert, mit Bildern von zwei Cherubinen, die auf Wolken dahinschwebten und zwischen sich das Familienwappen trugen. Das Solarium war voller Licht und Sonne, im Gegensatz zu der kalten dunklen Kapelle.
An einer Wand hing ein Teppich - und wieder war es der Krieg, diesmal die Schlacht von Hastings. Richard erzählte mir, daß es der ganze Stolz der Familie war, mit Wilhelm dem Eroberer nach England gekommen zu sein.
Vom Solarium kam man in das Königszimmer, das diesen Namen deshalb hatte, weil der König einmal eine Nacht darin verbracht hatte. Der Kamin aus roten Ziegeln war extra seinetwegen eingebaut worden. Liebevoll machte mich Richard auf die kunstvollen Säulen und Pfosten aufmerksam, die oben an der Decke zusammenliefen. Der König hatte seine Einwilligung gegeben, das königliche Wappen über der Türe anbringen zu lassen.
»Glaubst du, er wird irgendwann wiederkommen?« fragte ich.
»Das könnte schon sein.«
Ich versuchte, mich als Gastgeberin eines Königs vorzustellen, aber es gelang mir nicht.
»Die Manieren des Königs sind über jeden Zweifel erhaben«, erzählte Richard. »Er ist immer charmant. Du brauchst also keine Angst zu haben, falls er wirklich einmal käme. Aber im Augenblick ist er zu sehr mit seinen Problemen beschäftigt, um Sinn für Besuche zu haben.« Er drehte sich zu mir, zog mich an sich und küßte mich zärtlich auf die Stirne. »Du machst dir unnötige Gedanken, Angelet. Du hast Angst, deine Fähigkeiten wären nicht angemessen. Ich versichere dir . . . bald schon wirst du dich selbst fragen, warum du überhaupt je Angst gehabt hast.«
Ich wußte, daß er mir damit sagen wollte, daß alles zwi-

schen uns gut werden würde, und ich war plötzlich wieder so fröhlich wie an dem Tag, als er mich bat, seine Frau zu werden. Die Ehe erschien mir als das romantischste Abenteuer der Welt.

Während der ganzen Führung war ich voller Freude. Er zeigte mir so viele Schlafzimmer, daß ich irgendwann aufhörte zu zählen. Viele waren nach den Farben benannt, in denen sie eingerichtet waren, zum Beispiel das rote oder das graue Zimmer und so weiter. Dann gab es noch das getäfelte Zimmer, das Zimmer mit den Wandteppichen und das Pagenzimmer, in dem das Porzellan aufbewahrt wurde.

An einer Tür ging Richard vorbei, und ich fragte, wo die hinführe.

»Ach, das ist ein Zimmer wie die anderen; nichts Besonderes.«

Er öffnete die Türe, aber widerstrebend. Um so neugieriger war ich zu sehen, was dahinter war.

Er hatte recht gehabt, es gab nichts Besonderes in dem Raum. Ein Tisch stand darin, einige Stühle und ein großer geschnitzter Schrank.

»Wie heißt dieses Zimmer?«

»Ich glaube, Schloßzimmer.«

»Oh, ich weiß auch, warum: Man hat einen wunderbaren Blick auf das Schlößchen. Auf die kleine Torheit!«

Ich ging zum Fenster und schaute hinaus. Er stellte sich neben mich, und ich bemerkte eine gewisse Nervosität an ihm. Ich begriff, daß er nicht die Absicht gehabt hatte, mir dieses Zimmer zu zeigen. Wie in der Kapelle befiel mich eine quälende Unruhe. Von diesem Fenster aus hatte man einen besseren Blick auf das Schloß als sonst irgendwo. Die Schloßmauern waren sehr hoch und wirkten beinahe weiß im gleißenden Sonnenlicht. Dieses Zimmer hieß wahrscheinlich Schloßzimmer wegen dieses Ausblicks.

»Ein Jammer, daß diese hohe Mauer gebaut worden ist«, sagte ich. »Sie sieht weniger alt aus als das Schloß.«

»Wie gut du beobachtest. Woran erkennst du das?«

»Sie sieht einfach nicht so alt aus. Wann ist sie gebaut worden?«

Er zögerte. »Vor ungefähr zehn Jahren.«

»Dann hast du sie bauen lassen?«

»Ja.«

»Wozu?«
»Vielleicht wollte ich das Schloß nicht mehr sehen.«
»Wäre es nicht einfacher gewesen, es abzureißen, nachdem es sowieso baufällig ist und du es offensichtlich nicht leiden kannst?«
»Habe ich gesagt, daß ich es nicht leiden kann?«
»Du hast es angedeutet . . . zum Beispiel nennst du es die kleine Torheit.«
»Nicht ich habe es so getauft. Es hieß schon so, bevor ich auf die Welt kam.«
»Ich nehme an, du wolltest nicht abreißen, was deine Vorfahren mit so viel Mühe gebaut hatten. Deshalb hast du eine Mauer darum bauen lassen, um es nicht mehr sehen zu müssen und um Leute davon abzuhalten, es zu betreten, da es gefährlich ist.«
»Ja, so ist es.« Daraufhin führte er mich weg vom Fenster, seine Art, zu verstehenzugeben, daß ein Thema für ihn abgeschlossen war. Ich sollte noch lernen, die kleinste Andeutung zu verstehen. Mein Mann verlangte bedingungslosen Gehorsam. Für einen Soldaten, der gewöhnt war, zu kommandieren, war das natürlich.
Ich musterte das Zimmer und sagte: »Es sieht bewohnt aus.«
»Bewohnt . . . was willst du damit sagen? Es wird nie benützt.«
»Dann habe ich mich getäuscht. Was befindet sich in dem Schrank?«
»Keine Ahnung.«
»Sollen wir nachschauen?«
»Laß, es gibt interessantere Dinge zu sehen. Ich möchte dir das Dach zeigen.«
»Das Dach? Das klingt aufregend.«
Fest schloß er die Türe zum Schloßzimmer und führte mich eine Wendeltreppe hinauf auf das Dach. Die Luft war warm und frisch, und ich atmete sie mit Genuß ein. Ich sah über die Gärten bis zu den bewaldeten Hügeln und weiter, bis zu einem Haus in der Ferne. Ich bewunderte die Ornamente an den Ecktürmchen und spähte nach dem Folly aus, aber von dieser Seite konnte man es nicht sehen.
Auf dem Weg hinunter kamen wir durch die lange Galerie, und ich blieb stehen und schaute mir die Gemälde an. Da hing ein sehr gutes Porträt von Richard und daneben das ei-

ner jungen Frau. Ohne zu fragen, wußte ich, daß dies seine erste Frau darstellte, und meine Neugierde erwachte. Sie war hübsch und sehr jung, noch jünger sogar als ich. Ihr schönes Haar war hochgesteckt, was ihr Gesicht sehr zart machte. Sie hatte große sprechende Augen und einen Ausdruck, der mich faszinierte. Es war, als flehe sie um Hilfe, als hätte sie vor etwas Angst.

»Ja, das ist Magdalena«, sagte Richard.

»Magdalena?«

»Meine erste Frau.«

»War sie sehr jung, als sie starb?«

»Neunzehn.«

Wieder hatte ich dasselbe ungute Gefühl. Wahrscheinlich, weil ich mir dieses Mädchen mit ihm zusammen vorstellte. Das sollte ich nicht tun.

»War sie krank?«

»Sie ist im Kindbett gestorben.«

»Ihr hattet ein Kind?«

»Es war eine zweifache Tragödie.«

Wieder dieser unausgesprochene Befehl: Wir wollen nicht darüber sprechen.

Aber ich konnte ihn verstehen. Danach führte er mich durch die Nebengebäude, und ich entdeckte, wie ausgezeichnet der Stall gehalten wurde. Auch das Waschhaus und der Weinkeller, alles zeugte von einem vorzüglich geführten Haushalt, dessen Herrin ich geworden war.

»Ich werde mich gleich hinsetzen und meiner Mutter und meiner Schwester alles über mein neues Heim berichten.«

»Das mußt du auch.«

»Und sobald es meiner Schwester wieder bessergeht, müssen sie kommen und uns besuchen.«

»Das sollen sie tun«, antwortete er herzlich, und glücklich malte ich mir die Ankunft aus.

»Wie stolz ich sein werde, ihnen alles zu zeigen!«

Erfreut drückte er meinen Arm.

Am Nachmittag ritten wir aus. Er wollte mir die Landschaft zeigen. Es war kein großer Besitz, kein Familiensitz wie in Cumberland, sondern nur das Haus eines Soldaten. Das Grundstück umfaßte allerdings verschiedene Gärten, Pferdekoppeln und ein paar mit Föhren bewachsene Hügel.

Wie am Abend zuvor nahmen wir das Abendessen zusammen ein, teilten das Bett.

Zwei Wochen lang verging ein Tag wie der andere. Jeden Morgen arbeitete er in der Bibliothek, und ich war mir selbst überlassen. Ich spazierte durch die zehn Morgen großen Gärten, wo es genug für mich zu sehen gab. Wir hatten einen Rosen-, einen Küchen- und einen Kräutergarten. Ich schrieb Briefe an Mutter und Bersaba. Mutter erklärte ich alle Einzelheiten über die Blumen, die hier wuchsen, und wie das kältere und trocknere Klima sich bei gewissen Pflanzen auswirkte. Ihr zu schreiben war einfach. Weniger einfach war es mit Bersaba. Ich stellte sie mir in ihrem Bett vor, in dem sie, um Kräfte zu sammeln, wie meine Mutter sagte, noch immer einen Großteil ihrer Zeit verbringen mußte, und hatte Angst, ihr begeistert von meinem Glück zu berichten. Ich war natürlich glücklich, aber es liegt in der Natur des Glücks, daß es einen schnell verläßt.
Die Nächte hatten ihren Schrecken für mich verloren, waren immer noch etwas beunruhigend. Ich hatte nie etwas von dieser Seite der Ehe gewußt und immer das Gefühl, der Mann, der mit mir schlief, sei nicht derselbe wie der, der mir tagsüber so beherrscht entgegentrat.
Ich liebte ihn innig, daran gab es keinen Zweifel, und die Tatsache, daß er oft weit weg zu sein schien, machte ihn nur noch attraktiver. Manchmal stellte ich mir vor, wie mir meine Mutter alles erklärt haben würde: ›Du hast sehr jung geheiratet. Wärst du zu Hause gewesen, hätte ich mit dir sprechen und dich auf das, was dich erwartete, vorbereiten können. Aber alles ist so plötzlich, so unerwartet geschehen, und jetzt tappst du ein bißchen im dunkeln. Hab keine Angst, du liebst ihn, und er liebt dich. Er flößt dir Ehrfurcht ein, weil er einen so hohen Posten bekleidet, aber es ist gut, seinen Mann zu respektieren.‹
Ob sie meinem Vater gegenüber auch so empfunden hatte? Wenn Bersaba nur hier wäre, dann könnte ich mit ihr reden! Aber meine intimsten Gedanken konnte ich einfach nicht zu Papier bringen.
Am Nachmittag, wenn Richards Arbeit getan war, ritten wir aus. Er liebte es, mir die Gegend zu zeigen, er liebte die Natur und er liebte die Bäume. Er zeigte mir jeden einzel-

nen und wußte alles über sie. Und es gab eine Menge verschiedener Bäume rund um Far Flamstead. Mit Richard zu reiten, war wie eine Botaniklektion. Bei einem Bach, an dem Trauerweiden wuchsen, hielt er an und sagte: »Schau, ihre Wurzeln reichen beinahe bis ins Wasser, sie lieben die feuchte Erde. Die männlichen und die weiblichen Blüten wachsen auf verschiedenen Stämmen. Warte, bis du erst die flauschigen silbrigen Knospen im Frühling aufbrechen siehst. Die männlichen haben goldene Samenstempel, die weiblichen grüne. Wenn sie ganz offen sind, sehen sie aus wie kleine weiße Wollknäuel.«

Er zeigte mir Kiefern und Eiben.

»Schau dir die Eibe an. Sie steht schon über hundert Jahre da. Stell dir das einmal vor! Stell dir vor, wieviel Veränderungen sie schon gesehen hat. Sie stand schon da, als Elizabeth den Thron bestieg, und noch früher, als ihr Vater die Klöster verbot und England sich von Rom lossagte.«

»Ich finde, Eiben sind unheimlich«, sagte ich.

»Sie sind giftig für das Vieh.«

»Sie haben etwas Bedrohliches, als hätten sie geheime Kräfte. Die Beeren sind doch nicht giftig, oder? Die Vögel fressen sie.«

»Meine kleine Angelet, du siehst überall nur Gutes. Ich hoffe, daran wird sich nichts ändern.«

Ich lauschte hingebungsvoll auf alles, was er erzählte. Ich wollte ihm zu verstehen geben, daß ich ihn verstand und das Leben so sehen wollte, wie er es sah.

Seiner Meinung nach waren Bäume das Schönste, was die Natur erschaffen hatte. Für ihn gab es keine Jahreszeit, in der ein Baum nicht schön war. Im Frühling war er eine Augenweide, mit seinen Blüten und dem Versprechen dahinter; im Sommer war er prächtig und voll; im Herbst waren die bunten Blätter eine Inspiration für jeden Künstler; im Winter aber war er am schönsten, wenn er seine nackten Zweige gegen den Winterhimmel reckte.

»Ich hätte nie gedacht, daß du so poetisch sein könntest.«

»Normalerweise habe ich Angst vor Spott.«

»Aber doch nicht bei mir.«

»Nein, bei dir nicht.«

Das machte mich glücklich. Dann zeigte er mir Eschen und Zitterpappeln, in denen leise der Wind raschelte.

»Man sagt, das Kreuz Christi sei aus Espenholz geschlagen worden, und seitdem sei die Espe nie wieder zur Ruhe gekommen.«

»Glaubst du das?« fragte ich.

Er schüttelte den Kopf. »Ihre Blätter zittern, weil die Stengel so lang und dünn sind.«

»Hast du für alles eine logische Erklärung?«

»Ich hoffe.«

Ich lernte eine Menge von ihm. Am Abend erzählte er mir von den Schlachten, und ich wollte alles erfahren. Er hatte sogar Zinnsoldaten, Infanterie und Kavallerie, mit denen normalerweise Kinder spielten. Ich war ziemlich erstaunt, als ich sie zum erstenmal sah. Richard mit so etwas spielen zu sehen, war das letzte, was ich erwartet hätte. Aber man konnte es kaum Spielen nennen. Er zeigte mir, wie gewisse Schlachten gewonnen beziehungsweise verloren worden waren, indem er mir auf einem großen weißen Blatt Papier das Schlachtfeld aufzeichnete und seine Soldaten darauf plazierte.

Eine seltsame Erregung bemächtigte sich seiner, wenn er mit seinen Soldaten beschäftigt war. »Schau, Angelet, das Fußvolk kam von hier. Was sie nicht wußten, war, daß die feindliche Kavallerie hinter diesem Hügel auf der Lauer lag. Siehst du, sie waren strategisch so plaziert, daß man nicht mit ihnen rechnete. Das war ein Fehler des Kommandeurs. Er hätte Spähtrupps ausschicken sollen, um die Position des Gegners auszumachen.«

Ich bemühte mich, ihm zu folgen; ich wollte ihm gefallen. Es bewegte mich, ihm und seinen Miniatursoldaten zuzuschauen; es machte ihn so jung.

Ich wünschte, die Schlachten würden mich interessieren, aber ich konnte nur so tun als ob. Ich habe Gespräche über Kriegführung immer gehaßt. Meine Mutter pflegte zu sagen, Kriege werden nur durch die Torheit ehrgeiziger Männer angezettelt, und egal, wer den Sieg davonträgt, es hat selten gelohnt, einen zu führen. Natürlich war manchmal vom Untergang der Armada gesprochen worden, aber das geschah bei einer Seeschlacht, und wir fochten damals um unser Leben und unsere Freiheit.

So saß ich also geduldig da, wenn er abends seine Schlachten rekonstruierte oder mich zu einem Schachspiel ani-

mierte, ein Spiel, in dem ich noch nie sehr gut war. Manchmal hatte ich es mit Bersaba gespielt, sie aber nur sehr selten zu schlagen vermocht. Die Tage, an denen es mir gelang, konnte man an den Fingern einer Hand abzählen.
Nach dem Spiel lehnte sich Richard zurück, musterte das Schachbrett und erklärte mir, was ich falsch gemacht hatte. Oft stellte er auch die Figuren wieder auf und wollte, daß wir an diesem Punkt neu anfingen.
Er war dazu geboren, zu befehlen und zu lehren, es schien ihm auch besonderen Spaß zu machen, mir etwas beizubringen. Manchmal hatte ich das Gefühl, als betrachtete er mich als seine Schülerin, eine geliebte und geschätzte Schülerin, aber eben eine Schülerin, die noch eine Menge zu lernen hatte.
Das machte mir nichts aus, ich war glücklich und versuchte verzweifelt, ihm zu gefallen. Ich vergaß nie, daß ich ein Kind für ihn war. Ich mußte alles tun, um erwachsen zu werden und mich an den Dingen zu erfreuen, die ihn interessierten, ich mußte meine Schachzüge besser überdenken und verstehen lernen, warum die Infanterie vorwärts statt rückwärts hätte ziehen müssen - oder umgekehrt.
So spielte sich das Leben in den ersten zwei Wochen ab, eine Art Pflichtübung - ein zärtlicher Lehrer und seine Schülerin.
Dann kam eines Tages ein Bote. Er trug die Uniform der königlichen Garde und brachte einen Brief für Richard.
Der Captain und Richard schlossen sich lange Zeit in der Bibliothek ein, dann ließ er mich durch einen Diener rufen.
Ich ging hinunter, und Richard schaute mir ernst entgegen. Er stellte mir den Captain vor und sagte: »Angelet, ich muß morgen weg. Ich muß für kurze Zeit in den Norden. An der Grenze sind Unruhen ausgebrochen.«
Ich durfte meine Enttäuschung nicht zeigen. Er hatte mich darauf vorbereitet, daß die Frau eines Soldaten auf plötzliche Abrufe wie diesen gefaßt sein mußte, also versuchte ich so zu sein, wie er es von mir erwartete, und sagte: »Was möchtest du, daß ich vorbereiten lasse?« Meine Stimme zitterte ein wenig, aber ich wurde mit einem beifälligen Blick belohnt.
Am nächsten Tag verließ er Far Flamstead.

Das Haus schien verändert ohne ihn. Ich hatte das komische Gefühl, es amüsierte sich heimlich über mich, weil ich ihm jetzt ausgeliefert war. Immer hatte ich in einer Traumwelt gelebt, mir fehlte das logische Denken.
Richard war am Nachmittag aufgebrochen, und ich hatte ihm vom Dach aus nachgeblickt, bis ich ihn nicht mehr sehen konnte. Dann stieg ich die Wendeltreppe wieder hinunter und blieb vor der Tür zum Schloßzimmer stehen. Meine Hand lag auf der Klinke, aber ich zögerte noch. Aus irgendeinem Grund hatte er nicht gewollt, daß ich den Raum betrete. Was würde er von mir denken, wenn er wüßte, daß ich es doch tat, kaum daß er das Haus verlassen hatte? Entschlossen kehrte ich um und ging in unser Schlafzimmer.
Ich stand am Fenster, sah auf die Zinnen des Schlosses und fragte mich, warum er so ein ernstes Gesicht gemacht hatte, als er mir befahl, nicht weiter zu insistieren. Ich ließ mich auf die Fensterbank nieder und schaute auf das Himmelbett. Heute nacht würde ich alleine darin schlafen. Es hatte keinen Sinn, mir einzureden, daß ich nicht erleichtert gewesen wäre.
Aber ich würde mich schon noch daran gewöhnen, sagte ich mir. Ob ich bald ein Kind erwarten würde? Ich überlegte mir die Briefe, die ich nach Hause schreiben würde.
Es war seltsam, allein zu essen. Ich hatte das Gefühl, das Benehmen der Diener war anders, sie bedienten mich nicht mit derselben Achtsamkeit wie ihn. Ein weiterer Wesenszug von Richard war, daß er Unpünktlichkeit nicht ausstehen konnte. Er kam immer genau zur angegebenen Zeit. Bei ein oder zwei Gelegenheiten, als ich mich ein paar Minuten verspätet hatte, habe ich die Mißbilligung in seinen Augen gesehen, obwohl er nichts gesagt hat.
Nach dem Essen wurde mir der Abend lang, und ich begab mich in die Bibliothek. Die meisten Bücher befaßten sich mit militärischen Angelegenheiten. Ich tröstete mich damit, schließlich und endlich einen Soldaten geheiratet zu haben. Dann ging ich zu Bett.
Wie groß es plötzlich war ... wie luxuriös und bequem!

Ich schlief wie ein Stein, aber als ich am Morgen erwachte, fühlte ich mich einsam und verlassen, weil er nicht da war.

Das Leben war voller Widersprüche, versuchte ich mir einzureden, voller Licht und Schatten, Freude und Geduld. Während des Tages vermißte ich ihn schrecklich, aber nachts war ich erleichtert.
Die Vormittage verbrachte ich wie immer im Garten und aß alleine zu Mittag. Nur die Nachmittage streckten sich bis ins Endlose. Sollte ich ausreiten? Wenn ich weit ritt, mußte ich einen Reitknecht mitnehmen, wie wir das auch zu Hause tun mußten, und dazu hatte ich keine Lust.
Ich ging die Wendeltreppe nach oben, um die Aussicht vom Dach zu genießen, und als ich wieder am Schloßzimmer vorbei kam, überfiel mich die Neugierde mit solcher Macht, daß ich nicht mehr widerstehen konnte. Schon als ich auf der Schwelle stand, fühlte ich mich nicht wohl in meiner Haut; wahrscheinlich, weil ich etwas tat, was mein Mann nicht gutheißen würde.
Dabei war es ein ganz gewöhnliches Zimmer. Tisch, Stühle, ein kleiner Schreibtisch und der große Schrank. Was war daran so ungewöhnlich? Nur die Tatsache, daß man von hier aus einen guten Blick auf das Schlößchen hatte.
Das Schloß . . . dieses Zimmer . . . verbotenes Territorium! Warum wohl? Wenn das Schloß baufällig war und einzustürzen drohte, warum riß er es nicht ab? Es war völlig sinnlos, nur weil es ein Ahnherr erbaut hatte. Warum auch sollte sich mein logischer Mann darüber Gedanken machen. Ich hörte förmlich seine Stimme, wenn er sich über seine Zinnsoldaten beugte. ›Die Infanterie hier einzusetzen war sinnlos . . . absolut sinnlos. Wären sie von hier aufmarschiert, hätten sie ganze Arbeit leisten können, und die Geschichte hätte anders ausgesehen.‹
Anstelle des Schlosses konnte man doch etwas anderes bauen. Etwas Nützliches. Oder vielleicht Gärten anlegen.
Ich kniete mich auf die Fensterbank und schaute hinaus. Es war einfach absurd. Eigentlich war es nur ein kleines bescheidenes Haus, mit Wasserspeiern und kleinen Fässern, aus denen aber nie heißes Öl oder Pech auf Eindringlinge geschüttet worden war.
Ich wandte mich wieder dem Zimmer zu. Heimelig, dachte ich. Ja, es sah bewohnt aus. Ich hätte gerne gewußt, von wem.

Ich versuchte die Schranktüren zu öffnen, aber sie waren abgeschlossen. Nur eine Schublade ließ sich aufziehen. Darin lag ein Schlüssel. Es war der Schlüssel zum Schrank, und ich sperrte ihn auf. Er war voll mit Stramin für Wandteppiche.

Das interessierte mich. Richard hatte gesagt, er wollte, daß ich anfing, einen Wandteppich zu machen. Das wäre genau das Richtige, die Stunden zu füllen, während er weg war. Und hier lag jede Menge Stickleinwand. Ich zog eine andere Schublade auf und entdeckte wunderschöne bunte Sticksei-den.

Ich nahm die Stoffe heraus und breitete die verschiedenen Stücke auf dem Tisch aus. Da fiel ein bereits bestickter Wandteppich zu Boden. Es war das Stück eines Musters, wie Kinder sie manchmal machen mußten als Lektion in Fleiß und Geduld. Eine hübsche Arbeit! Ich selbst hatte auch einmal so etwas sticken müssen, ebenso Bersaba. Ihres sah aus wie ein Flickwerk, und sie hatte Mutter gefragt, was für einen Sinn es hätte, dazusitzen und säuberliche kleine Stiche zu machen - obwohl ihre Stiche nie säuberlich zu nennen waren. Auf den Mustern waren meistens Buchstaben oder Zahlen, manchmal auch ein kleiner Vers vorgezeichnet, wie zum Beispiel: ›Selig sind die Einfältigen, denn ihnen gehört das Himmelreich‹, oder etwas Ähnliches, dann fügte man noch Datum und Namen hinzu. Meine Mutter sah Bersabas Einwand ein, und sie mußte nicht weitermachen. Ich stickte mein Bild zu Ende, und Mutter zeigte es Vater voller Stolz.

Dies hier sah ähnlich aus.

Buchstaben aus dem Alphabet, ein paar Zahlen und: ›Meine Lippen sprechen nichts Schlechtes, meine Zunge verleumdet nicht.‹ ›Der Preis der Wahrheit ist teurer als Rubine.‹ Und darunter: ›M. Heriot, im Jahre des Herrn 1629‹.

Magdalena, dachte ich, sie muß hier gewohnt haben. Dies war ihr Zimmer. Das war der Grund, warum Richard nicht hineingehen wollte.

Seit Richard weg war, hatte sich das Verhalten der Dienerschaft mir gegenüber sehr geändert. Mrs. Cherry unterhielt sich gerne mit mir, und wenn ich in die Küche kam, blieb ich immer eine Weile dort.

Richard wollte, daß ich die Pflichten einer Hausfrau erlernte, aber darin brauchte ich nicht sehr viele Instruktionen. Meine Mutter hatte sich immer ausgezeichnet um den Haushalt gekümmert und uns auch so erzogen. Das war eines der Dinge, in denen ich besser war als Bersaba. Ich habe meine Mutter oft in die Küche begleitet, wenn sie den Speisezettel für den Tag machte.
Mit Mrs. Cherry, die das merkte und respektierte, hatte ich also keine Schwierigkeiten.
Jeden Morgen ging ich hinunter in die Küche und sagte ihr, was ich zum Mittag- und Abendessen haben wollte. Leise summend setzte sie sich zu mir. Sie schien ein sehr zufriedener Mensch zu sein.
Sie nannte mich »Herrin«, wie die anderen Dienstboten auch, und vom General sprach sie nur im Flüsterton, was auf großen Respekt schließen ließ.
Ich fragte sie, ob sie früher viel gekocht hätte, und sie sagte, ja, es hätte Zeiten gegeben, da wäre das Haus voller Gäste gewesen. »Herren vom Militär«, sagte sie. »Sie kamen her und blieben ein paar Tage. Der General hat sie aus Whitehall mitgebracht. Sie hatten immer großen Appetit und waren meist starke Trinker. Deshalb hält sich der General auch einen wohlsortierten Weinkeller.«
»Ihr müßt mir erklären, was bei solchen Gelegenheiten geschieht, Mrs. Cherry, damit ich weiß, was ich zu tun habe, und daß es ein Erfolg wird.«
»Da könnt Ihr Euch auf mich verlassen und auf Cherry und Mr. Jesson auch. Wir werden schon aufpassen, daß sich die anderen anständig benehmen, wenn Ihr wißt, was ich meine. Es gibt nichts, was wir für den General nicht tun würden.«
»Es muß schwierig für ihn gewesen sein, all diese Jahre ohne Hausherrin.«
»Ich nehme an, Ihr werdet eine Hilfe sein, Herrin, aber diese Herren vom Militär lieben es, zu essen und zu trinken und ihre Schlachten bei Tisch zu schlagen. Dann sind sie zufrieden. Ich weiß noch, eines Abends kamen wir ins Eßzimmer, um den Tisch abzudecken, und da saßen sie . . . meine beste Pastete war irgendein Fort und mein Eberskopf die feindliche Kavallerie. Stellt Euch das einmal vor! Über dem ganzen Tisch verstreut, so etwas habt Ihr noch nie gesehen! Und ei-

ner drehte Brotkügelchen und schoß sie durch die Gegend. Das waren die Kugeln und Granaten.«
Ich mußte lachen. Das konnte ich mir gut vorstellen.
»Ihr Beruf ist, zu kämpfen, Mrs. Cherry, und unser Land vor dem Feind zu bewahren.«
»Daran hege ich keinen Zweifel, Herrin. Aber wie gesagt . . . gebt ihnen ein gutes Sirloinsteak und eine Hammelkeule, Rebhuhn, Hase oder Pfau und etwas Gutes zum Hinunterspülen, und sie sind zufrieden.«
»Es wird schon alles gutgehen.«
»Ihr könnt Euch auf mich verlassen, Herrin!«
»Danke.«
»Auf eines müssen wir immer gefaßt sein: Der General kann jeden Augenblick auftauchen. Glaubt mir, er kommt so schnell als möglich wieder. Er ist ja ein jungverheirateter Mann.«
»Mrs. Cherry, wie lange seid Ihr schon hier?« fragte ich.
»Schon bevor der General . . . hm . . . vor seiner ersten Ehe. Cherry war am Bein verwundet, und da der General große Stücke von ihm hielt und er keinen Dienst mehr machen konnte, hat er gesagt . . . ich meine der General . . . ›komm mit und werde mein Diener‹ . . . das hat er gesagt, ›und Mrs. Cherry kann Haushälterin sein und für mich kochen.‹ Cherry hat sofort eingewilligt und ich auch. Er hatte immer schon großen Respekt vor dem General gehabt . . . damals war er noch gar nicht General . . . das kam erst später.«
»Dann wart Ihr also schon bei seiner ersten Hochzeit hier?«
»O ja. Ich erinnere mich noch an den Tag, an dem er sie brachte. Erst neulich haben wir in der Küche darüber gesprochen . . . Eure Ankunft hat uns daran erinnert . . . die, die schon hier waren seinerzeit. Ich habe gesagt: ›Diesmal hat er keinen Fehler gemacht‹, und Cherry war ganz meiner Meinung.«
»Einen Fehler?«
»Ach, ich rede zuviel, sagt Cherry immer. Aber man muß gesellig sein. Nun ja, weil Ihr schon fragt, Herrin, es ist auch gut zu wissen, was früher passiert ist, nehme ich an. Sie war ein zartes kleines Ding und so jung.«
»Wie jung?«
»Siebzehn, noch nicht einmal achtzehn.«
»Oh!« sagte ich nur.

»Ich weiß, Ihr seid auch eine sehr junge Dame, aber sie wirkte noch jünger. Eine Heriot! Sie haben eine hohe Meinung von sich, die Heriots . . . eine der besten Familien im Norden. Die Hochzeit war von den Familien abgesprochen worden. Ich glaube, deshalb haben sie geheiratet, und der General brachte sie nach Hause. Sie verstand nichts vom Haushalt. Sie hatte vor ihrem eigenen Schatten Angst.«

»Sie hat gerne gestickt, nicht wahr?«

»Ja, das hat sie, Herrin. Sie saß oben im Schloßzimmer, da hatte sie ihren Wandteppich aufgespannt und stickte und stickte, und manchmal hörten wir sie sogar singen . . . oh, sie hatte eine sehr hübsche Stimme . . . wenn auch keine große, und sie spielte das Spinett. Es war hübsch, ihr zuzuhören. Ein Lied sang sie besonders gerne . . .«

»Was war das für ein Lied, Mrs. Cherry?«

»Letzthin haben wir erst versucht, uns daran zu erinnern, weil Grace gesagt hat, es war irgendwie komisch. Nicht, daß es einen zum Lachen brachte - das meine ich nicht -, es war seltsam, wenn Ihr so wollt. Das Lied besagte, daß sie in ihrem eigenen Grabe liege und hoffe, ihre Sünden würden ihr vergeben. Die letzte Zeile ging so: ›Erinnere dich an mich, aber vergiß, was mich so gemacht hat, wie ich bin‹, was schon seltsam genug war.«

»Ihr meint, weil sie so jung und unerwartet gestorben ist?«

»Unerwartet war es nicht. Sie hat die ganze Zeit gekränkelt. Dic Hebamme, Mrs. Jesson - damals war sie noch da, ein paar Jahre später ist sie gestorben -, hat mir wenige Tage zuvor gesagt, daß sie nicht glaube, die Lady würde überleben.«

»Dann war sie wohl sehr krank?«

»Viele Frauen haben Angst vor dem ersten Kind, das ist ganz natürlich. Viele geben sogar ihr Leben für das Kind. Die Natur ist nun mal so. Aber es ist nicht natürlich, so viel Angst zu haben. Das denke ich.«

»Und sie und ihr Baby sind gestorben?«

»Das war eine traurige Zeit, das kann ich Euch sagen! Der General war gerade verreist. Danach war das Haus tot und still, ein ganzes Jahr lang.«

»Wie traurig.«

»Jetzt ist alles anders. Ihr seid eine kräftige junge Frau, wenn ich mir diese Bemerkung erlauben darf. Ich nehme an, wenn Eure Zeit kommt . . .«

Sie sah mich prüfend an, und zum ersten Mal bemerkte ich an ihr etwas Lauerndes, das nicht ganz zu ihrer gemütlichen Rundlichkeit paßte. Ich nahm an, sie war einfach daran interessiert, ob ich bereits schwanger war. Frauen wie sie haben gerne Kinder im Haus.
Abrupt stand ich auf. Ich hatte genug geredet und außerdem das Gefühl, Richard wäre nicht damit einverstanden, daß ich soviel mit dem Personal plaudere.
Also sagte ich nur: »Es besteht keine Veranlassung, viel zu kochen, Mrs. Cherry. Ich bin alleine.«
»Natürlich nicht, Herrin. Sagt mir nur, was Ihr haben wollt, und ich verspreche Euch, es wird Euch schmecken.«

Die Tage vergingen. Nach drei Wochen kam ein Bote von Richard mit einem Brief, in dem er mir berichtete, er sei in Mittelengland und zöge bald nach Norden. Er nahm an, weitere sechs Wochen abwesend zu sein. Er käme, so versicherte er, so bald wie möglich zurück.
Das war seine Art, mir zu sagen, daß er mich liebte, und mir genügte es.
In der Zwischenzeit wollte ich alles über die Führung des Hauses lernen, um ihn bei seiner Rückkehr überraschen zu können. Es war ein einsames Leben; Besucher kamen keine. Seine Freunde wußten wohl, daß er weg war. Sobald er wieder da war, würde alles anders sein. Die ersten Wochen nach unserer Hochzeit hatte man uns natürlich allein lassen wollen. Und jetzt wartete man sicherlich auf seine Rückkehr.
Ich unterhielt mich oft mit Mrs. Cherry, und die beiden Mädchen, Grace und Meg, kannte ich mittlerweile auch sehr gut. Ich nahm Meg zur Zofe. Nicht, daß ich sie aufgefordert hätte, sie arbeitete sich von selbst in diese Rolle. Ich erfuhr, daß Jesson schon genauso lange im Hause war wie die Cherrys und daß er Frau und Kinder mit in den Haushalt gebracht hatte. Ich war froh, daß es sie gab. Ohne die beiden und Mrs. Cherry wäre es ein reiner Männerhaushalt gewesen.
Meg war aufgeschlossener als Grace. Sie war siebenunddreißig und die jüngere, wie sie mir anvertraute. Stolz erzählte sie mir, daß sie in demselben Monat geboren sei, in dem die alte Königin gestorben war.

Auch sie erinnerte sich an die ehemalige Hausherrin. »Sie war sehr freundlich, sehr gütig«, erzählte sie mir. »Stundenlang saß sie im Zimmer und stickte. Eigenartig, genau wie Ihr. Ich habe sie immer frisiert, aber sie wollte kein Lockenpony. Sie hatte wunderschönes Haar und war blaß wie eine Lilie. Ich habe gerne zugehört, wenn sie auf dem Spinett gespielt und dazu gesungen hat, das war wunderhübsch.«
»Hat sie auch für den General gespielt und gesungen?«
»O ja, vor allem wenn Besuch da war. Aber sie machte immer einen traurigen Eindruck. Und dann sollte sie ein Baby bekommen . . .« Meg sprach nicht mehr weiter.
»Ja und, was geschah dann?«
»Oh, ich hatte nicht viel mit ihr zu tun«, wich sie mir aus.
»Aber du hast sie doch frisiert.«
»Ja . . . aber es war nicht mehr dasselbe.«
»Hat es den General sehr mitgenommen . . . das, was geschehen ist?«
»O ja, sehr. Er war sehr lange weg, und ein Jahr nachdem die arme Lady gestorben war, haben sie angefangen, die Mauer dort zu bauen.«
»Meinst du die Mauer um das kleine Schloß?«
»Sie macht den Garten so dunkel.«
»Ich glaube, sie ist gebaut worden, weil sich das Schloß in einem gefährlichen Zustand befindet.«
»Ja, das ist richtig, Herrin. Keiner von uns darf es betreten. Ich fürchte, eines Tages wird einer der Türme einstürzen.«
»Man sollte es abreißen.«
»Ach, so etwas sollte man einfach verrotten lassen, findet Ihr nicht?«
»Nein, meiner Meinung nach sollte man es einfach abreißen.«
»Ja, aber es geht das Gerücht um, daß der alte Ahnherr, der es gebaut hat, böse werden und zu spuken anfangen könnte. Nicht, daß das noch viel ausmachen würde. Ich glaube, es geistert schon längst da drinnen.«
»Wie kommst du denn darauf, Meg?«
»Nur so, Herrin, in solchen Häusern spukt es doch meistens.«
»Hast du schon einmal etwas Derartiges gesehen?«
Sie zögerte ein bißchen zu lange und preßte ihre Lippen zusammen, als wollte sie kein Wort mehr herauslassen.

Ich wußte jetzt, es gab ein Geheimnis um das Schloß, und irgend jemand - wahrscheinlich Richard - hatte Instruktionen gegeben, daß man mir keine Angst machen sollte.

Still verfloß die Zeit, und jeden Tag arbeitete ich ein paar Stunden an meinem Wandteppich. Meine Finger waren ganz begierig, endlich das vorgezeichnete Schloß sticken zu können. Fröhlich stichelte ich drauflos mit der grauen Wolle, die ich gefunden hatte und die ungefähr der Farbe der Schloßmauern entsprach. Ich liebte es auch, im Kräutergarten zu arbeiten, Kräuter zu pflücken und Heiltränke daraus zu brauen, wie meine Mutter es mich gelehrt hatte. In Far Flamstead gab es eine ausgezeichnete Speisekammer. Mrs. Cherry interessierte sich sehr dafür, sie wußte selbst viel über Kräuter. Vor kurzem hatte sie Jesson von Schmerzen kuriert, die ihrer Meinung nach davon kamen, daß er zuviel gegessen hatte. Ebenso kannte Meg ein Mittel gegen Kopfschmerzen, auf das ich schwor. Mrs. Cherry war ganz versessen darauf, die Rezepte meiner Mutter auszuprobieren. »Man lernt nie aus«, sagte sie.
Selten ritt ich aus, es gab immer etwas im Hause zu tun, und wenn ich doch dazu kam, dann ritt ich zur Pferdekoppel, um alleine zu sein.
Briefe trafen ein, von Mutter und Bersaba. Mutters Briefe waren voller Ratschläge für den Haushalt - und daß sie sich danach sehnte, mich wiederzusehen. Bersaba hatte sich kurz gefaßt. Sie ermüdete wohl immer noch rasch. Die intime Beziehung zwischen uns schien verlorengegangen zu sein. Ich nahm an, die Ehe hätte mich verändert. Ich hatte das Gefühl, die Welt meiner Kindheit weit hinter mir gelassen zu haben und ein neues Leben beginnen zu müssen, aber ich hatte immerzu Sehnsucht nach meiner Familie.
Es wurde mir gar nicht bewußt, wie sehr ich auf mich selbst angewiesen war und daß mir meine Vergangenheit zur fixen Idee wurde. Da ich aber meinem Mann gefallen wollte, mußte ich ihn nicht nur verstehen, sondern auch alles, was ich konnte, über ihn in Erfahrung bringen. Und der wichtigste Abschnitt war sicher seine erste Ehe.
Während ich so an Magdalenas Wandteppich arbeitete und in ihrem Zimmer saß, bekam ich langsam das Gefühl, sie kennenzulernen. Sie war eine Heriot und kam aus einer

sehr bekannten Familie. »Alle hatten hohe Positionen bei Hof«, erzählte mir Mrs. Cherry. »Es waren sechs Schwestern, für die Ehemänner gefunden werden mußten. Meine Lady war die jüngste. Sie war immer so schüchtern.«
Arme kleine Magdalena, sie hatte solche Angst gehabt vor dem Kindbett. Ich würde keine Angst haben. Wenn ich nur ein Baby hätte, wäre alles der Mühe wert. Schließlich mußte man für alle guten Dinge im Leben hart arbeiten und bezahlen.
Ich liebte es, in der frischen Luft zu sein. An warmen Tagen nahm ich meine Stickerei und setzte mich in den Garten an den Teich. Ich fand es lustig, mitten in der Szenerie zu sitzen, die ich auf meinen Stramin stickte. Ich ging auch viel spazieren, beobachtete das Wachstum der Blumen und beschloß, ein paar eigene Ideen durchzuführen. Vielleicht sollte ich erst Richard sagen, was ich vorhatte, bevor ich mich mit dem Gärtner auseinandersetzte. Aber Pläne machen konnte ich jetzt schon.
Meine Schritte führten mich oft in die Richtung des Schlosses, aber die hohe Mauer verhinderte, es aus nächster Nähe zu betrachten. Vom Schloßzimmer aus sah man allerdings, daß es von einem dichten Föhrenwäldchen umgeben war. Ich dachte viel darüber nach, wie es wohl von innen aussehen würde. Sicher gab es einen kleinen Raum für die Wache, Rüstungen, einen kleinen Spion, eine Wendeltreppe – Schloß Paling in Miniaturausgabe.
Die Föhren wuchsen auf beiden Seiten bis dicht an die Mauer. Einige davon waren noch ziemlich jung. Vielleicht wurden sie erst nach dem Bau der Mauer gepflanzt. Es handelte sich um eine Föhrenart, die schnell wächst. Innerhalb von wenigen Jahren wird aus einem Setzling ein buschiger Baum. Vielleicht waren gerade deshalb Föhren gewählt worden?
Je mehr ich darüber nachdachte, desto seltsamer kam mir alles vor. Natürlich war Richard mit seiner Karriere vollkommen ausgelastet. Es war ihm lästig, Arbeiter hier um sich zu haben, die das Schloß abrissen. Deshalb hat er sich wohl bis heute noch nicht darum gekümmert. Und weil es jahrelang vernachlässigt worden war, ist das Betreten jetzt lebensgefährlich geworden. Aber wozu eine Mauer darum bauen?

Ich konnte an nichts anderes mehr denken. Das Schlößchen war das erste, was ich sah, wenn ich in das Schloßzimmer kam, oder wenn ich durch die Gärten streifte, schienen mich meine Schritte - ohne daß ich es wollte - immer wieder dahin zu führen.
Eines Tages, als ich unter den Bäumen nahe an der Mauer herumspazierte, überlief mich plötzlich ein Schauer. Ich hatte das Gefühl, jemand wäre im Unterholz. Keine Ahnung, warum mich das derartig erschreckte, es konnte doch einer der Dienstboten sein. Aber was hätte der hier zu suchen? Was hatte ich hier zu suchen? Ich war hier, weil ich neugierig war und mich alles, was mit meinem neuen Zuhause zusammenhing, interessierte. Außerdem konnte ich mich mit der Erklärung meines Mannes, die dieses geheimnisvolle Schloß betraf, nicht zufriedengeben.
Ich horchte angestrengt. Ein Rascheln, als ob jemand einen Ast beiseite geschoben hätte, das Rollen eines Steines - vielleicht ein aufgeschreckter Hase? Aber das beängstigende Gefühl, nicht allein zu sein. Man beobachtete mich. Vielleicht jemand, der mich schon früher hierherkommen gesehen hatte und seine Neugierde verbergen wollte.
Das mußte ich herausfinden.
Schnell ging ich weiter, blieb aber immer wieder stehen, um zu lauschen.
Ja, da war es wieder, das unverkennbare Geräusch sich zurückziehender Schritte!
»Wer ist da?« rief ich.
Keine Antwort. Und dann sah ich ein Gesicht durch die Bäume. Einen Augenblick nur, im nächsten war es verschwunden. Wer immer es war, er mußte sich hinter einem der Bäume versteckt haben, und ich hatte ihn erblickt, als er kurz hervorspähte.
Es war ein Gesicht, das man nicht leicht wieder vergaß. Das dunkle Haar war tief in die niedrige Stirn gewachsen, die buschigen Augenbrauen pechschwarz und das Gesicht selbst ungewöhnlich blaß. Auf der linken Wange befand sich ein rotes Muttermal.
Es war ein Gesicht, vor dem man erschrecken mußte, besonders, wenn der dazugehörige Körper hinter den Bäumen versteckt blieb.
»Wer seid Ihr?« rief ich wieder.

Das Gesicht verschwand. Ein paar Minuten war es mir nicht möglich, mich von der Stelle zu bewegen. Ich war zu erschrocken.
Ich ging weiter und rief in den Wald, wer immer es sei, er solle stehenbleiben. Aber ich erhielt keine Antwort. Dann erreichte ich die Mauer, die das Schloß umgab. Es war das erstemal, daß ich mich ihr aus dieser Richtung genähert hatte, deshalb entdeckte ich auch die kleine Pforte erst jetzt. Ich sah verstohlen nach dieser Tür, denn jeden Moment erwartete ich wieder die unheimliche Erscheinung. Eine Tür in der Mauer! Ein Torbogen hat sie mir verraten, denn eigentlich war die Mauer von Gewächsen überwuchert, die den Eingang versteckten. Ich schob die Ranken zur Seite und untersuchte die Pforte aus der Nähe. Sie hatte ein Schlüsselloch für einen großen Schlüssel. Ich lehnte mich gegen die Türe und versuchte, sie aufzustoßen. Sie war fest verschlossen.
Es war unheimlich, und als ich so da stand, bekam ich Angst. Plötzlich fühlte ich mich einsam und vom Haus abgeschnitten. Ich mußte unentwegt an das Gesicht denken, das mich durch die Bäume angestarrt hatte, und den seltsamen Ausdruck der Augen. Der Mann hatte nichts Bedrohliches an sich, weit davon entfernt, eher schien er Angst vor mir gehabt zu haben. Das war wahrscheinlich auch der Grund, warum ich ihm so leichtsinnig nachgelaufen war. Aber jetzt wollte ich nichts wie raus aus dem Unterholz. Ich fing an zu laufen und blieb nicht stehen, bis ich mich draußen im Freien befand.
Ich war atemlos. Der erste, der mir begegnete, war Mrs. Cherry. Sie kam aus dem Kräutergarten und trug ein paar Blätter und Zweige, die sie gerade gepflückt hatte, in ihrer Schürze.
»Ihr seht ja ganz erschrocken aus, Herrin«, sagte sie.
»Ich . . . ich habe jemanden im Unterholz gesehen.«
»Wieso im Unterholz, Herrin?«
»Ja, bei der Schloßmauer.«
»Oh!« Ihre runden Augen hatten einen erschrockenen Ausdruck angenommen. »Irgendein Eindringling?«
»Es war ein Mann mit dunklem Haar und buschigen Augenbrauen, und er hatte ein Muttermal auf der Wange.«
Sie zögerte einen Augenblick und starrte angestrengt ins

Gras. Dann hob sie den Kopf und lächelte. »Das war sicher Erdbeer-John. Er ist also da, sieh mal einer an! Dazu hat er kein Recht, der Schelm.«

»Erdbeer-John? Wer ist denn das?«

»Der hat so ein Muttermal auf der Wange. In der Erdbeersaison wird es rot wie eine Erdbeere. Man sagt, seine Mutter hätte eine Leidenschaft für Erdbeeren gehabt, als sie ihn unter dem Herzen trug, und dann ist er damit auf die Welt gekommen ... Es sitzt mitten auf der Wange, man kann es nicht übersehen. Er spioniert immer überall herum, was er nicht tun sollte, wenn Ihr versteht, was ich meine. Ja, ich kenne Erdbeer-John.«

»Ich habe gerufen, aber er hat nicht geantwortet. Er ist fortgelaufen.«

»Er weiß, daß er in dem Wäldchen nichts zu suchen hat, darum. Ihr seht wirklich erschrocken aus. Aber vor Erdbeer-John braucht Ihr keine Angst zu haben!«

Die Gärten hatte ich bereits erkundet, jetzt wollte ich querfeldein, obwohl ich wußte, daß ich nicht weiter als bis zur Pferdekoppel reiten sollte. Da mußte ich an Bersaba denken, die so oft alleine ausgeritten war, und machte mich auf den Weg.

Ich schlug einen anderen Weg ein als den, den ich durch Richard kannte, ritt ungefähr drei Meilen einen hübschen Pfad entlang und kam zu einem Bauernhaus. Es war groß und sah warm und bequem aus, hatte Steinmauern und ein Ziegeldach. Ein paar Hütten standen herum, die alle zu dem Bauernhof zu gehören schienen.

Neugierig ritt ich näher. Die Besitzer mußten unsere nächsten Nachbarn sein. Eine Frau kam aus dem Haus, ging zum Brunnen, um Wasser zu holen, und als sie mich auf meinem Pferd sah, rief sie mir einen Gruß zu.

Ich glaubte sie zu kennen, und genauso schien es ihr zu gehen, denn sie trat auf mich zu und sah mich neugierig an.

Da erkannte ich sie. Es war Ella Longridge, die Schwester des Mannes, den Richard zum Duell gefordert hatte.

»Sind wir uns nicht schon einmal begegnet?«

»Ihr seid Mistress Longridge, nicht wahr?«

»Und Ihr seid die neue Herrin von Far Flamstead. Wir haben uns auf einem Ball getroffen.«

»Ich kann mich noch gut erinnern. Ihr wart mit Eurem Bruder dort, und dann gab es einen bösen Zwischenfall.«
»Der sich, zum Glück, zur allgemeinen Zufriedenheit erledigt hat«, sagte sie. »Reitet Ihr allein?«
»Ja. Mein Mann ist in militärischer Angelegenheit unterwegs, und ich hatte es satt, immer nur zu Hause zu sitzen. Und einen Reitknecht mitzunehmen hatte ich auch keine Lust.«
»Möchtet Ihr einen Augenblick eintreten? Mein Bruder ist nicht zu Hause, aber er würde es nicht gutheißen, wenn ich Euch nicht hereinbäte.«
»Das ist sehr freundlich von Euch, ich komme gerne.«
Ich stieg ab, band mein Pferd an einen Pfosten und folgte ihr ins Haus.
Mir entging nicht die Einfachheit ihres grauen Kleides, ihres weißen Kragens und ihrer Schürze. Ihre Schuhe sahen fest und praktisch aus, und ihr Haar war auf schmucklose Weise aus der Stirn gekämmt.
Wir befanden uns in einer großen Küche mit einem offenen Kamin und einem langen Tisch mit Bänken auf beiden Seiten und einem Armstuhl an jedem Ende. Auf einer Anrichte standen Zinngefäße, und über der Feuerstelle hing an Ketten ein großer schwarzer Kessel, in dem etwas Wohlriechendes kochte. Auch aus dem Backofen drang appetitlicher Duft.
Ich gab meinem Erstaunen, daß wir Nachbarn waren, Ausdruck.
»Unsere Familien verkehrten früher sehr freundschaftlich miteinander«, sagte Ella Longridge. »Plötzlich gab es Meinungsverschiedenheiten, und den endgültigen Zusammenstoß habt Ihr auf dem Ball selbst miterlebt. Mein Bruder hatte früher seiner Mißbilligung gewissen Dingen gegenüber nie so offen Ausdruck verliehen, und Euer Mann nahm ihm seine Ansicht übel. Es könnte sehr gut sein, daß er es nicht gern sieht, daß Ihr hierherkommt. Wir sagen einfach, dies war ein Treffen zwischen Frauen, die sich nicht für die Streitigkeiten von Männern interessieren.«
Sie sah mich an: »Ihr seht, wir leben sehr einfach. Mein Bruder verwaltet den Hof, aber das ist nicht seine einzige Beschäftigung. Er war selbst im Parlament, und jetzt verfaßt er Kommentare über unsere Politik. Manchmal fürchte ich, er

ist zu freimütig. Er denkt nie über die Wirkung seiner Worte nach.«
Ich konnte nicht umhin, Ella Longridge gern zu haben, und der Gedanke, daß sie eine nahe Nachbarin war, hob meine Stimmung, denn jetzt erst merkte ich, wie einsam ich war.
Sie ging zum Backofen und zog ein Blech mit kleinen, appetitlich aussehenden goldbraunen Pasteten heraus.
»Wir werden sie probieren, solange sie noch warm sind. Wenn Ihr wollt, kann ich Euch selbstgebrautes Bier anbieten.«
Sie goß das Bier aus dem Faß in zwei Zinnkrüge und stellte sie auf den Tisch. Dann nahm sie zwei heiße Pasteten und legte sie auf einen Teller.
»Ich bekomme nicht jeden Tag Besuch«, sagte sie.
»Wir sind Nachbarn.«
»Über eine Abkürzung sind es nur eineinhalb Meilen bis zu Euch. Unsere Felder reichen fast bis Far Flamstead.«
»Lebt Ihr schon lange hier?« fragte ich und nippte an dem köstlichen Bier.
»Unser ganzes Leben. Wir haben ein Haus in London, das Luke benutzt hat, als er noch im Parlament war. Er hofft immer noch, daß sich dieser Zustand ändern wird; er und seine Freunde bemühen sich darum. Aber wir sind vom Land, wir sind Bauern, und manchmal glaube ich, es wäre besser gewesen für Luke, er hätte seine Finger von der Politik gelassen. In Zeiten wie diesen ist sie ein gefährliches Spiel.«
»In Cornwall sind wir so weit weg von alldem.«
»Luke denkt, der Sturm, der sich zusammenbraut, wird das ganze Land erfassen - sogar die entlegensten Dörfer.«
Mich schauderte. »Ich hasse Konflikte. Meine Mutter hat immer behauptet, unsere Familie hätte in der Vergangenheit genug unter den politischen Mißständen gelitten.«
»Das haben alle Familien, nehme ich an. Unser Land befindet sich in einem traurigen Zustand, meint Luke. Zu viele Menschen jagen dem Vergnügen nach, statt einfacher zu leben . . .«
». . . und so bescheiden wir Ihr«, sagte ich. »Diese Pastete schmeckt ausgezeichnet.«
»Ich backe fast alles selbst. Wir haben nur zwei Mägde im Haus. Natürlich arbeiten noch ein paar Leute auf den Fel-

dern, aber das zeige ich Euch später, wenn Ihr wollt. Wir haben ein eigenes Brauhaus, eine Molkerei, den Holzschuppen, Ställe für das Vieh und noch ein extra Backhaus, denn wir haben viele hungrige Mäuler zu stopfen.«
»Ihr müßt sicher schwer arbeiten, Mistress Longridge!«
»Ich bin zufrieden, dazu bin ich schließlich auf die Welt gekommen.«
Dann stellte sie mir Fragen über meine Familie, warum ich nach London gekommen war und über meine Ehe. Es war schön, wieder mit jemandem reden zu können.
Als wir fertig gegessen und getrunken hatten, zeigte sie mir das Gutshaus. Wir stiegen eine hölzerne Treppe hinauf und schritten durch mehrere Stuben, von denen einige ineinander übergingen. Sie alle hatten schwere Eichenbalken und Fenster mit Butzenscheiben, wirkten sauber und frisch geputzt, waren aber spärlich möbliert.
Ich sagte, daß ich gehen müßte, weil man sich sonst sorgen würde, wenn ich nicht rechtzeitig zum Mittagessen zurück sei.
Ella wollte mich nicht zurückhalten, aber wenn ich Lust hätte wiederzukommen, sei ich herzlich willkommen, denn sie hätte nur wenige Freunde auf dem Lande, weil Luke fast alle mit seinen Ansichten vergrault hätte. Die meisten waren anderer Meinung als er.
Ich wollte gerade mein Pferd besteigen, da kam Luke Longridge in den Hof geritten.
Er war erstaunt, mich zu sehen, aber wie seine Schwester erkannte er mich sofort.
»Wir haben ja Besuch«, sagte er, stieg ab und verbeugte sich vor mir.
»Ein Überraschungsbesuch. Mrs. Tolworthy ist zufällig vorbeigeritten und wollte sich den Hof ansehen. Ich habe sie erkannt und hereingebeten.«
»Willkommen«, sagte Luke. Er trug eine einfache schwarze Weste, schwarze Beinkleider, und sein dunkles Haar war kurz geschnitten, was ganz unmodern war.
»Ich wollte gerade gehen. Ich möchte nicht, daß man sich Sorgen um mich macht.«
»Seid Ihr allein unterwegs?« erkundigte er sich.
»Ja. Es ist nicht weit, und ich wollte keinen Reitknecht mitnehmen.«

»Und Euer Gatte?«
»Er ist schon seit Wochen von zu Hause weg.«
»Dann müßt Ihr mir gestatten, Euch nach Hause zu begleiten.«
Ich konnte das Angebot nicht gut abschlagen. Darüber hinaus interessierte er mich, und ich fühlte mich verpflichtet, freundlich zu ihm zu sein. Meiner Meinung nach war es Richard gewesen, der ihn provoziert hatte, damals, als ich den Longridges zum ersten Mal begegnet war.
Er bestieg wieder sein Pferd, und wir ritten zusammen los. Ich sagte, ich hätte nicht gewußt, daß wir Nachbarn sind.
»Das sind wir schon ein Leben lang.«
Es hatte keinen Sinn, so zu tun, als erinnerte ich mich nicht an seine und Richards Auseinandersetzung, also sagte ich: »Ich bin froh, daß Ihr Euch nicht mit meinem Mann duelliert habt.«
»Das war eine Herausforderung, geboren aus der Hitze des Augenblicks. Ich würde niemals wegen einer solchen Lappalie Blut vergießen. Ich glaube, General Tolworthy hat das später auch eingesehen; er hat meine Entschuldigung akzeptiert.«
»Menschen ereifern sich eben über Dinge, die ihnen wichtig sind. Mein Mann dient der königlichen Armee, deshalb ist er Seiner Majestät natürlich treu ergeben.«
»Das ist auch richtig so. Aber ein Land kann wichtiger sein als ein König.«
»Ich habe Land und König immer als eine Einheit betrachtet.«
»So sollte es auch sein. Ich hoffe, General Tolworthy wird nichts dagegen haben, wenn Ihr uns auf unserem Hof besucht.«
»Sicher nicht.«
»Wenn er zurückkommt, müßt Ihr ihm erzählen, daß meine Schwester Euch ins Haus gebeten und ich Euch zurückbegleitet habe.«
»Ja, natürlich werde ich das tun.«
»Möglicherweise hat er etwas gegen diese nachbarliche Geselligkeit.«
»Ich bin überzeugt, er wird sich freuen, daß ich Freunde in der Nähe gefunden habe, nachdem er so oft von daheim weg ist.«

»Wir werden ja sehen. Meine Schwester wäre entzückt über Eure Freundschaft.«
»Und ich über die ihre. Ich finde, es war ein interessanter Morgen.«
Far Flamstead war inzwischen aufgetaucht, und Luke sagte, er müsse mich jetzt verlassen.
Er verbeugte sich, und ich wußte, er sah mir nach, bis ich im Stall verschwunden war.

Bald nach dieser Begegnung mit unseren Nachbarn hatte ich den Verdacht, in anderen Umständen zu sein. Ich war mir aber nicht sicher. Es konnte ja sein, daß ich es mir so brennend wünschte, daß ich es mir nur einbildete. Ich saß im Schloßzimmer, träumte von dem Baby und dachte, jetzt in einem Jahr würde es schon auf der Welt sein - wenn ich mich nicht irrte.
Meist war ich in Gedanken versunken, und natürlich wurde das bemerkt. Ich ertappte Mrs. Cherry eines Tages dabei, wie sie mich aufmerksam musterte. Ein anderes Mal beobachtete ich, wie sie mit Grace und Meg flüsterte und als ich eintrat, alle drei sofort auseinanderfuhren. Also nahm ich an, sie sprachen über mich. Mrs. Cherry behielt zwar ihre Fröhlichkeit, aber die beiden anderen sahen ziemlich verlegen aus.
Bald darauf, als Meg mein Haar frisierte, fragte sie mich, ob ich mich nicht wohl fühlte.
»Doch, natürlich«, antwortete ich, »warum fragst du? Sehe ich schlecht aus?«
»O nein, Herrin, Ihr seht gut aus, nur . . . anders.«
»Wie anders?«
Und wieder wurde sie verlegen.
»Ich, ich frage mich, Herrin, ich hoffe, Ihr seid mir nicht böse . . . ich kenne das von zu Hause . . . wir bemerken diese Dinge.«
Ich wurde ungeduldig.
»Ich weiß nicht, wovon du redest.«
Sie ließ den Kopf hängen, fühlte sich offensichtlich nicht wohl in ihrer Haut, aber da ich darauf bestand, mir zu sagen, was sie meinte, rückte sie endlich mit der Sprache heraus. »Es wäre doch schön, ein Kind im Haus zu haben. Darauf freuen wir uns schon alle.«

Ich spürte, wie mir das Blut in die Wangen schoß.
»Wie kommst du auf die Idee?«
»Grace vermutet es, Herrin.«
»Grace?«
»Na ja, sie hat es von meiner Mutter gelernt, sie wollte selbst eine werden. Sie macht es, wenn man sie braucht. Ich meine, sie kann das alles. Sie hat eine natürliche Begabung dafür.«
»Meg, ich habe nicht die leiseste Idee, wovon du redest.«
»Unsere Mutter war Hebamme, Herrin, und sie hat Grace alles beigebracht. Grace wollte auch Hebamme werden, aber dann sind wir hierhergekommen. Sie hat jetzt andere Pflichten, und sie ist wert, was sie verdient, das müßt Ihr doch zugeben!«
»Sicher, aber was ist mit Grace?«
»Sie sagt, daß Frauen sich verändern, wenn sie . . . na ja, Ihr wißt schon . . . und sie würde eine Wette abschließen, Herrin.«
»Vielleicht hat Grace recht. Ich hoffe es zumindest.«
Meg lächelte zufrieden.
Und Grace sollte recht behalten.
Bald würde der August ins Land kommen. Die Weizenfelder auf dem Longridgehof wechselten bereits ihre Farbe und leuchteten goldbraun. Hafer, Gerste und andere Feldfrüchte breiteten sich wie ein bunter Teppich über das Land.
Wie sehr sehnte ich mich doch nach einem Kind! Im stillen sprach ich mit Mutter und Bersaba, aber ich zögerte, es ihnen zu schreiben, aus Angst, mich vielleicht doch geirrt zu haben.
Aber ich konnte nicht widerstehen, mich mit der klugen Grace zu unterhalten.
»Grace«, sagte ich, »ich bin mir fast sicher.«
»Oh, Herrin«, erwiderte sie, »wie ich mich freue!«
»Ich bin schrecklich aufgeregt.«
»Neues Leben in die Welt zu setzen, ist das Aufregendste im Leben, Herrin.«
»Ja, ich glaube, das ist es.«
»Daran besteht kein Zweifel, Herrin.« Sie kam näher und sah mir in die Augen, dann legte sie ihre Hände auf meinen Leib.

»Ich würde sagen, Ihr seid im zweiten Monat, Herrin. Manche Frauen empfangen leicht. Ihr werdet eine leichte Geburt haben, das verspreche ich Euch. Ihr habt die richtige Figur dafür, schmale Taille und breite Hüften, das ist gut fürs Baby.«
»Das klingt beruhigend, Grace.«
»Oh, ich kenne mein Geschäft. In den Hütten von Longridge gibt es kein Kind unter acht, dem ich nicht auf die Welt geholfen hätte. Und den älteren hat meine Mutter geholfen. Ihr könnt Euch auf mich verlassen, ich werde bei Euch bleiben, bis es überstanden ist.«
»Bis dahin ist noch lange Zeit.«
»Habt keine Angst, Ihr seid schwanger. Es besteht kein Zweifel mehr. Meine Mutter, sie war die beste Hebamme im ganzen Land, hat mir alles beigebracht, was sie wußte. Die vornehmsten Damen im Land haben sie gerufen. Sie bestand immer darauf, mindestens ein oder zwei Tage bevor sie wirklich gebraucht wurde, da zu sein. Sie hielt nichts vom Erscheinen in letzter Minute, wenn es sich vermeiden ließ. So viel kann schiefgehen, wenn man nicht rechtzeitig zur Stelle ist. Meine Mutter war meistens schon eine Woche vorher zur Stelle.«
Grace hielt plötzlich inne, aber ich hakte sofort nach: »Dann war sie auch bei der ersten Frau des Generals?«
»Es war nicht ihre Schuld, daß die arme Lady gestorben ist. Sie hat zuvor schon gesagt, daß es keine einfache Geburt werden würde; denn die Herrin war sehr schwach, und meine Mutter wußte, daß keine Hoffnung bestand. Sie tat, was sie konnte, aber ihre Geschicklichkeit hat nichts geholfen. Die beste Hebamme der Welt kann nicht gegen das Schicksal an. Die erste Frau des Generals war ganz anders als Ihr. Ihr seid eine starke und gesunde Dame. Ihr müßt nicht an sie denken.«
»Ich würde gerne mehr über sie wissen, Grace.«
Grace preßte ihre Lippen zusammen. »Ihr sollt Euch keine Gedanken machen, Herrin, sondern Euch nur auf Euer Kind freuen. Ich nehme an, im nächsten April werdet Ihr es bereits im Arm halten und das Meisterstück der Schöpfung bewundern.«
Ich lächelte ihr zu. Sie spekulierte bereits auf eine Stellung als Kindermädchen.

Das amüsierte mich, aber es war beruhigend zu wissen, daß sich die beste Hebamme im Land um mich kümmern würde, wenn meine Zeit gekommen war.
Ein Bote traf ein mit einem Brief von Richard. Im Norden waren - entgegen seinen Befürchtungen - keine Unruhen ausgebrochen, er hätte die Lage unter Kontrolle. Noch bevor der Monat zu Ende ging, wollte er wieder bei mir sein.
Ich hielt es für richtig, ihm die frohe Nachricht zu schikken; denn ich wußte, es würde ihn beglücken.

»... ich bin mir nicht ganz sicher, aber es könnte so sein«, schrieb ich. »Grace, eine zuverlässige Hebamme, ist vollkommen davon überzeugt und behandelt mich, als wäre ich aus chinesischem Porzellan. Wenn Du nach Hause kommst, werden wir endgültige Gewißheit haben. Ich bin so glücklich! Tief in meinem Herzen weiß ich, daß es stimmt. Nach Trystan Priory habe ich noch nicht geschrieben. Meine Mutter wird ebenso entzückt sein wie besorgt. Das einzige, was ich möchte, ist, zuvor noch meine Mutter und Schwester sehen.«

Es dauerte keine Woche, da kam ein Antwortschreiben von Richard. Er mußte sofort nach Erhalt meines Briefes geantwortet haben. Er schrieb:

> »Meine liebe Frau, Dein Brief erfüllt mich mit großer Freude! Ich bitte Dich von Herzen, die größte Vorsicht walten zu lassen. Ich werde, so bald ich kann, bei Dir sein, wahrscheinlich schon Ende des Monats. Dann hoffe ich, länger zu Hause bleiben zu können und daß nichts Unvorhergesehenes geschieht.
> Vielleicht könnten uns Deine Mutter und Deine Schwester besuchen. Ich möchte nicht, daß Du ausgerechnet jetzt die Reise zu ihnen unternimmst, und je weiter die Zeit fortschreitet, um so vorsichtiger mußt Du sein! Vergiß nicht, daß ich immer an Dich denke, Du weißt, wie sehr ich Dich liebe!
> Dein Mann Richard Tolworthy.«

Ich mußte lächeln. Es war kein leidenschaftlicher Brief, aber er war ernst gemeint, mit jedem Wort, und er klang aufrichtig. Und nicht anders hätte ich es haben wollen.

Eines Nachts konnte ich nicht schlafen. Ich lag in dem großen Bett und dachte an Richards Heimkehr, was er sagen und was für Pläne er für das Kind machen würde. Das Leben hatte für mich ein anderes Gesicht bekommen. Das hatte das Bewußtsein, Mutter zu werden, bewirkt. Ich fühlte mich älter und weiser, und das war auch richtig so, sollte ich doch bald über ein neues Leben bestimmen. Ob ich diesen Anforderungen gewachsen sein würde?
Was würde Mutter zu alldem sagen? Sie selbst hatte fünf Jahre auf meinen Bruder Fennimore warten müssen. Keine junge Frau hätte schneller empfangen können als ich.
Wenn ich im Bett lag, unterhielt ich mich oft mit Bersaba und erfand ihre Antworten. Es kam mir immer noch sonderbar vor, daß sich unser Leben getrennt hatte.
Und als ich so dalag und vor mich hin grübelte, hörte ich plötzlich einen seltsamen Lärm, der die Stille der Nacht zerriß. Ich war mir nicht klar, was es sein könnte; es klang wie Gelächter. Ein seltsames und schauerliches Gelächter. Ich setzte mich im Bett auf und schaute zum Fenster. Ein Licht flackerte auf und verschwand . . . und noch einmal.
Jetzt wußte ich auch, woher es kam: vom Schloß!
Innerhalb einer Sekunde war ich aus dem Bett, hatte mir einen Schlafrock um die Schultern geworfen und schaute zum Fenster hinaus. Wieder hörte ich das Gelächter, und dann folgte ein markerschütternder Schrei. Es war unheimlich.
Jemand mußte im Schloß sein!
Von meinem Fenster aus konnte ich nur die Türme und Zinnen sehen, aber ich wußte, wo man einen besseren Ausblick hatte.
Ich zündete eine Kerze an, stieg die Wendeltreppe hinauf und betrat das Schloßzimmer. Im blassen Mondschein sah es gespenstisch aus. Mit der Kerze am Fenster konnte ich nur mein eigenes Spiegelbild erblicken, also stellte ich sie auf den Tisch, ging zurück zum Fenster, kniete mich auf die Bank und beobachtete die Türme.
Plötzlich sah ich wieder das Licht. Es flackerte kurz auf und

verschwand, als würde jemand eine Laterne an den Schießscharten vorbeitragen.
Ich machte das Fenster auf und lehnte mich hinaus. Auf einmal sah ich eine Gestalt zwischen den Zinnen, ein geisterhaftes Gesicht, das zu mir herüberblickte.
Das Blut in meinen Adern erstarrte. Die Fratze hatte wenig Menschliches an sich. Ein paar Sekunden schien sie mich anzustarren, dann verschwand sie und das Licht auch.
Dieses Gesicht hatte ich schon einmal gesehen, und zwar gehörte es dem Mann, dem ich im Wäldchen begegnet war. Ich hatte sein dichtes Haar und seine buschigen Augenbrauen wiedererkannt. Allerdings habe ich die Narbe auf seiner Wange nicht sehen können.
»Erdbeer-John«, flüsterte ich vor mich hin, und plötzlich lief es mir eiskalt den Rücken herunter. Denn während ich noch auf der Fensterbank kniete, wußte ich, ich war nicht allein im Zimmer. Ein paar Schrecksekunden dachte ich, etwas Unheimliches wäre um mich, und ich hatte Angst, mich umzudrehen. In diesem Augenblick war ich wie gelähmt, konnte mich nicht bewegen und zitterte vor Entsetzen.
Jemand war hinter mir, kam auf mich zu. Flüchtig erinnerte ich mich, daß es Richard nicht recht war, daß ich diesen Raum betrat.
Ich zwang mich umzuschauen.
Mrs. Cherry stand hinter mir. Sie sah nicht so aus wie am Tage. Ihr Haar war in zwei Zöpfe geflochten, die ihr über den Rücken hingen, und um die Schultern hatte sie sich einen braunen Wollumhang geworfen, den sie vorne zusammenhielt.
»Mrs. Cherry!« rief ich erstaunt aus.
»Herrin, was macht Ihr hier oben? Ihr werdet Euch den Tod holen, bei offenem Fenster!«
»Ich dachte, es wäre . . .« setzte ich an.
»Ich weiß, Ihr habt wahrscheinlich einen Alptraum gehabt. Was fällt Euch ein, hier heraufzukommen? Ich habe Schritte auf der Treppe gehört und dachte, Meg schlafwandelt wieder. Man muß auf sie aufpassen. Dann komme ich hier herein, und wen finde ich . . . Euch, Herrin . . . in Eurem Zustand!«
»Mrs. Cherry, irgend etwas geschieht . . .«

»Hört zu, Herrin, ich bringe Euch jetzt zurück ins Bett. Ihr zittert ja vor Kälte. Das sind ja schöne Geschichten! Kommt jetzt, es ist kalt hier! Ich bringe Euch ins Bett, und zwar schnell.«
»Da ist jemand im Schloß.«
»Unsinn, niemand kann hinein. Befehl vom General. Er sagt, es sei gefährlich, und hat uns allen strikt verboten, das Schloß zu betreten.«
»Ich habe ein Licht gesehen . . . und ein Gesicht.«
»Nein, Herrin, Ihr habt einen Alptraum gehabt. Was Ihr jetzt braucht, ist eine heiße Milch, die beruhigt. Ich hole Euch gleich welche.«
»Aber wenn ich Euch sage, ich habe nicht geträumt, ich war hellwach, ich habe den Lärm gehört . . . ein furchtbares Lachen. Dann habe ich das Licht gesehen und bin heraufgegangen, um zu schauen, was los ist. Und dann sah ich das Gesicht.«
»Das Licht hat Euch wahrscheinlich einen Streich gespielt.«
»Nein, das war es nicht . . . ich glaube, es war . . . der Mann, den ich im Wald gesehen habe.«
»Erdbeer-John?«
»Das Muttermal habe ich nicht gesehen, nur den Kopf und die vielen dunklen Haare.«
»Nein, Herrin, das ist unmöglich. Laßt mich Euch ins Bett bringen. An Eurer Stelle würde ich nachts nicht so herumspazieren. Die Treppen haben ihre Tücken, und ein Sturz in Eurem Zustand könnte Euch sehr schaden. Kommt jetzt! Ich habe keine Ruhe, bis ich Euch wieder im warmen Bett habe. Und ich bringe Euch gleich einen heißen Ziegelstein und eine heiße Milch. Morgen in der Früh werdet Ihr Euch frisch fühlen wie der Regen und einsehen, daß alles nur ein Alptraum war.«
Es hatte keinen Sinn, weiter mit ihr zu reden. Ich gestattete ihr also, mich zurück in mein Bett zu bringen. Ihre Gegenwart beruhigte mich einigermaßen. Ich weiß nicht mehr, was zu sehen ich erwartet hatte, als ich mich umdrehte und sie vor mir stand. Es war wie eine Erlösung, dieses runde rosige Gesicht zu sehen, das mich besorgt anblickte, nachdem ich auf etwas Gespenstisches gefaßt war.
Als sie mich in die Decke einpackte, zitterte ich noch immer.

»Wartet bitte einen Augenblick, bis ich den heißen Ziegelstein und die Milch gebracht habe. Wir werden ganz leise sein und nicht das ganze Haus aufwecken.«
Ich lag im Bett und wartete darauf, daß sie wiederkäme. Warum hat sie gesagt, es wäre ein Alptraum gewesen? Ich habe das flackernde Licht doch gesehen. Ebenso das Gesicht. Meine Phantasie war nicht derart, daß ich mir das hätte einbilden können.
Erst brachte Mrs. Cherry den Ziegelstein, der eine Wohltat war. Er war in weichen Flanell gewickelt und strahlte angenehme Wärme aus. Das Zittern ließ nach, und ich fing an, mich behaglich zu fühlen. »In einer Minute bin ich zurück«, sagte sie. Kurz danach trat sie mit einem kleinen Zinnkrug in der Hand an mein Bett und reichte ihn mir mit den Worten: »Trinkt, Herrin, in kleinen Schlucken wirkt er am besten. Ich glaube nicht, daß es viele Leute gibt, die mehr über die Geheimnisse der Kräuter wissen als ich. Wenn ja, würde ich sie gerne kennenlernen; es ist immer von Nutzen, sein Wissen zu vergrößern. Die nobelsten Gäste des Generals haben meine Stews gerühmt. Und was war es? Nichts weiter als eine Messerspitze Klette, Wiesenschaumkraut oder beißender Altherrnpfeffer. Man kann so viel mit Kräutern anfangen. Und alles steckt in der Erde - ein Geschenk Gottes! Alles, was wir zu tun haben, ist, sie richtig anzuwenden. In diese Milch habe ich einen Tropfen Thymian getan. Meine Großmutter hat herausgefunden, daß das süße Träume bringt, und diese Erkenntnis der Familie weitergegeben. Und ein kleines bißchen Mohn, damit Ihr besser einschlafen könnt. Schmeckt es Euch, Herrin?«
»Ja, sie ist süß, aber nicht zu süß und riecht angenehm.«
»Ich wußte, sie würde Euch schmecken. Gleich werdet Ihr fest schlafen.«
»Ich bin sicher, ich habe das Licht und das Gesicht gesehen. Ich lasse mir nicht einreden, daß das alles nur Einbildung war. Und ein Alptraum war es auch nicht, denn ich war hellwach.«
Einen Augenblick dachte sie nach, dann sagte sie: »Erdbeer-John , sagt Ihr. Das Gesicht sah ihm ähnlich?«
»Ich bin mir nicht ganz sicher. Es war Mondlicht, und selbst das hatte er gegen sich. Seine Kopfform habe ich erkannt.«
»Ich überlege gerade, ob dieser verrückte Erdbeer-John ir-

gendwie in das Schloß eingedrungen sein könnte. Das wäre natürlich möglich.«

»Aber wie?«

»Über die Mauer.«

»Kann man darüberklettern? Oben liegen doch Glassplitter.«

»Das wißt Ihr also auch, Herrin?«

»Ja, das habe ich bemerkt, als die Sonne schien. Die kleinen Glassplitter haben geglitzert.«

»Der General besteht darauf, daß keiner das Schloß betritt. Aber Erdbeer-John ist nicht ganz richtig im Kopf, deshalb beachtet ihn auch niemand.«

»Er ist ein Wilddieb, sagt Ihr?«

»Ja, er wildert manchmal. Die Leute sind großzügig ihm gegenüber, sie haben Mitleid mit ihm. Wenn Ihr so überzeugt seid, ein Licht gesehen und sein Gesicht erkannt zu haben, frage ich mich, ob er nicht doch irgendwie hineingekommen sein könnte. Ich werde mit Cherry und Mr. Jesson sprechen. Sie sollen ihn stellen und das herausfinden. Es wird den General interessieren, ob es möglich ist, da einzudringen. Und wenn er erfährt, was sich hier abgespielt hat, wird er dem Spuk ein Ende bereiten, darauf könnt Ihr Euch verlassen.«

Ich war beruhigt, daß sie es für möglich hielt, Erdbeer-John könnte sich vielleicht doch im Schloß befinden. Sie hätte mich nicht davon überzeugen können, mir das alles nur eingebildet zu haben.

Langsam wurde ich schläfrig. Die Bettwärme und die beruhigende Milch taten ihre Wirkung.

»Danke, Mrs. Cherry, daß Ihr Euch um mich gekümmert habt.«

»Ich tue nur, was der General von mir erwartet, Herrin. Wir müssen gut auf Euch aufpassen . . . besonders jetzt.«

Sie schlich auf Zehenspitzen hinaus. Ich schlief gleich ein und erwachte erst wieder, als die Sonne in das Schlafgemach schien.

Am nächsten Tag hätte ich das Ereignis gern mit jemandem besprochen und dachte sofort an Ella Longridge. Ihre Bauernküche war so ganz anders als alles hier im Schloß. Sie war einfach. Nichts, was in diesem großen gemütlichen

Raum nicht von Nutzen gewesen wäre. Und die beiden Longridges hatten etwas so Geradliniges an sich, sie waren vernünftige, ehrliche Menschen, die mit beiden Beinen auf der Erde standen.
Allerdings hatte Luke andere Ansichten, er war gegen den König eingestellt. Richard hingegen, als Soldat, war selbstverständlich äußerst loyal und königstreu. Wahrscheinlich würde er den König auch dann unterstützen, wenn er mit seiner Politik nicht einverstanden wäre. Richard hatte eine eigene Einstellung, von der er nie abweichen würde. Luke Longridge war da anders. Ich hätte gerne gewußt, was er in diesen Artikeln schrieb, die seine Schwester erwähnt hatte.
Aber es war nicht Luke, den ich gerne wiedersehen wollte, es war Ella. Und je mehr ich an die Küche mit den appetitanregenden Düften und dem frischen Bier dachte, desto größere Sehnsucht hatte ich danach.
Früh am Morgen ritt ich los. Ich wollte eine Stunde bei den Longridges verbringen und rechtzeitig zum Mittagessen wieder zurück sein. Niemand würde wissen, wo ich gewesen war. Immerhin hatten sie mich aufgefordert, sie zu besuchen, wann immer ich wollte. Wenn Richard hier wäre, würde er womöglich nicht wünschen, daß ich diese Freundschaft aufrechterhielt. Konnte man für einen Mann, den man zum Duell gefordert hatte, überhaupt freundschaftliche Gefühle hegen? Vielleicht war es nicht richtig für eine Frau, die erste Gelegenheit zu ergreifen, etwas gegen den ausdrücklichen Wunsch ihres Gatten zu tun. Aber ich wollte, daß die Longridges wußten, daß ich nur Freundschaft für sie empfand, ganz egal, ob ihre Ansichten mit denen meiner Familie übereinstimmten oder nicht. Meine Mutter hat viel über Toleranz gesprochen. Sie glaubte daran und hat auch mich überzeugt.
Bald kam das Bauernhaus in Sicht. Ich ritt in den Hof und wollte gerade absteigen, da überfielen mich plötzlich wahnsinnige Krämpfe.
Es gelang mir gerade noch, vom Pferd zu kommen, dann wurde mir schwindlig. Ich merkte, daß ich mich nicht auf den Beinen halten konnte, und ließ mich zu Boden gleiten. Da fand mich einige Zeit später eine Dienstmagd.
»Ihr seid krank, Mistress«, rief sie und rannte ins Haus.
Ella kam besorgt heraus.

»Das ist ja Mistress Tolworthy«, rief sie. »Jane, hilf mir, sie ins Haus zu bringen.«
Sie halfen mir in die Küche, und bald lag ich auf einer langen, mit Fellen bedeckten Holzbank. Das Schwindelgefühl ließ nach, aber die Schmerzen blieben.
»Ich weiß nicht, was mit mir los ist«, stammelte ich. »Ich wollte Euch einen Besuch machen . . .«
»Macht Euch jetzt keine Gedanken«, sagte Ella. »Bleibt ruhig liegen und ruht Euch aus.«
Mehr wollte ich gar nicht. Bald wußte ich auch, was mit mir los war: Ich verlor mein Baby.

Ella Longridge brachte mich ins Bett und schickte jemanden nach Far Flamstead, um Grace zu holen, die meine Befürchtungen bald bestätigte.
»Euch ist nichts geschehen, Mistress«, sagte Grace. »Nicht der Rede wert. Nur schade, daß Ihr das Baby verloren habt. Aber Ihr werdet Euch bald erholen und wieder eins bekommen. Dies war eine Warnung für uns, daß man besonders gut auf Euch aufpassen muß. Ihr habt wohl einen Schock erlitten, was?«
Sie hatte Kräutermedizin mitgebracht und ordnete an, mich heute nicht von der Stelle zu rühren. Morgen würde ich mich wieder kräftig genug fühlen, um nach Hause zu kommen. Davor aber wollte sie noch einmal nach mir sehen.
Ella forderte Grace auf, die Nacht hier zu verbringen und mich morgen nach Hause zu begleiten. Sie wäre beruhigter, wenn Grace auf dem Gutshof bliebe.
Da lag ich also in diesem kahlen Schlafzimmer, mit seinen nackten Dielen und düsteren Farben, und dachte darüber nach, was der Verlust meines Babys für mich bedeuten würde. Meine Träume waren dahin. Just in dem Moment, als ich seiner Existenz sicher war, habe ich es verloren. Ich war froh, es nicht meiner Mutter und Schwester geschrieben zu haben. Es tat mir leid, daß ich Richard ins Vertrauen gezogen hatte. Ich mußte ihm schreiben und ihm erzählen, daß ich es verloren hatte.
Ella kam und setzte sich zu mir ans Bett. Sie brachte ihr Nähzeug mit, keine Stickerei - Sticken fand sie überflüssig -, sondern einfaches Leinen, aus dem sie Kleidungsstücke für sich und ihren Bruder nähte.

Sie versicherte mir, wie leid ihr alles täte, und obwohl sie eine alte Jungfer wäre, die keinerlei Absicht hätte, noch zu heiraten, könnte sie mich doch gut verstehen.
»Ich möchte nur wissen, was schiefgegangen ist?« überlegte sie.
Ich erzählte ihr, was sich in der Nacht abgespielt hatte.
»Das ist die Erklärung«, meinte sie, »es war der Schock.«
»Aber ich habe nichts gespürt.«
»Das hat nichts zu sagen. Ich möchte nur wissen, wer wirklich im Folly war?«
»Habt Ihr schon von Erdbeer-John gehört, Mistress Longridge?«
»Ja. Ein seltsam aussehender Bursche. Ich glaube, er ist stark wie ein Löwe. Sein Vater war ein ungewöhnlich kräftiger Mann, und John hat seine Stärke geerbt. Er hat ein Muttermal im Gesicht, an dem er leicht zu erkennen ist. Man hört nicht viel von ihm. Auch weiß ich nicht, wo er lebt. Ich glaube, das weiß keiner.«
»Mrs. Cherry nimmt an, er hat einen Zugang zum Schloß gefunden.«
»Das scheint mir eine einleuchtende Erklärung zu sein. Was für ein Jammer, daß Ihr davon aufgewacht seid.«
»Ich weiß nicht, was mein Mann sagen wird, wenn er nach Hause kommt. Er hat befohlen, daß niemand das Schloß betreten darf, weil es baufällig ist.«
»Ich nehme an, er wird es irgendwann abreißen lassen.«
»Da bin ich mir gar nicht so sicher. Ich glaube, er hat das Gefühl, das dürfe er nicht, weil es seinem Ahnherrn so viel bedeutet hat.«
Es war angenehm, mit Ella zu reden. Am Nachmittag kam ihr Bruder zurück. Aber da sie darauf bestand, daß ich liegenblieb, und die Longridges es nicht schicklich fanden, einen Herrn zu mir ins Schlafzimmer zu lassen, bekam ich ihn nicht zu Gesicht.
In dieser Nacht schlief ich tief und fest, und am nächsten Morgen fühlte ich mich wieder wohl genug, um aufzustehen.
Grace meinte, ich sei transportfähig, aber Luke Longridge ließ mich nicht mein Pferd besteigen. Er brachte Grace und mich mit seinem Wagen nach Far Flamstead.
Mrs. Cherry stürzte auf mich zu, murmelte etwas über

mein Abenteuer im Schloßzimmer, das an allem schuld sei, und bestand darauf, daß ich sofort zu Bett ginge.
Ich fühlte mich ein bißchen schwach und deprimiert, also ließ ich sie gewähren.

Ich war todtraurig. Erst jetzt wurde mir bewußt, wie sehr ich mit diesem Baby gerechnet hatte. Ich dachte an all die Nächte, die ich in Furcht verbracht hatte und die ich während Richards Abwesenheit vergessen wollte. Es wäre der Mühe wert gewesen, wenn ich dafür ein Baby bekommen hätte.
Diese Gedanken konnte ich niemandem erklären, und während Meg und Grace mir immer wieder versicherten, ich würde bald ein zweites erwarten, dachte ich nur an die unumgänglichen Maßnahmen davor.
Ob ich unnatürlich veranlagt war? Ich konnte es nicht glauben. Ich habe oft verheiratete Frauen miteinander flüstern hören, daß es die Pflicht einer Frau sei, sich den Bedürfnissen ihres Mannes zu unterwerfen, wie unangenehm, abscheulich und geschmacklos die auch sein mögen. Jetzt wußte ich, worüber sie gesprochen hatten.
Ich war deprimiert und dachte immer mehr an Trystan Priory. Mehr als alles andere wollte ich meine Schwester wiedersehen und mit ihr sprechen. Freilich würde sie nicht alles verstehen. Wie sollte sie auch! Eine Jungfrau, ein unverheiratetes Mädchen! Aber es wäre so tröstlich, mich mit ihr zu unterhalten!
Endlich kam Richard nach Hause.
Er war sehr betroffen von dem, was passiert war.
Er kam mir plötzlich viel größer vor und ganz anders, als ich ihn in Erinnerung hatte, und er schien sich zu schämen, mir seine Zuneigung zu zeigen.
Ich war dankbar, als er sagte, ich müßte erst wieder zu Kräften kommen, bevor wir daran denken könnten, wieder ein Kind zu haben. Er wollte kein Risiko eingehen.
Während der ersten Woche nach seiner Rückkehr schlief ich im blauen Zimmer, das nach den blauen Möbeln benannt war und auf derselben Etage lag wie unser Schlafzimmer.
»Es wird geruhsamer für dich sein, allein zu schlafen«, war sein Kommentar. »Für den Anfang wenigstens.«

Ich hoffte, daß er meine Erleichterung nicht erriet, und fürchtete, sie nicht verbergen zu können.
Natürlich erzählte ich ihm von der Nacht vor dem Unglück, daß ich ein Licht gesehen hatte und glaubte, das Gesicht von Erdbeer-John auf den Zinnen erspäht zu haben. Sein Gesicht wurde schneeweiß, und sein Blick nahm einen rätselhaften Ausdruck an.
»Ist es möglich, daß du dir das alles nur eingebildet hast?« fragte er, und es klang fast flehend.
»Nein«, antwortete ich bestimmt. »Ich war hellwach und all meiner Sinne mächtig. Ich sah das Licht und hörte ein Geräusch. Es gibt keinen Zweifel, da war jemand auf den Zinnen.«
»Und du hast das Gesicht erkannt?«
»Nun, ich bin mir nicht ganz sicher. Das Licht war nicht gut. Aber ich habe diesen Erdbeer-John schon einmal gesehen, im Wäldchen beim Schloß.«
»Ich möchte nur wissen, ob das überhaupt möglich ist, aber ich werde es herausfinden.«
»Wäre es nicht besser, das Schloß abzureißen?« fragte ich.
»Nein, das kann ich nicht.«
»Aber wenn es doch gefährlich ist und man hineinkann?«
»Man kann nicht hinein, das ist es ja, was ich nicht verstehe. Aber ich werde der Sache auf den Grund gehen. Du hättest nie aufstehen und nachschauen dürfen. Das war sehr dumm von dir.«
»Ich fand das ganz natürlich. Schließlich möchte ich wissen, was in meinem Haus vorgeht.«
»Ich werde mir diesen Erdbeer-John bei der ersten Gelegenheit vorknöpfen. Ich bitte dich, keine Angst mehr zu haben. Solltest du ihn zufällig wiedersehen, komm sofort zu mir, ich werde dann die notwendigen Schritte einleiten. Ich wünsche nicht, daß du auf eigene Faust und ohne mir etwas zu sagen auf Entdeckungsreisen gehst. Bitte denk daran, Angelet!«
Das war ein Befehl. In diesem strengen Ton sprach er mit seinen Soldaten, dachte ich.
»Es ist ein schmerzliches Thema«, fuhr er fort. »Höchstwahrscheinlich hast du durch diesen nächtlichen Spaziergang das Kind verloren. In Zukunft mußt du besser aufpas-

sen. Vielleicht wäre es vernünftiger für dich, nach Whitehall zu kommen und eine Weile in London zu bleiben.«
Ich schwieg, ich war zu deprimiert.
Dann kamen die Abende, an denen er seine Kameraden mit nach Hause brachte und sie ihre Schlachten schlugen. Nicht immer wünschte er dabei meine Gesellschaft. Manchmal verzog er sich auch in seine Bibliothek und versenkte sich in ein Buch. Hie und da spielten wir Schach, aber ich fürchte, mein Spiel hat sich nicht sehr verbessert; unsere Schachbrettschlachten waren nicht sehr aufregend für ihn.
Und bald würde ich wieder mit ihm in unserem Bett mit den roten Samtvorhängen liegen.
Eines Tages sagte er zu mir: »Du scheinst nicht sehr glücklich zu sein, Angelet. Sag mir, was dir Freude machen würde?«
»Wenn ich meine Schwester wiedersehen könnte«, antwortete ich wie aus der Pistole geschossen. »Wir haben unser ganzes Leben zusammen verbracht, bis ich nach London gekommen bin. Ich vermisse sie sehr.«
»Warum kommt sie uns nicht besuchen?«
»Meinst du, ich könnte sie einladen?«
»Aber ja, wieso denn nicht?«
Am selben Tag noch schrieb ich an Bersaba.

». . . bitte, liebe Bersaba, komm! Ich habe Dich schon so lange nicht mehr gesehen. Es gibt so viel, worüber ich mit Dir sprechen möchte. Ich habe schreckliche Sehnsucht nach Dir und Mutter. Auch wenn nur Du alleine kommen kannst, wäre es mir eine große Hilfe. Bersaba, ich brauche Dich! Du bist zwar wieder gesund, aber bist Du auch kräftig genug für diese Reise? Ich hoffe es. Und ich hoffe auch, daß Du kommen möchtest, wenn ich Dir sage, wie sehr ich Dich brauche.«

Als ich den Brief beendet hatte, las ich ihn noch einmal durch. Er klang wie ein Hilfeschrei.

Bersaba

Dem Tod entronnen

Ich habe mich verändert. Es hilft nichts, sich etwas vorzumachen, fast wäre ich gestorben, und nur durch ein Wunder - das die aufopfernde Pflege meiner Mutter und Phoebes bewirkt hat - bin ich am Leben geblieben. Diese schreckliche Krankheit hat ihre Spuren hinterlassen. Aber wer wäre dem Tode je unversehrt entronnen? Ich weiß noch, Phoebe und meine Mutter haben abwechselnd Tag und Nacht an meinem Bett gewacht, und nicht einmal sind sie dabei eingeschlafen. Abwechselnd haben sie die langen Nächte bei mir verbracht.

Nur ihnen habe ich es zu verdanken, daß ich nicht ganz und gar entstellt bin. Auf meiner Stirn habe ich ein paar scheußliche Narben, auch am Hals und eine auf meiner rechten Wange; aber Mutter und Phoebe haben mich vor dem Schlimmsten bewahrt. Es gibt kaum Menschen, die diese schlimme Krankheit überstanden haben und mit so wenigen Pockennarben wie ich davongekommen sind. Meine Mutter hat mir die Hände festgebunden, damit ich die furchtbaren Pocken im Schlaf nicht aufkratzen konnte. Sie haben mich mit Ölen, die meine Mutter selbst zubereitet hat, gebadet. Sie fütterten mich mit Milch und Rinderbrühe und ließen mich nicht in den Spiegel schauen, bis die entstellenden Spuren vernarbt waren.

Obwohl ich dankbar bin, ich bin nicht mehr dieselbe. Ich bin dünn, und meine Augen sind zu groß geworden für mein Gesicht. Meine Mutter behauptet zwar, das hätte meinem Aussehen nicht geschadet, aber ich frage mich, ob dies die Wahrheit oder die Liebe einer Mutter ist, die ihren Blick verschleiert. Noch Monate nachdem die Infektion abgeklungen war, fühlte ich mich müde und abgespannt. Ich wollte nichts anderes als auf meinem Bett liegen und lesen. Ich grübelte und haderte mit meinem Schicksal. Warum, ausgerechnet, mußte mir das passieren?

Als mir meine Mutter eröffnete, daß sie Angelet weggeschickt hatte, war ich zuerst erleichtert, weil ich genau wußte, wie groß das Risiko für alle im Haus war, sich mit der Seuche anzustecken, die ich mir bei der Hebamme geholt hatte. Später stimmte es mich ärgerlich. Es schien mir nicht fair, daß Angelet fröhlichen Abenteuern nachjagen durfte, während ich diese schreckliche Zeit überstehen mußte. Nur wenn Phoebe mich voller Bewunderung anblickte, fühlte ich mich getröstet. Für sie war ich Heilige und Amazone zugleich, eine Göttin der Kraft und Tugend. So etwas gefällt mir. Mein Bedürfnis nach Bewunderung erschreckt mich oft selbst. Deshalb wollte ich Angelet auch immer übertrumpfen. Jetzt ist sie mit einem bedeutenden Mann verheiratet. Wie es scheint, mit einem General der königlichen Armee, und meine Mutter sagt, daß er allen unseren Gästen wohlbekannt ist, und findet, daß Angelet eine gute Partie gemacht hat. Und alles nur, weil ich mich angsteckt habe! Sonst wären Angelet und ich immer noch zusammen in Trystan Priory und, nachdem unser achtzehnter Geburtstag vorbei ist, würde sich unsere Mutter um passende Ehemänner für uns bemühen. Wer hätte schon gedacht, daß Angelet selbst einen finden würde?
Ich denke oft an sie und was sie wohl gerade macht. Wir waren so eng befreundet gewesen, immer hatten wir alles zusammen unternommen . . . nun ja, nicht alles. Sie weiß nichts von meiner Affäre mit Bastian. Und jetzt sind wir meilenweit getrennt, nicht nur durch die Distanz, sondern auch durch all die Erfahrungen, die sie in ihrem neuen Leben gemacht haben muß.
Ich habe wieder angefangen, täglich zu reiten. Als ich zum erstenmal nach meiner Krankheit wieder im Sattel saß, habe ich wie ein Anfänger Angst gehabt zu stürzen, aber das ging rasch vorbei, und meine Mutter hat eingewilligt, daß ich jeden Tag ein wenig ausreiten dürfte. Manchmal begleitete sie mich, manchmal nahm ich einen Reitknecht mit.
Mit meinen Pockennarben kann ich mich nicht abfinden.
»Man sieht sie doch kaum«, meint meine Mutter. »Kämm dir die Locken in die Stirn. Angelet schreibt, das ist jetzt große Mode.«

Phoebe schnitt mir Fransen und drehte sie ein, aber wann immer ich in den Spiegel schaue, sehe ich nur die Narben. Manchmal bin ich wütend, wenn ich an all die Abenteuer denke, die Angelet erleben durfte und die in einer Ehe gipfelten. Und ihre Haut ist so glatt und rein geblieben, wie meine einmal war.
Es ist, als wäre sie immer bei mir. Ich habe ihre Briefe wieder und wieder gelesen. Sie hat mir Far Flamstead und das wunderliche Schlößchen Folly so lebhaft beschrieben, daß ich es deutlich vor mir sehe. Und wenn sie von ihrem Mann schreibt, merkt man, wie wunderbar sie ihn findet. Gleichzeitig aber scheint mir, daß sie etwas verheimlicht. Ich kann nicht umhin, sie mir immer wieder zusammen vorzustellen . . . so wie Bastian und ich zusammen gewesen sind, und bitterer Neid erfüllt mich.
Kurz nach meinem achtzehnten Geburtstag kam das Schiff meines Vaters zurück. Große Freude herrschte im ganzen Haus. Meine Müdigkeit verschwand, denn nicht nur mein Vater war zurückgekommen, sondern auch mein Bruder Fennimore. Und Bastian.
Als die Nachricht eintraf, daß das Schiff gesichtet worden war, begannen wieder einmal all die aufregenden Vorbereitungen und Geschäftigkeiten, die ich so gut kannte. Meine Mutter strahlte, und der ganze Haushalt erwachte zu neuem Leben. Erst in diesem Augenblick schienen ihr alle Gefahren einer solchen Reise bewußt zu werden. Ich beneidete sie um diese glückliche Begabung.
Wir ritten zum Ufer, um die Heimkehrenden zu begrüßen, sobald sie an Land kämen.
Als erste umarmte mein Vater meine Mutter, als würde er sie nie mehr loslassen, dann erst sah er sich nach seinen Töchtern um. Es war schwierig, ihm so viel in ein paar kurzen Sätzen zu erklären, aber meine Mutter hatte sich offenbar überlegt, wie sie es ihm beibringen konnte, ohne daß er unnötige Ängste ausstehen sollte.
»Wir sind alle gesund und glücklich, Fenn. Aber so viel ist geschehen, seit du weggegangen bist. Unsere Angelet hat geheiratet . . . sie ist sehr glücklich. Und Bersaba war krank, aber jetzt ist sie über den Berg. Ich kann dir jetzt nicht alles erzählen, es ist einfach zuviel.«
Mein Bruder Fennimore und Bastian umarmten mich. Bit-

tere Scham trieb mir die Röte in die Wangen, als ich an meine Pockennarben dachte.
»Laßt uns zurück zum Haus gehen«, schlug meine Mutter vor. »Ich bin so froh, daß ihr heil und gesund wieder da seid.«
Wir ritten zurück nach Trystan Priory, und Fennimore und Bastian nahmen mich in die Mitte.
Ich erzählte ihnen alles, so kurz ich konnte. Daß ich die Pocken bekommen hatte, daß Angelet zu Carlotta geschickt worden war und dort ihren Mann kennengelernt hatte, daß wir vor kurzem erfahren hatten, daß sie geheiratet hat, und alle von der Partie begeistert waren.
»Du hast die Pocken gehabt, Bersaba? Und bist wieder gesund? Aber das grenzt an ein Wunder!« rief mein Bruder.
»Ja, ein Wunder der Liebe«, gab ich zu. »Du kannst dir nicht vorstellen, was Mutter alles für mich getan hat. Und Phoebe hat ihr geholfen. Die Tochter des Schmieds, erinnerst du dich? Ihr Vater hat sie aus dem Haus gejagt, und ich habe sie nach Trystan Priory gebracht. Sie glaubt, mir ein Leben lang dafür dienen zu müssen.«
Bastian sagte nichts, aber ich fühlte seine Erschütterung und war stolz. In diesem Moment fing ich wieder an zu leben.
Und wieder gab es die uns so vertrauten Festlichkeiten in Trystan Priory. Mein Vater war glücklich, zurück zu sein, und gleichzeitig bestürzt über all das, was in seiner Abwesenheit geschehen war. Als wir das Haus betraten, hielt er mich rechts im Arm, meine Mutter links, preßte meinen Arm, und ich wußte, er war glücklich, daß ich überlebt hatte.
Wir mußten ihm jede Einzelheit berichten: Wie ich zur Hebamme geritten bin und wie mich meine Mutter gesund gepflegt hatte. Er ließ Phoebe kommen und bedankte sich bei ihr für alles, und sie sagte, das wäre gar nichts im Vergleich zu dem, was ich für sie getan hätte, und daß sie ihr Leben für mich hingeben würde.
Alle hatten Tränen der Rührung in den Augen, ich kam mir wie eine Außenstehende vor, die zusah. Und die ganze Zeit war ich mir Bastians Gegenwart bewußt.
An dem Abend speisten wir in der Halle. Es war wieder wie in längst vergangenen Zeiten, auch die Dienerschaft saß

wieder bei Tisch. Nur das massive Weinfaß fehlte, das vor hundert Jahren mitten auf dem Tisch stand und die Familienmitglieder und ihre Gäste vom Gesinde trennte. Jetzt stand es in der Küche, als Dekoration und Erinnerung an vergangene Tage. Vater saß am Kopfende und Mutter neben ihm, Fennimore links von meiner Mutter, ich links von meinem Vater und Bastian neben mir.
Alle waren glücklich, auch die Diener, denn sie liebten meinen Vater und betrachteten ihn als den besten aller Herren. Einmal habe ich Angelet gegenüber bemerkt, daß ihre Bewunderung teilweise darauf basierte, daß sie ihn nur selten zu Gesicht bekamen. Ich erinnere mich noch, wie entsetzt sie darüber war und wie wir uns über Vater und die Dienstboten gestritten haben und über unsere unterschiedlichen Charaktere.
»Du bist unglaublich sentimental, Angelet.« Mit dieser Bemerkung beendete ich die Diskussion. Ich mußte jedesmal das letzte Wort haben. Schon immer konnte ich sie mit Worten in Verlegenheit bringen. Aber jetzt war sie mir entschlüpft, jetzt war sie diejenige, die die schönen Abenteuer erlebte, und diejenige, die eine gute Partie gemacht hat.
Es war ein fröhliches Mahl, außer daß mein Vater bedauerte, daß meine Schwester nicht bei uns weilte. Er hätte es lieber gesehen, sie würde in unserer Nachbarschaft leben und bei diesen Gelegenheiten mit ihrem Mann bei uns sein.
Ich fragte Bastian, wie ihm die Reise gefallen hätte, und er antwortete mir, daß es ein tolles Abenteuer gewesen sei, daß er es aber nicht zu wiederholen wünschte.
Er sah mir tief in die Augen und sagte: »Ich möchte hierbleiben. Hier hält mich so viel.«
Ich hätte gerne gewußt, ob er meine Pockennarben bemerkt hatte. Die schlimmsten verdeckte mein Haar, und meine linke Wange hielt ich vorsorglich von ihm abgewandt.
»Wenn ich bedenke, wie krank du gewesen bist, Bersaba, und ich habe nichts davon gewußt! Du hättest sterben können!«
Meine Mutter meinte, er würde sicher bald zu seiner Familie aufbrechen, aber er wollte lieber erst ein paar Tage in Trystan Priory bleiben, falls sie nichts dagegen hätte.
Sie schalt ihn, überhaupt gefragt zu haben, und hoffte, er würde Trystan Priory als sein Zuhause betrachten.

Mein Vater sagte, geschäftliche Dinge kämen jetzt auf sie zu, die er gerne mit meiner Mutter, Fennimore und Bastian besprechen würde. Bastian schien das zu genießen, und ich wußte, er beobachtete mich.

Am nächsten Morgen bat er mich, mit ihm auszureiten. Es war ein wunderschöner Morgen. Vielleicht erschien er mir nur so schön, weil ich wieder begann, Interesse am Leben zu finden. Ich fing wieder an, mich wohl zu fühlen, vielleicht weil Bastian bei mir war. Er war offensichtlich immer noch in mich verliebt. Auch bemerkte ich wie früher die Schönheiten der Landschaft, die ich lange nicht beachtet hatte. Ich war entzückt von den leuchtendgelben Blüten der Wicke, die wir Damenfinger nannten und die an den Abhängen blühten, und von den hellblauen Glockenblumen am Bach. Dort wachsen auch die Nachtschattengewächse mit ihren gelben und purpurfarbenen Blüten, die mich besonders faszinierten, weil sie schön und gleichzeitig so giftig waren. Wir sind als Kinder immer davor gewarnt worden und haben sie deshalb die Bittersüßen genannt.
Das schien mir an diesem Tag von besonderer Bedeutung; denn auch meine Stimmung war bittersüß.
»Ich habe oft an dich gedacht, Bersaba«, sagte Bastian. »Ich kann mich noch an alles erinnern . . .«
»Du solltest es vergessen«, antwortete ich kurz angebunden.
»Das werde ich nie«, brach es leidenschaftlich aus ihm heraus.
Ich zuckte die Schultern. »Du hast es schon einmal vergessen.«
»Nein, das habe ich nie.«
Ich lachte und gab meinem Pferd die Sporen. Sofort kam er hinter mir her, war neben mir und bat beinahe flehend: »Bersaba, ich muß mit dir sprechen.«
»So sprich doch!«
»Ich möchte, daß du meine Frau wirst.«
»Jetzt, da Carlotta, die du als erste gewählt hattest, für dich verloren ist, bin ich gut genug.«
»Dich hatte ich als erste gewählt, Bersaba.«
»Meine Erfahrungen haben mich eines Besseren belehrt.«
»Laß es dir doch erklären.«

»Es ist doch alles ganz klar. Ich brauche keine Erklärungen mehr.«
»Wenn ich daran denke, was wir uns bedeutet haben . . .«
»Das macht es nur noch deutlicher«, gab ich spitz zurück. »Du wußtest das alles, und doch hast du Carlotta den Vorrang gegeben. Leider hat sie jemand anders vorgezogen. Armer Bastian! Jetzt ist es leicht zu sagen, wenn ich Carlotta nicht haben kann, nehme ich eben Bersaba. Leider ist Bersaba aber nicht jemand, den man fallenlassen kann, um sie dann wieder um ihre Gunst zu bitten.«
»Du hast eine scharfe Zunge, Bersaba.«
»Das ist einer der Gründe, warum es unklug von dir wäre, mich zu heiraten.«
»Deine Eltern wären entzückt.«
»Wirklich? Hast du sie gefragt?«
»Ich habe mit deinem Vater gesprochen.«
»Wir sind Vettern«, entgegnete ich ihm.
»Na und? Das hat dich früher auch nicht gestört.«
»Ich bin erwachsen geworden. Es gibt so viel, was du nicht weißt. Ich bin todkrank gewesen, Bastian. Ich habe mich verändert.« Ich brachte mein Pferd zum Stehen, riß mir mit einer dramatischen Geste den Hut vom Kopf und schüttelte meine Haare zurück. »Schau!« Und ich zeigte ihm die Pockennarben auf meiner Stirne.
»Ich liebe sie«, sagte er. »Dafür begehre ich dich mehr denn je.«
»Du hast einen seltsamen Geschmack, Bastian.«
»Bersaba, gib mir eine Chance.«
»Was willst du? Sollen wir in den Wald gehen und ein einsames Plätzchen suchen? Oder willst du heute nacht in mein Schlafzimmer kommen, wenn's keiner sieht?«
Ich sah, wie seine Augen aufleuchteten, und verspürte großes Verlangen nach ihm, aber meine Bitternis war ebenso heftig und mein Stolz so groß wie meine Sehnsucht.
Ich wandte mich von ihm ab und setzte meinen Hut wieder auf.
»Das könnte dir so passen, unser Verhältnis zu genießen, bis du ein Mädchen triffst, das begehrenswerter ist als ich und die du um ihre Hand bitten kannst.«
Ich gab meinem Pferd die Sporen. Als wir über den weichen Torf galoppierten, wurde mir plötzlich etwas klar: Ich hatte

Bastian nicht wirklich lieb, ich brauchte ihn nicht. Ich war ein sinnliches Geschöpf und würde immer einen Mann brauchen. Ich verspürte mehr Begierde als andere Frauen, und ich dachte an Angelet und ihren Mann und wußte, dies war einer der Vorzüge - oder sollte ich es lieber Belastungen nennen.

Ich sollte nicht so oft mit Bastian alleine sein, das alte Verlangen würde sonst wieder aufleben und mich auf die Folterbank spannen. Ich liebte Bastian nicht; ich wollte von ihm nur, was andere mir auch geben konnten. Mein Verlangen hatte mir etwas vorgemacht. Während ich an Feldern vorbeisprengte, auf denen der rote Mohn zwischen den Kornähren leuchtete, als ich die weißen Schierlingsblüten und die roten Glocken des Fingerhuts im saftigen Gras sah, fing ich laut an zu lachen. Ich war um eine Erkenntnis reicher geworden.

Mein Vater hatte beschlossen, neue Bürohäuser in Plymouth zu bauen, und Fennimore hatte den Wunsch geäußert, die Verwaltung dort zu übernehmen.

»Fennimore ist kein Seemann mit Leib und Seele«, sagte mein Vater. »Ich bin froh, daß er diese Reise mitgemacht hat, sie war eine Offenbarung für ihn. Er ist der richtige Mann für unser Unternehmen in England. Das ist genauso wichtig wie meine Seereisen.«

Ich verstand seine Freude darüber. Er wollte nicht, daß Fennimore sich den Gefahren des Meeres aussetzte, ihm war lieber, er blieb zu Hause, damit Mutter nicht so alleine sein würde, jetzt, da Angelet nicht mehr im Hause war. Ihr Platz war natürlich bei ihrem Mann und nicht hier in Trystan Priory. Meine Eltern wußten, wie Bastian zu mir stand, und obwohl sie Zweifel an einer derartigen Verbindung haben mußten, sahen sie doch eine Menge Vorteile darin. Ich hätte nur zu ihnen gehen müssen und sagen, daß ich Bastian liebe, und sie hätten ihren Segen zu dieser Hochzeit gegeben. Bastian hatte sowieso schon mit meinem Vater gesprochen.

Das erheiterte mich sehr, weil ich wußte, alle warteten nur darauf, daß wir unsere Verlobung bekanntgaben. Meine Mutter schwelgte in Zufriedenheit. Ihr Mann war zu Hause, und es sah so aus, als ob er diesmal länger bliebe als sonst, weil er sein Vorhaben in Plymouth im Kopf hatte, um das er sich kümmern mußte. Vor allem würde Fennimore nicht mehr mit ihm auf See gehen. Angelet, die sie mit einem lachenden und einem weinenden Auge vermißte, war zufriedenstellend und anscheinend auch glücklich verheiratet, und ich, Bersaba, bin um ein Haar dem Tod entronnen. Jetzt war ich wieder bei Kräften und hatte bei der ganzen Angelegenheit kaum Schaden genommen.

Alles, was meine Mutter zu ihrem persönlichen Glück brauchte, war das Glück ihrer Familie. Jeden Tag wartete sie auf Briefe von Angelet, und wenn welche kamen, las sie sie vor. Auch mir schrieb sie, aber in meinen Briefen spürte ich etwas, was den anderen entging.

Angelet hielt etwas zurück. Meine Schwester hatte ein Geheimnis, und ich hätte alles darum gegeben zu wissen, was es war.

In der Zwischenzeit amüsierte ich mich mit Bastian. Ich spielte ein faszinierendes Spiel mit ihm, das nicht ungefährlich war, dafür um so reizvoller. Ich mußte mein eigenes Naturell zügeln. Es wäre so einfach gewesen, nachzugeben. Mit wiederkehrender Gesundheit spürte ich, daß mein Verlangen nach einem ganz speziellen Vergnügen eher größer geworden war. Das hatte, wie ich annahm, etwas mit zunehmender Reife zu tun.

Manchmal ließ ich Bastian glauben, ich gäbe nach, lächelte ihn verführerisch an und schlug vor, zusammen auszureiten. Ich quälte ihn; aber auch mich selbst. Wenn ich der Versuchung widerstand, war ich stolz auf mich. Allein das zu spüren, war der Mühe wert, mich der Gefahr auszusetzen. Oft, wenn das ganze Haus schon schlief, stahl er sich aus dem Haus, stellte sich unter mein Fenster und warf Erde dagegen, um meine Aufmerksamkeit zu wecken. Manchmal tat ich so, als hörte ich nichts, manchmal machte ich auch mein Fenster auf und schaute hinaus.

»Bastian, geh weg!«

»Bersaba, ich muß dich sehen, ich muß!«

»Ich bin nicht Carlotta, vergiß das nicht«, gab ich zurück und schloß das Fenster.

Dann lachte ich und fühlte mich über alle Maßen erregt. Einmal kam er sogar an meine Schlafzimmertür, aber das hatte ich erwartet und den Riegel vorgeschoben.

»Geh weg«, zischte ich. »Willst du das ganze Haus aufwekken?«
Eines Tages kam ich auf die Idee, ihn einzulassen und so zu tun, als ließe ich ihn bei mir bleiben, nur um mich dann zu verweigern. Aber ich hatte Angst vor meiner eigenen Reaktion; mich hinzugeben, war das letzte, was ich wollte.
»Bastian scheint überhaupt keine Eile zu haben, nach Schloß Paling zu kommen«, wunderte sich meine Mutter. »Ich habe Melanie eine Nachricht geschickt, daß sie zurück sind und daß Bastian gesund und munter ist, und ihr erzählt, sie hätten in Plymouth zu tun.« Sie lächelte mich an. »Aber ich glaube, das ist nicht der wahre Grund.«
Sie hätte es lieber gehabt, ihre Tochter nur ein paar Meilen entfernt auf Schloß Paling zu wissen, denn wenn Bastian mich heiratete, würde ich eines Tages Herrin des Schlosses werden. Aber daran dachte sie nicht. Ihr Bruder sollte noch viele Jahre leben; sie wollte mich nur in der Nähe haben, um den Verlust von Angelet auszugleichen.
Während der Wochen, die Bastian bei uns blieb, amüsierte ich mich königlich. Ich wurde wieder richtig lebendig. Die Pockennarben hatten offenbar meiner Anziehungskraft nichts genommen, die Frauen wie ich auf das andere Geschlecht ausüben. Das Leben war wieder aufregend, und ich dachte oft an Angelet.
Ihr Mann, der General, schien streng und sonderbar - er spielte noch mit Zinnsoldaten. Und Schach! Die arme Angelet ist nie sehr gut in Schach gewesen. Eine unserer Gouvernanten hat einmal zu ihr gesagt: »Angelet, du hast ein Gehirn wie ein Spatz. Versuch dich zu konzentrieren, wie Bersaba.« Die liebe Angelet, nie hat sie sich konzentrieren können ... zumindest nicht lange genug, um ein Schachspiel zu gewinnen.
Ich würde sie gerne sehen und diesen strengen alten Mann auch. Ich machte mir viel Gedanken über ihr gemeinsames Leben.
Dann kam der Brief von Angelet, daß sie eine Fehlgeburt gehabt hat. Sie hatte sich so auf ihr Kind gefreut, aber nicht gewagt, es uns zu schreiben, weil sie ihrer Sache noch nicht ganz sicher gewesen war. Alles sei so plötzlich passiert, aber jetzt wäre sie wieder vollkommen hergestellt. Trotzdem fühlte sie sich nicht wohl, und ihr Mann hatte gemeint, es

wäre eine gute Idee, wenn ihre Schwester zu Besuch kommen könnte. Sein Beruf führe ihn viel von zu Hause fort, und Far Flamstead, obwohl nicht weit von London entfernt, lag auf dem Land.
Auch mir hatte sie geschrieben:

»... bitte, liebe Bersaba, komm! Ich habe Dich schon so lange nicht mehr gesehen. Es gibt so viel, worüber ich mit Dir sprechen möchte. Manchmal passieren seltsame Dinge, und ich brauche jemanden, mit dem ich sprechen kann, jemand, der mich versteht ...«

Der General versteht sie also nicht. Das erstaunte mich nicht. Er war sehr viel älter als sie, ernst und formell. Angelet hätte einen jungen, lebenslustigen Mann heiraten müssen.
Ich war über alle Maßen erregt. Ich hatte ihr übelgenommen, daß sie mich verlassen hatte, aber dies wäre eine Möglichkeit, der drückenden, wenn auch komfortablen und geliebten Atmosphäre von zu Hause zu entkommen. Und ich wollte etwas von der Welt außerhalb Cornwalls sehen.
Wie froh ich war, Bastians Werben nicht nachgegeben zu haben. Meine Mutter fragte: »Hast du auch einen Brief von Angelet bekommen?«
Ich bejahte und erzählte, daß Angelet darauf bestand, ich solle sie besuchen.
»Meine liebe Bersaba, vielleicht wirst du nicht wollen, wegen Bastian, aber Angelet braucht dich! So wie sie schreibt, braucht sie dich sogar dringend. Denk daran, bis vor kurzem seid ihr unzertrennlich gewesen. Aber sie muß natürlich ihr Leben leben und du das deine. Du mußt tun, was du für richtig hältst. Ich weiß, wie gerne du mit ihr zusammen bist, aber vielleicht ziehst du jetzt doch vor, hierzubleiben.«
»Ich muß darüber nachdenken, Mutter«, erwiderte ich. Wie immer schämte ich mich, wenn ich sie hinterging, denn selbstverständlich hatte ich mich längst entschlossen, nach London zu gehen.
Bastian war wie vor den Kopf geschlagen.
»Du kannst jetzt nicht gehen! Was wird mit uns?«
»Ich werde sicher Carlotta treffen und ihr berichten, wie einsam du bist ohne sie.«
»Bitte, Bersaba«, flehte er, »sei vernünftig! Das war doch nur

eine vorübergehende Geschichte, ein Irrtum. Bitte, versteh das doch endlich! Ich habe nur dich geliebt - immer nur dich!«
»Mir wäre lieber, du würdest die Wahrheit sagen. Auf Lügen kann man keine Ehe aufbauen.«
Das erweckte wieder neue Hoffnung in ihm. Ich glaube, er dachte wirklich, daß ich ihn heiraten würde.
Die menschliche Eitelkeit ist unverständlich. Wußte er denn nicht, daß er meinen Stolz so tief verwundet hatte, daß ich ihm nie verzeihen würde? Jene Narben waren ebenso unauslöschlich wie die Pockennarben. Er begriff nicht, daß ich keine Frau war, die verzeihen konnte. Ich wollte Genugtuung, ich wollte Rache. Und das war genauso aufregend, als hätte ich mich meinen fleischlichen Gelüsten hingegeben.
»Rache bringt kein Glück«, hat meine Mutter einmal gesagt, »nur Verzeihen.«
Das mag für sie richtig sein, mir lag es nicht, zu verzeihen.
»Die Bibel sagt, wir sollen verzeihen.«
Das mag schon sein, für mich aber gab es nur Auge um Auge, Zahn um Zahn; mit weniger würde ich mich nicht zufriedengeben.
Der Tag kam, an dem ich ihnen sagte, ich hätte mich entschieden, zu Angelet zu gehen. Und ich kostete meinen Triumph reichlich aus.

Bastian machte sich endlich auf den Weg nach Schloß Paling. Ich stand auf dem Dach unseres Hauses und sah ihm nach. Er wußte nicht, daß ich beobachtete, wie er sich umdrehte und mit schmerzverzerrtem Gesicht zum Haus zurückschaute.
Mit Bastian war ich fertig. Er litt jetzt genauso, wie ich gelitten hatte, denn er liebte mich wirklich. Ich habe die beglükkende Erfahrung gemacht, daß ich eine Anziehungskraft besitze, der auch meine Krankheit nichts hat anhaben können. Darüber hinaus mußte ich meine Reisevorbereitungen treffen. Obwohl ich traurig war, meine Eltern verlassen zu müssen, konnte ich doch nicht umhin, mich auf die voraussichtlichen Abenteuer und auf das Wiedersehen mit meiner Schwester zu freuen. Ich liebte meine Familie, aber nicht mit derselben Hingabe wie sie. Meine eigenen Wün-

sche und Neigungen waren mir wichtiger als die der anderen. Ich glaube, viele Leute teilen diesen Charakterzug, aber nur wenige geben es zu. Meine Beziehung zu meiner Schwester allerdings war stärker als meine Bindung an die Familie. Es war ein mystisches Bündnis. Schließlich hatten wir unser gemeinsames Leben bereits vor unserem Erscheinen auf dieser Welt begonnen. Irgendwie brauchten wir einander, das spürte ich aus ihren Briefen. Sie hatte einen Mann, und ich war sicher, sie liebte ihn, aber das genügte ihr nicht. Sie brauchte auch mich, und auf meine Art brauchte ich sie. Ich versuchte, dies meinen Eltern zu erklären, denn ich war glücklich über diesen Zustand. Meine Mutter verstand mich und sagte, sie sei froh darüber.
Sosehr sie es auch haßte, mich ziehen zu sehen wie meine Schwester, unser Glück war ihr wichtiger als ihr Schmerz, und die Tatsache, daß dieses Band zwischen uns bestand, war schon immer eine große Beruhigung für sie gewesen.
»Dein Vater wird diesmal länger zu Hause bleiben«, sagte sie, »und Fennimore wird in absehbarer Zeit auch nicht wieder in See stechen. Damit gebe ich mich zufrieden, und wenn du mit Angelet glücklich sein kannst, Kind, ist das alles, was ich verlange.«
Ich sagte Phoebe, daß ich nach London ginge, erwähnte aber nicht, daß ich sie mitnehmen würde, und weidete mich ein paar Augenblicke an ihrer Verzweiflung, sich von mir trennen zu müssen.
Schließlich sagte ich: »Du dummes Ding, natürlich kommst du mit mir. Ich brauche doch eine Zofe. Kannst du dir vorstellen, ich nähme jemand anderen mit?«
Sie fiel auf die Knie - sie war etwas theatralisch veranlagt, die arme Phoebe - und küßte meinen Rocksaum. Ich sagte ihr, daß das eine höchst peinliche und würdelose Geste sei. Da erhob sie sich wieder, und ihre Augen glänzten vor Bewunderung.
Für mich hing der Himmel voller Geigen.
Ich schrieb Angelet, daß ich mich bald auf den Weg machen würde, worauf ich eine begeisterte Antwort erhielt. Sie könne es kaum erwarten, mich zu sehen, sie hätte solche Sehnsucht nach mir und hätte mir so viel zu erzählen.
Am meisten machte mir ein Brief vom General an meine Eltern Spaß. Er war besonders gestelzt und peinlich korrekt

geschrieben. Die Handschrift war klein und sauber, sah aber irgendwie anmaßend aus.
Er hieße mich willkommen, schrieb er. Ich würde ein großer Trost für Angelet sein, die gerade diese unglückliche Erfahrung hinter sich hatte, womit er diskret auf das Kind verwies, das sie verloren hatte. Den Reiseplan hätte er für mich ausgearbeitet, ich könnte mich in dieser Beziehung genau auf ihn verlassen, da er beruflich viel auf Reisen war und sich auskannte. Er zählte die angenehmsten Wirtshäuser auf, mit all ihren Vor- und Nachteilen.
Ich war sehr erheitert. ›The Monarch's Head‹ in Dorchester wäre der Mühe wert, aufgesucht zu werden, dort würde man die Pferde gut versorgen. ›The White Horse‹ in Taunton sei auch ein gutes Gasthaus, und so weiter. Meine letzte Raststätte sollte ›Bad-Faced Stag‹ im Dorfe Hampton sein, und wenn ich seiner Reiseroute Folge leistete, würde ich es am dreizehnten August erreichen, vorausgesetzt, ich würde an dem von ihm vorgeschlagenen Tag abreisen.
Meine Mutter sagte: »Es muß ein guter Ehemann sein. Er hat sich so viel Mühe gemacht, deine Reise zu erleichtern.«
Ich war, wie gesagt, erheitert. Arme Angelet! Kein Wunder, daß sie Trost braucht.

Der Saft des Mohns

Gehobener Stimmung trat ich meine Reise an. Mutter war ein bißchen traurig, aber entschlossen, es nicht zu zeigen, und da Vater bei ihr war, fiel es ihr auch nicht ganz so schwer. Die beiden und mein Bruder Fennimore begleiteten mich zum Hof, wo ich mein Pferd bestieg. Als ich mich umdrehte, um einen letzten Blick auf meine Mutter zu werfen, fragte ich mich bange, wann ich sie wiedersehen würde.
Phoebe war vollkommen aus dem Häuschen. Sie war bei mir, und das schien alles zu sein, was sie zu ihrem Glück brauchte. Ich glaube auch, sie war erleichtert, so viele Meilen zwischen sich und ihrem selbstgerechten Vater legen zu können. Sie hatte immer in der Angst gelebt, er könnte sie einmal abfangen und wieder zu dem Leben zwingen, dem sie entflohen war.

Es war ein wunderschöner Morgen. Wann immer ich danach den starken Duft der Wasserkresse roch, erinnerte ich mich an diesen Tag, und wann immer ich dichtes Gebüsch in der Einöde wuchern sah, verspürte ich wieder diese wilde Freude, die mich an jenem Morgen erfüllte.
Phoebe und ich ritten nebeneinander, zwei Reitknechte vor uns, zwei hinter uns. Ich hätte am liebsten laut gesungen.
»Ich freue mich auf meinen Schwager«, sagte ich zu Phoebe, »obwohl ich glaube, daß er ein sehr strenger Herr ist. Ich frage mich, wie wir ihm gefallen werden.«
»Er wird Euch bewundern, Mistress Bersaba.«
»Das bezweifle ich.«
»Das muß er aber, weil Ihr der Dame seines Herzens wie aus dem Gesicht geschnitten seid.«
»Ja, aber sie ist nicht krank gewesen. Das ist der Unterschied.«
»Eure Krankheit hat Euch noch hübscher gemacht, Mistress.«
»Also Phoebe, jetzt gehst du zu weit.«
»Es ist wahr, Mistress, so komisch es klingt. Ihr seid schlanker geworden, und dadurch seht Ihr größer und graziler aus, und dann ... ich weiß es nicht. Ich weiß nur, daß es stimmt.«
»Phoebe, du bist ein gutes Mädchen, aber ich höre lieber die Wahrheit, auch wenn sie mir nicht gefällt.«
»Ich schwöre es, Mistress, und Jem hat das gleiche gesagt. Er hat gesagt: ›Ehrenwort, die Krankheit hat Mistress Bersaba irgendwie schöner gemacht‹. Ich weiß nicht, wieso das so ist, aber das ist die Wahrheit.«
»Jem?«
»Ja, der Stallbursche.«
Oh, dachte ich, ich wirke also auch auf Stallburschen.
Trotzdem machte es mich glücklich, denn wenn Phoebe auch voreingenommen war, der Stallbursche meinte, was er sagte! Und das war ein Trost, egal, woher er kam.
Unsere Reise verlief ereignislos, wenn man von den üblichen Pannen absieht, mit denen man auf einer Reise rechnen muß. Eines der Pferde begann plötzlich zu lahmen, und wir mußten es durch ein anderes ersetzen, das wir von einem Pferdehändler auf dem Roßmarkt in Wiltshire kauften. Einige Landstraßen standen unter Wasser, und wir

mußten einen Umweg machen. Einen weiteren Umweg kostete uns die Warnung, Räuber lägen auf diesem Weg auf der Lauer. Die Straße durch die Ebene von Salisbury war vierzig Meilen lang, und wieder wurden wir aufgehalten, weil wir uns nicht zu weit weg von den Wirtshäusern und Dörfern wagen wollten. Das kostete uns weitere Meilen.
Ich war von der Genauigkeit der Instruktionen des Generals erstaunt, und als wir tatsächlich am dreizehnten August ›Bad-Faced Stag‹ erreichten, fühlte ich eine Art Triumph, als hätte ich eine Herausforderung angenommen und etwas Besonderes bewiesen.
Der Wirt erwartete uns bereits.
»General Tolworthy hat mir gesagt, Ihr würdet heute oder morgen eintreffen, und mich gebeten, die besten Zimmer für Euch zu reservieren«, erklärte er uns.
Mein Zimmer war wirklich angenehm. Es war holzgetäfelt, die Fenster hatten Butzenscheiben, und die Deckbalken waren aus schwerem Eichenholz gezimmert. Darin standen die übliche Kommode, ein Schrank, ein kleiner Tisch und zwei Stühle. Es war also ausreichend möbliert. Phoebe schlief im Nebenzimmer. Bequemer hätten wir es gar nicht treffen können.
Ein ausgezeichnetes Mahl erwartete uns, bestehend aus Stör, Taubenpastete und Roastbeef, dazu ein guter Malvasier Wein. Ich war hungrig nach einem Tag im Sattel, und der Gedanke, daß die lange beschwerliche Reise ihrem Ende zuging und ich Angelet am nächsten Tag wiedersehen würde, machte mich fast verrückt vor Freude.
Ich zog mich auf mein Zimmer zurück, wo Phoebe alles, was ich für die Nacht brauchte, zurechtgelegt hatte, setzte mich ans Fenster, das auf den Hof blickte, und sah mir das Leben und Treiben an. Zum ersten Mal in meinem Leben sah ich eine Mietkutsche, die, wie ich gehört hatte, nur in London zu haben waren und Fahrten innerhalb der dreißig Meilenzone der Stadt machten. Alle Reisenden mußten in bestimmten Gasthäusern Rast machen, wo die Pferde anständig versorgt wurden. Die aussteigenden Passagiere sahen müde aus. Ich nahm an, nur Leute, die sich nicht leisten konnten, auf andere Art und Weise zu reisen, benutzten eine Mietkutsche.
Da kam ein Mann in den Hof geritten. Er war groß und von

gebieterischem Aussehen. Sein blondes Haar fiel ihm bis auf die Schultern, und er trug einen nach oben gebürsteten kleinen Schnurrbart. Er war elegant, aber nicht geckenhaft gekleidet und hatte eine gewisse Ausstrahlung, der ich mir sofort bewußt wurde.

Spontan öffnete ich das Fenster und beugte mich hinaus. In diesem Augenblick blickte er hoch und sah mich.

Ich kann nicht beschreiben, was dann geschah, weil ich es selbst nicht verstand und noch nie zuvor erlebt hatte. Mein ganzer Körper reagierte mit Macht auf seinen Blick. Es war absurd, daß ein Mann, den ich nicht kannte und den ich bis jetzt noch nie gesehen hatte, eine solche Wirkung auf mich haben sollte. Aber so war es. Wir schauten uns - wie mir schien - eine Ewigkeit in die Augen, aber in Wirklichkeit können es nicht mehr als wenige Sekunden gewesen sein.

Dann zog er seinen Hut und deutete eine Verbeugung an.

Zur Erwiderung nickte ich mit dem Kopf, zog mich zurück und schloß das Fenster. Ich ging zum Tisch, auf dem ein Spiegel stand, und schaute mich an. Die Narbe auf meiner Wange nahm sich weiß aus gegen die Röte, die mein Gesicht überzogen hatte.

Was war mit mir geschehen? Ich wußte nur, er hatte Gefühle in mir erweckt, die ich nicht begreifen konnte.

Ich ging zurück ans Fenster, aber er war bereits verschwunden. Wahrscheinlich war er schon im Haus.

Offensichtlich wollte er hier übernachten. Ich mußte ihn wiedersehen. Ich mußte herausfinden, was mit mir geschehen war. Man empfand nicht so einfach solche Gefühle - oder war es Begierde - für einen Mann, mit dem man noch nicht ein einziges Wort gewechselt hat. Und doch hatte ich das Gefühl, ihn irgendwie zu kennen. Er hatte nicht wie ein Fremder auf mich gewirkt.

Ich hätte gerne gewußt, was er gedacht hat, als er aufschaute und mich sah.

Ich brachte meine Ponyfransen in Ordnung und kämmte mein Haar. Leider bedeckten sie nicht die Pockennarbe auf meiner linken Wange. Als ich die Treppe hinunter kam, entdeckte ich ihn sofort. Auch er hatte mich gesehen; denn er kam lächelnd auf mich zu.

»Ich habe Euch sofort erkannt«, sagte er. »Die Ähnlichkeit mit Eurer Schwester ist erstaunlich.«

»Ihr seid . . .«
»Richard Tolworthy. Ich wollte Euch entgegenkommen und Euch morgen nach Far Flamstead begleiten.«
Meine Empfindungen waren ziemlich gemischt. Was würde nun die Zukunft bringen? Ich kannte mich. Leider! Ich würde mit diesem Mann unter demselben Dach leben müssen, und er war der Mann meiner Schwester.
Richard Tolworthy hatte ein Zimmer reserviert, in dem wir uns unterhalten konnten. Der Wirt hatte ein Feuer gemacht, weil der Abend kühl wurde, und brachte uns noch etwas von dem Malvasier Wein, auf den er sehr stolz war.
»Ich bin sehr froh, daß Ihr gekommen seid«, sagte Tolworthy. »Angelet hat sich so nach Euch gesehnt. Und wie ähnlich Ihr Eurer Schwester seht! Ich könnte fast glauben, sie sitzt mir gegenüber. Aber natürlich besteht ein Unterschied zwischen Euch. Ein großer Unterschied.«
Ich konnte in seinen Augen nicht lesen, wie er das meinte. Er war kein Mann, der sich leicht verriet. Ich wußte also nicht, was für einen Eindruck ich auf ihn gemacht hatte. Von meiner Reaktion auf ihn hatte ich mich immer noch nicht erholt.
Ich beobachtete, wie sich seine Finger um das Glas legten. Feingliedrige, starke Hände, eigentlich nicht die Hände eines Soldaten. Goldene Härchen kräuselten sich auf seinem Handrücken, ich hätte sie am liebsten berührt.
»Ja, es gibt einen großen Unterschied zwischen uns. Meine Krankheit hat für immer Spuren in meinem Gesicht hinterlassen.«
Er stritt nicht ab, daß er die Pockennarben bemerkt hatte. Er war ehrlich, er würde niemals falsche Komplimente machen, das merkte ich.
Alles, was er sagte, war: »Ihr habt Glück gehabt, davongekommen zu sein.«
»Ich hatte ausgezeichnete Pflege. Meine Mutter hatte es sich in den Kopf gesetzt, mich wieder gesund zu pflegen. Ebenso meine Zofe.«
»Angelet hat mir darüber berichtet.«
»Sie muß Euch eine Menge über mich erzählt haben.« Plötzlich fragte ich mich, wie Angelet mich sah, wie gut sie mich überhaupt kannte. Ich habe immer geglaubt, ich kenne sie in- und auswendig. Kannte sie mich auch? Nein. Angelet

würde nie in die geheimen Gedanken derer, die sie umgaben, vordringen. Sie sah alles schwarz oder weiß beziehungsweise gut oder schlecht. Liebte sie den General? Betete sie ihn an? Ich versuchte, sie mir zusammen im Bett vorzustellen.

»Sie hat mir von Eurer Krankheit erzählt und wie Ihr dazu gekommen seid.«

Sie hat natürlich versucht, eine Heldin aus mir zu machen, dachte ich. Ob er mich auch für eine hielt? Lange würde er das nicht tun. Er war ein Mann, dem man nicht leicht etwas vormachen konnte, das sah man.

»Ich freue mich sehr, daß Ihr gekommen seid. Angelet ist zur Zeit ziemlich deprimiert.«

»Ja, ich weiß, die Fehlgeburt. War sie sehr krank?«

»Nicht ernstlich, aber sie war natürlich enttäuscht.«

»Das müßt Ihr auch gewesen sein.«

»Es wird ihr bald wieder bessergehen. Wir führen im Augenblick ein sehr zurückgezogenes Leben. Meine Pflichten haben mich in den Norden geführt. Die Zeiten sind etwas unsicher.«

Das wußte ich. Politik hat mich schon immer mehr interessiert als meine Schwester.

»Ja, ich weiß, es gibt Elemente im Land, denen die Art, wie die Staatsgeschäfte geführt werden, nicht behagt.«

»Schottland bereitet uns im Augenblick große Sorgen.«

Ich war froh, während meiner Krankheit so viel gelesen zu haben. »Findet Ihr, daß der König das Recht hat, das Gebetbuch vorzuschreiben?«

»Der König ist der König«, gab er zur Antwort. »Er ist der Herrscher, und es ist die Pflicht seiner Untertanen, ihn als solchen zu respektieren.«

»Trotzdem erscheint es mir seltsam, daß es ausgerechnet in dem Land, dem sein Vater entstammt, zu Revolten kommt.«

»Die Stuarts sind Schotten, deshalb mögen sie die Engländer nicht. Und sie beschweren sich, daß der König einer der Ihren geworden ist. Es hat Unruhen da oben gegeben, und wir haben nicht genügend Geld, eine Armee auszustatten, die die Schotten in Schach halten könnte.«

»Das bereitet Euch natürlich große Sorgen und hat zur Folge, daß Ihr oft von zu Hause fort müßt.«

»Darauf muß ein Soldat immer gefaßt sein.«
»Mir scheint es unsinnig, über Religion zu streiten.«
»Viele Kriege wurden im Laufe der Geschichte deshalb geführt.«
Ich versuchte, mich intelligent über Staatsaffären zu unterhalten, und es gelang mir auch, weil ich meistens ihn reden ließ. So erfuhr ich immer mehr über ihn. Er war kein Mann, der oberflächlich Konversation führen konnte, und bald schon erzählte er von seinen Feldzügen in Spanien und Frankreich, und ich lauschte gespannt.
Wir unterhielten uns eine Stunde lang, und ich merkte, ich hatte Eindruck auf ihn gemacht, denn er schien erstaunt zu sein.
»Wie gut Ihr in diesen Dingen unterrichtet seid«, sagte er. »Das trifft man selten bei Frauen.«
»Ich habe heute abend eine Menge dazugelernt«, antwortete ich und meinte nicht nur die Kriege in Spanien und Frankreich.
»Ich bin gekommen, Euch willkommen zu heißen und Euch morgen nach Far Flamstead zu geleiten. Ich hatte keine Ahnung, daß ich einen so interessanten Abend verleben würde. Ich habe ihn sehr genossen.«
»Nur weil ich Eurer Frau ähnlich bin.«
»Nein, Ihr seid ganz anders. Das einzige, worin Ihr Euch ähnelt, ist Euer Aussehen.«
»Jetzt kann man uns auseinanderhalten«, sagte ich und berührte die Narbe auf meiner Wange.
»Ihr habt ehrenhafte Narben aus der Schlacht heimgebracht, Ihr solltet sie mit Würde tragen.«
»Was sonst sollte ich tun?«
Plötzlich beugte er sich vor und sagte: »Ich will Euch etwas sagen: Sie machen Euer Gesicht interessanter. Ich freue mich sehr, daß Ihr gekommen seid, und ich hoffe, Ihr werdet lange bei uns bleiben.«
»Ihr solltet mit Eurem Urteil hinter dem Berg halten, bis Ihr mich besser kennt. Gäste können manchmal sehr ermüdend sein.«
»Die Schwester meiner Frau ist kein Gast. Sie ist ein Mitglied der Familie und wird uns immer willkommen sein, wie lange sie auch zu bleiben wünscht.«
»General, das sind voreilige Worte, und ich hätte nie ge-

dacht, daß Ihr Euch der Voreiligkeit schuldig machen könntet.«
»Woher wollt Ihr das wissen?«
»Dies ist kein gewöhnliches Zusammentreffen.«
Einen Augenblick lang sahen wir uns voll in die Augen. Seine waren kalt. Für ihn war ich nur die Schwester seiner Frau, und er war angenehm überrascht, daß ich intelligent war. Weiter ging er in seiner Vorsicht nicht. Aber das war nicht alles, nein. Vielleicht war ich erfahrener als er, trotz unseres Altersunterschieds. Ich glaube, daß Frauen wie ich schon mit dem Wissen um die Anziehungskraft zwischen den Geschlechtern auf die Welt kommen. Jedenfalls wußte ich, daß hinter seinem kalten Äußeren Leidenschaft pulsierte.
Ich dachte daran, wie ich Bastian an der Nase herumgeführt habe, wie ich der Versuchung mit ihm widerstand, und wußte jetzt, daß Bastian mir nie etwas bedeutet hat.
Aber das war erst der Anfang meiner Entdeckungen.
»Ich habe Euch durch meine Schwester kennengelernt. Sie schreibt immer über Euch. Ihr seid also kein Fremder mehr für mich. Und - meine Schwester und ich sind Zwillinge - zwischen uns gibt es ein enges Band; jede von uns weiß ob der Gefühle der anderen.«
Ich erhob mich, und er nahm meine Hand in die seine und sagte ernst: »Ich hoffe, Ihr werdet Euren Aufenthalt bei uns genießen.«
»Das werde ich«, versicherte ich ihm.
Er begleitete mich zu meinem Zimmer, wo Phoebe mich bereits erwartete und in einem tiefen Knicks vor dem General versank. Wir verabschiedeten uns, und ich ging zu meinem Bett und setzte mich. Phoebe kam und knöpfte mein Kleid auf.
»Der Herr gefällt Euch.« Es war eine Feststellung, keine Frage.
»Ja, der Herr gefällt mir.«
»Ihr wart alleine mit ihm?«
»Findest du das nicht richtig, Phoebe?«
»Mistress, das geht mich nichts an . . .«
Ich lachte. »Du machst dir zu viele Gedanken, Phoebe. Der Herr ist General Tolworthy, der Mann meiner Schwester und mein Schwager.«

Phoebe schaute mich einen Augenblick mit großen Augen an, dann senkte sie den Blick. Aber ich hatte ihre Befürchtung bereits erkannt.
Ich war ganz sicher, Phoebe wußte von meinen Abenteuern. Als Mädchen, die schon Erfahrung hatte, mußte sie meine seltsame Stimmung bemerkt haben und genau wissen, was das bedeutete.

In dieser Nacht fand ich keinen Schlaf. Immer wieder dachte ich an unser Gespräch. Sein Gesicht verfolgte mich: die feinen, aber ausgeprägten Augenbrauen; das kalte Glitzern seiner Augen - und dann sein korrektes Benehmen, das die Tatsache, daß ich eine Frau war, zu leugnen schien. Und doch war da etwas.
Ich versetzte mich in Angelets Situation - und umgekehrt: Angenommen, ich wäre Carlottas Einladung gefolgt und Angelet hätte die Pocken bekommen. Dann wäre ich heute seine Frau, oder nicht? Warum hat er ausgerechnet Angelet gewählt? Sie hat mir von ihrem Abenteuer in den Straßen von London berichtet. Ich konnte mir gut vorstellen, wie er sie gerettet und beschützt hat. Sie, in ihrer Hilflosigkeit. Wenn man mir die Geldbörse geklaut hätte, hätte ich auch versucht, sie wiederzubekommen. Wäre ich damals an Angelets Stelle gewesen, wäre ich seine Frau und Angelet läge jetzt in diesem Bett und käme zu Besuch.
Ich mußte unbedingt wissen, wie es zwischen den beiden stand. Liebte er sie? Und sie ihn?
Ich würde es bald herausfinden, wenn ich unter einem Dach mit ihnen lebte. Und was wird wohl das Resultat sein?
Im stillen sagte ich mir, daß ich nur zu heiraten bräuchte, und Phoebe wußte das. Vielleicht sollte sie auch heiraten. Sollte ich einen Mann für sie finden? Einen Mann, der mich dafür anbeten würde, daß ich ihm Gelegenheit gab, Phoebe zu heiraten und in meine Dienste zu treten? Warum wollte ich immer nur, daß mich die Leute bewunderten? Warum konnte ich nicht natürlich und unkompliziert sein wie Angelet? Aber vielleicht war sie gar nicht mehr so. Sie war verheiratet, sie hat mit einem Mann im selben Bett geschlafen. Sie hätte fast ein Kind geboren, wenn nicht irgend etwas schiefgegangen wäre. Sie mußte sich verändert haben!

Wußte ich das nicht selbst am besten? So lange war ich krank gewesen, und plötzlich bin ich wieder zum Leben erwacht. Ich habe wieder mit Bastian geflirtet, und obwohl es mir mein Stolz nicht gestattet hat, ihn mir als Liebhaber zu nehmen, hätte ich es doch gerne getan. Nun, es hätte nicht unbedingt Bastian sein müssen. Jetzt habe ich diesen Mann kennengelernt, und er war anders als alle Männer, denen ich bis jetzt begegnet bin. Er war nicht wie die Kroll-Buben und die Lamptons, mit denen ich aufgewachsen bin. Er war unerreichbar, das faszinierte mich. Ein erfahrener Mann, der die Welt kannte, der Schlachten geschlagen und dem Tod ins Auge gesehen hat. Das reizte mich.
Irgendwann schlief ich ein und wurde frühmorgens von Phoebe geweckt, weil wir das Wirtshaus Punkt sieben verlassen wollten.
Tolworthy und ich frühstückten zusammen und unterhielten uns mit derselben Leichtigkeit wie am Abend zuvor.
Er erzählte mir von seinem Elternhaus im Norden, und ich sagte, ich könnte mir gut vorstellen, wie sich seine Vorfahren gegen die Pikten verteidigt hätten. Er sah ein bißchen aus wie ein Däne, und ich meinte, seine Vorfahren seien sicher in langen Booten gekommen und hätten unsere Küsten unsicher gemacht.
»Das kann schon sein«, antwortete er, »aber sie haben immer behauptet, mit Wilhelm dem Eroberer ins Land gekommen zu sein.« Wir sprachen auch über den Krieg und daß es immer Kriege gegeben hat, und ich erklärte ihm, um wie vieles besser es doch wäre, wenn man Streitigkeiten anders schlichten würde.
Als Soldat konnte er sich natürlich nicht vorstellen, wie sie sonst geschlichtet werden sollten, denn Menschen, die ihr Wort nicht hielten, würde es immer geben, und der einzig richtige Weg, Gesetze durchzusetzen, war die Gewalt.
»Es ist schon seltsam, daß man, um Frieden zu schaffen, Krieg führen muß«, sagte ich.
Anschließend kam die Sprache auf Kräuter, und er erzählte mir, daß er sich oft nach Schlachten ihrer bedient hätte. So ging das Frühstück wie im Fluge vorbei.
Wir wollten pünktlich aufbrechen, und das taten wir auch. Seine Pünktlichkeit amüsierte mich. Ich erriet, daß Unpünktlichkeit für ihn unverzeihlich war, und fragte mich,

wie Angelet damit fertig wurde, Pünktlichkeit war nie ihre Stärke gewesen.
Ich ritt neben ihm und dankte ihm für die freundliche Geste, zum ›Bad-Faced Stag‹ gekommen zu sein, um mich heimzubegleiten, was er sofort mit den Worten »Selbstverständlich mußte ich meiner neuen Schwester entgegenreiten« abtat. Sein Gesicht war sehr ernst. »Ich hoffe, es wird Euch in Far Flamstead nicht zu langweilig werden. Später ziehen wir um in mein Haus in Whitehall, dort werdet Ihr natürlich Leute vom Hof kennenlernen. Im Augenblick habe ich das Gefühl, Angelet muß noch Kräfte sammeln. Deshalb ziehe ich ein ruhiges Leben für sie vor.«
»Das verstehe ich. Ich lebe auch auf dem Lande und kann mir vorstellen, daß das Leben bei uns noch viel ruhiger ist als in Far Flamstead. In der Hinsicht müßt Ihr Euch keine Gedanken machen.«
»Ich bin davon überzeugt, Euer Kommen wird auf uns beide einen guten Einfluß haben.«
Er machte mich auf die Besonderheiten dieser Landschaft aufmerksam, und mir fiel der große Unterschied zwischen dieser und der heimatlichen Umgebung auf. Die Bäume bei uns tragen allesamt Spuren von den Kämpfen, die sie mit den Südweststürmen auszufechten haben, während hier, im Südwesten Englands, die Bäume - Linden, Platanen, Kastanienbäume - viel stattlicher aussehen; gleichmäßig gewachsen, als wären ihre Zweige getrimmt worden. Auch die Wiesen machten den Eindruck, als hätte man sie gerade gemäht. Über allem lag eine gewisse Eleganz, die unserem rauhen Cornwall fehlt.
Endlich erreichten wir Far Flamstead. Ich bemerkte seinen Stolz, als er mir den Landsitz von weitem zeigte. Ein elegantes Haus, offensichtlich in den ersten Regierungsjahren unserer großen Königin erbaut. Ein Fachwerkbau mit roten Ziegeln, von freundlichen Gärten umgeben.
Plötzlich erblickte ich einen grauen Turm und rief aus: »Das muß das Schloß sein, von dem Angelet mir geschrieben hat.«
Ich war mir seiner so bewußt und für seine wechselnden Stimmungen so empfänglich, daß ich sofort wußte, es war ein Fehler, das Schloß erwähnt zu haben. Etwas daran störte ihn.

»Es ist eine Ruine, oder nicht?«
»Kaum. Eine Torheit, wäre die bessere Beschreibung.«
»Oh ... ja ... natürlich.«
»Was bedeutet, daß es nutzlos ist.«
»Nimmt es denn keinen Platz weg, den man für etwas Vernünftigeres gebrauchen könnte?«
»Mein Vorfahre hat es gebaut, und es gibt eine Legende darüber: Man muß es lassen, wie es ist.«
»Weil es sonst Unglück über die Familie bringen könnte, oder warum?«
»Ja, ich nehme an.«
»Seid Ihr abergläubisch?«
»Sind wir das nicht alle? Die, die behaupten, sie wären nicht abergläubisch, sind es oft am meisten. Aberglaube ist ein natürlicher Instinkt. Stellt Euch vor, als der Mensch zu begreifen begann, bekam er Angst. Er hatte Angst vor dem Mond, Angst vor der Sonne, Angst vor wilden Tieren, die das Land durchstreiften, und aus der Angst wächst der Aberglaube.«
»Ihr glaubt also, wenn wir vor etwas Angst haben, werden wir abergläubisch. Ich weiß schon, die Legende besagt, solange das Schloß besteht, kommt kein Unheil über das Haus.«
Er schwieg, aber ich hätte allzugerne die Wahrheit über das Schloß gewußt.
Wir ritten in den Hof ein, und da stand auch schon meine Schwester.
»Bersaba!« rief sie. Ich stieg ab, und sie warf sich mir in die Arme.

Wir fingen gleichzeitig zu reden an. Es gab so viel zu erzählen. Sie mußte erfahren, was alles zu Hause geschehen war, seit sie uns verlassen hatte, aber ich war genauso ungeduldig wie sie zu erfahren, wie es ihr ergangen war.
Ich erzählte ihr, daß das Leben zu Hause mehr oder weniger seinen gewohnten Gang nähme, daß ich krank und ans Bett gefesselt gewesen sei. Unser Vater sei zurückgekehrt und mit ihm Fennimore, unser Bruder, und Bastian, und keiner der beiden jungen Männer wollte wieder zur See fahren.
Sie schilderte mir ihre Ankunft in Carlottas Haus und ihr Abenteuer in den Straßen Londons. Sie erzählte von der

Zeit, da er ihr den Hof gemacht hatte, von ihrer Hochzeit und wie sie als Herrin nach Far Flamstead gekommen war. Obwohl sie pausenlos redete, und das in aller Ausführlichkeit, sprach sie nie von ihrer Beziehung zu ihrem Mann. Ich spürte, daß es ihr widerstrebte, dies zu tun.
Sie führte mich in ein bezauberndes Zimmer, das sie das Lavendelzimmer nannte und das mir gehören sollte. Die Bettvorhänge waren mit lavendelfarbenen Zweigen bestickt, genau wie die Vorhänge an den Fenstern, und die Teppiche hatten die zarte Farbe der Malve.
Daneben lag das blaue Zimmer, in dem sie selbst manchmal schlief.
»Nicht immer?«
»Nein.« Sie schien leicht verlegen. »Ich schlafe darin seit . . . auf jeden Fall nicht immer. Aber nach der Fehlgeburt brauchte ich viel Ruhe, und wir beschlossen, daß ich ein Schlafzimmer für mich allein haben sollte.«
»Du schläfst nicht im ehelichen Schlafzimmer?« fragte ich fassungslos.
»Hm . . . nein. Dies ist ein sehr ruhiges Zimmer.«
Meine Schwester hatte immer noch etwas Jungfräuliches an sich. Es war kaum zu glauben, sie war doch verheiratet und wäre beinahe Mutter geworden!
Das blaue Zimmer war bezaubernd, ähnlich dem Lavendelzimmer. Ich hätte gerne gewußt, ob es Richard Tolworthys Idee war, daß Angelet alleine schlafen sollte.
Sie sprach über die Ereignisse, die zu ihrer Ehe geführt hatten, daß man munkelte, im Schloß spuke es, und daß sie eines Nachts ein Licht gesehen hätte und zum Schloßzimmer hinaufgegangen sei, um nachzusehen. Dort hatte sie irgend etwas gesehen. Aber sie wußte nicht genau, was. Ein Gesicht, dachte sie, das sie seltsamerweise schon früher einmal gesehen zu haben glaubte. Die Dienerschaft war davon überzeugt, sie hätte einen Alptraum gehabt, aber sie sei anderer Meinung. Auf jeden Fall war sie sehr erschrocken, und alle sagten, daß sie deshalb eine Fehlgeburt gehabt hätte.
Ich erinnerte mich an den seltsamen Ausdruck in Richards Augen, als er von dem Schloß sprach, und ich fieberte danach, mehr darüber zu erfahren. Ich hatte das Gefühl, daß ich dann mehr über ihn wüßte.

Die ersten Tage waren voll neuer Eindrücke. Ich ritt mit meiner Schwester aus, und sie zeigte mir den Longridgehof. Richard war eines Tages hinübergeritten und hatte sich bei ihnen für alles, was sie für Angelet getan hatten, bedankt, aber die Beziehung zwischen ihnen blieb gespannt. Sie erzählte mir auch, daß Richard Luke Longridge einmal zum Duell aufgefordert hatte.

»Zum Duell?« rief ich aus. Das schien mir ein neues Licht auf seinen Charakter zu werfen. Ich konnte mir weder vorstellen, daß er romantisch noch daß er voreilig war. »Wegen einer Frau?«

Angelet lachte. »Gewiß nicht. Luke Longridge hatte etwas Respektloses über den König gesagt.«

»Dein Mann ist offensichtlich ein glühender Anhänger des Königs!«

Sie war ein wenig nachdenklich geworden. »Er ist Soldat, und es ist seine Pflicht, dem König treu zu dienen.«

Ja, das war's, dachte ich. Er war ein Mann, der den alten Traditionen verbunden war. Möglicherweise bewunderte er den König nicht einmal, aber er diente ihm und würde ihn, falls nötig, auch mit seinem Leben verteidigen.

Er war ein Mann, der strikt am Überlieferten festhielt.

So ritt ich mit Angelet, spazierte mit ihr herum, und wir redeten. Manchmal, wenn es Abend wurde, entdeckte ich eine gewisse Nervosität in ihrem Blick. Dann schlich ich mich leise zu ihrer Zimmertür und schaute hinein. Wenn sie nicht da war, wußte ich, sie lag mit ihm im Ehebett.

Einmal verbrachte er eine Nacht außer Haus, und ich war fassungslos zu bemerken, wie erleichtert sie schien. Aber wenn sie von ihm sprach, leuchteten ihre Augen in tiefer Bewunderung, so daß jeder gesagt hätte, sie liebt ihn aufrichtig.

Ich versuchte, sie über ihre Beziehung zu ihm auszuhorchen.

»Bald werden wir hören, daß du wieder ein Kind erwartest«, sagte ich zum Beispiel, und Angelet überlief ein Zittern.

»Was ist los, Angelet? Du wünschst dir doch Kinder?«

»Selbstverständlich.«

»Und er . . . dein Mann?«

»Ja, natürlich wünscht er sich Kinder.«

»Nun, wenn ihr beide es euch wünscht . . .«

Sie wandte sich von mir ab, aber ich erwischte sie am Arm.
»Angelet, bist du glücklich?«
»Natürlich.«
»Die Ehe ist alles, was du dir gewünscht hast . . . alles!«
Ich zwang sie dazu, mich anzusehen. Sie hatte mich nie anlügen können. Ihr Blick war leer, und ich wußte, sie versuchte etwas vor mir zu verbergen.
»Es gibt Dinge in einer Ehe, von denen du nichts verstehst.«
Beinahe hätte ich laut gelacht.
»Zum Beispiel?«
»Das kann ich dir nicht erklären. Du mußt schon warten, bis du selbst verheiratet bist.«
Jetzt wurde mir klar - was ich befürchtet hatte. Diese quälende Leidenschaft, die mich oft überkam, Angelet hatte nichts davon. Vielleicht hatte die Natur gewisse Qualitäten zwischen uns ungleich verteilt.
Von diesem Augenblick an war mir die Situation klar: Nur gleichmütig ertrug meine Schwester die Vereinigung im ehelichen Bett, zu der sie laut Ehevertrag gezwungen war. Aber was sagte er dazu? Er mußte es bemerken, und viel Freude konnte er an ihrer Kälte nicht haben.
Ich freute mich immer auf die Abende, die er mit uns verbrachte. Ich spielte Schach mit ihm, und hie und da schlug ich ihn sogar. Das erstaunte ihn zwar, aber es machte ihm auch Spaß.
Er zeigte uns, wie er Schlachten geschlagen und gewonnen hatte, und schob seine Zinnsoldaten auf einem improvisierten Schlachtfeld hin und her.
Ich beobachtete ihn gespannt und tat alles, um seine Aufmerksamkeit auf mich zu lenken. Ich stellte ihm Fragen über sein Vorgehen und gab auch meinen Zweifeln Ausdruck. Seine Augenbrauen zogen sich zusammen, wenn er mit mir sprach, als wäre er erstaunt über meine Verwegenheit in Fragen der professionellen Kriegführung.
Einmal nahm ich einfach die Infanterie und stellte sie woanders auf. Anstatt mich zu tadeln oder mir Einhalt zu gebieten, sagte er: »In diesem Falle hätte ich die Kavallerie hier aufstellen müssen.«
»Die Infanterie steht hinter dieser Hügelkette«, machte ich ihn aufmerksam. »Eure Kavallerie hätte gar nicht bemerkt, daß sie ihre Position geändert hat.«

»Das hätten sie gesehen.«
»Nein, unmöglich, es war Nacht.«
»Meine Spione hätten mich informiert.«
»Aber meine Spione haben Eure Spione längst erkannt, Ihr habt immer dieselben Männer geschickt. Sie haben Euch an der Nase herumgeführt. Während Ihr noch glaubtet, daß sie hinter dieser Hügelkette im Hinterhalt liegen, haben Sie heimlich ihren Standort gewechselt.«
Ich sah seine Augen aufleuchten, als er meinen Blick suchte.
»Was wißt Ihr von Schlachten?« fragte er.
»Um eine Schlacht zu gewinnen, muß man taktisch geschickt sein, und Frauen verstehen sich auf diese Kunst.«
Er war erheitert und . . . erregt, das merkte ich. So trugen wir unsere improvisierten Fehden aus.
Angelet saß in ihrem Sessel und sah uns zu.
Hinterher sagte sie zu mir: »Du hättest nicht so mit Richard sprechen sollen, du warst ziemlich arrogant, als verstündest du etwas von Schlachten.«
»Schlachten mit Zinnsoldaten!«
»Bei ihm ist das anders: Er rekonstruiert Schlachten, die er einmal gewonnen hat.«
»Dann ist es doch sehr gut für ihn, wenn er einen richtigen Gegner hat, einen General, der ihn überlistet.«
»Dich . . . Bersaba?«
»Ja, warum nicht?«
»Ich glaube nicht, daß ihm das gefällt.«
Natürlich hat es ihm gefallen, und wir spielten unsere Spiele auf dem improvisierten Schlachtfeld und dem Schachbrett weiter. Ich freute mich auf diese Abende, an denen wir uns so nah waren, und ich tat alles, ihn das spüren zu lassen. Nachts, wenn ich alleine war, dachte ich an ihn, und diese Faszination, die ich empfand, als ich ihn zum erstenmal sah, war nicht verblaßt, im Gegenteil.
Einmal sagte Angelet zu mir: »Richard hat gestern nacht von dir gesprochen.«
»Ach, was hat er denn gesagt?« fragte ich neugierig.
»Er sagte, wir müßten Einladungen geben. Allerdings würde er das lieber in London tun. Dort wäre die Gesellschaft interessanter.«
»Aber du behauptest doch, er habe von mir gesprochen?«

»Das hat er auch. Er hat gesagt, wir müßten einen Mann für dich finden.«
Jetzt war ich ernstlich wütend auf ihn. »Will er mich aus dem Hause haben?«
»Aber nein, Bersaba, so darfst du nicht denken. Er hat dich gerne hier, weil er weiß, daß ich dich jetzt brauche. Er sagt, du bist amüsant und attraktiv, du solltest heiraten. Er fürchtet nur, ich wäre noch nicht gesund genug für das aufreibende Stadtleben.«
So war das also, amüsant und attraktiv. Und einen Mann will er für mich finden!
Einerseits freute ich mich, andererseits war ich ärgerlich und frustriert.

Die Dienerschaft des Hauses beunruhigte mich. Wäre ich die Hausherrin gewesen, hätte ich mehr über sie wissen wollen. Die Hauptverantwortlichen natürlich waren die Cherrys und Jesson. Der letztere war leise und zurückhaltend, ein ausgezeichneter Mann, von dem man so wenig sah, daß man geneigt war, seine Existenz zu vergessen. Meg war Angelets Zofe, und Grace, ihre Schwester, nebenbei als Hebamme tätig. Das behauptete Angelet. Im Haus wurden ihre Dienste selten in Anspruch genommen, da der Großteil des Gesindes männlichen Geschlechtes war. Aber wenn Angelet sie einmal brauchen sollte, würde sich ihre Anwesenheit als nutzvoll erweisen. Sie hielt große Stücke auf Grace' Weisheit.
Es war nicht weiter erstaunlich, daß Richard sein Haus von männlichen Dienstboten führen ließ. Alle diese Männer hatten irgendwann einmal unter ihm gedient, nehme ich an, und waren aus irgendeinem Grunde aus der Armee ausgeschieden. Er war ihr Wohltäter, und sie würden ihm zweifellos besser dienen als irgendein anderer.
Mrs. Cherry und ihr Mann schienen kein außergewöhnliches Paar zu sein: Sie hatte die Küche unter sich, und er - zusammen mit Jesson - kümmerte sich um das Haus. Ich muß gestehen, der Haushalt funktionierte reibungslos.
Alle Uhren gingen auf die Minute genau, und die Mahlzeiten wurden mit dem Glockenschlag der vereinbarten Zeit serviert. Eigenartig, Angelet benahm sich gar nicht wie eine Hausherrin, sie hatte überhaupt keine Veränderung vorge-

nommen. Ich glaube, das hätte ich schon gemacht, und sei es nur, um diesen Leuten zu zeigen, daß ich die neue Herrin war.
Zweifellos betrachtete mich die Dienerschaft mit Interesse, wahrscheinlich sogar mit Argwohn. Oft ertappte ich Mrs. Cherry dabei, wie sie mich mit wachsamem Blick beobachtete.
Das Schloß hatte mich vom ersten Moment an fasziniert, auch nachdem Angelet mir erzählt hatte, daß man es nicht betreten dürfe, weil es eine Ruine sei und jeden Moment einstürzen könne. Richard hatte den strengen Befehl erteilt, nicht in die Nähe dieses Gemäuers zu gehen. Er würde sehr böse werden, meinte sie, wenn einer von uns seinen Befehl mißachte.
Sie nahm mich mit hinauf ins Schloßzimmer, das seine erste Frau bewohnt hatte. Die Ehe hatte nur ein Jahr gedauert, dann starb seine Frau im Kindbett.
Was sie von der Frau wüßte, fragte ich Angelet. Hatte sie irgend etwas über sie in Erfahrung bringen können?
»Sehr wenig«, antwortete sie. »Die Leute sprechen nicht über sie. Sie ist vor über zehn Jahren gestorben.«
»Und Richard? Hast du ihn nicht nach ihr gefragt?«
»Ich glaube nicht, daß er das möchte.«
»Du bist wirklich eine gute Ehefrau, Angelet. Tust du auch sonst alles, was er wünscht?«
»Natürlich. Warum lachst du?«
»Ich würde an deiner Stelle manchmal ein bißchen rebellieren.«
»Das würdest du nicht. Du warst noch nie verheiratet und verstehst nichts von den Beziehungen zwischen Mann und Frau. Selbstverständlich möchte ich ihm in allem gefallen.«
Die Stimme versagte ihr. Ja, ja, kleine Schwester, dachte ich, du möchtest ihm in allem zu Gefallen sein, obwohl es dir schwerfällt, dich seinen Umarmungen hinzugeben.
Die Situation amüsierte mich und machte mich neugierig. Dazu kam das erregende Gefühl seiner Gegenwart. Den ganzen Tag über wartete ich nur auf diesen scheinbar ruhigen Abend, an dem Angelet bei ihrer Stickerei saß und ich mich mit ihm unterhielt oder wir unsere Schlachten schlugen.
In der Bibliothek fand ich ein paar Bücher, die ich lesen

wollte, und eines Tages überraschte er mich dabei. Er trat ganz leise an mich heran und schaute mir über die Schulter.
»Was lest Ihr, Bersaba?« fragte er.
Ich zeigte ihm das Buch.
»Das interessiert Euch?«
»Ja, sehr sogar.«
»An Euch ist ein Soldat verlorengegangen.«
»Frauen werden leider nicht rekrutiert.«
»Ich kenne eine Frau, die es mit jedem Mann aufnehmen könnte.«
»Auf dem Feld würde ich mich wahrscheinlich weniger auszeichnen, aber den Schlachtplan entwerfen würde ich gerne.«
»Ihr würdet sofort zum General avancieren.«
Sein amüsiertes Gesicht war Belohnung genug, denn er war ein Mann, der selten lächelte. Ich hätte gerne gewußt, warum. War das Leben so schwer für ihn gewesen?
Ich war mir nicht so sicher, ob ich in ihn verliebt war, ich wußte nur, ich war gerne bei ihm und wünschte mir nichts anderes, als ganz mit ihm zusammen sein zu dürfen. Nichts sonst interessierte mich. Mit Bastian war es anders gewesen. Mein Vetter hatte nichts Geheimnisvolles an sich gehabt. Alles, was sich in seinem Leben abgespielt hatte, kannte ich. Aber hier war der Mann meiner Schwester, mit seiner ungeheuren Ausstrahlung, die durch seine Kühle nur noch aufreizender war. Jeden Tag erfuhr ich ein bißchen mehr über ihn, einfach deshalb, weil ich mich um nichts anderes mehr kümmerte. Er war stockkonservativ, dazu erzogen, an gewisse Ideale zu glauben. Niemals würde er davon abweichen, obwohl er in anderen Dingen außergewöhnlich logisch sein konnte. Königstreue und Familie waren unantastbar. Ich bewunderte ihn dafür, und doch verspürte ich den Wunsch, ihn von seinen Vorsätzen abzubringen. Er mußte etwas erlebt haben, etwas sehr Tragisches. Oft dachte ich, das Geheimnis wäre in diesem Haus zu finden. Ob seine Diener Cherry und Jesson etwas wußten? Sie standen schon so lange in seinen Diensten. Seine junge Frau war im Kindbett gestorben. Hatte er sie zärtlich geliebt oder gar leidenschaftlich? Was für eine Tragödie, die Frau und das heißersehnte Kind zu verlieren. Er war ein Mann, der sich Söhne wünschte, die die Tradition der Familie fortsetzten. Das

Schloß im Norden war der Sitz seines jüngeren Bruders. Ob er ihn wohl auf seinen Reisen besuchte? Warum hat er zehn Jahre gewartet, sich wieder zu verheiraten, und warum ausgerechnet Angelet? Ist sie so hübsch? Es ist schwer, ein Gesicht zu beurteilen, das dem eigenen so ähnlich ist. Sie besitzt eine Unschuld, die mir fehlt und die sie ihr Leben lang behalten wird. Sie ist liebevoll, gefühlvoll, romantisch - aber ohne jede Leidenschaft. Wieder wurde mir bewußt, wie verschieden unsere Charaktere waren. Das für dich, Angelet, das für dich, Bersaba. Freundlichkeit, Güte, Einfachheit für Angelet, und für Bersaba blinde Leidenschaft, die Befriedigung verlangt, mit allen Konsequenzen. Sie wird mein Leben immer beherrschen. Darüber hinaus bin ich selbstsüchtig, stolz und arrogant. Aber ich habe Phantasie und das Talent, das zu bekommen, was ich haben will.

Ganz schlecht bin ich also nicht, verteidigte ich mich. Ich berührte die Pockennarben auf meiner Stirn und dachte daran, daß mir Phoebe zu retten wichtiger gewesen war als alles andere, auch wenn ich nicht wissen konnte, welche Folgen das auf mein Leben haben würde. Wäre ich sonst auch gegangen? Sicherlich nicht.

Die Tage vergingen, und ich war bereits einen Monat in diesem Haus. Um nicht das Bett mit ihrem Mann teilen zu müssen, gab Angelet immer noch vor, schnell zu ermüden. Er würde nie darauf bestehen, das wußte ich.

Trotzdem wünschte sie, wieder schwanger zu werden. Sie wollte unbedingt ein Kind. Sicherlich würde sie eine gute Mutter sein, aber ich hatte sie in Verdacht, daß sie - sobald sie ein Kind bekommen würde - das als Vorwand nähme, sich den nächtlichen Umarmungen ihres Mannes wieder zu entziehen.

Plötzlich - und ohne Vorwarnung - packte mich die Versuchung.

Eines Tages erschien ein Bote. Richard mußte sofort nach Whitehall aufbrechen und sagte, er würde am nächsten Nachmittag wieder zurück sein.

Ich war deprimiert. Ein Tag ohne ihn war leer, und ich wußte nicht, wie ich ihn überstehen sollte. Ich konnte nicht wie Angelet stundenlang über einer Handarbeit sitzen bleiben. Ich las, solange das Licht noch gut war, ritt aus und ging ein bißchen spazieren. Ich liebte es, auf Entdeckungsreisen zu gehen, und oft ertappte ich mich dabei, wie ich um die Mauer streifte, die das Schloß umgab, und die - wie ich entdeckt hatte - oben mit kleinen Glasscherben bestreut war. Richard hatte keine Mühe gescheut zu verhindern, daß sich jemand Zutritt zum Schloß verschaffen konnte.

Am Nachmittag wollten Angelet und ich ausreiten, aber als ich gerade in meinen Reitanzug steigen wollte, kam Meg ins Zimmer und sagte, meine Schwester wolle mich sprechen. Sie lag auf dem Bett und tat sich leid. Ihre linke Wange war geschwollen.

»Zahnschmerzen«, sagte Meg, »schon den ganzen Morgen.«

Ich setzte mich zu ihr. Angelet hatte die Augen halb geschlossen und offenbar Schmerzen.

»Möchtest du etwas von Mutters Kamillenpräparat?« fragte ich sie. »Das wirkt immer!«

»Mrs. Cherry hat ein gutes Mittel«, sagte Meg. »Sie ist so geschickt mit Kräutern.«

»Ich werde sie darum bitten«, sagte ich.

Ich fand Mrs. Cherry beim Backen in der Küche. Sie warf mir einen argwöhnischen Blick zu, bevor ihre Züge wieder liebevolle Gutmütigkeit ausdrückten.

»Mrs. Cherry, meine Schwester hat furchtbare Zahnschmerzen, und Meg sagt, Ihr habt ein Mittel dagegen.«

»Gott segne Euch, Mistress, natürlich habe ich etwas. Ich habe meine eigene Apotheke und werde ihr etwas geben, damit sie einschläft. Das beruhigt den Zahn.«

»Meine Mutter hat immer ein Getränk aus Kamille, Mohnsaft und noch etwas gebraut. Das half immer sehr gut.«

»Genau. Es heilt schnell, aber sie wird eine doppelte Dosis brauchen.«

»Könnt Ihr es mir mitgeben?«

»Aber selbstverständlich, Mistress.«

Sie gab mir die Flasche mit dem Heiltrank, und gleich brachte ich ihn meiner Schwester. Er roch ein wenig anders als der, den meine Mutter zubereitete.

»Nimm das, Angelet, dann wirst du schlafen.«

Sie gehorchte, und ich saß eine Weile bei ihr, bis sie eingeschlafen war. Sie sah so jung und unschuldig aus, als sie in tiefem Schlaf in ihren Kissen lag. Das Haar war ihr aus der glatten weißen Stirn gefallen. Unwillkürlich faßten meine

Finger an meine eigene. Wenn die Leute uns nebeneinander liegen sähen, könnten sie uns auseinanderhalten. Die mit den Narben ist Bersaba! Plötzlich erfaßte mich wieder wilder Neid, weil sie seine Frau war. Nichts gab es, was ich mir mehr gewünscht hätte. Ich mußte an den ängstlichen Eindruck denken, den sie manchmal machte, und an ihre Entschuldigungen, wenn es darum ging, abends in ihrem blauen Zimmer bleiben zu können. Und da tat sie mir wieder leid.

Ich ging hinunter in den Stall und bat den Burschen, mir mein Pferd zu satteln. Er wollte mitkommen, weil weder Angelet noch ich allein ausreiten sollten, aber ich wollte allein sein. Ich wollte darüber nachdenken, was ich hier sollte und wie lange ich noch bleiben konnte.

Wenn er zurückkam, würde er vielleicht sagen, daß wir nach Whitehall gingen. Dort würde er Einladungen geben und interessante Leute einladen. Vielleicht würde er einen Mann für mich suchen.

Zorn war in meinem Herzen, weil mich das Schicksal so ungnädig behandelt hatte. Zuerst hat es mir Narben beschert und mich dann dem Mann zugeführt, den ich begehrte, aber erst, nachdem er der Mann meiner Schwester geworden war. Ich brauchte Genugtuung, so weit kannte ich mich. Bastian bedeutete mir nichts, er hatte mir nie etwas bedeutet.

Richard Tolworthy verfolgte mich. Tag und Nacht dachte ich an ihn, und ein Tag wie heute, an dem er weg war, war ein Tag ohne Bedeutung. Ich nehme an, das ist es, was die Menschen Liebe nennen.

Ich ritt einfach los, ohne darauf zu achten, wohin. Ich mußte meiner Mutter schreiben; ich mußte nach Hause zurück. Ich konnte nicht mehr hierbleiben. Ich würde einfach sagen, Angelet ginge es schon viel besser und ich vermißte mein Zuhause.

Ein Mann zu Pferd kam mir entgegen, lüftete seinen Hut und verbeugte sich. »Guten Tag«, sagte er, »es ist schon lange her, daß Ihr uns besucht habt.«

Erstaunt starrte ich ihn an. Er erwiderte meinen Blick, und plötzlich fiel es mir ein.

»Ihr müßt mich mit meiner Schwester verwechseln. Ich bin Bersaba Landor.«

»In der Tat! Mistress Tolworthy hat erwähnt, daß sie eine Zwillingsschwester hat.«
»Ja, das bin ich.«
»Dann freue ich mich, Eure Bekanntschaft zu machen. Und vielleicht erweisen Sie meiner Schwester die Ehre, sie zu besuchen. Unser Bauernhof liegt nur eine halbe Meile von hier.«
An diesem leeren Tag war ich zu jedem Abenteuer bereit, und ich gab meiner Bereitschaft Ausdruck, die Bekanntschaft seiner Schwester zu machen.
Als wir weiterritten und er von Getreide und Ernte sprach, beobachtete ich ihn. Die Anliegen anderer Leute interessierten mich immer. Das war ein Talent, das mich für Angelets Liebenswürdigkeit entschädigte. Während sie höfliches Interesse geheuchelt hätte, wäre sie in Gedanken ganz woanders gewesen. Ich dagegen hatte echtes Interesse zu erfahren, was andere Leute machten. Das war einer der Gründe, warum mir manchmal ihre Bewunderung zuteil wurde. Nichts entzückt sie so sehr, als wenn man ihren Sorgen Aufmerksamkeit widmet.
Ich begriff sofort, daß dieser Mann, der sich als Luke Longridge vorgestellt hatte, Puritaner war. Sein Gewand ließ ihn als solchen erkennen. Und als ich seine Schwester in ihrem einfachen grauen Kleid sah, war ich davon überzeugt.
Das Gutshaus war gemütlich. Sie boten mir selbstgebrautes Bier und warme Pasteten an, die vorzüglich schmeckten, und seine Schwester Ella erkundigte sich nach Angelet. Ich erzählte ihnen von ihren Zahnschmerzen, und sie baten mich, Angelet ihre besten Wünsche zu übermitteln.
Ich stellte eine Menge Fragen über die Landwirtschaft und erfuhr, daß der Monat Januar wegen des freundlichen Wetters sehr schlecht gewesen war, daß sie Kummer mit den Schafen hätten und wieviel Arbeit das Pflanzen der englischen Erbsen mache. Die Gerstenaussaat im März wäre gut über die Bühne gegangen, wie immer, auch die Aussaat von Flachs und Hanf, und natürlich die Kräuter in ihrem Küchengarten. Auch der Hopfen bringe guten Gewinn. Seit er unter Heinrich VIII. eingeführt worden sei, betrieben viele Bauern den Anbau von Hopfen, obwohl er viel Pflege brauchte.
Dann sprachen wir über die Schwierigkeiten der Heu- und

Getreideernte, für die sie extra Arbeitskräfte benötigten und fahrendes Volk zur Hilfe anheuerten.
Trotzdem spürte ich, daß das wirkliche Interesse in diesem Haus nicht der Landwirtschaft, sondern der Politik galt, und erkannte, daß Luke Longridge den brennenden Wunsch verspürte, seine Meinung zu äußern.
Er war ein Puritaner, soviel war sicher. Ich verglich ihn mit Richard Tolworthy, was ich mit allen Männern tat. Richards Ansichten waren klar und überschaubar. Das mußten sie sein. Er war stark und hatte feste Ideale. Luke Longridge war ein Rebell und gegen die Konventionen, an denen Richard festhielt.
Ich mußte daran denken, was Angelet mir über den Mann erzählte, den sie am Schandpfahl gesehen hatte, mit blutüberströmtem Gesicht, weil man ihm die Ohren abgeschnitten hatte.
»Ich glaube, man sollte seine Meinung nicht zu laut in die Welt posaunen, sie könnte an die falsche Adresse gelangen«, sagte ich.
Er lächelte, und ich entdeckte ein fanatisches Leuchten in seinen Augen. Dieser Mann würde zum Märtyrer werden, wenn die Situation es verlangte. Ich habe Märtyrertum immer für idiotisch gehalten. Was half es schon, für eine Sache zu sterben? Es war doch besser, zu leben und im geheimen dafür zu kämpfen. Als ich das zu bedenken gab, bemerkte ich einen Ausdruck in seinen Augen, den ich nicht zu deuten verstand.
Ich fuhr fort und sagte, ich dächte, wir hätten endlich Frieden mit den Schotten, was die Religion anbelangte, die genügend Unruhen gekostet hätte, und er antwortete, daß das schottische Parlament die Gesetze des Unterhauses bestätigt hätte, was nur recht und gerecht wäre, und daß sie mit den führenden englischen Puritanern in Verhandlung stünden.
»Zu denen Ihr natürlich gehört«, sagte ich.
Er schaute an seiner einfachen Tracht hinunter und sagte: »Ich sehe, daß Ihr mich verstanden habt.«
»Da gibt es nichts zu verstehen.«
»Ihr kommt aus einem royalistischen Haus. Jetzt werdet Ihr uns sicher nicht mehr besuchen wollen.«
»Ich werde Euch ganz sicher wieder besuchen und mir Eure

Argumente anhören. Wie kann man sich eine eigene Meinung bilden, wenn man nicht beide Seiten hört?«

»Ich bezweifle, daß der General es gerne sieht, wenn Ihr herkommt, um über Politik zu reden. Er hat seiner Frau zwar nicht verboten zu kommen, wahrscheinlich weil meine Schwester ihr geholfen hat, als sie so krank war, und er ist ein dankbarer Mensch. Aber ich bin davon überzeugt, daß er nichts von regelmäßigen Besuchen bei uns hält.«

»Der General kann seine Armee befehlen, aber nicht mich.«

Seine Wangen hatten Farbe bekommen, und es fiel ihm schwer, seinen Blick von mir zu wenden. Frauen wie ich, die sich von Männern angezogen fühlen, sind auch für Männer reizvoll. Irgend etwas geht von einem auf den anderen über. Und genau das geschah jetzt mit uns beiden. Obwohl Richard Tolworthy mich in Gedanken verfolgte, interessierte mich dieser Mann, und meine Stimmung hob sich, weil ich diesem eingeschworenen Puritaner nicht gleichgültig war.

Es war eine interessante Stunde, die ich in der Küche auf dem Longridgehof verbrachte. Danach bestand Luke darauf, mit mir zurückzureiten.

Er erklärte mir, daß es unklug von mir sei, allein auszureiten. »Hier gibt es Straßenräuber. Eine Lady allein ist eine leichte Beute.«

»Ich wäre nie eine leichte Beute, darauf könnt Ihr Euch verlassen!«

»Ihr habt keine Ahnung, wie brutal diese Männer sein können. Ich bitte Euch, nehmt Euch in acht.«

»Es ist nett, daß Ihr Euch Sorgen um mich macht«, sagte ich, und er antwortete: »Ich freue mich auf weitere Gespräche mit Euch. Glaubt Ihr, ich könnte Euch mit der Zeit bekehren?«

»Das bezweifle ich, obwohl ich keine festgefahrene Meinung habe.«

Bald erreichten wir Far Flamstead. Er verbeugte sich, sehr ernst, und als ich mich verabschiedete, sah ich wieder diesen Blick, den ich bei Männern kannte, und amüsierte mich. Er, der Puritaner!

Diese Begegnung hatte mir wieder bewiesen: ob mit oder ohne Pockennarben, ich wirkte auf Männer immer noch attraktiv.

Ich ging hinauf ins blaue Zimmer, wo Angelet noch schlief. Meg saß bei ihr, und ich fragte, ob sie schon einmal aufgewacht sei.

»Nein, Mistress, sie hat die ganze Zeit tief und friedlich geschlafen.«

Abends schlief sie immer noch, und ich begab mich zu Mrs. Cherry hinunter.

»Die Medizin ist sehr stark gewesen«, sagte ich, »Mistress Tolworthy schläft schon den ganzen Tag.«

»Das ist der Mohnsaft«, antwortete sie gemütlich. »Nichts ist besser als Schlaf, wenn man krank ist.«

»Soll sie noch eine Dosis haben, wenn sie aufwacht?«

»Der Zahn wird sich wieder erholt haben; ich glaube nicht. Aber behaltet die Flasche, falls sie doch noch etwas braucht.«

Sie schlief die ganze Nacht durch, und als ich nach ihr sah, versicherte sie mir, daß sich die Zahnschmerzen gebessert hätten.

Am nächsten Morgen ritten wir zusammen aus, und am Nachmittag kam Richard nach Hause. Er hätte viel zu tun, ließ er uns ausrichten, und zog sich in seine Bibliothek zurück.

Wir aßen zusammen im kleinen Salon zu Abend, und Richard erzählte, daß er von nun an viel in Whitehall zu tun hätte und daß es besser für ihn wäre, dortzubleiben, um sich den Ritt von und nach Far Flamstead zu ersparen.

Ich fragte, ob die Schwierigkeiten mit den Schotten und mit den Puritanern etwas mit seinen Pflichten zu tun hätten.

»Unter anderem«, meinte er. »Die Armee ist der Situation nicht mehr gewachsen, und ich plädiere dafür, daß das geändert wird. Das heißt, es gibt viel mit dem König zu besprechen. Es hat zu viele Unannehmlichkeiten gegeben. Auch der Krieg mit Spanien war eine Katastrophe.«

»Darauf hat er sich doch nur eingelassen, um seinen großen Freund Buckingham zufriedenzustellen.«

»Es besteht kein Zweifel, daß Buckingham großen Einfluß auf den König hatte.«

»Der Mord an ihm kam England sehr gelegen.«

»Wer kann das sagen? Aber unsere Schwierigkeiten werden wegen des finanziellen Engpasses, der aus den Kriegen mit Frankreich und Spanien resultiert, immer größer. Das bedeutet, daß alle, die nichts damit zu tun haben, die Notwendigkeit einer stärkeren Armee nicht einsehen. Und meine Aufgabe ist es, ihnen das klarzumachen.«

»Wenn der König nicht wie ein unumschränkter Herrscher regierte, gäbe es diese Probleme vielleicht nicht.«

Richard sah mich ernst an. »Aber wer weiß das schon? Ich bedauere die Gerüchte, die gegen Seine Majestät im Umlauf sind. Sie können unserem Land nur schaden, und wir müssen gewappnet sein für das, was die Zukunft bringt.«

»Wie gescheit du doch bist, Bersaba«, sagte Angelet.

»Wenigstens gescheit genug, um zu wissen, wie wenig ich weiß. Ich lese viel und mache meine Ohren auf, wo immer ich kann, so sammle ich Informationen.«

Richard lächelte mich zustimmend an. Ich erinnerte mich an Luke Longridges leuchtenden Blick und wurde zuversichtlich. Wahrscheinlich war es das, was später mein Handeln beeinflußte.

Angelet aß, und plötzlich faßte sie sich mit der Hand an die Wange.

»Der Zahn?« fragte ich.

Sie nickte und sagte: »Ich hatte Zahnschmerzen, während du weg warst, Richard. Mrs. Cherry hat mir einen Heiltrunk gebraut. Ich muß sagen, er hat ausgezeichnet gewirkt.«

Er zeigte sich besorgt, weil sie gelitten hatte, und war erfreut, daß Mrs. Cherry ihr helfen konnte. Wir sprachen noch von den Auswirkungen der Schiffssteuer und ähnlichen Dingen, die Angelet vom Gespräch ausschlossen. Nach dem Essen kehrte er an seine Arbeit in die Bibliothek zurück.

Nachdem wir uns vom Tisch erhoben hatten, klagte Angelet erneut über Zahnschmerzen. Während des Essens hatte es wieder angefangen. Ich schlug ihr vor, noch eine Dosis von Mrs. Cherrys Arznei zu nehmen, und sie stimmte zu. Sie hatte schon einmal geholfen und würde auch diesmal nützen. Es war offensichtlich, daß sie die Zahnschmerzen als Vorwand nahm, um nicht bei Richard schlafen zu müssen. Der Gedanke beunruhigte sie zusehends. Ich fragte mich, ob sie tatsächlich froh war über diesen leidigen Zahn.

»Richte ihm bitte aus, daß mich mein Zahn plagt«, bat sie.

»Ich werde Meg schicken.«
Ich half ihr beim Ausziehen und goß etwas von der Medizin ins Glas. »Ich glaube, es ist etwas mehr als gestern«, sagte ich.
»Macht nichts. Dann schlafe ich noch besser.«
Sie trank alles aus, und es dauerte nicht lange, da tat der Mohnsaft seine Wirkung. Ich blieb noch eine Weile an ihrem Bett sitzen und schaute sie an. Und wieder war ich erschüttert von der kindlichen Unschuld in ihren Zügen. Ein zufriedenes Lächeln lag auf ihren Lippen, und ich wußte, sie lächelte, weil sie wieder einmal einer Situation entkommen war, die sie verabscheute.
Ich läutete nach Meg, um ihr die Botschaft für Richard zu geben, der noch immer in seinem Arbeitszimmer war. Aber sie kam nicht. Da fiel mir ein, daß Angelet gesagt hatte, Megs Glocke sei kaputt und müsse repariert werden.
Ich ging in mein Zimmer und war so beschäftigt mit dem, was sich zwischen Richard und Angelet tat, daß ich Meg vollkommen vergaß. Langsam zog ich mich aus und setzte mich vor den Spiegel. Ich sah nicht mein eigenes Spiegelbild, sondern Angelets unschuldiges Gesicht, mit dem Lächeln der Erleichterung auf den Lippen, und dachte, wie verschieden wir doch waren und was ich dafür geben würde, an ihrer Stelle zu sein. Plötzlich fiel mir ein, daß niemand Richard Bescheid gegeben und daß ich versprochen hatte, Meg zu schicken.
Spontan beschloß ich, es ihm selbst zu sagen. Ich ging rasch hinunter in die Bibliothek, aber er war nicht da. Das Haus war ganz still, als ich mich mit klopfendem Herzen auf den Weg zum Schlafzimmer machte.
Er mußte mich gehört haben, denn ich hatte die Hand noch nicht auf der Klinke, da ging die Türe auf. Er nahm mich bei der Hand und zog mich ins Zimmer.
Ich erzitterte am ganzen Leib, und mein Verlangen nach ihm ließ mich alles andere vergessen. Er sprach kein Wort. Es war, als hätte plötzlich ein Funke die Leidenschaft zwischen uns entfacht. Er zog mich an sich, und da war es schon zu spät für mich, zu widerstehen.
»Angelet«, sagte er leise.
Das wäre der Moment gewesen, ihm alles zu erklären. Und beinahe hätte ich es getan ... Natürlich, ich sah ja so aus

wie sie! Im Kerzenlicht konnte er die Pockennarben nicht sehen.
Ich verabscheute mich, aber ich schloß einen Handel mit dem Schicksal: Laß es geschehen ... nur ein einziges Mal. Dann gehe ich fort und komme nie mehr wieder. Nie mehr will ich ihn wiedersehen.
Unser Verlangen, unsere Ungeduld, als ich in seinen Armen lag, war so groß - keiner von uns hätte jetzt noch zurückgekonnt. Ich mußte mich hingeben, an nichts vermochte ich mehr zu denken. Bedauern würde ich erst morgen.

Erfahrungen einer Nacht

Mit dem ersten Sonnenstrahl wachte ich auf. Richard schlief neben mir. Plötzlich wurde ich mir der Ungeheuerlichkeit meiner Tat bewußt, und Entsetzen packte mich. Ich wünschte, ich hätte nur geträumt!
Leise schlüpfte ich aus dem Bett. Ich hatte panische Angst, ich könnte ihn wecken. Was sollte ich ihm sagen? Wie könnte ich es ihm erklären?
Zitternd öffnete ich die Tür und erreichte ungesehen das Lavendelzimmer. Zuvor schaute ich nach Angelet, die noch immer friedlich schlief.
Ich ging in mein Schlafgemach und legte mich hin.
Du hast das Vertrauen deiner Schwester mißbraucht, sagte ich mir und fragte mich gleichzeitig, ob er es bemerkt hatte. Oder war es mir gelungen, ihn zu täuschen?
Wie jung und unerfahren ich doch gewesen bin, zu glauben, ich hätte mit Bastian alle Lust erfahren. Was ich in dem Hof jenes Gasthauses erkannt hatte, war richtig gewesen: Wir waren füreinander bestimmt.
Was sollte nur werden? Ich war hin- und hergerissen zwischen Jubel und Scham. Wie könnte ich jemals meine Gefühle erklären? Wenn Besessenheit Liebe war, dann liebte ich ihn. Ich wollte mit ihm zusammen sein, mich mit ihm unterhalten, seine Bedürfnisse entdecken und stillen, alles erfahren, was er tat, und mein ganzes Leben an seiner Seite verbringen. Aber wie sollte ich mit ihm in die Schlacht zie-

hen? Ich hatte die lächerlichsten Vorstellungen und sah mich schon als Soldat verkleidet in seiner Armee. Heimlich in der Nacht würde ich mich ins Feldlager schleichen, so wie gestern in sein Schlafzimmer. Und immer wieder das Abenteuer der Liebe, der gegenseitigen Besessenheit.

Das Zimmer wurde langsam hell, und meine Phantasien wichen vor dem kalten hellen Tageslicht. Was ich getan hatte, war unverzeihlich. Ich hatte gewußt, daß meine Schwester einen Schlaftrunk genommen hatte, und bin doch zu ihrem Mann gegangen. Es war wie ein Gleichnis aus der Bibel, und die Strafe Gottes würde auf dem Fuße folgen. Ich habe die Sünde der Unzucht begangen und zugelassen, daß er, ohne es zu wissen, Ehebruch beging. Oder war es gar nicht so? Woher wußte ich, wie er mit Angelet war? Was hat er gedacht, als er bemerkte, daß seine sonst frigide Frau plötzlich leidenschaftlich und fordernd war?

Er muß es gemerkt haben. Was würde er jetzt tun? Ich hatte keine Ahnung. Obwohl ich wußte, daß er der einzige Mann auf der Welt für mich war, kannte ich ihn nicht.

Dann kam Phoebe ins Zimmer. Sie warf einen Blick auf das Bett und war erleichtert, mich darin zu finden. Sie wußte es also. Sie mußte es bemerkt haben, daß ich nicht in meinem Bett geschlafen habe. Vielleicht hat sie auch während der Nacht hereingeschaut. Von Phoebe hatte ich nichts zu befürchten; sie würde mich immer decken.

»Ein wunderschöner Tag heute«, sagte ich und versuchte so normal wie möglich zu klingen.

»Ja, Mistress, sehr schön.«

Sie stand mit dem Rücken zu mir und setzte das heiße Wasser ab. Ich hatte das Gefühl, sie wollte mich nicht ansehen.

»Ich hoffe, der Zahn meiner Schwester hat sich beruhigt«, sagte ich. »Gestern abend sah es bös aus.«

»Ich habe Meg auf dem Weg hierher getroffen: Mistress Tolworthy schläft immer noch.«

»Eine ruhige Nacht wirkt oft Wunder.«

Während ich mich anzog, fragte ich mich, ob man mir etwas ansah. So ein Erlebnis muß doch Spuren hinterlassen! Was wird sein, wenn ich ihm gegenübertrete? Ich redete mir ein, ich würde sofort erkennen, ob er sich dessen, was geschehen, bewußt war. Aber ein Mann wie er hätte doch etwas gesagt!

Seine Reaktion war überwältigend gewesen, wie ein Strom, der über die Ufer tritt.
Richard saß im Eßzimmer am Frühstückstisch.
»Guten Morgen«, sagte ich.
Er stand auf und verbeugte sich. Seine Augen konnte ich nicht sehen.
»Guten Morgen, Bersaba.«
»Ein schöner Tag heute.«
»Ja, ein wunderschöner Tag!«
»Die arme Angelet hat wieder Zahnschmerzen bekommen. Sie ruht noch.«
»Das tut mir leid.«
Ich hatte Angst, seinem Blick zu begegnen. Erstaunt stellte ich fest, daß ich Hunger hatte, und nahm mir einen Krug Bier, Brot und kalten Speck.
»Ich muß heute nach Whitehall«, sagte er, »ich breche in ungefähr einer Stunde auf.«
»Seid Ihr schon wieder abberufen worden?«
»Ja. Wir leben in unruhigen Zeiten.«
»Werdet Ihr lange wegbleiben?«
»Ich denke nicht. Ich werde bald Vorbereitungen treffen, Angelet und Euch nachkommen zu lassen. Ich denke, Ihr werdet es genießen. Es ist ein bißchen ruhig hier für Euch.«
»Ich . . . bin glücklich hier«, sagte ich. Meine Stimme zitterte ein wenig, weil ich jetzt nichts mehr begreifen konnte. Sein Blick war leer. Das war nicht der Mann, mit dem ich noch kurze Zeit zuvor das Bett geteilt hatte.
Er kann es nicht wissen, sagte ich mir und war krank vor Enttäuschung. Vielleicht nahm er an, Angelet hätte sich plötzlich verändert. Ich hätte gerne gewußt, was er davon hielt, daß sie sein Bett so wortlos verlassen hat. Vielleicht dachte er, die Zahnschmerzen hätten sie geweckt und sie wäre leise aufgestanden, um Mrs. Cherrys Medizin zu nehmen. Das war natürlich möglich. Er könnte mich unmöglich so leidenschaftslos ansehen, wenn er auch nur den geringsten Verdacht hätte. Und doch . . . wie sonst könnte es sein. Irrte ich mich etwa? Hatte ich mich in Angelet getäuscht? Nein, ich wußte genug über diese Dinge, um zu wissen, daß sie hölzern und ohne Leidenschaft war. Aber wie konnte er dann glauben, daß sich eine Frau über Nacht so änderte? Und wie konnte er sich dann jetzt von ihr los-

reißen und nach Whitehall gehen - er mußte sie doch mitnehmen wollen.
Er war mir ein Rätsel, und ich verstand ihn nicht besser als zuvor.
»Ihr sagt, Angelet schläft noch?« fragte er.
»Ja, es ist die Medizin.«
»Dann will ich sie nicht stören. Vielleicht könnt Ihr ihr ausrichten, daß ich abberufen worden bin.«
»Ja, das werde ich tun.«
Er erhob sich und machte eine Verbeugung. »Bitte entschuldigt mich jetzt, ich habe noch ein paar Vorbereitungen zu treffen.«
Verstört schaute ich ihm nach. Und das nach diesem leidenschaftlichen Abenteuer.

Als Angelet aufwachte, war er schon weg. Ich ging zu ihr ins Zimmer, und sie sah mich - noch etwas benommen - an.
»Wie lange hast du eigentlich geschlafen?« fragte ich. »Kein Zweifel, die Medizin von Mrs. Cherry ist äußerst wirksam. Was machen die Zahnschmerzen?«
»Sie sind weg.«
»Das macht der Schlaf. Er erfrischt. Übrigens, Richard ist abberufen worden.«
»Oh . . . nach Whitehall?«
»Ja, ich habe ihn beim Frühstück getroffen. Er sagte, er wollte dich nicht stören, und bat mich, es dir auszurichten.«
»Wie lange wird er wegbleiben?«
»Er wußte es nicht genau. Er sprach davon, daß wir auch nach Whitehall kommen sollen.«
Sie setzte sich auf. Wohl und ausgeruht sah sie aus und sehr jung. Auch ihre Wange war nicht mehr geschwollen.
»Das sollten wir wirklich tun«, sagte sie. »Ich möchte einen Ehemann für dich finden.«
»Da spricht die Matrone! Bist du so gerne verheiratet, daß du möchtest, alle Menschen sollten in diese Falle gehen?«
Ich beobachtete sie gespannt und bemerkte eine flüchtige Röte unter ihrer Haut. Ich habe ihr nichts weggenommen, redete ich mir ein. Ich habe mir nur genommen, was sie sowieso nicht haben will.
»Du solltest heiraten«, sagte sie. »Mutter erwartet das.«

»Mutter wäre es lieber, wenn ich jemanden aus der Nähe heirate. Sie hat keine Lust, uns beide zu verlieren.«

»Nicht, was besser für sie wäre, will sie, sondern was besser für dich ist. Hier kannst du eine ganz andere Partie machen, und ich glaube, Mutter sähe es gerne, wenn wir zusammenbleiben könnten.«

Auch wenn sie alles wüßte? Unsere Mutter, deren Liebe so ruhig und reibungslos verlief. Wie entsetzt wäre sie, wüßte sie, was letzte Nacht geschehen war.

»Möchtest du das auch, Angelet?«

»Das weißt du doch. Wenn du nicht da bist, habe ich das Gefühl, daß ein Teil von mir fehlt.«

»Ja, wir sind uns sehr nahe. Wir sind wie ein und dasselbe Geschöpf.«

»Das ist wahr, und deshalb fände ich es auch richtig, wenn wir zusammenblieben. Ich hoffe, du wirst jemanden bei Hof heiraten. Du würdest eine großartige Ehe führen, Bersaba.«

»So großartig wie deine?«

»Oh, viel großartiger. Du mußtest mich doch immer übertrumpfen, habe ich recht? Hast du nicht immer gedacht, du würdest vor mir heiraten?«

»Aber dann hast du mich übertrumpft, während ich danieder lag.« Ich strich meine Haare aus der Stirn. »Und schau mich jetzt an.«

»Das tut deiner Schönheit keinen Abbruch. Wirklich nicht. Die Narben machen dich nur interessanter. Bedenke doch, wie du sie bekommen hast . . .«

»Auf dieser Ruhmeswelle kann ich nicht in aller Ewigkeit schwimmen«, erwiderte ich scharf. »Es ist ganz egal, wie man zu Narben kommt. Alles, was die Welt sieht, ist, daß sie da sind.«

»Richard hat gesagt, wir müssen einen Mann finden, der deiner würdig ist.«

»Tatsächlich? Wann hat er das gesagt?«

»Vor einiger Zeit. Er schätzt dich sehr, Bersaba. Er sagt, du würdest einem Mann eine große Hilfe sein. Du seist klug und solltest einen höheren Beamten bei Hof heiraten. Außerdem wärst du Meisterin im Ränkeschmieden. Ja, das hat er gesagt.«

»Hat er das wirklich?«

»Oh, er hat das nett gemeint. Er hat wirklich großen Respekt vor dir. Ich weiß, er will, daß wir nach Whitehall kommen, damit du einen anständigen Mann findest.«
»Nett von ihm, so aufmerksam zu sein«, sagte ich kalt.
Er weiß es nicht, dachte ich nur. Er kann es nicht wissen. Und doch, wie ist es möglich, daß er es nicht weiß?
Eine ganze Woche blieb Richard in Whitehall. Hielten ihn Armeegeschäfte dort fest, oder wußte er es doch und ging dieser Situation aus dem Weg?
Ich mußte fort, das war klar. Aber ich hatte solche Sehnsucht nach ihm. Ich war soweit, zu ihm zu gehen und alles zu beichten. Ich fühlte mich entsetzlich schlecht, Angelet gegenüber, und ich wagte nicht, mir auszumalen, wie fassungslos sie wäre, wenn sie wüßte, was geschehen war. Ich mußte immer an das erleichterte Lächeln auf ihren Lippen denken, nachdem sie ihre Medizin genommen und ihren Verpflichtungen entkommen war. Und ich tröstete mich damit, mir nur genommen zu haben, was sie verschmäht hatte und fürchtete. Aber es beruhigte mich nicht wirklich.
Ich schlug vor, hinüber zum Longridgehof zu reiten, was wir auch taten. Wir wurden herzlich willkommen geheißen. Luke nahm uns mit in sein Arbeitszimmer, wo er uns ein paar seiner Pamphlete vorlas. Ich fand sie interessant, weil sie mir einen Einblick in den Charakter dieses Mannes gaben. Er war ein Puritaner, ein Fanatiker, tief religiös und gegen den König, der sich als Herrscher von Gottes Gnaden aufspielte und - wie Luke meinte - sich selbst mit Gott verglich. Leidenschaftlich wetterte er über die Extravaganzen bei Hofe und die Schlechtigkeit der Königin, deren Ziel es war, den Katholizismus ins Land zu bringen.
»Aber das werden wir nie dulden!« rief er aus und schlug mit der geballten Faust auf den Tisch. Ich konnte mir vorstellen, wie er vor einer versammelten Menge predigte.
Seine Doktrin faszinierte mich bis zu einem gewissen Grad, aber mehr noch faszinierte er mich selbst. Er war ein überzeugter Puritaner, der für ein spartanisches Leben, voller Demut, eintrat. Er schimpfte auf unser Gold und unsere Juwelen und auf unsere blauen Umhänge mit dem Seidenfutter. Andererseits entging mir nicht, daß er diese Feinheiten bewunderte, und ich spürte, daß ich ihm nicht gleichgültig war. Wenn er sprach, ließ er seinen Blick nicht von mir,

und obwohl meine Gedanken bei Richard waren und ich mich nach ihm sehnte, schmeichelte mir die Bewunderung dieses Mannes, besonders weil es gegen seinen Willen geschah. Aber er konnte nicht umhin, meine brennende Sinnlichkeit zu spüren, auch wenn er dagegen ankämpfte. Es war das Weib in mir, das ihn ansprach.
Als wir nach Hause ritten, war ich in Hochstimmung.
Angelet sagte plötzlich: »Luke Longridge ist fasziniert von dir.«
»Bist du etwa schon auf der Jagd nach einem Ehemann für mich?«
»Dort wirklich nicht«, antwortete sie lachend. »Ich sehe dich nicht als Bäuerin eines Hofes, dazu eines puritanischen. Aber Luke konnte seinen Blick kaum von dir reißen.«
»Doch nur, weil du eine verheiratete Frau bist und ich noch zu haben bin.«
»Nein, das ist nicht alles. Übrigens, auch Ella hat es bemerkt. Sie wirkte etwas beunruhigt. Aber ich glaube, sie sollte sich keine Sorgen machen.«
»Da hast du sicher recht«, sagte ich und lachte.
Wir ritten zurück nach Far Flamstead, wo es langweilig war und ungemütlich, weil Richard nicht da war.

Richard kam wieder zurück, und ich fragte mich, wie ich die Tage überleben sollte, vor allem die langen Abende, wenn Angelet an ihrem Stickrahmen und ich ihm gegenüber saß. Manchmal spürte ich, daß seine Augen auf mir ruhten, und ich blickte rasch hoch, um ihn dabei zu überraschen. Aber nie konnte ich seine Gedanken lesen. Er hätte genausogut meine Möglichkeiten auf dem Heiratsmarkt abschätzen können.
Einmal sagte ich zu ihm: »Denkt Ihr immer noch daran, mich zu verheiraten?«
»Eure Heirat ist eine Angelegenheit, die gut überlegt werden muß«, war seine Antwort.
»Wir überlegen die ganze Zeit, Bersaba«, rief Angelet. »Nicht wahr, Richard?«
Er nickte zustimmend mit dem Kopf.
»Es ist sehr nett von Euch, mir so viel Aufmerksamkeit zu widmen. Angelet hat keinen Menschen gesucht, das Schick-

sal hat ihn ihr zugeführt. Ich möchte es nicht anders haben.«
»Sei nicht dumm«, sagte Angelet. »Wenn du hierbleibst, wirst du niemanden kennenlernen. Was meinst du, Richard?«
Ob er es wohl mochte, daß sie sich immerzu auf ihn bezog? Wahrscheinlich, denn damit bewies sie, daß sie eine sanfte und fügsame Frau war.
»Ich bin gerne hier«, sagte ich und schaute ihn an.
Seine Lippen verzogen sich zu einem Lächeln. Das freute ihn also.
»Trotzdem, Bersaba, es wäre nicht fair Euch gegenüber. Ich werde etwas arrangieren.«
Ich wandte meine Aufmerksamkeit wieder dem Schachspiel zu, denn ich konnte es nicht ertragen, ihn reden zu hören, als wäre er nicht tief betroffen, wenn ich wegginge.
Ich begab mich in mein Zimmer, aber an Schlaf war nicht zu denken. Immerzu mußte ich daran denken, was ich getan hatte.
Was würde meine Mutter wohl sagen, wenn sie es jemals erfahren sollte? Sie würde eine Entschuldigung für mich finden, davon war ich überzeugt, aber tief in ihrem Herzen wäre sie schockiert und würde sich nie mehr davon erholen. Sie liebte meinen Vater aufrichtig, das wußte ich, aber wenn er damals eine andere Frau geheiratet hätte, hätte sie sich zurückgezogen und ein Leben voller Entsagung geführt. Möglicherweise hätte sie nie mehr geheiratet, vielleicht aber auch den Nächstbesten genommen.
Menschen wie meine Mutter, die grundanständig sind, würden nie eine alles überwältigende Leidenschaft begreifen können. Ich bin zwar stark, aber dieses Verlangen in mir ist stärker.
Am nächsten Tag ritt ich wieder hinüber zum Hof der Longridges, wo ich von Ella begrüßt wurde. Ihr Bruder sei geschäftlich unterwegs, sagte sie mir.
Wie sauber und förmlich sie in ihrem einfachen grauen Kleid mit der weißen Schürze aussah! Ich fragte mich, was sie wohl sagen würde, wenn sie von meiner Gottlosigkeit wüßte. Wahrscheinlich würde sie mich nicht mehr empfangen; denn Puritaner, die selbst ein keusches Leben führ-

ten, waren wenig nachsichtig, was die Sünden anderer betraf.
Sie sprach von den Tugenden ihres Bruders, und daß sie fürchtete, er könnte eines Tages seine Meinung zu laut aussprechen. Schreckliche Dinge geschahen mit Leuten, die schrieben, was als aufrührerisch galt, auch wenn es der Wahrheit entsprach.
»Ich muß immer daran denken, was ich über Dr. Leighton gehört habe, ein Schotte, der die Schriften verfaßt hat: ›Aufruf an das Parlament‹ und ›Klage gegen das Papsttum‹. Er ist zweimal öffentlich ausgepeitscht worden und stand zwei Stunden am Pranger. Seine Ohren hat man abgeschnitten, seine Nasenlöcher aufgeschlitzt und auf seine Wange wurde VA. gebrannt - Verbreiter von Aufruhr.«
Mir lief eine Gänsehaut über den Rücken. »Euer Bruder sollte dieses Risiko nicht eingehen.«
»Glaubt Ihr, er hört auf mich?«
»Nein, das bezweifle ich. Märtyrer sind so. Sie hören nie auf diejenigen, die sie schützen wollen.«
»Dr. Leighton ist aus dem Gefängnis entlassen worden.«
»Vielleicht kann er endlich in Frieden leben.«
Ungestüm fuhr sie mich an. »Was glaubt Ihr eigentlich? Zehn Jahre Gefangener des Königs! Er hat sein Augenlicht verloren, seine Lenden sind lahm, und er hört nichts mehr. Kann man das Frieden nennen? Und alles nur, weil er seine Gedanken zu Papier gebracht hat, um sie anderen mitzuteilen!«
»Wir leben in grausamen Zeiten, Ella.«
»Und um das zu ändern, riskieren Männer wie Luke ihr Leben.«
Für eine Weile schwiegen wir. Wie still und freundlich das Bauernhaus doch war. Meine Gedanken galten wieder Far Flamstead und Richard. Was passiert, wenn er Angelet gegenüber diese Nacht erwähnte? Was würde dann geschehen?
Luke Longridge kam herein, und es war nicht zu übersehen, daß seine Augen bei meinem Anblick aufleuchteten. Ich zog alle Register meiner Weiblichkeit, um ihn zu fesseln. Ablenkung war alles, was ich brauchte. Ich mußte aufhören, über die Situation in Far Flamstead, die ich verschuldet hatte, nachzudenken.

»Schwester, du siehst so ernst aus«, sagte er und ließ seinen Blick auf mir ruhen.
»Wir sprachen gerade von Dr. Leighton.«
»Oh, ja. Es hat viel Aufregungen seinetwegen gegeben, aber jetzt ist er wieder ein freier Mann.«
»Nach zehn Jahren«, sagte Ella bitter. »Sein Leben ist zerstört. Ich bezweifle, daß er seiner Sinne noch mächtig ist.«
Ich blickte Luke in die Augen und sagte: »Das sollte eine Warnung für Euch sein, denen, die an der Macht sitzen, am Zeug zu flicken.«
Er setzte sich an den Tisch. In seinen Augen brannte das fanatische Vergnügen, das ihm derartige Gespräche vermittelten.
»Nein«, rief er aus, »er ist uns allen ein Beispiel.«
»Ein Beispiel, dem man nicht folgen sollte«, antwortete ich.
»Mistress Landor . . .«
Ich unterbrach ihn. »Bitte, nennt mich Bersaba. Wir sind doch gute Freunde, oder nicht?«
»Das zu denken, macht mich glücklich. Bersaba, es gibt eine Menge Arbeit für uns, und wenn wir wankelmütig werden, wenn unsere Anführer umfallen, dann sind wir des Kampfes nicht würdig.«
»Vielleicht wäret Ihr eines friedlichen Lebens mit Familie und Kindern, die in Sicherheit heranwachsen, würdig?«
»Es gibt keine Sicherheit, wo Tyrannei herrscht.«
»Habt Ihr keine Angst, einen Tyrannen durch einen anderen zu ersetzen?«
»Wir müssen dafür sorgen, daß dem nicht so ist. Wenn man Gott demütig dient, gibt es keine Tyrannei.«
»Für die, die ihm nicht demütig dienen, schon.«
»Ihr sprecht wie ein Abgeordneter Eurer Partei, Bersaba.«
»Was für einer Partei? Ich habe nicht gewußt, daß ich irgendeiner Partei angehöre. Ich sage, was ich denke. Ich will frei sein, mir meine eigene Meinung bilden und lasse mir weder von der einen noch von der andern Partei etwas vorschreiben.«
»Damit würde man Euch für genauso gefährlich halten wie mich.«
»Nein! Weil ich meine Gedanken nicht zu Papier bringe und nicht versuche, sie anderen Leuten aufzuzwingen.«
Ella brachte uns eine Erfrischung. Sie setzte sich, stützte

sich auf ihren Ellbogen und beobachtete uns. Luke war lebhaft und sehr erregt, und ich sagte: »Ich habe das Gefühl, Erzbischof Laud höchstpersönlich zu sein.«
»Ihr seid viel zu sehr Individualist, um mit jemand verglichen werden zu können.«
Ich spürte, wie mir die Röte ins Gesicht schoß, und die Erinnerung, die ich so verzweifelt zu verscheuchen suchte, stürzte wieder über mir zusammen. Es war mir aber gelungen, mich für jemand anderen auszugeben. Was Luke wohl sagen würde, wenn er wüßte, was ich angestellt hatte! Ich sah schon, wie er sein puritanisches Gefieder sträubte.
Aber meine Schamröte tat seiner Bewunderung keinen Abbruch.
»Ich hasse es, rot zu werden, dann sehen meine Narben noch schlimmer aus.«
»Sie sind kein Makel. Von Eurer Schwester weiß ich, wie Ihr dazu gekommen seid.«
»Genau wie andere auch«, antwortete ich. »Ich habe mich angesteckt.«
»Sie hat uns genau erzählt, wie.«
»Haltet mich nicht für eine Heldin. Wenn ich es gewußt hätte, wäre ich sicher nicht hingegangen.«
»Das hätte auch keinen Sinn gehabt«, bemerkte Ella.
»Die Tatsache, daß Ihr es aus Sorge um Eure Zofe getan habt, beweist, daß Ihr ein guter Mensch seid . . . trotz Eurer Anstrengung, das zu leugnen«, fügte Luke hinzu.
»Luke, was wird jetzt geschehen?«
»Das Parlament wird verabschiedet, und noch ehe das Jahr zu Ende ist, werden wir ein neues haben. Pym und Hampden werden den Vorsitz führen, und dann sind Konflikte zwischen dem König und dem Parlament nicht mehr zu vermeiden. Es wird sich zeigen, ob das Volk von denen regiert werden möchte, die es gewählt hat, oder von einem Dickschädel, der glaubt, er sitze der heiligen Vorsehung halber auf dem Thron.«
»Sei vorsichtig, Luke!« warnte seine Schwester.
Ich unterbrach die Unterhaltung und sagte, daß ich jetzt gehen müßte. Warum meine Schwester nicht mitgekommen sei, wollten sie wissen.
»Sie hat Zahnschmerzen.«
»Hat sie das nicht schon einmal gehabt?«

»Ja, hie und da tritt es wieder auf. Aber Mrs. Cherry hat eine gute Medizin, dank der sie fest schläft.«

»Sie wird hoffentlich bald wieder wohlauf sein!« sagte Ella.

»Einen lästigen Zahn läßt man am besten gleich ziehen«, fügte Luke hinzu.

»Ich werde es meiner Schwester ausrichten.«

Luke brachte mich zurück und ließ mich wissen, wie sehr er sich über meine Besuche freute und wie sehr ihn meine Meinung interessierte.

»Obwohl sie nicht mit der Euren übereinstimmt?«

»Vielleicht sogar gerade deshalb. Und weil Ihr sie mit so viel Klarheit, Logik und Verstand vorbringt.«

»Vielleicht könnte ich Euch von meiner Ansicht überzeugen?«

»Nein, Ihr seid eine geborene Royalistin. Das ist mir ganz klar. Ich bin Puritaner. Ich weiß, daß uns nur der Weg durch Opfer und Verzicht zum Himmel führt.«

»Da kann ich Euch nicht recht geben. Warum sollte Freude und Vergnügen Sünde sein?«

»Nur Einfachheit und ein religiöses Leben bringen Befriedigung und Rechtschaffenheit.«

Ich konnte nicht antworten, ich hätte am liebsten gelacht. Ich sah in seinen Augen, daß er mich begehrte, und fand ihn nicht einmal abstoßend, obwohl für mich nur ein einziger Mann existierte. Ich habe noch so viel über mich zu lernen. Aber es wäre amüsant, ihm zu beweisen, wie unrecht er hatte.

Wir erreichten Far Flamstead, und ich sagte: »Ihr habt recht, Luke, Ihr seid zu rechtschaffen für mich. Ich fürchte, ich bin eine Sünderin, und das werde ich auch immer bleiben. Ich finde zu sehr Gefallen an den schönen Dingen, die der Herr uns gegeben hat. Ich kann mir nicht vorstellen, warum er sie erschaffen haben sollte, wenn er erwartet, daß wir ihnen den Rücken kehren. Das erscheint unwürdig und kleinlich. Es wäre, als lade ein Gastgeber zu reichem Mahl und erwarte, daß die Freunde hungrig von dannen ziehen. Lebt wohl, Luke, ich muß zurück in mein sündiges Leben.«

»Bersaba«, sagte er, aber ich hatte mich schon abgewandt. Ich hob meine Hand und winkte, aber ich drehte mich nicht mehr um.

Ich betrat das Haus.
Richard war in der Halle.
»Seid Ihr ausgeritten?« fragte er vorwurfsvoll. Er schien sich Sorgen gemacht zu haben, was mir gefiel, auch wenn sie nur brüderlicher Art waren.
»Ich bin lediglich zum Longridgehof geritten, und Luke Longridge hat mich zurückbegleitet.«
»Ihr besucht die beiden regelmäßig?«
»Ich bin gerne mit ihnen zusammen.«
»Ihr solltet ihm raten, sich in acht zu nehmen. Er wird eines Tages Schwierigkeiten bekommen, wenn er nicht aufhört, solche Pamphlete zu verfassen.«
»Das sage ich ihm schon die ganze Zeit, aber er hört nicht auf mich.«
Ich konnte es kaum noch ertragen, in seiner Nähe zu bleiben, und hatte Angst, etwas Unbesonnenes zu sagen. War es wirklich möglich, daß er nichts ahnte?

Noch am selben Nachmittag verließ er Far Flamstead. Im Norden gab es Unruhen. Einer der Gründe dafür war die Tatsache, daß der König den Adel und die besitzende Klasse so hoch besteuerte. Die Stadt London hatte sich geweigert, ihm das Geld zu geben, das er von ihr gefordert hat. Richard sagte, die Armee bräuchte das Geld dringend, und die Forderungen des Königs seien berechtigt. Luke dagegen meinte, der König brauche überhaupt keine Armee und, hätte er nicht versucht, sich in Schottland in die Religion einzumischen, würde im Norden Ruhe herrschen.
Ich bemerkte Angelets Erleichterung, als Richard uns verließ. Sosehr sie ihn auch bewundert und - wie sie sagte - liebte, war sie doch glücklicher, wenn er weg war und sie die Last ihrer ehelichen Pflicht abstreifen konnte.
Sie bedauerte den Verlust ihres Babys, das sie für alles entschädigt hätte. So hatte sie selbst es dargestellt.
»Du fürchtest dich vor den Nächten in dem großen Bett, habe ich recht?«
»Wie grob du dich ausdrückst, Bersaba. Wenn ich bedenke, daß du noch nicht verheiratet bist und nichts davon verstehst, wie kannst du überhaupt darüber sprechen?«
»Es gibt Dinge, die sogar eine Jungfrau begreift«, gab ich zurück.

»Du wirst nicht mehr lange Jungfrau bleiben, und dann wirst du es am eigenen Leibe erfahren.«
»Der springende Punkt ist doch, du willst ein Baby. Du bist ja auch bereit, die Unannehmlichkeiten einer Schwangerschaft auf dich zu nehmen, die dafür notwendigen Voraussetzungen dagegen nicht.«
Sie wurde rot und antwortete: »Ja . . . ja. Ich wünschte, es gäbe eine andere Möglichkeit.«
Das genügte mir.
Ihre Nächte verbrachte sie im blauen Zimmer. Zur Entschuldigung meinte sie, sie sei gerne in meiner Nähe, das erinnere sie an alte Zeiten.
»Wenn wir unsere Türen offenlassen, können wir uns noch miteinander unterhalten.«
Aber es war nur eine Entschuldigung, dem großen Himmelbett in ihrem gemeinsamen Schlafzimmer zu entkommen. Sie wollte seine Existenz vergessen, und das konnte sie im blauen Zimmer.
So verlief eine langweilige Zeit. Langweilig, weil Richard nicht da war. Hie und da sprachen wir von ihm und überlegten uns, wie es ihm wohl ginge.
»Es gibt so viele Unruhen heutzutage«, sagte Angelet und hoffte im stillen, sie würden Richard für eine Weile von Far Flamstead weghalten.
»Laß uns hoffen, daß diese Angelegenheit bald erledigt ist«, erwiderte ich und meinte es ehrlich, »damit er bald zu uns zurückkommt.«
Ein- oder zweimal ritten wir hinüber zum Longridgehof und wurden immer herzlich willkommen geheißen. Wenn Luke da war, sprach er nur mit mir. Meine Äußerungen, über was auch immer, griff er begierig auf, und ich muß gestehen, ich genoß diese Gespräche. Sie waren ein gewisser Ersatz für meine schmerzliche Sehnsucht nach Richard. Ich merkte, daß Luke sich langsam, aber sicher in mich verliebte, daß ihn seine Sehnsüchte verwirrten, die zu erwekken ich so gut verstand. Ich schonte ihn nicht, ich wollte ihm beweisen, daß seine Theorien falsch waren; ich wollte ihm beweisen, daß er genauso versessen war, am Leben und seinen Freuden teilzunehmen, wie ich.
Es gab Tage, da regnete es ununterbrochen, und das Haus war düster und drückend. Allerheiligen kam, und wir frag-

ten uns, wie es Carlotta wohl ging. Ich mußte daran denken, wie sehr ich sie gehaßt hatte; ich hatte sie umbringen wollen; beziehungsweise jemand anderes sollte es für mich erledigen. Aber dann hatte ich sie in letzter Minute gerettet. Das bewies wieder einmal, daß ich, die ich die Menschen so gut zu kennen glaubte, mich nicht mit mir selbst auskannte.

Ich erinnere mich noch gut an den letzten Tag im Oktober. Vielleicht war ich unruhig, weil der Nebel so dicht lag, daß nichts mehr von der Landschaft zu sehen war und sogar ich zugeben mußte, daß es unvernünftig gewesen wäre, auszureiten.

Am Nachmittag begab ich mich in das Schlafzimmer, blickte auf das Bett und - in einem Augenblick der Verrücktheit - streckte ich mich darauf aus. Ich dachte an die Nacht, die wir miteinander hier verbracht hatten, und versuchte, jede Minute wiederzuerleben, mich an alles zu erinnern, was er gesagt und ich geantwortet hatte. Wir haben nicht viel gesprochen, wir brauchten keine Worte. Ich mußte nur unentwegt daran denken, daß ich eigentlich Angelet war.

Plötzlich hörte ich ein Geräusch . . . das leichte Klicken einer Tür . . . Schritte. Jemand war im Zimmer.

Der erste Gedanke, der mir durch den Kopf schoß, war, daß er zurückgekommen sein mußte.

Und er würde mich auf dem Bett finden und bestätigt wissen, was er vermutet hatte; denn einen Verdacht mußte er haben.

Es gab keinen Ausweg. Wenn wirklich jemand im Zimmer war, hinter den Vorhängen, mußte er mich sehen.

Ich hörte mein Herz klopfen, lag da und wartete. Dann wurden die Vorhänge aufgezogen, und Angelet blickte auf mich herab.

»Bersaba! Was machst du denn da?«

Ich richtete mich auf. »Oh, ich wollte einmal wissen, wie es ist . . . hier zu schlafen.«

»Wozu denn?«

»Nun, du schläfst doch hier . . . zumindest manchmal. Oder nicht?«

»Ja, natürlich tue ich das.«

»Ich wollte es nur einmal ausprobieren, das ist alles.«

»Ich wußte, daß jemand hier ist. Einen Augenblick lang dachte ich . . .«
»Daß Richard zurückgekommen sei?«
»Ja.«
»Du siehst so erleichtert aus.«
»Bersaba! Wie kannst du so etwas sagen?«
»Es ist die Wahrheit, stimmt's?«
Jetzt lachte ich. Ich kam mir wie ein Beobachter dieser Szene vor. Das war typisch für uns. Ich wurde in einer peinlichen Situation erwischt, und prompt drehte ich den Spieß um und setzte meine Schwester ins Unrecht.
»Du weißt, daß ich all das -«, sie flatterte mit den Händen -, »nicht gerne habe. Ich weiß, es gehört zur Ehe, und ich muß es akzeptieren.«
Ich sprang aus dem Bett.
»Jetzt weiß ich wenigstens, wie es ist, hier zu schlafen. Kopf hoch, Angelet. Das blaue Zimmer ist hübsch . . . und friedlich, und ich schlafe nebenan.«
Sie kam zu mir und nahm mich in die Arme. »Ich bin so froh, daß du da bist, Bersaba.«
»Ich auch«, gab ich zur Antwort.
Arm in Arm spazierten wir aus dem Zimmer.

Das half mir, mein schlechtes Gewissen zu beruhigen. Alles, was ich getan hatte, war, Angelet von dem zu befreien, was sie haßte. Gleichzeitig tat ich Richard und mir einen Gefallen. Ich habe jeder Konvention ins Gesicht geschlagen, ich habe Sünden begangen und Richard gezwungen, sie auch zu begehen. Schön, ich gestehe es, aber wir haben niemanden damit verletzt.
Natürlich war ich nicht beruhigt. Ich wußte, daß ich im Unrecht war und es keinen Sinn hatte, anderen Rat zu geben, der Wahrheit ins Gesicht zu schauen, wenn ich selbst es nicht vermochte.
In dieser Nacht, nachdem ich Angelet angenehme Ruhe gewünscht hatte, konnte ich nicht einschlafen, weil ich immer daran denken mußte, wie sie mich auf dem Himmelbett ertappt hatte. Später glitten meine Gedanken zu Carlotta und wie ich versucht hatte, die Leute gegen sie aufzuwiegeln. Es gab keinen Zweifel, ich war eine verwerfliche Kreatur. Was Luke Longridge wohl dächte, wenn ich ihm

alle Sünden beichten würde, die ich schon begangen hatte. Er würde mich verachten und mir wahrscheinlich sein Haus verbieten. Schon aus Angst, ich könnte seine Schwester verderben. Aber es würde mir einen Riesenspaß machen, ihn zu einer Indiskretion zu verführen, um ihm zu beweisen, daß niemand von uns so gut ist, wie er selbst glaubt, und daß die, die den Mantel der Tugend so nach außen tragen, sehr gut diejenigen sein können, die am meisten zu verstecken haben.

Ich weiß nicht, warum ich überhaupt über Luke Longridge nachdachte. Es gab doch nur einen Mann, der mich interessierte. Wie gerne wäre ich bei ihm gewesen! Ich wollte, er würde gestehen, mich erkannt zu haben. Ich wünschte, daß er mir so zusetzte, wie ich früher Bastian. Ich wollte hören, wie er ungeduldig wiederholte: »Wann, wann, wann?« Wie Bastian es getan hatte.

Und trotzdem konnte ich an Luke denken.

Während ich schlaflos in meinem Bett lag, bildete ich mir ein, seltsame Geräusche im Haus zu hören.

Die Dielen knarren, beruhigte ich mich. Was sollte auch sein. Es ist nichts.

Plötzlich hörte ich einen wahnsinnigen Lärm, als polterte ein Kupferkessel durch ein Zimmer. Ich nahm an, es kam aus Richtung Küche. Jemand war in der Küche. Ich sprang aus dem Bett und griff nach meinem Schlafrock.

Im Treppenhaus blieb ich stehen, um zu lauschen. Und richtig ... es waren Schritte ... schleppende Schritte; jemand war in der Küche. Irgend etwas tat sich da.

Angelet kam aus ihrem Zimmer und stieß einen erleichterten Schrei aus, als sie mich sah.

»Was ist los, Bersaba? Ich habe Geräusche gehört.«

»Irgend etwas geht dort unten vor«, sagte ich. »Laß uns nachschauen.«

Mit lauter Stimme rief ich: »Ist da jemand? Was ist los?«

Mrs. Cherry erschien, sehr erregt, und meinte: »Es ist nichts, Mistress. Ein Kochtopf stand nicht auf seinem Platz.«

»Ja, es klang, als wäre ein Kessel auf den Boden gefallen.«

»Es machte einen so entsetzlichen Lärm.«

Sie stand uns auf der Treppe gegenüber, als wollte sie uns den Weg versperren.

»Jetzt ist alles vorbei«, fuhr sie fort und sah Angelet an. »Cherry hat schon alles wieder verstaut. Und diesmal sicher. Einer der Männer ... Ihr wißt schon ... stellt sie irgendwie hin, und dann erschrickt man nachts zu Tode.«
Jetzt erschien auch Cherry. Sein Gesicht war kreidebleich, und seine Augen blickten verlegen. »Verzeiht, Herrin, es tut mir leid. Es war ... einer von denen ... hat die Töpfe nicht richtig eingeräumt. Mr. Jesson wird denjenigen zur Rede stellen. Morgen.«
Da kam Mr. Jesson auch schon, Meg und Grace folgten ihm.
Ich hatte das komische Gefühl, sie steckten alle unter einer Decke und wollten uns daran hindern, hinunterzugehen. Ein dummer Gedanke, auf den ich sicher nur durch all die blöden Schlachten gekommen war.
»Sie können ganz beruhigt wieder zu Bett gehen, meine Damen«, sagte Mrs. Cherry. »Es tut mir wahnsinnig leid, daß Ihr gestört worden seid.«
»Dann ist also alles in Ordnung?« fragte Angelet.
»Ja, alles ist in Ordnung«, antwortete Mrs. Cherry fröhlich.
»Morgen früh werde ich jemandem eine Standpauke halten«, meinte Jesson, »das verspreche ich.«
Ich drehte mich um und sagte leichthin zu Angelet: »Auf dieses Versprechen hin könnten wir ja wieder schlafen gehen.«
»Gute Nacht, meine Damen.« Die Erleichterung, mit der dieser Wunsch ausgesprochen wurde, entging mir nicht.
»Gute Nacht«, sagten wir.
Wir begaben uns zuerst ins blaue Zimmer.
»Oh, Gott, ich war gerade eingeschlafen«, sagte Angelet.
»Erst jetzt? Schläfst du etwa nicht gut, Angelet?«
»In letzter Zeit nicht. Ich wünschte, ich könnte es! Ich hasse es, nachts wach zu liegen.«
»Auf Mrs. Cherrys Zahnschmerzkur hast du sehr gut geschlafen.«
»O ja, damals ... stundenlang.«
»Tagelang. Das muß sehr erfrischend gewesen sein. Du weißt doch, was es war - Mohnsaft.«
»Ich wünschte, ich könnte jede Nacht so gut schlafen.«
»Das könntest du, wenn du die Medizin nimmst.«
»Das soll man doch nicht, oder? Es ist in Ordnung, wenn

man schlimme Zahnschmerzen hat, aber man sollte es nicht nehmen, bloß weil man nicht schlafen kann.«
»Ich kenne Schlaflosigkeit nicht. Vielleicht würde ich es auch nehmen, wenn ich nicht schlafen könnte. Oder hie und da eine kleine Dosis, wenn ich wieder einmal eine Nacht durchschlafen möchte.«
»Wenn ich es noch hier hätte, würde ich jetzt etwas nehmen.«
»Soll ich Mrs. Cherry darum bitten?«
»Jetzt ist sie schon im Bett.«
»Aber sie schläft sicher noch nicht. Ich bin überzeugt, sie gibt mir den Saft mit Vergnügen; sie hat ein schlechtes Gewissen, wegen des Lärms. Das haben sie alle. Hast du bemerkt, wie peinlich es allen war?«
»Sie haben sich Sorgen gemacht, weil sie uns aufgeweckt haben.«
»Ich werde Mrs. Cherry morgen früh darum bitten, wenn du glaubst, heute ohne dieses Mittel die Nacht überstehen zu können.«
»Natürlich. Ich werde schon einschlafen.«
»Paß auf, du mußt vorsichtig sein mit diesem Zeug. Man darf es nicht zu oft nehmen. Nur zu gewissen Zeiten. Ich werde dein Doktor sein und es dir nur verschreiben, wenn du es wirklich brauchst.«
»Ach Bersaba, wie schön, daß du da bist.«
»Hoffentlich änderst du nicht einmal deine Meinung.«
»Meine Meinung ändern? Was meinst du denn damit?«
»Ich bin doch das schwarze Schaf der Familie. Ich bin nicht so wie du, Angelet.«
Den üblichen Einwand, daß ich Phoebe das Leben und Carlotta vor ihren Verfolgern gerettet habe, tat ich ab und sagte: »Es ist höchste Zeit, daß wir ins Bett gehen. Versuch die ganze Aufregung zu vergessen und schlaf. Das werde ich auch tun.«
Ich küßte sie auf die Stirn, und sie klammerte sich einen Augenblick an mich. Ich schüttelte sie entschieden ab und kehrte in mein Lavendelzimmer zurück.
Lange Zeit lag ich wach und dachte darüber nach, wie einfach es wäre, Angelet einzuschläfern, um ihren Platz neben Richard einzunehmen.
Dann träumte ich, daß er heimgekommen sei, nachdem ich

Angelet eine hohe Dosis des Mohnsaftes verabreicht hätte. Und als ich bereits auf dem Weg zu Richard war, standen plötzlich Mr. und Mrs. Cherry, Jesson, Meg und Grace an der Treppe und versperrten mir den Weg.
Am nächsten Morgen lachte ich darüber, weil ich begriff, wie der Traum entstanden war.

Nachmittags ging ich hinunter in die Küche zu Mrs. Cherry, um mit ihr über ihre Kräutermixtur zu reden. Ich wollte sichergehen, daß dessen Genuß in kleinen Dosen nicht gefährlich war.
Als ich in die Küche kam, war keiner da. Das große Feuer brannte, und aus dem Backofen stieg der Duft von Gebakkenem. Ein Stück Fleisch drehte sich am Spieß, aber er war wohl gerade erst aufgesetzt und konnte vorerst ohne die Aufsicht des Kochs garen.
Ich schaute mich um, und mein Blick fiel auf den Kessel, der uns nachts aufgeweckt hatte. Und plötzlich entdeckte ich etwas, was ich bisher nicht gesehen hatte: eine Tür, die einen Spaltbreit offenstand. Darüber hingen Schürzen und Geschirrtücher. Das war der Grund, warum ich sie noch nie bemerkt hatte. Nur die Tatsache, daß sie plötzlich offenstand, verriet sie. Sie hatte ein Schloß, aber das war kaputt. Rasch öffnete ich ganz und blickte in einen Wandschrank, in dem schwere Kleidungsstücke hingen. Mein Instinkt sagte mir, daß das kein gewöhnlicher Wandschrank war, und ich schob die Kleider beiseite. Meine Vermutung wurde bestätigt: Vor mir lag wieder eine Türe. Das Schloß schien aufgebrochen, dafür war ein Riegel vorgeschoben worden.
Ich bildete mir ein, Schritte zu hören, zog mich hastig zurück und schloß die Schranktüre.
Mrs. Cherry kam herein.
»Mir war, als hätte ich jemanden gehört«, sagte sie.
»Ich wollte mit Euch reden, Mrs. Cherry.«
Sie hatte Angst, das war nicht zu übersehen, und ihr Blick ging immer wieder zu der Tür, die ich entdeckt hatte. Sie mußte bemerkt haben, daß sie nicht ganz zu war und daß man sie bei näherem Hinsehen entdecken mußte. Ich hätte gerne gewußt, warum das so wichtig war.
Sie brachte einen Stuhl für mich, und ich setzte mich.

»Eure Herrin schläft nicht sehr gut«, begann ich, »ich mache mir Sorgen deshalb.«
Alle Angst wich jetzt aus Mrs. Cherrys Gesicht und machte einem besorgten Ausdruck Platz.
»Als sie Zahnschmerzen hatte, habt Ihr ihr von Eurem Schlafmittel gegeben, erinnert Ihr Euch?«
»Natürlich erinnere ich mich, Mistress. Sie hat mir auch gesagt, daß die Schmerzen danach wie weggeblasen waren.«
»Ihr versteht viel von Kräutern, nicht wahr, Mrs. Cherry?«
Die Grübchen in ihren Wangen vertieften sich.
»Ach, das macht die lange Praxis, Mistress Bersaba.«
»Deshalb komme ich auch zu Euch, Ihr müßt mir helfen.«
»Wenn ich etwas für Euch tun kann . . .«
»Ich wollte Euch fragen, ob sie etwas von Eurer Medizin in ihrem Zimmer behalten könnte, so daß sie sie immer griffbereit hat, wenn sie nicht einschlafen kann. Oder wäre das zu gefährlich?«
»Nun, Mistress Bersaba, solange sie nicht zuviel davon nimmt. Heilmittel soll man nie gewohnheitsmäßig einnehmen. Ein klein wenig ab und zu kann niemand etwas schaden. Ich sage immer, Gott läßt die Kräuter wachsen, damit wir sie gebrauchen, und es liegt an uns, das Beste daraus zu machen.«
»Und Menschen wie Ihr, die diese Kräuter kennen, sind für uns alle ein großer Segen.«
»Es ist mir ein Vergnügen, Mistress. Ich liebe meinen kleinen Kräutergarten, und wenn ich etwas Neues entdecke oder ein neues Rezept finde, dann gibt es keinen glücklicheren Menschen als Emmy Cherry.«
Emmy Cherry! Der Name paßte zu ihr. Rund, hilfsbereit und immer diese wachen leuchtenden Augen, die sie so interessant machten.
»Also Ihr gebt mir etwas von Eurer Medizin?«
»Ich meine, das ist ein Heilmittel gegen Zahnschmerzen, aber das braucht man nur, wenn man Zahnschmerzen hat. Ich habe aber noch etwas Gutes, das hauptsächlich aus Mohnsaft und frischen Kräutern besteht, mit ein bißchen Wacholder für den Geschmack. Ein kleiner Schluck davon, und sie schläft die ganze Nacht und es schadet nicht. Ich gebe es Euch gleich mit.«

Sie ging zu einem Wandschrank, und ich folgte ihr. Er glich einer Kammer und war das genaue Gegenstück zu dem, in dem die Mäntel hingen.
Rundherum waren Regale, auf denen eine Vielzahl von säuberlich beschrifteten Fläschchen standen. Eine zweite Tür gab es hier nicht.
Sie nahm eines der Fläschchen und reichte es mir.
»Hier, Mistress Bersaba. Damit wird sie gut schlafen. Ein Schluck genügt, sie sollte keinesfalls zuviel nehmen. Es besteht immer die Gefahr, daß man einen Schluck nimmt, schläfrig wird und noch mal zur Flasche greift, weil man vergessen hat, daß man die Medizin schon genommen hat. Das wäre nicht das erste Mal, daß so etwas geschieht.«
»Ihr könnt Euch auf mich verlassen, Mrs. Cherry«, beruhigte ich sie. »Ich werde aufpassen, daß sie es nur nimmt, wenn es unbedingt nötig ist. Am besten, ich behalte es in meinem Zimmer.«
Ich brachte die Flasche in mein Zimmer und stellte sie in den Schrank. Als ich Angelet wiedersah, erzählte ich ihr alles.
»Wo ist die Medizin?« fragte sie.
»Ich bewahre sie für dich auf. Wenn ich der Meinung bin, du brauchst sie tatsächlich, um schlafen zu können, werde ich dir davon geben.«
»Gib sie doch mir, Bersaba.«
»Nein«, sagte ich bestimmt, und sie lachte und war glücklich, daß ich mich um sie sorgte.

Ich konnte es kaum erwarten, das Geheimnis der Küchentür zu erforschen, und schlich mich in den Hof dahinter, um nachzusehen, ob es dort einen Eingang gab, der zu dem Wandschrank führen könnte.
Es wurde bereits dunkel, und niemand war zu sehen, als ich, in meinen Umhang gehüllt, hinaustrat und langsam ums Haus schlich.
Hier müßte die Küche sein! Da war das Küchenfenster, aber eine Türe konnte ich nicht finden. Vielleicht war sie von außen zugemauert worden, dann müßte es allerdings Spuren geben. Ich fand keine.
Die Mauer des Schlößchens kam hier sehr nahe ans Haus heran. Wenn es sich wirklich um eine baufällige Ruine

handelte, war es dann ratsam, sie so nahe am Haus stehen zu lassen, fragte ich mich. Sonst konnte ich nichts entdekken, also begab ich mich wieder auf mein Zimmer. Aber mir ging das alles nicht aus dem Kopf.
Wie endlos lange sich doch die Abende hinzogen. Bei Kerzenlicht konnte Angelet nicht genug sehen, um zu sticken, und ich nahm an, wenn Richard nicht da war, fühlte sie sich nicht verpflichtet, sich zu beschäftigen.
Wir sprachen von alten Zeiten und von Trystan Priory und überlegten, was Mutter wohl in diesem Augenblick machte. Und als Angelet Schloß Paling erwähnte, fiel mir mein Erkundungsgang wieder ein, und ich sagte: »Als ich unten in der Küche war, um mit Mrs. Cherry über deine Medizin zu reden, habe ich einen Wandschrank entdeckt, den ich zuvor noch nie gesehen habe. Ich habe hineingeschaut, und da war noch eine Tür. Leider war sie verriegelt. Wohin führt sie?«
»Keine Ahnung«, antwortete Angelet.
»Du bist doch die Herrin dieses Hauses. Es sollte keine Geheimnisse vor dir geben.«
»In der Küche mische ich mich nicht ein.«
»Das hat nichts mit Einmischen zu tun. Ich an deiner Stelle würde herausfinden wollen, warum es im Schrank eine Tür gibt.«
»Hast du Mrs. Cherry gefragt?«
»Nein, das habe ich nicht getan.«
»Wenn du so neugierig bist, dann frag sie doch selbst.«
»Warum gehen wir nicht hinunter und schauen nach?«
»Du meinst, wir sollen fragen?«
»Nein, ich will niemanden fragen. Ich möchte, daß wir es selbst herausbekommen. Findest du das nicht geheimnisvoll?«
»Geheimnisvoll . . . wieso? Was meinst du?«
»Wieso? Das eben sollten wir herausfinden. Ich habe so ein Gefühl . . .«
»Was möchtest du eigentlich?«
»Auf Entdeckungsreisen gehen.«
Ihre Augen glänzten. Das war fast wie früher, als wir noch Kinder waren, dachte sie bestimmt. War ich es nicht immer gewesen, die die Anführerin gespielt hatte, wenn wir etwas Außergewöhnliches unternahmen?

»Also schön, was schlägst du vor?«
»Wir warten, bis alle im Bett sind, dann gehen wir in die Küche hinunter und schauen nach, was hinter der Türe ist . . . wenn überhaupt etwas dahinter ist.«
»Was geschieht, wenn man uns erwischt?«
»Meine liebe Angelet, bist du die Herrin dieses Hauses oder bist du es nicht? Wenn du den Wunsch verspürst, mitten in der Nacht deine Küche auf den Kopf zu stellen, wer kann dich daran hindern?«
Sie fing an zu lachen.
»Du bist immer noch nicht erwachsen geworden«, warf sie mir vor.
»Vielleicht habe ich mir in manchem meine Naivität bewahrt«, gab ich zurück.
Der Abend schien kein Ende nehmen zu wollen. Wir begaben uns in unsere Zimmer und ins Bett, weil ich es besser fand, daß weder Phoebe noch Meg etwas bemerkten. Das sollte ganz allein unser Abenteuer sein.
Es war kurz nach Mitternacht, als wir unsere Schlafröcke anzogen, eine Kerze nahmen und uns auf den Weg zur Küche machten.
Angelet ging dicht neben mir. Ich spürte, sie war ein bißchen nervös. Vielleicht hätte ich sie doch nicht mitnehmen sollen. Vorsichtig öffnete ich die Küchentüre, hob die Kerze so hoch, daß ihr Schein auf die Wand hinter dem großen Kamin fiel und auf das Regal, auf dem die Kupferkessel standen.
»Da ist der Kessel, der gestern nacht heruntergefallen ist«, sagte ich, »und dort ist die Tür. Komm!«
Sie war abgesperrt, aber der Schlüssel steckte im Schloß. Ich drehte ihn um, und die Tür ging auf. Ich stand im Wandschrank.
»Halt die Kerze«, befahl ich Angelet, dann schob ich die Mäntel auseinander und legte den Eingang frei. Das Schloß war in der Zwischenzeit nicht repariert worden, und der schwere Riegel war vorgeschoben.
»Was tust du?« flüsterte Angelet.
»Ich werde den Riegel öffnen.«
Er ließ sich ganz leicht bewegen, was mich erstaunte. Ich hatte mir vorgestellt, er sei eingerostet, weil er seit Jahren nicht mehr benutzt worden war.

Als ich öffnete, strömte uns kalte Luft entgegen. Vor uns war es pechschwarz.
»Sei vorsichtig«, rief Angelet erschreckt.
»Gib mir die Kerze!«
Es war eine Art Korridor. Boden und Mauern waren aus Quadersteinen.
Ich machte einen Schritt vorwärts.
»Komm zurück«, schrie Angelet leise, »ich höre jemanden kommen.«
Und schon war ich zurück in der Kammer. Jetzt hörte ich die Schritte auch und machte die Türe hinter mir zu.
In dem Moment betrat Mrs. Cherry die Küche.
Sie schrie auf, aber Angelet beruhigte sie. »Alles in Ordnung, Mrs. Cherry.«
»Gott sei mir gnädig!« flüsterte sie.
Rasch sagte ich: »Wir dachten, wir hätten jemanden gehört, und da sind wir hinuntergegangen, um nachzuschauen.«
Alle Wärme war aus ihrem Blick verschwunden; sie mußte sich sehr erschrocken haben.
»Aber es scheint alles in Ordnung zu sein«, fuhr ich fort. »Vielleicht waren es Mäuse oder ein Vogel draußen . . .«
Sie sah sich um, und ich bemerkte, wie ihr Blick unauffällig das Regal absuchte.
»Ich nehme an, das kommt davon, wenn gewisse Leute die Kessel nicht richtig hinstellen.«
»Das wird es wohl gewesen sein. Aber wir haben uns wenigstens überzeugt, Mrs. Cherry. Kein Grund mehr zur Sorge.«
»Ich möchte nicht das Gefühl haben, daß irgend etwas in meiner Küche nicht in Ordnung ist«, sagte Mrs. Cherry.
»Es ist aber alles in Ordnung. Wir wünschen Euch eine gute Nacht, Mrs. Cherry. Es tut uns leid, wenn wir Euch gestört haben.«
Ich hakte mich bei Angelet unter und führte sie aus der Küche. Sobald wir im blauen Zimmer waren, stellte ich die Kerze ab, setzte mich auf das Bett und lachte.
»Gott, war das komisch!«
»Warum hast du ihr erzählt, du hättest Geräusche gehört? Warum hast du ihr nicht gesagt, was wir suchen?«
»Es war viel aufregender, das nicht zu tun.«
»Was hast du überhaupt gefunden?«
»Die Türe führt in einen Alkoven mit einem Steinboden.«

»Was ist so interessant daran?«
»So weit bin ich mit meinen Entdeckungen noch nicht gekommen, um dir darauf antworten zu können.«
»Bersaba, du bist verrückt. Das bist du schon immer gewesen. Ich möchte nicht wissen, was Mrs. Cherry jetzt von uns denkt.«
»Sie war aufgeregt, und ich möchte gern wissen, warum.«
»Kein Wunder, nach dem Schreck.«
»Was würdest du sagen, wenn ich herausfände, daß dahinter ein Weg zum Schloß führt?«
»Ich würde sagen, du phantasierst.«
»Nun, das wäre erst zu beweisen. Es gibt keinen anderen Zugang, nicht wahr? Ich meine, diese hohe Mauer mit den Glasscherben geht doch rundherum?«
»Richard hat die Mauer bauen lassen, weil das Schloß baufällig ist. Und es gibt schon eine Türe, ich habe sie eines Tages im Unterholz entdeckt. Warum aber sollte es eine Verbindung zwischen dem Haus und dem Schloß geben?«
»Ich weiß es nicht. Ich frage ja nur.«
»O Gott, heute nacht werde ich kein Auge zutun! Soll ich ein bißchen von dem Schlaftrunk nehmen?«
»Nun gut, vielleicht bist du ein bißchen überreizt.«
Ich holte die Flasche und verabreichte ihr die vorgeschriebene Menge. Bis sie eingeschlafen sei, würde ich bei ihr bleiben, versprach ich.
Nach fünfzehn Minuten war sie eingenickt. Eine Weile blieb ich noch sitzen und dachte über den Wandschrank und die verriegelte Tür nach. Ich war überzeugt, es gab einen unterirdischen Korridor, und ich hatte ihn entdeckt. Mitten in der Nacht wachte ich auf und ging hinüber in Angelets Zimmer. Sie schlief immer noch, und als ich sie am nächsten Tag in der Früh fragte, ob sie durchgeschlafen hätte, versicherte sie mir, ja, das hätte sie.

Bürgerkrieg

Am nächsten Tag erfand ich eine Entschuldigung, in die Küche zu gehen, und entdeckte, daß der Schlüssel zum Wandschrank verschwunden war. Ich nahm an, Mrs.

Cherry oder sonst jemand hätte mein Interesse erraten und wollte meiner Neugier ein Ende bereiten.
Ich war sicher, daß ein Korridor von der Küche in das Schloß führte, und nachdem das Betreten wegen Baufälligkeit verboten war, sollte die Existenz eines unterirdischen Ganges natürlich ein Geheimnis bleiben.
Am Nachmittag kam Luke Longridge herübergeritten, und ich dachte nicht mehr darüber nach. Es war das erste Mal, daß er Far Flamstead einen Besuch abstattete, da Richard ihn nie dazu aufgefordert hat. Nachdem ihre Beziehung zueinander nach der Aufforderung zum Duell ziemlich gespannt gewesen sein mußte, wunderte mich das nicht. Allerdings hatte Richard nichts dagegen gehabt, daß wir bei den Longridges waren. Unsere Besuche waren allerdings nie formeller Art, vielmehr trafen wir den einen oder anderen rein zufällig.
Phoebe kam und sagte, daß Mr. Longridge gekommen war und mich sprechen wollte. Ich lief hinunter in die Halle, wo er mich mit sichtlichem Unbehagen erwartete. Es hatte den Anschein, als ob etwas Schlimmes geschehen wäre, und ich fragte ihn sofort.
»Nein, ich wollte nur mit Euch sprechen. Könnt Ihr Euch etwas überziehen und mit in den Garten kommen?«
»Können wir nicht hier miteinander sprechen?«
»Nachdem ich nicht sicher bin, ob ich in General Tolworthys Haus willkommen bin, wäre es mir lieber, Ihr würdet mich nach draußen begleiten.«
Ich schickte Phoebe nach meinem Umhang.
Draußen führte ich Luke in den ummauerten Garten. Um sich zu setzen, war es zu kühl, also spazierten wir auf und ab.
»Ihr werdet Euch über die Dringlichkeit meines Anliegens wundern«, fing er an. »Aber was mich anbelangt, handelt es sich nicht um eine überstürzte Angelegenheit, ich denke schon eine ganze Weile an nichts anderes. Seit wir uns zum ersten Mal gesehen haben, geht Ihr mir nicht mehr aus dem Sinn. Jeden Tag habe ich gehofft, Ihr würdet vorbeikommen.«
»Ihr und Eure Schwester habt uns immer herzlich willkommen geheißen, und meine Schwester und ich haben unsere Besuche jedesmal sehr genossen.«

»Daß Ihr mir nicht gleichgültig seid, habt Ihr wahrscheinlich bemerkt. Ich habe noch nie an eine Ehe gedacht, weil es nebenbei so viel gibt, was ich tun möchte. Aber es ist nur natürlich für einen Mann, sich ein Weib zu nehmen. Ich hoffe, es kommt Euch nicht allzu ungelegen, aber ich bin gekommen, Euch um Eure Hand zu bitten.«

»Das ist doch nicht Euer Ernst?«

»Das ist mein heiliger Ernst. Ich bin kein reicher Mann, aber ich habe das Gut und etwas Vermögen. Wir sind zumindest nicht arm.«

»Ich schätze Menschen nicht nach ihren weltlichen Gütern ein.«

»Nein, das tut Ihr nicht. Dafür seid Ihr zu gescheit. Der Reiche von heute kann der Arme von morgen sein. Und nur Herz und Verstand bedeuten wahren Reichtum.«

»Warum wollt Ihr mich heiraten?«

»Weil ich Euch liebe. Ich könnte mit Euch glücklich sein und glaube, auch Euch glücklich machen zu können. Aber ohne Euch gibt es kein Glück für mich.«

»Ich dachte, Ihr glaubt nicht an Glück.«

»Ihr macht Euch über mich lustig.«

»Nein, ich möchte Euch gerne kennenlernen.«

»Es steht nichts davon in der Bibel, daß ein Mann nicht heiraten soll. Im Gegenteil, es ist eine verdienstvolle Tat.«

»Aber was geschieht, wenn Ihr Vergnügen an Eurer Ehe findet?«

»Wir würden Gnade finden vor den Augen Gottes.«

Ich war fassungslos und sagte: »Wir sind doch keine Kinder, wir müssen doch den Motiven für unsere Handlungen ins Auge sehen. Ich frage Euch jetzt deshalb, macht der Gedanke an die ehelichen Freuden Euch so glücklich, daß Ihr mit mir leben wollt?«

»Wie seltsam Ihr sprecht, Bersaba. Nicht wie eine . . .«

»Eine Puritanerin? Ich bin keine Puritanerin. Wollt Ihr mich besitzen, wie ein Mann eine Frau besitzen will; das würde ich gerne wissen.«

Er kam einen Schritt näher. »Ihr entzückt mich«, sagte er. »Ja, ich gebe zu, ich will Euch besitzen. Nur mit Euch kann ich glücklich sein. Bersaba, Ihr antwortet nicht. Wollt Ihr mich heiraten?«

»Nein«, sagte ich fast triumphierend. Ich hatte ihn dazu gebracht zuzugeben, fleischliche Begierden zu haben. Aber gleich danach tat er mir wieder leid. »Ich könnte nur einen Mann heiraten, den ich liebe und begehre, so wie es auch sein soll. Ich mache kein Geheimnis aus meinen Bedürfnissen. Aber so liebe ich Euch nicht. Ich respektiere und achte Euch als einen Freund, das ist meine Antwort, Luke. Mehr habe ich nicht zu sagen.«

»Bersaba, wollt Ihr es nicht erst bedenken?«

»Das würde nichts ändern.«

»Ich nehme an, man wird Euch nach London bringen, dort gibt es Bälle und Bankette . . .«

»Und andere Festlichkeiten«, fügte ich hinzu.

»Dort werdet Ihr einen Mann finden, der Euch reich machen wird.«

»Ich schaue nicht auf Reichtümer, Luke, das habe ich Euch schon einmal gesagt.«

Er wandte sich ab, und ich legte ihm meine Hand auf den Arm. »Es tut mir leid, Luke. Würdet Ihr mich wirklich kennen, würdet Ihr mich nicht mehr bewundern. Ihr begehrt mich, ja, das weiß ich, aber Ihr würdet nicht glücklich mit mir werden. Euer Gewissen würde Euch quälen. Ihr würdet Vergnügen an mir finden, aber Ihr seid Puritaner. Ich weiß nicht, was ich bin, das jedenfalls nicht. Ihr werdet eine Frau finden, die besser zu Euch paßt, Luke, und Ihr werdet mir und Gott für diesen Tag danken.«

»Ihr seid so anders als die Frauen, die ich kenne«, sagte er.

»Deshalb solltet Ihr mich auch meiden. Ihr kennt mich nicht. Ich bin nicht so wie Ihr. Versucht, nicht traurig zu sein. Ich werde Eure Schwester besuchen, wie immer, und wir bleiben gute Freunde. Wir werden uns unterhalten, unsere verbalen Schlachten schlagen und gegenseitig unsere Gesellschaft genießen. Geht jetzt, Luke, ich meine es gut mit Euch. Es ist zu Eurem Besten, ich weiß es.«

Ich ließ ihn stehen und lief ins Haus.

Am nächsten Tag kam Richard zurück. Ich hörte Pferdegetrappel und lief hinaus auf den Hof, um zu sehen, wer es sein könnte. Und da war er. Er stieg gerade von seinem Pferd und übergab es dem Stallburschen.

Vor Freude, ihn wiederzusehen, vergaß ich alle Etikette und lief ihm mit weitausgebreiteten Armen entgegen. Er nahm meine Hände, hielt sie einen Augenblick fest und blickte mich forschend an. Alles in mir war in Aufruhr - ich war überzeugt, er wußte alles.

»Bersaba«, sagte er, und etwas war in seiner Stimme, als spräche er zu einer Geliebten. Aber gleich darauf war er wieder kühl und distanziert wie immer. »Ich komme nur kurz zurück«, sagte er. »Wo ist Angelet?«

Auch sie hatte ihn gehört und kam heraus auf den Hof.

Er nahm sie bei den Händen und küßte sie auf die Wange.

»Geht es dir wieder gut?« fragte er besorgt.

»O ja, Richard. Und dir? Wie lange bleibst du bei uns? Sind alle Schwierigkeiten behoben?«

»Wie gewöhnlich weiß ich nicht, wie lange ich bleiben kann. Die Schwierigkeiten sind nicht behoben - im Gegenteil! Sie spitzen sich zu.«

Er hakte sie unter und reichte mir seinen Arm, und so betraten wir die Halle.

Ich durfte mir die Erregung, die mich ergriffen hatte, nicht anmerken lassen. Ich mußte daran denken, daß dies der Mann meiner Schwester war.

Wie gewöhnlich speisten wir im kleinen Salon. Angelet gegenüber schien er beinahe zärtlich zu sein.

»Bist du sicher, du fühlst dich auch wohl? Du siehst müde aus.«

»Sie schläft nicht sehr gut in letzter Zeit«, sagte ich.

Er machte sich sichtlich Sorgen, aber Angelet murmelte, es wäre nichts.

Während des Essens erzählte er uns, was sich draußen in der Welt tat. Ein neues Parlament war zusammengetreten, und viele seiner Mitglieder gehörten bereits dem im vergangenen April ernannten Short Parlament an; aber es gab auch neue Köpfe. »Sie sind fest entschlossen, alle Mißstände bei der Wurzel zu packen. Das bedeutet nichts Gutes für Männer wie Wentworth, den Earl of Strafford, und Erzbischof Laud.«

Wie zuvor sprach er über derartige Angelegenheiten nur mit mir. Nach dem Essen sagte er, er hätte noch zu arbeiten, und zog sich in die Bibliothek zurück.

Wir gingen beide in unsere Zimmer. Ich war erregt, und Angelet hatte Angst. Ich glaube, sie steigerte sich hinein in ihre Aversion. Jedenfalls war es nicht normal; denn sie be-

wunderte ihren Mann mehr als alle Männer auf der Welt, und sie war stolz, seine Frau zu sein. Sie wäre absolut glücklich gewesen, hätte man sie von ihren ehelichen Pflichten als Frau entbunden.
Natürlich wäre es auffällig, würde sie diese Nacht nicht mit ihm verbringen. Er war so lange weg gewesen.
»Angelet, was ist denn los?« fragte ich, obwohl ich es ganz genau wußte, und sie antwortete: »Ich weiß nicht, ich glaube, ich bekomme wieder Zahnschmerzen.« Sie sah mich flehend an und erinnerte mich an unsere Kindheit: Wenn sie damals Angst vor der Dunkelheit hatte, erfand sie alle möglichen Entschuldigungen, um nicht allein sein zu müssen.
Sie wollte ihn nicht, sie hatte Angst vor ihm. Das, wonach ich mich sehnte, fürchtete sie. Während unserer Kindheit war immer ich die Einfallsreichere gewesen, und auch heute wollte sie, daß ich einen Weg aus dem Dilemma für sie fand.
Mein Herz fing an, wie wild zu schlagen, als ich sagte: »Du mußt noch etwas von Mrs. Cherrys Heiltrank haben.«
»Er macht mich so schläfrig.«
»Das ist genau das, was du brauchst.«
»Aber Richard ist gerade erst nach Hause gekommen.«
»Er wird es verstehen.«
Ihre Augen erhellten sich, und sie sah mich anbetend an. Ich war wieder einmal die Schwester, auf die sie sich verlassen konnte.
»Ich gebe dir einen Schluck davon«, sagte ich rasch. »Leg dich schlafen, später gehe ich in die Bibliothek hinunter und sage es ihm. Morgen ist alles wieder besser. Das wird er verstehen.«
»Glaubst du, Bersaba?«
Meine Hände zitterten, als ich ihr einen Löffel voll von der Medizin gab.
Ich brachte sie ins Bett und saß bei ihr, bis sie eingeschlafen war. Sie sah so glücklich und entspannt aus im Schlaf, daß sich mein Gewissen beruhigte.
Ich werde es ihm sagen, nahm ich mir vor, ich werde beichten, was ich angestellt habe, und dann gehe ich nach Hause. Ich werde ihm erklären, daß Angelet Angst hat und daß sie Zeit braucht, sich an all das zu gewöhnen, was sie heute

noch schreckt. Wenn ich es ihm richtig erklärte, würde er es verstehen.
Ich ging hinunter in die Bibliothek, aber er war nicht mehr da.
Im Schlafzimmer würde ich ihn finden. Vielleicht war er auch in Angelets Zimmer gegangen, um nach ihr zu sehen. Oder würde er versuchen, sie aus ihrem tiefen Schlaf zu wecken? Ich hatte ihr versprochen, ihm alles zu erklären, also mußte ich es auch tun. Allerdings hatte ich viel mehr zu erklären, als sie sich vorstellen konnte. Morgen werde ich anfangen, Reisevorbereitungen zu treffen, und hoffen, daß sie mit der Zeit glücklich miteinander werden.
Ich ging zum Schlafzimmer und klopfte an die Türe. Fast augenblicklich ging sie auf. Er nahm mich bei der Hand und zog mich hinein.
»Angelet«, sagte er, und in seiner Stimme war ein Ton, den ich nie zuvor gehört hatte, wenn er ihren Namen aussprach.
Und wieder übermannte mich die Versuchung. Ich konnte mich verstellen! Nur noch einmal . . . dann würde ich alles erklären. Meine guten Vorsätze waren verflogen. Trotzdem zögerte ich und wußte, gerade das würde mich Angelet noch ähnlicher machen.
»Richard, ich muß mit dir reden«, rief ich.
»Später«, flüsterte er. »Wir haben alle Zeit der Welt, miteinander zu reden. Aber all die Wochen habe ich an dich gedacht und mich nach dir gesehnt.«
Seine Stimme, die Berührung seiner Hände ließen mich erzittern, und mehr als alles andere, wollte ich ihm gehören, ihn trösten, ihn glücklich machen. Wenn Angelet schon unter ihrer Gefühlskälte litt, wie mußte er erst leiden! Meine Liebe zu ihm überwältigte mich. Warum auch nicht? Nur noch heute nacht, dann gehe ich fort. Und so geschah es.
Er machte keinerlei Andeutungen, denen zu entnehmen war, daß er wußte, wer ich war.

Plötzlich wurde ich durch seltsame Geräusche aus dem Schlaf gerissen. Entsetzt schreckte ich hoch. Ich war im Himmelbett, und Richard lag neben mir.
Ich hätte die Geräusche nicht beschreiben können, aber ich

wußte, es war jemand im Zimmer. Ich hörte Gepolter, als ob ein Stuhl umgestoßen würde, ein unheimliches, dämonisches Lachen und dann ein Knurren, wie von einem wilden Tier.

Richard warf die Vorhänge zurück und sprang aus dem Bett.

Zögernd folgte ich ihm.

Er zündete eine Kerze an, und ich schrie auf vor Entsetzen. Ein Ungeheuer befand sich im Zimmer. Im ersten Augenblick hätte ich es nicht für ein menschliches Wesen gehalten, eher für einen zu Fleisch gewordenen Alptraum. Aber es war menschlich. Es war ein Kind mit wild zerzaustem Haar und Armen, so lang, daß sie beinahe den Boden streiften. Der Körper dieser abnormen Kreatur war stark, die Füße schien sie nachzuziehen. Die schlaffen, herabhängenden Lippen und der wesenlose Blick dieses Wahnsinnigen waren grauenerregend.

»Cherry!« rief Richard, aber Cherry war bereits an der Tür, und hinter ihm stand seine Frau.

Richard hatte dieses Individuum ergriffen, das aus Protest um sich schlug und zu heulen anfing wie ein Tier.

Mrs. Cherry murmelte: »Gott sei uns gnädig! Ich hole John.«

Die Kreatur riß sich los und rannte zu einem Stuhl, hob ihn hoch, aber Richard war rechtzeitig da, ehe sie ihn in den Spiegel schleudern konnte.

Der Kampf ging weiter, und Richard und Cherry mußten ihre ganze Kraft aufbieten, die um sich schlagenden Arme festzuhalten.

Ein Mann betrat das Gemach. Ich erkannte ihn sofort, weil Angelet ihn erwähnt hatte. Wegen seiner Narbe im Gesicht war er nicht zu verkennen: Es war Erdbeer-John.

»Komm schon, mein Junge«, sagte John. »Komm mein Freund, John ist bei dir.«

Die Arme hörten auf, um sich zu schlagen. Plötzlich packte ihn John von hinten und hielt den sich Aufbäumenden fest.

»Wenn du stillhältst, tue ich dir nicht weh. Das weißt du. Nur wenn du dich wehrst. Jetzt komm schön mit, John. So . . . so ist's gut. So ist's schon besser.«

Das Zucken hatte nachgelassen, und der Mann mit der

Narbe führte den Kretin geduldig und freundlich, aber mit fester Hand aus dem Zimmer.

Mrs. Cherry stand zitternd auf der Schwelle. »Ich kann mir nicht vorstellen . . . Sir . . . der Riegel war vorgeschoben. Cherry schiebt ihn immer vor.«

»Schon gut, Mrs. Cherry«, sagte Richard.

Ich war im Hintergrund geblieben, aber jetzt, da das Handgemenge vorbei war, wurde ich mir der mißlichen Lage bewußt, in der ich mich befand. Gleich würde ich entdeckt. Ich versuchte mir einzureden, dies wäre nur ein böser Traum, aus dem ich jeden Moment erwachen mußte, aber leider wußte ich, daß es die Wirklichkeit war.

Als die schlurfenden Schritte in der Ferne verhallt waren, schloß Richard die Tür und lehnte sich dagegen.

Ich schüttelte mein Haar, um meine Narben auf der Stirne zu verstecken, und ohne es zu wollen, verdeckte ich mit der Hand die auf meiner Wange.

»Diese . . . Kreatur ist mein Sohn«, sagte er. »Jetzt mußt du es wohl erfahren.«

Ich antwortete nicht; ich hatte Angst, den Mund aufzumachen, weil ich nicht wußte, ob er mich vielleicht doch für Angelet hielt.

Eigentlich waren keine Erklärungen nötig. Ich verstand alles. Dieser Sohn war ein Idiot, ein Monster. Er lebte, eingesperrt im Schloß, mit dem starken Erdbeer-John, der auf ihn aufpaßte. Die Cherrys kannten das Geheimnis. Die Tür in der Küche war der Eingang zu dem geheimnisvollen Ort, und ich hatte den Riegel zurückgeschoben und vergessen, ihn wieder zu schließen. Der Kretin hatte diese Gelegenheit genutzt, ins Haus einzudringen.

Diese makabre Szene entsprach so ganz meinem eigenen Betrug.

Ich mußte schnell denken. Könnte ich Richard wirklich täuschen, könnte ich weiterhin so tun, als wäre ich Angelet? Nur die Narben könnten mich verraten.

»Ich verstehe, Richard«, sagte ich, »ich verstehe alles.«

Er kam zu mir, strich zärtlich mein Haar aus der Stirn und küßte meine Narben. Unglaubliches Glück erfüllte mich. Ich mußte ihn nicht mehr täuschen; er wußte alles.

»Hast du geglaubt, ich hätte es nicht bemerkt?« fragte er. »Bersaba, warum hast du das getan?«

»Weil ich schlecht bin, deshalb.«
»Niemals. Das letzte Mal bin ich fortgegangen. Ich sagte mir, das darf nie wieder vorkommen, und jetzt bin ich doch hier, weil ich mich nach dir gesehnt habe.«
»Ich dachte, du würdest mich hassen, wenn du es erfährst.«
»Ich werde dich immer nur lieben können, und ich werde nie vergessen, was du damit für mich getan hast. Verstehst du mich? Ich werde dich immer lieben.«
Ich lehnte meinen Kopf an seine Brust und fühlte mich plötzlich ganz schwach. Ich wollte getröstet werden.
Er küßte mein Haar. Wie konnte ich nur denken, er sei kalt und ohne Leidenschaft? Seine Liebe zu mir war so tief und überwältigend wie die meine zu ihm.
»Vom ersten Augenblick an, als du in mein Haus gekommen bist, war mir klar, daß ich dich brauchte«, sagte er und streichelte mein Haar. »Jede Minute mit dir ist aufregend, ist ein Abenteuer. Warum bist du nicht nach London gekommen anstatt . . .«
Er war ein Mann mit Grundsätzen, ein Mann mit einem ausgeprägten Gefühl für Rechtschaffenheit, er brachte es nicht fertig, Angelets Namen über die Lippen zu bringen.
»Du hast meine Schwester geheiratet, du mußt sie doch geliebt haben?«
»Ich habe etwas in ihr gesehen. Sie ist jung, frisch und gesund. Ich dachte, wir könnten gesunde Kinder zusammen haben. Aber sie ist nur ein Schatten von dir. Ihr seht euch so ähnlich. Wie oft habe ich euch reiten sehen, euch beobachtet und wußte nicht, welche wer war. Nur wenn wir miteinander sprechen, wenn wir uns lieben, gibt es keine Ähnlichkeit mehr. Ich hätte dir so viel zu sagen, ich weiß nicht, wo ich anfangen soll.«
Er führte mich zum Bett, und wir setzten uns. Er legte den Arm um mich, und die Kerze auf dem Frisiertisch warf ein flackerndes Licht über den Raum.
»Zuerst zu dieser Tragödie: Laß mich von dem Jungen erzählen. Er ist elf Jahre alt . . . mein einziger Sohn. Seine Geburt brachte seine Mutter um.«
»Ich glaube, ich verstehe jetzt alles. Ich habe alles zusammengesetzt, wie ein Puzzle. Du hältst ihn im Schloß gefangen, und deshalb hast du allen verboten, in die Nähe zu gehen.«

Er nickte. »Schon als er geboren wurde, konnte man erkennen, daß etwas mit ihm nicht in Ordnung war. Mrs. Cherry hat ihn damals versorgt. Sie bestand darauf, und sie war auch sehr gut zu ihm. Ich verdanke den Cherrys, auch Jesson und seinen Töchtern sehr viel. Sie waren seinerzeit schon alle hier; sie kennen das Geheimnis und haben mir geholfen, es zu bewahren. Die anderen sind alte Soldaten, und alte Soldaten reden nicht, wenn sie es für unklug halten. Und dann Erdbeer-John, der wegen seines Muttermals so genannt wird. Alle Leute halten ihn für nicht ganz normal. Er hat ungeheure Kräfte, wie du eben gesehen hast, und paßt auf den Jungen auf. Er lebt mit ihm, seit dieser drei Jahre alt war und anfing, um sich zu schlagen. Niemand kann mit ihm fertig werden, außer Erdbeer-John. Aber der Junge wird immer stärker, er hat Arme wie ein Gorilla, er könnte jeden damit umbringen.«

»Kannst du ihn immer drüben wohnen lassen?«

»Solche Menschen leben nicht sehr lange, habe ich gehört. Ich habe derartige Fälle studiert und mich erkundigt. Normalerweise sterben sie Mitte Zwanzig oder Dreißig. Sie haben Kraft für zwei ausgewachsene Männer, aber nur die halbe Lebenserwartung.«

»Das ist immer noch lange genug.«

»Bis jetzt ist es gegangen. Alle haben geglaubt, er sei gestorben. Ach Bersaba, so viele Ausflüchte, so viele Lügen!«

»Und du bist ein Mann, der nichts mehr verabscheut wie Ausflüchte und Lügen«, sagte ich mit bedeutungsvollem Unterton.

»Ich habe eine Mauer um das Schloß bauen lassen, seitdem lebt er da. Ein anderes Kind ist unter seinem Namen begraben worden. Ein paarmal schon ist er ausgebrochen.«

»Und es muß ein Geheimnis bleiben.«

»Bersaba, er ist mein Sohn. Ich bin für ihn verantwortlich. Er soll kein unwürdiges Dasein führen, soweit ich das verhindern kann. Aber ich möchte noch andere Kinder haben . . . normale Kinder . . . die in diesem Haus aufwachsen und noch Generationen hier leben werden. Ich habe Angst, daß Angelet oder sonst jemand diese Geschichte herausbekommt. Sie würde Angst haben, unsere Kinder könnten auch so werden. Natürlich hat er den Wahnsinn geerbt, aber von wem?«

»Von seiner Mutter ...«

»Sie war ein liebes Kind aus guter Familie. In ihrer Familie gibt es, soviel ich weiß, keinen Schwachsinn. Ich wußte, du würdest mich verstehen. Du verstehst mich immer. Ich will nicht, daß Angelet es erfährt. Wenn sie ein Kind bekommt, könnte diese Furcht für sie und das Baby zum Verhängnis werden, verstehst du das, Bersaba?«

Er hielt mich fest. »Bersaba, was sollen wir tun?«

»Was können wir tun?«

»Wir können uns nur trennen, was bedeutet, ich werde den Rest meines Lebens unglücklich sein.«

»Du hast deinen Beruf, und es sieht so aus, daß er dich die nächsten Jahre voll auslasten wird. Ich muß gehen.«

Er hielt mich fest an sich gepreßt und sah mich an. »Vom ersten Moment an, da ich dich im Arm hielt, habe ich es gewußt, Bersaba.«

»Und hast keinen Ton gesagt.«

»Ich habe es nicht gewagt.«

»Natürlich nicht, weil du ein rechtschaffener Mann bist. Du bist Adam: Das Weib hat dich verführt. Sag nicht nein; denn sie hat dich verführt! Siehst du, ich bin nicht gut, Richard. Das mußt du begreifen. Angelet ist wie meine Mutter: freundlich, lieb, immer bestrebt, das Richtige zu tun. Ich bin nicht freundlich. Ich bin nur innig, wenn ich liebe, und ich tue nur das Rechte, wenn es mir Spaß macht. Genauso ist es mit dem Bösen.«

»Ich habe nie eine Frau wie dich getroffen.«

»Bete, daß du keiner mehr begegnest.«

»Wenn du meine Frau sein könntest, würde ich nichts weiter vom Leben verlangen.«

Ich streichelte sein Haar. »Was jetzt, Richard?« Und ohne auf seine Antwort zu warten: »Ich muß fort, das wollte ich dir heute sagen, als ich kam. Und dann bin ich der Versuchung, noch einmal mit dir zusammen zu sein, erlegen.«

»O Gott, Bersaba, was sollen wir nur tun?«

»Es gibt nur eines: Ich muß weg.«

»Nein«, sagte er ruhig. »Ich lasse dich nicht gehen.«

»Wir müssen an Angelet denken.«

Er nickte.

»Du mußt versuchen, sie zu verstehen. Habe Geduld mit ihr. Mit der Zeit vielleicht ...«

»Sie wird nie wie du sein.«
»Aber du hast sie geheiratet, Richard.«
»Warum bist du nicht dagewesen?«
»Es hat keinen Zweck, mit dem Schicksal zu hadern, wir müssen es nehmen, wie es kommt. Angelet bewundert dich; sie liebt dich. Man kann ihr ihr Wesen nicht vorwerfen, so wenig wie uns.«
»Seitdem ich dich besessen habe, kann ich nicht mehr ohne dich leben.«
»Doch! Du kannst, und du wirst! Denn es muß sein.«
Verzweifelt schaute er mich an. »Wir könnten doch . . .«
Ich schüttelte den Kopf. »Ich bin keine gute Frau, wie du gemerkt hast, aber meine Schwester ist es. Wir müssen ein Ende machen. Ich reise ab und werde mir eine Entschuldigung einfallen lassen.«
»Du wirst mir und ihr das Herz brechen.«
»Diese Wunden heilen schnell, wenn man jemanden hat, der einen liebt. Ihr werdet euch gegenseitig darüber hinweghelfen.«
Er hielt mich fest, und ich rief aus: »Nein, ich muß weg. Ich darf nicht hierbleiben, nicht so. Du weißt, wie gefährlich es sein kann.«
»Ich kann dich nicht gehen lassen«, sagte er einfach.
»Und ich kann nicht bleiben!«
»Bitte, Bersaba, versprich mir eines: Geh noch nicht gleich, warte ein Weilchen. Laß uns darüber nachdenken, wie man diese Situation am besten meistert.«
»Wenn ich bleibe . . . wird es wieder geschehen.«
Er schwieg. Er versuchte, seiner Gefühle Herr zu werden. Es war nicht leicht, die Ruhe zu bewahren, aber ich mußte an Angelet denken.
»Ich glaube nicht, daß ich es ertragen kann, dich zu verlieren. Du weißt, wie meine Ehe aussieht. Seit du da bist, hat sich mein Leben verändert . . . es ist lebenswert geworden . . . du hast mich meiner Resignation entrissen.«
»Ich verstehe dich, aber wir sind jetzt überreizt. Laß mich gehen!«
Sein Gesicht sah im Kerzenlicht so verzweifelt aus, voller Sehnsucht, jung und verletzlich. Ich hätte ihn so gerne getröstet, ihm Versprechungen gemacht, die Angelet gegenüber ein Betrug gewesen wären. Gott weiß, ich hatte ihr be-

reits genug angetan. Ich mußte aufhören, nur an mich selbst und Richard zu denken.
»Versprich mir, daß du nicht gleich gehen wirst«, drängte er.
Ich versprach es ihm und riß mich von ihm los. Eilig verließ ich das Schlafgemach. Bevor ich mein Zimmer erreichte, sah ich noch zu Angelet hinein. Sie schlief ganz friedlich, mit einem Ausdruck der Zufriedenheit und Erleichterung in ihrem unschuldigen Gesicht.

Es war nicht leicht, Angelet am nächsten Tag unter die Augen zu treten, aber mir gelang es besser als ihm. Und als am Nachmittag ein Bote eintraf, mit Depeschen vom Feldlager, schien er erleichtert, aufbrechen zu können.
Bevor er uns verließ, sah ich ihn kurz allein. »Wir werden einen Ausweg finden«, sagte er, aber ich wußte, es gab keinen.
Angelet winkte ihm nach und sagte stolz: »Er hat eine sehr wichtige Position. Täglich ist er im direkten Kontakt mit dem König.«
Ich dagegen wollte nur alleine sein und nachdenken. Ich spazierte durch die Gärten, setzte mich an den Teich, von dem aus ich das Schloß beobachten konnte, und dachte an seinen Kummer und an dieses monströse Geschöpf, das dort eingesperrt war.
Es war Dezember, und Angelet sprach viel über Weihnachten und Heiligabend zu Hause. Unser Vater war immer noch da. Mutter schrieb, der Bau der Bürohäuser beanspruche einen Großteil seiner Zeit, und sie hoffe, ihn Weihnachten noch zu Hause zu haben. Sie bedauerte nur die Abwesenheit ihrer Töchter. Ich dachte an das Weihnachtsfest in Trystan Priory, an die Chorsänger und die Spielleute, die kamen und Musik machten. Die Familie wollte ungefähr für eine Woche nach Schloß Paling gehen. Großvater Casvellyn war kränklich. Um Allerheiligen regte er sich immer besonders auf, weil es die Erinnerungen an Hexen in ihm weckte. Am liebsten würde er eigenhändig eine aufknüpfen.

»Ihr seht, meine Lieblinge«, schrieb meine Mutter, »nichts hat sich verändert. Ich bin so froh, daß Ihr zusammen seid. Angelet soll Richard überreden, Euch herzubringen. Ich weiß, die Zeiten sind schlecht, und ein Soldat muß sich immer bereit halten. Ich hoffe so sehr, daß sich die Unruhen bald legen und das Leben wieder in friedlichen Bahnen verläuft. Weihnachten werden wir an Euch denken.«

Wir werden ganz sicher an Mutter denken.
Mitte Dezember bestätigte sich ein Verdacht, den ich schon eine Weile hegte. Vielleicht sollte ich mich nicht wundern, aber ich erwartete ein Kind.
Als ich zu dieser Gewißheit gelangte, war ich ziemlich ruhig. Innerlich jubilierte ich. Aber dann überlegte ich all die Schwierigkeiten, die mein Zustand mit sich bringen würde. Woran dachte ich eigentlich? Ich war glücklich, weil ich ein Kind von Richard bekam. Aber wer war ich, es auf die Welt zu bringen?
Phoebe ließ mich nicht aus den Augen. Ich glaube, sie wußte mehr, als ich wahrhaben wollte. Sie hat immer auf mich aufgepaßt, und ich hatte den Verdacht, daß sie genau wußte, warum ich ein paarmal erst in früher Morgenstunde in mein Zimmer zurückgekehrt war.
Ich lag im Bett und versuchte der Wahrheit ins Auge zu blicken. Was sollte ich jetzt tun? Ich mußte es ihm sagen. Aber wie würde er darauf reagieren? Einerseits wäre er sicherlich entzückt, andererseits aber wüßte er ob der enormen Schwierigkeiten, die auf ihn zukamen. Was anderes bliebe ihm übrig, als nach einem Ausweg zu suchen?
Ich könnte natürlich zu meiner Schwester gehen und ihr sagen, daß ich ein Kind von ihrem Mann bekomme. Sie hatte ihn nicht gewollt, also habe ich ihn mir genommen. Und das ist das Resultat.
Selbst für mich, die ich sie so gut kannte, war es schwer, ihre Reaktion vorauszusehen.
Ich kannte den Ausweg, den Richard mir anbieten würde: Ich sollte fortgehen. Wir müßten uns natürlich einen Grund ausdenken. Ich sollte irgendwo - zurückgezogen - sein Kind auf die Welt bringen, und er würde uns manchmal besuchen kommen.
Warum hatte ich nicht schon früher daran gedacht? Warum nicht er? Unsere Leidenschaft hat uns für alles andere blind gemacht, bis auf das Verlangen, sie zu stillen.

Das war typisch für mich: Wenn sich ein möglicher Ausweg zeigt, zögere ich nicht mehr. Immer habe ich zu schnell gehandelt, und meine Mutter hatte mich oft deshalb gescholten. Ich bin von Natur aus ungeduldig und impulsiv. Vielleicht hat mich deshalb mein Verhalten so oft in Situationen gebracht, aus denen wieder herauszukommen schwierig war.
Natürlich, warum war mir das nicht schon früher eingefallen? Warum sollte ich, eine heißblütige Frau, nicht fruchtbar sein? Ich hatte lediglich über die Niedertracht und Leidenschaft meiner Beziehung nachgedacht, darüber hinaus aber keinen weiteren Gedanken verschwendet. Oder ich habe mich im Unterbewußtsein dagegen gewehrt, derartige Folgen in Erwägung zu ziehen.
Tatsache blieb, ich war schwanger, und bald würde man meinen Zustand erkennen. Ich mußte etwas unternehmen!
Ich ritt hinüber zum Longridgehof, saß mit Ella im Herrenhaus und unterhielt mich mit ihr, bis Luke hereinkam. Er freute sich offensichtlich, mich zu sehen. Ich beschloß, mit ihm zu sprechen, und als er mich nach Far Flamstead zurückbegleitete, kam ich ohne Umschweife zum Thema.
»Ihr habt mich gebeten, Eure Frau zu werden. Gilt dieser Antrag noch immer?«
Er zügelte sein Pferd und sah mich an. Ich erwiderte seinen Blick, ohne mit der Wimper zu zucken. »Wenn ja«, fuhr ich fort, »nehme ich ihn an! Ich möchte Eure Frau werden.«
»Bersaba!« Seine Freude war nicht zu übersehen.
Ich winkte ab. »Ich möchte, daß Ihr die Gründe kennt. Ich erwarte ein Kind, und unter den gegebenen Umständen hätte ich einen Ehemann sehr nötig.«
Es fiel ihm schwer, meinen Worten zu folgen. Er glaubte einfach nicht, was ich ihm da sagte.
»Es ist wahr«, sagte ich. »Als Ihr um mich anhieltet, habe ich abgelehnt, weil ich es noch nicht wußte. Ich habe Euch gern, Ihr fasziniert mich, ich mag unsere Diskussionen. Aber ich möchte, daß Ihr wißt, warum ich Euer Angebot akzeptiere. Natürlich könnt Ihr dann Eure Meinung ändern. Ihr, ein Mann mit puritanischer Lebensauffassung, wollt sicherlich kein Weib zur Frau, wie ich es bin. Ich passe nicht zu Euch, das wissen wir beide, aber Ihr habt gesagt, daß Ihr mich liebt, und ich befinde mich in einer sehr peinlichen

Lage und muß bedenken, was ich tue, um für andere und mich die Situation erträglich zu machen. Deshalb erscheint mir eine Ehe als der einzige Ausweg. Das ist mein Angebot.«
Er schwieg immer noch, und ich fuhr fort: »Ja, ich verstehe Eure Antwort, ich habe nichts anderes erwartet. Denkt nicht mehr daran. Ich bin eine Frau mit lockerer Moral, ich gebe Euch recht - jemand wie ich verdient es nicht, Eure Frau zu sein. Euer Schweigen ist Antwort genug. Wir brauchen keine weiteren Worte. Was ich Euch angeboten habe, war übereilt, eine Beleidigung, und ich verdiene es nicht mehr, Euch meinen Freund zu nennen. Lebt wohl!«
Ich wendete mein Pferd und wollte losgaloppieren, da rief er meinen Namen.
Ich hielt inne und sah ihn an.
»Ihr . . . Ihr verwirrt mich«, sagte er.
»Es ist mir klar, daß ich mich sehr unkonventionell benommen habe. Lebt wohl.«
»Nein, gebt mir Zeit, ich möchte nachdenken.«
»Je mehr Ihr darüber nachdenkt, desto mehr werdet Ihr erkennen, wie unmöglich mein Vorschlag ist. Ich habe ihn nur gemacht, weil Ihr gesagt habt, daß Ihr mich liebt. Ihr habt mit solcher Leidenschaft gesprochen, und da eine Ehe der einzige Ausweg für mich wäre, bin ich darauf zurückgekommen. Aber ich sehe jetzt, es ist ganz außer Frage. Guten Tag.«
Ich hörte seine Worte noch, als ich dem Pferd die Sporen gab - »Gebt mir Zeit!«

Noch am selben Nachmittag kam Luke nach Far Flamstead geritten. Phoebe kam und sagte, daß er unten sei und mich zu sprechen wünschte. Wieder gingen wir in den Garten. Ich liebte ihn beinahe, weil ich mir vorstellen konnte, was ein Mann mit seiner puritanischen Einstellung von mir hielt. Er mußte mich wirklich lieben. Oder war es nur wieder die Anziehung, diese vielversprechende Leidenschaft, die Männer spürten?
»Und Ihr seid bereit, das Kind eines anderen Mannes anzuerkennen?«
»Ja, nachdem es auch Euer Kind ist.«
»Luke, entweder Ihr seid ein besonders nobler Mann, oder Ihr liebt mich wirklich.«

»Ich liebe Euch wirklich.«
»Ist es eine zärtliche Liebe oder ein unwiderstehliches Verlangen?«
»Beides. Wer ist der Vater?«
»Meint Ihr, daß Ihr das wissen solltet?«
»Ich weiß es sowieso. Es gibt nur einen, der in Frage kommt. Der Mann Eurer Schwester.« Seine Lippen wurden bleich vor Zorn. »Warum? Wie konntet Ihr nur . . . Wie konnte er?«
»Aus demselben Grunde, wie Ihr, als Puritaner, entgegen Euren Prinzipien handelt. Ihr wollt eine Frau wie mich heiraten. Hättet Ihr das für möglich gehalten . . . bevor Ihr mich kennengelernt habt?«
Langsam schüttelte er den Kopf.
»Dann fragt nicht mehr. Es ist geschehen, weil es geschehen mußte. Wir sind so, wie wir erschaffen wurden, und manchmal sind unsere natürlichen Impulse so stark, daß wir nicht dagegen ankämpfen können. Meine, seine und Eure. Wenn ich Euch heirate, darf es keine Beschuldigungen geben. Von dem Tag an, da wir unser Gelübde ablegen, wird mein Kind das Eure sein, und Ihr dürft nicht anders darüber denken. Glaubt mir, daß ich zu würdigen weiß, was Ihr für mich tut. Dafür liebe ich Euch, Luke. Ich verspreche Euch, ich werde Euch eine gute und treue Ehefrau sein, und ich werde Euch einen eigenen Sohn schenken . . . Ihr dürft mir nur nicht verübeln, falls es eine Tochter wird.«
»Ich möchte Euch heiraten«, sagte er schlicht. »Alles soll so sein, wie Ihr sagt. Wegen des Kindes müßte die Hochzeit bald stattfinden.«
»Ganz unter uns?«
»Ja, und unverzüglich. Alle müssen glauben, daß wir längst verheiratet sind. Ella werde ich es natürlich erzählen müssen, aber sie wird glauben, daß es mein Kind ist.«
»Ihr wollt mich nicht nur heiraten, Ihr wollt auch für mich lügen?«
»Ja, das will ich. Ich habe bekommen, wonach ich mich gesehnt habe, ich darf mich nicht über das Wie beschweren.«
Ich gab ihm meine Hand. »Ihr werdet ein guter Mann für mich sein, Luke, und ich werde mein Bestes tun, Euch eine gute Frau zu sein. Das schwöre ich!«

Es war eine einfache Zeremonie in der guten Stube des Herrenhauses. Ella war ein wenig schockiert, weil sie glaubte, wir hätten unser Ehegelübde vorweggenommen, aber der Gedanke an ein Kind entzückte sie so sehr, daß sie bereit war, jede Mißbilligung zu vergessen. Ich glaube auch, insgeheim freute sie sich, eine zweite Frau ins Haus zu bekommen, besonders da sie wußte, ich war nicht der Typ, mich in ihre Wirtschaft einzumischen.

Nach der Zeremonie ritt ich zurück nach Far Flamstead. Es war zwei Tage vor Weihnachten.

»Ich muß dir etwas sagen, Angelet. Ich bin verheiratet.«

Sie starrte mich ungläubig an.

»Mit Luke Longridge«, fuhr ich fort.

Das konnte sie nicht fassen. »Du machst Witze! Du bist verheiratet . . . mit einem Puritaner?«

»Ja, warum denn nicht? Puritaner sind gute Menschen. Ich glaube, sie sind auch gute Ehemänner. Aber das werden wir ja sehen.«

»Seit wann?« fragte sie.

»Nun, ich bekomme bereits ein Kind.«

»Du hast heimlich geheiratet? Warum lebst du dann noch nicht in seinem Haus? Dein Mann ist dort, und du bist hier? Ich glaube es einfach nicht.«

»Frag nicht soviel. Ich erwarte ein Kind, die Hochzeit hat also schon vor einiger Zeit stattgefunden.«

»Ein Kind . . . wann?«

»Im August wahrscheinlich.«

»Bersaba!«

»Mutter hat immer gesagt, bei mir wüßte man nie, wie man dran ist, stimmt's?«

»Was wird Richard sagen?«

Jetzt wurde ich rot. Was würde er schon sagen! Mein Elend zwang mich fast in die Knie. Es war vorbei - das wundervolle Abenteuer, das ich erlebt habe und niemals wieder erleben würde.

»Es geht ihn nichts an«, antwortete ich kühl.

»Aber er hat dich doch gern. Er hat sich immer als dein Beschützer betrachtet. Und du hast sogar ohne den Segen unserer Eltern geheiratet! Nicht einmal uns hast du etwas gesagt!«

»Es ist geschehen. Jetzt kann niemand etwas dagegen tun. Und ich werde ein Kind bekommen.«

»Das ist wundervoll!« sagte sie jetzt wieder ganz freundlich und fuhr fort: »Und du wirst in meiner Nähe sein, wir müssen uns nicht trennen. Jeden Tag werde ich zum Gutshof reiten, oder du wirst herkommen. Ich werde bei dir sein, wenn das Baby auf die Welt kommt, und werde dir helfen, es zu versorgen.«

»Ja, Angelet«, sagte ich. »Ja.«

Und sie umarmte und küßte mich.

»Aber Luke Longridge, der Puritaner! Richard wird es nicht gefallen.«

»Vielleicht nicht.«

»Er mag die Longridges nicht. Er sagt, die Puritaner stiften im ganzen Land Unruhe. Zu viele Puritaner sitzen im Parlament, und pausenlos schreiben sie Pamphlete. Beinahe haben sie sich duelliert!«

»Was für ein Glück, daß sie es unterlassen haben, sonst hätte jetzt eine von uns keinen Mann.«

»Aber Richard hat dich gern, Bersaba. Das weiß ich.«

»Ja, ich glaube, du hast recht.«

»Er wird eure Unterhaltungen vermissen, die abendlichen Schlachten, sein Schach und all das. Du bist so viel gescheiter als ich. Du mußt oft zu uns kommen.«

»Ich werde bei meinem Mann sein müssen, und wir sollten auch die Animosität zwischen meinem und deinem Mann nicht vergessen.«

»Das betrifft uns aber nicht.«

»Nein, wirklich nicht.«

Und wieder küßte sie mich und redete über das Baby.

Ich trug Phoebe auf, meine Habseligkeiten zu packen. Wir würden von nun ab auf dem Longridgehof leben.

Was für ein seltsamer Weihnachtstag! Angelet kam herüber, um ihn bei uns zu verbringen. Am Morgen beteten wir. Das ganze Haus versammelte sich, und wir alle knieten nieder und sprachen Luke das Gebet nach.

Wie sehr unterschied sich dies Weihnachten von den Festen, die wir in Trystan Priory oder auf Schloß Paling gefeiert hatten. Weihnachten war hier kein Tag für Vergnügungen, wir feierten - ohne Freude - die Geburt Gottes und

nichts sonst, und unentwegt wurde von seinem Tod gesprochen.
Auch die Tafel war nicht geschmückt mit erlesenen Speisen wie bei uns zu Hause. Es gab nur einfaches Schweinefleisch mit etwas Lerchenpastete, dazu tranken wir selbstgebrautes Bier. Vor dem Essen wurde das Tischgebet gesprochen, und alles geschah mit religiösem Ernst.
Nach dem Essen sprachen wir von der Bedeutung des Weihnachtsfestes, und ich konnte es mir nicht verkneifen, von den Festlichkeiten zu erzählen, in denen wir zu Hause geschwelgt hatten, Angelet schloß sich an und erklärte, wie wir am Dreikönigstag den *Lord of Misrule* wählten, der von den stärksten Gästen auf die Schultern genommen wurde, um Kreuze auf die Balken zu malen, die Glück für das kommende Jahr bedeuteten.
Luke und seine Schwester hielten das alles für barbarisch, Weihnachten hätte nur eine Bedeutung, eine einzige.
Es machte mir Spaß, Luke zu hänseln. Das wußte er und hatte nichts dagegen, weil er spürte, es war ein Zeichen meiner Sympathie. Ich mochte ihn wirklich. Bis zu einem gewissen Grad teilte ich sogar seine Leidenschaft, was unglaubwürdig sein mag nach meinem Wehklagen über Richard. Richard war der Mann für mich, er war meine große Liebe. Aber so wie ich veranlagt war, hinderte mich das nicht daran, mich für einen Mann zu erwärmen, der mich körperlich anzog; und das tat mein Mann. Und es war Dankbarkeit in meinen Gefühlen für ihn. Ich vergaß nicht, daß er all seine Skrupel über Bord geworfen hatte, um mich zu besitzen. Und für eine Frau meines Charakters bedeutete das sehr viel.
Ich fing auch an, mich für das Kind zu interessieren, darüber nachzudenken und mich auf seine Geburt zu freuen. Sie würde mich verändern, das wußte ich. Vielleicht war ich nicht so mütterlich veranlagt wie meine Mutter, vielleicht würde mein Gatte immer wichtiger sein als das Ergebnis unserer Liebe. Mit Richard wäre das so gewesen - mit Luke würde es vielleicht anders sein.
Mich interessierte das Leben und die Menschen. Selbstverständlich war ich mehr an mir interessiert als an irgend sonst jemand. Und wenn ich neue Seiten meines Charakters entdeckte, faszinierte es mich ungemein.

Ich weiß, Angelet ist ziemlich verwirrt nach Far Flamstead zurückgekehrt. Sie konnte nicht fassen, was ich getan hatte. Der Januar kam, und ich wurde mir des Lebens, das in mir wuchs, immer mehr bewußt, was viel dazu beitrug, die Qual zu lindern, die ich wegen des Verlustes des Mannes empfand, den ich in meinem Leben am meisten geliebt habe.

Im Januar kam auch Richard zurück. Ich stellte mir vor, wie er heimritt und an mich dachte, und ich überlegte, wie wir es bewerkstelligen könnten, um zusammenzukommen. Es hatte mich schockiert, damals, als er gestand, meine Täuschung sofort durchschaut zu haben. Ich hatte zwar immer wieder gedacht, daß er es gemerkt haben mußte, aber nie hatte er sich verraten, was besagt, daß er eigentlich ein Geheimniskrämer war. Aber er mußte so verschlossen sein.
Richard hat mich tatsächlich aufgesucht. Er kam zum Longridgehof geritten, betrat aber nicht das Haus. Ich sah ihn vom Fenster aus vorbeireiten, warf mich in mein Reitkostüm, sattelte mein Pferd und ritt los, um ihm zu folgen. Unsere Pferde standen sich gegenüber. Ich sah den Ausdruck des Schocks und der Verwirrung in seinen Augen.
»Bersaba!« rief er aus. »Du hast Luke Longridge geheiratet, wie konntest du nur! O mein Gott, ich verstehe! Angelet hat es mir erzählt, du erwartest ein Kind.«
»Ja, das stimmt, Richard. Es war der einzige Ausweg, und ich habe mich dafür entschieden.«
»Unseres Kindes wegen?«
»Ja, wegen unseres Kindes.«
»Wir hätten einen anderen Ausweg gefunden.«
»Ja, du hättest mich fortbringen und mich hie und da besuchen können. Aber das ist nicht das Leben, das ich im Sinn habe.«
»Aber was geschieht jetzt mit uns?«
»Was soll schon mit uns geschehen? Für uns gibt es keine Zukunft. Wir müssen wahnsinnig gewesen sein . . . ich zumindest, wenn du so willst, ich nehme die ganze Schuld auf mich. Ich habe dich dazu gebracht, mitzuspielen. Nun gut, was geschehen ist, ist geschehen. Und Luke wird meinem Kind ein Vater sein, deshalb habe ich ihn geheiratet.«
»Eines Tages wird er es vielleicht erfahren.«

»Er weiß es. Ich habe ihm gesagt, warum ich ihn heiraten wollte.«
»Weiß er auch, daß ich der Vater des Kindes bin?«
»Ja, er sollte es wissen. Immerhin spielt er eine tragende Rolle in diesem Stück; er muß wissen, worum es geht.«
»Und er ist damit einverstanden?«
»Er liebt mich und ist mir ein guter Ehemann. Ich werde ihm nicht gestatten, einen kleinen Puritaner aus dem Kind zu machen. Aber das kommt später.«
»Bersaba, du bist so . . .«
»So schamlos, so anders, als junge Damen sein sollten? Ich bin, wie ich bin, Richard, und ich entschuldige mich auch nicht dafür. Wir können unsere Probleme nicht lösen, indem wir sie zu vergessen suchen, denn sie lassen sich nicht beiseite schieben. Ich habe gesündigt und werde ein Kind auf die Welt bringen. Und ich habe Luke versprochen, daß ich ihm eine treue Ehefrau bin und ihm selbst Kinder schenken werde. Ich werde mein Versprechen halten. Es wäre einfacher, wenn wir uns so wenig wie möglich begegneten.«
Er ließ den Kopf hängen. »Das wird nicht einfach sein.«
»Nein, das wird es nicht. Du bist der Mann meiner Schwester, und wir werden uns notgedrungen manchmal begegnen. Wir müssen verhüten, noch einmal der Versuchung zu erliegen. Beide sollten wir uns glücklich preisen. Das Kind wird mich immer daran erinnern, was ich einmal mit dir geteilt habe. Nichts wird mehr so sein für mich, wie es einmal war; das ist vorbei. Leb wohl, mein Geliebter, wenn wir uns wiedersehen, wirst du nur noch Richard sein, der Mann meiner Schwester.«
Ich wendete mein Pferd und sah ihn nicht mehr an. Armer Richard, mit der ungeliebten Angelet und seinem Geheimnis um sein Schloß!

Im August 1641 kam mein Kind auf die Welt. Ein Mädchen. Ich nannte es Arabella. Luke und Ella wollten es gerne Patience, das heißt Geduld, beziehungsweise Mercy, was soviel wie Gnade bedeutet, nennen. Aber ich behauptete mich gegen sie und setzte meinen Willen durch, wie bei fast allem im Haus.
Es war ein prachtvolles Kind und wurde bald wunderschön.

Ich hatte nie einen Gedanken daran verloren, mein Kind könnte mißgestaltet zur Welt kommen. Im Gegensatz zu Richard. Dieses Damoklesschwert hing seit der Geburt des monströsen Kindes über ihm, und sicherlich hat er sich gefragt, ob er mit irgendeinem Makel behaftet war, daß er so ein Kind zeugen konnte.
Sobald mir meine Tochter in den Arm gelegt wurde, untersuchte ich ihren kleinen Körper und war entzückt. Schon nach kurzer Zeit stellte sich heraus, daß sie außergewöhnlich intelligent war. Ich weiß, alle Eltern denken das von ihren Kindern, aber wenigstens konnte ich mir sagen, mütterliche Voreingenommenheit hin oder her, meine Arabella war ein ganz normales Kind.
Ella betete sie an, Luke dagegen betrachtete sie mit etwas mehr Skepsis. Aber das war zu erwarten. Was mich betraf, ich liebte sie abgöttisch. Mein kleines Mädchen hatte also jede Menge Liebe.
Angelet war außer sich vor Freude, wenn sie das Kind in den Arm nehmen konnte. Sie entdeckte Ähnlichkeiten mit unserer Mutter und mit uns. Arme Angelet, wahrscheinlich wäre sie eine bessere Mutter geworden als ich, und wenn ich sie mit meinem Kind im Arm sah, war ich beschämt, denn dieses Kind hätte das ihre sein müssen.
Ich war froh, daß es ein Mädchen geworden ist. Ein Junge hätte vielleicht mehr Ähnlichkeit mit seinem Vater gehabt, und ich wollte nicht, daß Luke an Richard erinnert wurde. Er hat so viel für mich getan, und ich gewann ihn immer lieber. Wir argumentierten viel, und ich gestehe, ich widersprach ihm nur, um ihn zu provozieren.
Das wußte er und genoß es. Seltsamerweise führten wir eine glückliche Ehe, was bei unseren verschiedenen Charakteren ein Wunder war. Daß sie ein Erfolg war, verdankten wir der gegenseitigen physischen Anziehung, was Luke als Puritaner gerne übersah.
Für England war es ein sehr bedeutungsvolles Jahr. In meiner neuen Häuslichkeit hatte ich mich von der Politik etwas distanziert. Selbst eine Frau wie ich ändert sich, wenn sie ein Kind bekommt. Während der Monate vor und nach der Geburt war Arabella mir wichtiger als alles andere.
Eine der ersten Amtshandlungen des neuen Parlaments war, Anklage wegen Hochverrats zu erheben gegen Thomas

Wentworth, Earl of Strafford, der als einflußreichster Berater bei Hofe galt. Vor allem im Konflikt mit Schottland, als die siegreichen Schotten über die englischen Grenzen gekommen waren und den ganzen Norden besetzt hielten. Strafford hatte - ohne jede Rücksicht auf das Wohl des Volkes - sehr fragwürdige Methoden vorgeschlagen. So zum Beispiel Anleihen im Ausland, Abwertung der Währung und das Heranziehen einer irischen Armee sowohl gegen Schotten als auch gegen Engländer, die ihre Unzufriedenheit zum Ausdruck brachten. Der König und Strafford arbeiteten eng zusammen, und der Graf war zum Generalleutnant der Armee anvanciert.

Oft, wenn ich diese Dinge hörte, wünschte ich mir, mit Richard in der Bibliothek zu sitzen und über alles diskutieren zu können. Ich wußte, das alles würde ihm Sorgen bereiten. Strafford wurde schuldig gesprochen und zum Tode verurteilt. Die Tatsache, daß er Iren heranzog, um eventuelle englische Rebellen in Schach zu halten, brachte ihn wegen Hochverrats vor Gericht. Der König geriet in schwere Konflikte: Er wollte seinen Freund retten, dessen Politik er bejaht hatte, und als ihm das Todesurteil vorgelegt wurde, zögerte er lange, es zu unterschreiben.

Luke pflegte im Schlafzimmer auf und ab zu gehen und darüber zu reden. »Strafford muß sterben«, erklärte er immer und immer wieder. »Aber an seinem Todestag möchte ich nicht in der Haut des Königs stecken.«

Schließlich unterzeichnete der König das Todesurteil, und Strafford wurde hingerichtet.

Das war im Mai, drei Monate bevor Arabella geboren wurde. Ich wußte zu genau, was im Lande vor sich ging, um nicht zu begreifen, daß dieses Ereignis bisher das schicksalsschwerste war und daß das Unwetter, das am Horizont aufgezogen war, sich über uns zu entladen drohte.

Aber ich war eine Frau, deren Kind in drei Monaten auf die Welt kommen sollte. Und das schien mir wichtiger als alles andere.

Die Ereignisse hielten Richard von zu Hause fort. Ob er seinem Haus länger fernblieb als nötig, weiß ich nicht. Aber er hat Angelet nie mehr vorgeschlagen, mit ihm nach Whitehall zu kommen. Sie sagte, die Situation sei zu ernst, um

daran denken zu können, Einladungen zu geben. Er sei unentwegt mit den anderen Generälen auf Konferenzen.
Einmal kam er herüber auf das Gut geritten. Er muß auf mich gewartet haben. Ich sah ihn, und wie damals ging ich hinaus, um ihn zu begrüßen. Das war im Mai 1642. Arabella war neun Monate alt, ein Kind, so gesund, wie man es sich als Mutter nur wünschen konnte.
Richard sah mich sehnsüchtig an, und all die alten Wünsche waren zur Stelle. Ich lehnte mich über den Zaun, um mit ihm zu reden.
»Ich mußte dich sehen«, sagte er. Wir stehen am Rande eines Krieges, und Gott allein weiß, was aus uns werden wird.«
»Ich weiß. Und du und mein Mann stehen auf verschiedenen Seiten.«
Er tat diese Bemerkung als unwichtig ab.
»Das Kind . . .«, sagte er.
»Es ist ein schönes Kind.«
»Und gesund?« erkundigte er sich ängstlich.
»Warte einen Augenblick.« Ich ging ins Haus und brachte sie ihm.
Er sah sie fast anbetend an, während sie ihn ernst betrachtete.
»Sie ist vollkommen«, sagte er, und ich wußte, er dachte an das Monster, das im Schloß eingesperrt lebte.
»Es sieht dir ähnlich«, fuhr er fort, »mir zu beweisen, daß ich ein normales Kind haben kann.«
»Ich habe nie daran gezweifelt, daß mein Kind gesund sein würde«, entgegnete ich.
»Bersaba . . . ich danke dir für dieses kurze Glück.«
»War es denn ein Glück?«
»Ja. Für ein paar Stunden schon.«
»Zumindest ist es uns einmal widerfahren. Aber jetzt ist es vorbei. Sie wird mich immer daran erinnern.«
Ich hielt sie fest an mich gedrückt und dachte, daß sie mein ganzer Trost war. Armer Richard, diesen Trost hatte er nicht.
»Bist du zufrieden in deiner Ehe?«
»So zufrieden, wie ich fern von dir sein kann.«
»Bersaba, deine Worte erfüllen mich mit Entzücken . . . und Hoffnungslosigkeit.«

»Du hast Angelet. Sie ist ein Teil von mir. Sie ist gut, was ich nicht bin. Versuch daran zu denken.«
»Ich versuche, gut zu ihr zu sein. Nur wünschte ich, sie würde mich nicht immer an dich erinnern. Jedesmal, wenn ich sie ansehe . . .«
»Leb wohl, Richard.«
»Ich weiß nicht, wann wir uns wiedersehen. Es wird bald Krieg geben . . . einen schlimmen Krieg, Bersaba. Ich kämpfe gerne, wenn ich gegen die Spanier kämpfen darf oder gegen die Franzosen, aber gegen meine eigenen Landsleute! Das Land ist gespalten. Der Norden und der Westen, Wales und Cornwall sind für den König, und hier im Südwesten und im Industriegebiet sind sie für das Parlament. Wir werden den Feind bald besiegen, hab keine Angst, aber es wird einen bösen Kampf geben.«
Ich verließ ihn und trug mein Baby ins Haus.
Ich hatte ihn verloren. Die Liebe, die allein er mir geben konnte, nie wieder würde ich sie erleben. Und er . . . er war ein trauriger, einsamer Mann, der in einen Konflikt gezogen wurde, den er verabscheute. Nie würde ich seine Augen vergessen, als er unser Kind sah, unsere Arabella!
Wenigstens habe ich etwas für ihn getan.

Im August desselben Jahres - Arabella wurde ein Jahr alt - beorderte der König seine Truppen nach Nottingham. Zu diesem Zeitpunkt trug ich Lukes Kind unter dem Herzen.
Luke war außer sich vor Freude. Das, wogegen er so lange gekämpft hatte, schien endlich bezwungen zu werden. Er war von dem Sieg der Parlamentarier überzeugt, genau wie Richard von der Sache der Royalisten.
Die Leute begannen von Royalisten und Rundköpfen zu reden. Als Royalisten wurden diejenigen beschimpft, die gegen den Hof und seine Offiziere waren und gegen Whitehall. Es war ein beleidigendes Wort, das aussagte, daß diese Herren lose Sitten hatten und ihre Tage in Müßiggang verbrachten.
Der Name Rundkopf soll während einer der immer zahlreicher werdenden Überfälle geprägt worden sein, als ein Offizier das Schwert gegen den Mob gezogen hat. Er soll geschrien haben, daß er diesen rundköpfigen Hunden an die Kehle ginge, wenn sie den Bischof anbellten.

Zu diesem Zeitpunkt schien alles zum Vorteil der Royalisten zu stehen. Die ausgebildete Armee war royalistisch, während das Parlament nur Männer hatte, die mit dem großen Glauben an die Rechtschaffenheit ihrer guten Sache in den Kampf zogen. Als religiöse Männer waren sie überzeugt, Gott würde ihnen helfen. Sie sahen sich als sein Volk, aber Gott gab keine Antwort. Die Schlachten von Edgehill und Brentford endeten unentschieden, und im darauffolgenden Frühling beschlagnahmten die Royalisten von Cornwall den gesamten Westen für den König.

Lukes Sohn wurde im Februar geboren, und ich nannte ihn Lukas. Er ähnelte seinem Vater, trotzdem waren sie verschieden. Die Freude an meinen Kindern füllte mich vollkommen aus. Angelet kam zum Gutshof herüber, wann immer sie konnte, um mit ihnen zusammen zu sein. Sie wußte nie, wann Richard auftauchen würde. Auch geschah es nicht oft. Er war zu sehr mit dem Kampf beschäftigt.

Es war wie immer bei solchen politischen Auseinandersetzungen: Begeisterung und Hoffnungen, mit denen sie beginnen, verfliegen, was bleibt, ist Resignation. Es war inzwischen klargeworden, daß es für keine der beiden Seiten einen einfachen Sieg geben würde. Ich selbst war in diesem Konflikt hin- und hergerissen. Einerseits war ich für die Sache der Royalisten, obwohl ich wußte, daß der König schwach war, daß er idiotisch gehandelt hatte, dickschädelig war und zur Vernunft gebracht werden mußte. Andererseits aber wollte ich nicht, daß unser Land von Leuten regiert wurde, die Freude als Sünde betrachteten. Ich verspürte ein gewisses Verlangen, Lukes Sache zu unterstützen, was mich selbst erstaunte. Er hatte mich mit seinem Enthusiasmus angesteckt, und es gab viele überzeugende Argumente auf seiner Seite. Ich stand dazwischen und wußte nicht, welcher Partei ich den Sieg wünschen sollte.

Luke war von der allgemeinen Lage deprimiert. Er sagte immer wieder, wir benötigten ausgebildete Soldaten, die den disziplinierten Einheiten der königlichen Armee die Stirne bieten könnten. Er trug sich mit dem Gedanken, eine eigene Truppe aufzustellen. Viele waren bereit, dabei mitzumachen. Sie wurden auf unseren Feldern gedrillt und erlernten die Kunst der Kriegführung.

Viel Gerede gab es zu diesem Zeitpunkt über einen Mann

namens Oliver Cromwell, Hauptmann bei der Armee. Ein Mann, mit dem man rechnen mußte. Luke sprach mit glühender Bewunderung von ihm. Denn dieser wollte eine Armee organisieren, aus einem versprengten Haufen waffenloser Männer ohne Qualifikationen und wenig mehr als ihrem Glauben an Gerechtigkeit eine richtige Truppe aufstellen. Der Glauben an das Recht muß sein, aber Erfahrung auch. »Hauptmänner müssen gute und ehrliche Männer sein«, soll Cromwell gesagt haben, »dann werden ihnen auch gute und ehrliche Männer folgen. Mir ist ein einfacher Hauptmann im rotbraunen Waffenrock, der weiß, wofür er kämpft und der mit ganzem Herzen dabei ist, lieber als das, was ihr einen Gentleman nennt und der weiter nichts ist.« Solche Worte begeisterten, und im ganzen Land organisierten sich diejenigen, die daran glaubten, richtige Soldaten zu werden.

Die Monate vergingen, und wir steckten bereits mitten im Krieg. Luke war mit seiner Truppe ins Feld gezogen, und niemand von uns wußte, was kommen würde.

Jene düsteren, langweiligen Kriegsjahre, sie machten mich krank! Der Krieg konnte beiden Seiten nichts Gutes bringen. Ein Großteil des Landes lag brach. Während der ersten Monate lebten wir in einem Stadium quälender Erwartung, mit der Zeit aber blieb nur mehr Gleichgültigkeit. Ein Teil der Ernte war ruiniert. Die Puritaner zerstörten viele alte Kostbarkeiten, weil Schönheit als gottlos galt. Der Mensch sollte nicht etwas ansehen und dabei in Verzückung geraten, weder bei der Architektur noch bei der Malerei oder Bildhauerei. Was Freude bereitete, war gottlos.

Wenn ich von solchen sinnlosen Zerstörungen hörte, war ich ganz Royalistin. Wenn ich dagegen an die Extravaganzen des Hofes und an den sturen Charakter des Königs dachte, war ich für das Parlament. Aber noch öfter verspürte ich den Drang, beide zu verfluchen.

Ich dachte ununterbrochen an Richard, der sich in konstanter Gefahr befand. Jeden Tag befürchtete ich die Nachricht von seinem Tod oder seiner Gefangennahme. Auch Luke, der mit seinen Truppen in den Kampf gezogen war, befand sich in Gefahr. Es konnte sehr gut sein, daß sich eines Tages beide in derselben tödlichen Schlacht gegenüberstehen würden.

»Es ist so sinnlos, sich gegenseitig totzuschlagen, nur um Differenzen zu beseitigen«, empörte ich mich.
»Gibt es einen anderen Weg?« fragte Angelet.
»Wir sind doch der Sprache mächtig! Warum benutzen wir sie nicht?«
»Sie würden sich nie einigen. Sie haben es mit Worten versucht und Schiffbruch erlitten.«
»Ja, Luke hat es mit seinen Pamphleten versucht, aber er konnte immer nur eine Seite des Konfliktes sehen. Und Richard ist nicht besser.«
So warteten wir. Die Tage waren lang, und es gab wenig Besucher, aber alle Gespräche drehten sich um den Krieg. Mal sprach man über die Royalisten, mal über die Puritaner oder daß Cromwell und Fairfax bald ihre eigenen Köpfe auf der London-Bridge bewundern könnten - beziehungsweise der König bald keinen Thron mehr haben würde.
Die ganze Zeit über warteten wir auf Neuigkeiten.
Angelet und ich sahen uns regelmäßig. Sie kam öfter zu uns aufs Gut als ich zu ihr, wegen der Kinder. Sie betete sie an. Arabella wurde mir immer ähnlicher - eigenwillig und entschlossen, das, was sie wollte, auch zu bekommen. Lukas war noch zu klein, als daß man hätte sagen können, wie er sich entwickeln würde. Aber er war ein süßer kleiner Engel. Arme Angelet! Sie sehnte sich so sehr danach, eigene Kinder zu haben, und wäre sicher eine bessere Mutter als ich. Wie ungerecht die Natur doch war.
Seltsamerweise mochten die Kinder mich sehr. Sobald Lukas in der Lage war, sich auf seinen Beinchen zu halten, hing er an meinen Röcken. Selbstverständlich hatten die Kinder auch Tante Angelet sehr gern, aber ich war der Mittelpunkt ihrer kleinen Welt.
Als Lukas ein Jahr alt war, kam Phoebe zu mir und sagte, Thomas Greer, einer der Feldarbeiter, hätte um ihre Hand angehalten und sie würde ihn heiraten, wenn ich meine Einwilligung gäbe. Ich fand das ideal und schlug ihr vor, weiter für mich zu arbeiten, auch wenn sie verheiratet wäre. Der einzige Unterschied würde sein, daß sie in Zukunft in seiner Hütte lebte, statt im Hause zu schlafen. Phoebe heiratete also und wurde unmittelbar darauf schwanger.
Angelet und ich machten uns Sorgen um Cornwall und das,

was sich dort tat, obwohl laut Meldungen dieser Teil des Landes fest in der Hand der Royalisten war. Es gab natürlich keine Nachrichten, denn es war schwierig, in einem Land, das vom Bürgerkrieg zerrissen war, Botschaften von einer Seite der Insel zur anderen zu transportieren.
Also warteten wir und hofften auf Nachrichten. Von Zeit zu Zeit sickerten ein paar Meldungen durch, aber es war immer dasselbe: mal siegten die einen, mal die anderen, aber ein Ende des Krieges war nicht abzusehen.
Im Juli 1644 war Lukas ein Jahr und fünf Monate alt und Arabella drei. Der Tag begann wie jeder andere. Der Himmel war bleiern, die Luft schien stillzustehen. An diesem Tag hatte ich Angelet noch nicht gesehen. Ich beschäftigte mich mit meinen Kindern und machte mir Sorgen, ob das wenige Getreide, das es in diesem Jahr gab, rechtzeitig eingebracht werden konnte. Vor dem Krieg war der Longridgehof vom Wetter abhängig, jetzt von den Royalisten. Luke war bei seinen Feinden ein wohlbekannter Mann, der die Sache des Parlaments mit Eifer vorangetrieben hatte. Ich dachte oft, daß sie eines Tages kommen und Rache üben würden an diesem brillanten Kämpfer. Nachts behielt ich die Kinder meist bei mir und wachte selbst über sie, seit Phoebe bei ihrem Mann in der Hütte schlief. Ich mußte Tag und Nacht bereit sein, zusammen mit den Kindern vor der Rache von Lukes Feinden zu fliehen.
Ich hatte einen leichten Schlaf, wie Menschen, die gewohnt sind, Posten zu stehen. Eines Nachts wurde ich plötzlich von dem Geräusch flüsternder Stimmen unter meinem Fenster geweckt.
Sofort war ich aus dem Bett, warf einen Blick auf die schlafenden Kinder und eilte zum Fenster.
Drunten standen Leute.
O Gott, dachte ich, die Royalisten sind gekommen, um Rache zu nehmen.
Gerade wollte ich die Kinder wecken, da hörte ich, wie die Türglocke gezogen wurde. Dieser Fluchtweg war mir also verschlossen. Ich mußte ihnen entgegentreten. Ich würde ihnen sagen, daß General Tolworthy mein Schwager und ich keine Puritanerin sei, auch wenn ich mit einem verheirateten war.
Mutig ging ich zur Tür.

Ein Mann stand davor. An seinem einfachen Gewand und seinem kurzen Haar erkannte ich ihn sofort als Rundkopf.
»Seid Ihr Mrs. Longridge?« fragte der Mann.
»Ja, das bin ich.«
»Euer Mann ist hier ... wir sind den ganzen Weg vom Moor heruntergekommen. Er ist verwundet und wollte, daß wir ihn zu Euch bringen.«
Ich rannte an dem Boten vorbei - und da war Luke. Er wurde von zwei Männern aufrecht gehalten. Blut klebte an seinem Wams, und sein Gesicht war totenbleich.
»Luke!« rief ich aus.
Ein Lächeln huschte um seine bleichen Lippen.
»Bersaba«, flüsterte er.
»Tragt ihn hinein«, bat ich die Leute. »Er scheint schwer verwundet zu sein.«
»Das ist er, Mistress.«
Ich führte sie ins Haus, und sie brachten Luke hinauf in eines der Schlafzimmer.
Ella kam aus ihrem Zimmer.
»Sie haben Luke nach Hause gebracht. Er ist schwer verwundet«, erklärte ich ihr.
Die Männer legten ihn aufs Bett.
Einer von ihnen schüttelte den Kopf und sagte: »Es hat ihn schlimm erwischt, Mistress.«
»Wir haben keine Zeit zu verlieren. Weckt die Dienstboten. Wir brauchen heißes Wasser und Bandagen, ich muß die Wunden behandeln.«
Ella sagte: »Bleib bei ihm, er braucht dich jetzt. Ich kümmere mich um alles.«
Ich konnte mich auf sie verlassen.
Lukes Hand tastete nach meiner, und ich gab sie ihm.»Luke«, flüsterte ich. »Du bist wieder zu Hause. Du wirst wieder gesund, ich werde dich pflegen. Und du bleibst zu Hause und gehst nie wieder in diesen verfluchten Krieg.«
»Das tut gut«, murmelte er.
»Zu Hause zu sein, Luke?«
»Bei dir zu sein.«
Ich beugte mich zu ihm herab; seine Haut war feucht und sehr kalt.
»Wir werden dich gesund machen; Ella und ich pflegen dich.«

Er schloß die Augen.
Einer der Männer sagte: »Wir kommen vom Marston-Moor, Mistress. Es hat dort oben viele Tote gegeben, aber es war ein Sieg - ein Sieg für uns und Cromwell.«
»Vom Marston-Moor?« rief ich erschrocken aus.
»Ja, ein langer Weg, aber er hat uns dazu überredet. Er hat gesagt, er muß Euch noch einmal sehen, bevor er stirbt.«
»Er wird nicht sterben«, sagte ich fest, »wir werden ihn gesund pflegen.«
Sie antworteten nicht und sahen mich nur mitleidig an.
Erst als wir ihm seine Kleider auszogen, erkannte ich das schreckliche Ausmaß seiner Verwundung. Ella sah mich an und murmelte: »Es ist Gottes Wille! Er hat für das gekämpft, was er für richtig hielt.«
»Ich werde ihn durchbringen«, rief ich aus. »Das werde ich!«
Als ob ich dem Schicksal gedroht hätte - oder Gott! Ich wollte mich seinem Willen nicht unterwerfen! Ich wollte ihm nicht gestatten, ihn mir zu nehmen! Es war so sinnlos für ein junges Leben, auf diese Weise abberufen zu werden. Es war natürlich verrückt von mir, was konnte ich schon gegen die Naturgewalten ausrichten?
Ich blieb bei ihm, meine Gegenwart war die einzige Erleichterung, die ich ihm geben konnte. Ella ließ uns allein, sie verstand ihren Bruder nur zu gut.
Bevor er starb, sprach er noch etwas Unzusammenhängendes, aber ich verstand, was er mir zu sagen hatte.
»Wir werden gewinnen . . . dies wird nicht vergessen werden . . . die Schlacht im Marston-Moor . . . Cromwell . . . Sieg . . . Das Ende der Regierung der Gottlosen . . . Bersaba . . . meine liebe Bersaba . . .«
»Ja, Luke, ich bin bei dir. Ich werde immer bei dir sein, wenn du mich brauchst.«
»Es war gut . . . nicht wahr, Liebes?«
Ich legte meine Lippen an sein Ohr und sagte leise: »Ja, es war gut.«
»Der Junge, der kleine Lukas . . . hab ihn lieb!«
»Er ist mein Sohn, Luke, mein und dein Sohn.«
»So viel Glück . . . vielleicht war es Sünde . . .«
»Niemals!« rief ich leidenschaftlich aus. »Wie könnte es Sünde gewesen sein, wenn Lukas uns geschenkt wurde?«
Er lächelte.

»Die gute Sache hat gesiegt«, sagte er. »Es war der Mühe wert . . . alles . . . auch du, Bersaba . . .«
»Ja, Luke, hier bin ich.«
»Ich habe dich geliebt. Vielleicht war das falsch.«
»Es war richtig . . . ganz richtig. Ich liebe dich, Luke.«
»Bleib bei mir«, bat er.
Und ich blieb bei ihm, bis er starb.

Ich war Witwe, und mein Haß auf den Krieg war groß, Luke hatte mir unendlich viel bedeutet, ich war außer mir vor Schmerz.
»Was interessiert mich schon, wer gewinnt! Wenn sie nur aufhören würden!«
Ich trauerte um Luke und dachte an Richard, der noch im Kampfgetümmel stand.
Angelet kam herüber, um mit mir zu trauern.
»Arme, arme Bersaba. Ich verstehe dich so gut. Aber Richard ist noch da.«
»Ja«, antwortete ich voller Ironie, »Richard ist noch da.«
»Die Kinder sollen unseren Kummer nicht sehen.«
Sie hatte recht. Die Kinder waren unsere Rettung.
Arme Ella, das war die größte Tragödie ihres Lebens. Sie hatte ihren Bruder sehr geliebt, sie waren immer zusammen gewesen. Aber sie hatte wenigstens ihren Glauben an die Sache, der sie aufrecht hielt.
»Er hat sein Leben im Marston-Moor gelassen«, sagte sie, »aber er hat es im Kampf für das Recht verloren, und diese Schlacht wird die Entscheidung herbeiführen.«
Und Richard? dachte ich. Was wird aus Richard?
Angelet wollte, daß wir das kommende Weihnachtsfest bei ihr verbringen sollten, aber das wollte ich nicht. Ich konnte von Ella nicht verlangen, Weihnachten in einem royalistischen Haus zu verbringen, wenn ihr Bruder gerade gefallen war.
»Und du, Bersaba?« fragte Angelet.
»Mir sind beide Parteien egal«, antwortete ich. »Aber du bist meine Schwester. Ich glaube, ich kann mich nur für Menschen und nicht für Ideen begeistern. Zweifellos sind Fehler auf beiden Seiten gemacht worden, und wir können nicht erwarten, daß Utopia gewinnt. Ich weiß nicht, welcher Seite ich den Vorzug gebe - der Mißwirtschaft des Königs

oder der unbarmherzigen Strenge des Parlaments -, vielleicht doch ersterer; denn ich bin keine Puritanerin. Aber das kann man erst sagen, wenn man es erlebt hat. Nein, ich möchte nur, daß sie diesen sinnlosen Krieg beenden, dieses Ausrotten von Familien.«

»Bersaba, du hast recht. Du hast immer recht. Du bist so gescheit. Ich wünschte, man würde deinen Rat an höherer Stelle hören.«

Ich lachte sie aus. »Ach, ich bin genauso blödsinnig wie alle anderen.«

Ich bat sie, Weihnachten zu mir zu kommen, damit wir alle zusammen sein könnten. Und später, im Frühling, würde ich die Kinder für ein paar Tage nach Far Flamstead bringen. Auch Phoebe würde ich mitbringen und ihren jungen Mann Thomas; denn sie waren unzertrennlich.

»Du solltest dir eine neue Kammerzofe anschaffen, jetzt, da Phoebe verheiratet ist und ein Baby hat«, meinte Angelet.

»Niemand kann mir so dienen wie Phoebe. Ich werde sie, solange ich kann, halten. Die Kinder werden entzückt sein, nach Far Flamstead zu kommen. Ich glaube, sie sind echte Royalisten.«

So, das war abgemacht.

Richard kam im Mai nach Hause. Ich bekam ihn nicht zu Gesicht; er blieb nur wenige Tage. Nachdem er wieder weg war, kam Angelet auf den Longridgehof. Sie sah strahlend aus. Daran ist sein Besuch schuld, dachte ich.

»Ich habe dich nicht aufgefordert, ihn zu begrüßen«, sagte Angelet, »aber ich hätte es getan, wenn er länger geblieben wäre. Er sagt, die Dinge stünden schlecht für die Armee des Königs. Männer wie Cromwell und Fairfax machen Soldaten aus ihren Anhängern, und ihr Glaube gibt ihnen etwas, das unseren professionellen Soldaten fehlt. Das behauptet er. Wann kommst du nach Far Flamstead? Du hast versprochen, mir die Kinder zu bringen, erinnerst du dich?«

Ein paar Tage später machten Phoebe, die Kinder und ich uns auf den Weg.

Ich saß mit den Kindern und Angelet im umzäunten Garten, als einer der Diener herausgelaufen kam. Sein Gesicht war völlig erstarrt. Noch ehe er sprach, ahnte ich, daß etwas Katastrophales geschehen war.

»Ein Arbeiter ist eben vom Longridgehof gekommen. Er sieht schrecklich aus!« rief er mir entgegen.
Böse Ahnungen erfüllten mich. Der Schock jener Nacht, in der sie Luke sterbend nach Hause gebracht hatten, saß mir immer noch in den Knochen. Alles konnte geschehen, nichts war mehr ausgeschlossen. Irgend etwas tat sich auf dem Gut, und ich war froh, daß die Kinder sicher in Far Flamstead waren.
Den Mann erkannte ich sofort. Es war Jack Treble, einer der Feldarbeiter.
Als er mich sah, rief er: »Sie sind gekommen, Mistress! Sie sind auf dem Gut. Sie haben alles kurz und klein geschlagen. Ich habe mich versteckt und bin entkommen. Es ist aus, Mistress, aus!«
»Beruhige dich, Jack«, antwortete ich. »Erzähl mir, was geschehen ist.«
»Es waren die Royalisten, Mistress. Sie sind gekommen, und ich habe sie schreien hören, dies sei das Haus von Luke Longridge, diesem Hetzer, und sie würden ihm eine Lehre erteilen.«
»O du mein Gott!« rief ich. »Hat er noch nicht genug gebüßt!?«
»Ich glaube, sie haben gewußt, daß er tot ist, Mistress. Trotzdem haben sie das Haus verwüstet . . . und die, die sich ihnen mutig in den Weg gestellt haben . . . sind tot . . .«
»Und Mistress Longridge?« fragte ich.
»Ich weiß es nicht, Mistress. Ich habe mich im Gebüsch versteckt . . . dicht auf die Erde gepreßt . . . ich habe nicht gewagt, mich zu bewegen . . . ich habe nicht gewußt, würden sie mich jetzt finden oder nicht . . . und hab mich nicht gerührt . . . Ich habe sie gehört . . . der Lärm war gräßlich, und die Schreie, Mistress . . . es war unmenschlich. Sie müssen alle abgeschlachtet haben, die versucht hatten, das Haus zu verteidigen. Jetzt sind sie weg. Heute morgen ist es passiert. Ich bin dort gelegen, mindestens eine halbe Stunde, und habe nicht gewagt, mich zu bewegen. Dann bin ich hierhergekommen . . . zu Fuß. Es gibt keine Pferde mehr, sie haben alle mitgenommen. Sie haben alles mitgenommen, was nicht niet- und nagelfest war.«
»Ich gehe mit dir zurück!«

»Nein«, sagte Angelet, die neben mir stand. »Du darfst nicht zurückgehen. Was ist, wenn sie noch da sind?«
»Ich gehe«, sagte ich, »ich muß Ella suchen.«
Sie versuchte, mich aufzuhalten. Die arme Phoebe war in Panik - Thomas Greer war zurückgeblieben.
»Warum ist er nicht mit Jack Treble mitgekommen?« fragte sie immer wieder. Die Antwort darauf war nicht schwer zu erraten.
Ich war wild entschlossen, zum Longridgehof zu reiten, und Angelet bestand darauf, mitzukommen. Es gelang mir nicht, sie umzustimmen, also machten wir uns beide auf den Weg und nahmen zwei Reitknechte mit.
Welche Verwüstung bot sich uns! War das Longridge, unser schönes Herrenhaus? Es stand da, als ob es jedem Eindringling Trotz böte, aber als wir näher kamen, wurde die Zerstörung offenbar. Vor der Ruine des Hauses lagen die Leichen von zwei Feldarbeitern. In dem einen erkannte ich Thomas Greer. Ich stürzte auf ihn zu . . . aber er war tot. Arme Phoebe!
Ella lag mitten in den Trümmern auf dem Boden. Sie hielt noch eine Axt umklammert. Sie mußte versucht haben, ihr Heim zu verteidigen. Arme, tapfere Ella! Wie ausgeliefert sie diesen Soldaten gewesen sein muß!
Das Bierfaß lag auf der Seite, und sein Inhalt hatte sich über den ganzen Küchenboden ergossen. Sie haben alles, was sie konnten, zerschlagen. Die Balken waren heruntergerissen - nur die Mauern des Hauses standen noch.
Ich kniete neben Ella nieder, und wilder Zorn erfüllte mich. Ich haßte sie! Alle! Zuerst hatten sie Luke und jetzt Ella getötet. Ich wollte nichts mehr wissen von diesem grausamen Kampf. Wie kann überhaupt etwas erstrebenswert sein, wenn es nur auf diese Weise erreicht werden kann?
Ich konnte nicht in den ersten Stock gelangen, sie hatten die Stufen herausgerissen. In der Decke klaffte ein Loch, durch das ein Bettpfosten hing. Dieses Herrenhaus, seit Generationen das Heim der Longridges, war in einer einzigen Stunde zerstört worden.
Angelet stand neben mir, und die Tränen liefen ihr über das Gesicht.
»Bersaba, meine liebste Schwester«, schluchzte sie.
Ich legte meinen Arm um sie und wollte sie trösten, aber sie

schluchzte weiter, und ich sah mir die Verwüstung in meinem Haus an.
»Die Kinder sind in Sicherheit«, sagte ich. »Dafür wollen wir dankbar sein. Mein Mann ist tot, meine Schwägerin ist tot, mein Haus ist eine Ruine, aber ich danke dir, lieber Gott, daß du mir wenigstens meine Kinder gelassen hast.«
»Das ist Gotteslästerung, Bersaba!«
»Nein!« schrie ich. »Muß ich stillhalten und Gott für seine Gnade danken? Fändest du das besser? Mein Mann ist noch kaum unter der Erde . . . und jetzt das? Verstehst du denn nicht?«
»Du wirst immer wütend, wenn du Kummer hast.«
»Es ist so grausam, Angelet. Ich habe meinen Mann verloren, ich habe mein Zuhause verloren, ich habe so viel verloren, was mir lieb war.«
»Du hast immer noch mich, Bersaba, und solange ich am Leben bin, hast du auch ein Zuhause.«
Ich wandte mich ihr zu, und ich glaube, in diesem Augenblick habe ich auch geweint, obwohl ich mir dessen nicht bewußt war.
»Komm weg von hier, komm mit! Ich nehme dich mit zu mir. Mein Haus ist dein Haus. Wir werden uns nie mehr trennen, es sei denn, es wäre dein ausdrücklicher Wunsch.«
Sie führte mich fort, und wir kehrten nach Far Flamstead zurück.
Als wir über die Schwelle traten, sagte sie: »Warum ist alles so grausam?«
Und ich antwortete aus tiefster Überzeugung: »Das ist der Krieg!«

Angelet

Die Angst geht um

Gestern ist Bersaba zurückgekommen, um in Zukunft in Far Flamstead zu leben. Ich muß immer noch an die Verwüstung des Gutshofes und den Ausdruck in Bersabas Augen denken, als sie so bitter von ihren Heimsuchungen gesprochen hat. Arme Bersaba! Sie hat Luke also doch geliebt. Ich habe mich oft darüber gewundert, und die Hochzeit war mir immer schleierhaft geblieben.

Er hat sie heiß geliebt. Einmal hat er zu mir gesagt: »Wenn Bersaba das Zimmer betritt, geht die Sonne auf.« Ich weiß, was er gemeint hat. Ich glaube nicht, daß er mir deutlicher hätte sagen können, wie sehr er sie geliebt hat.

Ich glaube, nichts im Leben ist ausschließlich von Nachteil. Nach allem, was passiert ist, haben wir immer noch die lieben Kinder: Arabella, Lukas und den kleinen Thomas der armen Phoebe. Ich liebe es, sie im Garten herumlaufen zu sehen und ihre Stimmen zu hören. Das muß auch für Bersaba beruhigend sein.

Ich bin so erleichtert, daß sie da ist. Manchmal jagt mir dieses Haus Angst ein, aber das hat es schon immer getan. Dann ist Bersaba gekommen, und ich habe keine Angst mehr gehabt. Selbst als sie weggegangen ist, konnte ich sie oft sehen. Aber jetzt ist sie wieder hier, und das bereitet mir große Freude.

Es ist etwas an diesem Haus, das mich frösteln macht. Zum Beispiel das Schloß. Wenn ich diese Mauer sehe, kommt mir alles mögliche in den Sinn. Ich werde nie den Alptraum vergessen, den ich in jener Nacht hatte. Ich dachte, ich hätte das Gesicht eines Mannes auf den Zinnen gesehen, aber alle sagen, es muß ein Alptraum gewesen sein. Mit der Zeit habe ich es selbst geglaubt.

Inzwischen bin ich überzeugt, daß sich hinter den Mauern des Schlosses etwas verbirgt. Dieser Gedanke verläßt mich nie und beunruhigt mich. Ich habe Richard danach gefragt,

aber er wurde ungehalten und hat gesagt, es könnte gefährlich sein, es zu betreten, deshalb hätte er die Mauer gebaut.
Ich habe jetzt ein Geheimnis, das ich noch niemandem erzählt habe, nicht einmal Bersaba. Allerdings nehme ich an, daß sie es mir schon bald aus der Nase ziehen wird.
Es kann sein, daß ich ein Baby bekomme. Als Richard das letztemal zu Hause war, habe ich gebetet und gebetet, und ich glaube, meine Gebete sind erhört worden.
Alles hätte plötzlich einen Sinn. Wenn ich Bersaba und Phoebe mit ihren Kindern sehe, werde ich richtig neidisch. Alles würde ich für ein Kind geben.
Ich bin sicher, Richard möchte es auch. Es würde die Dinge zwischen uns vielleicht erleichtern. Ich habe ihn nie wirklich verstanden; wir sind uns nie nahe gewesen . . . so wie Luke und Bersaba. Sie hat ihn immer mit allem aufgezogen, was ihm heilig war, mit ihm gestritten, versucht, ihn in die Enge zu treiben - und er schien es genossen zu haben, was mir zwar seltsam vorkam, aber ihre Zusammengehörigkeit bewies. Ich bin nie wie sie in der Lage gewesen, mit Worten zu jonglieren. Und als Luke mir sagte, für ihn gehe die Sonne auf, wenn sie den Raum betrete, wußte ich, was sie ihm bedeutete.
Es ist ein schreckliches Unglück für sie, daß sie ihn verloren hat, aber, wie ich ihr immer begreiflich zu machen versuche, sie hat noch ihre Kinder.
Und jetzt, glaube ich, werde ich auch eines haben.
Es ist ein seltsames Gefühl, das mich zwingt, dieses Geheimnis zu wahren. Ich habe komische Angewohnheiten. Vielleicht ist es dieses Haus. In Trystan Priory habe ich das nie gehabt. Aber hier im Schloßzimmer habe ich das Gefühl, Magdalena sei anwesend, sie sei mein Freund. Nicht, daß ich Stimmen hören würde - das wäre verrückt -, nur dieses Gefühl! Als ich dort bei meiner Stickerei saß - an dem Tag, an dem mir zum ersten Mal der Verdacht kam, ich könnte in anderen Umständen sein -, hatte ich das bestimmte Gefühl, Magdalena sei bei mir.
Halte es geheim, schien sie mir zu sagen, halte es geheim, solange du kannst.
In der Kapelle hatte ich dasselbe Gefühl. Ich muß gestehen, ich gehe oft in die Kapelle. Um zu beten, sage ich mir, aber das allein ist es nicht. Ich fühle mich von ihr angezogen.

Vom ersten Moment an, da ich sie betrat, hatte ich einen Widerwillen gegen diesen Ort, und doch fasziniert er mich. Die Kapelle ist sehr kalt. Wegen des Steinfußbodens, sagt Meg. Aber für mich hat es etwas Besonderes auf sich mit dieser Kälte, die mich anzieht, einem aber gleichzeitig das Blut in den Adern gefrieren läßt.
Das wurde mir klar, als ich am Altar kniete.
Warte, erzähle es niemandem, schien sie mir einzuflüstern. Wahre dein Geheimnis, solange du kannst.
Es ist sehr schwer, eine frohe Botschaft, die man am liebsten von der höchsten Turmspitze in alle Winde schreien möchte, für sich zu behalten, aber der innere Zwang ist so stark, daß ich das Geheimnis bis jetzt bewahrt habe. Noch!

Bersaba ist jetzt schon eine Woche in Far Flamstead. Richard wird sich freuen, wenn er zurückkommt. Er wird natürlich einsehen, daß ich sie herholen mußte, weil sie ihr Heim verloren hat. Ich glaube, er fand es angenehm, als sie hier war. Er war so anders, als sie noch bei uns lebte. Er liebte die Spiele, die sie vor dem Krieg zusammen gespielt haben, und Bersabas Kriegslist hat ihn immer amüsiert. Selbst wenn sie ihn im Schach schlug, hatte er nichts dagegen. Ich habe ihn oft dabei beobachtet, manchmal hat er sogar richtig Farbe bekommen, so lebhaft ging es zu. Und wie er sie angesehen hat!
Kurz nach Bersabas Einzug haben wir Nachricht von meiner Mutter bekommen. Der Bote hatte Briefe zum Gutshof gebracht, ihn zerstört vorgefunden und ist nach Far Flamstead gekommen. Ich war so froh, daß er anschließend zu uns gekommen ist; denn ich kann mir die Verzweiflung meiner Mutter vorstellen, wenn der Bote zurückgekommen wäre und ihr erzählt hätte, was er vorgefunden hat.
Im West Country war es relativ ruhig, schrieb sie. Sie wünscht, wir könnten bei ihr sein. In Zeiten wie diesen sei es gut, wenn Familien zusammen wären. Sie wollte unbedingt Neuigkeiten von den Babys haben. Sie sehnte sich danach, sie zu sehen, aber sie würde sterben vor Angst, sollten wir jetzt versuchen, über Land zu reisen. Wir sollten ihre Befürchtungen verstehen und jede Möglichkeit nutzen, ihr Nachricht zukommen zu lassen.
Wir antworteten postwendend und erzählten von der Tra-

gödie auf dem Gutshof. Von Lukes Tod wußte sie bereits. Es wird sie beruhigen, uns zusammen zu wissen.
Als der Bote wieder weggeritten war, redeten und redeten wir über zu Hause und unsere Eltern. Und als ich später in mein Zimmer ging, fand ich Grace vor statt Meg.
»Meg hat Kopfschmerzen, Mistress«, sagte Grace. »Ich bin für sie eingesprungen.«
»Arme Meg. Sie soll Mrs. Cherry um einen Heiltrank bitten.«
»Das wird sie, Mistress, wenn es schlimmer wird. Es ist traurig für Mrs. Longridge, aber ich habe zu Meg gesagt, ein Glück, daß sie jetzt bei uns ist.«
»Ja, ich bin froh, daß ich in der Lage bin, sie bei mir aufzunehmen. Sie hat so schrecklich viel durchgemacht.«
»Und es wird gut für Euch sein, sie hier zu haben, wenn Eure Zeit gekommen ist.«
»Wenn . . . meine Zeit gekommen ist?« wiederholte ich verblüfft.
»Nun, ich kann mich auch täuschen. Aber ich glaube nicht. Ich kenne die Anzeichen.«
»Du . . . weißt es?«
Sie nickte langsam.
Mit dem Geheimnis war es aus.
Ich wollte es zuerst Bersaba erzählen, also tat ich es noch am selben Tag. Eine Weile schwieg sie und sagte dann: »Es ist geschehen, als er im Mai zu Hause war?«
Ich nickte und bemerkte, daß sich ihre Mundwinkel nach unten zogen, fast als wäre sie ärgerlich. Mitleid erfüllte mich, wahrscheinlich dachte sie an Luke.
Schließlich lächelte sie und sagte: »Diesmal mußt du besser auf dich aufpassen, Angelet.«
»Das werde ich!«
»Ob es wohl ein Junge wird? Das würde ihm gefallen.«
Dann erzählte sie, wie sie Arabella und Lukas erwartet hatte, und es wurde noch ein gemütlicher Abend. Ich war glücklich, weil ich spürte, mein Zustand lenkte sie von ihren eigenen schrecklichen Erlebnissen ab.
Wegen des Krieges hatten wir jetzt sehr wenig Personal. Nur die Cherrys, Jesson, Meg und Grace waren noch da. Jesson kümmerte sich mit zwei jungen Männern vom Dorf um die Stallungen. Sie waren noch nicht alt genug, um in

den Krieg zu ziehen, aber wenn er nicht bald zu Ende ging, würden wir sie wahrscheinlich auch verlieren.
Diese jüngste Vergangenheit hatte unsere Beziehungen zueinander verändert. Wir waren aufeinander angewiesen und uns menschlich viel enger verbunden. Mrs. Cherry war mehr eine Freundin als ein Dienstbote. Vielleicht, weil die Royalisten mehr und mehr Federn lassen mußten und ein Sieg des neuen Parlaments eine ausgleichende Gerechtigkeit in der Gesellschaft zur Folge haben würde.
Eines Tages kam sie in mein Zimmer und sagte, ich sähe ein bißchen spitz aus und sie hätte ein Tonikum, das mich aufrichten würde. »Es geht nichts über Kräuter. Ich habe immer gesagt, für jede Krankheit unter der Sonne gibt es ein Heilmittel.«
»Ich habe Angst, Medizin zu nehmen, Mrs. Cherry. Ich möchte, daß sich alles natürlich entwickelt.«
Ihr Gesicht überzog ein fröhliches Schmunzeln. »Wenn Kräuter nicht das Natürlichste auf Gottes weiter Welt sind, möchte ich nicht mehr Emmy Cherry heißen! Ein kleiner Schluck kann Euch nur guttun.«
»Um die Wahrheit zu sagen, ich fühle mich sehr wohl. Wenn ich ein bißchen blaß bin, bedeutet das gar nichts.«
»Wir müssen gut auf Euch aufpassen. Zum Glück haben wir wieder Eure Schwester im Haus, sie wird ein Auge auf Euch haben.«
»Das wird sie. Und sie versteht etwas davon.«
»Und wir haben Grace. Welch ein Glück! Weiß es eigentlich der General schon?« Ihr Blick war plötzlich hellwach.
»Noch nicht. Ich kann ihn nicht erreichen. Wir wissen nicht, wo er sich aufhält. Dieser schreckliche Krieg!«
»Dann weiß er es also nicht.« Sie schüttelte den Kopf. »Wenn Ihr mit ihm Verbindung aufnehmen könnt, richtet ihm aus, diesmal wird alles gutgehen. Sagt ihm, daß Cherry und ich uns darum kümmern werden.«
»Das werde ich tun, Mrs. Cherry. Ihr habt den General sehr gerne, das weiß ich.«
»Das ist vorsichtig ausgedrückt. Ich bin schon so lange hier, für mich ist er viel mehr als nur ein Herr.«
»Er ist ein Mann, der großen Respekt verdient.«
Sie senkte den Blick. Um ihre Gefühle zu verbergen, nahm ich an. Dann sagte sie strahlend: »Gut, aber solltet Ihr unter

dem Wetter leiden, Herrin, kommt getrost zu mir. Ihr werdet nichts mehr über meine Kräuter kommen lassen, wenn Ihr ihre Wirkung einmal kennengelernt habt.«

Als sie wieder draußen war, ging ich zu Bersaba und erzählte ihr, Mrs. Cherry wolle, daß ich einen ihrer Kräutersäfte ausprobierte.

»Erinnerst du dich noch an ihre Medizin?« fragte ich.

»Nach der du so gut geschlafen hast?«

»Im Augenblick schlafe ich nicht sehr gut«, erklärte ich. »Manchmal habe ich so komische Träume. Ich habe dir doch erzählt, daß ich einmal ins Schloßzimmer gekommen bin und ein Gesicht gesehen habe . . . oder glaube, es gesehen zu haben. Ich bin mir dessen auch ganz sicher. Es war Nacht, und ich hatte eine Kerze. Mrs. Cherry hat mich dort überrascht. Sie dachte, ich wäre mondsüchtig.«

»Bist du das denn?« fragte Bersaba.

»Nein. Damals zumindest war ich es nicht. Ich sah von meinem Zimmer aus ein Licht im Schloß, und als ich hinaufkam, habe ich das Gesicht gesehen. Ich nahm an, es wäre Erdbeer-John, ein Mann, den ich einmal im Wald gesehen hatte. Aber keiner hat es mir geglaubt. Und dann habe ich mein Baby verloren.«

»Glaubst du, das hatte etwas damit zu tun?«

»Das haben alle behauptet. Ich bin sehr erschrocken seinerzeit, und das kann zu der Fehlgeburt geführt haben. Meinst du nicht?«

»Erzähl mir genau, was damals passiert ist«, bat Bersaba, und ich erzählte.

»Weiß denn Richard davon?«

»O ja. Er dachte, wie alle anderen, daß ich einen Alptraum gehabt habe.«

»Immer wieder dieses Schloß! Hat Richard je mit dir darüber gesprochen?«

»Nein. Es gibt Dinge, über die man mit ihm nicht sprechen kann. Da zieht er sich einfach zurück, und du weißt, daß es dann zwecklos ist, weiterzureden.«

»Du solltest dich nicht so dominieren lassen von ihm, Angelet.«

»Du kennst Richard nicht.«

Sie lächelte mich an. Fast zärtlich, kam mir vor.

»Denk nicht mehr an das Schloß«, fuhr sie fort, »denk nur

noch an das Baby! Stell dir doch vor, wie glücklich Richard sein wird, wenn er das erfährt, und wie glücklich du sein wirst, wenn du das Baby erst im Arm hältst.«

»Ich versuche es ja, Bersaba, aber dann bestürmen mich wieder alle möglichen Gedanken. Ich mache mir Sorgen wegen Richard, ob er jemals zurückkommen wird, oder ob er wie Luke ... und so viele andere ...«

Sie ergriff meine Hand und drückte sie so fest, daß ich stöhnte.

»Hör auf, Angelet, er wird zurückkommen! Ich sage es dir, er wird zurückkommen!«

Das war typisch für Bersaba. Als könne ihre Zuversicht Wunder wirken.

Anschließend kam die Sprache auf Babywäsche und daß wir sie selber nähen würden.

Es war wundervoll, Bersaba um mich zu haben.

Der August war sehr heiß. Wie eine summende Wolke umschwirrten die Wespen die Pflaumenbäume, und die Kinder waren gebräunt von der Sonne. Arabellas dominierende Stimme war nicht zu überhören. Wenn ich ihnen beim Spielen zusah, vergaß ich den Krieg, meine Angst um Richard, ich vergaß alles, nur nicht mein Kind, das im nächsten Jahr auf die Welt kommen würde.

Tagelang kann ich zufrieden sein, dann wieder schrecke ich nachts schweißgebadet aus dem Schlaf. Ich könnte nie erklären, was es ist, ich habe einfach das seltsame Gefühl, vor einer Gefahr gewarnt zu werden, und der erste Mensch, an den ich beim Erwachen denke, ist Magdalena - Richards erste Frau.

Vielleicht, weil auch sie in diesem Haus ein Kind erwartet hat, genau wie ich. Und plötzlich ist sie gestorben. Tief in mir sitzt wahrscheinlich die Angst, was ihr geschehen ist, könne auch mir widerfahren. Aber warum? Da ist etwas im Verhalten von Mr. und Mrs. Cherry, obwohl Mr. Cherry nie viele Worte gemacht hat, aber auch Jesson, Grace und Meg sind irgendwie verändert, seit bekanntgeworden ist, daß ich ein Kind erwarte. Als ob sie mich unentwegt beobachten und auf ein Zeichen oder weiß der Himmel was warten würden.

Ich stand auf und ging zum Fenster. Das Schloß konnte ich

nicht sehen, weil ich im blauen Zimmer war. Ich wollte nicht ins Schlafzimmer, das ich sonst mit Richard teilte. Bersaba schläft im Lavendelzimmer nebenan, und die Kinder sind zusammen mit Phoebe in einem Raum, der an das ihre angrenzt. Wir sind also alle zusammen. Ich blickte auf den friedlichen Garten und dachte daran, was auf Gut Longridge vorgefallen war und daß jeden Moment Soldaten anmarschiert kommen können und auch mein Haus verwüsten.

Aber das sind nicht die Gedanken, die mich beunruhigen. Es ist etwas, das wie ein drohendes Unwetter über mir hängt, und nur über mir. Eine Angst, die man mit keinem anderen teilen kann.

Ich ging ins Lavendelzimmer, machte die Türe auf und schaute hinein. Bersaba schlief tief und fest, sie lag auf dem Rücken. Ihre Haare fielen über das Kissen, und ihre Narben waren ganz deutlich zu sehen. Immer versucht sie, sie zu verbergen. Aber sie hatten Luke nicht daran gehindert, sich in sie zu verlieben; viel leidenschaftlicher, als Richard mich je geliebt hat. Seltsam, daß Luke, ein Puritaner, zu einer so starken Liebe fähig war. Hatte das etwas mit Bersaba zu tun?

Ich schloß die Türe und betrat leise das Kinderzimmer. Im Mondlicht sah ich Arabella und Lukas friedlich in ihren Betten, auch Phoebe und den kleinen Thomas.

Alle waren wohlauf. Warum bin ich nur mit dieser Angst im Herzen aufgewacht? Plötzlich hatte ich das Gefühl, beobachtet zu werden. Meine Nerven waren zum Zerreißen gespannt, wie damals im Schloßzimmer, als ich gedacht habe, ein Gespenst stünde hinter mir, und dann war es nur Mrs. Cherry gewesen.

Entsetzen packte mich, und ich hatte Angst, mich umzudrehen. Auf einmal hörte ich Bersaba leise lachen.

»Angel, was hast du bloß?«

»Oh!« Ich drehte mich um, und da stand, mit großen belustigten Augen, meine Schwester.

»Du wirst dich noch erkälten, wenn du so herumspazierst.«

»Es ist eine milde Nacht. Und was ist mit dir?«

»Du warst bei mir im Zimmer.«

»Du warst wach?«

»Nicht ganz. Aber als ich aufschaute, sah ich, daß mich meine Schwester ganz komisch ansah.«

»Was meinst du mit komisch?«
»Als ob du . . . irgendeinen Verdacht hättest. Hast du einen?«
»Wieso sollte ich dich verdächtigen?«
»Das mußt schon du mir sagen.«
»Du redest seltsames Zeug, Bersaba.«
»Mrs. Cherry ist ein altes Plappermaul. Hat sie mit dir gesprochen?«
»Sie hat mir nur ihren Kräutertrank angeboten. Sie scheint sich Sorgen um mich zu machen.«
»Komm in mein Zimmer«, sagte Bersaba, und wir gingen hinein und setzten uns auf ihr Bett.
»Alle scheinen sich Sorgen um mich zu machen.«
»Nur weil du dich in diesem Zustand befindest. Sie möchten, daß alles gutgeht.«
Sie sah mich aufmerksam an. »Sag mir, warum hast du es für nötig befunden, nach uns zu sehen?«
»Ich bin aufgewacht.«
»Doch nicht schon wieder der Zahn?« Hat das jetzt wie ein Spaß geklungen? Ich verstand sie nicht.
»Nein, der ist schon längst gezogen. Ich konnte nur nicht schlafen.«
»Aber du brauchst jetzt deinen Schlaf.«
»Meinst du, ich soll Mrs. Cherrys Schlaftrunk nehmen? Nie werde ich den vergessen, den du mir verabreicht hast. Du hast darauf bestanden, daß ich schlafe.«
»Wirklich?«
»O ja. Du hast darauf bestanden und ihn mir selbst verabreicht.«
»Und du hast lange und tief geschlafen und bist nicht nachts herumgewandert, stimmt's?«
»Natürlich nicht.«
»Schön . . . dann hat er seinen Zweck erfüllt. Ich finde, du solltest abends etwas trinken. Heiße Milch fördert den Schlaf. Ella hat mir immer heiße Milch gegeben, als ich Arabella und Lukas erwartet habe. Ich fand das ausgezeichnet. Weißt du was, ich sorge dafür, daß du jeden Abend heiße Milch bekommst.«
»Es ist schön, daß du dich um mich kümmerst.«
»Und hör nicht auf die Geschichten, die die Dienstboten erzählen.«

»Welche Geschichten?«
»Du kennst doch Dienstboten. Haben sie das Schloß einmal erwähnt?«
»Nein, schon lange nicht mehr.«
»Dienstboten haben manchmal komische Ideen. Aber mach dir keine Sorgen. Ich passe schon auf dich auf.«
Plötzlich stand sie auf und sagte: »Ich bringe dich zurück ins Bett. Komm jetzt.«
Und sie deckte mich zu und gab mir einen Kuß auf die Stirn.

Ich wünschte, ich könnte mich von dem Gedanken befreien, von allen beobachtet zu werden. Das macht mich nervös. Man sagt, Frauen kriegen seltsame Ideen, wenn sie schwanger sind. Was ist nur mit mir nicht in Ordnung? Grace verbringt die meiste Zeit bei mir, sie ergreift jede Gelegenheit, Megs Platz einzunehmen, und sie vermittelt mir den Eindruck, daß, von allen Fällen, um die sie sich jemals kümmern mußte, meiner der außergewöhnlichste sei.
Ich gehe oft ins Schloßzimmer hinauf, in dem auch Magdalena gesessen hat, und arbeite an ihrer Stickerei. Ich sehe die Türme des Schlosses und denke an jene Nacht. Aber warum komme ich überhaupt hierher, wenn doch meine Erlebnisse in diesem Zimmer schuld an diesem Unglück waren? Das darf nicht mehr passieren.
Und was, wenn ich das Gesicht noch einmal sehen würde? Diesmal würde ich nicht erschrecken. Ich würde mich vergewissern, daß es wirklich nur ein Gesicht ist. Manchmal habe ich die fixe Idee, irgend jemand lebt in diesem Schloß. Ist es Erdbeer-John, der den Weg hinein gefunden hat und es als eine Art Hauptquartier für seine Expeditionen als Wilddieb benutzt? Das könnte die Antwort sein.
Und was ist mit unserem Erlebnis, bei dem Bersaba und ich den komischen Wandschrank entdeckt hatten? Plötzlich fiel mir auf, daß, wann immer ich in die Küche kam, die Türe mit Mänteln und Schürzen verdeckt war.
Ich erwähnte das einmal Bersaba gegenüber, aber sie schien nicht daran interessiert zu sein. »Es ist nur ein großer Wandschrank«, sagte sie. »Ein sehr praktischer übrigens.«
Ich nehme an, sie hat recht.
Sie macht sich große Sorgen um mich und läßt mich nicht

aus den Augen. Die ganze Zeit ermahnt sie mich, vorsichtig zu sein. Jeden Abend geht sie hinunter in die Küche und bringt mir einen Becher warmer Milch. Manchmal trinke ich sie gleich aus, manchmal lasse ich sie auch neben dem Bett stehen, um etwas zu trinken zu haben, wenn ich nachts aufwache, was regelmäßig der Fall ist. Ich hatte von jeher einen leichten Schlaf, und oft hätte ich mich früher in Trystan Priory gerne mit Bersaba unterhalten, aber sie schlief immer fest.

Eines Nachts wachte ich auf und hörte gerade noch, wie meine Türe leise geschlossen wurde. Erschreckt setzte ich mich auf und blickte mich um.

Ein blasser Mond schien durch die Wolken, und in meinem Zimmer war es ziemlich finster. Ich starrte auf die geschlossene Türe, stand auf, öffnete sie und schaute hinaus in den Korridor. Dann schlich ich vorsichtig zum Lavendelzimmer. Ob Bersaba nach mir geschaut hatte? Leise öffnete ich ihre Türe, aber sie schien tief zu schlafen. Also legte ich mich wieder ins Bett.

Wahrscheinlich habe ich nur geträumt, redete ich mir gut zu. Das kommt davon, weil sie mich pausenlos bewachen und bemuttern! Wird um alle Frauen, die ein Kind erwarten, so ein Theater gemacht? Sicher nicht. Es ist doch ein ganz natürlicher Zustand.

Ich nahm die Tasse mit der Milch und wollte schon trinken. Plötzlich beschloß ich, es nicht zu tun. Sie war kalt. Einschläfernd würde sie sowieso nicht mehr wirken. Eigentlich hing mir die Milch zum Hals raus. Durch Gedanken an das Kind und die Hemdchen, die ich morgen nähen würde, versuchte ich mich einzulullen. Eine Nadel hatte schon immer etwas Tröstliches für mich gehabt.

Soll Bersaba mir ruhig weiter Milch bringen. Ich lasse sie auf dem Nachtkästchen stehen, falls sie nachts hereinkommt, und in der Frühe gieße ich sie einfach weg.

Einmal hatten wir eine Gruppe von Royalisten im Haus. Sie waren hungrig und müde. Wir gaben ihnen zu essen und gewährten ihnen für eine Nacht Obdach. Sie hätten früher einmal unter General Tolworthy gedient! Über den Krieg berichten konnten sie uns nicht viel, sie meinten lediglich, daß es schwer zu sagen sei, welchen Ausgang er nehmen würde. An manchen Orten gäbe es Siege, an manchen Niederlagen, aber viel Hoffnung schienen sie nicht zu haben. Bersaba fragte sie, ob sie den General getroffen hätten, aber das hatten sie nicht. Er war bei der Schlacht im Marston-Moor gewesen, aber wohin es ihn anschließend verschlagen hatte, konnten sie nicht sagen, die Truppen wären sehr zersplittert. Sie könnten auch nicht länger bleiben, ihr Aufenthalt bei uns sei nur eine kurze Ruhepause für sie.

»Wir sind eine Gefahr für Euch«, erklärten sie uns. »Sollte der Feind vorbeikommen und uns hier finden, würde er Euer Haus in Schutt und Asche legen.«

»Das kann auch passieren, wenn Ihr nicht da seid«, erwiderte Bersaba bitter.

»Wollen wir hoffen, daß die Rundköpfe Respekt vor hilflosen Frauen haben«, war die Antwort. »Man sagt, sie seien gottesfürchtige Männer.«

»Sie haben vor nichts anderem Respekt als vor ihrer eigenen Rechtschaffenheit«, antwortete Bersaba, und ich erklärte, warum sie so verbittert war. »Das Haus meiner Schwester ist zerstört worden, ihr Mann ist gefallen, seine Schwester und ihre Diener sind umgebracht worden. Es war ein glücklicher Zufall, daß sie dem Gemetzel entkommen ist.«

»Es ist immer Zufall, wenn man entkommt«, wandte Bersaba ein. »Mich interessiert nicht, wer diesen Krieg gewinnt, sondern nur, wann er vorbei sein wird.«

Die Soldaten zogen ab, und der Alltag nahm wieder seinen gewohnten Gang. Wir nähten, unterhielten uns und spielten mit den Kindern. Es schien unglaublich, daß nicht weit von uns Schlachten geschlagen wurden, Männer sich gegenseitig umbrachten und für ihre Sache starben.

Der Oktober kam ins Land. Jesson fuhr nach London, um Lebensmittel einzukaufen, und kam mit der Neuigkeit zurück, daß das neue Parlament und seine Truppen taktisch wichtige Erfolge erzielt haben, die sie hauptsächlich General Fairfax und Oliver Cromwell zu verdanken hätten. Sie bildeten die Leute gut aus, bezahlten sie anständig und - das Wichtigste - sie hielten eiserne Disziplin. Cromwell appellierte an das Gewissen seiner Männer und ließ sie ihr Ziel nicht vergessen: aus der Knechtschaft zu entkommen. Und Gott sei auf ihrer Seite. Mit diesem Verbündeten mußten sie siegen.

Danach sprachen wir sehr viel über Richard und zerbrachen uns den Kopf, wo er wohl sein könnte.
»Ich würde viel darum geben, wenn ich es wüßte«, sagte ich.
»Ich wünschte, er würde nach Hause kommen«, antwortete Bersaba leidenschaftlich.
Aber nichts geschah. Die Wochen vergingen, die Tage waren lang und ruhig und immer von einer drohenden Gefahr überschattet.
Langsam wurde mein Zustand sichtbar, und ich jubelte innerlich, weil ich die erste Hälfte meiner Schwangerschaft bereits überstanden hatte. Wenn ich stickend im Schloßzimmer saß, war ich beinahe glücklich. Es war gar nicht so leicht, die Gefahren rundum zu vergessen, aber ich sonnte mich in dem Bewußtsein, eine außergewöhnliche Mutter zu sein, die ihr erstes Kind erwartete.
Wie gesagt, es war schwer, wenn man von Tag zu Tag fürchten mußte, daß die Soldaten kommen. Und dies war ein royalistisches Haus, Eigentum eines der königstreuesten Generäle. Wir hatten allen Grund, uns vor Cromwells Männern zu fürchten.
Mehr denn je hielten alle im Hause ein Auge auf mich. Oft entdeckte ich Mrs. Cherry, wie sie mich sorgenvoll betrachtete. Grace und Meg genauso. »Fühlt Ihr Euch wohl, Herrin?«
»Ja, natürlich. Sehe ich etwa schlecht aus?«
»Nun, Mistress, Ihr solltet Euch ein wenig ausruhen.«
Ich mußte diesen aufmerksamen Blicken entkommen!
Alle waren so seltsam, sogar Bersaba. Sie war so behutsam, nie wollte sie mit mir über das Schloß sprechen. Ich sollte mich nicht damit belasten, meinte sie streng. Manchmal redete sie gerne über Richard, dann wieder wechselte sie abrupt das Thema.
All das beunruhigte mich. Mehr und mehr zog ich mich in die Stille des Schloßzimmers zurück.
Auch die Kapelle machte ihren Einfluß auf mich geltend. Immer wieder wanderte ich hinunter. Ich liebte es, auf einem Kirchenstuhl zu sitzen und mir all die Tolworthys vorzustellen, die hier gekniet haben. Ob auch Magdalena hier für ihr Kind gebetet hatte?
Ich jedenfalls wollte es tun und ging vor bis zum Altar. Das Altartuch war vor hundertfünfzig Jahren von einer der

Frauen der Familie gestickt worden. Ehrfurchtsvoll betastete ich die feine Stickerei in den lebhaften Farben. Eines Tages, wenn mein Kind älter wäre, würde ich auch so eine Altardecke machen und genauso schöne Farben finden. Das Blau war besonders hübsch . . . Blau ist die Farbe des Glücks. So sagt man wenigstens. Und wie sorgsam sie gearbeitet war. Wie sie das wohl gemacht hatte? Ich drehte das Tuch in meiner Hand . . . und muß daran gezogen haben, denn klirrend polterte plötzlich der Weihwasserkessel zu Boden, ein Pokal hinterdrein, mir auf den Fuß. Dann entglitt mir das Tuch, und im nächsten Moment schlug ich auf den Steinfußboden. In diesem Augenblick spürte ich zum ersten Mal die Bewegung meines Kindes und verlor das Bewußtsein.

Mrs. Cherry stand über mich gebeugt, ebenso Bersaba. Mrs. Cherrys Gesicht war so weiß, daß die roten Äderchen auf ihren Wangen noch deutlicher als sonst zu sehen waren. Sie zitterte am ganzen Leib.

Bersaba kniete neben mir und versuchte sie zu beruhigen: »Ist ja gut. Es geht ihr schon besser.« Sie knöpfte mir den Kragen auf. »Schon gut, Angel, du bist ohnmächtig geworden. Das passiert in dem Zustand öfters.« Ihre Stimme schien von weit her zu kommen. »Beweg dich nicht. Bleib, wo du bist. Gleich wirst du dich wieder besser fühlen, dann bringe ich dich in dein Zimmer. Aber mach dir keine Sorgen, das ist nichts Außergewöhnliches.«

So blieb ich auf dem kalten Steinboden liegen, spürte das Leben in mir und wiederholte mir Bersabas beruhigende Worte.

Bersaba meinte, ich sollte mich eine Stunde ausruhen. »Es hat nichts zu bedeuten. Frauen fallen oft in Ohnmacht, wenn sie die ersten Bewegungen spüren. Nach einer Weile gewöhnt man sich daran. Wahrscheinlich wird es ein sehr lebhaftes Kind.«

Es war angenehm, so dazuliegen. Sie erzählte mir, wie es ihr ergangen war, als sie Arabella erwartet hatte.

»Was für ein Glück, daß du das alles schon hinter dir hast«, sagte ich.

»Und daß ich hier bin und mich um dich kümmern kann.«

»Ich hoffe, du wirst immer hier sein«, antwortete ich.

Ich hatte ein bißchen geschlafen, und sie mußte mich allein gelassen haben; denn als ich aufwachte, trat Mrs. Cherry gerade ins Zimmer.
»Ich wollte mich nur versichern, daß alles in Ordnung ist, Herrin.«
»Ich habe mir das Altartuch angesehen. Es ist wunderhübsch gearbeitet. Ich muß es heruntergezogen haben.«
»Habt Ihr am Altar gekniet?«
»Ja, das habe ich.«
Sie zog die Stirne in Falten. »Wißt Ihr, Herrin, wir machen uns alle Sorgen um Euch.«
»Das weiß ich, und ich wünschte, Ihr würdet es nicht tun. Mir geht es ausgezeichnet.«
»Oh, Herrin, das hoffe ich von ganzem Herzen«, versicherte sie warm.
Und schon wieder war ich unruhig.
Ich konnte einfach nicht schlafen. Man sagt, Frauen entwikkeln eine blühende Phantasie, wenn sie ein Kind erwarten. In jener Nacht traf das auch auf mich zu. Es fing damit an, daß ich mir einbildete, vorsichtige Schritte auf der Treppe zu hören. Da ist nichts, beruhigte ich mich. Alte Balken und meine Phantasie.
Als Kind habe ich immer Angst im Dunkeln gehabt, ich war nur ruhig, wenn Bersaba in meiner Nähe war. Aber irgend etwas lag in der Luft, etwas, das Gefahr bedeutete. Wir lebten natürlich in gefährlichen Zeiten.
Ohne darüber nachzudenken, stand ich auf, schlüpfte in meinen Schlafrock und eilte in Bersabas Zimmer.
Mein Herz setzte aus vor Entsetzen: sie war nicht da. Die Decke vom Bett war zurückgeschlagen, als hätte sie es in aller Eile verlassen. Ich hatte doch Schritte auf der Treppe gehört! Bersabas Schritte!
Es war Vollmond, und im Zimmer war es fast taghell. Ich trat zum Fenster und schaute hinaus. Ich stand schon ein paar Minuten dort, als ich meine Schwester erblickte. Sie rannte durch das Gras, als liefe sie um ihr Leben.
»Bersaba!« schrie ich. »Was . . .« Mir blieb das Wort in der Kehle stecken. Sie wurde von etwas verfolgt - einer riesigen Gestalt, die mit großen unbeholfenen Schritten hinter ihr her lief. Sie sah nicht aus wie ein Mensch.
Ich rannte aus dem Zimmer und schrie: »Die Soldaten sind

da!« und stürmte die Treppe hinunter. Ich hatte nur einen Gedanken: meine Schwester zu retten.
»Bersaba!« schrie ich wieder. Die Kreatur blieb stehen, drehte sich um und kam schwerfällig auf mich zugestolpert. Das Gesicht konnte ich nicht erkennen - das war vielleicht mein Glück -, aber ich ahnte, daß es etwas Böses, etwas Unheilvolles war und daß ich in unmittelbarer Gefahr schwebte.
Ich hörte Bersaba schreien: »Lauf, Angel!«
Beinahe gleichzeitig hörte ich einen Schuß, die Gestalt schwankte, hob die riesigen Arme, stolperte und fiel ins Gras.
Bersaba war schon neben mir, schlang ihre Arme um mich und hielt mich fest.
»Es ist alles gut, Angel«, murmelte sie beruhigend. »Jetzt ist alles gut. Ich dachte, ich hätte Richard hier unten gesehen, darum bin ich heruntergekommen, aber es war der da. Er hat mich gesehen und . . .«
Mr. und Mrs. Cherry kamen auf uns zu gelaufen, und als sie die Gestalt erreichten, tat Mrs. Cherry etwas sehr Eigenartiges. Sie kniete sich daneben und drückte ihr Gesicht auf die Wange des Erschossenen.
Es war wie ein Alptraum. Die Kühle der Nacht, Bersaba und ich eng aneinandergeklammert, als hätte die eine Angst, die andere zu verlieren, und dann die Gestalt im Gras und Mrs. Cherry, die wie im Schmerz unzusammenhängende Worte vor sich hin murmelte.
Grace und Meg kamen mit Jesson aus dem Haus. Grace kniete sich hin und sagte: »Er ist tot.«
Mrs. Cherry heulte: »Cherry hat ihn erschossen. Er hat unseren Sohn erschossen.«
Cherry legte seiner Frau die Hand auf die Schulter und versuchte sie zu trösten.
»Wir sollten ihn ins Haus bringen«, meinte Cherry.
Ich sah das Blut, und mir wurde übel. Bersaba legte ihren Arm um mich. »Du solltest wieder ins Bett gehen, Angelet«, sagte sie. Ich hörte nicht hin. Zuerst mußte ich wissen, was hier vorgegangen war.
Als der Tote in der Waffenhalle aufgebahrt war, sah ich sein Gesicht. Es war unheimlich und entsetzlich. Dichtes Haar wuchs ihm tief in die Stirn, auch der untere Teil des

Gesichtes war von Haaren bedeckt. Aber das Schlimmste war, er hatte etwas unaussprechlich Böses in seinen gebrochenen Augen, das nicht erst der Tod hineingeschrieben haben konnte.
Grace führte Mrs. Cherry weg, und Cherry, Jesson und ich blieben in der Halle zurück. »Was bedeutet das alles? Wer ist dieser Mann? Habt Ihr ihn erschossen, Cherry?«
»Ja, ich habe ihn erschossen«, antwortete Cherry. »Ihr habt Mrs. Cherry gehört: Es ist wahr, er war unser Sohn.«
»Woher kommt er?« fragte Bersaba. »Wie kommt es, daß er plötzlich hier auftauchen konnte?«
»Er ist entkommen, Mistress. Es ist schon das zweite Mal. Ein böser Schicksalsschlag. Er war in einer Irrenanstalt. Er ist so stark wie zwei ausgewachsene Männer, und er ist gemeingefährlich. Wir konnten ihn nicht im Haus behalten. Ich konnte nichts anderes tun ... Aber ich wußte, ich würde es tun müssen ... sollte er je wieder zurückkommen.«
Bersaba versuchte die Situation zu meistern. Sie ging in die Küche, brachte etwas aus Mrs. Cherrys Hausapotheke, goß es in ein Glas und gab es Mr. Cherry zu trinken.
»Ihr müßt Euch zusammennehmen. Was Ihr getan habt, habt Ihr in gutem Glauben getan.«
»Es war eine schreckliche Prüfung für uns ... all diese Jahre ... wir wußten nie, wann er wieder ausbrechen würde.«
»Ihr könnt nichts mehr dagegen tun«, sagte Bersaba, »er ist tot. Morgen bringt Ihr ihn aus dem Haus und begrabt ihn.«
Cherry nickte.
»Jesson wird Euch zu Bett bringen.«
»Ich habe es getan, um Euch zu retten, Mistress. Ich habe es getan, um das Haus zu retten. Ich weiß nicht, was passiert wäre, aber er ist verrückt. Er hätte das Haus anzünden können. Ich mußte es tun. Ich mußte! Mrs. Cherry wird das einsehen. Aber er ist ihr Sohn.«
Bersaba wandte sich an Jesson. »Jesson, bringt ihn in sein Zimmer und laßt ihn nicht allein. Ich kümmere mich um meine Schwester.«
Sie führte mich in mein Schlafzimmer, blieb bei mir, und wir redeten noch lange.
»Er hat das einzig Richtige getan«, sagte sie. »Du hast ja gese-

hen, daß er verrückt war. Sogar als er schon im Gras lag. Wenn er ins Haus gekommen wäre, hätte er uns vielleicht alle umgebracht. Cherry muß gewußt haben, was für ein hoffnungsloser Fall er war.«

»Seinen eigenen Sohn zu erschießen!« Ich konnte es nicht begreifen.

»Es ist vielleicht gut, daß er tot ist.«

Die Kinder hatten zwar friedlich durchgeschlafen und von den beängstigenden Ereignissen nichts mitbekommen, aber die Erwachsenen im Haus fanden keinen Schlaf mehr. Am Morgen trugen Jesson und Cherry die Leiche weg und begruben sie in einer Ecke des Reithofs. Sie setzten einen Stein darauf, auf dem stand: Joseph Cherry. Und darunter das Datum.

Der alte Cherry beruhigte sich langsam wieder. Bersaba war wundervoll. Sie überzeugte ihn davon, daß er uns alle gerettet hatte dadurch, daß er seinen Sohn opferte. Die Geschichte, die Cherry anschließend zu erzählen hatte, war grauenerregend. Sein Sohn war von Geburt an abnormal und schon als Junge gemeingefährlich. Das Quälen und Töten von Tieren bereitete ihm Vergnügen, und später hatte er den unkontrollierbaren Drang, das gleiche an Menschen auszuprobieren. Er mußte ins Irrenhaus gebracht und in Ketten gelegt werden. Schon einmal war er ausgebrochen und zu den Eltern nach Far Flamstead zurückgekehrt. Er wurde erst entdeckt, als er das Haus betreten hatte, und konnte gerade noch rechtzeitig aufgehalten werden, bevor er Brand legen konnte. Damals hatte sein Vater ihn in den Fuß geschossen. Das wollte er auch diesmal tun, aber der Schuß hatte das Herz getroffen.

»Ihr seid ein tapferer Mann«, sagte Bersaba, »jeder im Haus sollte Euch dankbar sein.«

Das Ereignis hatte alle durcheinandergebracht. Zuvor waren wir immer vor Soldaten auf der Hut gewesen, die uns das Haus über dem Kopf anzünden und uns töten könnten, und jetzt dieses schreckliche Erlebnis innerhalb der eigenen vier Wände. Wir zitterten beide bei dem Gedanken, was passiert wäre, wenn der Wahnsinnige das Zimmer, in dem die Kinder schliefen, betreten hätte, und wir konnten Cherry nicht dankbar genug sein.

Mrs. Cherrys Kummer bedrückte uns alle. Sie hatte einen

Blätterkranz geflochten und ihn ihrem Sohn aufs Grab gelegt. Ich war sehr froh, daß sie keinen Groll gegen ihren Mann hegte, der genauso verloren und verwirrt war wie sie. Auch ihre Gesichtsfarbe hatte sich verändert, und sie war sehr still geworden. Eigenartig, wie Menschen solche Geheimnisse bewahren können. Welcher Kummer hatte sich über Jahre hinter diesem runden rosigen Gesicht, das so gut zu ihrem Namen paßte, verborgen.
Die Wochen vergingen, und wir hatten uns wieder dem Kriegsalltag angepaßt. Immer mußten wir darauf gefaßt sein, daß der Feind kam, aber wir sagten uns, daß die Rundköpfe nicht schlimmer sein könnten als der Verrückte, der beinahe ins Haus eingedrungen wäre.

Es war November. Ein Monat mit Nebel, kahlen Bäumen, grünen Beeren am Efeu und Spinnweben, die sich über die Hecken zogen.
Mein Baby sollte in drei Monaten auf die Welt kommen, und ich sehnte mich nach dem Frühjahr, dem ersten Jasmin, nach Schneeglöckchen. Es schien noch weit weg zu sein.
Im November kam ich zu der Überzeugung, daß jemand mich umzubringen versuchte.
Es gab Zeiten, da lachte ich über meine eigene Furcht, aber reden konnte ich nicht darüber, nicht einmal mit Bersaba. Immer tröstete ich mich damit, daß Frauen seltsame Gedanken haben, wenn sie in anderen Umständen sind. Sie sind unberechenbar, sehnen sich nach den komischsten Dingen und haben Gelüste und Einbildungen.
Und jetzt dieses Hirngespinst, die Überzeugung, daß ich beobachtet und verfolgt wurde. Wenn ich mich in den ruhigeren Teil des Hauses begab - das Schloßzimmer, die Kapelle, die Wendeltreppe mit ihren Stufen, die in der Mitte ganz schmal wurden -, spürte ich Gefahr. »Paß auf diese Treppe auf«, sagte Bersaba oft. »Sie ist gefährlich. Wenn du stolperst, könnte das katastrophale Folgen für das Kind haben.«
Einmal, es war Dämmerung und ich kam die Treppe herunter, hatte ich das Gefühl, jemand hinter mir beobachtete mich. Als ob ich ihn atmen hörte.
Ich blieb stehen und fragte: »Ist da jemand?«, und ich glaubte zu hören, wie dieser jemand die Luft anhielt und

mit Stoff raschelte. Ich eilte hinunter, sah mich bei jedem Schritt vor, lief in mein Zimmer und legte mich aufs Bett, um mich von dem Schrecken zu erholen. Das Kind bewegte sich in mir, und beruhigend legte ich meine Hand auf meinen Leib. Ich würde schon dafür sorgen, daß alles gutging.
Später überlegte ich oft, was ich mir dabei gedacht hatte. Ich glaube, die Erinnerung an den Verrückten, der ums Haus geschlichen war, ging mir nicht mehr aus dem Kopf. Wie auch! Mrs. Cherry sah so traurig aus, und Mr. Cherry benahm sich, als trüge er an einer schweren Last. Ich konnte Cherrys Stimme noch hören: »Besonderes Vergnügen bereitete ihm das Quälen und Töten von Tieren, und später hatte er den unkontrollierbaren Drang, es auch an Menschen auszuprobieren.«
Er ist tot, sagte ich mir immer und immer wieder.
Aber so ein Ereignis mußte bei jemandem, der so nervös geworden war wie ich, seine Wirkung tun, und das Gefühl, beobachtet zu werden, verfolgte mich weiter. Ich gab es auf, ins Schloßzimmer zu gehen, weil ich die Wendeltreppe hinaufsteigen mußte. Ich werde zu unbeholfen, redete ich mir ein. Aber das war es natürlich nicht. Der Raum war zu abgelegen, und ich hatte Angst, alleine zu sein.
Und eines Nachts gab es keinen Grund mehr, zu zweifeln.
Bersaba hatte mir Milch gebracht. Ich döste zuerst vor mich hin, dann schlief ich ein. Ich träumte, eine Gestalt sei in mein Zimmer gekommen, habe sich neben mein Bett gestellt und etwas in meine Milch geschüttet, bevor sie rasch und lautlos wieder verschwand.
Ich schreckte aus dem Schlaf, und mir stockte der Atem; denn als ich die Augen aufschlug, wurde gerade die Türe zugezogen.
»Wer ist da?« rief ich erschrocken.
Die Türe klappte ins Schloß. Das habe ich ganz genau gehört. Ich sprang aus dem Bett und riß sie auf, aber auf dem Korridor war niemand.
Ich ging zum Bett zurück und schaute mir die Milch genau an. Irgend etwas war hineingegossen worden, das sich noch nicht ganz aufgelöst hatte.
Ich setzte mich auf die Bettkante und dachte nach: Jemand versuchte, mir etwas anzutun. Jetzt war es keine Einbildung mehr.

Ich legte mich zurück und kämpfte mit dem Impuls, zu Bersaba zu gehen.
Von meiner Nervosität hatte ich ihr schon erzählt, aber sie meinte nur: »Das ist dein Zustand. Und vergiß nicht, du hast immer zu Nervosität geneigt.«
Sie würde sagen, ich hätte das alles nur geträumt.
Ich nahm die Milch und roch daran. Riechen konnte man nichts.
Dann schüttete ich die Milch aus dem Fenster.
Mein Entschluß stand fest. Das nächste Mal, wenn jemand in mein Zimmer käme und sich an meiner Milch zu schaffen machte, würde ich wach sein und fragen, warum er oder sie mir und meinem Kind Schaden zufügen wollte.
Mir schien, als hätte ich den Kontakt zu Bersaba verloren. Sie war so zerstreut. Manchmal sprach sie über Richard und wollte wissen, wie meine Beziehung zu ihm war. Aber mir fiel es schwer, darüber zu reden. Dann gab es wieder Zeiten, da sie überhaupt nicht über ihn sprechen wollte.
Wir waren alle nervös. »Ich nehme an, es ist der Krieg, der uns fertigmacht«, sagte Meg. »Man weiß nie, wann plötzlich Soldaten über die Wiese gerannt kommen«. Auf einmal schlug sie sich mit der Hand auf den Mund und sagte: »Oh, Herrin, das wird natürlich nicht vorkommen. Nicht hier. Das würden sie nicht wagen . . . nicht das Haus des Generals.«
Sie war offenbar davor gewarnt worden, mich zu ängstigen.
Ich schlief nach wie vor schlecht. Nie trank ich die Milch, die ich mir weiterhin ans Bett bringen ließ, denn ich wollte die Person erwischen, die ich verdächtigte. Auch hatte ich Angst, wenn ich keine Milch mehr kommen ließ, würde sie sich eine andere Methode ausdenken. Natürlich vergeudete ich Milch damit. Wir hatten zwei Kühe, die Cherry täglich melkte und die uns mit frischer Milch versorgten. Nur wenn die Gegend verwüstet würde, wüßten wir nicht mehr, wovon wir uns ernähren sollten.
Dann geriet ich in eine Phase, in der ich mir wieder einredete, daß alles nur Einbildung gewesen war, alles nur geträumt. Wenn ich es irgend jemand erzählte, würde man mich auslachen und mir raten, mich zu schonen.
Immer wieder mußte ich über das Haus nachdenken, daß hier alles so eigenartig war und die Leute so anders, als ich

sie anfangs eingeschätzt hatte. Besonders Mrs. Cherry, die immer so rundlich und zufrieden gewirkt hatte. Und dann stellt sich heraus, sie hatte einen Sohn, der wahnsinnig gewesen war und der in Far Flamstead Feuer zu legen versucht hatte. Das war vor über fünfzehn Jahren, und seitdem waren die Cherrys immer auf der Hut gewesen, falls er wieder ausbrechen und zurückkommen sollte.
Und ich begann mir über die Tür in der Küche Gedanken zu machen und darüber, ob das dahinter wirklich ein Wandschrank war. Irgendwie hatte es nicht so ausgesehen.
Bersaba hat mich erstaunt. Immer war sie die Abenteuerlustige gewesen, aber als ich absichtlich einmal den Wandschrank erwähnte, hat sie das Thema gewechselt und deutlich zu erkennen gegeben, daß sie nicht mehr darüber sprechen wolle.
Der Gedanke an den Wandschrank in der Küche ließ mich nicht mehr los, und ich fragte mich, warum unter den Mänteln der Eingang versteckt wurde. Wenn ich nicht selbst ginge und nachschaute, würde ich nie davon loskommen.
Und immer wieder dachte ich an Cherrys Sohn und was alles hätte passieren können. Aber im Notfall wäre es ein gutes Versteck für die Kinder. Beinahe hätte ich mit Bersaba darüber gesprochen, aber sie wehrte sofort ab, als ich davon anfing, so daß ich es unterließ.
Warum sollte ich nicht meine eigene Küche inspizieren? Das waren ihre Worte! Nun, warum eigentlich nicht?
Es war Spätnachmittag. Ich hatte gerade einen kurzen Spaziergang ums Haus gemacht, und allzu weit weg wagte ich mich nicht mehr. Es war inzwischen Dezember geworden, und täglich konnte es schneien. Als ich in die Halle kam, bemerkte ich, wie still es war, und als ich an der Küche vorbei kam, schaute ich hinein. Niemand war zu sehen.
Ich nutzte sofort die Gelegenheit, ging hinüber zum Wandschrank und schob die Gewänder beiseite. Der schwere Schlüssel steckte im Schloß, und ich sperrte auf. Alles sah genauso aus wie in der Nacht, als Bersaba und ich auf Entdeckungsreisen hier waren. Ich brauchte meine ganze Kraft, um den schweren Riegel zurückzuschieben. Kalte, modrige Luft schlug mir entgegen, als ich vorsichtig eintrat. Jedenfalls war es nicht nur ein Wandschrank. Es war eiskalt, ich konnte nichts sehen, ging zurück in die Küche und holte

mir eine Kerze, zündete sie an und wagte mich dann in die Dunkelheit.
Plötzlich befand ich mich in einem unterirdischen Gang, einem ungefähr sieben Fuß hohen Tonnengewölbe mit dikken Steinmauern. Am Ende dieses langen Korridors war wieder eine Tür; auch diese war verschlossen.
Ich schob den Riegel zurück und stand in einem Hof. Sofort wurde mir klar, wo ich war, denn über mir war das Schloß.
Ich war schrecklich aufgeregt und hatte Angst. Ich dürfe nicht in die Nähe des Schlosses gehen, hat Richard gesagt. Es ist nicht sicher.
Ich wußte, ich sollte nicht bleiben, aber ich war so fasziniert, daß ich mich nicht bewegen konnte. Und plötzlich rief eine Stimme:
»Wer ist denn da?«
Ein Mann kam aus dem Schloß, groß, mit sehr breiten Schultern, einem bleichen Gesicht und einem leuchtendroten Muttermal. Das war das erste, was ich an ihm bemerkte. An irgend etwas erinnerte es mich: Ich hatte ihn schon einmal gesehen. Das muß Erdbeer-John sein.
»Geht zurück«, schrie er mich an.
»Warum denn«, stotterte ich.
Dann hörte ich ein seltsames Geräusch und etwas, das in den Hof polterte. Eine Gestalt, ein großer Junge. Seine Arme hingen ihm bis zu den Knien, er kam direkt auf mich zu. Er hatte etwas Menschliches an sich und doch wieder nicht. Meine Knie waren weich vor Schreck, ich war bewegungsunfähig. Wieder mußte ich an die Gestalt im Gras denken.
Erdbeer-John stürzte sich auf die Kreatur und hielt sie fest.
»Ist ja gut, Junge«, sagte er in seltsam zärtlichem Ton. »Alles in Ordnung. Es ist nichts, Junge, gar nichts.«
Die Kreatur lächelte Erdbeer-John an, der ihn jetzt bei der Hand nahm. Plötzlich sah sie gar nicht mehr bedrohlich aus.
Erdbeer-John gab mir zu verstehen, ich solle dahin zurückkehren, woher ich gekommen war, und ich flüchtete in den unterirdischen Gang.
Mit zitternden Fingern schob ich den Riegel vor. Die Kerze war mir im Hof entglitten, und ich befand mich in absoluter Dunkelheit, aber jetzt kannte ich den Weg, tastete mich

an der Steinmauer entlang, bis ich schließlich in den Wandschrank gelangte.
Als ich herauskam, stand Mrs. Cherry vor mir, mit einem Gesicht so grau wie Asche.
»Ihr wart im Schloß?« rief sie aus.
»Ja, ich habe gesehen, wer dort ist, und möchte gern wissen, was das zu bedeuten hat.«
»Das müßt Ihr den General fragen«, antwortete sie, setzte sich an den Tisch und bedeckte ihr Gesicht mit den Händen. Ein paar Sekunden blieb sie reglos sitzen, dann stand sie auf und kam auf mich zu.
»In Eurem Zustand«, sagte sie. »Wenn das nur keine Folgen hat!«
»Wer ist das? Wer ist dieser ... Junge ... dieser Mann ... wer ist er?«
»Das darf ich Euch nicht sagen«, stammelte sie.
»Aber Ihr wißt es, Mrs. Cherry?«
»O Herrin! Es ist unser Geheimnis ... wir müssen es bewahren.« Plötzlich leuchteten ihre Augen, und sie sagte: »Ich kann es nicht länger mit mir herumschleppen. Wie könnte ich auch, wenn Ihr doch alles gesehen habt? Wir haben ihn die ganzen Jahre versorgt ... wir alle, besonders Cherry und ich und Erdbeer-John. Es ist sein Sohn, Herrin - der Sohn des Generals.«
»Nein!« schrie ich auf. »Ihn hat Magdalena geboren?«
»Seht Ihr? Ich habe es Euch gesagt. Ich kann nichts dafür. Was hätte ich tun sollen, nachdem Ihr alles gesehen habt! Ich bringe Euch jetzt nach oben und rufe Eure Schwester.«
Ja, ich muß mit Bersaba reden. Ich mußte diese schreckliche Entdeckung jemandem anvertrauen. Nie würde ich diesen wesenlosen, leeren Blick vergessen!
Sie brachte mich zurück in mein Zimmer. »Ihr dürft keine Angst haben, Herrin«, sagte sie. »Das wäre schlecht für das Kind. Die meiste Zeit verhält sich der Junge ruhig. Nur manchmal hat er schwere Anfälle. Er ist kein schlechter Junge. Er spielt viel. Erdbeer-John ist gut zu ihm. Er liebt ihn wirklich. Er glaubt, er kann eines Tages etwas aus ihm machen.«
»Holt mir meine Schwester«, bat ich.
Und sie ging.

Eine halbe Stunde ging vorbei, aber meine Schwester kam nicht. Auf einmal klopfte es, es war Mrs. Cherry. In der Hand trug sie einen Becher.

»Ich mach' mir solche Sorgen um Euch, Herrin. Ihr hättet da nicht hingehen sollen. Hier habe ich Euch etwas mitgebracht. Eisenkraut. Ihr habt so gezittert. Und Pimpernell, um Euch wieder aufzuheitern, und noch ein paar andere Kräuter, die nicht schaden können. Trinkt es aus.«

»Ich könnte jetzt nichts hinunterbringen, Mrs. Cherry. Laßt es hier stehen.«

Sie setzte den Becher ab und sagte: »Ich habe Mrs. Longridge nicht gefunden. Sie ist mit den Kindern irgendwo im Garten, um Stechpalmen und Efeu für Weihnachten zu pflükken. O Herrin, es ist schrecklich, zu sehen, daß Ihr so niedergeschlagen seid.«

»Hat Erdbeer-John sich schon immer um dieses Kind gekümmert?«

»Er ist ein eigenartiger Mensch. Manche sagen, er sei nicht ganz richtig im Kopf, andere behaupten das Gegenteil. Er hat eine gute Hand für Kranke. Ebenso für Tiere. Er hat sich von Anfang an um den Jungen gekümmert und ist immer gut zu ihm gewesen. Der Junge würde für ihn sterben, und umgekehrt. Es war sehr traurig für den General. Wir haben es schon bald nach der Geburt bemerkt, daß etwas mit dem Kind nicht stimmt. Und das Schloß schien der einzig richtige Ort zu sein. Der General konnte seinen Anblick nicht ertragen. Er hatte sich das Kind so gewünscht, und es war nur natürlich, daß er anfing, sich Gedanken zu machen, was mit ihm nicht in Ordnung sein könnte, daß so etwas passiert war.«

»Also hat er ihn eingesperrt, weil er ihn nicht sehen wollte.«

»Bei Erdbeer-John ist er in guten Händen.«

»Und in der Nacht, als uns der Lärm in der Küche geweckt hat?«

»Das war der Junge. Die Tür war offengelassen worden, und er ist durch den Gang gekommen. Er wollte nur spielen, und schmiß dabei die Töpfe und Kessel durch die Gegend. Meistens ist er ganz friedlich, sagt Erdbeer-John. Er hat mir auch gesagt, eines Tages würde es besser werden. Und es ist jetzt schon besser . . . er hat nicht mehr die furchtbaren Anfälle wie früher. Natürlich wird er immer anders sein als gesunde Kinder, aber eines Tages könnte er vielleicht in der Lage sein, in einem schönen Haus zu leben, wie es sich für den Sohn eines Gentleman gehört.«

Sie machte eine Pause und legte die Stirne in Falten. »Hat er es Euch nicht erzählt?« fragte sie. »Auch nicht in der Nacht, als der Junge ins Haus gekommen ist?«

»Er hat mir nie erzählt, daß er einen Sohn hat.«

»Für den General war es sehr hart. Wir haben gedacht, er würde nie mehr heiraten, weil er Angst hätte ... daß er selbst eine solche Veranlagung in sich trägt. Immer hat er sich in der Bibliothek eingesperrt und seine Familiengeschichte studiert. Das wissen wir, weil Jesson die Papiere immer weggeräumt hat. Dann hat er Euch heimgebracht, und es schien, er könnte wieder einen Sohn bekommen. Aber als Ihr die Fehlgeburt hattet ...« Sie sprach nicht weiter.

»Weil ich im Schloßzimmer diesen Schock erlitten habe. Ihr habt alle gesagt, es wäre nur ein Alptraum gewesen. Natürlich habe ich das Licht gesehen und das Gesicht auch.«

»Auf Befehl des Generals, Herrin. Dagegen durften wir nicht angehen.« Sie legte mir eine Hand auf die Schulter. »Ich hoffe, Ihr habt Euch nicht zu sehr aufgeregt.«

»Mir geht es gut.«

»Und jetzt, da Ihr alles gesehen habt ... wollt Ihr doch nicht ...«

»Was meint Ihr, Mrs. Cherry?«

»Ich meinte nur, Ihr wollt es jetzt doch nicht etwa loswerden?«

Entsetzt starrte ich sie an.

»Oh, verzeiht, Herrin, das hätte ich nicht sagen sollen. Aber wenn Ihr auch so eines bekommt ...«

»Hört auf, Mrs. Cherry, hört auf!«

»Ja, Herrin. Trinkt das. Das wird Euch beruhigen. Ihr werdet gut schlafen, und wenn Ihr ausgeruht seid, werdet Ihr begreifen, was das alles bedeutet.«

»Ich möchte nicht schlafen, ich möchte nachdenken.«

»Ja, natürlich, Ihr wollt nachdenken. Es gibt eine Möglichkeit ... falls Ihr möchtet ... falls Ihr das Gefühl habt, Ihr wollt es nicht riskieren ...«

»Mrs. Cherry, bitte! Ich will nichts mehr davon hören. Bitte geht jetzt!«

»Trinkt diese Milch, Herrin. Ich möchte sehen, daß Ihr sie trinkt, bevor ich gehe.«
»Nein, jetzt nicht. Später. Ich möchte jetzt nicht schlafen.«
Dann lag ich auf dem Bett und starrte zur Decke.

Bersaba kam herein. Ich war so erleichtert, sie endlich zu sehen.
»Was um Himmels willen ist passiert?« rief sie aus.
Ich erzählte ihr, wie ich durch den unterirdischen Gang in den Schloßhof gelangt bin und Richards Sohn gesehen habe. »Ein Idiot; das ist das Schloßgeheimnis. Deshalb durften wir nicht zum Schloß.«
»Ja«, sagte sie.
»Wußtest du es?«
»Ja, ich wußte es.«
»Woher?«
»Richard hat es mir erzählt.«
»Er hat es dir erzählt und mir nicht?«
»Er hatte Angst, es könnte dich so erschrecken, daß du kein Kind bekommen möchtest.«
»Damit hatte er recht. Ich habe . . .«
»Du darfst nicht darüber nachdenken«, sagte sie. »Wenn ein Kretin gezeugt worden ist, bedeutet das noch lange nicht, daß das nächste Kind auch einer werden muß.«
»Überhaupt, wieso gibt es solche Kinder?«
»Weil etwas schiefgegangen ist.«
»Vielleicht hat es etwas mit den Eltern zu tun.«
»Warum ausgerechnet mit Richard? Vielleicht war seine Frau daran schuld.«
»Er hat ihn verleugnet. Wie konnte er das seinem eigenen Sohn antun?«
»Wie kannst du das beurteilen? Wie sollte er diesen Jungen denn im Haus behalten? Er hat das Richtige getan. Er hat ihn in das Schloß gesteckt, eine hohe Mauer drumgebaut und ihm einen guten Wächter gegeben. Was sonst hätte er tun können?«
»Du verteidigst ihn auch noch?«
»Ich versuche, seinen Standpunkt zu verstehen. Um den Jungen hat man sich all die Jahre gut gekümmert.«
»Er muß fünfzehn Jahre alt sein«, überlegte ich.
»Warum bist du durch den Wandschrank gegangen?«

»Weil ich neugierig war.«
»Deshalb hast du immer wieder darüber gesprochen.«
»Du wolltest ja nicht mit mir gehen. Jetzt weiß ich auch, warum. Du wußtest ja Bescheid.«
»Ich wünschte, du hättest es nicht herausgefunden. Besonders jetzt, in deinem Zustand.«
»Was mir Sorgen macht, Bersaba ... wenn mein Kind jetzt auch ...«
»Mach dir nicht solche Gedanken. Es ist unvernünftig, so zu denken.«
»Das ist leichter gesagt als getan. Wie würdest du dich denn fühlen, wenn du an meiner Stelle wärest? Ich muß immer an den ... Jungen denken. Sein Gesicht verfolgt mich. Ich habe wahnsinnige Angst, Bersaba. Wenn es einmal passiert ist ...«
»Ausgerechnet jetzt mußtest du auf Entdeckungsreisen gehen. Warum hast du mir nicht gesagt, was du im Sinn hattest.«
»Die Cherrys haben das Geheimnis bewahrt. Überleg einmal! Alle in diesem Haus haben es gewußt, außer mir. Ich war die einzige, die im dunklen tappte.«
»Das war wichtig. Du solltest nichts davon wissen.«
»Ich, seine Frau, die ihm näherstehen sollte als irgend sonst jemand ... mir hat er nichts gesagt!«
»Sei vernünftig. Du hast schon einmal sein Kind verloren. Es war wohlüberlegt, dir nichts davon zu erzählen. Schau dich jetzt an! Schau doch, wie dich das mitnimmt! Jetzt wirst du dir den Kopf zerbrechen und dir Sorgen machen ...«
»Mrs. Cherry hat mir vorgeschlagen ... man könnte etwas dagegen unternehmen.«
»Wovon redest du?«
»Sie sagt ... sogar jetzt noch ...«
»Du bist wahnsinnig! Mrs. Cherry ist wohl verrückt geworden. Ich werde sie zur Rede stellen. Wie kann sie es wagen, überhaupt an so etwas zu denken?«
»Entschuldige, Bersaba, aber die Herrin des Hauses bin immer noch ich, obwohl ich manchmal den Eindruck habe, du glaubst, du wärst es.«
Sie machte auf dem Absatz kehrt und verließ das Zimmer.

Ich konnte nicht einschlafen. Wie lang eine Nacht sein kann! Ich wagte nicht einzuschlafen, meine Träume würden entsetzlich sein. All die Befürchtungen und Schrecken der letzten Monate waren nichts gegen das, was mich jetzt quälte. Ich stellte mir vor, wie ich ein solches Kind auf die Welt brächte und Richard verlangen würde, daß es ins Schloß kommt.
In jener Nacht stand keine warme Milch an meinem Bett, aber Mrs. Cherrys Medizin. Ich hatte sie nicht angerührt. Fast hätte ich sie getrunken, aber ich wußte, dann würde ich einschlafen, und das wollte ich nicht, weil ich mich vor Alpträumen fürchtete.
Auf einmal bemerkte ich, daß sich die Tür lautlos öffnete.
Mein Herz begann wie wild zu hämmern. War das die Person, auf die ich gewartet hatte?
Bersaba blieb vor meinem Bett stehen.
»Angelet, du bist ja wach«, sagte sie.
»Wie kann ich schlafen, wenn ich an so vieles denken muß?«
»Machst du dir immer noch Sorgen um das Kind?«
»Würdest du das nicht an meiner Stelle?«
»Du steigerst dich da hinein, daß Richard nicht in der Lage sei, ein normales Kind zu zeugen.«
»Wenn du diese . . . diese Kreatur gesehen hättest! Er erinnerte mich an den toten Mann im Gras.«
»Angelet, ich habe die ganze Zeit nachgedacht, ob ich es dir erzählen soll. Es wird ein Schock für dich sein, aber ich bin überzeugt, es ist weniger schädlich, als wenn du um dein Kind zitterst. Was jetzt wichtig für dich ist . . . wichtiger als sonst irgend etwas . . . ist das Kind. Habe ich recht, Angelet?«
»Natürlich.«
»Richard kann gesunde Kinder haben . . . er hat bereits eines.«
»Ich verstehe nicht.«
»Arabella ist seine Tochter.«
Ich verstand kein Wort. Dann sagte ich langsam: »Arabella? Deine Arabella? Sie ist Richards Tochter?«
»Ja«, sagte Bersaba trotzig.
»Du und er . . .«

»Ja, er und ich. Hast du je ein prachtvolleres Kind gesehen? Ich nicht.«
»Bersaba!« entfuhr es mir entsetzt, »du und Richard?«
»Angelet, du hast ihn nicht geliebt«, verteidigte sie sich, »nicht wirklich. Du hattest panische Angst vor ihm.«
»Aber du hast ihn geliebt.«
»Ja, das habe ich.«
»Und darum hast du Luke geheiratet, damit niemand erfährt, daß du Richards Kind unter dem Herzen trägst. Und Luke, was hat er dazu gesagt?«
»Er hat es gewußt und mir geholfen.«
»Du glaubst, die ganze Welt muß nach deiner Pfeife tanzen, Bersaba. Das hast du immer getan. Andere Menschen haben dir nie viel bedeutet, habe ich recht?«
»Du bedeutest mir sehr viel, Angelet! Und du wirst ein gesundes, kräftiges Kind zur Welt bringen.«
»Und wenn Richard heimkommt«, fragte ich, »was dann?«
»Dann wirst du ihm ein gesundes Kind in die Arme legen können.«
»Das hast du doch bereits getan.«
»Das ist vorbei, Angelet. Wenn dein Kind auf der Welt ist und Richard wieder zu Hause, gehe ich zurück nach Trystan Priory.«
»Richard wird dich nicht gehen lassen. Er liebt dich, nicht wahr?«
»Er ist ein Mann, der nur seine Frau und sein Kind lieben wird. Gute Nacht.«
Sie beugte sich über mich und gab mir einen Kuß.

Ich lag da und dachte über sie nach. Liebende! In diesem Haus! Mit mir unter einem Dach! Wieso habe ich das nicht gemerkt? Dann erinnerte ich mich. Sie hatte darauf bestanden, daß ich den Schlaftrunk nahm. Ich sah sie noch genau vor mir, mit ihrem schlauen Lächeln um den Mund. Sie hat mich außer Gefecht gesetzt und ist zu ihm gegangen.
Wie konnte sie nur? Ich dachte an meine Furcht vor dem großen Himmelbett und daß ich mich mit dieser Seite der Ehe nicht vertraut machen konnte. Und sie hatte das ausgenutzt! Ich erinnere mich noch gut, wie Bastian ihr immer mit den Blicken gefolgt ist und wie wütend sie war, als Carlotta ihn ihr weggenommen hat. Später wollte Bastian sie

heiraten, erzählte mir Bersaba, aber sie wollte ihn nicht mehr. Und dann kam sie hierher und nahm sich Richard. Luke hatte sie anscheinend um jeden Preis haben wollen, daß er dafür das Kind eines anderen Mannes in Kauf nahm.
Oh, Bersaba! Meine Zwillingsschwester - was wußte ich schon von ihr? Sie war eine Fremde für mich geworden.
Plötzlich kam mir ein furchtbarer Gedanke. Sie liebte Richard! Sie hat ihn so sehr geliebt, daß sie vergessen konnte, daß ich seine Frau war.
Meine Gedanken überschlugen sich. Ich war wieder in meinem Zimmer in Pondersby Hall, und Anna stand neben mir. Was hatte sie damals gesagt? Seinerzeit war es mir seltsam vorgekommen. »Es wäre falsch zu denken, sie hätte nur gute Eigenschaften.«
Was hatte Anna über Bersaba gewußt? Tatsache blieb, daß sie mich vor meiner Schwester gewarnt hat.
Ich habe mir eingebildet, jemand vergifte meine Milch. Und wer hat mir die Milch gebracht? Wer hat mir den Schlaftrunk verabreicht?
Nie in meinem Leben war ich so von Entsetzen gepackt. Könnte es wirklich sein, daß meine eigene Schwester meinen Mann so begehrte, daß sie mich umzubringen trachtete?

Bersaba

Der geheime Gang

Es war fast eine Erlösung, als die Soldaten kamen. Weihnachten war vorüber - ein müder Abklatsch der Festlichkeiten, wie wir sie gekannt hatten. Für die Kinder machte ich den halbherzigen Versuch, das Haus mit Stechpalmen und Efeu zu schmücken und den Tag für sie schön zu gestalten, aber sobald sie im Bett waren, nahm Trübsal das Haus in Beschlag.

Mrs. Cherry hatte ihre Fröhlichkeit verloren. Wann immer ich in die Küche kam, fand ich sie am Tisch sitzen und in die Ferne starren. Cherry sagte kaum noch ein Wort, die Erinnerung an den Sohn, den er getötet hatte, ließ ihn nicht mehr los. Das überschattete das ganze Haus.

Grace und Meg machten manchmal den Versuch, fröhlich zu sein, und Phoebe sehnte sich nach Longridge, wo sie mit ihrem Mann glücklich gewesen war. Ich wußte, sie machte sich Gedanken, so wie wir alle, wohin dies noch führen sollte. Am schlimmsten war die Entfremdung zwischen mir und Angelet zu ertragen. Sie konnte mir nicht verzeihen, daß ich ihr den Mann weggenommen hatte. Ich selbst konnte mich nicht mehr verstehen. Im gleichen Zimmer mit mir allein zu sein, fand sie unerträglich. Die Türen zum blauen Zimmer und zu meinem waren fortan verschlossen, was früher nie der Fall war. Oft hatte ich Angst, sie könnte nachts etwas brauchen.

Ich wußte, sie verdächtigte mich, sie umbringen zu wollen, so daß Richard für mich frei sei.

Bei jeder Gelegenheit versicherte ich ihr, ich würde nach Trystan Priory zurückgehen. Ich traf sogar erste Vorbereitungen für meine Reise.

»Dieser Krieg kann nicht ewig dauern. Es muß bald etwas geschehen.«

Nach den traurigen Weihnachtstagen kam das Fest der Heiligen Drei Könige, was wir nicht gefeiert haben. An-

gelet sperrte sich lange mit Grace in ihrem Zimmer ein. Ich machte mir Sorgen um sie, denn sie fühlte sich nicht wohl. Ich fürchtete, all die Dinge, die passiert waren, hätten ihr geschadet. Ich spielte sogar mit der Idee, Mutter zu uns zu bitten. Aber bei der allgemeinen Lage war das unmöglich.
Es war Mitte Januar. In einem Monat sollte Angelets Baby auf die Welt kommen. Der Teich war zugefroren, und aus dem Norden blies ein kalter Wind. Es war kein Tag, außer Haus zu gehen. Wir legten große Holzscheite aufs Feuer, dennoch kam keine Gemütlichkeit auf. Grace bereitete ein Zimmer für die Geburt vor, obwohl noch ein Monat Zeit war. Mrs. Cherry schüttelte den Kopf und sagte, daß sie sich vor diesem Tag fürchte.
Ich widersprach nicht; solange Angelet es nicht hörte, ging mich ihre Meinung nichts an.
Jesson ging am Nachmittag aus dem Haus, kam aber gleich darauf wieder zurückgeritten und sagte, ein paar Rundköpfe trieben sich in der Gegend herum. Sie wären gerade dabei, fünf Meilen von hier die Kirche zu brandschatzen, und zerstörten alles. Es gelte dem verhaßten Papsttum, behaupteten sie.
Ich bat Jesson, es nicht meiner Schwester zu erzählen. »Es kann sehr gut sein, daß sie überhaupt nicht zu uns kommen, und ihre Zeit ist so nahe, daß es unvernünftig wäre, sie grundlos aufzuregen.«
Aber ich war in Alarmbereitschaft; Phoebe auch. Ich trug ihr auf, bei den Kindern zu bleiben und bereit zu sein, sie jederzeit für die Flucht vorzubereiten.
Dann ging ich in die Küche und ließ Jesson und Cherry kommen.
»Vielleicht kommen sie gar nicht hierher, und wenn sie es tun, wäre es sinnlos, zu versuchen, das Haus zu verteidigen. Wir wissen, was auf Longridge geschehen ist. Wir können nur eines tun: Wir müssen alle hinunter in den geheimen Gang. Fangt jetzt schon an, Nahrungsmittel und Getränke dort zu deponieren. Da werden wir in Sicherheit sein, bis sich die Soldaten wieder aus dem Staub gemacht haben. Wir haben Glück, so ein Versteck zu haben.«
Beide Männer pflichteten mir bei, daß dies unsere einzige Chance wäre.

»Dann sind wir also bereit«, sagte ich.
Es war schon Nacht, als wir das Geschrei der Soldaten vernahmen. Jetzt waren sie da.
Leise befahl ich Phoebe, den Kindern zu sagen, wir wollten ein neues Spiel spielen, und sie hinunter in die Küche zu bringen. Im Haus sollte es ganz dunkel sein, aber wir würden genügend Kerzen mit nach unten nehmen.
Ich ging zu Angelet und sagte ihr, daß die Rundköpfe innerhalb der nächsten fünf Minuten hier sein müßten.»Wir gehen alle in diesen unterirdischen Gang.«
»Bist also doch du die Herrin dieses Hauses?« war ihre einzige Antwort.
»Sei nicht albern! Du kommst jetzt unverzüglich mit mir!«
Ich legte ihr einen Mantel um die Schultern, und als wir in der Küche waren, hörten wir ganz in der Nähe Schreie.
»Wo sind die Kinder?« rief Angelet.
»Hier sind sie. Alle.«
Dann waren wir endlich in dem sicheren Kellergewölbe zwischen Schloß und Haus.

Wir blieben die ganze Nacht und den ganzen nächsten Tag dort. Die Kinder schliefen durch, und als sie aufwachten, waren sie immer noch von dem neuen Spiel fasziniert. Bald würden sie es müde sein. Als Lukas zu weinen anfing und sagte, er wolle nicht mehr Verstecken spielen, mußte ich ihm erklären, daß er ganz leise sein müsse, weil es doch kein Spiel sei; die Soldaten seien im Haus und wir versteckten uns vor ihnen. Ich mußte ihn zur Ruhe bringen, selbst auf die Gefahr hin, ihm Angst einzujagen. Schließlich hing unser aller Leben davon ab, daß niemand uns hörte.
Arabella blieb in meiner Nähe, aber weniger aus Angst als aus Neugierde. Ihre Augen leuchteten vor Aufregung im Kerzenlicht und erinnerten mich an Richard.
»Bald werden sie weggehen«, flüsterte ich, »und dann können wir wieder ins Haus zurück.«
Die meisten Sorgen bereitete mir Angelet. Sie sprach kaum ein Wort und mit mir nur das Nötigste. Ich konnte den Verdacht, ich wolle sie aus dem Weg räumen, um Richard heiraten zu können, nicht mehr ertragen.
Immerzu mußte ich an unsere Kindheit denken, als wir noch unzertrennlich und uns gegenseitig so wichtig waren.

Ihre Feindseligkeit machte mir schwer zu schaffen. Ich wollte, daß sie sich an mich lehnte, wie sie es immer getan hat. Jetzt scheute sie vor mir zurück. Als ich mir Richard genommen habe, habe ich das Band zwischen uns zerschnitten.
Ich beschloß, sofort abzureisen, falls wir diesen Tag überstehen sollten. Um jeder Versuchung aus dem Weg zu gehen, wollte ich Richard nie mehr wiedersehen. Ich konnte es Angelet nicht erklären, weil sie diese Leidenschaft nicht begriff.
Wir sprachen nur im Flüsterton.
Plötzlich fiel Mrs. Cherry ein: »Was um Gottes willen ist mit dem Jungen und mit Erdbeer-John? Wir müssen sie holen! Die Soldaten werden in das Schloß eindringen, sie werden die Mauer einreißen. Was wird dann aus dem Jungen? Wir müssen zum Schloß! Wir müssen sie sofort holen!«
»Erdbeer-John wird sich um den Jungen kümmern«, sagte Cherry.
»Aber die Rundköpfe werden sie erwischen. Die beiden sind im Schloß, und die Rundköpfe lassen sich kein Schloß entgehen. Vor allem nicht, wenn es einem General des Königs gehört.«
Ihre Finger zupften am Rock, und ihr Gesicht sah wild aus vor Verzweiflung. Ich hatte Angst, sie könnte hysterisch werden und zu schreien anfangen oder zu brüllen oder versuchen, zu Erdbeer-John und dem Jungen zu gelangen.
Cherry versuchte, sie zu beruhigen. »Komm Emmy, verlier jetzt nicht die Nerven. Es wird ihm schon nichts passieren.«
»Dir ist das alles egal . . . du hast sogar deinen eigenen Sohn erschossen. Ja, das hast du getan, unseren Joseph . . . du hast ihn einfach über den Haufen geschossen!«
»Ich mußte es tun, Emmy. Du weißt ganz genau, was das letzte Mal passiert ist.«
»Da hast du ihn wenigstens nur ins Bein geschossen. Du hättest ihn diesmal auch nur unschädlich zu machen brauchen, oder nicht? Aber du hast ihn totgeschossen . . . unseren Sohn . . .
Und er hat nichts getan, vielleicht hätte er überhaupt nichts getan, vielleicht ist er nur zurückgekommen, um seine Mutter zu besuchen, wollte nichts anderes. Aber dann hat er sie in der Kapelle gesehen . . . er war ja schließ-

lich ein Mann . . . und da war sie . . . er hat doch nur getan, was andere auch tun . . .«

Sie schwieg. Sie schien selbst entsetzt zu sein über das, was sie eben gesagt hatte.

Dann fing sie an zu weinen. »Hier kommen wir nie wieder heraus. Diese gottlosen Männer! Sie werden das Haus niederbrennen . . . das Schloß . . . und was wird aus uns? Der Eingang wird versperrt sein, und wir sind lebendig begraben. Ich möchte hier raus.«

»Ihr erschreckt die Kinder, Mrs. Cherry«, sagte ich streng. Und zu den Kindern: »Es ist nichts . . . gar nichts . . . Mrs. Cherry spielt nur.«

Eine Weile blieb es ruhig. Wir hätten gern gewußt, was oben vorging, aber wir konnten nur gedämpfte Geräusche vernehmen.

»Hier sind wir gut aufgehoben«, meinte Jesson.

»Fühlt Ihr Euch auch wohl, Herrin?« fragte Grace leise, und Angelet flüsterte zurück: »Was hat sie gesagt? Wer hat wen in der Kapelle gesehen?«

»Ach, nichts weiter, Herrin«, antwortete Cherry.

Aber Mrs. Cherry war in Fahrt. »Versuch mich nicht zurückzuhalten, Cherry. Hier kommen wir nicht mehr raus. Ich muß darüber reden.«

»Sei bitte still, Emmy«, fauchte Cherry, »sag nichts mehr!«

»Es währt schon so lange . . . und die Last ist zu schwer. Ich möchte ihn für mich haben. Der Junge gehört mir. Warum soll ich ihn auch verleugnen? Ich habe immer daran geglaubt, daß er eines Tages Fortschritte machen werde. Er ist lieb und freundlich, es sei denn, er hat einen Anfall. Joey war nie so; er war immer grausam. Dieser Junge nicht. Er ist liebenswert, und ich wollte, daß es ihm gutgeht und daß er im Hause lebt, wie ein Gentleman. In seinem eigenen Haus . . . versteht Ihr, wie schlecht ich war?«

Langsam fing ich an zu begreifen. Stück für Stück. Aber ich wollte nicht, daß Mrs. Cherry vor den Kindern weitersprach. Ich hatte Angst, sie könnte sie erschrecken.

Der Junge im Schloß war gar nicht der Sohn des Generals. Nein, er war Mrs. Cherrys Enkelsohn. Der Verrückte war schon einmal zurückgekommen, hatte Richards erste Frau in der Kapelle gefunden, sie vergewaltigt und ihr ein Kind gemacht . . . diesen Jungen.

Warum hat Magdalena ihn nicht verraten? Warum hat niemand es gewußt? Allmählich wurde mir alles klar. Das junge Mädchen hatte damals genausoviel Angst vor Richard wie Angelet heute. Sie hatte Angst, es ihm zu erzählen. Aber Mrs. Cherry hat es gewußt, ebenso ihr Mann. Er hat ihn in den Fuß geschossen, aber da war es schon zu spät. Armes Ding! Wie schlimm mußten die Monate ihrer Schwangerschaft gewesen sein, wissend, wer der Vater des Kindes war, das sie zur Welt bringen würde, nämlich ein Wahnsinniger.

Fragend schaute ich zu Angelet. Begriff sie die Zusammenhänge? Sie starrte Mrs. Cherry an, als sähe sie sie heute zum ersten Mal und sei erstaunt über das, was sie sah.

»Ich wollte es ja nur für ihn«, schluchzte Mrs. Cherry. »Ich wollte es ja nur für den Jungen.«

»Sei doch endlich still!« sagte ihr Mann.

»Es hätte doch sein können, oder nicht? Ich wollte für ihn kämpfen . . . wenn er achtzehn geworden wäre, wollte mich für ihn einsetzen. Als Sohn . . . alle haben das gedacht . . . wer hätte es leugnen können? Oh, mein Gott, und was geschieht jetzt da draußen mit ihm? Die Soldaten, sie brennen alles nieder . . . und sie wissen, das Schloß gehört dem General . . . und mein Junge ist dort . . . der Sohn des Generals . . . alle glauben das!«

Plötzlich fing sie an, hysterisch zu lachen. »Ich wollte, daß er es gut hat, es hätte auch keine Schwierigkeiten gegeben . . .«, kreischte sie unvermittelt los.

Ich ging hin und schlug ihr ins Gesicht.

Augenblicklich war sie ruhig. Schließlich flüsterte sie: »Wir werden sterben . . . wie Ratten in der Falle werden wir sterben. Das ist der Krieg . . . darauf haben wir gewartet all die Monate. Jetzt wird niemand etwas davon haben, und mir liegt die Sünde schwer auf der Seele. Ich hätte sie umgebracht. Ich habe die erste unter die Erde gebracht, ich hätte auch die zweite aus dem Weg geräumt. Dem Jungen sollte es einmal an nichts fehlen.«

Beruhigend sprach Angelet auf sie ein: »Ist schon gut, Mrs. Cherry, jetzt verstehe ich alles. Und ich bin noch da. Wir haben alle die gleiche Chance. Ich weiß jetzt, warum Ihr das alles getan habt, und weiß, was Magdalena geschehen ist . . . Aber das hat jetzt nichts mehr zu sagen.«

Das darauffolgende Schweigen wurde von Arabella unterbrochen. »Bist du böse auf Mrs. Cherry?« fragte sie mich.
»Nein, nein.«
»Sie glaubt es aber. Sie weint.«
In der Stille dieser Gruft hörte man nur das unterdrückte Schluchzen von Mrs. Cherry.
»Bald ist alles vorüber«, sagte ich zu Arabella.
»Ist es noch immer ein Spiel?« fragte sie.
»Ja, es ist immer noch ein Spiel.«
»Ich möchte aber jetzt etwas anderes spielen.«
»Du mußt warten, bis das Spiel zu Ende ist. Dann werden wir weitersehen.«
Sie kuschelte sich an mich, und weil die andern Kinder sahen, daß Arabella zufrieden war, waren sie es auch.

Jesson stahl sich leise nach oben, um nachzuschauen. Bald war er wieder zurück.
»Sie sind fort«, sagte er. »Das Haus ist leer, aber sie haben ihre Spuren hinterlassen.«
Wir eilten zurück ins Haus. Die Tapeten waren von den Wänden gerissen, die Zinn- und Kupfersachen verschwunden. Die Kapelle hatten sie in jeder Hinsicht entweiht. Ich rannte die Treppe hinauf zu den Schlafzimmern. Die schweren Vorhänge waren heruntergerissen und teilweise vollkommen zerfetzt, die wenigen gestickten Bettdecken, die sie zurückgelassen hatten, ruiniert.
Der Keller stand voller Wein. Da sie selbst keinen tranken, hatten sie alles darangesetzt, ihn auch uns vorzuenthalten. Auch unsere Lebensmittelvorräte hatten sie mitgehen lassen, und die meisten Fenster waren eingeschlagen. Ich setzte mich auf einen übriggebliebenen Stuhl und verfluchte den sinnlosen Krieg.
Ich dachte an Angelet und ihre baldige Niederkunft. Alles, was wir vorbereitet hatten, war entweder zerstört oder weggeschleppt worden. Ich war gerade am Überlegen, was wir am besten tun sollten, da hörte ich Grace in der Küche schreien.
»Mrs. Cherry . . . sie ist übergeschnappt. Die Teufel waren auch im Schloß und haben alles kurz und klein geschlagen.«
»Und der Junge und Erdbeer-John?«

»Sie sind tot - beide. Es sieht aus, als wären sie vom Turm heruntergesprungen. Erdbeer-John hätte das nie getan. Ich nehme an, der Junge wollte herunterspringen, und er hat versucht, ihn davon abzuhalten. Sie liegen beide da draußen. Geht nicht hinaus, haltet meine Herrin zurück. Es ist kein sehr schöner Anblick.«
Einen Augenblick fühlte ich mich schwach, unfähig zu planen, unfähig weiterzudenken. Nur daß dieses unselige Geheimnis endlich aus der Welt war.

Daß alles, was geschehen war, seine Folgen hatte, war unvermeidbar, und ich wunderte mich nicht, als bei Angelet die Wehen einsetzten.
Das Zimmer, das wir für die Geburt des Kindes so sorgfältig ausgestattet hatten, war völlig zerstört, und wir machten uns an die Arbeit, ein Provisorium zurechtzumachen. Grace war deshalb ziemlich beunruhigt. Das Baby kam vorzeitig, und das ist immer gefährlich.
Irgendwie war es gut für uns, etwas so Wichtiges zu tun zu haben. Wir mußten froh sein: Wir hatten viel verloren, aber wir waren alle noch hier und gesund.
Wir legten Angelet in eines der Betten und suchten zusammen, was wir noch brauchen konnten, unter anderem ein Leintuch, das übersehen worden war. Jesson machte Feuer, und wir erhitzten Ziegelsteine, wickelten sie in Flanelltücher und steckten sie in das Bett. Jeder hatte seine Aufgabe. Die Kinder waren etwas verwirrt, aber ich übergab sie Phoebe und riet ihr, ihnen klarzumachen, daß sie jetzt tun mußten, was man ihnen sagte.
Zum Glück hatten die Soldaten die Kühe sowie einige Hofgebäude übersehen, wie zum Beispiel das Lager, in dem Mehl und Korn gestapelt waren. So konnten wir uns wenigstens etwas zu essen machen. Mrs. Cherry war zu erregt, um zu irgend etwas brauchbar zu sein, also übernahm Meg ihren Platz in der Küche. Die Männer verbarrikadierten die Fenster, damit die Kälte nicht mehr hereinkonnte, und versuchten, den Schaden so gut wie möglich zu reparieren.
Unsere große Sorge galt Angelet. Sie sah sehr schlecht aus, obwohl die Geburt an sich nicht schwierig war. Innerhalb weniger Stunden war ihr Sohn zur Welt gekommen. Er war

winzig, denn er hatte sich fast einen Monat zu früh gemeldet. Aber er war gesund. Grace meinte, der erste Monat würde schwierig sein, aber wenn er ihn überstehe, wäre alles in Ordnung.
Es war Angelet, die uns Grund zur Sorge gab. Ich saß Tag und Nacht bei ihr. Manchmal döste ich aus reiner Erschöpfung ein; aber sie sollte wissen, daß ich in ihrer Nähe war. Immerhin schien es sie etwas zu beruhigen. Mir tat es gut, wieder etwas für sie tun zu können, denn meine Sünden lasteten schwer auf meinem Gewissen. Andererseits wußte ich, böte sich mir die Gelegenheit, würde ich alles wieder genauso machen.
Ich wünschte, ich hätte es Angelet erklären können.
Sie lag ganz still, erschöpft, aber manchmal lächelte sie mich an, und wenn ich aufstand, blickten ihre Augen ganz ängstlich.
Vier Tage waren vergangen.
Das Baby machte Fortschritte, und Grace sagte: »Er sollte getauft werden. Ich könnte Cherry oder meinen Vater nach einem Priester schicken.«
Ja, sagte ich, das sollte sie tun.
Ich fragte Angelet, ob sie das Baby gerne Richard nennen wollte, und sie nickte erfreut. Das Kind wurde also getauft, und ich gab ihm den Kosenamen Dickon.
Grace hatte Bedenken: »Unser Dickon wird durchkommen, er nimmt schon zu. Er bekundet bereits Interesse am Leben. Aber meine Herrin . . . es waren harte Zeiten für sie. Ich weiß nicht, ob wir sie durchbringen werden. Es fehlt an allem. Unsere Vorräte sind erschöpft. Ich wußte, es würde schwierig werden . . . hätten wir es nur hinter uns bringen können, bevor die Rundköpfe gekommen sind!«
»Wir werden sie wieder auf die Beine bringen«, sagte ich energisch. »Sie wird leben, Grace.«
Grace schaute mich an, so wie Angelet es oft getan hat, als würde ich meine Kraft mit Gott messen wollen.
Es schien tatsächlich, als würde Angelet langsam wieder zu Kräften kommen.
Sie sagte: »Es ist schön, daß du da bist, Bersaba.«
»Selbstverständlich bin ich da. Hier ist mein Platz«, erwiderte ich.
»Alles ist schiefgelaufen, nicht wahr? Du hättest nach Lon-

don kommen sollen. Du hättest ihm begegnen sollen. Dann wäre er glücklich geworden, meinst du nicht?«
»Er ist glücklich«, sagte ich.
»Du hast dich früher immer damit gebrüstet, die Wahrheit zu sagen. Daran mußt du dich jetzt erinnern, Bersaba. Ich bin froh, daß nicht du es warst, die versucht hat, mich umzubringen. Aber ich hatte es vermutet.«
»Das konntest du nicht wirklich vermutet haben.«
»Doch, das habe ich. Ich wußte, irgend jemand wollte mich töten. Ich hätte das das erste Mal schon merken müssen, aber da hatte ich geglaubt, es wäre der Schock. Sie hatten mir das eingeredet. Aber jetzt erinnere ich mich wieder: Mrs. Cherry hat mir Milch gegeben. Da muß etwas drin gewesen sein, das die Fehlgeburt ausgelöst hat. Von Kräutern versteht sie eine Menge. Sie hat diesen Jungen geliebt; sie wollte alles nur für ihn. Wenn sie ein gesundes Kind auf die Welt bringt, dachte sie, wird es der Erbe seines Vaters.«
»Denk jetzt nicht mehr darüber nach. Es ist vorbei und vergessen. Du hast dein Baby, und es geht ihm gut, Angelet. Er wird einmal ein hübscher Junge, sagt Grace, und Grace versteht etwas davon.«
»Ich möchte aber darüber nachdenken. Ich möchte, daß es zwischen uns keine Mißverständnisse mehr gibt. Jetzt ist mir alles klar. Arme Magdalena! Was für ein schreckliches Erlebnis! Und neun Monate hat sie das Geheimnis mit sich herumgeschleppt.«
»Sie hätte es ihm sagen sollen.«
»Sie konnte nicht, Bersaba, das verstehe ich. Sie hatte Angst vor ihm, Angst, er würde sich von ihr abwenden. Du bist stark und deiner so sicher, du hättest gewußt, was du hättest tun müssen. Aber ich verstehe sie . . . und dann ist sie gestorben und hat diese . . . diese Kreatur hinterlassen. Und es war Mrs. Cherrys Enkelsohn. Wir dürfen nicht hart sein zu ihr. Alles geschah aus Liebe, Bersaba. Daran sollten wir immer denken.«
»Sie hat dein Leben in Gefahr gebracht.«
»Für ihren Enkel. Ich glaube nicht, daß sie mich umbringen wollte. Sie wollte nur, daß mein Kind nicht auf die Welt kommt. Versuch sie zu verstehen, Bersaba. Laß uns versuchen, alles zu verstehen.«
»Angelet, gute und schlechte Charaktereigenschaften sind

ungleich zwischen uns aufgeteilt. Du hast alle guten abbekommen und ich alle schlechten.«

»Das ist nicht wahr. Du taugst viel mehr als ich. Richard denkt das auch. Und Luke und die Kinder. Laß uns ehrlich zueinander sein. Ich möchte, daß du Richard heiratest ... wenn er da herauskommt.«

»Richards Frau wird gesund werden, und wenn er wiederkommt, wird sie ihm sein wunderschönes Kind zeigen, den kleinen Dickon. Er wird ein anderer Mensch sein. Vergiß nicht, dieses scheußliche Geheimnis hat jahrelang wie ein Damoklesschwert über ihm geschwebt. Das verändert den Charakter eines jeden Menschen.«

»Wird er je zurückkommen?«

»Dieser sinnlose Krieg kann nicht ewig dauern.«

»Und wenn die Rundköpfe gewinnen?«

»Es wird schon einen Ausweg geben.«

»Wenn er zurückkommt ...«

»Wenn er zurückkommt, wirst du hier sein und auf ihn warten«, sagte ich mit Nachdruck.

»In seinem Haus, das nur noch eine Ruine ist.«

»Du wirst hierbleiben. Es kann nicht mehr lange dauern. Und Richard wird wissen, was dann zu tun ist.«

»Und du, Bersaba?«

»Ich habe mich entschlossen, nach Hause zu gehen. Die Kinder werde ich mitnehmen. Wir werden nach Cornwall zu unserer Mutter reisen. Zweifelst du etwa daran, daß sie sich freuen wird, uns zu sehen?«

»Sie wird jubeln, wenn sie dich wiedersieht, Bersaba.«

»Und ich werde ihr ausrichten, daß du auf deinen Mann wartest. Das wird sie beruhigen.«

»Und wenn er zurückkommt?«

»Werde ich weit weg sein. Sobald du wieder bei Kräften bist, werde ich mich auf den Weg machen. Du hast Grace, die sich um dich kümmert, und die anderen Dienstboten. Du wirst es schon schaffen, bis er wiederkommt. Die Soldaten werden nicht mehr auftauchen. Sie haben ihren Anstandsbesuch gemacht und ihre Spuren in dem schönen Haus hinterlassen. Das dürfte ihnen genügen. Ruh dich jetzt aus, Angelet. Ich bringe dir ein Glas Milch.«

Sie lächelte schief. »Immer wolltest du mir Milch bringen.«

»Und jetzt tue ich es noch immer. Wir haben zwei gute

Kühe, die die Rundköpfe uns freundlicherweise gelassen haben.«
Ich beugte mich über das Bett und küßte sie.
»Du wirst bald ganz gesund sein«, sagte ich, »und das macht mich glücklich.«
»Soll das ein Befehl sein?« fragte sie.
»Selbstverständlich!«
Zwei Tage später aber verschlechterte sich ihr Zustand zusehends. Grace befürchtete Fieber.
Ich war die ganze Nacht bei ihr. Sie gab keine Ruhe, wenn ich nicht ihre Hand hielt.
»Ist es nicht seltsam, Bersaba, daß es bald nur noch eine von uns geben wird?« grübelte sie.
»Nein, nein, das stimmt nicht.«
»Doch. Ich weiß es. Ich möchte ernsthaft mit dir reden, Bersaba. Kümmere dich um Dickon!«
»Das verspreche ich!«
»Heirate Richard . . . falls er zurückkommt. Du kannst ihn glücklich machen. Ich habe das nie gekonnt, ich bin nicht klug genug. Du hast ihn amüsiert, du bist die Frau, die er braucht. Denkst du wirklich, ich hätte nichts gewußt? Ich habe es bereits bemerkt, als ihr in der Bibliothek zusammen Schach gespielt habt. Mit dir war er so lebendig. Bersaba, du wirst glücklich sein. Jetzt gibt es keine Geheimnisse mehr zwischen uns, oder? Keine Gespenster, keine Verdächtigungen, keine Figuren aus der Vergangenheit. Es ist alles klar jetzt . . . also bitte, Bersaba, tu es.«
Ich wiederholte immer wieder: »Du wirst bald ganz gesund sein. Ein Leben ohne dich kann ich mir nicht vorstellen. Wir waren doch immer zu zweit.«
»Vielleicht ist es besser so. Ich bin glücklich, daß wir jetzt zusammen sind und uns verstehen. Ich bin so dumm gewesen. Als ich das von dir und Richard erfahren hatte, habe ich gedacht, du hättest mich umbringen wollen. Dafür verdiene ich zu sterben.«
»Ich habe noch nie einen solchen Unsinn gehört! Richard liebt dich. Ich gehe fort, ich lasse dich allein, damit du glücklich sein kannst. Du hast einen wunderhübschen Sohn, und ich habe meine Kinder.«
»Wir haben beide ein Kind von ihm, Bersaba. Das war uns wohl vorbestimmt. Natürlich mußten wir denselben Mann

lieben, wir waren ja auch sonst ein und dieselbe, Bersaba. Ich kann glücklich sein bei dem Gedanken, daß du lebst und mein Tod einen Sinn hat.«

Ich versuchte sie zur Vernunft zu bringen. Ich konnte es nicht ertragen, sie so reden zu hören. Ich fühlte mich für so vieles, was sich hier abgespielt hatte, verantwortlich, und es half gar nichts, daß sie mir diese Bürde abnehmen wollte.

Ich saß die ganze Nacht bei ihr - in den frühen Morgenstunden dann ist sie gestorben.

Nie in meinem Leben habe ich mich so verlassen gefühlt.

Über das Meer

Noch drei Monate blieb ich in Far Flamstead, bis ich fand, der kleine Richard wäre jetzt alt genug für die Reise. Dann machte ich mich mit meinen Kindern, Angelets Sohn, Phoebe und ihrem Kind auf den Weg.

Zu der damaligen Zeit war das Reisen ein lebensgefährliches Unternehmen, aber es erschien uns unwahrscheinlich, daß zwei Frauen und eine Schar Kinder überhaupt angegriffen würden, egal von welcher Seite. Wir nahmen die beiden Stallburschen mit, die noch zu jung waren, um einrücken zu müssen, und zogen los.

Wir waren mehrere Wochen auf der Reise, weil wir viele Umwege machen mußten. Die meisten der Gasthäuser, die wir gekannt hatten, waren nicht mehr da. Manchmal suchten wir in Ruinen Zuflucht, um uns vor der einbrechenden Nacht zu schützen. Es war Mai und das Wetter gut. Frühling lag in der Luft, und meine Lebensgeister kehrten zurück, wenn ich die Rohrdommeln im Schilf vernahm und dem Ruf der Lachmöwen und Rotkehlchen lauschte. Der Weißdorn war voller Blüten und duftete verheißungsvoll.

Wir hatten keine Möglichkeit gehabt, meine Eltern von unserer Ankunft zu unterrichten, und ich werde nie den Augenblick vergessen, als wir in den Hof von Trystan Priory einritten. Das ganze Haus stand kopf. Meine Mutter und mein Vater umarmten mich und die Kinder. Dann aber kam der quälende Moment, als sie sich nach Angelet umsahen.

Es war schrecklich, es ihnen erzählen zu müssen. Ich hatte Angst, meine Mutter würde es nicht verwinden. Im stillen habe ich immer geglaubt, daß Mutter Angelet mehr zugetan war als mir, aber das kam wohl daher, weil sie als Mutter vollkommen war und ihre Aufmerksamkeit der zuwandte, die ihres Schutzes bedurfte.

Ich gab Phoebe ein Zeichen. Sie trat vor und legte meiner Mutter den kleinen Dickon in den Arm. Vielleicht würde das ihren Schmerz lindern helfen.

Von diesem Augenblick an war Dickon ihr Kind. Unter ihrer Aufsicht würde er heranwachsen, sie würde ihn erziehen, ihn stark und gesund machen. Mutter erklärte, daß er ihrer geliebten Angelet bereits ähnlich sähe.

So bin ich nach Trystan Priory heimgekehrt.

Was sonst geschehen ist, ist allgemein bekannt.

Bei der Niederlage von Naseby verlor der König seine halbe Armee.

Die Neuigkeiten sickerten nur langsam nach Cornwall durch, aber wir wußten, trotz unserer Loyalität war die Sache der Royalisten verloren. Das Parlament verlangte die Kontrolle über die Miliz und eine Presbyterialverfassung für ganz England. Als das abgelehnt wurde, mußte der König auf die Isle of Wight flüchten. In Carisbrooke wurde er gefangengenommen und nach London zurückgebracht.

Und es kam der traurige Tag im Januar 1649, an dem der König vor dem Banqueting House in Whitehall auf dem Schafott hingerichtet wurde.

»Nichts wird je wieder so sein, wie es einmal war«, sagte mein Vater.

Und so geschah es, alles war anders geworden. Jetzt mußten wir uns in dunkle Kleider hüllen, mußten regelmäßig in die Kirche gehen und uns den Verordnungen fügen.

Großvater Casvellyn, der ein sehr alter Mann geworden war, hat die Parlamentarier mit solcher Vehemenz verflucht, daß er einen Schlaganfall erlitt und starb. Das Leben auf Schloß Paling hatte sich also auch verändert. Die Mädchen waren verheiratet, Bastian nicht.

Sobald er erfahren hatte, daß ich wieder daheim war, kam er herübergeritten. Seitdem hat er mich schon dreimal gebeten, ihn zu heiraten. Jedesmal habe ich abgelehnt, aber ich habe das Gefühl, eines Tages werde ich's doch tun.

Meine Mutter wünschte es sich. Die Kinder brauchen einen Vater, glaubt sie. Alles war neu und düster in unserer Welt, und die Familie war der einzige Trost. Ich wußte, Trystan Priory ist mein Zuhause, solange ich will, aber ich glaube, insgeheim hoffte sie, ich würde Schloßherrin auf Paling werden.

Sie würde mich natürlich vermissen. Abends pflegten wir zusammenzusitzen und über die Tage zu sprechen, als Angelet und ich noch Kinder waren. »Du bist ihr so ähnlich«, sagte sie einmal, »daß ich manchmal glaube, sie lebt in dir weiter.«

Jim Stallik, der sich um die Pferde auf Trystan Priory kümmerte, machte Phoebe den Hof. Sie heiratete ihn, arbeitete aber doch für mich weiter. Ich war froh, sie wieder glücklich zu sehen.

Es war ein Jahr nach dem Tod des Königs, und der Krieg war noch nicht ganz vorbei. Der neue König, Charles II., war nach Schottland gegangen und versuchte, dort Boden zu fassen. Aber Cromwell war zu stark, und die Royalisten hatten wenig Hoffnung.

Eines Tages, ich war im Garten, traf ein Reisender ein.

Er hatte nach mir gefragt, und die Dienstboten haben ihn zu mir in den Garten geführt. Ich werde diesen Augenblick nie vergessen. Es war Richard.

Er war alt geworden. Wie viele Jahre war es her, seitdem ich ihn zum letztenmal gesehen hatte? Sechs oder sieben? Sieben harte Jahre des Versteckspiels, des Planens, der Flucht vor dem Feind.

Er nahm meine Hände in seine und sah mich an.

»Ich war in Flamstead. Dort haben sie mir erzählt, daß du hier bist.«

»Geht es dir gut? Du siehst erschöpft aus.«

»Ich bin weit geritten.«

»Komm ins Haus.«

»Es ist gefährlich für dich, einen Flüchtling aus der Armee des Königs zu empfangen.«

»Hier wirst du immer Zuflucht finden.«

Er schüttelte den Kopf. »Ich kann es nicht zulassen, daß du dich und deine Familie in Gefahr bringst. Es sieht schlecht aus. Der König ist geschlagen und wurde gezwungen, das

Land zu verlassen. Wir müssen alle fort und irgendwo außerhalb Englands weiterkämpfen. Wir dürfen nicht aufgeben, bevor Charles II. wieder auf dem Thron ist. Ich gehe über das Meer, um diesen Tag vorzubereiten.«
»Du mußt hereinkommen, du mußt dich stärken und dich ausruhen.«
»Was ich brauche, ist ein Boot, das mich nach Frankreich bringt.«
»Du bist also nur gekommen, um gleich wieder wegzugehen.«
»Ich bin gekommen, um dich zu sehen.«
»Hat man dir erzählt, was in Far Flamstead alles passiert ist?«
Er nickte.
»Dein schönes Haus . . .«
»Du bist in Sicherheit. Ich bin gekommen, um dich etwas zu fragen. Vielleicht ist es zuviel verlangt, es könnte gefährlich sein.«
»Das Leben hier ist eintönig«, sagte ich. »Ich hasse die Puritaner. Ich bin mir darüber klargeworden, daß ich eine glühende Royalistin bin.«
»Es wird nicht einfach werden, in Frankreich.«
»Nein?« fragte ich erregt. »Aber es gäbe etwas, wofür man kämpfen kann . . . ich muß natürlich die Kinder mitnehmen, Arabella und Lukas. Dickon muß bei meiner Mutter bleiben. Sie würde ihn nie hergeben.«
»Bersaba, du bist das einzige auf der Welt, was sich nicht verändert hat.«
Ich nahm seine Hände und schaute ihm in die Augen.
»Ich habe immer gewußt, was ich wollte. Mir ist, als hätte die Welt wieder angefangen, sich zu drehen.«
»Du wirst mit mir kommen?« fragte er.
»Seit wann stellst du so überflüssige Fragen?«
»Ich hatte Angst, du hättest dich vielleicht verändert.«
»Niemals«, sagte ich. »Niemals!«

Gestern sind wir in der Kirche getraut worden. Meinem Vater ist es gelungen, ein Boot für uns aufzutreiben. Morgen, mit der Flut, laufen wir aus; ich, Arabella, Lukas und Richard. Dies ist meine letzte Nacht in Trystan Priory, und ich sitze in meinem Zimmer, das ich früher einmal mit An-

gelet geteilt habe. Und während ich schreibe, habe ich das Gefühl, sie steht neben mir und ist zufrieden.
Ich schaue hinaus auf das Land, das mir seit meiner Kindheit so vertraut ist. Irgendwo dahinter, am Horizont, ist das Meer, und morgen, noch bevor es Tag wird, werde ich mit meinem Mann und meinen Kindern auf dem Weg nach Frankreich sein, wo uns eine neue Zukunft erwartet.